STEFANIE H. MARTIN

Die Liebenden von Bloomsbury

VANESSA UND DIE KUNST DES LEBENS

atb aufbau taschenbuch

STEFANIE H. MARTIN

Die Liebenden von Bloomsbury

VANESSA UND DIE KUNST DES LEBENS

Roman

aufbau taschenbuch

MIX
Papier | Fördert gute Waldnutzung
FSC® C083411

ISBN 978-3-7466-3905-5

Aufbau Taschenbuch ist eine Marke
der Aufbau Verlage GmbH & Co. KG

1. Auflage 2023

Satz Greiner & Reichel, Köln
Druck und Binden CPI books GmbH, Leck, Germany
Printed in Germany

www.aufbau-verlage.de

Ich träume von meinem Bild
und dann male ich meinen Traum.

Vincent Van Gogh

1. Kapitel

Cambridge, Januar 1910

Über die Straßen von Cambridge hatte sich in der Nacht ein fluffiger weißer Teppich gelegt. Noch immer fiel der Schnee in dichten Flocken und tauchte die frühmorgendliche Stadt in eine geräuschlose Unwirklichkeit. Nur das Knirschen ihrer eiligen Schritte im knöchelhohen Schnee gab Vanessa die Gewissheit, dass sie sich nicht in einem dieser erdrückenden Träume befand, in denen man sich hoffnungslos verspätet durch eine zähe Masse quält, um einen Zug zu erreichen.

Clive rannte mit beiden Koffern und wehendem Mantel vor ihr her. Er hinterließ wohlgeformte Abdrücke im Schnee, in die sie gerne ihre eigenen Füße gesetzt hätte, um zu verhindern, dass die Nässe in ihre Schuhe dringen konnte, die für den Schnee völlig untauglich waren. Aber Clives Schritte waren zu groß. Sie hätte von Abdruck zu Abdruck springen müssen – eine lächerliche Vorstellung.

Jetzt drehte er sich nach ihr um. »Wo bleibst du denn? Beeil dich doch bitte!«

»Ich habe mich selten mehr beeilt!«, rief sie zurück und blieb kurz stehen, um die oberen Knöpfe ihres Mantels zu schließen. Auch wenn das beginnende Leben in ihrem Leib noch nicht zu spüren war, reichte es zu wissen, dass es da war, um es schützen zu wollen.

Clive schüttelte den Kopf und rannte weiter.

Als sie endlich am Bahnhofsgebäude ankam, war er bereits im

Inneren verschwunden. Eine Handvoll Menschen stand in der Wartehalle, von Clive keine Spur. Er würde doch wohl nicht ohne sie abfahren? Suchend sah sie sich um. Ihr Blick fiel auf einen großen, schlanken Mann mit einem weiten Mantel, dessen Taschen sich auffällig ausbeulten. Er stand an eine Säule gelehnt und kritzelte etwas in ein kleines Notizbuch. Ein breitkrempiger Hut bedeckte sein Gesicht, aber die leicht vorgebeugte Haltung und die hochgezogenen Schultern verrieten eine intensive Konzentration. Das jedoch war es nicht, was Vanessas Aufmerksamkeit auf sich zog. Es waren die Füße. Oder vielmehr das, worin diese Füße steckten. Er trug große, hellbraune und für die Witterung viel zu elegante Lederhalbschuhe. Die bis weit über die Knöchel aufgekrempelten Hosenbeine ließen ein Paar sumpfdottergelbe Strümpfe hervorblitzen. Vanessa musste immer wieder auf diese Strümpfe schauen, die im grau-braun-schwarzen Einerlei ihrer Umgebung wie zwei Sonnenflecken leuchteten.

In diesem Augenblick schob sich Clives dunkelblauer Stoffmantel in ihr Blickfeld.

»Da bist du ja! Ich dachte schon, ich müsste ohne dich fahren.« Er stellte die Koffer auf den Boden, nahm seinen Hut ab und fuhr sich durch die Haare – eine typische Geste, die sie früher einmal unwiderstehlich gefunden hatte.

»Was du selbstverständlich nicht getan hättest. Deine Bemerkung ergibt also wenig Sinn.« Sie trat einen Schritt zur Seite, um an Clive vorbeisehen zu können. Der Mann mit den gelben Strümpfen stand noch immer an der Säule. Das Notizbuch hatte er weggepackt, nun wühlte er in seiner rechten Manteltasche und zog eine silberne Zigarettendose hervor. Er steckte die Zigarette in den Mund, und als er sie mithilfe eines Streichholzes anzündete, wanderte sein Blick zu ihr hinüber. Vanessa durchzuckte ein Gefühl des Erkennens, aber sie konnte es mit keinem Namen belegen.

»Er hat Verspätung«, sagte Clive in diesem Moment.

»Wer?«, fragte Vanessa zerstreut.

»Der Zug, Vanessa! Der Zug. Wäre er pünktlich, säßen wir jetzt darin. Wobei – du vielleicht nicht.«

Vanessa war zu sehr mit der Frage beschäftigt, wer dieser Mann war, um auf Clives Bemerkung einzugehen. Er schien sie jedenfalls nicht erkannt zu haben, denn sein Blick schweifte an ihr vorbei, scheinbar ins Leere. Diese scharfen, intelligenten Züge, die runde Brille und das kantige Kinn … Aber natürlich!

»Das ist Roger Fry«, sagte sie, mehr zu sich selbst als an Clive gerichtet.

»Wie bitte?«

»Der Mann da hinten. Ich kenne ihn.«

»Wo denn?«, fragte er und drehte sich suchend um.

»Clive, bitte! Nicht so auffällig!«

Sie hakte sich bei Clive ein und zog ihn ein paar Schritte aus dem Blickfeld des Mannes. Dieser betrachtete mit amüsiertem Schmunzeln eine vielköpfige Familie, die soeben in Orgelpfeifenmanier in die Wartehalle strömte. Die drei Jüngsten stoben in verschiedenen Richtungen auseinander und wurden von den älteren Geschwistern unter Gejohle und Geschrei wieder eingesammelt. Vanessa versetzte der Anblick einen schmerzhaften Stich. Ganz ähnlich hatte es wohl ausgesehen, wenn sie mit ihren Eltern und den Geschwistern nach St Ives in die Sommerfrische aufgebrochen war – nur dass die Sache sicherlich disziplinierter vonstattengegangen war. Die beiden Mädchen, die dort neben dem riesigen Stapel Koffer standen, erinnerten sie an sich selbst und Virginia – immer brav und vernünftig, zu klug, um dem strengen Vater Anlass zu Ärger zu bieten. Und die junge Frau mit dem Jüngsten auf dem Arm hätte gut ihre älteste Schwester Stella mit dem kleinen Adrian sein können. Stella. Schnell wischte Vanessa den Gedanken beiseite. Stella gehörte in ein anderes Leben, eines, an das sie nicht mehr denken wollte.

»Wer ist Roger Fry?«

Vanessa brauchte einen Augenblick, um wieder in die Gegenwart zurückzukehren.

»Er war vor vielen Jahren mein Tischpartner bei einer Dinnergesellschaft bei den Balfours, zu der George mich mitnahm. Es dürfte die letzte gewesen sein.« Sie zog eine Grimasse. Nur ungern erinnerte sich Vanessa an die Zeit, als sie ihren Halbbruder George praktisch jedes Wochenende zu einem gesellschaftlichen Anlass hatte begleiten müssen, als wäre sie seine Verlobte. Ungefragt selbstverständlich.

»Du müsstest ihn eigentlich kennen. Er war in Cambridge einer der Apostel, allerdings weit vor deiner Zeit.«

»Ah, Fry! Roger Fry! Natürlich! Aber ja doch.«

Clive machte Anstalten, auf ihn zuzugehen, aber Vanessa hielt ihn fest.

Clive drehte sich verwundert nach ihr um. »Warum begrüßt du ihn nicht, wenn du ihn doch kennst?«

»Ich bezweifle, dass er *mich* noch kennt.«

»Unsinn! Dich kann man nicht vergessen! Komm, stell uns einander vor.«

Er schob sie auf Roger Fry zu.

»Clive, bitte!«

Erstaunt sah er sie an. »Seit wann bist du schüchtern?«

»Wie schlecht du mich doch kennst!«

»Es sind ja auch erst drei Jahre Ehe«, erwiderte Clive mit einem hilflosen Achselzucken. Vanessa musste lachen. In Momenten wie diesen hätte sie Clive auf der Stelle küssen mögen, egal wie viele Augenpaare dabei auf sie gerichtet waren. Es war vor allem ein ganz bestimmtes Augenpaar, das sie davon abhielt.

»Warte bitte hier«, sagte sie und löste sich von Clive. Zögernden Schrittes ging sie auf Roger Fry zu. Sie wusste noch, wie überrascht sie damals gewesen war, dass man sich mit diesem angesehenen und weitgereisten Kunstgelehrten ganz zwanglos unterhalten konnte. Noch überraschter war sie gewesen, als er sie nach dem Abend in sein Haus in Hampstead einlud, wo sie seine Ehefrau Helen kennenlernte. Sie war ebenfalls Künstlerin, allerdings in ausgesprochen schlechter Verfassung. Damals hatte sie Vanessa sehr an Virginia in ihren dunkelsten Momenten erinnert. Ein verstörender Besuch.

Als sie wenige Schritte von ihm entfernt war, ertönte ein schrilles Pfeifen. Der Zug fuhr ein! Roger Fry bückte sich, um nach seinem Koffer zu greifen. Vanessa wollte schon kehrtmachen, da traf sie sein Blick. Die hellen Augen hinter der runden Brille weiteten sich, und ein Lächeln breitete sich auf seinem Gesicht aus.

Entschlossen ging Vanessa auf ihn zu und reichte ihm die Hand.

»Mr Fry! Ich war mir nicht ganz sicher, ob Sie es wirklich sind.«

Er hielt ihre Hand länger fest, als der Anstand gebot. Dabei strahlte er sie an wie jemand, der soeben eine Glücksbotschaft empfangen hat. Dann besann er sich und lüftete, ohne ihre Hand loszulassen, den Hut. Darunter kam sein bereits ergrautes Haar zum Vorschein, das sich offensichtlich jedem Versuch, es zu bändigen, erfolgreich widersetzte.

»Mein Name ist Vanessa Bell, ehemalige Stephens. Es ist schon ein paar Jahre her, aber ich war einmal bei Ihnen zu Gast, nachdem wir uns …«

»Vanessa Stephens. Natürlich! Ihr Name war mir entfallen, aber das Gesicht habe ich noch in allerbester Erinnerung! Wie schön, Sie wiederzusehen!« Spätestens jetzt wäre es an der Zeit gewesen, dass er sie losließ, aber nicht einmal das laute Quietschen der Zugbremsen schien ihn aus seiner freudigen Erstarrung zu lösen.

»Ich bin mit meinem Gatten hier«, sagte Vanessa und deutete vage hinter sich. »Wir sind auf dem Weg zurück nach London. Sie vermutlich auch?«

Da endlich kam wieder Bewegung in ihn. »Ich auch, gewiss«, sagte er und ließ ihre Hand los. Er bückte sich nach seinem Koffer, richtete sich jedoch sofort wieder auf. »Ihr Mann? Sie sind also …?«

Vanessa drehte sich um und winkte Clive herbei, der unentschlossen schien, ob er mit dem Gepäck zu ihnen stoßen oder doch direkt auf den Bahnsteig eilen sollte.

»Wir sollten einsteigen, sonst fährt der Zug noch ohne uns ab«, rief er im Näherkommen.

»Clive, das ist Roger Fry. Mr Fry – mein Ehemann, Clive Bell.«

Die beiden Männer lüfteten ihre Hüte, doch für mehr blieb keine Zeit. Inzwischen war der Zug endgültig zum Stehen gekommen, und durch die geöffneten Türen stiegen bereits die Reisenden aus.

»Wollen wir unser Gespräch im Zug fortsetzen?«, fragte Mr Fry. »Ich habe keine Platzreservierung, und wenn Sie …«

»Es ist uns ein Vergnügen!«, sagte Clive. Gemeinsam steuerten sie den Schaffner an, der den Einlass kontrollierte.

Sie fanden ein leeres Abteil, in dem Fry sich sofort häuslich einrichtete. Er zog seinen Mantel aus und hängte ihn an einen Haken direkt neben seinem Kopf, so dass er bequem in die Manteltaschen greifen konnte. Noch bevor sich der Zug in Bewegung gesetzt hatte, förderte er daraus einige Stifte, das Zigarettenetui, Streichhölzer, eine Zeitschrift und sein Notizbuch zutage. Auch eine kleine Trinkflasche aus Metall befand sich in diesen schier unerschöpflichen Taschen und ein Apfel, in den er nun herzhaft hineinbiss.

Clive hatte sich auf den Platz gegenüber gesetzt und zeigte auf die Zeitschrift. Es war die letzte Ausgabe der Literaturzeitschrift *The Athenaeum*.

»Sie ist also schon erschienen. Vielleicht darf ich später einen Blick hineinwerfen? Ich durfte einen kleinen Beitrag beisteuern, einen Artikel über Prosper Mérimée und seine *Lettres à une inconnue*«, sagte er mit unverhohlenem Stolz.

»Ah, die Briefe an eine Unbekannte.« Roger Fry zog anerkennend die Augenbrauen hoch und musterte sein Gegenüber mit wacher Neugier. »Ich habe sie bisher auch nur durchgeblättert, werde Ihren Artikel aber mit besonderem Interesse lesen. Schreiben Sie des Öfteren für die *Athenaeum*?«

»Gelegentlich. Ich bin sozusagen der Spezialist für französische Literatur.«

Clive hatte bisher nicht mehr als drei Artikel in der *Athenaeum* untergebracht, auch wenn er sich jeden Tag für mehrere Stunden in sein Arbeitszimmer zurückzog. Die Anzahl der dort verbrachten Stunden stand eindeutig nicht in Relation zu seiner Produktivität. Wenn Clive die *Athenaeum* nicht nur dann gelesen hätte, wenn ein Artikel von ihm selbst erschienen war, dann hätte er wohl zur Kenntnis genommen, dass Roger Fry sehr häufig darin veröffentlichte. Es war also eine gewagte Behauptung, die ihn leicht als Hochstapler entlarven konnte.

»Hochinteressant!«, sagte Mr Fry ganz ohne Ironie, und seine Augen blitzten amüsiert. Er lehnte sich entspannt zurück und schlug ein Bein über das andere, so dass oberhalb seiner gelben Strümpfe nun ein Stück behaarter, fast weißer Haut zu sehen war. Die Hose war von feinstem Tweed, und anstatt eines Jacketts trug er einen Strickpullunder mit auffallendem orangefarbenem Karomuster, der in seiner Hässlichkeit durchaus mit den sumpfdottergelben Strümpfen konkurrieren konnte. Seine Aufmachung widersprach in jeder Hinsicht den üblichen Bekleidungsgewohnheiten eines englischen Gentleman. Die feinen Gesichtszüge jedoch, der intelligente, hellwache Blick und die wohldosierte Gestik ließen keinen Zweifel daran, dass er genau das war.

Während die beiden die Überlegenheit der französischen Lebensart gegenüber der britischen erörterten und Clive von seinen Studienjahren in Paris erzählte, betrachtete Vanessa Roger Fry fasziniert. Seine feingliedrigen Hände, die still in seinem Schoß ruhten, den spitzen Kehlkopf, der auf und ab wanderte, wenn er sprach, und die fein geschwungenen Lippen, die ein lebenskluges, aber nicht herablassendes Lächeln umspielte. Draußen war inzwischen der Himmel aufgeklart, und eine blasse Wintersonne ließ sein helles, krauses Haar leuchten. Selten hatte sie so sehr das Bedürfnis gehabt, einen Menschen zeichnen zu wollen. Warum nur hatte er damals keinen bleibenden Eindruck bei ihr hinterlassen? Sie konnte sich nicht erinnern, je einen anziehenderen Mann gesehen zu haben.

Das Gespräch der beiden Männer wurde immer lebhafter, doch Vanessa war so sehr in Mr Frys Anblick versunken, dass die Worte ineinanderflossen und sich mit dem gleichmäßigen Rattern des Zuges zu einer sanft dahinplätschernden Melodie verbanden.

Plötzlich geriet Frys Körper in eine Anspannung, die der eines sprungbereiten Tieres ähnelte und Vanessa aus ihrem verzückten Traumzustand löste.

»Sie waren mit einem Freund Gauguins befreundet?« Frys angenehm tiefe Stimme rutschte eine Oktave höher.

»Roderic O'Conor, ja. Er malte selbst, und sein Atelier war voller Fotos von Bildern Gauguins. Da hing mehr Gauguin als O'Conor«, lachte Clive.

»Und? Wie fanden Sie sie?«

»Nun«, sagte Clive zögerlich. »Ich bin ein absoluter Fan der französischen Impressionisten. Wir hätten gern einen Degas im Original, nicht wahr, Vanessa? Bisher hat es aber leider nur für eine Reproduktion gereicht.« Er lachte – übertrieben laut, fand Vanessa, aber Fry schien es nicht zu irritieren.

»Wobei Gauguin in seiner Farbintensität ja schon nicht mehr als Impressionist gezählt werden kann«, merkte er an, ohne dass es in irgendeiner Weise belehrend klang. »Haben Sie noch Kontakt zu diesem … wie hieß er gleich? O'Conor?«

»Er ist, soweit ich weiß, mittlerweile nach Irland zurückgekehrt. Aber ich könnte ihm schreiben.«

»Wenn er sich nicht mehr in Paris aufhält, könnte es schwierig für ihn sein«, sagte Fry, mehr zu sich selbst als an Clive gewandt.

»Schwierig? Was meinen Sie?«

Fry tippte hektisch mit dem Zeigefinger auf seine gespitzten Lippen, den Kopf stark vorgeneigt und den Blick auf Clive geheftet, als erwäge er, seinem Gegenüber ein wohlgehütetes Geheimnis anzuvertrauen.

»Mich treibt da seit einiger Zeit ein Gedanke um, der … nun, um es vorsichtig auszudrücken, ein wenig gewagt erscheinen mag. Eine – ja – fast schon umstürzlerische Unternehmung … Aber vielleicht teilen Sie ja meine Einschätzung, dass …«

Er wechselte ein paarmal seine Beinposition, und bei den letzten Worten sah er Vanessa beinah flehend an, wie um sie um Vergebung für seinen noch unausgesprochenen Gedanken zu bitten.

»Planen Sie den Raub der Kronjuwelen?«, fragte sie.

Er stutzte und brach dann in herzhaftes Gelächter aus. Sein Lachen schien das gesamte Abteil für einen Moment in ein Meer aus flirrenden, tanzenden Farbtupfern zu verwandeln.

»Nein«, rief er aus. »Aber es könnte sein, dass mir die britische Öffentlichkeit einen solchen Raub weniger übel nehmen würde!«

»Das klingt vielversprechend«, sagte Clive und lehnte sich vor, das Kinn erwartungsvoll in beide Hände gestützt.

»Ich möchte …« Fry machte eine kunstvolle Pause. Dann breitete er die Arme aus und sagte mit fester Stimme: »Ich möchte die zeitgenössische französische Kunst in England bekannt machen. Cézanne, Degas, Gauguin, vielleicht dazu noch einige van Goghs …«

»Aha«, sagte Clive nur, lehnte sich mit verschränkten Armen zurück und lächelte anerkennend.

Vanessa war wie gebannt. »Sie meinen, Sie wollen unsere schöne, grüne Insel mit revolutionärer kontinentaler Importware verschandeln?«, fragte sie.

Er antwortete mit einem verschwörerischen Lächeln. »Sie sagen es«, entgegnete er, sichtlich erfreut über ihre scharfzüngige Ironie. »Schauen Sie sich doch um in unseren Galerien! Nichts als triste Farben und langweilige Darstellungskunst. Verstaubte Porträtmalerei, stimmungslose Landschaftsbilder, öde Stillleben – was soll uns das noch sagen? Wie provinziell wollen wir noch werden? Es wird Zeit für einen Wandel in der britischen Kunst.«

Seine Augen leuchteten, und seine lebhaft gestikulierenden Hände schienen aus dem Nichts die so schmerzhaft vermisste Farbenfreude in der britischen Kunst herbeizaubern zu wollen.

Vanessa dachte an ihre eigenen Porträts und Stillleben der letzten Jahre. Ihr Unbehagen mit dem, was sie schuf. Stillstand.

»Gauguin …«, sagte Clive mit einer übertriebenen Betonung des Nasallauts der zweiten Silbe, mit der er wohl Roger Fry gegenüber seine Kunstkennerschaft demonstrieren wollte. »Ich könnte mir vorstellen, dass Sie das britische Publikum damit ordentlich schockieren würden.«

»Ist das nicht ein entzückender Gedanke?«, fragte Fry. Sein spitzbübisches Lächeln gefiel Vanessa mehr noch als die Vorstellung, wie sich die Ladys Shuttleworth, Chamberlain oder Darlington in Abscheu von einem Gemälde französischer Provenienz abwenden würden, das gegen ihr teuer gehegtes Geschmacksempfinden verstieß.

»Und wie haben Sie sich das vorgestellt? Wie wollen Sie die Gemälde nach London holen? Sie können sie ja nicht alle einfach kaufen«, fragte Clive, der den Materialismus seiner bürgerlichen Herkunft nie abgelegt hatte, sosehr er sich auch als Bohemien geben mochte.

Roger Fry ignorierte seine Bemerkung. Er hatte einen Stift ergriffen und blätterte hektisch in seinem Notizbuch. Er schrieb ein paar Worte hinein und zeigte dann abwechselnd mit dem Stift auf Clive und auf Vanessa: »Glauben Sie an Vorsehung? Ich eigentlich nicht, aber dass Sie beide mir gerade heute über den Weg laufen, kann kein Zufall sein. Ich habe den Eindruck, zusammen können wir Großes schaffen. Was meinen Sie?«

2. Kapitel

»Mama!« Ein lauter Jubelschrei klang durch die Eingangshalle, gefolgt von schnellem Fußgetrappel und einem wirbelnden Bündel, das sich von der untersten Treppenstufe in Vanessas Arme warf. Ein intensiver Bratengeruch drang aus der Küche herauf.

»Langsam, langsam, junger Mann«, mahnte Clive, der hinter ihr ins Haus getreten war. Vanessa schob ihren Sohn auf die Hüfte und vollführte mit ihm einen schwungvollen Tanz durch die Halle.

»Wir sind wieder da, da, da«, sang sie und bedeckte Julians pausbackiges Gesicht mit Küssen. »Du wirst von Tag zu Tag schwerer«, rief sie und setzte ihren verzückt johlenden Sohn theatralisch nach Luft schnappend ab. »Womit hat Sophie dich wieder gefüttert?« In gespielter Strenge stemmte sie die Hände in die Hüften und blickte auf den zweijährigen Blondschopf hinab. »Pfundweise Butterscones, Zuckerwatte und Plumpudding? Und das vor dem Mittagessen?«

Julian schüttelte heftig den Kopf. »Bloß so wenige Fabbulus Fuds bei Tante Dschini!« Er hob alle zehn Finger hoch, denn zählen konnte er nicht, wusste aber, dass Finger auch dafür da waren. *Fabulous Fudges* waren teure, zart schmelzende Schokoladenbonbons, die Virginia nur für Julian kaufte. Einer ihrer Tricks, um ihren Neffen an sich zu fesseln.

»Virginia?«, fragte Clive. »Ist sie zurück?«

Virginia hatte am Heiligabend aus heiterem Himmel beschlossen, allein nach Cornwall zu fahren. Es war eine dieser vollkommen irrationalen Aktionen Virginias, die Vanessa immer zu denken gaben. Virginia hatte behauptet, sie wolle in Ruhe an ihrem

Roman arbeiten, aber Vanessa kam es vor wie eine Flucht. Die Frage war nur, wovor?

»Das solltest du doch sicher wissen«, gab Vanessa spitz zurück und griff die Hand ihres Sohnes. »Komm, bauen wir ein Haus? Oder möchtest du lieber etwas malen?«

Voller Freude hüpfte Julian auf und ab. »Haus bau'n, ja!« Vanessa ließ sich von Julian ins Spielzimmer ziehen, wo Elsie, das Kindermädchen, gerade dabei war, das Holzspielzeug in eine Kiste zu räumen. »Er hat Sie sehnsüchtig erwartet«, sagte sie und knickste, als sie Vanessa erblickte.

»Und ich ihn!« Vanessa hockte sich auf den Boden und zog ihren Sohn auf den Schoß. Es gab nur zwei Dinge, die sie die Welt um sich herum vergessen lassen konnten: Julian und die Malerei.

Clive würde das nie verstehen. Aber Clive verstand so vieles nicht.

Als sie eine Stunde später an Clives Arbeitszimmer vorbeikam, stand die Tür offen, aber er selbst war nicht da. Es war still im Haus, denn Julian war nach dem Spielen müde auf ihrem Arm eingeschlafen, und dem Kindermädchen hatte sie den Nachmittag freigegeben. Es war selten still im Haus am Londoner Gordon Square, genau wie früher, als sie hier noch mit Virginia, Adrian und Thoby gewohnt hatte.

Oft dachte sie mit Wehmut an diese Zeit zurück. Sie erschien ihr wie eine sonnenüberflutete Ebene, die sich am Ende einer dunklen Schlucht plötzlich vor ihr aufgetan hatte, voller Verheißungen, unendlicher Möglichkeiten und Ideen für die Zukunft. Nächtelang hatten sie mit Thobys Studienfreunden zusammengesessen, über Schönheit und Wahrheit philosophiert, den absoluten Wert der Freundschaft gefeiert und Virginias Scharfsinn bewundert. Virginia. Die lebte nun mit Adrian am Fitzroy Square, nur wenige Meter Luftlinie entfernt, gefühlt jedoch trennten sie Welten.

Und Thoby war tot.

Etwas hatte sich verschoben. Aus dem engen Gefüge der Menschen, die sie liebte, war ein fragiles Puzzle geworden, dessen Einzelteile auseinanderbröckelten. Clive und Virginia. Vanessa und Julian. Virginia und Clive.

An den äußeren Rändern ihr Bruder Adrian, der seit neuestem den Maler Duncan Grant anhimmelte, und Lytton Strachey, der vielleicht irgendwann Virginia heiraten würde, wäre er nicht immer noch verzweifelt in Duncan verliebt. Außerdem John Maynard Keynes, der Mathematiker unter ihren Freunden, der sicherlich mit Duncan zusammenleben würde, wäre da nicht seine Karriere als Fellow in Cambridge. Was damals so einfach schien, war plötzlich kompliziert geworden.

Auf Clives Schreibtisch lag ein Brief. Normalerweise betrat Vanessa sein Arbeitszimmer nur, wenn er sie dazu aufforderte. Es fühlte sich verboten an, es jetzt einfach so zu tun. Und es war auch keine große Überraschung, dass der Brief von Virginia stammte. Es war ein für Virginias Verhältnisse extrem kurzer Brief. Wenige Zeilen nur. Vanessa las ihn nicht. Vermutlich hatte Clive den Brief bewusst dort platziert, um sie zu strafen für den Fall, dass sie gegen die unausgesprochene Regel verstieß, sein Büro in seiner Abwesenheit nicht zu betreten. Sicher war es auch kein Zufall, dass die Tür offen stand. Er gab sich nicht einmal mehr die Mühe, seinen ständigen Briefwechsel mit Virginia zu verheimlichen. Wie unnötig. Ihr war auch so klar, wie sehr ihr Mann ihre Schwester liebte.

Ruckartig wandte Vanessa sich ab. Sie würde dem Schmerz keinen Raum geben. Sie wusste, wie das ging.

Sie stieg hinauf in den zweiten Stock, wo sich ihr Atelier befand. »Atelier« war ein hochtrabendes Wort für das kleine Zimmer mit dem nach Norden weisenden Fenster. Auf der gegenüberliegenden Seite des Flures hatte Virginia ihr Zimmer gehabt. Virginia brauchte die Helligkeit, um das Dunkel in ihrem Inneren in Schach zu halten. Und sie brauchte Vanessa, vor allem in jenen Phasen, in denen der Boden unter ihren Füßen ins Wanken geriet.

Vanessa brauchte Virginia nicht, genauso wenig wie Clive. Was sie brauchte, waren ihre Pinsel, den Geruch der Farben, das reine Tun ohne die Schwere der Reflexion, des ewigen Ergründens von Gefühlen, die doch meist nicht zu benennen waren. Virginia schrieb sich mit klarsichtigen Worten in ihr Dunkel hinein – Vanessa zog es vor, es mit Farben zu übermalen.

Farben. Wo hatte er nur diese gelben Strümpfe her? Kein Mensch trug so etwas.

Während der zweistündigen Zugfahrt von Cambridge zurück nach London hatte Roger es tatsächlich geschafft, Clives Begeisterung für seine verrückte Idee zu entfachen. Die beiden Männer hatten beschlossen, ein Komitee zu gründen, das sich der Organisation einer großen Ausstellung zeitgenössischer französischer Kunst in London widmen sollte. Gemälde von Malern, die auf dem Kontinent zu einer anerkannten und geachteten Avantgarde zählten, von der in England kaum jemand gehört hatte. Gemälde, die zu einem großen Teil weder in Galerien noch Museen zu finden waren, höchstens private Wohnzimmer und Salons schmückten oder sogar in Ateliers und auf Dachböden verstaubten, weil sie nie einen Interessenten gefunden hatten. Eine Sisyphusarbeit, die ausgedehnte Reisen nach Frankreich erforderlich machen würden. Reisen, die Vanessa nicht würde antreten können, weil sie ihr zweites Kind erwartete.

Missmutig schob sie die Pinsel und Farbtöpfe auf dem Tisch beiseite und zog ihren Skizzenblock heran. Sie starrte auf das Blatt.

Es würde sich zeigen, wie lange Clives Begeisterung anhielt. Er war sehr schnell zu begeistern, allerdings wenig hartnäckig, wenn sich ihm Probleme entgegenstellten. Und Probleme würde es geben, dessen war Vanessa sich gewiss. Roger Fry konnte sie nicht einschätzen, aber eins war klar: Er versetzte die Atmosphäre in Schwingung. Seine Energie war aufwühlend, seine Ausstrahlung magnetisch. Sie hatte sein Kraftfeld so sehr im eigenen Körper gespürt, dass sie noch jetzt voller Unruhe war.

Beim Abschied am Bahnhof hatte er sie und Clive in sein neues Haus nach Guildford eingeladen. Es würde also ein Wiedersehen geben.

Einer plötzlichen Eingebung folgend griff sie nach einem Stück schwarzer Pastellkreide und zeichnete wenige Linien. Der Umriss eines sitzenden Körpers, ohne jedes Detail, nur die Silhouette. Worin genau drückte sich Gelassenheit, entspannte Selbstsicherheit aus? In der Neigung des Kopfes? Den übereinandergeschlagenen Beinen? Oder doch in der Haltung von Armen und Händen? Sie schraffierte den Hintergrund schwarz, der Körper blieb weiß. Ein umgekehrter Schattenriss, den man aus der Distanz auch als unregelmäßigen, hellen Lichtfleck am Ende eines Tunnels wahrnehmen konnte.

Clive war am Fitzroy Square gewesen und hatte Virginia, Adrian und Duncan mitgebracht. Ihr Gelächter füllte das Haus und versetzte Julian in Unruhe, der schlafen sollte. Meist übernahm Vanessa es selbst, Julian ins Bett zu bringen. Als er endlich schlief, hätte sie sich am liebsten in ihr Zimmer zurückgezogen, aber das hätte bedeutet, die Distanz zu ihrer Schwester noch weiter auszubauen. Und auch das fühlte sich nicht richtig an.

»Schläft er jetzt?«, fragte Clive, als sie ins Wohnzimmer trat. Virginia saß im Sessel am Kaminfeuer und Clive auf der Lehne, direkt neben ihr. Sie berührten einander nicht, aber die demonstrativ zur Schau gestellte Nähe ließ Vanessas Inneres brodeln.

Sie umarmte ihren Bruder, ließ eine spöttische Bemerkung darüber fallen, dass Adrian und Duncan wie siamesische Zwillinge geworden waren, und legte Virginia kurz zur Begrüßung die Hand auf die Schulter. Dann schenkte sie sich ein Glas Scotch ein und setzte sich ein wenig abseits in einen Sessel, wo der Schein des Kaminfeuers sie nicht erreichen konnte.

»Clive hat uns von eurer Bekanntschaft im Zug heute Morgen erzählt«, sagte Virginia.

Vanessa nickte nur, was die anderen aber vermutlich durch den Schutz, den die Dunkelheit ihr bot, nicht sehen konnten.

»Sie traute sich zuerst nicht, ihn anzusprechen«, berichtete Clive belustigt.

»Verständlich. Er ist eine Eminenz in der Kunstszene«, sagte Virginia. »Ist er nicht auch Kurator am Metropolitan Museum in New York? Ich meine, ich hätte so etwas gelesen.«

»War«, sagte Vanessa. »Seit Anfang des Jahres nicht mehr.«

»Woher weißt du das?«, fragte Clive erstaunt.

»Du hast einmal das Abteil verlassen, wenn du dich vielleicht erinnerst. Da hat er es mir gesagt.« Es war nur ein kurzer Moment gewesen, in dem sie mit Mr Fry allein im Abteil gesessen hatte. Sie hatte sich nach seiner Frau erkundigt – eine Frage, der er ausgewichen war. Stattdessen hatte er ihr berichtet, dass er sich nach langen Jahren des Pendelns zwischen New York und London nun endgültig wieder in England niederlassen wollte.

»Was hältst du von seinem Vorhaben?«, fragte Virginia. Ihre Augen schienen nach einem direkten Blickkontakt zu suchen. Da sie ihn jedoch nicht fand, blinzelte sie und sah vor sich auf den Boden, als könnte sie dort den Halt finden, den Vanessa ihr verweigerte.

»Ich halte ihn für einen Phantasten. Aber er scheint auch eine gewisse Sturköpfigkeit zu besitzen. Beides zusammengenommen könnte zum Erfolg führen.«

»Und was würde einen solchen Erfolg ausmachen?«

»Das liegt im Auge des Betrachters«, antwortete Vanessa achselzuckend.

»Was allerdings für sich genommen schon eine skandalöse Behauptung ist«, entgegnete Virginia.

Sie tat es schon wieder. Jeden einfach dahingesagten Satz nahm sie auseinander, bis er in sinnentleerte Worte zerfiel, um ihn dann mit ihrer eigenen zwingenden Logik aufzuladen.

Vanessa seufzte. Clive jedoch nahm Virginias Gedanken begeistert auf. »Nehmen wir an, der sogenannte gute Geschmack sei ein allgemeingültiges Ideal. Dann handelt es sich bei Bildern wie denen eines Gauguin um den Auswurf eines verwirrten Geistes.«

Interessant, dachte Vanessa. So hatte er es Fry gegenüber nicht ausgedrückt. Wen wollte er nun mehr beeindrucken, Roger Fry oder Virginia?

»Und jeder Betrachter, der anderes behaupten würde, wäre selbst ein verwirrter Geist«, sagte Virginia mit diesem feinen Lächeln, das auf Menschen, die sie nicht kannten, so einschüchternd wirken konnte.

Clive sah hingerissen auf sie hinunter. »Dessen Meinung zu akzeptieren einem Skandal gleichkäme!«

Der Umgang mit Virginia schien bei ihm das Bedürfnis zu verstärken, sich in jeder Sekunde als geistreich und eloquent beweisen zu müssen. Früher waren seine Einwürfe deutlich profaner, seine Gedanken weit weniger philosophisch gewesen. »Erfolg ist also nur dann Erfolg, wenn er demjenigen zuteilwird, der uns schöne Dinge zeigt …«

»Wobei *schön* das ist, was wir alle kennen und als solches abgesegnet haben«, vollendete Virginia das gemeinsame Gedankenexperiment.

»Seid ihr fertig?«, fragte Vanessa müde und erhob sich.

»Willst du schon schlafen gehen?« Clive sah sie nicht einmal an, während er das sagte.

»Nein. Ich brauche noch etwas zu trinken, um euren klugen Gedanken folgen zu können«, gab sie zurück.

»Julian hat übrigens seine Vorlieben für Lexika entdeckt.« Virginia griff nach ihrer Hand, als Vanessa an ihrem Sessel vorbei zum Sideboard ging, wo sie sich den letzten Rest Scotch einschenkte. Sie sollte keinen Alkohol trinken, aber heute half die wohltuende Wärme in der Kehle gegen die brodelnde Unruhe in ihrem Körper, von der sie nicht wusste, wem sie sie mehr anlasten sollte: Clive und Virginia oder Roger Fry.

»So, hat er?«, fragte sie, ohne Virginia anzusehen.

»Ich musste ihm die kompliziertesten Wörter vorlesen, und er konnte sich kaum halten vor Lachen.«

»Dann hat er vielleicht das literarische Gen seines Vaters geerbt«, sagte Clive und zwinkerte Virginia zu.

»Ich hoffe nicht.« Virginia lachte laut auf, ein glockenheller Ton, der von ihr in letzter Zeit nur allzu selten zu hören war.

»Willst du vielleicht damit andeuten, dass meine literarischen Ergüsse nicht deinen Qualitätsansprüchen genügen?«

»Ergüsse?«, fragte Vanessa an Clive gewandt. »Wo wären die zu finden? Habe ich etwas verpasst?«

»Kann es sein, dass seine Ergüsse sich in andere Schöße er…«, setzte Adrian mit einem anzüglichen Grinsen an, doch Duncan brachte ihn mit einem Hieb in den Nacken zum Schweigen.

»Seht ihr? Er kann sich einfach nicht anständig benehmen.« Virginia zeigte anklagend auf Adrian, der auf dem Boden saß, direkt neben Duncans lang ausgestreckten Beinen. Die beiden saßen so eng beieinander, dass Vanessa überlegte, ob sie mittlerweile auch das Bett teilten. Bei Gelegenheit würde sie Duncan fragen.

»Und mit einem solchen Flegel muss ich zusammenwohnen«, empörte Virginia sich.

Adrian feixte ungeniert.

»Seit wann scheren wir uns um Anstand?«, fragte Vanessa und ließ sich auf der zweiten Armlehne des Sessels nieder, in dem Virginia saß. Sie lächelte über Virginias Kopf hinweg Clive an, dessen Nacken und Ohren rot angelaufen waren. Es war mittlerweile ein offenes Geheimnis, dass er nicht nur Virginia vergötterte, sondern auch eine Geliebte hatte, die er regelmäßig besuchte. Vanessa ging stillschweigend darüber hinweg. Was hätte sie auch tun sollen? Sie war nicht nur zu stolz, ihn zur Rede zu stellen und an sein Treuegelöbnis zu erinnern, es widersprach auch dem hohen Wert, den sie der Toleranz beimaß. Wenn er meinte, bei einer anderen Frau Dinge zu finden, die sie ihm nicht geben konnte, dann sollte er das tun. Es gab ihr die Freiheit, genau das zu tun, was ihr beliebte. Nur leider war das im Moment auf einen sehr kleinen Radius beschränkt, weil Julian erst zwei und sie schon wieder schwanger war.

Virginia drehte Clive den Rücken zu und schmiegte sich an Vanessa. »Und wie findest du ihn, diesen Roger Fry? Wie sieht er aus? Ist er attraktiv?«

Vanessa lächelte verschwörerisch und ließ sich von der Armlehne in den Sessel rutschen. Virginia rückte beiseite und schubste so beinahe Clive von der Lehne. Mit säuerlicher Miene stand er auf und setzte sich auf einen Stuhl neben Duncan, der von einer Ausstellung erzählte, die er mit Lytton besucht hatte.

»Das Beste an ihm ist seine Stimme«, sagte Vanessa leise. »So warm und beruhigend und zugleich … irgendwie männlich.«

»Männlich? Meinst du … erotisch?« Virginias glasklare Stimme zerschnitt das Gemurmel der drei Männer, die in diesem Moment vom Sofa zu ihnen herübersahen. Clive runzelte die Stirn.

Vanessa wiegte den Kopf hin und her. Oh, wie sehr genoss sie diesen Moment!

»Nun«, sagte sie und sah Virginia zum ersten Mal an diesem Abend frei und offen an. »Das weiß ich noch nicht. Aber ich werde es herausfinden.«

3. Kapitel

London, Paddington Station, 10. Februar 1910

An einem kalten Februarmorgen versammelte sich am äußersten Ende von Gleis 2 des Bahnhofs Paddington eine kleine Gruppe exotisch anmutender Gestalten. Sie waren dunkelhäutig, trugen prächtige Bärte, aufwendig bestickte Kaftane, Goldschmuck und auf den Köpfen kunstvoll gewickelte Turbane. Einem aufmerksamen Beobachter wäre vielleicht das irritierend helle blaue Augenpaar eines der kostbar gewandeten Herren der Gruppe aufgefallen, der seinen aufmerksamen Blick über den Bahnsteig schweifen ließ. Der Blauäugige stieß seinem Nebenmann mehrmals heftig in die Seite, weil dieser ein glockenklares Lachen ertönen ließ, das in einem irritierenden Widerspruch zu seinem buschigen, schwarzen Bart stand. Aus ihrer Mitte ragte ein groß gewachsener Europäer mit schwarzem Mantel und altmodischer Melone hervor, dessen jugendlich wirkendes Gesicht ein Spitzbart zierte.

Sie alle waren sichtlich nervös, ganz so, als fürchteten sie, angesprochen zu werden. Aber obwohl viele neugierige Blicke sie streiften, richtete niemand das Wort an sie.

Als der Zug nach Weymouth einfuhr, gesellte sich ein staatsmännisch aussehender Herr in Frack und Zylinder zu ihnen, und gemeinsam eilte die illustre Gesellschaft zu den Wagen der ersten Klasse. Sie ließen sich in einem leeren Abteil nieder, verschlossen die Abteiltür fest und zogen den Vorhang zu, damit niemand sie beobachten oder ihren Gesprächen würde lauschen können.

Solchermaßen abgeschirmt legte der große Herr im schwarzen Mantel seine Melone ab und stieß einen Unmutslaut aus.

»Virginia! Wenn du nachher auf der *Dreadnought* so hysterisch herumkicherst wie eben, fliegen wir garantiert auf. Also reiß dich gefälligst zusammen.«

»Ach Adrian, du siehst einfach zu albern aus mit deiner Melone. Wie ein schäbiger Handelsvertreter. Ich konnte nicht anders.«

»Du musst! Sonst werfen sie uns noch über Bord. Und ich will mir nicht vorstellen, was geschieht, wenn sie feststellen, dass du eine Frau bist«, sagte Duncan, der neben ihr damit beschäftigt war, seinen sich ablösenden Bart neu anzukleben.

»Wenn uns etwas verrät, dann deine blauen Augen. Niemand wird glauben, dass du aus Abessinien stammst«, entgegnete Virginia.

»Ich glaube sowieso nicht, dass die auf diese Maskerade hereinfallen. Wir sollten umkehren.« Die düster gesprochenen Worte kamen von dem jungen Mann, der das prachtvollste Gewand und die kostbarste Goldkette trug und in dem bevorstehenden Abenteuer den ehrwürdigen Kaiser von Abessinien spielen sollte. Er hieß Anthony Buxton und war ein Studienfreund von Adrian, wie auch die beiden anderen »Abessinier«, Horace Cole und Guy Ridley. Sie hatten mit Adrian den irrwitzigen Plan ausgeheckt, die Royal Navy an der Nase herumzuführen und das Flaggschiff der britischen Heimatflotte, die *Dreadnought*, zu besichtigen. Das Schiff war die Speerspitze der Royal Navy im Kampf um die Vorherrschaft auf See. Die Deutschen hatten ihre Marine gefährlich hochgerüstet, so dass die britische Regierung eine bevorstehende Invasion befürchtete. Mit der *Dreadnought* wollte man dem kontinentalen Muskelprotz die Stärke der britischen Seemacht demonstrieren. Sie galt als das größte und schlagkräftigste Kriegsschiff der Welt und war der Stolz der britischen Nation.

Ihre technischen Raffinessen unterlagen allerhöchster Geheimhaltungspflicht, und auf dem Schiff herrschte absolutes Besuchsverbot für Normalsterbliche. Dies galt selbstverständlich nicht für eine königliche Hoheit wie den Kaiser von Abessinien, der dem britischen Königreich die Ehre seines Besuches erweisen wollte. Adrian und Cole, die beiden Initiatoren des verwegenen Planes, vertrauten auf die Eitelkeit des Oberbefehlshabers der Heimatflotte und hatten mit einem nur dem Schein nach im Foreign Office aufgegebenen Telegramm den Besuch des Kaisers von Abessinien und seines Gefolges angekündigt. Und nun hofften sie darauf, dass man dieses Telegramm ernst nehmen und sie gebührend empfangen würde.

»Warum so pessimistisch?«, fragte Horace Cole, der einen Beamten des Foreign Office darstellen sollte. Er war ein notorischer Spaßvogel, der sich schon in Cambridge so manchen Streich erlaubt hatte. Seinem Reichtum verdankten sie den teuren Schmuck, der ihre Verkleidung vervollständigte.

»Bestimmt werden offizielle Telegramme in solchen Angelegenheiten chiffriert. Da könnte ja jeder daherkommen und sich als König, Kaiser oder Papst ausgeben«, unkte der falsche Kaiser von Abessinien.

»Wenn du solche Bedenken hast, warum bist du dann hier?«, fragte Adrian und zog die kleine Sprachbroschüre aus der Tasche, mit der er sich ein paar Brocken Suaheli anzueignen versuchte. Er war dazu auserkoren worden, den Dolmetscher der Gesandtschaft zu spielen. Natürlich wusste niemand von ihnen, welche Sprache in Abessinien gesprochen wurde, und einen abessinischen Sprachführer hatten sie nicht auftreiben können. So waren sie zur Überzeugung gelangt, dass Suaheli fremdländisch genug klang, um von britischen Marineoffizieren für Abessinisch gehalten zu werden.

»Weil ich der Einzige bin, der staatsmännisch genug aussieht. Oder hättest du lieber Virginia als Kaiser losgeschickt?«, fragte Anthony, der mit seinen dunklen Augen und breiten Schultern tatsächlich etwas Royales an sich hatte.

»Virginia darf überhaupt nicht den Mund aufmachen«, beschied Adrian. »Und niemand nimmt Speisen oder Getränke an! Denkt an die Schminke. Und du Duncan«, er wies mit dem Suaheli-Führer auf seinen Freund, »du schlägst am besten die Augen nieder. Überlasst das Reden Cole, Anthony und mir!«

Für Adrian und Virginia hatte das Abenteuer eine besondere Würze, weil George Duckworths Lieblingscousin, William Fisher, Fregattenkapitän auf der *Dreadnought* war. Virginia hatte den Vetter seit ihrer Kindheit nicht mehr gesehen, Adrian aber war noch in seiner Studienzeit bei der verhassten Fisher-Verwandtschaft zu Gast gewesen. Das Risiko, dass der Vetter Adrian erkennen würde, war also groß. Virginia war der Plan so irrsinnig erschienen, dass sie sofort begeistert zugestimmt hatte, als Adrian sie fragte, ob sie den Prinzen Ras Mendax im Gefolge des Kaisers von Abessinien spielen wollte. Sie hatte sich die Haare schneiden lassen und fühlte sich unter ihrem Bart und dem weiten Kaftan ausreichend verkleidet, um nicht erkannt zu werden. Dennoch war sie so nervös, dass ihr die Hände zitterten und sie nur mit Mühe ihr hysterisches Kichern unterdrücken konnte.

Vanessa hatte stundenlang auf sie eingeredet, um sie von ihrem wahnwitzigen Vorhaben abzubringen.

»Sie werden euch die Gewänder vom Leib reißen. Dann stehst du plötzlich in Leibwäsche vor lauter Marinesoldaten. Du kannst froh sein, wenn sie dich nur ins Meer werfen.« Sie hatte Adrian davor gewarnt, dem Vetter allzu nah zu kommen. »Er *muss* dich erkennen. Allein deine Größe verrät dich.« Und sie hatte Duncan angefleht, Adrian zur Vernunft zu bringen. Als all das nicht fruchtete, hatte sie gedroht, niemals wieder ein Wort mit Virginia zu reden, wenn die Sache aufflöge und Virginia in der Presse niedergetrampelt würde.

»Du wirst deinen Ruf als Schriftstellerin vernichten, noch bevor du ihn dir aufgebaut hast«, schimpfte sie. »Reicht es nicht, dass du dich in diese Frauenstimmrechtssache hast mit hineinziehen lassen? Was willst du noch alles tun, um dich unmöglich zu machen?«

Virginia war von ihrer alten Griechischlehrerin Janet Case so lange beschwatzt worden, bis sie zugestimmt hatte, die *National Union of Women's Suffrage Societies* zu unterstützen. Ihre Arbeit beschränkte sich allerdings darauf, im Büro der *NUWSS* einmal wöchentlich Briefumschläge zu beschriften. Die wenigen Stunden in diesem lauten und hektischen Büro strengten sie bereits so sehr an, dass sie jede zusätzliche Mitwirkung im Kampf um das Frauenwahlrecht für sich ausschloss, obgleich sie natürlich der Sache als solche große Bedeutung beimaß.

»Sieh dich vor«, warnte Vanessa noch. »Du hast ein schwaches Nervenkostüm. Solche Aktionen sind nichts für dich.«

Wahrscheinlich war es genau dieser Satz von Vanessa, der Virginia endgültig dazu bewogen hatte, tatsächlich in die Rolle von Prinz Ras Mendax zu schlüpfen. Doch je näher sie Weymouth kamen, desto banger wurde ihr. Und wenn sie sich ihre Mitstreiter so ansah, dann ging es ihnen nicht anders. Cole und Adrian verschwanden irgendwann in den Speisesaal, um etwas zu essen. Die falschen Abessinier mussten mit ein paar mitgebrachten Keksen vorliebnehmen, damit ihre Bärte und die Theaterschminke unbeschadet blieben. Hunger verspürte Virginia zwar nicht, aber als der Zug endlich in Weymouth einfuhr, glaubte sie, Galle erbrechen zu müssen.

Auf wackeligen Beinen wankte sie hinter Anthony, dem Kaiser, aus dem Zug.

Auf dem Bahnsteig traute Virginia ihren Augen nicht. Ein roter Teppich war ausgerollt worden und hinter einer Absperrung drängten sich die neugierigen Bürger. Ein Flaggoffizier schritt auf den Kaiser von Abessinien zu und salutierte. Der stutzte einen Moment, offenbar unsicher, ob er es dem Offizier gleichtun oder doch besser würdevoll das Haupt neigen sollte. Virginia beobachtete ihn gespannt. Zum Glück entschied er sich für Letzteres und überließ Cole, dem vermeintlichen Beamten des Foreign Office, und Adrian, dem Dolmetscher, die Vorstellung des Kaisers und seiner Gefolgschaft.

Sie bestiegen ein Taxi und fuhren zum Hafen, wo eine Dampfbarkasse den hohen Besuch erwartete. Sie würde die Gruppe zu dem riesigen Schiff bringen, das draußen vor Anker lag – mitten hinein in das Herz des britischen Nationalstolzes.

An Bord der *Dreadnought* schritten sie entlang strammstehender Marinesoldaten auf den Admiral der Flotte und seinen Kapitän, ihren Cousin William Fisher, zu. Wieder wurden Hände geschüttelt, und Virginia musste ihrem Verwandten die Hand reichen. Er ergriff sie, sah ihr kurz und staatsmännisch in die Augen und wandte sich – ohne auch nur mit der Wimper zu zucken – dem Kaiser von Abessinien zu. Nahm er vor lauter Diensteifer wirklich nicht wahr, dass sich unter der schlechten Maskerade eine Frau verbarg? Virginia war zugleich so perplex und so erleichtert, dass sie beinahe laut losgelacht hätte. In diesem Augenblick bat der Admiral den Dolmetscher, dem hohen Besuch die Ehrenzeichen näher zu erläutern, die auf seiner und der Uniform des Fregattenkapitäns prangten. Adrian begann mit den Worten, die er eben im Zug noch auswendig gelernt hatte:

»Entaqui, mahai, kustufani«, sagte er und vollführte ausschweifende Gesten, um seinem Kaiser die Bedeutsamkeit der Medaillen auf des Admirals Brust begreiflich zu machen. Virginia beobachtete ihren Cousin, überzeugt, dass er spätestens jetzt erkennen musste, wer da vor ihm stand. Aber der nickte nur und lauschte mit Staunen den fremdartigen Lauten.

Der Kaiser von Abessinien sagte ebenfalls etwas, das ganz ähnlich klang wie Adrians Worte.

Es folgte ein unangenehmes Schweigen, denn sehr viel mehr Suaheli hatte Adrian dem Büchlein nicht entnehmen können. Der Admiral und sein Fregattenkapitän warteten, dass Adrian fortführe, denn mit nur drei Worten waren doch gewiss die ausführlichen Erklärungen nicht erschöpfend übersetzt?

Adrian öffnete ein paarmal den Mund, und Virginia war überzeugt, dass jetzt der Moment gekommen war, in dem sie auffliegen würden.

Doch da sagte Adrian plötzlich mit klarer, selbstgewisser Stimme: »Tahli bussor ahbat tahl aesque miss. Erraema, fleet use …«

Virginia traute ihren Ohren nicht. Er zitierte Vergil! War er verrückt geworden? Lediglich ein vollkommen ungebildeter Mensch konnte die nur minimal veränderten Verse aus der Aeneis für eine exotische Fremdsprache halten. Anthony, der Kaiser, begriff sofort und antwortete, indem er das begonnene Vergil-Zitat einfach fortsetzte. Virginia spannte sich innerlich an, um für die Woge der Entrüstung gewappnet zu sein, die unweigerlich über sie hereinbrechen musste. Aber nichts dergleichen geschah. Der Admiral wartete, bis der Dolmetscher seinen Abessiniern deutlich genug gemacht hatte, mit welch hochrangigen Persönlichkeiten sie es hier zu tun hatten, und erklärte dann, man würde ihnen jetzt das Schiff zeigen.

Der Kaiser und seine drei männlichen Mitreisenden nickten und sagten »Ahbat ahbat«. Virginia wollte nicht ganz stumm bleiben, fürchtete aber auch, sich durch ihre Stimme zu verraten, also krächzte sie heiser etwas, das wie »chuck-a-choi« klang.

Mit großen Gesten und wichtigen Worten übergab der Admiral sie an einen seiner hochrangigen Offiziere, von dem sie anschließend in die größten Geheimnisse der Royal Navy eingeweiht wurden. Sie liefen durch die langen Korridore des Schiffs, bestaunten Geschütze, Panzertürme und die Funkkabine, lernten, wie Entfernungsmesser funktionierten, und beendeten ihren Besuch tief im Bauch des Schiffes, wo sich das voll ausgestattete Lazarett befand.

Als sie nach der Führung wieder an Deck zurückkehrten und erneut an den salutierenden Marinesoldaten vorbeischritten, heftete Virginia ihren Blick fest auf Adrians Rücken, um nicht zu guter Letzt doch noch in das hysterische Lachen auszubrechen, das in ihrem Inneren tobte. Wenngleich ihr ganzer Körper vor lauter Anspannung schmerzte, fühlte sich ihr Kopf doch merkwürdig leicht an. Ganz so, als hätte er sich von ihrem Körper gelöst und schwebe in einer grotesk verzerrten Sphäre der Irrealität. Nicht einer dieser kraftstrotzenden, dümmlichen und überheblichen Männer um sie herum war in der Lage, eine dermaßen fadenscheinige Maskerade zu durchschauen. Das also war der Zustand des Empire, welches die herrschende Elite mit solch verbitterter Vehemenz gegen alles verteidigte, was nicht britisch, patriarchalisch und konservativ war.

Sie wünschte sich, ihrem Drang zu lachen nachgeben zu können, um diese fast beängstigende Trennung von Wahrnehmung und Begreifen aufzuheben. Das Ganze war so absurd, dass es ein Traum sein musste, aus dem sie endlich aufwachen wollte.

Sie war unendlich erleichtert, als Adrian die einundzwanzig Salutschüsse, die ihnen als Staatsoberhäupter offenbar zugestanden hätten, mit der Begründung ablehnte, dass man auch bei ihrem Empfang bei der französischen Marine in Toulon auf die Salutschüsse verzichtet habe. Er schloss mit den Worten: »Ich darf Ihnen versichern, dass der Kaiser höchst beeindruckt von diesem Schiff und Ihrer Gastfreundschaft ist, nun aber seine Reise fortsetzen muss.«

Der junge Offizier schien mit der abgekürzten Prozedur mehr als einverstanden und geleitete sie zu Virginias großer Erleichterung endlich vom Schiff, auf die Barkasse und zurück zum Bahnhof. Das Ganze mit einer solch formvollendeten Höflichkeit, dass sich Virginia beinahe dafür schämte, den armen Offizier dermaßen zu hintergehen.

Die Sache blieb nicht ohne Nachwirkungen. Am übernächsten Tag prangte auf der Titelseite des *Daily Mirror* das Foto, das sie kurz nach ihrer Kostümierung hatten aufnehmen lassen. Allerdings war das Bild nicht für die Öffentlichkeit bestimmt gewesen, sondern allein für ihre persönliche Erinnerung. Der nebenstehende Artikel berichtete in allen Einzelheiten über eine Gruppe junger Witzbolde, die, verkleidet als abessinische Hoheiten, sämtliche Sicherheitsvorschriften unterlaufen und die Admiralität der *Dreadnought* an der Nase herumgeführt hatten. Dabei waren sie noch während der Rückfahrt übereingekommen, dass sie sich für die zuvorkommende Behandlung auf dem Schiff erkenntlich zeigen müssten und die Sache nicht an die große Glocke hängen sollten.

»Das war sicher dieser Cole!«, zischte Virginia. »Er ist genauso ein Wichtigtuer wie dieser Admiral!«

Sie hatte recht. Cole gab zu, noch am selben Abend den *Daily Mirror* informiert zu haben. »Wenn niemand davon weiß, hat doch der ganze Spaß keinen Sinn gehabt«, verteidigte er sich.

Die beiden anschließenden Wochen wurden zum Alptraum für Virginia. Zwar hatte Cole ihre Namen bei seinen Enthüllungen nicht erwähnt, aber die Tatsache, dass einer der abessinischen Prinzen eine Frau gewesen war, sorgte beinahe für noch mehr

Entrüstung bei der konservativen Leserschaft des Blattes als das Husarenstück selbst. Auch die anderen Zeitungen stürzten sich auf die Geschichte und berichteten genüsslich oder auch entrüstet – je nachdem, welcher politischen Gesinnung die Leserschaft war – über die Bloßstellung der Royal Navy. Jeden Tag zeigte ihr Adrian einen anderen Artikel, den sie angstvoll nach ihrem Namen absuchte, aber glücklicherweise tauchte er nie auf. Irgendwie sickerte aber doch durch, wer sich unter den Kaftanen verborgen hatte und dass der Dolmetscher der Truppe ein naher Verwandter des Fregattenkapitäns Fisher war.

William Fisher zitierte Adrian in sein Büro und kanzelte ihn gehörig ab, nahm die Angelegenheit insgesamt aber doch mit viel Humor. Nicht so der Rest der Verwandtschaft. Böse Briefe von Tanten und Onkeln rieselten auf Virginia nieder, George Duckworth stattete ihnen einen unangenehmen Besuch ab, und Cousine Dorothea schickte eine wortreiche Zurechtweisung, die Virginia entnervt beiseitelegte. Zwar bereute sie nicht, sich an der Sache beteiligt zu haben, die ganze Aufregung und Empörung aber setzten ihr so sehr zu, dass sie nachts nicht mehr zur Ruhe kam und tagsüber an zersetzenden Kopfschmerzen litt.

»Was ist los?«, fragte Vanessa eines Nachmittags, als Virginias Hand beim Teetrinken so sehr zitterte, dass der Tee sich über ihren Rock ergoss. Es war einer der seltenen Besuche Vanessas am Fitzroy Square, und sie war vor allem gekommen, um zu erfahren, ob es Neuigkeiten in der *Dreadnought*-Angelegenheit gab. In den Zeitungen las man inzwischen, dass es eine Anhörung im Unterhaus gegeben hatte und der Admiral sich einer peinlichen Befragung hatte unterziehen müssen.

»Nur ein Versehen«, gab Virginia zurück und betupfte hektisch ihren Rock mit einem Stück Fließblatt, was natürlich gar nichts bewirkte.

»Hast du Kopfschmerzen?«, fragte Vanessa argwöhnisch.

»Warum sollte ich Kopfschmerzen haben?«

»Du siehst aus, als hättest du welche.«

»Und wenn ich welche hätte?«

Vanessa schloss für einen Moment die Augen und seufzte. »Virginia. Du musst auf dich achtgeben. Ich sehe doch, dass du immer nervöser und hektischer geworden bist in den letzten Wochen! Dieser *Dreadnought*-Unsinn war einfach zu viel für dich.«

»Zu viel für dich, zu viel für dich!«, äffte Virginia sie nach. Wie sie es hasste, wenn Vanessa sie ansah, als wollte sie sie am liebsten gleich in eine Anstalt einliefern.

»Möchtest du, dass ich Doktor Savage um Rat frage? Vielleicht kann er dir etwas zur Beruhigung geben.«

Beim Namen Savage stieg Virginia die Hitze in den Kopf. Die Erinnerung an das letzte Mal, als sie unter der Behandlung des Nervenarztes hatte leiden müssen, war noch allzu frisch. »Es – geht – mir – gut!« Virginia betonte jede Silbe einzeln, konnte aber nicht verhindern, dass ihre Stimme beim letzten Wort kippte.

Vanessa hob eine Augenbraue und stand auf. »Fein. Dann verabschiede ich mich jetzt. Bestimmt willst du noch arbeiten.«

Arbeiten, dachte Virginia. Natürlich hätte sie noch zu arbeiten. Nur wie, wenn die Gedanken immer wegrutschten, sobald sie sich zu konzentrieren versuchte? Sie geleitete Vanessa zur Tür und wünschte sich, die Schwester würde sie noch einmal in den Arm nehmen, so wie früher. Vanessa begriff einfach nicht, dass es *das* war, was ihr fehlte. Nur das.

4. Kapitel

46, Gordon Square, 25. Februar 1910

Für Vanessa war die Sache mit der *Dreadnought* ein Ärgernis – nicht nur, weil sie Virginia wieder einmal gefährlich nah an den Rand einer Nervenkrise gebracht hatte. Der Aufruhr in den Tagen danach brachte auch ihre eigenen Pläne durcheinander. Sie hatte Roger Fry nach Bloomsbury eingeladen, damit er vor dem Freitagsclub seine Gedanken zur zeitgenössischen französischen Kunst darlege. Die Mitglieder des Clubs, dem unter anderem auch Duncan Grant angehörte, sollten ein paar ihrer besten Bilder zusammentragen, um sie dem bedeutenden Kritiker zu diesem Anlass zu präsentieren. Vanessa hielt Duncan für den mit Abstand talentiertesten Künstler des Clubs und zählte darauf, Roger mit seinen Bildern beeindrucken zu können. Duncan aber war abgetaucht. Anders als ihre Geschwister, Cole und die anderen beiden *Dreadnought*-Verschwörer hatte Duncan keinen einflussreichen Familienangehörigen, der sich schützend vor ihn hätte stellen können. Zwar hieß es, die Linie seiner Vorfahren ließe sich auf John of Gaunt zurückführen, sein Vater jedoch war nur ein tief verschuldeter Offizier im Kolonialdienst der britischen Armee. Die Kindheit hatte Duncan in Indien verbracht, umsorgt von Nannys und indischen *Ayahs* und umgeben vom Luxus britischer Kolonialherrschaftlichkeit, der jedoch in scharfem Gegensatz zur persönlichen Hablosigkeit seines Vaters stand. Der hatte sich immer eher den schönen, sinnenfreudigen Seiten des Lebens gewidmet als dem Streben nach Ruhm und Einfluss. Und so waren weder

Duncan noch seine Bilder anwesend, als Roger an diesem Abend am Gordon Square eintraf.

Vanessas Freitagsclub war inzwischen zu einer festen Einrichtung geworden, der viele junge Künstler angehörten. Gewiss – sie alle waren den kunstinteressierten Londonern, die in den Galerien und Museen der Stadt ihren Kunstverstand pflegten, vollkommen unbekannt, und keines ihrer Bilder hätte es je in den Besitz eines dieser wohlfeilen Bürger geschafft. Dies war vor allem der Tatsache geschuldet, dass sie ihre künstlerische Ausbildung *nicht* an der einzig akzeptierten Institution britischer Kunst, der Royal Academy, genossen hatten, sondern an der Slade oder, wie Duncan, gar in einem dieser berüchtigten Ateliers in Paris, in denen, so glaubte man, Kunst und moralischer Verfall eine untrennbare Einheit bildeten.

»Mr Fry, wie wunderbar, dass Sie uns die Ehre erweisen!«, rief Clive aus, als der Kunstgelehrte von der Magd in den Salon geführt wurde. Dort hatten sich bereits gut ein Dutzend junger Künstler versammelt, die alle sehr gespannt auf den berühmten Roger Fry waren. Virginia nahm meist ebenfalls an den Freitagsclub-Abenden teil, aber heute hatte Vanessa ihr geraten, sich auszuruhen und dem Treffen fernzubleiben. Sie schien sich daran zu halten.

Wie immer war es eine zwanglose Gesellschaft. Die Anwesenden saßen auf Stühlen, Sesseln und Sofalehnen und zum Teil auch auf dem Boden, redeten und lachten laut durcheinander, so dass im Raum ein ohrenbetäubender Lärm herrschte.

Vanessa hatte die Werke der Gruppenmitglieder ringsum auf Sideboards und Stühlen aufgestellt, darunter auch eines ihrer Stillleben, *Iceland Poppies*, das sie im vergangenen Sommer gemalt hatte und für ihr bisher bestes Bild hielt. Es stand genau zwischen

Henry Lambs Küstenlandschaft *Thundery Wheather*, die sie wegen ihrer kräftigen Farben sehr mochte, und einem in den klassisch gedeckten Tönen gehaltenen Stillleben von Edna Clarke Hall. Es zeigte einen Korb auf einem Stuhl und einen hellen Mantel, der an der Wand dahinter hing. Durch die Hell-Dunkel-Kontrastierung hatte Edna eine erstaunliche Tiefe erzeugt, und trotz der gedeckten Farbgebung wirkte das Bild plastisch und kraftvoll. Vanessa fragte sich, ob es klug gewesen war, ihr eigenes Stillleben direkt daneben zu platzieren. Die zarte Durchlässigkeit ihrer *Iceland Poppies* erschien ihr auf einmal fade und unbeholfen. Aber nun war es zu spät, um noch etwas zu verändern. Roger Fry hatte sie bereits gesehen und steuerte mit Clive auf sie zu.

»So viele junge Künstler in einem Raum! Sie haben hier etwas Großartiges geschaffen«, sagte Roger und ergriff mit beiden Händen die ihre. »Danke, dass Sie mich in ihrer Mitte aufnehmen.«

Sie hatte ihn seit ihrer Begegnung im Zug nicht mehr gesehen. Er schien ihr heute noch energiegeladener als vor wenigen Wochen und das, obwohl er mit deutlichem Abstand der Älteste im Raum war. Er hätte der Vater der meisten der jungen Leute hier sein können, und doch strahlte er jugendlichen Tatendrang und Neugierde aus wie kaum ein anderer.

»Wir sind alle schon so gespannt, was Sie uns erzählen werden«, sagte Vanessa.

»Oh, ich bin vor allem gespannt, was *Sie* mir erzählen werden.« Er breitete die Hände aus, als erwarte er, dass ihm jeden Moment die köstlichen Früchte aus einem schwer behangenen Baum in den Schoß fallen würden. »Ich bringe nur ein paar provozierende Sätze mit und –«, er wandte sich an Clive, »ein paar Eindrücke aus Frankreich. Das Eigentliche aber«, er drehte sich wieder zu ihr, »sind doch Sie alle hier. Ihr kreatives Schaffen steht im Mittelpunkt, und ich möchte von Ihnen lernen, nicht umgekehrt.«

»Sie sind viel zu bescheiden. Aber es steht Ihnen«, sagte Vanessa lächelnd und beobachtete seine Reaktion auf ihre Worte. Er senkte den Kopf und sein linker Mundwinkel zog sich leicht in die Höhe, was ihm etwas Spitzbübisches verlieh. Er hatte ein Grübchen im Kinn und auch neben seinen Mundwinkeln zeigten sich Grübchen, wenn er lächelte.

»Danke für das Kompliment«, sagte er. »Und Ihnen steht dieses Kleid ausnehmend gut, wenn ich das sagen darf«, setzte er leise hinzu. Vanessa trug längst nur noch farbenfrohe, weite Kleider. Die Zeit der Korsetts war endgültig vorbei. Er war einen Schritt näher an sie herangetreten, nah genug, dass sie seinen Geruch einfangen konnte. Angenehm. Ein herbes Duftwasser, vermischt mit einer Ahnung von Tabak.

»Was können wir Ihnen zu trinken anbieten, Mr Fry?« Clive sprach so laut, dass die übrigen Stimmen im Raum verstummten und sich alle Köpfe ihnen zuwandten, in der Erwartung, dass der Vortrag beginnen würde.

»Ich kümmere mich darum«, sagte Vanessa und hakte sich bei Roger Fry ein – etwas, was sie niemals getan hätte, wenn Clive ihren kleinen Schlagabtausch nicht so plump unterbrochen hätte. Sie führte ihren Gast an den Bildern vorbei zum Sideboard, wo Getränke bereitstanden. Roger blieb abrupt vor ihren *Iceland Poppies* stehen.

»Zauberhaft«, murmelte er. »Wer hat es …«

Er näherte sich dem Bild und versuchte, die Signatur zu entziffern.

»Es gefällt Ihnen?«

»Sehr«, sagte Fry. Das Bild zeigte eine Medizinflasche mit einem Narkosemittel, ein altes Apothekergefäß und im Vordergrund eine rote und zwei weiße Islandmohnblüten. Es war im vergangenen Winter entstanden, zu einer Zeit, als Julians ständiges Verlangen nach mütterlicher Aufmerksamkeit und die andauernde Tändelei zwischen Virginia und Clive in ihr die Sehnsucht geschürt hatten, alles hinter sich zu lassen.

»Es ist von mir.«

Mr Fry lächelte. »Sehen Sie? Ich dachte es mir.«

»Was Sie nicht sagen.«

»Die schlichten Farben, die lichte räumliche Aufteilung. Es vermittelt Substanz, eine große Ernsthaftigkeit, und doch wirkt es leicht, beinahe tänzerisch.«

»Das klingt nach einem Widerspruch.«

»Widersprüchlichkeit erzeugt Spannung. Anziehung. Nicht umsonst ist es mir sofort ins Auge gefallen.« Er hielt ihren Blick fest, als wollte er noch sehr viel mehr sagen.

Vanessa spürte etwas, das sie so noch nie verspürt hatte: ein leises Flattern im Inneren, eine Schwäche in den Beinen und den Impuls, dieser Schwäche nachzugeben. Verwirrt blinzelte sie und straffte dann den Rücken.

»Ich fühle mich geschmeichelt. Und ich bin eine schlechte Gastgeberin. Was möchten Sie nun trinken?«

»Etwas, mit dem wir auf unser Wiedersehen anstoßen können, und ein Glas Wasser dazu. Und bitte«, sagte er und legte ihr eine Hand auf den Arm. »Meine Freunde nennen mich Roger.«

Vanessa berührte flüchtig seine Hand und lächelte: »Danke, Roger. Ich will gerne zu deinen Freunden gehören.«

Entzückt stellte sie fest, dass er leicht errötete und für einen kurzen Moment wirkte wie ein sehr junger, unerfahrener Mann.

Dieser Eindruck aber verflog sehr schnell, als er vor ihnen allen zu reden begann. Er stützte sich entspannt am Kaminsims ab, das Glas Wasser in der Hand, und sprach mit diesen wohlgesetzten Gesten, die Vanessa schon während der Zugfahrt aufgefallen waren. Sie saß unmittelbar neben ihm auf einem Stuhl und ließ sich erneut von seiner warmen, tiefen Stimme in einen lange vermissten Zustand des Wohlbefindens davontragen. Er sprach über die französische Académie des Beaux-arts und ihr strenges Regelsystem, das so prägend für die französische Kunst war, über die alljährlich stattfindenden Pariser Salons, wo nur die Werke ausgestellt werden durften, die diesen Maßstäben entsprachen, und über jene Gruppe von Malern, die sich allen Normen widersetzt hatten – den Impressionisten.

»Bei uns ist es doch ähnlich! Unsere Académie des Beaux-arts ist die Royal Academy! Wer ihr nicht angehört, zählt in der Kunst nichts«, sagte John Currie, einer der Ersten, dessen Bekanntschaft Vanessa an der Royal Academy gemacht hatte. Auch er hatte der Akademie den Rücken gekehrt und zählte zu den eifrigsten Teilnehmern des Freitagsclubs.

»Für Progressivität haben wir doch die Slade«, wandte Edna Clarke ein. Sie war einige Jahre jünger als Vanessa und gehörte mit ihrer lauten Stimme und den kurz geschnittenen Haaren zu dieser neuen Generation von Frauen, die sich mit großer Selbstverständlichkeit das vom Leben nahmen, was sie wollten.

»Die Slade, ja …«, sagte Roger gedehnt. Seine dunklen, buschigen Brauen wanderten hoch, und es war nur allzu offensichtlich, dass er der Kunstschule kritisch gegenüberstand. »Wie progressiv ist man dort denn wirklich?«, fragte er.

Überrascht sah Vanessa auf. Sie hatte zwar selbst keine guten Erinnerungen an Tonks, den leitenden Professor an der Slade, die Fortschrittlichkeit der Kunstschule jedoch nie in Zweifel gezogen.

»Na ja«, meinte Henry Lamb. »Immerhin predigt Tonks, dass wir uns die Impressionisten zum Vorbild nehmen sollen.«

Roger spitzte die Lippen. »So ist es wohl.« Er nickte und schien für einen Moment völlig in Gedanken versunken. Es schienen aber keine angenehmen Gedanken zu sein. Dann fing er sich wieder und fuhr energisch fort: »Kommen wir zurück zu unserem Thema. Die Impressionisten. Heute verehren wir diese einst verachteten Rebellen, ihre Werke werden überall auf der Welt gezeigt.« Er machte eine kleine Pause und setzte dann mit einem Lächeln hinzu: »Sogar bei uns auf der Insel.«

»Es hat ja auch nur ein halbes Jahrhundert gedauert, bis sie in unseren Galerien angekommen sind«, warf Clive dazwischen. Er saß im Sessel, links von Roger, und Vanessa konnte beobachten, wie sein Blick immer wieder zu seiner Uhr wanderte. Wahrscheinlich fragte er sich, wann auch Virginia endlich kommen würde. Vanessa hatte ihm nicht gesagt, dass sie dem Treffen heute fernbleiben würde.

»Stellen Sie sich vor«, fuhr Roger fort, ohne auf Clives Bemerkung einzugehen, »da beschloss eine Gruppe junger Maler, nur noch zu malen, was sie sahen. Sie hatten kein Interesse an Geschichte, Mythologie oder am Leben großer Männer. Sie versuchten einfach, einen visuellen Eindruck auf die Leinwand zu bringen. Impressionen des Gegenwärtigen.« Er löste sich vom Kamin und begann, zwischen ihnen auf und ab zu gehen. »Natürlich erzähle ich Ihnen hier nichts Neues. Sie alle kennen und bewundern diese Künstler – Whistler zum Beispiel, Monet, Degas, Renoir. Aber –«, er hob das Kinn, als wolle er seine Zuhörer zum Widerspruch herausfordern. »Schauen wir uns ihre Bilder einmal genauer an. Was zeigen sie uns denn eigentlich?«

»Landschaften?«, schlug Vanessa vor.

»Cafészenen«, sagte ihre beste Freundin Snow, die von Anfang an zum Freitagsclub gehört hatte.

Henry Lamb, der Gigolo unter ihren Freunden, saß neben Snow auf dem Sofa und hielt sein Whiskyglas in die Höhe. »Jede Menge Seerosen«, rief er.

»Licht, das durch Bäume fällt.«

»Licht auf Feldern.«

»Licht auf dem Meer«, kam es nun aus verschiedenen Richtungen.

Roger nickte. »Licht, ja. Ein wichtiges Thema der Impressionisten. Was sie uns also zeigen, ist das, was sie als real begreifen. Eine möglichst naturalistische Darstellung der Wirklichkeit.«

»Wenn es die überhaupt geben kann«, warf Vanessa ein. Sie hatte den Satz mehr gemurmelt als laut ausgesprochen, aber Roger fuhr herum und nickte begeistert.

»Exakt! Wenn es diese *eine* Wirklichkeit überhaupt gibt. Abhängig von seiner Qualität erzeugt das Licht ja ganz unterschiedliche Wirkungen, wenn es auf einen Gegenstand fällt. Ein und derselbe Gegenstand kann also, je nach Standort, Betrachter und Verfasstheit, eine andere Wirkung erzeugen – und dies ist es, was wir dann sehen. Die Impressionisten versuchten also, die optische Wirkung des Lichts in einem flüchtigen Moment einzufangen.«

»Was ihnen in großartiger Weise gelungen ist«, sagte Clive.

»Durchaus.« Roger blieb vor Clive stehen und stützte sein Kinn auf Daumen und Zeigefinger, als dächte er angestrengt über etwas nach. Dann zuckte er die Achseln und bekannte: »Die zeitgenössischen Maler waren nie mein Fachgebiet. Ich fühlte mich immer mehr von den klassischen, italienischen Malern angezogen. Aber dann –« Er machte eine Pause und blickte in die Runde.

Vanessa beugte sich gespannt vor.

»Es war 1905. Eine Ausstellung in den Grafton Galleries, Paul Durand-Ruel hatte eine große Zahl impressionistischer Werke zusammengetragen. Sie erinnern sich vielleicht?«

»Wir waren dort«, rief Clive. »Vanessa, erinnerst du dich? Es war noch, bevor …«

Ja, dachte Vanessa. Bevor Thoby starb. Was sie aber sagte, war: »Waren wir zusammen dort? Ich dachte, ich wäre allein dort gewesen. Oder mit Virginia.«

Clive rollte mit den Augen. Er wusste genau, dass sie log.

Roger stutzte kurz und fuhr dann fort: »Ich muss zugeben, mich haben diese Bilder damals nur mäßig beeindruckt. Aber dann stand ich plötzlich vor einem Cézanne. Der *Mont Sainte-Victoire*. Wir sehen ein französisches Dorf in der Provence und den Berg, nach dem das Bild benannt ist, im Hintergrund. Und doch sehen wir eigentlich nur eine perfekte Komposition aus Farben und geometrischen Formen, die diese Landschaft mehr erahnen lässt, als dass sie sie wirklich darstellt.«

Vanessa beobachtete Roger, dessen Augen den Enthusiasmus versprühten, den er seinerzeit beim Anblick des Bildes verspürt haben musste. Seine Gesten wurden ausgreifender, seine Stimme ein wenig rau, ganz so, als berühre ihn dieser Moment in seiner Erinnerung noch heute. Er beschrieb das Bild in all seinen Details, zeichnete es fast mit Worten. Sie wünschte sich, er möge niemals aufhören, vor ihr auf und ab zu gehen und zu reden, mit dieser beruhigenden und zugleich aufwühlenden Stimme, die in ihr etwas in Bewegung setzte, von dem sie nicht wusste, was es war.

»Cézanne hat diesen Berg immer wieder gemalt«, sagte Roger. »War es eine Obsession? Oder hatte er etwas entdeckt?«

»Ich erinnere mich an dieses Bild«, warf Clive dazwischen. »Es hing neben einem Monet.«

»So ist es. Und was hielten Sie davon?«

»Nun …«, sagte Clive und wechselte seine Beinposition. »Ich weiß nicht, ob ich verstanden habe, warum … Es wirkte damals auf mich etwas …«

Während er noch nach Worten suchte, wirbelte Roger herum

und rief in den Raum: »Genau das ist es! Es lässt uns sprachlos zurück, weil es gegen alle Regeln naturalistischer Darstellung verstößt.«

»Frevel!«, murmelte Henry Lamb, und Snow kicherte.

Auch ein paar andere äußerten spöttische Bemerkungen, und es kam Unruhe in den Raum.

»Niemand hat Cézannes Werke in dieser Ausstellung beachtet. In den Kritiken kamen sie nicht vor. Auch ich habe damals nicht gewusst, was ich da vor mir habe«, sagte Roger und lehnte sich wieder an den Kaminsims. Er war ernst geworden. »Ich habe eine Weile gebraucht, bis mir klar geworden ist, womit wir es hier zu tun haben.«

Es wurde wieder still, und alle sahen ihn erwartungsvoll an.

»Und womit haben wir es zu tun?«, fragte Vanessa. Ohne es zu bemerken, war sie auf die äußerste Kante ihres Stuhls gerutscht. Ihr Körper war angespannt, als kämpfe jeder Muskel gegen einen Sog an, dem sie glaubte, sich widersetzen zu müssen, dem sie aber zugleich sehnsüchtig nachgeben wollte.

»Mit einer Revolution«, sagte Roger und lächelte auf seine feine, wissende Weise, die Vanessa schon bei ihrer allerersten Begegnung so anziehend gefunden hatte. Bei seinen letzten Worten blickte er sie an, als seien seine Worte ausschließlich für sie bestimmt.

»Cézanne hat den Schritt vollzogen, der die Malerei in eine andere Dimension führt«, sagte er. »Er hat uns einen neuen Weg in der Malerei gewiesen. Wir können ihm folgen, oder wir können stehen bleiben. Aber eins sollte uns bewusst sein.«

»Und das wäre?«, fragte Vanessa und es war, als gäbe es außer ihr und Roger niemanden sonst im Raum.

»Wenn wir weiterhin nur malen, was wir sehen, und das so naturgetreu, so wissenschaftlich wie möglich, bedeutet das in letzter

Konsequenz das Ende der Kunst. Du hast –« Er besann sich und wandte sich wieder den anderen zu. »Sie alle haben die Wahl!«

Es war spät geworden. Roger erreichte gerade noch den letzten Zug, der ihn zurück zu seinem Haus in Guildford bringen würde. Er war aufgewühlt wie lange nicht mehr. Er hatte diese jungen Menschen mit Gedanken konfrontiert, die er selbst gerade erst entwickelt hatte. Noch war es auch für ihn ein Tasten. Zu lange hatte er sich mit der Kunst längst vergangener Jahrhunderte beschäftigt, mit den großen italienischen Meistern. Und zu frisch noch war die Erkenntnis, dass sich die Maßstäbe, mit denen Kunstwerke zu beurteilen waren, verändern mussten, um dieser neuen Art zu malen gerecht zu werden. Seine Ideen schienen auf fruchtbaren Boden gefallen zu sein, nichts von der Ablehnung und der Arroganz, die ihm in anderen, von der Royal Academy beeinflussten Künstlerkreisen allzu oft entgegengeschlagen war. Diese Freunde von Vanessa und Clive Bell waren offen und ohne festgefahrene Überzeugungen, sie hatten mit ihm über ihre eigenen Bilder gesprochen, ihre Zweifel, ihr Unbehagen gegenüber den Anforderungen, die in der Academy oder der Slade an sie gestellt wurden. Er hatte sich in ihrer Mitte wohlgefühlt, der lockere Umgang untereinander gefiel ihm. Wie anders ging es in Bloomsbury zu verglichen mit den Salons der hoch angesehenen Gesellschaft in Kensington, Mayfair oder Belgravia.

Und dann war da Vanessa. Nein, es lag nicht nur an ihrer Schönheit, dass er sie immer wieder ansehen musste. War es ihr Ernst? Ihre Gelassenheit? Dieses Lächeln, das zugleich geheimnisvoll und voller Wärme war, obwohl sie auf den ersten Blick so kühl und reserviert wirken konnte?

Er müsste sich selbst belügen, wenn er bestreiten wollte, dass sie ihn unwiderstehlich anzog. Das war ihm lange nicht passiert. Die einzige Frau, die je eine solche Wirkung auf ihn ausgeübt hatte, war Helen, seine Frau.

Bei dem Gedanken an Helen war sein Hochgefühl auf einen Schlag verflogen. Von Woche zu Woche ging es ihr schlechter. Seine einst so intelligente, so wundervolle Frau war im Laufe der letzten beiden Jahre immer öfter von nervlichen Krisen geschüttelt gewesen, die zunehmend ihren Verstand schwächten. Die Ärzte hatten keine Hoffnung mehr, dass sie sich je wieder erholen würde. Inzwischen war ihr Geist nur noch das letzte Glimmen eines erlöschenden Feuers. Er würde eine Entscheidung treffen müssen. Bald.

5. Kapitel

Guildford, Surrey, 20. Juni 1910

Es waren nur anderthalb Stunden Zugfahrt bis hinaus nach Guildford, wo Roger mit seiner Frau und seiner Tochter Pamela lebte, und doch war Vanessa erschöpft, als sie in den Bahnhof des verschlafenen Städtchens einfuhren. Für einen Frühsommertag war es unerträglich heiß, und ihr Kleid klebte an ihrem Rücken, obwohl das Abteilfenster während der Fahrt einen Spaltbreit offen gestanden hatte.

Sie und Clive hatten den Besuch einige Male aufschieben müssen, weil es Virginia seit einigen Wochen wieder schlecht ging. Nun war es höchste Zeit, denn das Kind in ihrem Leib drückte schon recht schwer auf ihr Becken, und längeres Sitzen war genauso beschwerlich wie ausgedehntere Spaziergänge. Sie hatten also Adrian mit klaren Anweisungen versorgt, was er tun müsse, wenn Virginia während ihrer Abwesenheit eine ihrer nervösen Krisen bekäme, und Julian in der Obhut des Kindermädchens hinterlassen. Auf Clives vorsichtige Versuche, Vanessa von dem Besuch abzubringen, hatte sie mit Unwillen reagiert. Vanessa wollte Roger unbedingt wiedersehen – und wenn Virginia sich in der Zwischenzeit aus dem Fenster stürzte und sie selbst das Kind in Guildford zur Welt bringen musste!

Roger Fry stand bereits auf dem Bahnsteig, als sie ihren erheblichen Bauch durch die Waggontür schob. Er kam sofort auf sie zu, um sie zu stützen.

»Danke, es geht schon noch«, sagte sie lachend, und sämtliche

Anspannung der letzten Wochen fiel von ihr ab. Auch die Hitze war mit einem Mal nicht mehr so unerträglich.

»Ich hoffe, die Fahrt war nicht zu anstrengend für dich.« Er schien ehrlich besorgt. Nach dem Briefwechsel der letzten Monate war es, als träfe sie einen alten Freund wieder.

»Du glaubst gar nicht, wie sehr ich mich auf diesen Tag gefreut habe«, sagte sie und blickte ihn offen an. Vielleicht war es der Hitze zuzuschreiben, dass seine scharfkantigen Züge rot glühten, aber Vanessa war fast sicher, dass er noch eben deutlich gelassener gewirkt hatte.

»Mein Freund«, wandte er sich nun an Clive, der hinter ihr aus dem Zug getreten war. »Es ist mir eine solche Freude! Ich habe in der Zwischenzeit bereits einige Kontakte aufgenommen und hoffe, dass wir mit unseren Planungen voranschreiten können.«

Clive hatte ihm versprochen, seinen Freund O'Conor um Unterstützung bei der Suche nach Gauguins Werken aus der Tahiti-Zeit zu bitten. Vanessa war sicher, dass er das nicht getan hatte. Er war viel zu besorgt um Virginia gewesen, auch wenn er sich in den letzten Wochen äußerst hilflos im Umgang mit ihr gezeigt hatte.

Vor dem Bahnhof wartete ein Einspänner. Roger stieg auf und nahm die Zügel in die Hand. »Ich entschuldige mich für das unkomfortable Transportmittel«, sagte er. »Unter normalen Umständen wären wir zu Fuß gegangen, aber ich wusste nicht, ob ich dir den Spaziergang zumuten konnte.«

»Ich lasse mich gerne fahren«, sagte Vanessa. »Und gegen Einfachheit hatte ich noch nie etwas.«

Roger lächelte. »Ich dachte es mir.«

Vanessa nahm neben Roger Platz. Der Anblick seiner Hände, die das Gefährt in sicherer Gelassenheit durch die sanfte Hügellandschaft Surreys steuerten, versetzte sie in einen lange nicht gekannten Zustand tiefen, inneren Friedens.

Sie hätte stundenlang so weiterfahren mögen, aber sie hielten bereits nach wenigen Minuten Fahrtzeit vor einem überraschend großen, zweistöckigen Landhaus, das in einem grellen Orange angestrichen war. Die Fensterrahmen leuchteten violett und weiß, ebenso wie das schachbrettmusterartige Mosaik oberhalb der Eingangstür. Rechts und links von dieser Tür erstreckten sich über die gesamte Höhe der Fassade zwei riesengroße Fenster, durch die im Inneren seitlich geraffte, ockergelbe Vorhänge zu sehen waren.

Das Haus leuchtete wie ein knallbuntes Bonbon inmitten der sattgrünen Felder. Es hieß Durbins House und unterschied sich auffallend von den schmucken, dezent grau-weiß getünchten Cottages, an denen sie bisher vorbeigefahren waren. Vanessa fragte sich, ob die Bewohner der Gegend sich angesichts der »Verschandelung« ihrer Idylle nicht empörten.

Ganz offensichtlich war Roger Fry ein Mann, der den Widerspruch nicht scheute.

Staunend blieb Vanessa vor dem Gebäude stehen und nahm seine Wirkung in sich auf. Roger hatte ihnen erzählt, dass er seit dem vergangenen Sommer den größten Teil seiner Zeit in die Gestaltung dieses Hauses investiert hatte.

»Es sieht fast unwirklich aus«, sagte sie. »So, als hätte es jemand in die Landschaft gemalt.«

»Genau das war meine Absicht«, entgegnete er lächelnd.

Sie traten in die riesige Halle, in die das Sonnenlicht durch die großen Fenster flutete und den schwarz-weiß gefliesten Steinboden wie auch die lichtgrauen Wände in eine goldene Wärme tauchte.

»Wunderschön«, entfuhr es Vanessa.

»Ich plane ein Wandfresko«, sagte Roger und wies auf die nackten Wände rings um die Eingangstür. »Ich bin mir nur noch nicht sicher, welches Motiv ich wählen soll.«

»Farbenfroh ist es ja schon jetzt«, sagte Clive und betrachtete die Vorhänge, die sich wie stoffgewordener Honig von der Decke auf den Fußboden zu ergießen schienen. Wenn er am guten Geschmack ihres Gastgebers zweifelte, so ließ er sich dies zumindest nicht anmerken.

Roger führte sie durch die Halle in den hinteren Teil des Hauses, wo sich der Salon und ein noch leerer Raum befanden, aus dem, so erklärte er voller Enthusiasmus, sein Atelier werden sollte.

»Ich habe vor, selbst wieder mehr zu malen. Die letzten Jahre waren sehr fordernd, aber jetzt, wo Helen …« Er brach ab und kratzte sich am Hinterkopf. »Richtig«, sagte er dann, als entsinne er sich erst jetzt, dass er eine Frau hatte, die er seinen Besuchern vielleicht vorstellen sollte. »Kommen Sie. Sie ist sicher oben im Salon.«

Sie kehrten zurück in die Halle, von wo aus sie über die breite Treppe in den zweiten Stock hinaufstiegen. Dort befanden sich eine große Bibliothek und ein weiterer, kleinerer Salon, der deutlich konventioneller eingerichtet war als der Rest des Hauses. Chesterfieldsessel um einen niedrigen Eichentisch gruppiert, ein Sideboard aus Mahagoniholz, Landschaftsgemälde an den Wänden und mehrere Tischlampen mit den Häkelschirmen, wie Vanessa sie aus ihrem Elternhaus noch kannte. Von der Herrin des Hauses war jedoch nichts zu sehen.

Roger bat sie, Platz zu nehmen, und verließ den Raum, sichtlich verärgert.

»Miss Poole!«, schrie er draußen vor der Tür. Vanessa hätte nicht gedacht, dass er einen solch herrischen Tonfall annehmen könnte.

»Wo ist Helen?«, hörte sie ihn ungehalten fragen, und dann erklang leises Gemurmel. Kurz darauf Schritte auf der Treppe nach oben. Das Haus war recht hellhörig, vermutlich weil Teppiche und Wandbehänge fehlten. Über ihren Köpfen wurde gesprochen,

Stühle wurden verrückt, Personen eilten hin und her. Dann ein lauter Heulton, der plötzlich abbrach, wie erstickt.

Vanessa warf Clive einen beunruhigten Blick zu, den er mit hochgezogenen Brauen erwiderte.

Es dauerte eine ganze Weile, bis sie Schritte die Treppe hinunterkommen hörten und Roger schließlich mit seiner Frau am Arm in den Raum trat.

Vanessa erschrak. Sie hatte Helen Frys körperliche Verfassung in keiner guten Erinnerung. Aber die grauhaarige, eingefallene Person, die sie jetzt aus dunklen, leeren Augen ansah und auf Aufforderung ihres Mannes hin eine schmale, fast papierdünne Hand ausstreckte, war nur noch ein Schatten dessen, was sie damals gewesen war.

»Ich freue mich, Sie wiederzusehen«, sagte Vanessa und schämte sich für die Lüge.

Auf unsicheren Beinen ließ sich Mrs Fry zu einem Sessel am Fenster führen, wo sie still und teilnahmslos sitzen blieb, während ihr Mann sein Hausmädchen anwies, den Gästen etwas Kühles zu trinken zu servieren.

Dann sagte er: »Ich muss euch etwas zeigen«, und verschwand erneut.

Es blieb eine unangenehme Stille zurück. Vanessa suchte nach passenden Worten, die sie an Mrs Fry richten könnte, aber es fiel ihr beim besten Willen nichts ein. Die eben noch verflogene Mattigkeit war auf einmal wieder da.

Clive wanderte unruhig im Raum umher und räusperte sich ein paarmal in dem hilflosen Versuch, die Stille zu durchbrechen.

Endlich kam Roger mit einem großformatigen Bildband unter dem Arm wieder ins Zimmer gestürmt. Miss Poole, das Hausmädchen, folgte ihm und servierte kühle Getränke.

Mit einem Mal schien sich der Raum mit Energie anzufüllen, die Vanessa dankbar in sich aufsog, und auch Clives Miene hellte sich deutlich auf. Roger legte den Bildband vor ihnen auf den Tisch, griff nach seinem Glas und rief: »Freunde, wie sehr freue ich mich, dass wir endlich wieder zusammenkommen! Kommt, schaut, das müsst ihr euch ansehen!«

Gemeinsam mit Roger beugten sie die Köpfe über den aufgeschlagenen Bildband mit Höhlenmalereien. Auf einer Doppelseite waren in schlichter Manier gemalte Figuren in Kriegsbemalung zu sehen, dargestellt in allen erdenklichen Posen, scheinbar im Lauf, kniend, kriechend oder im Kampf gegen einen Feind. Die Bilder wirkten wie mit Blick von oben gemalt, allerdings frei von jeglicher perspektivischer Logik, naiv und unbedarft, so wie Kinder malen.

»Ich arbeite an einer Rezension zu diesem Buch«, erklärte er. »Es ist wie eine Offenbarung. Seht, diese beiden hier!« Er zeigte auf einen Ausschnitt des Bildes, in dem zwei Männer in angehockter Stellung und mit gezückten Speeren einander gegenüberstanden. »Die Pose, der Ausdruck – da ist Kraft, da ist ein Urhass zwischen diesen beiden Menschen spürbar. Das ist pure Emotion. Und dabei stimmt nichts an der Zeichnung. Die Beine zu dünn, die Augen viel zu groß im Verhältnis zum Kopf und dann beide Augen sichtbar, obwohl wir von der Seite daraufschauen.«

Er fuhr mit dem Finger über die Abbildung und zeigte auf einen anderen Kämpfer, der breitbeinig in der Bildmitte stand, den Speer vor sich aufgestützt. Die Spitze des Speers zeigte auf eine tanzende, Drohgebärden ausführende Gruppe am oberen Bildrand.

»Seht ihr die Augen dieses Mannes?«

»Sieht gefährlich aus, der Kerl«, sagte Vanessa.

»Genau! Diese Augen bestimmen das ganze Bild, nicht nur, weil sie den Mittelpunkt bilden. Obwohl die Logik der Wirklichkeit ganz andere Größenverhältnisse und Perspektiven erfordern würde, löst die Darstellung beim Betrachter eine Emotion aus. Richtig?«

»Hm«, machte Clive in verhaltener Zustimmung.

»Eine starke Emotion«, bestätigte Vanessa mit Nachdruck.

»Ganz genau. Eine starke Emotion.« Roger sah sie direkt an. Sein Blick versetzte das Kind in ihrem Leib in Aufruhr.

»Haben wir es hier jetzt mit stümperhaften Versuchen primitiver Menschen zu tun, ihre Lebenswirklichkeit abzubilden? Oder ist es mehr als das?«

»Sag es uns«, bat Vanessa.

»Es ist Kunst«, konstatierte Roger mit triumphierender Geste. »Das hier ist Kunst! Weil der Künstler versucht, über seine Malerei Gefühle zum Ausdruck zu bringen. Er transportiert seine Haltung zu diesem Geschehen, ein inneres Bild der Wirklichkeit, und versucht gar nicht erst, das Ganze wirklichkeitsgetreu abzubilden. Weil das seiner Idee, seinem inneren Bild des Geschehens, nicht entspricht.«

»Aber das ist …«, setzte Clive an, als wolle er protestieren.

»… ein interessanter Gedanke«, unterbrach Vanessa ihn. »Aber würde das nicht bedeuten, dass wir uns als Künstler überhaupt keine Gedanken mehr über die korrekte Darstellung von Farben, Formen und Perspektiven machen müssen? Was unterscheidet uns Künstler dann von Kindern, die malen, was ihnen in den Sinn kommt und wie es ihnen in den Sinn kommt?«

»Der Künstler ist in der Lage, seine Mittel bewusst einzusetzen«, sagte Roger. »Kinder nicht.«

Nachdenklich betrachtete Vanessa die Zeichnungen. »Wenn es nur um die Emotion geht, reicht vielleicht nur die Farbe oder nur die Form?«

»Spannend, nicht?« Rogers Augen sprühten Funken.

Clive schüttelte den Kopf. »Könnte es in dem Fall nicht jeder? Was daran wäre dann Kunst?«

»Es geht ja darum, sich die Frage erst einmal zu stellen, was wir denn wahrnehmen und was nicht. Wir filtern das, was wir sehen, durch unsere Emotion, erschaffen ein inneres Bild. Wenn es gelingt, Farben, Perspektive, Licht und Schatten, Linien und Räume so aufeinander abzustimmen, dass das Endprodukt ebendiese emotionale Reaktion hervorruft – dann ist es Kunst.«

Vanessa glaubte, genau zu wissen, was Roger meinte, auch wenn sie selbst es niemals hätte in Worte fassen können.

»Der Hund ist schwarz«, klang es plötzlich vom Fenster her, wo Helen Fry noch genauso dasaß, wie Roger sie dort platziert hatte. Sie starrte aus dem Fenster, und nichts an ihrem regungslosen Körper verriet, dass sie diejenige war, die diesen Satz ausgesprochen hatte.

»Wie bitte?«, fragte Clive.

Roger ging zu ihr hin und legte ihr eine Hand auf die Schulter.

»Er ist nicht schwarz«, sagte er mit seiner tiefen, beruhigenden Stimme. »Er ist hellbraun, und sein Fell glänzt in der Sonne.«

Da nickte Mrs Fry, ohne den Blick vom Fenster abzuwenden. Roger legte ihr eine Decke über, obwohl es im Zimmer nicht kühl war, und kehrte zu ihnen zurück. Das Ganze wirkte wie ein viele Male wiederholtes Ritual.

»Es ist eine trügerische Hoffnung unserer gegenwärtigen Künstlerschaft, die *Wirklichkeit* darstellen zu wollen. Eine Wirklichkeit, die es aber so gar nicht gibt«, sagte er, ohne auf die merkwürdige Szene einzugehen.

Stumm blickten Vanessa und Clive Roger an. Vanessa versuchte, die Tragweite dessen, was Roger ihnen da erzählte, zu verstehen, aber das Verhalten von Mrs Fry hatte sie abgelenkt. Außerdem hätte sie jetzt Virginia gebraucht, um der Sache vollständig auf den Grund zu kommen, und sie hatte den Eindruck, Clive ging es genauso.

»Damit erübrigt sich aber doch jede Notwendigkeit eines künstlerischen Studiums«, sagte sie nach einer Weile. »Wenn die technische Perfektion vollkommen unwichtig oder sogar nicht gewünscht ist, wozu brauchen wir dann noch eine Slade zum Beispiel?«

Roger hatte ihnen erzählt, dass seine Bewerbung um eine Professur an der Slade abgelehnt worden war. Nun ahnte sie, welchen Grund das gehabt haben mochte.

»Wir brauchen sie, dringend sogar!«, rief Roger aus. »Erst wenn wir die Regeln kennen, dürfen wir sie brechen! Es ist der bewusste Regelbruch, das Gespür, wann ein Regelbruch erfolgreich sein kann, wie wir ihn wirkungsvoll einsetzen. Das macht uns zu Künstlern!«

Er sah Vanessa an, als wollte er sie jetzt und hier dazu auffordern, seine sensationellen Entdeckungen in der Praxis zu erkunden. Sie spürte ein Kribbeln in den Händen, einen schier unwiderstehlichen Drang, Pinsel zu ergreifen und aus dem farbenstarken Gefühl, das sich ihrer im Laufe des Gespräches bemächtigt hatte, ein sinnlich-lebensfrohes Gemälde erstehen zu lassen.

»Und darum«, sagte er jetzt an Clive gewandt, »darum müssen wir an unseren Plänen festhalten und diese Ausstellung schnellstmöglich in die Tat umsetzen! Ich habe den Herbst anvisiert und bereits mit meinem Freund von den Grafton Galleries gesprochen. Er wäre bereit, das Unternehmen in seinen Räumen zu beherbergen.«

»Herbst?«, fragte Clive. »Da bleibt wenig Zeit.«

»So ist es. Wir müssen nach Paris. Bald.«

Bald. Im Juli würde Vanessa ihr Kind bekommen. Eine Reise nach Paris war ausgeschlossen. Aber offenbar hatte Roger nicht eine Sekunde erwogen, sie in die Vorbereitungen einzubeziehen. Sie wusste nicht, ob sie darüber verärgert sein sollte oder doch eher erleichtert. Noch nie hatte sie zu den Menschen gehört, die gerne im Mittelpunkt standen. Anders als Virginia. Aber Virginia überforderte sich damit auch ständig. Und dann wiederum brauchte sie Vanessa. Ein ewiger Kreislauf. Würde das je aufhören?

Verstohlen sah sie zu Helen Fry hinüber. Die hatte sich inzwischen vom Fenster abgewandt. Ihr Blick wanderte unruhig durch den Raum und blieb an Vanessa hängen. Sie sah aus wie eine Ertrinkende, die für einen flüchtigen Moment an die Oberfläche kam und nach einer ausgestreckten Hand zu greifen versuchte. Doch dann glitt sie wieder zurück in ihre stille Dunkelheit.

»Ich glaube, ich brauche etwas frische Luft«, murmelte Vanessa.

Erschrocken sah Roger sie an. »Natürlich! Verzeiht, ich habe mich schon wieder zum Dozieren hinreißen lassen. Kommt, gehen wir hinaus! Miss Poole wird uns im Garten ein Mittagessen servieren.«

Sie verbrachten den Rest des Tages im angenehm kühlen Schatten der Bäume, die den wildschönen Garten von Durbins House umsäumten. Roger hatte nur ein kleines Fleckchen Erde rechts des Hauses in einen Kräutergarten umgewidmet. Auf dem Rest des urwüchsigen Grundstücks blühten die Wiesenblumen, wiegten sich die Gräser im sanften Wind, und hin und wieder fiel ein unreifer Apfel von einem der zahllosen Bäume mit sattem Plumps auf die Wiese. Die Zeit verlor ihre Kontur, und als die Sonne sich anschickte, hinter den westlichen Hügeln zu versinken, glaubte Vanessa, aus einem langen, beseelenden Traum erwachen zu müssen.

»Wir sollten aufbrechen«, sagte Clive mit einem Blick auf die Uhr. »Es ist spät. Ihr entschuldigt mich kurz?« Er stand auf und verschwand im Haus.

Vanessa blieb mit Roger allein zurück, denn Helen war schon nach dem Mittagessen von Miss Poole zurück in ihr Zimmer gebracht worden, und die kleine Pamela war nur einmal kurz mit ihrem Kindermädchen zur Begrüßung der Gäste am Mittagstisch erschienen. Vanessa sog die Abendluft ein, die nach wildem Lavendel und Jasmin duftete. »Es ist ein Traum, ich könnte einfach weiter so hier sitzen bleiben.«

»Komm wieder, jederzeit!« Er sagte »komm«, nicht »kommt«. Vanessa registrierte es mit einem leichten Flattern im Oberbauch. Es konnte aber auch das Kind sein, das sich regte.

Sie beobachtete eine Katze, die durch die Wiese strich und eine der zahllosen Mücken zu erhaschen versuchte, die dort herumschwirrten. »Ich habe euren Hund gar nicht gesehen«, sagte sie.

»Hund?« Roger war sichtlich irritiert. »Wir haben keinen Hund.«

»Aber Helen … ich dachte … Ihr spracht doch von einem Hund heute Vormittag?«

Das Lächeln, das Rogers Mund den ganzen Tag umspielt hatte, erstarb. Er sah an ihr vorbei zum Haus und schien ihre Frage abschütteln zu wollen. Dann sagte er:

»Helen glaubt, dass unter ihrem Bett ein schwarzer Hund wohnt. Ich kann sie von diesem absurden Gedanken nicht abbringen. Oft gerät sie in Panik deswegen, und ich kann ihr die Furcht davor nur nehmen, wenn ich ihr sage, der Hund sei hellbraun.«

»Mit einem Fell, das in der Sonne glänzt«, sagte Vanessa leise. »O Roger, das tut mir so leid für dich!«

»Ich dachte, das Haus, die Helligkeit, die Farben würden ihr guttun. Ich habe es für sie gebaut, aber es erreicht sie nicht mehr.«

Aus seiner Miene sprach nun eine tiefe Resignation, und Vanessa wünschte sich nichts sehnlicher, als die Hand an seine Wange zu legen und den Eindruck fortzuwischen.

»Bestimmt braucht es Zeit, um wirken zu können. Vielleicht geht es ihr ja doch bald besser.«

»Das wird es nicht. Es ist über die Jahre immer schlimmer geworden.«

Er sah sie jetzt direkt an, und sein Blick war hart. »Ich habe einen Platz in einer Anstalt für sie gefunden. Das ist für uns alle das Beste.«

»Was wird dort mit ihr geschehen?«, fragte Vanessa.

Roger zuckte die Achseln. »Sie wird Medikamente bekommen, nehme ich an. Im besten Fall.«

»Und im schlimmsten?«

Roger seufzte und schüttelte den Kopf. »Ich möchte darüber nicht nachdenken, Vanessa. Aber ich kann einfach nicht mehr.«

»Ja«, sagte sie. »Ich weiß genau, was du meinst.«

Unter Virginias Bett lebte kein schwarzer Hund. Es war etwas anderes, nicht minder Bedrohliches, das in riesigen schwarzen Wogen auf sie zurollte und sie in die Tiefe riss. Seit der *Dreadnought*-Affäre lösten sich nervöse Krisen ab mit Schlaflosigkeit, Widerwillen gegen jede Nahrungsaufnahme und unerträglichen Kopfschmerzen. In diesem Sommer war es besonders schlimm. Wieder einmal drohte Virginia, den Verstand zu verlieren.

Bisweilen fürchtete Vanessa, von der Wucht dieser Wogen mitgerissen zu werden, hatte sie doch selbst allzu oft das Gefühl, auf unsicherem Grund zu stehen.

Sie und Clive hatten Virginia in diesem Jahr bereits zweimal mit an die See genommen, wo sie sich etwas erholt hatte, doch jedes Mal waren die Symptome kurz nach ihrer Rückkehr wieder da.

Nur wenige Tage nach dem Besuch bei Roger in Guildford

klingelte es Sturm an der Tür am Gordon Square. Es war später Abend, und Vanessa hatte sich bereits zum Schlafengehen zurechtgemacht. Clive öffnete.

»Adrian!«, hörte sie ihn ausrufen. »Was ist los?«

Adrian stammelte irgendetwas, sie konnte ihn nicht verstehen, aber sie wusste schon Bescheid. Schnell zog sie sich wieder an und ging hinunter.

Clive kam ihr auf der Treppe entgegen, aufgelöst in Hilflosigkeit und Sorge.

»Virginia«, sagte sie nur, und er nickte. »Bleib du hier«, wies sie ihn an. »Ich gehe zu ihr. Du kannst doch nichts tun.«

»Sie hat wieder den Verstand verloren«, stieß Adrian völlig außer Atem hervor, während sie durch das nächtliche Bloomsbury zum Fitzroy Square liefen. »Sie schläft nicht, isst nicht, und heute Abend hat sie ununterbrochen wirres Zeug geredet.«

»Ist sie jetzt etwa allein?«, fragte Vanessa erschrocken.

»Die Köchin ist bei ihr.«

»Du hättest sie schicken und selbst bei ihr bleiben sollen!«

»Sie hat um sich geschlagen, mich angeschrien, ich solle sie in Frieden lassen. Ich glaube, sie hat mich gar nicht erkannt!«

Vanessa nickte. Auch das hatte sie schon erlebt. Wenn Virginia einen dieser Anfälle bekam, war sie nicht mehr sie selbst.

»Wir müssen Dr. Savage rufen, wenn es so schlimm ist«, sagte sie. »Sie braucht etwas zur Beruhigung.«

»Ich habe der Köchin gesagt, sie soll ihr einen Tee kochen.«

Mitleidig sah sie Adrian an. Einen *Tee*!

Virginia hockte am Fuß ihres Bettes, die Arme um die angezogenen Beine geschlungen, und summte. Irgendwann hatte sie herausgefunden, dass es ihr half, die eigene Stimme zu hören, wenn die Unruhe überhandnahm. Vanessa hatte sogar die Befürchtung, dass ihre Schwester wieder Stimmen hörte, aber diesen Verdacht wagte sie kaum laut auszusprechen.

Die Köchin saß auf dem Bett neben ihr, eine Tasse Tee in der Hand, und sah Vanessa erleichtert entgegen.

»Sie können gehen«, sagte Vanessa zu ihr. »Den Tee brauchen wir nicht.«

Sie schloss die Tür und hockte sich neben Virginia. Dankbar nahm sie wahr, wie das Kind sich in ihrem Bauch regte. Es gab ihr Sicherheit. Auch das hier würde vorbeigehen.

Eine Weile hörte sie zu, wie Virginia summte. Dann rückte sie vorsichtig ein Stück näher, legte ihren Arm um sie und summte mit.

Auf Virginias Schreibtisch lagen mehrere aufgeschlagene Bücher und einige Blätter mit Notizen.

»Du arbeitest wieder zu viel«, sagte sie. »Es erschöpft dich zu sehr.«

Virginia hörte auf zu summen und sah sie an. Ihre Augen schienen tiefer in die Höhlen gesunken zu sein, und sie war so blass, dass die Schatten unter den Augen beinahe schwarz wirkten.

»Die Sätze klingen alle falsch. Ich muss es neu schreiben. Ich muss es anders machen. Es …«

Sie arbeitete also schon wieder an ihrer *Melymbrosia*. Wie lange nun schon? Würde diese Obsession irgendwann ein Ende nehmen? Unwillkürlich musste Vanessa an Cézanne denken, der vor seinem Berg saß und immer wieder das gleiche Motiv malte.

»Du musst es loslassen«, sagte sie sanft. »Du hast es so oft überarbeitet. Jetzt ist es gut. Du brauchst jetzt nur noch Ruhe.«

Virginias Kopf wippte vor und zurück, aber Vanessa war nicht sicher, ob es Zustimmung war.

»Hast du jetzt Kopfschmerzen? Du weißt, wir haben ein Mittel dagegen bekommen. Warum nimmst du es nicht?«

»Es hilft nicht.«

»Manchmal hat es geholfen. Das hast du gesagt.«

»Jetzt hilft es nicht mehr.«

»Möchtest du dich vielleicht hinlegen? Wann hast du das letzte Mal geschlafen?«

»Ich will nicht liegen!«, schrie Virginia und begann wieder zu summen.

»Gut«, sagte Vanessa und stand auf. »Ich weiß, was wir tun.«

Sie ging zur Tür und rief nach Adrian.

»Geh, hol bitte Dr. Savage«, flüsterte sie ihm zu.

»Aber es ist spät, er …«

»Geh! Tu es! Bitte!«

Sie musste dem Arzt nicht viel erklären. Er kannte Virginia schon viele Jahre. Er war es gewesen, der George dazu gebracht hatte, von Virginia abzulassen. George Duckworth-Smartarse! Sie schüttelte sich bei dem Gedanken an seine Hände, die sich bei jeder unpassenden Gelegenheit auch um ihre eigene Taille gelegt hatten, seine Lippen auf ihrer Wange, in ihrem Nacken. Wie nah war er wohl Virginia gekommen? Die Schwester hatte darüber nie gesprochen, aber dass er sich abends, nach den Dinnergesellschaften, auf die er Virginia mitnahm, in ihr Zimmer geschlichen hatte, war wohl niemandem im Hause Stephen verborgen geblieben.

Bei Virginias letztem Zusammenbruch, kurz nach dem Tod des Vaters, hatte eine strenge Ruhekur Virginia davor bewahrt, endgültig in den Wahnsinn abzugleiten. So schlimm, wie es damals gewesen war, war es noch nicht, aber Vanessa hatte Angst vor den kommenden Wochen. Große Angst. Wie sollte sie sich um die Schwester kümmern, hochschwanger, wie sie war?

Dr. Savage gab Virginia ein beruhigendes Mittel, und nach wenigen Minuten war sie eingeschlafen.

»Wir müssen etwas tun«, sagte sie zu ihm, als er aus dem Zimmer ihrer Schwester trat. Er hatte ganz offensichtlich bereits geschlafen, denn sein spärliches Haar stand in allen Richtungen vom Kopf ab. Auch Adrian und die Köchin waren mittlerweile im Bett. Sie selbst war nicht mehr müde. Sie würde die Nacht hier verbringen, wahrscheinlich schlaflos, wie schon so oft in den Zeiten, in denen Virginia auf ihren Beistand angewiesen gewesen war.

»Da helfen nur die altbewährten Mittel«, sagte er. »Regelmäßige Mahlzeiten, Ruhe, keine anstrengenden Aktivitäten.«

»Sie isst nicht freiwillig. Und schlafen kann sie kaum. Es kann so nicht weitergehen. Und ich bekomme bald mein Kind.«

»Könnte nicht Ihr Bruder …?«

»Adrian?« Vanessa lachte auf. »Er braucht selbst noch ein Kindermädchen.«

»Verwandte?«

»Nein«, sagte Vanessa entschlossen. »Niemanden aus der Familie.«

»Sie könnten eine Krankenschwester organisieren.«

»Bei ihrem letzten Zusammenbruch brauchten wir drei!«

Dr. Savage zog eine Braue hoch. »Sie kennen die Alternative. Wenn Sie keine Möglichkeit sehen, im familiären Umfeld …«

Vanessa dachte an Roger. Sie sah sein Gesicht vor sich, die Resignation in seinen Augen, als er ihr erzählt hatte, dass er seine Frau in eine Anstalt geben würde. Ihr Magen zog sich bei dem Gedanken zusammen.

»Keine Anstalt, nein«, sagte sie schnell. »Aber vielleicht gibt es ja eine Art Heim, einen Ort, irgendwo in der Natur, wo sie Ruhe finden kann? Einen Ort für die Sinne, ohne ihre Bücher. Keine falschen Ärzte, die sie nur wegsperren, sondern Menschen, die sich um sie kümmern, mit ihr reden. So etwas muss es doch geben.«

Dr. Savage nickte nachdenklich. »Ich verstehe, was Sie meinen. Ich werde mich erkundigen. Im Augenblick fällt mir kein Ort ein, der geeignet wäre, aber ich verspreche, mich darum zu kümmern.«

»Tun Sie das. Bitte!«

Er griff seinen Koffer und wandte sich zur Treppe. Dann drehte er sich noch einmal um: »Achten Sie auch auf sich. Ihr Zustand ... Sie brauchen Ruhe, vielleicht genauso sehr wie Virginia. Vergessen Sie das nicht.« Damit ging er.

Vanessa blieb eine Weile im Hausflur stehen, unschlüssig, was sie nun tun sollte. Sie fror. Ein Tee würde helfen, die Nerven zu besänftigen, bevor sie sich im Gästezimmer ausstreckte und der Nacht beim Verstreichen zusah.

Sie fühlte sich eigentümlich leicht, so als habe ihr Körper plötzlich seine Substanz verloren. Sie brauche Ruhe, hatte Savage gesagt und auf ihren »Zustand« angespielt. Sicher hatte er recht damit. Aber seit der Begegnung mit Roger Fry war eine erwartungsfrohe Unruhe in ihr Leben gekommen. Sie konnte sie mit Worten nicht beschreiben. Wäre es eine Farbe, dann sicherlich ein leuchtendes, optimistisches Grün. Vielleicht auch dieses Honiggelb der Vorhänge in Rogers Haus. Auf keinen Fall wollte sie zulassen, dass Virginia erneut einen Schatten auf ihr Leben warf. War es eine Ironie des Schicksals, dass die Schwester immer dann krank wurde, wenn Vanessa Altes abschütteln wollte? Das Kind, Roger, die geplante Ausstellung, neue Ideen für Bilder ... so vieles würde geschehen in den nächsten Wochen. Wenn Virginia in ihrer Nähe bliebe, war die Gefahr zu groß, dass sie selbst in den Sog hineingeriet, der die Schwester in die Tiefe riss. Sie musste dafür sorgen, dass Virginia weit weg von London betreut wurde. Je weiter, desto besser.

6. Kapitel

An Vanessa Bell
46, Gordon Square
Bloomsbury, London

Burley, Cambridge Park, Twickenham,
28. Juli 1910

Geliebte,
aber eigentlich sollte ich Dich eine dunkle Teufelin nennen! Abgeschoben hast Du mich, wieder einmal, und ich habe die ganze letzte Woche im abgedunkelten Zimmer im Bett verbringen müssen! Ich kann Dir versichern, dass mir sehr nach intelligenter Konversation zumute ist, oder zumindest nach klugen, unterhaltsamen Briefen, die mir aber von Miss Bradbury vorenthalten werden. Das ist die Frau, von der Du gesagt hast, sie sehe mörderisch aus. Sie ist meine Pflegerin, und ich versichere Dir, sie sieht nicht nur so aus! Zwischen Bettruhe und Milch-Mastkuren erreicht mich hier keinerlei geistige Anregung, die Dir Besorgnis bereiten könnte. Die Heimleiterin Miss Thomas ist sehr charmant und hat ein fröhliches Lachen, das ich ihr schon einige Male habe entlocken können, aber die Religion scheint sie ruiniert zu haben. Sie trägt zwei Kruzifixe und übt sich in stillen Gebeten, während ihre Patientinnen, zu denen ich mich nur ungern zählen möchte, heillosen Unsinn reden. Ich habe Miss Thomas gefragt, ob sie verrückt seien. Sie hat sich bekreuzigt, mir aber nicht darauf geantwortet.

Heute früh war ich zwei Stunden im Garten und habe mich vollkommen normal gefühlt. Ich betaste mein Gehirn wie eine Birne, um zu sehen, ob es reif ist. Ich denke, im nächsten Monat wird es so weit sein. Was denkst Du?

Deine Ziege

Zufrieden legte Virginia ihre Schreibfeder beiseite. Zumindest durfte sie nun wieder Briefe schreiben, was ihr in den ersten Wochen nach ihrer Ankunft hier in Miss Thomas' »Privatheim für pflegebedürftige Frauen« verwehrt worden war. Lange hatte sie gegen Vanessas Drängen angekämpft, sich einer Ruhekur zu unterziehen, nun aber versuchte sie, das Beste aus der Situation zu machen.

Virginia hatte den Verdacht, dass nur Miss Thomas' Menschlichkeit die Einrichtung, die Vanessa und Doktor Savage für sie ausgesucht hatten, von den Spitälern unterschied, in denen unglückliche Seelen wie ihre schwachsinnige Halbschwester Laura verwahrt wurden. Sollte sie hier je gesund werden, dann würde sie das ihrer eigenen Kraft zur Selbstheilung zuschreiben können. Gewiss, das Essen war nahrhaft und das Bett komfortabler als ihr eigenes in London. Das Heim lag abgeschieden inmitten von sanften Hügeln und grünen Wiesen. Die ihr auferlegten Regeln jedoch waren so streng, dass sie ohne Begleitung keinen Schritt tun dürfte, wenn es ihr nicht hin und wieder gelänge, ihre Drachenhüterinnen, Miss Thomas und Miss Bradbury, zu bezirzen. Sie verwickelte die beiden Damen in Gespräche, und sie schienen empfänglich dafür. Noch gestern hatte Miss Thomas ihr gestanden, dass durch ihre Anwesenheit das Leben eine »poetische Süße« angenommen hätte. Ein wenig hatte Virginia den Verdacht, dass die Gute sich in sie verliebt hatte, was sie sehr amüsant fand. Das war ein Segen, denn so konnte sie zumindest von Zeit zu Zeit kleinere Ausflüge unternehmen, Briefe schreiben oder Besuche empfangen.

Ihr treuester Besucher war Clive. Er war bereits dreimal hier gewesen und hatte sie mit Neuigkeiten aus London versorgt. Vanessa war überzeugt, ein Mädchen im Leib zu tragen, und hatte auch schon einen Namen gefunden: Clarissa. Ein grässlicher

Name. Die scharfkantigen Zischlaute taten in den Ohren weh. Als wäre nicht der Umstand, dass Vanessa ein zweites Kind bekam, grässlich genug.

Auch an diesem Nachmittag kam Clive. Sein Besuch war ein Segen, denn in das Zimmer über ihr war eine Frau eingezogen, die zu glauben schien, dass sie eine bedeutsame Karriere als Balletttänzerin vor sich hatte und täglich üben musste. Virginia war gespannt, wie Miss Thomas auf diese neuerliche Herausforderung reagieren würde.

»Immer noch keine Anzeichen einer nahenden Geburt?«, fragte sie Clive, nachdem Miss Thomas sich mit der Ermahnung, die Sonne zu meiden und nicht allzu lange fortzubleiben, zurückgezogen hatte.

Clive zuckte die Achseln. »Sie scheint etwas Besonderes zu werden. Das braucht Zeit.«

Virginia warf ihm einen herausfordernden Seitenblick zu. »Ich habe gelesen, dass Mädchen ihren Vätern ähneln und Jungen ihren Müttern. Hoffen wir, dass sie dir nicht allzu sehr ähnelt.«

Er schmunzelte. »Es ist schön zu sehen, dass du schon wieder zu Scherzen aufgelegt bist.«

»Aber Clive! Das ist mein bitterer Ernst!«

Miss Thomas hatte Clive gestattet, sie außerhalb des Gartengeländes spazieren zu führen, und als sie das eiserne Tor hinter sich ließen, das normalerweise immer fest verschlossen war, atmete Virginia auf. Wie sehr genoss sie das Gefühl der Freiheit nach den Wochen des Eingesperrtseins. Sie streckte das Gesicht der Sonne entgegen.

»Es ist gut, dass du gekommen bist. Ich weiß nicht, ob ich mich sonst in den nächsten Tagen nicht doch noch aus dem Fenster gestürzt hätte.«

»Ich ahnte so etwas und freue mich, dir wieder einmal das Leben retten zu dürfen.«

Virginia kicherte. Ihr Verhältnis zu Clive hatte sich nach der Sache mit dem zurückgezogenen Heiratsantrag von Lytton deutlich gebessert. Vor allem hatte Clive inzwischen davon abgelassen, ihr immer wieder auf die eine oder andere Weise seine Liebe zu gestehen. Manchmal bedauerte sie das, andererseits hatte es sie oftmals in seltsame Zustände versetzt, wenn er sie so schmachtend ansah. Nun war meist eher Besorgnis in seinem Blick, und sie wusste, dass sie sich auf seine Unterstützung verlassen konnte, egal, was geschah. Das gab ihr ein Gefühl der Sicherheit.

»Erzähl mir von London. Ich muss alles wissen, Vanessa schreibt nur langweilige Briefe, in denen sie mich zur Vernunft mahnt.« Sie hakte sich bei Clive ein und genoss die vertraute Nähe, ohne das Gefühl, etwas Verwerfliches zu tun, das ihr Vanessa immer gab, wenn sie zu dritt waren.

»König Edward ist gestorben, es gibt wieder Streiks der Hafenarbeiter, und die Verhandlungen mit Deutschland um einen Abbau der Kriegsflotte drohen zu scheitern«, zählte Clive an den Fingern auf.

»Aber Clive, der König ist schon seit Mai tot, das ist eine halbe Ewigkeit. Erzähl mir von den wichtigen Dingen! Wie geht es weiter mit dieser Ausstellung? Ist Roger Fry wirklich so beeindruckend, wie Vanessa sagt?«

»Er ist sehr beeindruckend.«

»Glaubst du, Vanessa ist in ihn verliebt?«

Clive stutzte und schüttelte dann den Kopf, als wäre der Gedanke es nicht wert, Platz darin zu finden. »Was für Ideen du manchmal hast.«

»Sie ist sehr angetan von ihm.«

»Ich bin es auch.«

»Sie findet ihn attraktiv. Das hat sie mir geschrieben.«

Jetzt runzelte Clive die Stirn. »Können wir über etwas anderes sprechen?«

Virginia pflückte einen Grashalm und kitzelte Clive damit unter der Nase. »Du wirst doch wohl nicht eifersüchtig werden? Aber bitte. Sprechen wir über Duncan und Adrian. Schlafen sie miteinander? Und Lytton? Lässt er sich noch bei euch blicken?«

»Lytton interessiert mich nicht, und was Duncan und Adrian in ihren Schlafzimmern treiben, möchte ich gar nicht wissen.«

»Du bist immer noch eifersüchtig auf Lytton«, sagte Virginia und stieß ihm lachend mit dem Zeigefinger in die Seite.

»Ich soll auf Lytton eifersüchtig sein? O nein. Aber er benimmt sich unmöglich.«

»Ist er eifersüchtig auf Adrian?«

Clive wiegte den Kopf hin und her. »Schwer zu sagen, ob Adrian es mit Duncan wirklich ernst meint. Oder umgekehrt. Aber vielleicht muss man als Mann in Bloomsbury mindestens einmal mit einem Mann im Bett gewesen sein, um ernst genommen zu werden.« Er machte ein grimmiges Gesicht und setzte dann hinzu: »Von Männern wie *Lytton.*« Er sprach den Namen mit solcher Verachtung aus, dass Virginia erstaunt stehen blieb.

»Seit wann hast du etwas gegen Homosexuelle?«

»Ich habe nichts gegen sie. Ich habe nur etwas gegen Lytton.«

»Lytton ist ein sehr feiner und kluger und warmherziger Mann«, protestierte Virginia.

»Du hättest ihn ja fast geheiratet.«

Virginia löste sich von Clive und tat einen Schritt zur Seite. »Vanessa jedenfalls wäre sehr glücklich gewesen, wenn wir geheiratet hätten. Wenigstens würde ich euch dann nicht mehr zur Last fallen.«

»Was sagst du da?« Clive versuchte, sie zurück an seine Seite zu ziehen, aber Virginia schlug seine Hand fort.

»Ich weiß sehr wohl, wie anstrengend es für Vanessa ist, dass sie sich immer um mich kümmern muss. Darum bin ich ja jetzt auch hier«, schimpfte sie und machte Anstalten, zum Heim zurückzulaufen. Ihr Herz klopfte, und ihre gute Stimmung war in eine plötzliche, heftige Wut umgeschlagen. Diese Stimmungsumschwünge machten ihr sehr zu schaffen, aber sie kam nicht dagegen an. Es war, als arbeite nur noch ein Teil ihres Gehirns wie gewohnt und der Rest habe sich ihrer Kontrolle entzogen. Sie musste sich vorsehen, dass Miss Thomas sie in diesem aufgelösten Zustand nicht sah, sonst drohte ihr erneut eine Woche im Bett.

»Bleib stehen!« In Clives Worten lag eine ungewohnte Autorität. Normalerweise klang seine Stimme sanft und fast ein wenig weiblich, aber jetzt war sie mindestens eine Tonlage tiefer gerutscht. Virginia verharrte, ohne sich jedoch umzudrehen.

Er trat an sie heran und sagte leise, aber sehr bestimmt: »Du bist hier, weil es dir in der ständigen Hektik Londons nicht gut ging. Du bist hier, weil jemand dich davor bewahren muss, deine Kräfte an Dinge zu verschwenden, die dich zu sehr aufreiben. Du bist hier, weil wir alle dich sehr lieben. Denn sonst«, er drehte sie zu sich herum. »Sonst wärest du in einer Anstalt, würdest mit Medikamenten ruhig gestellt und könntest wahrscheinlich nie wieder in deinem Leben einen einzigen deiner wundervollen Sätze schreiben.« Er nahm behutsam ihren Arm. »Ich möchte noch sehr, sehr Vieles von dir lesen. Deine Energie muss sich darauf richten, allein darauf.«

»Ach Clive«, sagte Virginia. »Es ist so leicht für dich, das zu sagen. Du hast alles: Vanessa, einen Sohn, bald eine Tochter, ein Familienleben und einen gesunden Verstand. Vernunft ist so leicht in einer solchen Situation. Ich aber habe gar nichts von alldem. Nur diesen anfälligen Geist, der vielleicht zu schönen Sätzen befähigt ist, aber ohne Anker. Und was ist er dann wert?«

Clive sagte nichts, blickte nur über das Feld hin zu den Hügeln, als läge irgendwo dort in der Ferne die Antwort auf ihre Frage. »Wahrscheinlich«, sagte er nach einer Weile und sah sie mit dieser Wärme im Blick an, mit der er Menschen so für sich einnehmen konnte, »ist genau diese Anfälligkeit der Grund für die Besonderheit deines Schreibens.«

»Du meinst, ich soll schön weiter verrückt bleiben, um Gutes schreiben zu können?« Virginia lachte bitter auf. »Ich kann oft keinen klaren Gedanken fassen. Ich schreibe, um mir selbst zu zeigen, dass ich es kann, dass ich normal bin. Aber irgendwann wird es diesen Punkt geben, an dem das nicht mehr funktioniert. Und dann …«

»Nein!« Clive flüsterte. »Sag es nicht.«

Virginia lächelte ihn verschmitzt an. »Du hast nicht etwa Angst um mich?«

»Doch«, sagte er. »Sehr große.«

»Fein.« Virginia hakte sich zufrieden wieder bei ihm ein. »Das Schöne am Verrücktsein ist ja, dass sich alle um mich sorgen. Und dafür lohnt es sich allemal.«

46, Gordon Square, Ende August 1910

»Wie wäre es mit Aurelius? Marcus Aurelius Bell, das klingt gut, und Marcus Aurelius ist ein mächtiger Namensgeber. Ein Doppelname macht immer etwas her.«

Saxon Sidney Turner, Clives Studienfreund und Vertrauter aus den ersten Bloomsbury-Tagen, saß in einem Schaukelstuhl am offenen Fenster von Vanessas Schlafzimmer und blätterte in Clives Lateinlexikon auf der Suche nach einem klassischen Namen für das Baby, das nun doch keine Clarissa geworden war. Es war erst an einem ungewöhnlich heißen Augusttag, mehr als drei Wochen nach dem errechneten Termin, zur Welt gekommen.

Vanessa saß im Bett, den schlafenden Säugling neben sich, und von draußen wehte ein Geruch nach gebratenem Fleisch herein, wahrscheinlich aus der Küche im Untergeschoss, wo die Köchin das Dinner für den Abend vorbereitete.

»Aurelius! Wie anmaßend«, rief Vanessas Freundin Snow, die im Schneidersitz neben ihr auf dem Bett hockte, eine Teetasse in der Hand. Sie war gekommen, um sich um Vanessa in der Zeit ihres Wochenbetts zu kümmern, während Clive es vorgezogen hatte, die ersten Wochen nach der Entbindung mit Julian in Seend zu verbringen. »Ich bin dir ohnehin keine Hilfe, und so kannst du dich ganz in Ruhe erholen«, hatte er gesagt. Er war weitaus besorgter um Virginia als um sie und das Baby. Und in Seend würde er wahrscheinlich seine Geliebte, Annie Raven-Hill, wiedersehen. Inzwischen wusste Vanessa nicht mehr, ob es ihr überhaupt noch etwas ausmachte. Auch an diese Art Verletzungen konnte man sich gewöhnen.

»Ich finde Aurelius nicht schlecht. Aber mir wäre ein Gelehrter als Namensgeber noch lieber. Hast du da einen Vorschlag?«, fragte Vanessa und streichelte ihrem Baby über den Kopf. Es war zarter, als Julian gewesen war, und nahm auch nicht so zu, wie es sollte.

Saxon blätterte weiter, auf seinem Gesicht ein heiliger Ernst, als gelte es, den Namen für einen britischen Thronfolger zu finden. »Pausanias«, platzte er schließlich heraus. »Ein griechischer Geograph. Oder hier: Plinius. Verfasser der *Naturalis historia*. Oder wie wäre es mit …« Er hielt eine Hand vor den Mund, um das hysterische Kichern zu unterdrücken, das ihn erfasste: »Xenophon«.

»Meine Güte, Saxon. Das Kind braucht einen Namen, keine lebenslängliche Strafe«, rief Vanessa.

»Du sagst, Virginia hätte Claudian vorgeschlagen. Das klingt doch ganz hübsch«, fand Snow.

»Ein lateinischer Dichter. Passt«, sagte Saxon und nickte. Er klappte das Lexikon mit einem lauten Knall zu, wie um die Finalität der Entscheidung auch akustisch zu untermalen.

»Claudian gefällt mir nicht«, sagte Vanessa. Ob der Name ihr nicht gefiel, weil er von Virginia kam oder weil er sie an eine ehemalige Studienfreundin von der Royal Academy namens Claudia erinnerte, die ein hässliches, feuerrotes Mal auf der Wange gehabt hatte, wusste sie selbst nicht genau.

»Ist die Namensfindung noch immer nicht abgeschlossen?«, erklang da eine Stimme von der Tür her. Es war Duncan. Er musste schon eine Weile dort gestanden haben, denn er lehnte entspannt im Türrahmen, die Hände in den Taschen, auf den Lippen ein amüsiertes Lächeln. Duncan hatte eine unauffällige, fast elfenhafte Art, einen Raum zu betreten. Oft war er plötzlich einfach da und veränderte die Qualität der Atmosphäre, ohne dass er sich hätte bemerkbar machen müssen.

»Wie bist du reingekommen?«, fragte Vanessa überrascht. »Ich habe die Türglocke nicht gehört.«

»Durch die Küche«, sagte Duncan. »Immer dem Duft nach.«

»Hast du uns etwas übrig gelassen?«, fragte Saxon.

»Sag bloß, du ernährst dich von etwas anderem als von lateinischen Buchstaben«, sagte Duncan und setzte sich auf den niedrigen Hocker, direkt vor Vanessas Bett. Es hätte albern aussehen können, wie er dasaß, das Hemd halb aus der Hose, die weiten Hosenbeine hochgerutscht und die Knie angezogen. Aber seine Bewegungen waren fließend und weich, er besaß eine Grazie, die ihn niemals unbeholfen wirken ließ – egal, ob er auf einem Fußhocker saß oder auf einem Thron. Wieder einmal musste Vanessa denken, was für ein schöner Mensch er doch war. Sie betrachtete ihn gedankenverloren, und plötzlich wusste sie, wie ihr Sohn heißen sollte. »Gratian!«, rief sie aus. »Ich werde ihn Gratian nennen.«

Drei Augenpaare starrten sie überrascht an. »Aha«, sagte Snow nur.

»Klingt gut«, fand Duncan.

Und Saxon sagte mit erhobenem Zeigefinger: »Flavius Gratianus. Im vierten Jahrhundert Kaiser im weströmischen Reich und –« Er machte eine bedeutsame Pause und schloss dann: »Erhob das Christentum zur Staatsreligion.«

Vanessa zog eine Grimasse, sah Duncan an und dann ihr Baby und sagte schließlich: »Macht ja nichts. Das weiß außer Saxon ohnehin niemand!«

George war entsetzt über den Namen. Sie hatte ihn nicht eingeladen, er kam einfach. Das Recht, sie zu einem ihm genehmen Zeitpunkt zu besuchen, nahm er sich als ihr Stiefbruder immer noch ungefragt heraus. Immerhin war er ohne seine Frau gekommen, die das Haus am Gordon Square mied, seit Lytton sie bei einer zufälligen Begegnung in ein peinliches Gespräch über Leibwärmer verwickelt hatte. Auch George war Vanessas Umgang ein Dorn im Auge, aber er schien sich damit abgefunden zu haben, dass er auf die Stiefschwestern keinen Einfluss mehr nehmen konnte.

»Der arme Junge wird in der Schule ausgelacht werden. Willst du ihm das wirklich antun?«

»Ich habe nicht vor, meine Kinder in die Schule zu geben.«

George hielt ihre Worte wohl für eine ihrer Provokationen und zog nur eine Braue hoch. »Du tätest gut daran, ihm zumindest einen gängigen Zweitnamen zu geben. Henry Gratian Bell klingt ansprechend.«

»Unnötig. Wie gesagt. Wir werden die beiden so frei wie möglich erziehen und sie nicht durch den Drill einer Schule verbiegen lassen.«

George hatte sich über die Wiege gebeugt, um das Baby aus der Nähe zu mustern. Er schien bereits ein wenig kurzsichtig geworden zu sein. Jetzt fuhr er herum: »Was soll der Unsinn? Clive wird so etwas nie zulassen.«

George mochte Clive, das hatte sich auch trotz seines fragwürdigen Umgangs mit Menschen wie Lytton und Duncan nicht geändert.

»Clive und ich sind da einer Meinung«, entgegnete Vanessa gelassen.

»Ihr gehört weder dem Adel an noch der Arbeiterklasse. Ein Kind unseres Standes *muss* in die Schule!«

»Aber George«, sagte Vanessa sanft. »*Wir* müssen gar nichts. Hast du das denn noch immer nicht begriffen?«

Auch Roger Fry kam zu Besuch. Ihn jedoch empfing Vanessa im Salon. Er brachte französische Pralinen mit und ein Leibchen für das Baby, das er ebenfalls in Frankreich erstanden haben musste.

»Kommst du aus Paris?«, fragte sie und schob sich genüsslich eine der Pralinen in den Mund. Sie hatte Tee servieren lassen und saß Roger gegenüber. Er trug wieder einen seiner farbigen Pullover. Diesmal war es ein warmes Orange, das einen aufrüttelnden Kontrast zu seinen blauen Augen bildete. Roger sprach nicht nur fesselnd über Kunstwerke, er war selbst eines.

»Nicht direkt. Mein letzter Besuch dort liegt schon einige Wochen zurück. Ich hatte mit einer früheren Geburt gerechnet.« Er zeigte auf seine Präsente, als wolle er andeuten, dass er eigens dafür nach Paris gereist war. Neben seinen Mundwinkeln erschienen diese Grübchen, die ihn trotz seiner ergrauten Haare so jungenhaft wirken ließen.

»Wir fühlen uns geehrt.« Vanessa legte die Hände gefaltet auf die Brust und verneigte sich. »Und hast du – so ganz nebenbei – auch noch ein paar andere Kunstwerke mitgebracht?«

»Noch nicht. Es wird eine größere Unternehmung, und dafür brauche ich Verstärkung.«

»Clive?«

»Darf ich ihn dir entführen?«

»Er ist gar nicht hier. Er weilt bei seiner Familie in Seend.«

Rogers Miene blieb unbewegt. Er war viel zu sehr Gentleman, um sich seine Verwunderung darüber anmerken zu lassen, dass Clive seine Frau und das Baby so kurz nach der Entbindung allein ließ.

»Er braucht seinen Freiraum und ich meine Ruhe«, sagte Vanessa und beobachtete Rogers Reaktion auf diese intime Information.

Er nickte, als wäre es selbstverständlich, dass Vanessa ihn über den Zustand ihrer Ehe unterrichtete. Das kleine Flackern in seinen Augen, das kurze Zögern, bevor er sich vorbeugte und nach der Teetasse griff, entging Vanessa jedoch nicht.

»Ich bin mir sicher, dass er jederzeit willig und bereit ist, mit nach Paris zu reisen«, sagte sie. »Auch wenn ich furchtbar neidisch bin und es hasse, nicht mitkommen zu können.«

Roger saß entspannt, die Beine übereinandergeschlagen, die Teetasse in der Hand. Die Ruhe, die seine Körperhaltung ausstrahlte, stand in einem deutlichen Widerspruch zu der Intensität, die aus seinen Augen herausleuchtete. »Wir haben keine Zeit zu verlieren«, sagte er. »Ich habe bereits Kontakt zu einigen Kunsthändlern aufgenommen. Bernheim-Jeune zum Beispiel. Vollard. Sie sind sehr interessiert an unserem Projekt.«

Unserem Projekt. Auch wenn Vanessa an der Organisation der Ausstellung nicht beteiligt sein würde, fühlte sie sich doch mit eingeschlossen, allein durch die Art und Weise, wie er es sagte.

»Ich brauche noch jemanden, der die Bücher führt. Eine Art … Sekretär? Denkst du, Clive …?«

»Himmel, nein! Clive ist vollkommen unpraktisch veranlagt. Aber ich könnte mir vorstellen, dass Desmond der richtige Mann für so etwas wäre.«

Roger hatte die MacCarthys bei einem Dinner kennengelernt, das Vanessa nach Rogers Vortrag im Freitagsclub veranstaltet hatte. Auch mit Saxon, Adrian, Duncan und Lytton hatte er inzwischen Bekanntschaft geschlossen. Nur mit Virginia noch nicht. Oder nur halb. Sie war spät zu einem Donnerstagabend-Treffen gekommen, als Roger bereits im Aufbruch gewesen war. Sie hatte ihm die Hand gereicht, ihn spöttisch angelächelt und gesagt: »Ach, es gibt Sie tatsächlich. Alle sind so begeistert von Ihnen, dass ich dachte, Sie müssen eine Legende sein. Ich bin Vanessas verrückte Schwester und wohl die Letzte, die Sie kennenlernen darf. Sehr erfreut.«

Vanessa hatte Rogers verzücktes Lächeln bemerkt, mit dem er sie angesehen hatte, weigerte sich aber, ihre Gefühle als Eifersucht anzuerkennen. Dafür war es Virginia zu dem Zeitpunkt bereits viel zu schlecht gegangen.

»Du glaubst, Desmond …«, fragte Roger.

»Unbedingt! Er ist der Vernünftigste von uns allen und kann am besten mit Zahlen umgehen. Abgesehen vielleicht von Maynard, den du aber noch nicht kennengelernt hast. John Maynard

Keynes. Er ist Fellow am Kings College. Sein Fachgebiet ist die Ökonomie und sein einziger Fehler, dass er zu erfolgreich ist.«

»Ist es ein Fehler, erfolgreich zu sein?«

»Es lässt den Willen, Dinge zu verändern, erlahmen.«

»Und was ist, wenn es gelingt, Dinge zu verändern? Ist das kein Erfolg?«

»Der Wille zur Veränderung entsteht aber zunächst durch Erfolglosigkeit, findest du nicht?«

Roger senkte den Kopf, spitzte die Lippen und sah sie über den Rand seiner Brille hinweg an. »Du meinst, um Dinge ändern zu wollen, muss man erst einmal scheitern?«

»Bist du nicht ein gutes Beispiel dafür?« Vanessa sah ihn herausfordernd an. Roger machte kein Geheimnis daraus, dass all seine Versuche, eine angesehene Position im britischen Kunstbetrieb zu erlangen, gescheitert waren. Es gab wohl kaum einen größeren Kunstkenner als ihn in England, und doch hatte man ihn weder an der Slade noch an der Royal Academy als Direktor haben wollen. Es war ein Stachel, der in Rogers Fleisch saß, und es so offen auszusprechen, hieß, diesen Stachel womöglich noch tiefer zu treiben.

Roger sah sie eine Weile nachdenklich an, dann sagte er: »Ich wollte schon immer Dinge verändern. Das ist mein Motor. Ich hätte die Erfahrung des Scheiterns nicht gebraucht.«

»Vielleicht würdest du ohne diese Erfahrung niemals etwas so Irrwitziges wie diese Ausstellung planen.«

»Wenn ich es nicht täte, würde es jemand anders tun. Es lässt sich nicht aufhalten.«

»Es könnte deinen Ruin bedeuten.«

»O das …«, sagte er. »Ich rechne mit einem kollektiven Aufschrei. In der Academy werde ich mich restlos unmöglich machen.«

»Und das stört dich nicht?«

Er lächelte verschmitzt. »Es ist das, was *ich* einen Erfolg nennen würde.«

»Auch wenn du dich finanziell ruinierst?« Roger hatte Vanessa und Clive anvertraut, dass er einen Großteil seines Vermögens in die Unternehmung investieren musste, um sie zu finanzieren. Sollten die Besucher ausbleiben, könnte er nicht einmal mehr die Kosten für die Behandlung seiner Frau tragen, falls er keine neue Anstellung fand.

»Das werde ich nicht«, sagte er und stellte die Teetasse mit klirrendem Geräusch ab, als müsse er das Raunen des Zweifels übertönen.

»Was macht dich da so sicher?«

»Meine liebe Vanessa. Nichts kann das britische Philistertum so sehr in Bewegung versetzen wie ein Skandal. Und dass es einer wird, dafür werde ich sorgen!«

7. Kapitel

29, Fitzroy Square, Oktober 1910

Als Virginia nach ihrer langen Abwesenheit in ihre Räume am Fitzroy Square zurückkehrte, lagen Teile des Manuskripts von *Melymbrosia* noch genauso auf ihrem Schreibtisch, wie sie sie zurückgelassen hatte. Sie näherte sich dem Tisch und warf einen Blick auf die zuoberst liegende Seite, auf der zwischen all den durchgestrichenen Wörtern und Sätzen, Einfügungen und Randbemerkungen kaum noch das Weiß des Papiers zu erkennen war. Mit Mühe widerstand sie der Versuchung, sich sofort an die Arbeit zu machen, schob die Seiten zusammen und steckte sie in eine Kladde. Das hatte Zeit. Wahrscheinlich würde sie ohnehin den ganzen Roman nochmals umschreiben müssen. Es war jetzt nicht wichtig. Nun sehnte sie sich erst einmal danach, wieder in das Londoner Leben einzutauchen. Nach den qualvoll langweiligen, geistlosen Wochen im Heim in Twickenham war sie mit Miss Thomas nach Cornwall zum Wandern gereist. Die Gute klebte an ihr wie ein altes Karamellbonbon an den Zähnen. Aber die fürsorgliche Verehrung, die sie ihr entgegenbrachte, schmeichelte Virginia zu sehr, als dass sie sie hätte von sich stoßen mögen. Außerdem hätte sie vermutlich ohne Miss Thomas' Begleitung niemals nach Cornwall fahren dürfen. Von ausgedehnten Wanderungen an der frischen Luft und der stabilisierenden Wirkung, die Cornwall immer auf sie hatte, war sie von Dr. Savage für kräftig genug erachtet worden, um mit Vanessa und dem Baby einige Tage in Studland Beach zu verbringen. So hatte sich der Sommer in diesem Jahr weit in den Herbst ausgedehnt, und Virginia fühlte sich unternehmungsfreudig wie lange nicht.

Gleich heute Abend würde sie zum ersten Mal die Gelegenheit haben, Mr Fry näher kennenzulernen. Er war gerade aus Paris zurückgekehrt, von wo er mithilfe von Desmond und Clive ganze Wagenladungen voller Bilder nach London gebracht hatte. Zumindest behauptete Clive das. Das ganze Gerede über Künstler und Kunsthändler, deren Namen sie sich ohnehin nicht merken konnte, begann Virginia schon ein wenig zu ermüden. Roger Fry schien in Bloomsbury während ihrer Abwesenheit einiges in Bewegung gesetzt zu haben, und Virginia wusste nicht, ob ihr das gefiel. Es wurde Zeit, dass sie sich endlich selbst ein Bild von ihm machte.

Das Haus am Gordon Square summte wie ein Nest aufgeschreckter Hummeln. Desmond und Molly waren da, Saxon, Adrian und Duncan, Snow und Henry Lamb, ein paar von den jüngeren Künstlern und sogar Harry Norton, der blasse Mathematiker, der wahrscheinlich selbst nicht wusste, was er in diesem Kreis von Literaten und Künstlern eigentlich zu suchen hatte. Er sprach selten und starrte meist nur Vanessa an, die den armen Kerl kaum beachtete. Virginia war überzeugt, dass er bis über beide Ohren in Vanessa verliebt war. Weil er jedoch so vollkommen unauffällig war, lohnte es kaum, darüber ein Wort zu verlieren. Einige Gesichter waren neu, Künstler des Freitagsclubs vermutlich. Es saßen und standen bestimmt dreißig Leute im Salon, lachten, schwatzten und diskutierten durcheinander. Virginia registrierte, dass Lytton nicht da war. Sie hatte gehofft, ihn heute anzutreffen, und fragte sich, ob er überhaupt noch am Gordon Square verkehrte.

Clive kam sofort auf sie zu und stützte sie, als müsse er sie vor dem ungewohnten Kontakt mit so vielen lebhaften Menschen schützen. »Virginia, wie schön, dich wiederzusehen. Du siehst bezaubernd aus!«

Er tat, als hätte er sie seit Monaten nicht gesehen, dabei war es erst wenige Tage her. »Du hast dich auch überhaupt nicht verändert seit unserer letzten Begegnung«, spottete sie und entzog ihm vorsichtig den Arm. Sie steuerte auf Desmond und Molly zu, die neben Saxon und Harry Norton auf dem Sofa saßen.

»Er brachte eine Flasche Champagner mit und zerrte mich aus dem Bett«, sagte Desmond gerade. »Ich war unpässlich und hatte wirklich anderes im Sinn, als noch am selben Tag nach Paris zu reisen. Aber er flößte mir Champagner ein, und nach einer knappen Stunde fand ich mich am Bahnhof wieder. Man kann sich dem Willen dieses Mannes nicht entziehen.«

»Von wem spricht er?«, fragte Virginia und quetschte sich neben Molly in die freie Lücke auf dem Sofa.

»Roger Fry«, raunte Molly, als spreche sie vom König höchstpersönlich.

»Du hattest die Zeit deines Lebens, gib es zu«, rief Clive über das Stimmengewirr hinweg. »Desmond hat die Schwägerin van Goghs in Amsterdam überredet, ihm ein Gemälde aus der *Sonnenblumen*-Serie zu überlassen.« Clive stand breitbeinig vor ihnen, und sein Gesicht glühte vor Stolz, als hätte er selbst diese Heldentat vollbracht.

»Es war Rogers Brief, der sie überzeugt hat. Nicht meine Überredungskunst«, gab Desmond zurück.

»Wo ist er denn?«, fragte Virginia und sah sich suchend im Raum um.

»Noch nicht da. Die wichtigsten Gäste kommen immer zuletzt!« Vanessa hatte sich neben ihr auf der Sofalehne niedergelassen und hielt ihr ein Glas Champagner hin.

Virginia nahm das Glas entgegen. Sie hatte seit Monaten keinen

Alkohol trinken dürfen. »Und ich dachte, der wichtigste Gast wäre ich.« Sie hob ihr Glas.

Vanessa tat es ihr gleich. »Auf das, was kommt.«

»Nicht lieber auf *den*, der kommt?«

Vanessa lächelte geheimnisvoll. »Das ist dasselbe«, sagte sie und trank ihr Glas in einem Zug leer.

Er war tatsächlich beeindruckend, das musste Virginia anerkennen, als Roger Fry endlich auftauchte. Er stürmte mit Mantel und Hut in den Raum, unter dem Arm ein Paket, das er zum einzig frei gebliebenen Stuhl trug und vorsichtig dort abstellte. Dann lüftete er den Hut und grüßte in alle Richtungen. Virginia war ihm nur einmal kurz begegnet, nachdem sie während eines unerträglichen Dinners bei Kitty Maxse zu viel getrunken hatte. Der anschließende Kopfschmerz hatte ihr das Hirn gespalten, und der Moment war wie im Nebel versunken.

Roger Fry war größer, als sie ihn in Erinnerung hatte, sein dichtes, fast vollständig ergrautes Haar sah aus, als wäre er gegen einen Sturm angelaufen. Seine Brille beschlug von der plötzlichen Wärme, und er nahm einen Zipfel seines ockergelben Pullovers, um sie zu reinigen. Während Roger, immer noch im Mantel, behutsam sein Paket aufzuschnüren begann, ging Vanessa zu ihm hin und legte ihm eine Hand auf den Rücken. Diese Geste, so selbstverständlich und intim, versetzte Virginia in Unruhe. Sie blickte zu Clive, der die beiden mit wohlwollendem Lächeln beobachtete. Auch alle anderen sahen zu Roger hin. In das Hummelnest am Gordon Square schien sich mit ihm ein Gravitationsfeld geschoben zu haben, das die zuvor chaotischen Energieströme erstmals klar ausrichtete. Das laute Gelächter und Gerede war verstummt, es wurde nur noch gemurmelt, und hier und da war ein erwartungsvolles Hüsteln zu vernehmen.

»Wie alt ist er eigentlich?«, flüsterte Virginia Molly zu.

Die sah sie erstaunt an. »Darüber habe ich mir noch gar keine Gedanken gemacht. Vierzig vielleicht?«

»Er ist vierundvierzig«, sagte Desmond leise.

»So alt?«, entfuhr es Virginia. Zu laut. Roger hatte sich aufgerichtet und mit Vanessa gesprochen. Jetzt sahen beide zu ihr herüber, Roger sagte etwas, und sie kamen auf sie zu. Vanessa hatte ihn als schönen Mann beschrieben, was Virginia nicht nachvollziehen konnte. Er hatte jedoch ein edel geschnittenes Gesicht und kluge Augen.

»Ihr hattet noch nicht die Gelegenheit, euch kennenzulernen. Roger, das ist meine Schwester Virginia«, sagte Vanessa.

»Mr Fry.« Virginia streckte ihm ihre Hand entgegen, blieb aber sitzen.

Er nahm sie galant und verbeugte sich. »Es ist mir eine Ehre. Schön, dass Sie heute auch hier sind.«

Sie musste sich sehr zusammennehmen, um ihn nicht darauf hinzuweisen, dass er mehr Gast in diesem Hause war als sie selbst. »Sie glauben gar nicht, wie froh ich selbst darüber bin«, sagte sie. Dann aber konnte sie doch nicht anders, als hinzuzusetzen: »Vanessa, willst du unserem Gast nicht den Mantel abnehmen? Er muss sich ja fühlen, als wäre er hier nur auf der Durchreise.«

Roger sah an sich herab. »Richtig, mein Mantel. Ich war so in …« Er wies auf das Paket auf dem Stuhl und sagte dann, zu Desmond gewandt: »Ich habe noch einen Cézanne gefunden. Wundervolles Bild. Ein Schatz. Ich musste es gleich heute mitbringen.«

Und schon eilte er zurück zu seinem Schatz, löste das Papier ab und hielt das Bild einen Moment andächtig in den Händen, vollkommen in seinen Anblick versunken. In diesem Augenblick glaubte Virginia zu verstehen, was Vanessa an ihm so attraktiv fand. Es lag wohl in der Intensität, mit der sich seine Aufmerksamkeit auf diesen einen Gegenstand richtete, diese Fähigkeit, alles auszublenden, was ihn von diesem für ihn so ergreifenden Moment ablenken könnte. Er lächelte ganz in sich gekehrt und – ja, dieses Lächeln konnte man vielleicht als »schön« bezeichnen.

Erst als Desmond neben ihn trat und ihm ein paar Worte zuflüsterte, löste er sich aus seiner Versunkenheit, stellte das Bild zurück auf den Stuhl und trat beiseite, um den Blick auf das Kunstwerk für alle freizugeben.

Es wurde noch stiller im Raum.

»Nun nimm ihm doch endlich seinen Mantel ab«, zischte Virginia Clive zu, der die frei gewordene Lücke neben ihr auf dem Sofa sofort besetzt hatte.

»Mantel, Mantel«, flüsterte Clive zurück. »Dies ist ein bedeutender Moment, Virginia! Zum Teufel mit dem Mantel.« Er stand auf und näherte sich dem Bild.

Ein bedeutender Moment. Virginia zog eine Augenbraue hoch und stand ebenfalls auf, um sich das Objekt der Aufmerksamkeit genauer anzusehen.

Es waren Äpfel. Einige auf einem Teller, die anderen pyramidenförmig aufgestapelt daneben, am rechten Bildrand zwei, die halb aus dem Bild gekullert zu sein schienen. Sie zählte. Elf Äpfel. Ein bedeutender Moment?

»Freunde«, sagte Roger jetzt feierlich. »Es war ein großes Stück Arbeit. Doch nun haben wir es geschafft. Zweihundertachtundzwanzig Bilder konnten wir zusammentragen. Dieses hier habe ich selbst von meiner Reise mitgebracht. Ihr seid die Ersten in England, die es zu Gesicht bekommen. Es …«

Seine Stimme schien ihm versagen zu wollen. Er räusperte sich und trank einen Schluck aus dem Champagnerglas, das ihm Vanessa hinhielt.

»Es ist also eine kleine Sensation«, schloss er dann leise und trat hinter den Stuhl, um ihnen allen die Gelegenheit zu geben, die Sensation zu würdigen. Er stand genau vor dem Porträt Leslie Stephens von George Frederic Watts, das seit eh und je an dieser Stelle hing. Das Konterfei ihres Vaters schien kritisch auf diesen Mann hinabzublicken, der es wagte, eine Ansammlung fröhlich bunter Äpfel vor seinen ehrwürdigen Augen als Sensation zu bezeichnen.

Virginia hob die Hand. Es war albern, doch Roger gab ihr das Gefühl, eine Schülerin zu sein, die eine Rechenaufgabe nicht verstanden hatte. Oder lag es am strengen Blick ihres Vaters, den sie so lange nicht mehr bewusst und in dieser Intensität wahrgenommen hatte?

»Sie gestatten eine vielleicht etwas unbedarfte Frage?«

»Nur zu!« Roger Fry sah sie mit wachem Interesse an.

»Worin genau liegt die Sensation? Ist es das Motiv? Die Farbigkeit? Ich finde diese Äpfel durchaus hübsch, allerdings …« Sie legte den Kopf schief. »Könnte es sein, dass mit der Perspektive etwas nicht stimmt?«

»Ha!« Fry richtete seinen Zeigefinger auf sie. »Genau darauf habe ich gewartet.« Er trat wieder vor den Stuhl und zeigte auf den obersten der auf dem Teller liegenden Äpfel. »Mit einem Apfel werde ich Paris in Erstaunen versetzen«, rief er mit seiner tiefen, volltönenden Stimme. »Cézannes eigene Worte. Und wie recht er hatte. Schaut euch die Gestaltung des Bildraumes an. Es hat keine Tiefe. Es bleibt zweidimensional, nur Farbe und Form haben Bedeutung. Er versucht nicht, eine Illusion von Realität zu erzeugen, wie wir es kennen von der Malerei.«

Er wies auf das Porträt ihres Vaters. »Das«, rief er aus, »das ist es, was wir kennen. Eine möglichst naturgetreue Nachahmung der Wirklichkeit.«

»Es hat mir nie besonders gefallen«, sagte Vanessa. Sie sah Clive an. »Warum hängt es eigentlich noch hier?«

»Warum fragst du das nicht mich?« Virginia runzelte die Stirn. Clives Blick wanderte zwischen ihr und Vanessa hin und her, und dann zog er den Kopf zwischen die Schultern und versenkte die Nase in seinem Weinglas.

»Du wolltest es nicht haben«, brummte Adrian, der neben Virginia getreten war.

»Du auch nicht.«

»Hört ihm zu!«, mischte sich Duncan ein. Er lehnte am Kamin und beobachtete das Ganze aus dem Hintergrund, in den er sich zurückgezogen hatte, nachdem er eine Weile mit geneigtem Kopf vor dem Bild gestanden hatte. Auch Saxon, Desmond und Harry Norton standen dort im Halbdunkel, alle anderen bildeten einen großen Halbkreis um Roger Fry und das Bild und schienen ungeduldig darauf zu warten, dass er mit seinen Ausführungen fortfahren konnte.

»Es ist ein ausgezeichnetes Porträt, wenn ich das sagen darf«, sagte Fry nun. »Ein hervorragender Maler. Was wir hier sehen«, er zeigte wieder auf die Äpfel, »steht sozusagen in einer genealogischen Linie. Was sich auf den ersten Blick wie ein Bruch ausnimmt, ist nur eine Fortsetzung.«

Eine genealogische Linie! Virginia musste kichern. Ihr Vater würde sich im Grabe umdrehen, wenn er wüsste, dass man sein Konterfei mit einem Haufen bunter Äpfel verglich.

In die anderen war Bewegung gekommen. Der Kreis um das Bild wurde enger, Roger wurde mit Fragen torpediert, die er mit großem Ernst aufnahm, eloquent und zugleich präzise beantwortete. Er sprach über die Impressionisten und die Bedeutung des Lichts, über Farben und Linien, Motive und Maltechniken. Erzählte, wie akribisch Cézanne seine Stillleben geplant, wie er mit

Farben und Perspektive experimentiert und so der toten Materie Leben eingehaucht hatte. »Sein Ziel ist nicht die Nachahmung der Natur, sondern ihre Wiedererschaffung. Er malt den Apfel nicht aus einer Perspektive, sondern aus mehreren, und sie alle sind gleichberechtigt. Was wir hier sehen, sind nicht einfach Äpfel. Man könnte es eine Verdichtung nennen. Wir sehen hier sozusagen die Idee des Apfels.«

Virginia horchte auf. Irgendetwas an diesem Gedanken hakte sich an ihr fest, aber sie wusste nicht genau, was es war. Verdichtung. Es hatte etwas mit diesem Wort zu tun. Ver-dichtung. Fehlte es an Dichte in *Melymbrosia*? Zu viele leere Wörter und Sätze, die eine Geschichte erzählten, aber doch zum Eigentlichen nicht vordrangen? Was war es überhaupt, dieses Eigentliche? Wusste sie das noch? Über die lange Zeit, die sie an *Melymbrosia* schon arbeitete, war der Kern, das Wesensinnere ihrer ursprünglichen Idee, zerfasert. Könnte sie etwas lernen von Cézanne? Oder gar von diesem Roger Fry, der ihnen allen so viel vorauszuhaben schien?

Fry war neben das Watts-Porträt getreten und sah zu ihrem Vater auf, wie um sich bei ihm für seine Worte zu entschuldigen. »Wer wollte behaupten«, sagte er, »dass uns diese Äpfel weniger lebendig erscheinen als der ehrwürdige Leslie Stephen in diesem Porträt?«

Virginia ertappte sich dabei, wie sie die Schultern ein Stück höher zog, um sich vor einem drohenden Entrüstungssturm in Deckung zu bringen. Doch es gab nur gemurmelte Zustimmung, und auch das Porträt fiel nicht vor Empörung von der Wand. »Es ist umgekehrt«, sagte da Vanessa mit klarer, lauter Stimme. »Genau umgekehrt.«

Fry lächelte ein sehr feines Lächeln, und Virginia sah, wie die Blicke der beiden sich für einen Augenblick aneinander festhielten. Und sie nahm das leichte Zittern von Vanessas Hand wahr, als sie wieder nach ihrem Glas griff. Niemand sonst würde es bemerkt haben, nicht einmal Clive. Es war ein allzu flüchtiger Moment, und doch begriff sie, dass sich in diesem Raum weitaus mehr anbahnte als eine Revolution in der britischen Kunst.

8. Kapitel

London, Grafton Galleries, 8. November 1910

Rogers Schritte hallten durch die noch menschenleere Long Gallery, dem Herzstück der Grafton Galleries im Londoner Stadtteil Mayfair. In wenigen Minuten war es so weit. Die Tore seiner Ausstellung würden sich erstmals für die Journalisten, Schirmherren und ein paar geladene Gäste öffnen. Wie hart hatte er auf diesen Moment hingearbeitet! In allen Sälen des Museums hingen die Bilder in der Ordnung, wie er sie festgelegt hatte. Er konnte sich kaum sattsehen an den kraftvollen Farben. Sie hoben sich gegen die dunkelbraunen Eichenvertäfelungen ab wie Fenster mit Blick auf eine bunt schillernde Welt. Sie taten seiner Seele gut, die aufgerüttelt war wie selten, denn am gestrigen Tag hatte er seine Frau, seine geliebte Helen, in die Obhut einer geschlossenen Anstalt übergeben. Doch daran durfte er jetzt nicht denken. Es lagen wichtige Tage vor ihm. Vielleicht die wichtigsten seines Lebens.

Der Ausstellungskatalog war gerade erst frisch aus der Druckerpresse gekommen. *Manet und die Post-Impressionisten.* Es war nicht leicht gewesen, die so unterschiedlichen Maler und Stile unter einer Bezeichnung zusammenzufassen. Was sie einte, war die Kraft des Ausdrucks und die Tradition, in der sie standen. *Post-Impressionismus.* Er lächelte zufrieden. Es war eine plötzliche Eingebung gewesen, entstanden unter dem Druck, sich endlich auf einen Namen für die neue Bewegung festlegen zu müssen. Nun war er sehr zufrieden damit.

Er blieb vor Matisses *Mädchen mit grünen Augen* stehen und lachte in sich hinein. Er hatte es seiner Köchin gezeigt, die entzückt ausgerufen hatte: »Wie wunderschön bunt es ist! Wer hat es gemalt? Ihre Tochter?«

In diesem Moment näherten sich eilige Schritte.

»Roger, hast du etwa schon wieder Bilder umgehängt?« Desmond hielt ihm den aufgeschlagenen Ausstellungskatalog unter die Nase und tippte auf eine Stelle darin. Dann zeigte er zum benachbarten Saal, der Central Gallery. Dort hing ein Großteil der vierundsechzig Gauguin- und zweiundzwanzig van Gogh-Werke, die sie hatten auftreiben können. Der Saal explodierte förmlich vor Gelb-, Grün- und Blautönen. Tatsächlich hatte Roger noch gestern Abend in einer plötzlichen Eingebung van Goghs *Sonnenblumen* mit den *Zypressen* vertauscht, um das strahlende Gelb der Sonnenblumen durch das einfallende Licht des Glasdaches noch intensiver leuchten zu sehen.

»So ist es«, sagte er.

Desmond heulte auf. »Wie sollen die Leute sich orientieren, wenn die Hängung nicht mit der Katalognummerierung übereinstimmt? Das erregt doch nur unnötigen Ärger.«

»Mein lieber Freund«, sagte Roger und legte den Arm um Desmond. Der Arme war ein Nervenbündel. »Wenn sie sich nur über Fehler in der Katalognummerierung erregen, dann haben wir etwas falsch gemacht!«

»Wie, sagten Sie noch gleich, heißt dieser … äh … Künstler?«

Die Herzogin von Rutland beugte sich vor und entzifferte durch ihr Monokel die Signatur auf dem Bild, dabei stand der Name direkt daneben auf einem Schild. Bei dem Wort »Künstler«

krächzte ihre Stimme, als könne sie es nur gegen einen allzu großen Widerstand durch ihre Kehle pressen.

»Er heißt Henri Matisse, Gnädigste. Er lebt und arbeitet in Paris. Das Bild stammt aus dem Jahr 1908«, erwiderte Roger freundlich.

»Nun …«, sagte die Herzogin und richtete sich auf. Roger wartete in höflichem Abstand hinter ihr, und so konnte er nicht sehen, wie die dünnen Linien ihrer Augenbrauen nach oben wanderten, während ihre Mundwinkel abwärts strebten und sich in der tiefen Falte ihres schlaffen Wangenfleisches verloren. Vanessa hingegen beobachtete gebannt das Mienenspiel der Herzogin und konnte nur mit Mühe ein Kichern unterdrücken. Sie stand mit Virginia vor einem benachbarten Vlaminck und stupste die Schwester an. Die war jedoch nur scheinbar in den Vlaminck versunken. Am Blitzen in ihren Augen konnte Vanessa erkennen, dass auch Virginia die Szene genau beobachtete.

Die Herzogin blinzelte ein paarmal, trat noch näher an den Matisse heran und betrachtete durch ihr Monokel einzelne Details des Gemäldes.

Roger räusperte sich. »Wenn ich mir eine Bemerkung erlauben darf, Verehrteste – das Bild entfaltet seine einzigartige Wirkung, wenn man es aus einer gewissen Distanz betrachtet.«

Die Herzogin ruckte hoch und ließ ihr Monokel sinken. »So?«, sagte sie laut und wandte sich dem Herrn zu, der links neben ihr stand. Es war Sir Charles Holroyd, der Direktor der National Gallery.

»Was sagen Sie zu diesem …« Sie wedelte mit der Hand in Richtung des Matisse. Sie schien der Meinung zu sein, es lohne nicht, dem Bild die Ehre einer Bezeichnung zukommen zu lassen.

Der Direktor, ein leicht untersetzter Herr mit gezwirbeltem

Schnurrbart und hochmütigem Blick, hatte die ganze Zeit mit zusammengepressten Lippen neben der Herzogin gestanden und sich ein paarmal verstohlen umgesehen, gewiss aus Furcht, in einer kompromittierenden Situation gesehen zu werden. Den Matisse hatte er kaum eines Blickes gewürdigt. Auf Vanessa machte er den Eindruck, als habe er es furchtbar eilig, von hier wegzukommen.

Im Katalog waren sowohl die Herzogin von Rutland als auch Sir Charles Holroyd in der Liste der Schirmherren der Ausstellung aufgeführt.

»Es ist … nun …« Er zögerte und sah Roger an. »Ich bin einigermaßen überrascht«, sagte er dann, und es klang, als hielte er ein Messer zwischen den Zähnen, das er Roger am liebsten in den Leib stoßen würde. »Um nicht zu sagen: sehr überrascht.«

»Nicht wahr?«, erwiderte Roger. »Es ist ein überraschend einzigartiges Werk.« Er strahlte voller Enthusiasmus und setzte hinzu: »Wie alle diese Werke hier.«

Vanessa fragte sich, ob er ein so guter Schauspieler war oder ob er die Abscheu des Direktors in seinem Eifer tatsächlich nicht wahrnahm.

Der zog seine Uhr aus der Brusttasche und sagte mit einem Blick darauf: »Ich werde meinen Rundgang nun beenden müssen. Es warten eilige Angelegenheiten auf mich.«

»Ich begleite Sie gerne noch ein Stück auf dem Weg nach draußen«, bot Roger an.

»Danke, keinesfalls nötig«, winkte Sir Holroyd ab. »Gnädigste?« Er verneigte sich vor der Herzogin und wollte davoneilen.

»Oh, darf ich mich Ihnen anschließen? Meine Zeit ist ebenfalls … ich … Sie entschuldigen mich!« Mit fliegenden Gewändern trippelte die Herzogin hinter Sir Holroyd her, der im Stechschritt Richtung Ausgang strebte.

Vanessa näherte sich Roger, der den beiden gedankenvoll nachblickte.

»Sie sahen nicht sehr glücklich aus«, sagte sie mit einem leisen Lachen.

In Rogers Mundwinkel zuckte es. Er öffnete den Mund, doch bevor er etwas sagen konnte, wurde es im benachbarten Octagonal Room plötzlich laut. Ein Tumult schien ausgebrochen. Wortfetzen klangen zu ihnen herüber, eine schrille Stimme rief »Frechheit«, eine andere »Irrsinn«. Desmond erschien mit verstörtem Gesichtsausdruck in der Tür und winkte Roger herbei.

»Das war erst der Anfang«, murmelte Roger und eilte Desmond entgegen. Virginia und Vanessa folgten ihm. In dem kleinen achteckigen Saal, der dem Ausgang vorgelagert war, hatte sich eine Menschenansammlung gebildet. Vanessa erblickte Clive, Duncan und Molly, die in diesem Moment hinzutraten, wohl ebenfalls angezogen vom Lärm der Stimmen. Sie erkannte ihren ehemaligen Professor von der Slade, Henry Tonks, der zusammen mit einem seiner Professorenkollegen, einem untersetzten Kahlkopf, vor einem der Tahiti-Bilder Gauguins stand und wild gestikulierte. Um sie herum drängte sich eine Vielzahl an Besuchern, den Notizblöcken nach zu urteilen überwiegend Journalisten, doch es waren auch ein paar Damen mit eleganten Kostümen, Hüten und Handschuhen darunter. Sie alle redeten aufgeregt durcheinander.

Als sie Roger bemerkten, wurde es leiser, nur Tonks sprach mit dröhnender Stimme weiter: »Wie alt mag der Maler sein? Sechs? Sieben?«

Der kahlköpfige Professor neben ihm murmelte etwas, das Vanessa nicht verstehen konnte.

»Das Motiv taugt höchstens für ein Teetablett«, höhnte Tonks.

»Nicht einmal das«, rief ein hagerer, blasser Herr im abgewetzten Anzug und kritzelte etwas in seinen Notizblock. »Von diesen grellen Farben kann einem ganz übel werden. Und das Motiv …«

»Schockierend«, zischte eine ältere Dame in einer deutlich aus der Mode gekommenen Krinoline. Sie hatte sich halb abgewandt, als fürchte sie um ihren Ruf, wenn sie die barbusigen dunkelhäutigen Frauen auf dem Bild allzu genau betrachtete.

Die Menge teilte sich, um Roger den Weg zu Henry Tonks freizumachen, der ganz offensichtlich der Ursprung des Tumultes gewesen war.

»Ich hätte gern ein solches Teetablett«, sagte Roger, die Ruhe selbst. »Noch lieber würde ich das Gemälde in meinem privaten Salon hängen sehen. In einigen Jahren wird es ein Vermögen wert sein.«

Tonks' wieherndes Lachen klang wie das Iah eines Esels. »Mein lieber Mr Fry, es erschließt sich mir nicht, wie Sie zu dieser Meinung kommen. Ich empfehle Ihnen, sich wieder den Renaissance-Malern zuzuwenden, auf dem Gebiet kennen Sie sich entschieden besser aus.«

Virginia hatte sich bei Vanessa eingehakt und schubste sie ein wenig näher an das Geschehen heran. Nichts konnte Virginia so sehr begeistern wie ein Streitgespräch – selbst wenn sie daran nicht beteiligt war.

»Wer ist das?«, fragte sie leise.

»Tonks. Er war mein Professor an der Slade.«

»Ah«, machte Virginia. »Das Ekel.« Sie betrachtete den Professor mit erwachtem Interesse.

Roger schien unbeeindruckt vom offenen Angriff des renommierten Kunstprofessors. »Ich verstehe Ihr Befremden«, sagte er. »Sie lehren eine andere Kunstrichtung. Aber sie repräsentiert eine Epoche, die längst vergangen ist.«

»Das hier ist keine Kunstrichtung«, brauste Tonks auf. »Das sind Schmierereien!«

»Völlig richtig«, pflichtete ihm sein kahlköpfiger Kollege bei, der bislang schweigend gelauscht hatte. »Jedes Kind kann solche Bilder malen.«

»Haben Sie wirklich genau hingesehen?«, fragte Roger. Er sprach in unverändert freundlichem Tonfall, aber es war deutlich, dass er provozieren wollte. »Diese Künstler beschreiten neue Wege in der Kunst, in ihren Bildern sehen wir die Zukunft.«

Es war sehr still geworden im Saal, und Vanessa wartete mit angehaltenem Atem auf Tonks' Reaktion.

Die Lippen des Kunstprofessors bildeten einen feinen Strich. Er hatte sehr helle, graue Augen, die zu Stein werden konnten, wenn er mit etwas unzufrieden war, und das war er oft. Dieser Blick hatte ihr das Studium an der Slade endgültig verleidet. Roger jedoch stand aufrecht und selbstbewusst inmitten all dieser Menschen, die für das, was er ihnen zu zeigen versuchte, nicht das geringste Verständnis aufbrachten. Wahrscheinlich hielten sie ihn im besten Fall für einen Fanatiker, eher noch für einen Verrückten. In diesem Moment bewunderte Vanessa ihn, wie sie noch nie zuvor einen Menschen bewundert hatte.

»Sagen Sie, Fry«, sagte Tonks schließlich betont freundlich, und dennoch klang es wie eine Drohung. »Wie geht es eigentlich Ihrer Frau?« Ohne eine Antwort abzuwarten, wandte er sich dem eifrigen Journalisten zu, der ihm am nächsten stand. »Ich denke, Sie sind mit mir einer Meinung, dass das hier«, er zeigte auf die farbenfrohen Bilder und hob die Stimme noch ein wenig mehr an, »die Auswürfe kranker Geister sind!« Damit drängte er sich durch die Menge hin zum Ausgang und verschwand, seinen kahlköpfigen Kollegen im Schlepptau.

»Warum hat er jetzt nach seiner Frau gefragt?«, wunderte sich

Virginia. Ihre Wangen waren gerötet, und sie hatte sichtliches Vergnügen an dem Geschehen.

»Er hat sie gestern in eine Anstalt gebracht«, erwiderte Vanessa leise.

»Oh.« Das Leuchten in Virginias Augen erlosch. Vanessa sah zu Roger hin, der mitten im Raum stand und ins Leere blickte.

46, Gordon Square, 11. November 1910

Desmond hatte erwartet, dass die Öffentlichkeit mit Unverständnis, ja, vielleicht sogar mit Ablehnung auf die Ausstellung reagieren würde. Was sich aber in den nächsten Tagen an Beleidigungen und Beschimpfungen über ihn als Ausstellungssekretär ergoss, war nur schwer zu ertragen. Die Herzogin von Rutland schrieb einen empörten Brief, dass sie nicht mit diesem »Geklecks« in Verbindung gebracht zu werden wünsche, und Sir Holroyd verlangte, man solle seinen Namen im Katalog schwärzen. Ein Parlamentsabgeordneter hatte den Ausstellungskatalog vor Desmonds Augen in Stücke gerissen und erklärt, dafür sorgen zu wollen, dass die Tore der Grafton Galleries geschlossen würden. Bisher jedoch schien sein Vorhaben nicht von Erfolg gekrönt gewesen zu sein.

In den Zeitungen erschienen ausführliche Besprechungen, in denen Rogers Urteilssinn angezweifelt und er als Scharlatan beschimpft wurde. Die *Pall Mall Gazette* bezeichnete die Gemälde als »Produkte einer Irrenanstalt« und zu einem großen Teil sittenwidrig, der Kritiker des *Daily Telegraph* befand, die Auswahl der Werke sei eine Beleidigung für die Öffentlichkeit. Die *Morning Post* glaubte zu ahnen, dass sich mit dieser Ausstellung »die Existenz einer ausgedehnten Verschwörung« enthülle, die darauf abziele, »das Gesamtgefüge der europäischen Malerei zu zerstören«.

Einer der jungen Künstler aus Vanessas Umkreis berichtete, Henry Tonks habe seinen Studenten geraten, der Ausstellung fernzubleiben.

»Er glaubt, wir könnten uns infizieren«, sagte der junge Mann mit ernster Miene. Es war der erste Freitag nach der Ausstellungseröffnung, und im Salon am Gordon Square tummelten sich die Freitagsclub-Mitglieder, um die Ereignisse der Woche mit reichlich Wein und Wodka zu feiern. Snow rollte vor Lachen vom Sofa.

»Womit?«, rief John Currie. »Mit Gelbsucht?«

»Schwarzfieber«, warf Vanessa trocken ein und hievte Snow wieder aufs Sofa zurück.

»Nein«, kreischte Molly ausgelassen. Sie hatte bereits mehr getrunken, als ihr guttat. »Fry-Manie!«

Alle lachten und grölten, nur Desmond schüttelte den Kopf. »Ihr müsst das Gezeter der Leute ja auch nicht über euch ergehen lassen«, brummte er, doch niemand hörte ihn. Außer Roger. Er saß ein wenig erschöpft im Sessel und nickte ihm aufmunternd zu. Wie es schien, bereitete ihm das ganze Theater großes Vergnügen. Er las begierig jeden Artikel und freute sich über die große Aufmerksamkeit, die seiner Unternehmung zuteilwurde – auch wenn es bisher noch keine einzige positive Stimme gegeben hatte.

»Es zeigt, dass wir das Establishment genau ins Mark getroffen haben«, sagte er. »Ist es nicht wunderbar, dass wir mit ein paar bunten Bildern die Bürger von ihren bequemen Sesseln aufscheuchen konnten?«

Und damit hatte er vermutlich recht. Der Andrang auf die Ausstellung war enorm. Kaum war der erste Artikel in der *Pall Mall Gazette* erschienen, standen die Menschen vor dem Eingang der Grafton Galleries Schlange – nicht etwa aus einem wahrhaftigen

Interesse an der Kunst, sondern aus Sensationsgier. Sie kamen, um zu lachen und zu lästern oder um sich zu empören angesichts dieses neuerlichen Angriffs auf die geheiligte bürgerliche Ordnung. Nicht genug damit, dass in Theaterstücken die Ehe durch den Kakao gezogen wurde, dass Frauen in den Straßen gewalttätig wurden, um sich ein Wahlrecht zu erstreiten, und überall Arbeiter streikten, nur um ein paar Penny mehr zu verdienen. Nun wurden auch noch die schönen Künste durch sittenwidrige und stümperhafte Gemälde sabotiert. Täglich musste Desmond unzählige hasserfüllte Briefe beantworten und zornige Besucher beruhigen, die sein Büro vor Ort stürmten, um ihr Eintrittsgeld zurückzuverlangen. Manchmal fühlte Desmond sich wie der Fußabtreter vor Rogers Haustüre. Roger selbst jedoch wurde nicht müde, Besucher durch die Ausstellung zu führen, zu zeigen, zu erklären, zu überzeugen. Es störte ihn nicht, dass man ihn öffentlich als Anarchisten beschimpfte. Im Gegenteil.

All das konnte Desmond nur aushalten, weil sich die Kasse täglich mehr füllte und er mittlerweile sicher war: Finanziell war diese Ausstellung ein voller Erfolg und das lukrativste Geschäft, das er jemals eingegangen war.

9. Kapitel

29, Fitzroy Square, 19. November 1910

London war in Aufruhr, und Virginia war es auch. Am Vortag hatte Premierminister Asquith Neuwahlen ausgerufen, und am heutigen Samstagabend sollte der Post-Impressionistenball stattfinden, mit dem Bloomsbury den Erfolg der Ausstellung feiern wollte. Oder den Skandal, den sie ausgelöst hatte, was auf dasselbe hinauslief. Beide Vorkommnisse störten Virginias Morgenroutine erheblich. Sie hatte eigentlich an *Melymbrosia* arbeiten wollen, aber anstatt in Ruhe in ihrem Zimmer den Tee einzunehmen und sich zwei Stunden in das Manuskript zu vertiefen, zog sie sich eilig an und lief die Treppe hinunter, um zu sehen, ob bereits eine Zeitung da war.

Am gestrigen Abend hatte sie auf dem Weg zum Gordon Square, wo sie gemeinsam mit Vanessa die Verkleidung für den heutigen Ball anprobieren wollte, eine Gruppe aufgebrachter Frauen gesehen, die in Richtung Süden liefen. Sie hatte sich nicht viel dabei gedacht, später jedoch war Maynard am Fitzroy Square aufgetaucht und hatte von einer Suffragettendemonstration vor dem House of Commons berichtet, die aus dem Ruder gelaufen war. Auch wenn Virginia nicht viel von der Militanz hielt, mit der Emmeline Pankhurst und ihre Anhängerinnen für das Wahlrecht stritten, so sah sie sich doch in gewisser Weise als Teil dieser Bewegung. Zwar beschriftete sie nur Umschläge, hatte jedoch auf ihre bescheidene Weise mitgeholfen, dass es zur *Conciliation Bill* gekommen war – diesem halbherzigen Kompromiss, der zumindest den gebildeten, besser gestellten Frauen der Gesellschaft eine Teilhabe am politischen Geschehen ermöglichen sollte. Asquiths Schachzug, durch Neuwahlen den Gesetzesentwurf vorerst auszuhebeln und so seinen Kopf aus der Schlinge zu ziehen, empörte sie sehr.

Im Eingang lagen gleich mehrere Zeitungen. Auf der Titelseite des *Daily Mirror* prangte das Foto von einer am Boden liegenden Frau, die von mehreren Polizisten umringt wurde. Die Haltung der Männer wirkte aggressiv, die Frau lag gekrümmt da, als hätte man sie geschlagen und getreten. Begierig und zugleich angewidert las Virginia, was geschehen war: Die *Womens Social and Political Union* rund um Emmeline Pankhurst, eine gewaltbereite Splittergruppe der *National Union of Women's Suffrage Societies*, hatte in der Caxton Hall eine Versammlung abgehalten, als die Nachricht von den ausgerufenen Neuwahlen sie erreichte. Es sei allen sofort klar gewesen, so hieß es, dass damit die so hart erstrittene Gesetzesvorlage auf unbestimmte Zeit vom Tisch war. Eine friedliche Delegation habe sich daraufhin zum House of Commons begeben. Als Asquith sich jedoch geweigert habe, sie zu empfangen, sei die Situation eskaliert. Es war die Rede von zerborstenen Fensterscheiben, Handgreiflichkeiten und einhundertsiebzehn Verhaftungen. In einem Artikel auf Seite zwei berichtete eine der Frauen von Tritten und Schlagstöcken, aber auch von Polizisten, die die demonstrierenden Frauen unsittlich berührt hätten. »Er hielt mich von hinten fest und knetete meine Brust«, wurde eine Frau zitiert, die anonym bleiben wollte. »Dann griff er mir unter den Rock.«

Virginia musste würgen.

Am Nachmittag kam Lytton zu Besuch. Er hatte den Sommer in einem schwedischen Sanatorium verbracht, um eine mysteriöse Darmerkrankung auszukurieren, und wahrscheinlich auch, um der Dauerbeobachtung seiner Mutter zuhause in Hampstead zu entgehen. Er war noch dünner geworden, wenn das überhaupt möglich war.

Virginia begrüßte ihn mit den Worten: »Du siehst aus wie ein Ausrufezeichen im Anzug.«

»Ich gebe mir große Mühe, dass es kein Fragezeichen wird. Und ich habe zwei Kilo zugenommen. Sieht man das nicht?«

»Nein. Vielleicht ist das der Grund, dass man dich in Bloomsbury kaum noch sieht? Satzzeichen werden ja leicht übersehen.«

»Ich bin mal hier, mal dort, aber immer unübersehbar. Und da, wo ich bin, erfülle ich meinen Zweck.« Er blickte sie über den Rand seiner Nickelbrille an. »Und setze meine Pointen.« Damit schob er die runde Brille höher und faltete sich in seinen angestammten Sessel.

Virginia kicherte. Wie sehr hatte sie das Gespräch mit dem Freund vermisst.

»Ich finde, du solltest deine Pointen lieber hier in Bloomsbury setzen. Es wird für meinen Geschmack zu viel über Bilder geredet und zu wenig über …«

»Sex?«

»Das auch. Aber ich meinte die Literatur.«

»Worüber möchtest du zuerst sprechen?« Lytton wickelte seine langen Finger um die Teetasse und streckte die Füße in Richtung Kamin aus, um sie zu wärmen. Er fror immer, und Virginia fragte sich, wie er es in Schweden ausgehalten hatte.

»Geht beides?«

»Sex in der Literatur also. Da habe ich nicht viel zu bieten. Ich habe eine Suffragettensatire begonnen, aber nach den Geschehnissen gestern ist mir der Humor abhandengekommen.«

»Widerlich. War Pippa dort?« Pippa war Lyttons Schwester und eine der Anführerinnen der *NUWSS*, für die auch Virginia aktiv geworden war. Pippa arbeitete eng mit den Pankhursts zusammen, auch wenn sie deren Gewaltbereitschaft verurteilte.

»Sie ist gar nicht in London. Zum Glück. Sonst wäre sie sicher dabei gewesen.«

»Können wir doch lieber über Literatur reden? Kunst und Politik ermüden mich. Hast du wieder ein paar unanständige Gedichte geschrieben? Ich habe lange keines mehr von dir gehört. Oder schreibst du etwa an einem Roman?«

Virginia beobachtete ihn lauernd. Sosehr sie Lytton schätzte, er war auch einer ihrer größten Rivalen. Die Vorstellung, er könne eines Tages einen erfolgreichen Roman veröffentlichen, während sie immer noch an ihrer *Melymbrosia* herumdokterte, war ihr unerträglich. Es genügte schon, dass Edward Morgan Forster, der »Maulwurf«, mit seinen Romanen so erfolgreich war.

»Ich arbeite an einer Geschichte der französischen Literatur. Eine Auftragsarbeit.« Lytton zog eine Grimasse, als hätte er ein bitteres Teeblatt verschluckt.

»Da solltest du mit Clive sprechen«, schlug Virginia vor. »Mit erotischer Literatur aus Frankreich kennt er sich doch bestens aus.«

»Erstens –«, Lytton streckte den Zeigefinger in die Höhe. »Das Büchlein ist für Söhne und Töchter aus gutem Hause gedacht. Also keine Erotik. Zweitens –«, sein Mittelfinger folgte. »Clive hat mir Hausverbot erteilt.«

»Er hat was? Aber warum denn?« Virginia wusste nicht, was sie mehr empörte – davon gar nichts zu wissen oder die Tatsache als solche.

»Er findet, ich benähme mich diesem … wie heißt er gleich …? Dieser ältere Herr, dem sie alle zu Füßen liegen?«

»Du meinst doch nicht etwa Roger Fry?«

»Richtig, genau den.«

»Hast du ihm einen unsittlichen Antrag gemacht?«

»Aber Virginia. Er ist ein Quäker!«

Virginia setzte überrascht die Teekanne ab, aus der sie Lytton gerade Tee nachschenken wollte. Quäker waren eine streng gläubige Religionsgemeinschaft, die eine sehr demutsvolle Lebensweise pflegte. Dann nickte sie. Ja, es passte zu Roger, aber es passte nicht zu Lytton. Und eigentlich passte es auch nicht zu Bloomsbury.

»Wollte er dich bekehren?«

Lytton zog die Brauen in die Höhe. Er konnte sehr hochmütig aussehen, aber Virginia wusste, dass es nur eine Pose war.

»Ich habe einen Witz gemacht. Ich weiß gar nicht mehr genau, was es war. Irgendein Wortspiel um das männliche Glied und ein Parlamentsmitglied. Daraufhin ist Roger gegangen. Wahrscheinlich hatte sein Fortgehen gar nichts mit meinem Witz zu tun, aber Clive fand, es sei auch für mich an der Zeit zu gehen. Seitdem war ich nicht mehr dort.«

»Was hat Vanessa gesagt?«

»Nichts. Geschwiegen, wie meistens.«

»Natürlich. Eine aufreizende Angewohnheit von ihr.«

»Sie überschlagen sich alle, um ihm zu gefallen. Desmond hatte mich für eine Woche eingeladen, ist dann aber Hals über Kopf mit ihm nach Paris gefahren. Nun –«, Lytton sprach durch die Nase, als hätte er plötzlich einen Schnupfen. »So konnte ich ein paar nette Tage mit Molly verbringen.«

»Aha. Du fühltest dich zurückgesetzt!«

Lytton stellte seine Teetasse ab, stützte sich mit den Unterarmen auf seinen Oberschenkeln auf und sah sie durchdringend an. »Soll ich dir sagen, was ich glaube?«

»Bitte sehr.«

»Clive hat mir noch immer nicht verziehen, dir einen Antrag gemacht …«

»… und zurückgezogen zu haben.«

Lytton nickte. »Er kann sich nicht entscheiden, was er mir übler nimmt – den Antrag oder den Rückzug.«

»Ich nehme dir beides nicht übel.«

Auf Lyttons Gesicht zeigte sich sein seltenes, warmes Lächeln, das jedoch schnell wieder verschwand. »Clive ist ein viktorianisches Fossil. Er kann einfach nicht dagegen an. Sosehr er sich auch bemüht.«

»Und Roger? Warum magst du ihn nicht, er ist doch ein brillanter Redner.« Gespannt wartete sie auf seine Reaktion.

Lytton rührte in seiner Teetasse, obwohl kaum noch etwas darin sein konnte. »Eben. Man kommt sich vor wie ein ahnungsloser Pennäler«, sagte er dann.

»Du bist eifersüchtig. Das ist es!«, rief Virginia triumphierend aus.

»Durchaus. Du solltest es auch sein. Wie ich hörte, will er dir bald deine Schwester nach Byzanz entführen.«

Virginia ließ den Keks sinken, in den sie gerade hatte beißen wollen. »Nach By… Woher weißt du das?«

»Duncan hat es mir erzählt. Er möchte sich die byzantinische Mosaikkunst aus der Nähe ansehen, und Vanessa soll ihn begleiten.«

Virginia richtete sich steil in ihrem Sessel auf. »Nur Vanessa?«

»Clive natürlich auch, aber meine heimliche Überzeugung ist, dass er ihn nur aus Höflichkeit gefragt hat, mitzureisen. Sein eigentliches Interesse gilt auch nicht der Mosaikkunst, sondern deiner Schwester.« Nachdem er diese Pointe gesetzt hatte, lehnte er sich zurück, neigte den Kopf zur Seite und betrachtete sie wie ein Gemälde, das schief an der Wand hing.

Virginia brauchte einen Moment, um zu begreifen, was er da gerade erzählt hatte. Dann legte sie den Keks beiseite, stand auf und begann, hektisch im Zimmer hin und her zu laufen. Dieses Biest! Ihr Leben war voller aufregender Ereignisse, und nichts davon erzählte sie ihr. Es war schon ärgerlich, dass sie ihr nicht von Lyttons Hausverbot am Gordon Square erzählt hatte, doch das konnte sie noch verzeihen. Aber eine Reise in die Türkei! Das letzte Mal, als sie zusammen dort gewesen waren, war Vanessa schwer erkrankt. Und Thoby … Virginia strich mit dem Finger über das Porträt ihres Bruders, das auf ihrem Schreibtisch stand.

Sie fuhr zu Lytton herum. »Woher weiß Duncan es?«

»Duncan weiß alles, was am Gordon Square geschieht. Vanessa hat ihn ja praktisch adoptiert.«

»Aha«, sagte Virginia. Dann, nach einer Weile: »Höre ich da etwa Eifersucht heraus?«

»Aber ja.«

Virginia nickte. Daher also wehte der Wind. »Auf Vanessa musst du nicht eifersüchtig sein. Eher wohl auf Adrian«, sagte sie, gelassener jetzt.

»Adrian …« Lytton ließ ein unterdrücktes Kichern vernehmen. »Der arme Adrian weiß gar nicht, wie ihm geschieht. Nein, meine Liebe. Ich bin nicht eifersüchtig auf Adrian.«

»Etwa wirklich auf Vanessa? Meine Schwester ist sicher reizend, aber Duncan völlig unempfänglich für …«

»Die Frage ist vielmehr, ob nicht Vanessa allzu empfänglich für Duncans Reize ist«, sagte Lytton, ohne sie dabei anzusehen.

Virginia lachte lauthals heraus, dann aber brach sie abrupt ab und starrte Lytton an. »Niemals«, flüsterte sie. »Das *müsste* ich wissen.«

Lytton sah zu ihr auf, Mitleid im Blick. »Mir scheint, meine liebe Virginia, deine Geschwister haben mehr als ein Geheimnis vor dir.«

Virginia ließ sich zurück in ihren Sessel fallen. »Ja«, sagte sie grimmig. »Das scheint mir allerdings auch so.«

Zufrieden betrachtete Vanessa ihr Werk im Spiegel. Sie hatte sich Arme und Beine mit Theaterschminke braun eingefärbt, einen grellen, roten Schal um den Kopf gewickelt, und an ihren Ohrläppchen baumelten große goldene Kreolen. Das Beste aber war das Kleid. Roger hatte aus Manchester kühn gemusterte Stoffe kommen lassen, die für den afrikanischen Markt hergestellt wurden. Daraus hatte sie für sich und Virginia, Duncan und Adrian Tuniken genäht, die Arme und Schultern frei ließen. Darunter trug sie so gut wie nichts. So würden sie und Virginia als Gauguin'sche Südsee-Schönheiten Farbe in den Post-Impressionistenball bringen. Fleischgewordene Kunst.

Virginia kam spät. Unter ihrem Mantel trug sie bereits ihre fröhlich-grellbunte Verkleidung, aber sie wirkte unzufrieden.

»Was hast du? Freust du dich nicht?«, fragte Vanessa, während sie Virginias Haare richtete und den Schal neu um den Kopf wand.

»Warum hast du mir nicht gesagt, dass du mit Roger nach Byzanz fährst?«, platzte Virginia heraus.

Vanessa ließ die Arme sinken. »Wer hat dir das erzählt?«

»Lytton.«

Sie blickte entnervt zur Decke. »Er ist schlimmer als ein Fischweib.«

»Wenigstens einer, der mich noch an eurem Leben teilhaben lässt.« Virginias Augen sprühten Gift durch den Spiegel.

»Es ist nur so eine Idee von Roger. Wir wollten dich nicht unnötig beunruhigen.«

»Wir?«

»Clive und ich.«

»Und was ist mit Duncan?« Virginia sah sie lauernd an, mit einem Blick, der unter die Haut kroch und Vanessa das Gefühl gab, nackt vor ihr zu stehen.

»Was soll mit Duncan sein? Er fährt nicht mit.«

»Gut«, sagte Virginia nur und ließ zu, dass Vanessa ihr Kreolen an den Ohren befestigte. Dann sagte sie plötzlich: »Du fängst doch nicht etwas mit ihm an?« Die Worte schossen aus ihr heraus wie Pistolenkugeln.

Vanessa brauchte eine Weile, um die Bedeutung ihrer Worte zu erfassen. Dann brach sie in lautes Gelächter aus.

»Hör auf zu lachen!«, schimpfte Virginia, riss sich die Kreolen von den Ohren und warf sie in eine Ecke.

»Aber das ist so … Auf was für Gedanken du manchmal kommst.«

»Nicht ich. Lytton.«

»Ach, der arme Lytton.« Vanessa hob die Ohrringe auf. Sie musste vorsichtig sein, Virginia war in dieser aufgepeitschten Verfassung, in der mit allem zu rechnen war. Wie beiläufig sagte sie: »Er ist immer noch nicht darüber hinweg, dass Duncan …«

Virginia hörte nicht zu. »Und du erzählst mir überhaupt nichts mehr. Du hältst dir einen ganzen Hofstaat von Männern, alle umschwärmen dich, und mich hältst du auf größtmöglichen Abstand.« Ein Äderchen an Virginias Nasenwurzel trat gefährlich blau hervor, sogar durch die braune Schminke.

Jetzt war Fingerspitzengefühl vonnöten. »Virginia«, sagte Vanessa leise und griff nach den Händen ihrer Schwester. »Du darfst dich nicht aufregen, sonst bekommst du wieder Kopfschmerzen.«

Virginia riss sich los. »Wann wirst du endlich aufhören, mich zu behandeln wie ein krankes Kind? Ich möchte wissen, wenn du gefährliche Reisen planst. Und ich möchte wissen, wenn du …«

Sie brach ab, atemlos. Ihre Augen jagten durch den Raum, als suchten sie einen Fixpunkt in einem zu schnell kreisenden Karussell.

Vanessa zog sie an sich. »Komm her, Böckchen. Wann habe ich dich das letzte Mal in den Arm genommen?«

»Lass das!« Es klang schon ruhiger.

»Hör zu. Ich bewundere Duncan als talentierten Maler, er ist …« *Selbst wie ein wunderschönes Gemälde.* Die Worte lagen ihr auf der Zunge, aber sie verschluckte sie und sagte stattdessen: »Was Lytton erzählt ist blanker Unsinn.«

»Und das mit der Reise?«

»Gönnst du sie mir nicht?«

»Nein.« Virginia verschränkte die Arme. Dann seufzte sie und lehnte ihre Stirn an Vanessas Schulter. »Doch. Aber du hast mich zu lange nicht in den Arm genommen«, murmelte sie.

Sie standen vor dem Spiegel, grell und exotisch, im Hintergrund die braune Eichenkommode von Heal's, die hellgraue Leimfarbe an den Wänden und die dazu passenden grau-weiß gestreiften Vorhänge am Fenster. Zwei post-impressionistische Gauguin-Mädchen in einem edwardianischen Zimmer.

»Sieh nur«, sagte Vanessa sanft. »Was für einen weiten Weg wir schon miteinander gegangen sind.« Sie zeigte auf ihr Spiegelbild. »Sieh hin. Deine Angst, sie stammt aus einer grauen Zeit. Wir tragen jetzt Farbe, Virginia. Wir sind bunt.«

Virginia hob den Kopf, sah in den Spiegel und lachte verächtlich durch die Nase. »Ich sehe aus wie eine versengte Vogelscheuche.« Sie löste sich von Vanessa und trat hinter sie. »Wenn ich malen könnte, würde ich dich so malen. Kein Wunder, dass er in dich verliebt ist.«

»Wer?«, fragte Vanessa irritiert.

»Roger.«

Vanessa runzelte die Stirn. »Hat das etwa auch Lytton gesagt?«

»Hat er recht?« Virginias Worte klangen scharf und streng, aber in ihren Augen lag das Flehen eines Kindes, das fürchtet, zurückgelassen zu werden. »Ich möchte wissen, wenn du eine Affäre hast. Wirst du es mir sagen?«

Nein, dachte Vanessa. *Denn dann würdest du mir diesen Mann auch noch abspenstig machen.* Was sie aber sagte, war: »Ich habe zwei Kinder, Virginia. Und ich habe die Malerei. Ich brauche keine Affäre, um glücklich zu sein.«

Der Post-Impressionistenball fand in den Räumen von Lady Ottoline Morrell statt, eine der Schirmherrinnen der Ausstellung. Lady Ottoline bemühte sich seit einiger Zeit, in den inneren Kreis von Bloomsbury vorzudringen. Sie hatte eine Vorliebe für gut aussehende junge Künstler wie Henry Lamb oder Augustus John und setzte ihre extravaganten weiblichen Reize ein, um sie an sich zu binden, ebenso wie ihr beträchtliches Vermögen. Vanessa war sie suspekt, seit Lady Ottoline sie gefragt hatte, ob sie nicht auch hin und wieder Lust verspüre, mit einer Frau zu schlafen. Zudem besaß Lady Ottoline die Schamlosigkeit des Adels, der sie unempfänglich für jedweden Versuch machte, sie auf Distanz zu halten. Sie umschmeichelte Virginia, wann immer sie die Gelegenheit dazu bekam. Lytton hatte sie in ihr Landhaus eingeladen, zusammen mit Henry Lamb, weil sie wusste, dass Lytton neuerdings für Henry schwärmte. Nun aber hatte sie Roger als eine zentrale Persönlichkeit im engeren Kreis von Bloomsbury ausgemacht und inszenierte sich als großzügige Mäzenin der künstlerischen Avantgarde. Sie schwebte durch die Säle ihres riesigen Apartments am Bedford Square wie eine bunt schillernde Medusa, ihr feuerrotes Haar eine Leuchtfackel im Gewimmel der Menschen. Der Champagner floss in Strömen, und Ottolines unscheinbarer, aber einflussreicher Ehemann, der Labour-Abgeordnete Philip Morrell, verteilte großzügig seine teuersten Havanna-Zigarren unter den jungen, habelosen Künstlern. Eine eigens für das Fest engagierte Musikkapelle spielte einen kuriosen Mix aus Mozartklängen und einfachen Tanzliedern, je nachdem, aus welcher Richtung der Wunsch gerade kam. Ähnlich disparat wie die Musikauswahl waren auch die geladenen Gäste. Lady Ottoline hatte ohne Rücksicht auf Befindlichkeiten und Exklusivitäten alle eingeladen, die in den vergangenen Jahren ihren Weg gekreuzt hatten – und das waren viele. Vanessa erblickte einige alte Bekannte aus der alten Kensington-Riege, namhafte Politiker und Professoren der Royal Academy. Für einen kurzen Moment stockte ihr der Atem, als sie glaubte, George mitsamt Gattin im eng geschnürten Korsett erkannt zu haben, aber es war ein unbekanntes Pärchen.

Als Lady Ottoline auf sie zusegelte, mischten sich Clive, Adrian und Duncan, die mit Virginia und Vanessa gekommen waren, schnell unter die Partygäste. Lady Ottoline aber hatte ihre meerjungfraugrünen Augen fest auf Vanessa geheftet. »Miss Stephen! Mrs Bell! Da sind Sie ja endlich. Welch gelungene Kostümierung. Sind das die Stoffe, von denen Roger mir erzählt hat? Roger?« Sie reckte ihr ohnehin erstaunlich ausgeprägtes Kinn und stellte sich auf die Spitzen ihrer lachsrosafarbenen Schuhe. »Wo ist er nur wieder? Ich habe ihn doch gerade …«

»Machen Sie sich keine Umstände, Lady Ottoline, wir finden ihn schon«, unterbrach Vanessa sie. Sie nahm ein Champagnerglas von einem Tablett, das man ihr reichte, und spülte schnell den Ärger darüber hinunter, dass Roger und Ottoline ganz offensichtlich nicht nur über Kunst sprachen.

»Sie sehen aufregend aus«, gurrte Lady Ottoline und strich Virginia über die bloßen Arme. »Kommen Sie, ich mache Sie mit ein paar interessanten Herrschaften bekannt.«

Sosehr Lady Ottoline sich um die Zwanglosigkeit bemühte, die zu Bloomsbury gehörte, ihre adelige Herkunft ließ sich nicht leugnen. Sie hakte sich bei Virginia und Vanessa ein und führte sie durch den Raum wie zwei besonders kostbare Ausstellungsstücke.

»Sir Grey!«, rief sie über den Partylärm hinweg und steuerte auf einen groß gewachsenen Herrn im schwarzen Gehrock und mit sorgfältig getrimmtem Schnurrbart zu. Er ragte wie die Säule des Anstands aus dem Getümmel hervor und betrachtete mit hochgezogenen Brauen eine Gruppe junger Künstler aus Vanessas Freitagsclub. Diese lümmelten mit ihren ausgebeulten Jacketts und schlecht sitzenden Hosen auf Lady Ottolines exklusiven Sitzmöbeln und rauchten Philip Morrells teure Zigarren. Neben ihm stand eine elegante Dame im hochgeschlossenen Kleid, die ihre Handtasche eng an sich presste, als fürchte sie, einer der jungen Männer könne sie ihr jeden Moment entreißen. Als sie Vanessa und Virginia erblickte, rundete sich ihr Mund zu einem staunenden O.

»Vanessa, Virginia – ich darf Sie doch so nennen, nicht wahr?« Ohne eine Antwort abzuwarten, flötete Ottoline mit süßer Stimme weiter: »Darf ich Ihnen Sir Grey, unseren Außenminister, und seine ehrenwerte Gattin, Lady Elizabeth, vorstellen? Oder kennen Sie einander bereits?«

Sir Greys Blick ruhte für einen Moment auf Vanessas Busen, der nur so gerade eben von der bunten Tunika bedeckt wurde. Dann blinzelte er, und durch seinen Körper ging ein Ruck, als hätte ihn gerade ein innerer Zensor an seine Manieren erinnert.

»Wir sind uns noch nicht begegnet, äh … fürchte ich.« Angestrengt bemüht, seine Miene unter Kontrolle zu halten, sah er starr über ihre Köpfe hinweg. Lady Elizabeth hingegen ließ ihren

Blick an Virginia und Vanessa auf und ab wandern, räusperte sich schließlich und umklammerte ihre Tasche noch fester.

Lady Ottoline lachte laut und herzlich. »Vielleicht erkennen Sie sie nicht unter ihrer Verkleidung. Dies sind Virginia und Vanessa Stephen, die Töchter des berühmten Biographen Leslie Stephen, und verwandt mit …«

»Bell«, warf Vanessa dazwischen. »Mein Name ist Vanessa Bell«, aber Lady Ottoline redete unbeeindruckt weiter.

»Virginia Stephen schreibt hinreißende Kritiken für das *Times Literary Supplement.* Vanessa ist Malerin und unterhält einen höchst interessanten Salon für Künstler. Sie …«

»Aber Lady Ottoline«, fuhr Virginia dazwischen. Ihre Stimme klang wie scharfkantiges Glas. »Wir wollen Sir Grey und Lady Elizabeth nicht mit unseren unbedeutenden Tugenden langweilen, nicht wahr, Vanessa?« Sie wandte sich an Sir Grey. »Sicher sind Sie ganz begierig auf die interessanten Gespräche, die Sie hier erwarten!« Sie deutete vage in den Raum, der sich mit immer mehr Menschen füllte, und verzog die Lippen zu ihrem hochmütigsten Lächeln. In diesem Moment hätte Vanessa sie umarmen mögen.

Sir Greys Blick blieb irritiert an Virginia hängen. Er öffnete den Mund, als wolle er etwas sagen, doch seine Frau fuhr dazwischen: »Edward, sagtest du nicht, dass wir noch eine wichtige Verpflichtung heute Abend haben? Wir sollten uns auf den Weg machen.«

»Sie wollen schon gehen?« Lady Ottoline war ehrlich erstaunt. »Aber der Abend beginnt doch gerade erst.«

Lady Elizabeth sah ein weiteres Mal an Vanessa herab. »Ich fürchte, wir sind für den Anlass nicht gewagt genug gekleidet, nicht wahr, Edward?«

Damit zog sie den sichtlich überforderten Außenminister mit sich. Auf dem Weg zur Tür wechselten die beiden einige Worte mit ein paar vornehm gekleideten Herrschaften, die interessiert zu ihnen herübersahen. Die Damen steckten die Köpfe zusammen, und von Lady Elizabeth war trotz des Stimmengewirrs und Gelächters ein sehr deutliches »unerhört« zu vernehmen. Just in diesem Augenblick ging die Tür auf, und herein kamen Snow und Molly, ebenfalls in bunten Tuniken und auf bloßen Füßen. Vanessa und Virginia sahen einander an und liefen dann wie auf Kommando laut jubelnd auf die beiden Freundinnen zu. Unterdessen verließen Sir Grey und seine Lady Elizabeth gemeinsam mit einigen anderen Damen unter lautem Protest das Fest.

Clive tanzte mit Virginia. Roger mit Ottoline. Duncan tanzte nicht; er hatte sich mit Adrian in einen der Nebenräume verzogen. Vanessa tanzte allein.

Vanessa hatte mehr getrunken, als sie wagen durfte, und sich irgendwann mit Henry Lamb auf einem Sofa wiedergefunden. Vielleicht hatte sie ihn sogar geküsst, sehr wahrscheinlich sogar, denn Lady Ottoline hatte Roger stehen lassen und war zu ihnen herübergekommen. Jetzt war sie es, die mit Henry auf dem Sofa saß und ihn küsste.

Die Musik wurde ausgelassener, und Vanessa bewegte sich schneller. Der Schal hatte sich von ihrem Kopf gelöst, und auch die Tunika saß nicht mehr dort, wo sie sitzen sollte, oberhalb der Brust. Sie war barfuß.

»Vanessa! Dein Kleid!«, hörte sie Virginia kreischen, und um sie herum drehte sich alles. Stimmen, Musik, Farben, oh, diese Farben! Sie breitete die Arme aus und warf den Kopf in den Nacken. Sie war eine Göttin, eine nackte Südsee-Göttin, wild und frei.

Da stand Roger. Er sah sie an, erstaunt. Sie lachte ihm zu. Und da war auch Duncan. Er lehnte in einer Tür. Er lächelte. Wieso hatte dieser Saal auf einmal so viele Türen? Oder drehte sie sich so schnell? Da war Roger, dort Duncan, Duncan, Roger, Roger, Duncan. Irgendwo war auch Clive, aber sie sah ihn nicht. Vielleicht war er gegangen. Er hatte ihr eine Szene gemacht, sie nach Hause bringen wollen, aber sie hatte sich gewehrt. Sie wollte weitertanzen, in das Morgen, das Übermorgen und das Danach. Tanzen, mit fast nichts an, außer einem Stück Stoff, das ihr auf die Hüften rutschte.

10. Kapitel

46, Gordon Square, Ende März 1911

»Vanessa! Vanessa, komm zu dir!«

Die Worte kamen von weit her. Sie blinzelte. Über ihr war grelles Licht. Clives Gesicht erschien in ihrem Blickfeld, und er sprach ein paar Worte, doch irgendetwas stimmte mit ihren Ohren nicht. Sie rauschten und piepten, und ihre Arme und Beine waren gefühllos. Eine Hand schob sich unter ihren Kopf, hob ihn an, Kaltes an ihren Lippen. Wasser.

»Trink.« Das Rauschen in den Ohren wurde leiser, dafür spürte sie Übelkeit. Immerhin konnte sie nun verstehen, was Clive sagte.

»Geht es besser? Kannst du aufstehen?«

Langsam kam wieder Gefühl in ihre Glieder, und auch das Licht war nicht mehr so grell. Unterstützt von Clive setzte sie sich auf.

»Es geht schon wieder«, murmelte sie. »Mir ist nur etwas schwindelig.«

»Du musst dich hinlegen. Komm, ich helfe dir auf dein Zimmer. Es …«

»Nein!« Ein heftiger Schmerz durchzuckte ihren Schädel. Sie musste leise sprechen. Langsam aufstehen. Ruhig bleiben.

»Ich sagte doch, es geht schon wieder.« Neben ihr war das Tischbein. Sie waren beim Frühstück gewesen, und sie hatte aufstehen wollen, um letzte Dinge für die Reise zusammenzupacken. Die Reise! »Wie spät ist es?«, fragte sie.

»Viertel vor sieben. Vanessa, wir können nicht …«

»Doch, wir können. Nur ein Schwindel. Nichts weiter.« Sie zog sich am Tischbein hoch und setzte sich auf ihren Stuhl. Der angebissene Toast auf ihrem Teller ließ sie würgen. Sie hatte nichts essen können, morgendliche Übelkeit. Ihre Regel war nun schon zum dritten Mal ausgeblieben, könnte es sein, dass sie schon wieder …?

»Bitte, Vanessa«, flehte Clive. »Sei vernünftig! Du bist nicht in der Verfassung zu reisen.«

Vanessa atmete tief ein und aus. So ging es. Ruhig atmen, den Blick geradeaus, langsam aufstehen.

»Mir geht es gut«, sagte sie fest. »Ruf bitte ein Taxi. Wir müssen uns beeilen.«

Sie erreichten Dover fünf Minuten vor der geplanten Abreise, beinahe zu spät, um noch einzuschiffen, doch es war Sturm aufgezogen. Selbst im Hafenbecken trugen die Wellen Schaumkronen, und eine schwarze Gewitterfront trieb auf die weißen Felsen zu. Möwen schrien, von Windböen aus der Flugbahn geworfen. Sie gingen als Letzte an Bord, begleitet von ersten, schweren Regentropfen. Über dem Kanal zuckten Blitze.

»Wir werden nicht auslaufen können«, rief Clive und stemmte sich gegen den Wind. Er hielt seinen Hut fest, und Vanessa hielt sich an ihm fest.

»Doch«, rief Vanessa zurück. »Wir müssen!«

Schwäche und die Übelkeit waren verflogen. Gewiss war es nur Reisefieber, keine Schwangerschaft. Sie hatte nur ein einziges Mal mit Clive geschlafen seit Gratians Geburt. Ein sinnloser Versuch, ihn zurückzuerobern, längst hatte sie ihn verloren. Sein Herz an Virginia, seinen Körper an Annie Raven-Hill. Oder vielleicht hatte er mittlerweile auch eine andere Mätresse.

Die letzten Monate waren anstrengend gewesen. Wilde Partys bei Ottoline, Sorgen um Gratian, der einfach nicht zunehmen wollte, und Sorgen um Virginia, die immer noch, oder immer wieder, am Rande eines Zusammenbruchs wandelte. Nun hatte die Schwester sich in den Kopf gesetzt, ein Haus in Sussex zu mieten, weit ab vom Trubel Londons. Sie wollte die nächsten Wochen allein dort verbringen, um endlich mit ihrem Roman voranzukommen. Clive hatte Angst um sie, und das war auch der Grund, warum er im letzten Moment noch einen Rückzieher machen wollte, nicht Vanessas Schwindelanfall heute Morgen. Es ging um Virginia, nur um Virginia. Vielleicht fürchtete er auch, sie könne während seiner Abwesenheit den wichtigen Platz, den er glaubte, in ihrem Leben einzunehmen, an jemand anderen vergeben. Clive war so dumm zu glauben, dass Virginia ihn für ihr seelisches Gleichgewicht brauchte, und bemerkte nicht, dass er einer der Faktoren war, die es störten.

In einigen Stunden würden sie Roger in Brüssel treffen und am Abend den Orient-Express nach Konstantinopel besteigen. Auch Harry Norton war mit von der Partie. Roger und Clive waren übereingekommen, dass vier Reisende besser waren als drei, und so hatten sie Harry gefragt. Ausgerechnet Harry! Es war schwer, seine sehnsuchtsvollen Blicke zu ignorieren. Vanessa behandelte ihn mit distanzierter Freundlichkeit, immer besorgt, ihn allein dadurch zu ermutigen, dass sie mit ihm sprach. Der Einzige, der Harrys hoffnungslose Liebe bemerkt zu haben schien, war Duncan. »Lass ihn nicht leiden«, hatte er gesagt. »Das hat er nicht verdient.«

»Und was soll ich tun?«

»Rede mit ihm.«

»Ich rede doch mit ihm.«

»Nein. Richtig reden. Mach ihm klar, dass du ihn nicht lieben kannst.«

»Ach Duncan«, hatte sie geantwortet. »Was würde das ändern? Liebe lässt sich nicht wegreden, auch wenn sie unerwidert bleibt.«

Die Abfahrt verzögerte sich. Clive blickte hoffnungsvoll durch die Fensterscheiben des Passagierdecks in die undurchdringliche Regenwand, Vanessa betete, dass es aufklaren möge.

»Das wird nichts«, murmelte er, als das Schiff nach einer halben Stunde noch immer nicht abgelegt hatte.

Vanessa hüllte sich in ihren Reiseplaid. Ihr war kalt, und in diesem Moment hasste sie Clive für seine Gedanken. »Ich freue mich seit Monaten auf diese Reise, und es gab eine Zeit, da hast du dich auch gefreut!«

»Da warst du nicht krank.«

»Ich bin nicht krank!«

»Ich habe kein gutes Gefühl, Vanessa.« Clive lief nervös vor ihr auf und ab. »Lass uns nach Hause zurückkehren. Es hat keinen Sinn!«

In diesem Moment begann das Schiff zu vibrieren und das Horn ertönte.

»Wir legen ab«, rief Vanessa und lief zur Leeseite, von wo aus sie die Kaimauer sehen konnte. Tatsächlich – das Schiff bewegte sich.

Triumphierend sah sie zu Clive hinüber, der sich erschöpft in einen Sessel fallen ließ und aus dem Fenster starrte, als führen sie ihrem sicheren Untergang entgegen.

Little Talland House, Firle, 1. April 1911

Liebster Clive,
Dein Brief heute erreichte mich in einem Zustand höchster Glückseligkeit. Das mag Dich vielleicht erstaunen, erwartest Du sicher von Deiner ewig schwächelnden Schwägerin Drohbotschaften, die Euch zur sofortigen Rückkehr auffordern. Aber sieh, ich habe mich nun in meinem schmucken

Häuschen hier in Firle eingerichtet und sogar einen Namen gefunden: Ich nenne es Little Talland House, auch wenn es natürlich mit unserem Talland House in St Ives nur die Tatsache gemein hat, dass es aus Stein besteht und Ecken hat. Firle liegt so einsam, dass es sich zum Schutz in die letzten Ausläufer der South Downs ducken muss. Es gibt nur wenige Häuser, eine einzige Straße und – o Wunder – einen Postkasten, der einmal in der Woche geleert wird. Heute wird es so weit sein, und so wirst Du diesen Brief noch im fernen Byzanz lesen können.

Little Talland House ist ganz aus rotem Backstein und groß genug, um Euch zu beherbergen, wenn Ihr je lebend von Eurem Abenteuer zurückkehren solltet. Ich habe nach einer ersten kalten und einsamen Nacht den Morgen mit einer Wanderung durch die vernebelte Landschaft verbracht, die meine inneren Nebel so vollständig aufgelöst hat, dass ich ein gutes Stück mit meiner Überarbeitung vorangekommen bin.

Ob Little Talland House die »kleine Nische«, die Du nah bei meinem Herzen wähnst, ausfüllen wird, vermag ich noch nicht zu sagen. Nessa wird erst ihre Zauberhand darin walten und die nackten Wände und Fenster bekleiden müssen, bevor ich Dir darauf eine Antwort geben kann.

Küsse mir meinen Delfin auf die Nase, und bitte ihn, nicht allzu verwegen mit Harry zu flirten, oder mit Roger, wer weiß, welchem von beiden sie den Vorzug gibt. Ich selbst flirte mit den Hunden, die um mein Haus streichen, vielleicht kann Dich das beruhigen.

Deine Adeline Virginia Stephen

Konstantinopel, 4. April 1911

»Als ich das letzte Mal durch diese Straßen fuhr, lag ich neben stinkenden Jutesäcken und habe nur den Himmel gesehen«, sagte Vanessa und betrachtete das Gewimmel um sie herum. Sie saß neben Roger auf einem unbequemen Karren, der von einem Maultier durch eine enge Marktgasse gezogen wurde.

»Dann hast du keine guten Erinnerungen an diese Stadt.«

»Ich habe sie verdrängt«, sagte sie. Sie wandte den Blick zum Himmel, der dunstverhangen war, nicht strahlend blau wie damals. Nichts war wie damals, und doch drückte diese Stadt eine Kälte in ihre Glieder, die sich nicht abschütteln ließ.

Rechts und links von ihnen boten Händler in schwarzen Gewändern und mit teils verhüllten Gesichtern ihre Waren in großen Körben feil. Manchmal streckten sich Hände nach ihnen aus, meist aber traten die Menschen beiseite, um den Karren mit den Europäern durchzulassen, und starrten sie nur aus großen, dunklen Augen an. Das Getümmel, der Lärm und die aufdringlichen Gerüche, eine unangenehme Mischung aus Tierdung, fremdartigen Gewürzen und Verwesung, verursachte Vanessa zum wiederholten Mal an diesem Tag Übelkeit. Sie hielt sich einen parfümierten Schal vor das Gesicht, aus Respekt gegenüber den Einwohnern, vor allem aber, um den Geruch nicht einatmen zu müssen. Sie hatten bereits die Hagia Sophia und einige kleinere Moscheen besichtigt, und Vanessa wünschte nichts mehr, als sich im kühlen Hotelzimmer auf ihrem Bett ausstrecken zu können. Auch Clive und Harry, die stumm und erschöpft hinter ihnen saßen, hatten längst um eine Pause gebeten, aber Roger war nicht zu bremsen. Er hielt einen Sprachführer auf dem Schoß und redete wild gestikulierend in einem Kauderwelsch aus Englisch, Französisch und Türkisch auf den kleinen glutäugigen Kutscher ein. Der lächelte unablässig und entblößte dabei eine Reihe fauler Zähne. Er schien Roger zu verstehen, denn bislang hatte er sie an alle Orte geführt, die auf Rogers Besichtigungsliste standen. Nun also dieser Markt.

Der Kutscher lenkte den Wagen in eine kleine Seitengasse, und sie stiegen aus.

»Sollen wir wirklich *da* durchlaufen?«, fragte Harry Norton und zeigte in das Gedränge vor ihnen. Die meiste Zeit trottete Harry hinter ihnen her und machte ein mürrisches Gesicht. Jetzt lag Entsetzen darin. »Ich dachte, es ginge um Mosaiken und Kunst.«

»Kunst ist Leben, Leben ist Kunst«, sagte Roger. »Ist es nicht so, Vanessa?« Er lächelte und bot ihr seinen Arm. Eine Welle von Zuneigung überflutete sie, und sie ärgerte sich über ihre Schwäche, die Übelkeit, ihre Unfähigkeit, dieses Abenteuer zu genießen, auf das sie sich so lange gefreut hatte. Sie nickte. Offenbar nicht überzeugend genug, denn er fragte besorgt: »Ist dir nicht wohl? Du siehst erschöpft aus.«

Sie straffte die Schultern. »Dein Programm ist anspruchsvoll, das gebe ich gerne zu. Aber diesen Markt möchte ich mir unbedingt noch ansehen.«

»Vanessa …«, hörte sie Clive warnend hinter sich. Sie drehte sich zu ihm um. »Sicher möchtest du mit Harry hier warten. Wir brauchen nicht lange.«

Clive sah von ihr zu Roger und schließlich auf ihre Hand, die sich in Rogers Armbeuge schob. Er presste die Lippen zusammen, zuckte mit den Achseln und kletterte zurück auf den Karren. »Komm, Harry, rauchen wir eine.« Beide Männer sahen ihnen mit versteinerten Mienen nach.

Als sie außer Hörweite waren, sagte Roger: »Ich hoffe, ich bin nicht Anlass für Ärger?«

»Ärger?«

»Zwischen dir und Clive. Vielleicht bilde ich es mir ein, aber ich meine, eine gewisse … nun ja … Anspannung zwischen euch zu spüren.«

»Anspannung, ja. Aber der Anlass bist nicht du.«

Roger sah sie fragend an, und als sie keine weiteren Erklärungen gab, legte er seine Hand auf die ihre und sagte nur: »Gut.«

Sie tauchten ein in das Gewühl. Ohne den Schutz des Karrens waren sie den drängenden Menschenleibern ausgesetzt, dem Verwesungsgeruch aus Käfigen voller gackernder Hühner und schreiender Vögel, der Hitze, den starrenden Blicken und tastenden Händen. Roger überragte die Menge um mehr als eine Kopflänge, er wandte sich mal nach hier, mal nach dort, sprach in seinem Kauderwelsch mit Händlern, befühlte seltsame Knollengewächse und bestaunte kunstvoll gewebte Stoffe. Er zeigte auf Körbe mit Gewürzen in grellen Farben, ließ sich eine Handvoll zinnoberroten Pulvers unter die Nase halten, nickte und kaufte ein Säckchen davon, nur aufgrund der Farbe. Bald waren sie umringt von Händlern, die ihnen auch ihre Gewürze anboten, Roger wehrte lachend ab, redete, gestikulierte und kaufte schließlich doch lauter Dinge, für die er keinerlei Verwendung haben würde. Er schien in der Menge zu baden, ohne Angst vor der Berührung, gierig nach dem Unbekannten, neugierig wie ein Kind und zugleich erhaben wie ein Sultan in den Kleidern eines einfachen Reisenden. Längst war es Vanessa zu viel, ihr Kleid klebte im Rücken, die Enge ließ sie nach Luft ringen, die drängelnden Menschen, die vielen Augenpaare, die sich auf sie hefteten, das Geschrei und Geflatter und Gegacker um sie herum – in ihrem Kopf drehte sich alles. Sie klammerte sich an Roger, zwang sich, weiterzugehen, zu beobachten, zu nicken, zu lächeln, den Menschen, vor allem Roger, dieses stoische Lächeln zu zeigen, das sie so beherrschte, freundlich, aber distanziert, die Maske der Unaufgeregtheit, mit der sie der Welt begegnete, seit Jahren schon. Aber etwas drohte, ihr zu entgleiten, sie selbst drohte, sich zu entgleiten, hier, mitten in dieser quirligen, stinkenden Stadt am äußersten Rand ihrer Welt, von dem sie schon einmal beinahe abgestürzt wäre. Es durfte nicht wieder geschehen. Es durfte nicht!

Roger zeigte auf einen Beutel, ein Mosaik aus Stoff oder auch Leder, er sagte etwas und sah sie fragend an. Seine Miene veränderte sich, wieder bewegten sich seine Lippen, doch die Worte gingen unter im Lärm der Massen. Dann wand sich sein Arm um ihre Taille, er winkte Menschen beiseite, und das Letzte, was sie hörte, war: »Bleib bei mir, Vanessa.«

»Du hättest mir sagen müssen, dass du dich schlecht fühltest.«

Vanessa lag aufrecht in ihrem Bett im Hotelzimmer, auf einen Turm aus Kissen gebettet, ein kühles Tuch auf der Stirn und alle drei Männer um sie herum. Roger saß auf einem Stuhl, nahe an ihrem Bett, neben sich einen Eimer mit Eiswasser, in den er nun ein frisches Tuch tauchte.

»Es tut mir leid«, sagte sie, obwohl Rogers Stimme nicht vorwurfsvoll geklungen hatte. »Es ging mir gut, aber es war wohl etwas viel für einen Tag.« Sie lächelte gequält.

Harry stand stumm in einer Ecke des Zimmers und kaute sorgenvoll auf seiner Unterlippe, die Schultern leicht hochgezogen, als erwarte er, jeden Moment aus dem Raum geschickt zu werden.

Clive lief vor dem Fußende ihres Bettes auf und ab, blieb immer wieder stehen, um sich abwechselnd durch die Haare zu fahren oder den Kopf zu schütteln. »Ich wusste es. Es musste so kommen. Du wolltest ja nicht auf mich hören.«

»Warum regst du dich so auf?« Vanessa nahm dankbar das frische Tuch entgegen, das Roger ihr hinhielt. Die Kühle auf der Stirn tat gut. Ob sie Fieber hatte? Sie fühlte sich nicht fiebrig, nur matt und erschöpft. »Es geht mir gut. Nichts Schlimmes ist passiert.«

»Es geht dir *nicht* gut! Du bist zum zweiten Mal innerhalb einer Woche ohnmächtig geworden.«

»Zum zweiten Mal?« Roger sah sie erstaunt an.

»Kurz vor der Abreise. Die Aufregung. Frühes Aufstehen ist mir noch nie bekommen.« Sie versuchte ein fröhliches Lachen, aber es kam nur ein Krächzen.

»Wir sollten einen Arzt kommen lassen«, sagte Roger und stand auf.

»Bitte nicht«, flehte Vanessa. »Es ist nicht nötig, wirklich nicht. Ich werde mich etwas ausruhen, und morgen bin ich wieder auf den Beinen.«

Fragend sah Roger zu Clive. Der seufzte laut und hob die Hände. »Macht, was ihr wollt, aber macht es ohne mich!«, rief er und stürmte aus dem Zimmer.

Harry hatte genug. Roger trieb jedes noch so kleine Mosaik, jede Freske in den entferntesten Winkeln Konstantinopels auf, um sie dorthin zu zerren und stundenlang verzückt auf Mauerreste und bunte Heiligenbilder zu starren. Er faselte etwas von post-römischem Impressionismus – oder war es römischer Naturalismus? Auf jeden Fall fand Roger, seine post-impressionistische Revolution sei vergleichbar mit diesen Bildern aus bunten Steinchen, was zum Teufel er damit auch meinte. Während Roger dozierte, tüftelte Harry in Gedanken an einer Formel, mit der sich die Anzahl der Steinchen in einem Mosaik anhand seiner Größe berechnen ließe, immer wieder abgelenkt durch den Anblick dieser Frau, derentwegen er überhaupt hier war. Vanessa hatte sich tatsächlich schnell von ihrem Schwächeanfall erholt, auch wenn Clive überzeugt war, dass sie an einer heimtückischen Krankheit litt, die sie jeden Moment dahinraffen könnte. Clives Sorge beunruhigte Harry. Was geschehen war, kannte er nur aus der Literatur, wo weibliche Ohnmacht häufig ein Zeichen von übergroßer Erregung war. Einen erregten Eindruck jedoch machte Vanessa auf ihn nicht. Sie war ruhig, gelassen und schön wie immer. Ein wenig blass vielleicht, aber diese marmorne Blässe verlieh ihr eine beinahe überirdische Aura, die sein Gefühl bestärkte, selbst klein, hässlich und unbedeutend zu sein. Er wusste natürlich, wie hoffnungslos seine Liebe war – wenn das, was er für Vanessa empfand, überhaupt Liebe war. Vielleicht war es auch nur die sehnsuchtsvolle Ehrfurcht eines lahmen Wanderers angesichts eines erhabenen Berggipfels im rötlichen Glanz der Morgensonne.

Er hätte damit leben können, ewig dieser lahme Wanderer zu sein, der am Fuß des Berges dahinkriecht. Dass nun aber Roger an ihm vorbeimarschierte und sich anschickte, den scheinbar unbezwingbaren Gipfel zu erklimmen, war für Harry jenseits der Grenze des Erträglichen. Vanessa hing an Rogers Lippen, war von jedem seiner Vorschläge begeistert und suchte, nur mit ihm, die entlegensten Stellen auf, wo sie Seite an Seite stundenlang malten und redeten. Clive schien diese Entwicklung wenig zu beunruhigen, weit weniger als Vanessas Gesundheitszustand. Er schien sogar froh, die Verantwortung für Vanessas Wohlbefinden an Roger abtreten zu können. Seit dem Vorfall auf dem Markt engagierte Roger, wann immer er konnte, Sänften, auf denen Vanessa durch die staubigen Straßen getragen wurde. Er sorgte dafür, dass sie ausreichend trank, und drängte auf regelmäßige Pausen, damit sie sich ausruhen konnte. Wenn die beiden malten, inspizierte Clive, vollkommen unbekümmert ob der Intimität der beiden, die Umgebung. Er überließ es Roger, Vanessa am Abend zum Hotel zurückzubegleiten, während er selbst mit Harry bis spät in die Nacht Wein trank und all die kleinen Berührungen und langen Blicke übersah, die zwischen den beiden hin- und hergingen. Und so betrachtete Harry es als seine Aufgabe, die Situation im Auge zu behalten und dafür zu sorgen, dass der Anstand gewahrt blieb.

»Du muss aufpassen«, sagte er zu Clive eines Abends in der Hotelbar, als Roger und Vanessa bereits zu Bett gegangen waren. »Dasser sie dir nich wegnimmt.« Die Zunge lag schwer und pelzig in seinem Mund. Der türkische Wein war kräftig, und er vertrug wenig Alkohol.

»Keine Sorge«, murmelte Clive, ohne den Blick von seinem Glas zu heben.

»Hassu nich gesehen, wie er sie anstarrt?«

Clive lachte trocken durch die Nase. »Das tust du auch.«

»Ich?« Harry richtete sich empört auf. »Niemals würd ich deiner Frau … Niemals!«

»Doch. Wenn sie es wollte, dann würdest du.«

Harry nickte trübselig. »Ja. Aber sie willnich.«

»Mach dir nichts draus«, sagte Clive und legte den Arm um ihn. »Du bist nicht der Einzige, den sie nicht will.«

Harry schob die Worte eine Weile in seinem Kopf hin und her. »Liebsie dich nich mehr?«, fragte er dann.

Clive sah ihn lange aus trüben Augen an. Dann sagte er: »Vanessa und ich – das ist lange vorbei. Wir sind Freunde. Liebe, Harry, wirkliche, echte Liebe – das ist nichts weiter als ein poetischer Gedanke.« Damit kippte er den Rest seines Weines hinunter und ging.

11. Kapitel

Bursa, 7. April 1911

Blut, überall war Blut. Auf dem Laken, an ihren Fingern, auf dem Fußboden. Eine Spur aus Blutstropfen zog sich über die Steinfliesen hin zum Waschbecken, wo sie jetzt stand und versuchte zu begreifen, was hier geschehen war. Sie waren am späten Nachmittag in Bursa angekommen und hatten einen Spaziergang unternommen. Den ganzen Tag war ihr übel und schwindelig gewesen, Schmerzen im Rücken und diese Schwere auf den Schultern, die sie niederdrückte, sosehr Vanessa sich auch dagegenstemmte.

Sie war früh ins Bett gegangen, dankbar für die kühlen Laken und das schöne Zimmer mit seinen bunten Mosaiksteinchen über dem Waschbecken, dem hell gekachelten Boden und dem Blick auf die große Moschee von Bursa.

Ihr Gesicht im Spiegel starrte ihr weiß und hohläugig entgegen. Sie sah an sich hinab. Auch ihr Nachthemd war voller Blut. Viel mehr, als eine Monatsblutung hervorrufen konnte. Und Schmerzen. Ihr Unterleib krampfte sich zusammen, und abermals spürte sie es warm an ihren Beinen herunterrinnen. Sie klammerte sich am Waschbecken fest, aber der Schmerz zerriss ihre Mitte. »Clive«, flüsterte sie. »Hilf mir!« Aber Clive war nicht da. Er war nie da, wenn sie ihn brauchte.

»Form!«, rief Clive aus und erhob sich von seinem Stuhl, um seinen Worten mehr Gewicht zu verleihen. Er schwankte leicht, aber seine Stimme war erstaunlich klar und fest angesichts der Menge des türkischen Weins, den er getrunken hatte. »Das erste Gebot des Künstlers lautet: Du sollst Form erschaffen! Nicht Inhalt.«

Harry hob den Blick und dann sein Glas: »Cheers«, murmelte er und fiel wieder in sich zusammen.

Roger winkte den schmächtigen Gastwirt heran, der sich höflich im Hintergrund hielt und mit seinem schwarzen Gewand in der Dunkelheit kaum auszumachen war. Längst waren sie die einzigen Gäste in dem kleinen Weinhaus, und es wurde höchste Zeit, schlafen zu gehen. Roger hatte für morgen einen Führer organisiert, der ihnen die Stadt zeigen sollte. Von Bursa erhoffte Roger sich neue Impulse für den Artikel, den er über die Parallelen zwischen der byzantinischen Mosaikkunst und dem Post-Impressionismus zu schreiben gedachte. Er trank selten mehr als ein Glas Wein, denn wenn er es tat, geschahen Dinge, die er hinterher bereute. Wie zum Beispiel die Sache mit Lady Ottoline. Er wusste selbst nicht mehr genau, wie es dazu gekommen war, aber kurz vor seiner Abreise in die Türkei hatte er sich mit ihr im Bett wiedergefunden. Sie hatte ihn zu sich eingeladen, um weitere gemeinsame Kunstprojekte zu besprechen, wie sie gesagt hatte. Die Lady war recht schnell sehr deutlich geworden, was ihr eigentliches Anliegen betraf. Aber da hatte er bereits so viel getrunken, dass er ihren beachtlichen Verführungskünsten nichts mehr entgegensetzen konnte. Dabei fand er sie nicht einmal besonders anziehend. Ganz und gar nicht anziehend. Es gab nur eine Frau, die seine Gedanken beherrschte, seinen Körper in Schwingung versetzte. Und das war Vanessa.

Zum Glück hatte Vanessa sich gleich nach dem Abendessen zurückgezogen, so konnte sie Kräfte für den morgigen Tag sammeln.

Sie war sehr blass und still gewesen heute, und Roger fragte sich, ob er ihr die Stadtführung überhaupt zumuten durfte. Zugleich war sie so begierig auf neue Eindrücke, so interessiert an allem und insgesamt eine solch beglückende Reisebegleitung, dass er sie nicht missen wollte. Nicht das kleinste Detail entging ihrem wachen Blick, und mit ihren klugen Gedanken war oft sie es, die ihn auf Zusammenhänge hinwies, die er übersah. Sie war anders, ganz anders als Helen, und doch erinnerte sie ihn sehr an seine Frau, als sie noch jung, schön und bei klarem Verstand gewesen war. Vielleicht waren es seine Empfindungen von damals, an die Vanessa ihn erinnerte. An das Gefühl, sie auf Händen tragen zu wollen, in ihren Worten versinken, ihren Augen ertrinken zu wollen. Neben Vanessa zu sitzen und zu malen, so wie er und Helen es früher getan hatten, befriedete den Krieg, den er in den letzten Jahren mit sich selbst geführt hatte. Vanessa verdrängte Helen nicht, sie schien an ihre Seite zu treten und das Dunkel zu erleuchten, das so lange um ihn herum geherrscht hatte.

»Darüber werde ich schreiben. Ein Manifest der Kunst, eine Äs-setik der poss-impressionissischen Rev-Revolution!« Clive war nicht zu bremsen, wenn er auch mittlerweile erhebliche Schwierigkeiten zu haben schien, Füße und Zunge zu koordinieren. Roger hatte inzwischen die beträchtliche Zeche bezahlt, und sie wanderten durch die stillen Gassen zurück zum Hotel. Clives Worte schallten durch die Nacht, die schon langsam in den Morgen überzugehen begann. »Du unich, wir wern die Kunst verändern«, rief er aus, als sie ins Foyer des Hotels traten. »Für immer!«

»Pst«, zischte Roger. »Du weckst die Gäste.« Er schob Clive zur Treppe und brachte ihn bis zur Tür des Zimmers, das er mit Vanessa teilte. »Leise«, ermahnte er ihn nochmals. »Weck sie nicht auf.«

»Nein«, raunte Clive und stieß beinahe eine tönerne Vase um, die im Flur stand. Roger wandte sich kopfschüttelnd seiner eigenen Zimmertür zu und während er noch den Schlüssel im Schloss drehte, hörte er einen Schrei, der ihm das Blut in den Adern gefrieren ließ.

So kalt, so furchtbar kalt! Und dieses grelle Licht! Wo kommt das plötzlich her? Ein fremdes Gesicht, Hände, überall Hände auf ihrem Körper, Fußgetrappel und lautes Rufen. Worte, die sie nicht versteht. Jemand zerrt an ihr, es wird noch kälter. Wird sie ausgezogen? Sie wehrt die Hände ab, etwas Nasses auf ihrem Bauch, den Beinen, wieder dieses Gesicht, nein, es sind nur Augen, der Rest hinter einem Schleier verborgen. Eine Frau, sie sagt etwas, aber nicht zu ihr. Da ist noch jemand, Plätschern, ein scheuerndes Geräusch, und schließlich eine Decke, die über sie gelegt wird. Dann wieder Dämmerung, gnadenvolle Gefühllosigkeit, in die sie hineinsinkt wie in einen Nebel aus farbloser Stille.

Ein Brunnen, tief und dunkel. Sie will sich die Hände waschen, denn sie sind noch immer voller Blut. Sie muss sich sehr weit vorbeugen, um das Wasser zu erreichen, ihr Oberkörper wird länger und länger. Sie kann ihr Gesicht im Spiegel der Wasseroberfläche sehen, sie berührt es mit den Händen und taucht ein, mit einer Mischung aus Angst und Neugierde. Verwundert stellt sie fest, dass sie im Wasser atmen kann. Wo eben noch Dunkelheit herrschte, ist es plötzlich hell. Sie betrachtet ihre Hände, von denen sich das Blut löst und ein rotes Wellenmuster ins Wasser zaubert. Schön sieht es aus. Plötzlich löst sich auch der Ring, den sie immer am Finger ihrer rechten Hand trägt. Ein goldener Ring mit einem Rubin. Clive hat ihn ihr zur Verlobung geschenkt, er stammt aus Frankreich. Sie darf ihn nicht verlieren! Er sinkt in die Tiefe, und sie streckt sich danach.

Das Atmen fällt schwerer, aber sie kann nicht auftauchen, nicht jetzt, noch kann sie den Ring sehen, aber der Brunnen ist tief. Sie streckt die Hände aus, will ihm nachtauchen, aber jemand zerrt an ihren Beinen, an ihrem Leib, in den sich der scharfe Brunnenrand schneidet. Lass mich!, *will sie schreien,* ich muss ihn wiederhaben!, *aber ihr Mund füllt sich mit Wasser. Sie bekommt keine Luft mehr, und der Ring verschwindet im Dunkel.*

Vanessa erwachte von ihrem eigenen Schrei.

»Schsch«, hörte sie. Direkt vor ihr, über ihre Beine gebeugt, stand Roger und steckte das Laken fest. »Du hast dich freigestrampelt«, sagte er mit einem Augenzwinkern und setzte sich in einen Sessel neben dem Bett. Verwirrt blickte sie um sich. Es war taghell im Zimmer, und durch das geöffnete Fenster wehte der Morgengesang aus der nahen Moschee. Bursa. Das Blut. War das auch ein Traum gewesen?

»Wo ist Clive?«, fragte sie.

»In meinem Zimmer. Schläft.«

»Aber wieso …« Sie zog ihre Decke bis ans Kinn hoch, denn sie trug nur ein dünnes, ärmelloses Hemd. Hatte sie nicht ein langes, wärmendes Nachthemd angezogen, bevor sie ins Bett ging, weil ihr so kalt gewesen war, trotz der sommerlichen Temperaturen? Nun war ihr nicht mehr kalt, jemand hatte mehrere Decken über sie gelegt. Ihr Leib schmerzte etwas, aber längst nicht mehr so wie in der Nacht. Nein, kein Traum. Furchtbar, aber real. Blutete sie noch?

Sie spürte mehrere Lagen Stoff zwischen den Beinen, doch alles fühlte sich trocken an. Jemand musste sie ausgezogen und gewaschen haben. Diese Frau, die sie gesehen hatte?

»Warst du die ganze Zeit hier?«, fragte sie vorsichtig.

»Clive hat dich gefunden. Dort, auf dem Boden.« Roger zeigte in Richtung des Waschbeckens. »Er … nun, er war etwas überfordert mit der Situation.« Er sah sie kurz an, und dann schweifte sein Blick zum Fenster. Seine Hände lagen ruhig auf den Sessellehnen. Er trug einen schlichten, goldenen Ring. Es war das erste Mal, dass ihr das auffiel.

Ob Roger sie nackt gesehen hatte? Nackt und blutig? Der Gedanke störte, sie schob ihn beiseite und zog die Bettdecke noch ein Stückchen höher. »Ja. So ist Clive«, sagte sie schnell. »Körperflüssigkeiten überfordern ihn oft.«

Roger nickte nur wortlos, stand auf und ging zum Fenster. »Ist dir kalt?«

»Nein, gar nicht. Lass es ruhig auf.«

Er wandte sich wieder zu ihr um und sagte: »Sobald ich dich für einen Moment aus den Augen lassen kann, werde ich versuchen, einen Arzt aufzutreiben.«

»Ich fühle mich gut«, sagte Vanessa schnell, obwohl es nicht stimmte. »Keinen Arzt bitte. Ich möchte gerne noch etwas leben.« Sie zog eine Grimasse.

»Diesmal werde ich mich darauf nicht einlassen!«

Vanessa war erstaunt, wie streng er klingen konnte.

»Ich hätte schon das letzte Mal insistieren sollen. Es war ein Fehler, dir so viel Anstrengung zuzumuten.« Roger ging zum Tisch und goss Wasser aus einer Karaffe in ein Glas. »Du solltest viel trinken«, sagte er und reichte es ihr.

Vanessa zögerte. Sie hatte mit entblößtem Oberkörper vor Roger getanzt und sich dafür nicht geschämt. Weniger jedenfalls, als hier mit einem dünnen Hemd bekleidet unter der Bettdecke zu liegen und ihm einen nackten Arm zu zeigen.

»Stell es dorthin. Ich trinke gleich, danke«, sagte sie. Roger stellte das Glas auf den Nachtisch und setzte sich wieder.

»Ich glaube, ich hatte eine Fehlgeburt«, sagte Vanessa plötzlich. Der Gedanke war ihr schon in der Nacht durch den Kopf geschossen, aber nun, bei klarem Bewusstsein, schien es die einzig logische Erklärung für das viele Blut, die Schmerzen und auch die Schwäche und Übelkeit in den voraufgegangenen Tagen. »Meine Monatsblutung war ein paarmal ausgeblieben und …« Sie brach ab.

»Ich habe wenig Erfahrung in diesen Dingen.« Roger hob bedauernd die Schultern, aber es schien ihm nicht unangenehm zu sein, über etwas zu sprechen, was Frauen üblicherweise nicht einmal gegenüber ihren Gatten erwähnten. »Wir sollten es einem Arzt überlassen, zu entscheiden, was nun zu tun ist.«

»Einem von diesen Eselstreibern hier?« So schwach sie sich auch fühlte, seine Worte brachten etwas in ihr zum Kochen. Sie richtete sich auf und stieß das Kinn in Richtung Tür, als sei gerade eben einer der benannten Herren durch sie verschwunden. »Beim letzten Mal, als ich hier krank war, hatte ich eine Blinddarmreizung, und sie haben mir Champagner empfohlen. Champagner! Ich kenne meinen Körper besser als diese … diese …« Sie wusste nicht weiter und sank erschöpft in die Kissen zurück.

»Aber du hörst nicht auf ihn«, sagte Roger sanft. »Du willst mehr, als du kannst. Und deshalb …« Er stand auf und richtete erneut die Laken, obwohl sie nicht verrutscht waren. »Deshalb muss dich jemand vor dir selbst beschützen.«

»Und wer soll das sein«, fragte sie leise und sah ihn zum ersten Mal direkt an. Er legte seine schöne, langgliedrige Künstlerhand, an der sein Ehering steckte, auf das Kissen neben ihrem Gesicht, sah ihr lange in die Augen und ging schließlich wortlos hinaus.

Sie betrachtete den Ring an ihrem eigenen Finger. Er steckte noch dort, aber es war, als wäre er nicht nur im Traum in den dunklen Tiefen eines Brunnens versunken.

»Clive! Du musst aufwachen. Clive!«

Beim Zeus, was dröhnte sein Schädel! Er blinzelte direkt in einen Sonnenstrahl, der vom Fenster auf ihn fiel. Die Helligkeit fuhr wie ein Messer durch seinen Schädel.

»Herrgott, Clive! Du musst zu Vanessa, ich gehe einen Arzt holen. Lass sie nicht allein!«

Roger. Warum stand Roger an seinem Bett? Clive sah an sich hinab. Hemd und Weste, Hose und Schuhe. Was hatte dieser Berber ihm da in den Wein geschüttet?

»Sie ist wach, es geht ihr so weit gut, aber wir brauchen einen Arzt. Geh zu ihr, ich beeile mich.« Roger griff nach seinem Hut und lief aus dem Zimmer, die Tür blieb offen. Langsam setzte sich Clive auf und suchte die Puzzlestücke der nächtlichen Ereignisse zusammen, die ihn in Rogers Bett geführt hatten. Die langen Gespräche, der Wein, Roger, der die Vase festhielt, Vanessa am Boden und das Blut. Er wusste noch, dass er geglaubt hatte, sie sei tot. Dann war nur noch Chaos in seinem Kopf. Plötzlich war Roger da gewesen und Harry und der Hotelbesitzer. Zusammen mit Roger hatte er Vanessa zum Bett getragen, das wusste er noch, aber dann riss der Film ab. Und nun lag er hier in Rogers Zimmer.

Was war mit seiner Frau?

Die Tür zu ihrem gemeinsamen Zimmer war nur angelehnt, sonst war niemand zu sehen. Vorsichtig schob er sie auf. Vanessa lag bleich in den Kissen, die Augen geschlossen. Sie atmete ruhig.

Als er neben ihr am Bett niederkniete, sagte sie leise, ohne die Augen zu öffnen: »Hallo, Clive.«

Er griff nach ihrer Hand, die auf der Bettdecke lag. »Vanessa, ich … es tut mir leid.«

Sie wandte ihm das Gesicht zu. Ihre Augen schienen tiefer in den Höhlen zu liegen als sonst. Sie erinnerten ihn an Thoby in seinen letzten Tagen. Nein, er durfte das nicht denken, sie würde überleben. Die Geschichte würde sich nicht wiederholen.

»Mir tut es leid«, flüsterte Vanessa. »Du hattest recht. Wir hätten nicht fahren sollen. Dieses Land bringt uns kein Glück. Nur den Tod.«

»Bitte, sag so etwas nicht! Roger holt einen Arzt. Alles wird gut werden, du musst fest …« Die Angst nahm ihm den Atem für Worte. Er keuchte und presste die Lippen auf den Verlobungsring, den er ihr geschenkt hatte. Warum hatte er sich nicht durchgesetzt? Nun saßen sie in diesem gottverdammten Bursa fest, und er musste mitansehen, wie seine Frau, seine wunderschöne Frau, von einer schrecklichen Krankheit dahingerafft wurde. Vielleicht waren es innere Geschwüre, die aufgebrochen waren, oder Schlimmeres, was wusste er schon. In London würde man ihr helfen können, aber hier niemals. »Kann ich etwas tun? Willst du etwas trinken?« Er griff nach dem Glas auf ihrem Nachttisch, doch er war zu hektisch und stieß es um. Fluchend sprang er auf und suchte nach einem Tuch, um das Wasser aufzuwischen. Dabei stolperte er über einen Stuhl, der krachend zu Boden fiel.

»O bitte, Clive«, stöhnte Vanessa. Sie legte eine Hand über die Augen.

Clive vergaß das Tuch und stürzte wieder zu ihr ans Bett. »Hast du Schmerzen? Bleib ganz ruhig, Roger kommt jeden Moment. Der Arzt wird dir etwas geben.«

»Ich habe keine Schmerzen«, murmelte Vanessa.

»Was ist es dann?« Er befühlte ihre Stirn, sie war warm, aber war es Fieber? Er wurde immer unruhiger. Roger hatte gesagt, es ginge ihr gut, aber das stimmte nicht.

Er setzte sich neben sie und legte seinen Kopf auf ihren Bauch. »Lass mich nicht im Stich, Vanessa. Die Kinder brauchen dich. Virginia braucht dich«, murmelte er in die Bettdecke. Inzwischen war er sicher, dass sie sterben würde, wenn Roger nicht endlich mit dem Arzt auftauchte. Er konnte nicht tatenlos hier sitzen. Er musste etwas tun. Aber was?

»Wir haben ein Kind verloren«, sagte Vanessa plötzlich.

»Ein Kind? Was sagst du da? Den Kindern geht es gut. Sie sind gut versorgt bei meiner Familie.«

»Du verstehst nicht. Du verstehst nie etwas.«

»Wir können ein Telegramm schicken, uns vergewissern, dass es ihnen gut geht. Mach dir keine Sorgen, ich kümmere mich darum.«

Vanessa richtete sich halb im Bett auf und sah ihn an. »Ich habe es verloren«, sagte sie. »Unser drittes Kind!«

»Du meinst … Das Blut … es war …« Jetzt erst begriff Clive, was sie ihm sagen wollte, und fast wäre ihm vor Erleichterung ein »Gott sei es gedankt« entfahren. Keine todbringenden Geschwüre, keine lebensgefährlichen inneren Verletzungen. Auch die Ohnmachtsanfälle erklärten sich so. Ein paar Tage Ruhe, und alles war wieder gut.

»Es wäre ohnehin zu früh gewesen«, sagte er. »Gratian ist ja noch nicht einmal ein Jahr alt.« Er drückte ihr einen Kuss auf die Stirn und stand auf. »Ruh dich aus. Ich werde hier sitzen und ein paar Briefe schreiben.«

Vanessa schloss die Augen und sank zurück in die Kissen.

»Erzähl ihr nichts davon«, sagte sie.

»Wen meinst du?«

Vanessa antwortete nicht. Stattdessen flüsterte sie: »Ich habe es verloren.« Aus ihrem Augenwinkel löste sich eine Träne. Clive wischte sie mit dem Daumen fort.

Da sah sie ihn an und sagte: »Wie so vieles andere auch.«

Sie konnte nicht aufstehen. Ihre Beine waren schwer und seltsam taub, als gehörten sie nicht mehr zu ihr – ein Phänomen, für das es keine schlüssige Erklärung gab. Der Arzt, ein schmächtiger Mann mit Brille, hatte seine Inkompetenz mit großen Gesten in die Luft gezeichnet. Er hatte ihr ein paarmal auf den Bauch gedrückt, ein Instrument auf ihre Brust gelegt, das sie sehr an das Hörrohr ihres Vaters erinnerte, und Ruhe verordnet, sofern Rogers Sprachführer verlässlich war.

Nun lag sie hier seit Tagen – wie viele es waren, wusste sie nicht – und wartete auf die Rückkehr ihrer Kräfte, doch sie schwanden immer mehr. Clive brachte ihr Speisen, deren Geruch sie würgen ließ. Er drängte sie zu trinken, das Schlucken jedoch bedeutete eine Kraftanstrengung, die sie oft glaubte, nicht aufbringen zu können. Clive wurde immer nervöser, lief im Zimmer hin und her wie ein gefangenes Tier, und wenn sie das Essen ablehnte, fuhr er sich durch die Haare und fluchte. Seine Nähe saugte den allerletzten Rest Energie aus ihr heraus, doch sie wagte nicht, ihn fortzuschicken, denn vor dem Alleinsein fürchtete sie sich.

In der Nacht lag sie stundenlang wach, lauschte Clives Atemgeräuschen und versuchte, die Panik zu beherrschen, die sie oft überrollen wollte. Wovor sie Angst hatte, wusste sie nicht. Sie hatte keine Schmerzen, und auch die Blutung war abgeklungen. Sie sehnte sich nach Schlaf, doch immer, wenn sich ihr Atem verflachte, jagte sie etwas aus ihrem Dämmerzustand – vielleicht die Angst, die Kontrolle über ihre Gedanken zu verlieren oder in ihren Träumen zu ertrinken.

Manchmal kam Roger, um nach ihr zu sehen. Dann verließ Clive das Zimmer und mit ihm die kraftzehrende Unruhe, die er verbreitete. Wenn Roger im Sessel neben ihr saß und mit seiner tiefen, ruhigen Stimme von den Dingen erzählte, die er in den

Straßen Bursas gesehen hatte, konnte sie die Augen schließen und einfach zuhören, ohne das Gefühl, selbst sprechen zu müssen. In Rogers Beisein konnte sie schlafen.

Jetzt aber lag Clive neben ihr und schnarchte leise. Sie hatte das Bedürfnis, sich zu erleichtern, doch ihre Beine gehorchten nicht. Sie konzentrierte sich auf die Stelle unterhalb des Bauchnabels, wo der Kraftpunkt lag, um den unteren Teil ihres Körpers zu bewegen. Aber sie fühlte sich wie ein Wesen ohne Knochen und Muskeln, ihr Körper ein konturloser Nebel, der sich in der Nacht ausbreitete. Ihr eigenes Stöhnen klang fremd, wie von weit her. Verlor sie den Verstand?

Sie versuchte, ruhig zu atmen, doch auf ihrer Brust lag ein Stein, sie bekam keine Luft. »Clive«, keuchte sie. »Clive!«

»Was? Was ist los?« Er sprang sofort aus dem Bett, lief orientierungslos in Richtung Zimmertür und erst dann kam er zu ihr. Er hatte die Betten auseinandergeschoben, weil ihre Unruhe ihn wachhielt, wenn er direkt neben ihr lag. Wenn er gekonnt hätte, wäre er in ein anderes Zimmer gezogen, wie damals, als Julian zur Welt kam.

»Ich kann meine Beine nicht mehr bewegen!«

»Was? Wieso nicht?«

Er warf die Decke zurück und betastete ihre Beine. Sie spürte seine warmen Hände, ein unangenehmes Gefühl, aber wenigstens war es eins.

»Warum kannst du nicht?«

»Ich weiß nicht«, flüsterte sie.

»Natürlich kannst du!« Er schob eine Hand unter ein Knie und zog es hoch. »Willst du aufstehen? Soll ich dir helfen?«

»Ich kann nicht«, heulte Vanessa. »Ich kann einfach nicht!« Sie griff nach seinem Arm, krallte sich an ihm fest, und ganz von selbst kam auch das andere Bein hoch.

»Siehst du, wie du kannst. Bitte, Vanessa, reiß dich ein wenig zusammen, es ist …«

»Ich … kann … nicht!« Sie hatte geschrien. Ein spitzer, gellender Schrei, unendlich befreiend und zugleich erschreckend. Das war doch nicht sie!

»Vanessa, was zum Teufel … Beherrsche dich! Du weckst das ganze Haus auf.«

Ihr Schrei ging in ein langgezogenes Heulen über, es kam aus der Tiefe ihres Bauches, etwas Fremdes, Furchtbares, das sich seinen Weg durch ihren Leib bahnte, in die Lunge, durch die Kehle, etwas Bitteres, Widerwärtiges, das sie loswerden musste, endlich loswerden. Es kam in Schüben, wie Wehen, die mit schmerzhafter Macht dieses Etwas aus ihr herauszupressen suchten, das dort schon seit vielen Jahren in ihren Körpersäften schwelte. Es war der hässliche Auswurf einer Krankheit, die sich durch die Familie zog, der Wahnsinn der Stephens, der sich in den Windungen ihres Leibes festgefressen hatte, unter Kontrolle gehalten bis jetzt, bis zu diesem Moment in einer schwülen Nacht in Bursa, wo er – fern der Quelle des Übels, den finsteren Räumen ihres Elternhauses am Hyde Park Gate – sein entstelltes Gesicht zeigte und Clive entsetzt von ihr weichen ließ.

12. Kapitel

Vogelzwitschern. Schritte und Stimmen unter ihrem Fenster. Licht, das durch den Spalt zwischen den Vorhängen auf ihr Bett fiel. Und Roger. Er saß im Schlafrock direkt neben dem Fenster im Sessel und schlief, die Beine von sich gestreckt, die Brille neben sich auf der Sessellehne.

Er hatte sie gehört gestern Nacht und war gekommen. Ohne viele Worte hatte er Clive fortgeschickt und sie festgehalten, bis sie sich wieder beruhigen konnte. Sie war in seinen Armen eingeschlafen. Jetzt schlug er die Augen auf. Sie lächelte ihm zu.

»Du hättest dich hinlegen können«, sagte sie und wies auf Clives leeres Bett.

»Ich bin es gewohnt, im Sessel zu schlafen.«

»Wegen Helen?«

Er blickte zur Decke, als überlege er, ob er ihr die Antwort zumuten konnte.

»Sie hatte Angst vor der Dunkelheit.« *Hatte*. Als wäre sie gestorben und nicht hinter den fest verschlossenen Türen einer Anstalt. Aber vielleicht war es dasselbe.

Roger setzte seine Brille auf, und als er aufstand, fasste er sich ins Kreuz und zog eine Grimasse.

Vanessa wusste nicht, was schlimmer war, der Gedanke an Helen oder das Gefühl, eine Belastung zu sein. »Es tut mir so leid, euch allen die Reise zu verderben«, murmelte sie.

Roger zog den Vorhang auf und öffnete das Fenster weit.

»Herrlich«, sagte er und sog die Luft ein. Dann setzte er sich zu ihr ans Bett.

»Ich verstehe, dass du so denkst, aber …« Er griff nach ihrer Hand. »Glaub mir, ich war lange nicht so glücklich wie in diesen Tagen.«

»Du kannst mir nicht weismachen, dass es dich glücklich macht, nachts am Bett einer … einer …« Sie konnte es nicht aussprechen. Der Wahnsinn kam schleichend, das wusste sie, und ihre Raserei in der Nacht hatte sie allzu sehr an Virginias schlimmste Momente erinnert. Dass sie so die Beherrschung über sich hatte verlieren können, war kaum zu ertragen.

»Einer was?«, fragte Roger.

Sie musste seinem Blick ausweichen. »Lieber sterbe ich, als geisteskrank zu werden«, flüsterte sie.

»Hast du etwa Angst …?«

»Den Verstand zu verlieren, ja.«

Roger ließ ihre Hand los, und sein Kopf ruckte in Erstaunen zurück. Er blickte eine Weile nachdenklich aus dem Fenster.

»Es liegt in unserer Familie, Roger«, stieß Vanessa hervor. »Unser Vetter, meine Halbschwester Laura, Virginia. Du weißt doch von Virginia, sie war schon ein paarmal in Behandlung deswegen.«

»Ja, das weiß ich. Aber ich halte sie deswegen nicht für geisteskrank. Und du, meine liebe Vanessa, bist es auch nicht.«

»Woher willst du das wissen?«

Er lächelte und sein Blick brachte ihr Inneres in Aufruhr.

»Glaub mir«, sagte er. »Ich bin vielleicht kein Arzt, aber ich kann sehr wohl die Folgen von Erschöpfung und außergewöhnlicher körperlicher Belastungen von den Anzeichen einer Geisteskrankheit unterscheiden.«

Erschöpft war sie, das hatte Roger richtig erkannt. Die Monate nach Gratians Geburt, in denen er einfach nicht an Gewicht zunahm und sie um sein Leben fürchtete, hatten an ihr gezehrt. Dazu kamen die Aufregung um die Ausstellung und die vielen Partys – alles schöne Erlebnisse, und doch anstrengend. Und dann war da Virginia und ihre ewige Zerbrechlichkeit, mit der die Schwester es verstand, sich immer wieder in den Mittelpunkt ihres Lebens zu drängen. Und natürlich in Clives. Vor allem in Clives.

»Ich kann Clives Nähe nicht mehr ertragen.« Die Worte kamen ihr über die Lippen, bevor sie überlegen konnte, ob sie Roger eine solche Ungeheuerlichkeit überhaupt offenbaren wollte – ja, bevor sie überhaupt sicher war, dass der Satz der Wahrheit entsprach. Aber jetzt, da er ausgesprochen war, wusste sie, dass es stimmte. Es war die Erklärung für das zunehmende Unbehagen der letzten Wochen, das Gefühl, am Rande eines Abgrunds zu stehen. Vielleicht sogar für die Fehlgeburt?

»Ich glaube nicht, dass ich …« Roger rieb sich mit den Händen über die Beine. Unsicherheit hatte sie an ihm noch nie wahrgenommen.

»Er schläft mit einer anderen Frau«, sagte sie. »Und er liebt Virginia.«

»Das tut mir leid für dich.«

»Das muss es nicht. Solange er nicht mit Virginia schläft, macht es mir nichts aus. Und die Gefahr besteht nicht.« Sie lachte bitter.

»Vanessa, ich weiß nicht, ob ich der richtige Gesprächspartner für dieses Thema bin.«

»Warum solltest du es nicht sein?« Sie legte den Kopf schief und sah ihm tief in die Augen. »Immerhin hast du die Nacht mit mir verbracht.«

»Oh …« Er sah an sich hinab, und neben seinen Mundwinkeln erschienen die Grübchen, die sie so hinreißend fand. »Und das in sehr unziemlicher Kleidung.«

»Die ganze Situation ist unziemlich, findest du nicht?« Sie zupfte an ihrem Nachthemd, durch das sich ihre Brustwarzen abzeichneten. Roger sah nicht hin, aber sie war überzeugt, dass er sich ihrer spärlichen Bekleidung deutlich bewusst war.

»Ganz und gar unziemlich«, bestätigte Roger und stand auf, aber sie hielt seine Hand fest.

»Bleib.«

Er sah auf sie hinab, und seine Kiefermuskeln arbeiteten. Sein Blick ging zur Tür, dann schloss er kurz die Augen und schüttelte den Kopf, als sei ihm gerade klar geworden, dass der Fluchtweg längst verstellt war.

»Bitte«, flüsterte Vanessa. »Ich möchte reden.«

Hatte sie das wirklich gerade gesagt? Wann hatte sie so etwas jemals auch nur gedacht? Nicht einmal Virginia kannte die Abgründe ihres Innenlebens, konnte sich wahrscheinlich nicht einmal vorstellen, dass sie ähnlich tief waren wie die ihren.

Roger nickte und setzte sich wieder. Sie spürte seine Wärme durch die Bettdecke.

»Ich weiß nicht, ob ich Clive je geliebt habe«, sagte sie. »Er war einfach da, in einem sehr verletzlichen Moment.«

»Ja«, sagte Roger nur, und sie sahen einander an. Sie fragte sich, ob ihm bewusst war, wie verletzlich auch dieser Moment war.

Mit leiser Stimme erzählte sie ihm von Thoby, seiner Freundschaft mit Clive und ihrer eigenen Verbundenheit mit dem älteren Bruder.

»Er war wie mein Zwilling. Wir wussten immer, was der andere dachte, es gab keine Geheimnisse und nie Streit. Virginia hat oft versucht, uns auseinanderzubringen, aber …« Sie brach ab. Sie wollte nicht über Virginia sprechen, nicht jetzt. »Ich habe niemanden so geliebt wie ihn. Als er ging, bin ich mit ihm gestorben.«

Sie erzählte Roger von George, seinen Zudringlichkeiten, wenn sie von einer Feier nach Hause fuhren, von Georges Küssen, seinen forschenden Händen in der Dunkelheit der Kutsche, von ihrem Ekel und ihrer Verzweiflung. »Ich habe es Thoby erzählt. Nur Thoby. Er war damals schon in Cambridge, aber kurz danach hat es aufgehört. Er war mein Beschützer.« Sie lächelte. Dass George sich danach Virginia zugewandt hatte, verschwieg sie. Es gehörte nicht hierher. Es ging um sie. Diesmal ging es nur um sie.

»Du hast Clive geheiratet, um ein Stück von Thoby zu retten?«, fragte Roger, nachdem sie eine Weile geschwiegen hatten.

»Um zu überleben. Einfach nur zu überleben.«

Sie erzählte von den ersten Jahren ihrer Ehe, vom Muttersein und den Schwierigkeiten, ihre Malerei gegen die Ansprüche des Familienlebens zu verteidigen. Sie sprachen auch über Sex. Vanessa war erstaunt, wie offen und ohne Scham Roger von seiner Ehe mit Helen erzählte, wie vollkommen sein Glück gewesen war, auch in sexueller Hinsicht.

»Aber das Glück war schnell vorbei. Schon nach der Geburt von Pamela traten erste Symptome auf, und sie musste in ärztliche Behandlung. Von da an ging es kontinuierlich bergab.«

»Liebst du sie noch immer?«

»Wie kann man eine leere Hülle lieben?«, fragte er mit Bitterkeit in der Stimme. »Von Helen ist nichts mehr übrig. Es sind die Erinnerungen, die ich liebe.«

»Ich liebe den Akt«, sagte Vanessa. »Vom ersten Mal an war das so. Clive und ich … es passte. Aber Liebe … ich weiß nicht, was das ist.« Sie zuckte die Achseln.

»Doch«, sagte Roger. »Du weißt es. Du hast es mir gerade erzählt.«

»Das war Geschwisterliebe.«

»Darf Liebe nicht ganz unterschiedliche Farben haben?«

Vanessa dachte über Rogers Worte nach. »Doch, ja«, sagte sie dann. »Nur grau darf sie nicht sein. Und meine Liebe zu Clive war grau.«

Roger lächelte. Dann beugte er sich vor und küsste sie sehr vorsichtig auf die Stirn. »Du bist Malerin, Vanessa. Dir stehen alle Farben zur Verfügung. Du musst sie nur einsetzen.«

Für einen Moment kamen seine Lippen den ihren sehr nahe, und sie verharrten so. Sie hörte die Vögel draußen, die Geräusche der Stadt und spürte einen Windhauch an ihrer bloßen Schulter. Ihren Puls, der sich beschleunigte. Dann stand Roger ruckartig auf, murmelte etwas von »ankleiden« und ließ sie mit einer schmerzvollen Sehnsucht zurück.

An Virginia Stephen
Little Talland House
Firle
Sussex

Bursa, 17. April 1911

Liebste Virginia,
wir sind seit einigen Tagen in Bursa, konnten aber die Pläne, die Roger für unseren Besuch hier hatte, noch nicht in die Tat umsetzen. Ich habe eine Weile gezögert, Dir den Grund hierfür zu nennen, weil ich ja weiß, wie empfindsam Du auf jedes unerwartete Ereignis im Leben Deiner geliebten Schwester reagieren kannst. Nun aber will ich Dir getrost erzählen, dass Vanessa ein wenig unpässlich war und wir einen Arzt zu Rate ziehen mussten. Es wurde nichts Besorgniserregendes festgestellt, und ich vermute, es waren die Anstrengungen der Reise, die ihre Gesundheit beeinträchtigt haben. Du musst Dir also keinerlei Gedanken machen, sie ist bereits wieder auf dem Wege der Besserung und bald werden wir unsere Rückreise antreten können.

Ich stelle mir vor, wie Du in Deinem Little Talland House am Fenster sitzt, den Blick auf Wiesen und Hügel und Schafe, und Deine wundervollen Sätze laut vor Dich hin sprichst, um sie auf eventuelle Misstöne zu prüfen. Es ist gut möglich, dass die Einsamkeit, in die Du Dich begeben hast, Dich noch sonderlicher werden lässt, als Du ohnehin schon bist. Ich denke oft an den Moment zurück, als Du mir in St Ives einen Kuss anbotst. Ich hätte die Gelegenheit beim Schopf ergreifen sollen, nun ist sie auf immer verloren, und ich quäle mich mit dem Gedanken, dass ein anderer entschlossener sein könnte, als ich es war. Aber Du schreibst ja, dass nur die Hunde um Dein Haus streichen, was mich einigermaßen beruhigt.

Nun versprich mir, dass Du Dich nicht um Vanessa sorgen wirst, ich werde sie Dir wohlbehalten zurückbringen, das verspreche ich Dir.

In Liebe

Dein Clive

»Wie konntest du nur?«

»Sie hätte es ohnehin erfahren, und dann hätte sie uns Vorwürfe gemacht und an unserer Loyalität gezweifelt.«

»An deiner, meinst du.«

Vanessa fegte das Telegramm vom Tisch, das Clive dort hingelegt hatte. Es kam aus Brüssel und war von Virginia:

Ankunft morgen Abend Konstantinopel – Orient-Express – Weiterreise nach Bursa noch ungeklärt – Abholung erwünscht – Virginia

Zwei Wochen waren vergangen seit dieser schrecklichen Nacht, und Vanessa fühlte sich von Tag zu Tag besser. Das verdankte sie vor allem Roger. Während Harry und Clive Ausflüge in die Umgebung von Bursa unternahmen, blieb Roger die meiste Zeit in ihrer Nähe, sogar nachts.

Noch immer litt sie unter Angstzuständen und Alpträumen, aus denen sie oft schweißgebadet aufschreckte. Roger half ihr, Laken und Nachtkleidung zu wechseln, und blieb an ihrem Bett sitzen, bis sie wieder eingeschlafen war. Tagsüber verließ er ihr Zimmer nur, um die Stadt nach Köstlichkeiten zu durchsuchen, die ihren Appetit anregen könnten. Ihrer Furcht, den Verstand zu verlieren, begegnete er mit zuversichtlicher Gelassenheit, und wenn sie vor Panik am ganzen Körper zitterte, hielt er sie fest umschlungen, bis sie wieder zur Ruhe fand. In ihren ausgeglichenen Momenten redeten sie über Kunst, oder er las ihr seine Lieblingsstellen aus Marivaux' Komödie *Überraschungen der Liebe* vor. Von seinen kurzen Ausflügen brachte er bunte Seidenschals, farbige Teppiche, klebrige Süßwaren und Schalen, verziert mit kunstvollen Mosaiken, mit. Inzwischen glich ihr Zimmer einem türkischen Bazar, der sie mal entzückte, mal überforderte. Sogar farbiges Papier und eine Schere hatte er aufgetrieben und sie ihr mit den Worten aufs Bett gelegt: »Beschäftigung der Hände ist die beste Medizin für den Geist.« So hatte sie begonnen, Mosaiken aus Papier zu fertigen und in Teile des Fensters zu kleben, in denen sich nun das Licht brach und einen vielfarbigen Schimmer ins Zimmer warf.

Heute war der erste Tag, an dem sie sich kräftig genug fühlte, um das Bett zu verlassen und den Tee am Tisch einzunehmen. Clive war ausnahmsweise bei ihr geblieben, um Roger zu entlasten.

»Ich fühle mich nicht belastet, ganz im Gegenteil«, hatte Roger gesagt und sie angelächelt. Erst als er weg war, hatte Clive ihr das Telegramm mit den Worten gezeigt: »Muss Virginia eifersüchtig sein?« Sie war auf den Kommentar nicht eingegangen.

»Sie wird sich mit dieser Reise überfordern!«, sagte Vanessa jetzt. »Willst du das?«

»Gütiger Himmel, Vanessa, sie ist eine erwachsene Frau. Sie kann vermutlich besser auf sich aufpassen als du.«

»Du weißt genau, dass das nicht stimmt.«

»Du hast mich in den letzten Wochen eines Besseren belehrt, was dich selbst angeht.«

Vanessa runzelte die Stirn, unterließ es aber, ihn darauf hinzuweisen, wie wenig er selbst in der Lage war, mit schwierigen Situationen umzugehen. »Du wolltest, dass sie kommt«, sagte sie.

»Ich habe ihr geschrieben, sie solle sich keine Sorgen machen.«

»Wohl wissend, dass sich Virginia immer Sorgen um mich macht, wenn sie mich nicht in der Nähe hat.«

»So wie du dir um sie.«

»Das ist lange vorbei. Du sagtest ja gerade selbst, sie könne besser auf sich achtgeben als ich.«

Clive war aufgestanden und lehnte am Fenster, die Schultern hochgezogen, die Arme in Abwehrhaltung vor der Brust verschränkt. »Nun hast du ja jemanden gefunden, der diesen Job für dich übernimmt.« Er nickte in Richtung eines bunten Webteppichs, den Roger gestern mitgebracht hatte.

»Er weiß, was zu tun ist. Das hilft.«

»Oh, dessen bin ich sicher.« Die Kälte in seiner Stimme war schwer zu ertragen. Er berührte die bunten Papierschnipsel im Fenster. »Er scheint dir gut zu bekommen«, sagte er und ein *besser als ich* schwang in seinen Worten mit.

Sie sagte nichts.

Eine Weile stand er stumm da, blickte hinaus auf die Stadt mit ihren Minaretten und der Moschee, deren goldene Kuppel in der Sonne glänzte, dann löste sich plötzlich die Anspannung aus seinen Schultern, und er drehte sich zu ihr um: »Ich möchte nicht mit dir streiten«, sagte er leise.

»Und ich nicht mit dir.« Ihre Hand zitterte. Schnell stellte sie die Teetasse ab. »Ich kann es auch gar nicht.«

Clive nickte. »Natürlich nicht.« Sie sahen einander an, das erste Mal seit sehr langer Zeit nicht nur flüchtig und bereits mit dem nächsten Gedanken beschäftigt. Er hob die Hände, die Handflächen zur Decke gerichtet, eine Geste, die Resignation bedeuten konnte, aber auch Einverständnis.

Auf dem Gang waren Schritte zu hören und eine Tür, die aufgeschlossen wurde. »Da kommt er«, sagte Clive, drückte ihr einen Kuss auf die Stirn und ließ sie allein. Was blieb, war das Farbenspiel des Sonnenlichts auf den weißen Steinfliesen vor ihren Füßen. Sie sah zum Fenster und lächelte.

13. Kapitel

Orient-Express, 29. April 1911

»Alle Kunst ist repräsentativ.«

Triumphierend blickte Virginia Roger an, der ihr im Speisewagen des Orient-Express gegenübersaß. Neben ihm saß Vanessa, ein wenig blass zwar, aber doch kräftig genug für die lange Heimreise, zu der sie am gestrigen Vormittag aufgebrochen waren. Clive und Harry hatten am benachbarten Tisch Platz genommen und verfolgten stumm ihr Gespräch.

»Vielleicht möchtest du deinen Gedanken näher erläutern?«, fragte Roger, tupfte sich den Mund mit der Serviette ab und lehnte sich erwartungsvoll in seinem Sitz zurück.

»Wenn du einen Baum malst, ist es ein Baum, selbst wenn es nur Linien und Farben sind, die einen Baum andeuten. In der Dichtung ist es ebenso. Ich schreibe über einen Baum, also siehst du einen Baum vor dir, wenn du es liest. Auch wenn er natürlich eine eigene Aura hat, die Aura der Dichtung.«

»Und wie ist es mit der Musik?«

»Nun, die Musik ist … die Musik ist …« Verflixt, sie hatte die Musik nicht in ihre Überlegungen einbezogen.

Roger schmunzelte. »Musik ist doch auch Kunst«, sagte er.

Das musste Virginia zugeben. »Dann habe ich wohl doch nicht die allgemeingültige Theorie aller Künste gefunden«, sagte sie und seufzte.

Sie saßen beim Frühstück nach einer Nacht im Schlafabteil, in der Virginia kaum ein Auge zugetan hatte. Sie war nun seit über einer Woche auf Reisen, durchgeschüttelt von Zügen, Schiffen, Taxis und Pferdekarren und sollte eigentlich erschöpft sein, aber die Erleichterung, Vanessa in unerwartet guter körperlicher Verfassung anzutreffen, hatte sie nach den ausgestandenen Ängsten und Sorgen um die Schwester in einen Zustand beinahe trunkener Ausgelassenheit versetzt. Hinzu kam eine nervöse Anspannung angesichts der befremdlichen Tatsache, dass Roger offenbar seit fast zwei Wochen Vanessas Zimmer kaum verlassen hatte. Nach ihrer Ankunft in Bursa war Virginia natürlich sofort an Vanessas Krankenlager geeilt, nur mäßig beruhigt durch Clives Versicherungen, dass sie beinahe vollständig wiederhergestellt sei. Sie hatte Roger in ihrem Zimmer vorgefunden, ein Kleid ihrer Schwester in der Hand, vor ihm Vanessas aufgeschlagener Koffer, während Vanessa selbst nur dürftig bekleidet am Fenster stand, von dem sie bunte Papierschnipsel ablöste. Im Gegenlicht zeichneten sich alle Einzelheiten ihres Körpers ab. Natürlich hatte sie Vanessa mit Fragen gelöchert, nachdem Roger gegangen war, aber Vanessa war aufreizend zurückhaltend mit Auskünften über das merkwürdige Arrangement gewesen.

»Er hat *neben* dir im Bett geschlafen?«

»Die Betten stehen zwei Meter auseinander, wie du siehst.«

»Aber es ist dasselbe Zimmer!«

»Er hat mich gesund gepflegt.«

»Nachts?«

»Vor allem nachts.«

»Aber was hat Clive dazu gesagt? Hätte nicht er …?«

»Oh, Clive war sehr froh, dass er in Ruhe schlafen durfte«, hatte Vanessa behauptet. Seither beobachtete Virginia aufs Genaueste jeden Blick, jede Geste Rogers und ihrer Schwester.

Clive war ungewöhnlich schweigsam gewesen, als er sie in Konstantinopel am Bahnhof abholte, und hatte nur erzählt, dass

Rogers Erfahrungen mit der Pflege seiner kranken Ehefrau von großer Hilfe gewesen seien. Harry schien in eine finstere Starre verfallen zu sein, und Virginia fragte sich, welche seelischen Untiefen er während der vergangenen Wochen durchschritten haben mochte. Ein wenig tat er ihr leid, noch mehr aber bedauerte sie Clive, der einen zerknirschten, unglücklichen Eindruck machte. Sie würde etwas Zeit vergehen lassen, bevor sie ihn fragte, wie weit seine Freude über die ruhigen Nächte während Vanessas Krankheit wirklich gegangen war. Zum jetzigen Zeitpunkt war sein männlicher Stolz mit einer solchen Frage gewiss überfordert.

Ihr Interesse galt vorerst Roger, der ganz offenbar in einer höchst kritischen Situation genau gewusst hatte, was zu tun war. Gestern Abend, in der Intimität des gemeinsamen Schlafwagenabteils, hatte Vanessa ihr anvertraut, dass Roger ihr das Leben gerettet habe.

»So schlimm war es?« Virginia hatte sich aufgerichtet und die kleine Nachtlampe neben ihrer Koje wieder eingeschaltet, um ihre Schwester noch einmal anzusehen. Bleich war sie und schmal im Gesicht, sie sah jedoch nicht aus, als sei sie dem Tod gerade erst entronnen.

»Die Blutungen waren schlimm. Aber das Schlimmste kam erst hinterher.«

»Schwäche?«, fragte Virginia. »Schmerzen?«

»Nein.« Vanessa legte einen Arm auf ihre Stirn und ein Seufzer arbeitete sich durch ihren Körper. »Ich kann es nicht beschreiben. Es war, als entglitte mir alles.«

Virginia sank zurück in ihre Koje. »Ich weiß genau, was du meinst«, flüsterte sie, doch die Worte wurden vom Rattern des Zuges verschluckt.

»Es muss furchtbar sein, den Verstand zu verlieren«, sagte Vanessa. »Ich weiß erst jetzt, was du durchleidest.«

»Noch habe ich ihn nicht verloren. Und so ein kleiner Knacks hat durchaus seine Vorteile«, sagte Virginia leichthin.

»Ich kann daran nichts Vorteilhaftes finden.«

»Man wird umsorgt. Du ja sogar von einem klugen, attraktiven, empathischen Herrn mit außerordentlichem Kunstverstand«, sagte Virginia, ein wenig spitz. »Dafür lohnt es sich doch, ein Stückchen Verstand zu verlieren.«

»Es sieht dir ähnlich, so zu denken.«

»Ich hatte auch noch nicht das Glück, mir durch meine Zusammenbrüche einen Liebhaber zu erschleichen. Ich habe ja noch nicht einmal einen Ehemann.« Es gelang ihr sogar, den Groll aus der Stimme herauszuhalten.

»Roger ist nicht mein Liebhaber.«

»Was nicht ist, wird bald werden. Ich spüre es im großen Zeh.« Sie streckte den Fuß unter der Decke hervor und wackelte mit den Zehen.

Vanessa stemmte sich hoch und warf ihr kleines Reisekissen nach ihr. »Du bist eine Ziege, und die haben Hufe. Gar nichts kannst du also im Zeh spüren.«

Sie hatten gelacht und noch eine ganze Weile herumgealbert, dann aber war Vanessa recht bald eingeschlafen, und Virginia hatte sich in einem wilden Karussell aus Gedanken über Roger, Vanessa und Clive und ihr eigenes nicht vorhandenes Liebesleben wiedergefunden. Bald würde sie dreißig Jahre alt, hatte weder einen akzeptablen Heiratsantrag erhalten noch einen Roman zustande gebracht, von dem sie selbst so überzeugt wäre, dass sie ihn hätte veröffentlichen wollen. Die Gedanken an *Melymbrosia* und ihr Unbehagen mit dem, was ihr als Schriftstellerin bisher gelungen war, hatte sie schließlich zu Roger und seinen post-impressionistischen Ideen zurückgeführt. Zwischen vier und fünf Uhr morgens war sie dann zur aufrüttelnden Erkenntnis gelangt, dass Kunst und Literatur sich im Wesen doch ganz ähnlich seien und es daher möglich sein müsse, eine beiden gemeinsame Ästhetik zu formulieren.

»Dennoch halte ich es für einen interessanten Gedankengang«, sagte Roger nun und tupfte sich den Mund mit der Serviette ab. »Vorausgesetzt, wir verstehen unter *repräsentativ* nicht einfach die Darstellung des Gegenständlichen.«

»Das ist es, was ich mit der *Aura* in der Dichtung meine, denn in einem gelungenen Gedicht ergibt die Summe der einzelnen Wörter mehr als das, was auf den ersten Blick dasteht.«

»Und vielleicht«, warf nun Clive ein, »ergibt sich für mich etwas ganz anderes als für dich, die du über den Baum geschrieben hast.« Er stand auf, um sich direkt neben Virginia zu setzen, während Harry weiterhin mürrisch aus dem Fenster starrte.

»Ganz genau«, sagte Virginia. »Weil der Baum für dich eine ganz andere Bedeutung hat als für mich. Du verbindest mit ihm vielleicht die Liebe und ich den Tod.«

Vanessa runzelte die Stirn. »Immer musst du den Tod ins Spiel bringen.«

»Sie sprach auch von Liebe«, sagte Clive.

»Bleiben wir bei der Dichtkunst!« Roger richtete das Besteck auf seinem Teller aus, als könne er so das Gespräch neu ordnen. »Wovon lässt du dich leiten beim Schreiben? Der Textur oder der Struktur?« Er hatte sich leicht vorgebeugt und sah sie erwartungsvoll an. Je mehr sie mit Roger sprach, desto besser verstand Virginia, was so viele in Bloomsbury an ihm faszinierte. Es war wie eine Auszeichnung, seine volle Konzentration auf sich gerichtet zu fühlen.

»Mit Struktur meinst du die Handlung?«, fragte sie.

»Genau.«

Virginia dehnte den Moment aus, indem sie länger als notwendig nachzudenken vorgab. »Ich lasse mich von einer Stimmung leiten. Einem bestimmten Gefühl, das ich transportieren möchte. Der zugrunde liegenden Idee, aus der sich dann so etwas wie eine Handlung entwickelt. Aber die Handlung folgt nach, sie gibt nichts vor.«

»Ha!«, machte Roger triumphierend. »Da haben wir es. Stimmung, Gefühl, Idee. Was du also darstellst, erwächst aus einem inneren Bild. Es folgt einem Gefühl. Und genau dies …«, er sah Vanessa an, und seine Stimme wurde weich, »… finden wir auch bei den neuen Malern.«

»Das ist es, was ich meinte«, rief Clive aus. »Wichtiger als das, *was* ein Künstler darstellt, ist doch, *wie* er es darstellt! Die Wirkung eines Bildes entsteht durch die geschickte Komposition von Farbe und Form. Der Gegenstand ist zweitrangig.«

»Zu diesem Schluss sind wir schon vor einer Weile gelangt«, sagte Virginia und wedelte Clives Einwurf ungeduldig beiseite. »Cézannes revolutionäre Äpfel, du erinnerst dich? Aber was ist mit der Literatur, Roger?«

Noch immer hing Rogers Blick an ihrer Schwester, die schweigend dasaß, den Kopf an die Sitzlehne abgegeben, als wäre er ein wenig schwer, auf den Lippen ihr sibyllinisches Lächeln. Virginia stellte mit Unbehagen fest, dass Vanessas Schulter die Rogers beinahe berührte. Sie musste einem Impuls widerstehen, die beiden auseinanderzuschieben.

»Brauchen wir eine post-impressionistische Revolution in der Literatur?«, fragte sie lauter, als nötig gewesen wäre.

»Ah!«, sagte Roger. Er drehte seinen Oberkörper wieder ihr zu und in seine Augen kam ein Leuchten. »Das ist ein sehr guter Gedanke.« Und sie erörterten die Frage, ob es möglich sei, einen Roman zu schreiben, der weitgehend auf Handlung und Figurenbeschreibung verzichtet und stattdessen Detailbeobachtungen und Gefühlswelt der Figuren in den Vordergrund stellt.

»Denkst du, daraus könnte ein verständlicher, wirkungsvoller Text entstehen?«, fragte Virginia.

»Probier es einfach aus«, sagte Vanessa plötzlich. Sie hatte während ihres Zwiegespräches aus dem Fenster gesehen und sah auch jetzt so vollkommen abwesend aus, dass Virginia eine Weile brauchte, um zu verstehen, wie ihre Worte gemeint waren.

»Ja«, sagte auch Roger. »Ich würde ein solches Experiment sehr gerne lesen!«

»Es würde mir damit vermutlich gehen wie dir mit deiner Ausstellung. Man würde mich für verrückt erklären, abgesehen davon, dass niemand es publizieren würde.«

»Das sollte dich nicht davon abhalten, dich als Künstlerin weiterzuentwickeln.« Roger hatte wirklich sehr intensive, blaue Augen.

»Danke«, sagte Virginia und berührte Rogers Hand, die entspannt auf dem Tischtuch lag. Sie registrierte, wie Vanessas Blick kurz zu ihnen herüberflackerte und ihre Lippen dünn wurden.

»Wofür?«, fragte er erstaunt.

»Für die Künstlerin«, sagte sie und lehnte sich zufrieden zurück. »Und für alles andere auch.« Erstaunt beobachtete sie, wie Clive seine Serviette auf den Teller warf und den Speisewagen verließ.

—•≫≪•—

Wenige Tage nach ihrer Rückkehr konsultierte Vanessa ihren Arzt.

»Eine Fehlgeburt, glauben Sie?«, fragte er und blickte sie über den Rand seiner Brille hinweg an. »Haben Sie denn etwa so kurz nach ihrer Entbindung …«

Es war nur einmal passiert, an Weihnachten in Seend, wo sie

das Ehebett teilten. Eine fast mechanische Kopulation, befördert durch gutes Essen und reichlich Wein, der sie beide hatte vergessen lassen, dass ihrer Ehe die Seele abhandengekommen war. Vanessa reckte das Kinn vor. »Ja, haben wir.«

»Nun, ich weiß nicht …«, murmelte der Doktor und schob ein paar Papiere hin und her. »Ich werde Sie untersuchen, aber ich halte es für unwahrscheinlich.«

Vanessa ließ die unangenehme Prozedur über sich ergehen und zog sich rasch wieder an, als er fertig war.

»Ich kann nichts Ungewöhnliches feststellen. Vielleicht eine außergewöhnlich starke Monatsblutung. Hervorgerufen durch ungewohnte Kost. Kommt vor. Aber nun sind Sie ja wieder auf den Beinen.« Er wusch sich die Hände und tätschelte ihr aufmunternd das Bein. »Sie sind vollkommen gesund.«

»Ich fühle mich aber schwach. Und manchmal habe ich das Gefühl, der Boden schwankt unter meinen Füßen.«

»Der Boden schwankt nicht«, sagte der Doktor streng. »Reden Sie sich nicht solchen Unsinn ein. Suchen Sie Gesellschaft. Vergnügen Sie sich! Ihnen fehlt nichts, gar nichts.«

»Und die Schwäche? Ich möchte am liebsten immer nur schlafen.«

»Essen Sie mehr Fleisch!«

»Das ist alles?«

»Was wollen Sie mehr als gesund sein?«, fragte der Doktor und schob sie zur Tür.

Mich gesund *fühlen*, hätte Vanessa ihm noch gerne geantwortet, aber da schloss sich die Tür schon hinter ihr.

Roger war nach Guildford zurückgekehrt, wo seine Schwester sich in der Zwischenzeit um seine Tochter Pamela gekümmert hatte. »Ich komme, sobald ich kann«, hatte er zu Vanessa gesagt, als sie sich in London am Bahnhof voneinander verabschiedeten. Er ließ einen Abgrund zurück, um den sie seither mühsam herumbalancierte. Clive war den ganzen Tag unterwegs zu irgendwelchen Treffen und plante, ein paar Tage zu seinen Eltern nach Seend zu fahren. Allein. Ohnehin hätten weder er noch Virginia die Halteleine ersetzen können, die mit Roger plötzlich verschwunden war. Und die Kinder waren noch immer in Seend.

»Das Haus ist so leer«, schrieb sie Roger. »Ich versuche, mich zu beschäftigen, aber mir fehlt die Lust an allem, selbst am Malen. Solltest am Ende *Du* mir fehlen?«

Zurück kam ein Telegramm: »Komm nach Durbins. Du fehlst mir auch.«

Sie informierte Clive, dass Roger sie zu sich eingeladen hatte, und er nahm es mit den Worten hin: »Es war nur eine Frage der Zeit, nicht wahr?«

»Es geht mir nicht gut«, sagte sie.

»Du meinst, ohne *ihn* geht es dir nicht gut.«

»Auch das. Stört es dich?«, fragte sie.

»Vielleicht. Aber das spielt keine Rolle. Du musst gesund werden.«

»Ich wusste, dass du das verstehst.« Sie packte ihren Koffer und Clive brachte sie zum Bahnhof. »Bitte erzähl Virginia nichts«, bat sie ihn. »Sag ihr, ich bin mit zu deinen Eltern gefahren.«

»Was glaubst du, wie lange du es vor Virginia geheim halten kannst?«

»Du meinst *wir*. Wir sollten es beide vor ihr geheim halten.«

»Was ist es denn überhaupt?«, fragte er.

Sie zupfte ihm eine Fluse vom Jackett und ließ für einen Moment ihre Hand auf der Höhe seines Herzens liegen. »Ich weiß es nicht«, sagte sie. »Aber Roger ist der Mensch, den ich jetzt brauche.«

Rogers Schwester machte keinen Hehl daraus, dass sie den Damenbesuch ihres Bruders für völlig unangemessen hielt. Sie hatte die scharfen Züge ihres Bruders, ohne dessen Lachfältchen und den wachen, neugierigen Blick. Ihre schmalen, blassen Lippen blieben fest verschlossen, als sie Vanessa zur Begrüßung die kalten Fingerspitzen reichte. Sie war einige Jahre älter als Roger und sah es ganz offenbar als ihre Pflicht an, darüber zu wachen, dass im Hause Fry der Anstand gewahrt blieb. Vanessa bekam ein winziges Zimmer direkt neben dem ihren zugewiesen, welches sie ihr mit den Worten zeigte: »Ich hoffe, es genügt Ihren Ansprüchen, aber Sie bleiben ja nicht lange.«

»Sie kann mich nicht ausstehen«, sagte Vanessa zu Roger am Abend, als seine Schwester sie endlich für einen Moment allein ließ, um Pamela ins Bett zu bringen. Sie hatte während des Dinners schweigend dagesessen und so viel Missbilligung über den Tisch geatmet, dass Vanessa davon übel geworden war.

»Sie hat zum ersten Mal allein unser Elternhaus verlassen, um für Pamela zu sorgen. Du bist verheiratet, und ich bin es auch. In ihren Augen begehst du gerade eine Todsünde.«

»Zu einer Sünde wird es kaum kommen. Ihr Blick lässt jeden unkeuschen Gedanken erfrieren.«

Rogers Mundwinkel zuckten. »Hast du unkeusche Gedanken?«, fragte er.

Sie streichelte die Sessellehne. »Du?«

»Mehr, als mir lieb ist«, sagte er, und seine Stimme war rau.

»Warum sind sie dir nicht lieb?«

»Ich möchte dich nicht überfordern.«

»Oh.« Sie hörte ihren eigenen Herzschlag und dann kleine, schneidende Schritte in der Halle, die sich näherten. »Das klingt nach *sehr* unkeuschen Gedanken«, sagte sie schnell und atemlos, und Roger nickte.

14. Kapitel

Colombo, Ceylon, 22. Mai 1911

Über Colombo hing eine drückende Schwüle, die auch die leichte Brise, die vom Hafen her durch das Fenster seines Hotelzimmers strich, kaum linderte. Leonard Woolf lag bis auf die Unterhose entkleidet auf dem schmalen Bett und wartete auf Schlaf. Am morgigen Vormittag würde er nach sieben Jahren das erste Mal diese Insel verlassen. Seiner Bitte um einen einjährigen Heimaturlaub war endlich stattgegeben worden, wenngleich der Gouverneur alles darangesetzt hatte, ihn in Ceylon zu halten. Leonard hatte seine Sache gut gemacht. Er hatte die Erträge der Salzgewinnung in Hambantota verbessert, die Folgen der Rinderpest eingedämmt und die Bauern mit Pflügen ausgestattet, die zu deutlich besseren Ernten geführt hatten. Seinen Antrag hatte man, so vermutete er, nur bewilligt, weil man hoffte, er käme als verheirateter Mann zurück. Eine Ehe bedeutete Stabilität, und die war wichtig in einem Land wie diesem. Die Beförderung nach seiner Rückkehr war ihm so gut wie versprochen worden.

Manchmal, wenn er vor seinem Bungalow in Hambantota dem Auf und Ab der Wellen gelauscht hatte, die nur wenige hundert Meter vor seiner Hütte gegen das feinsandige Ufer brandeten, oder den Flug der Flamingos beobachtete, die grazil über ihn hinwegzogen, war ihm die Aussicht, den Rest seines Lebens in diesem Land zu verbringen, als großes Glück erschienen. Das aber waren trügerische Momente gewesen. Oft, sehr oft, war ihm sein eigenes Bild im Spiegel fremd erschienen. Die imperialistische Selbstgefälligkeit, mit der die meisten seiner Landsleute über die Einwohner herrschten, hatte ihn zu Anfang abgestoßen – inzwischen ertappte er sich immer öfter dabei, wie er diesen Habitus selbst annahm. Beinahe sieben Jahre waren vergangen, und inzwischen wusste er nicht mehr, wo seine eigentliche Heimat lag, ob England überhaupt noch mehr als ein blassgrünes Bild in seiner Erinnerung war. Glück, so hatte er Lytton vor einiger Zeit geschrieben, das gab es nicht. Nur Arbeit und Mühsal und manchmal die Schönheit eines Flamingos, der rosafarben am Himmel aufleuchtete.

Er fühlte sich wie gefangen – abgetrennt von allem, was ihm einst lieb und teuer gewesen war, und zugleich ohne Zutrittsrecht zu dem Paradies, das vor seinen Füßen lag, mit all seinen schönen Frauen und Bequemlichkeiten, mit Status und Wohlstand.

Lyttons Erzählungen von Bloomsbury und den außergewöhnlichen Stephens-Schwestern waren für ihn wie ein unterhaltsamer Roman, in dessen kuriosen Wendungen er sich von Zeit zu Zeit verlieren konnte. Das Drängen des Freundes, nach England zurückzukehren und am besten Virginia Stephen zu heiraten, hatte ihn seinerzeit neugierig gemacht, vermutlich hätte er sonst niemals darum ersucht, ein ganzes Jahr Urlaub machen zu dürfen.

Am 11. Juni würde er endlich wieder englischen Boden betreten, würde seine Familie wiedersehen, Lytton, Saxon und die anderen, von denen er nicht wusste, ob er in ihrem Leben überhaupt noch willkommen war. Die Freude, die er zu verspüren erhofft hatte, war jedoch ausgeblieben. Stattdessen hatte er Angst. Ihm war, als stünde die schwerste Prüfung seines Lebens unmittelbar bevor. Und dabei hatte er gedacht, sie läge längst hinter ihm.

46, Gordon Square, Ende Mai 1911

Roger war nach Paris gefahren, um eine Frau zu treffen. Er kannte sie aus seiner Zeit am Metropolitan Museum, ein »harmloser Flirt«, wie er behauptete. Es sei eine lange geplante Reise, die er unmöglich absagen könne.

Was hätte Vanessa dagegen haben können? Noch immer hatte sie sich nicht vollständig erholt, war schnell erschöpft und verbrachte die meiste Zeit auf dem Sofa. Versuche zu malen scheiterten oft schon daran, dass sie die Energie nicht aufbrachte, die Stufen hinauf zu ihrem Atelier zu erklimmen. Auch wenn Clive glauben mochte, sie habe eine Affäre mit Roger – bis auf einen einzigen leidenschaftlichen Kuss, gestohlen in einem unbeobachteten Moment in Durbins House, war nichts geschehen. Vanessa wusste auch nicht, ob es das war, was sie wollte. Eine Affäre, vertuscht, ohne geheim zu bleiben, wie die Clives mit Annie Raven-Hill. Roger war viel mehr als eine Affäre. Er war der einzige Mensch, dessen Gegenwart ihr die seltsame Schwere von den Schultern nahm, von der sie nicht wusste, woher sie kam. Roger war Farbe, während alles andere merkwürdig blass und verschwommen schien.

Sie war nur zwei Tage in Guildford geblieben, weil Rogers Schwester sie nicht aus den Augen gelassen und ihr für Ausflüge in die Umgebung die Kraft gefehlt hatte. Zwar war Roger seither einige Male am Gordon Square zu Besuch gewesen, hatte aber aus Respekt gegenüber Clive große Zurückhaltung geübt. Und so war ihr Verhältnis in der Schwebe geblieben. Vanessa wusste nur, dass sie ihn brauchte – und das trug nicht dazu bei, dass sie sich viel besser fühlte.

Sie saß am offenen Fenster im Salon, eine Näharbeit auf dem Schoß. Es versprach ein heißer Sommer zu werden. Virginia war wieder in ihrem Little Talland House in Firle, die Kinder gut versorgt in der Obhut der Kinderfrau und Clive irgendwo in der Stadt unterwegs.

Roger würde eine Woche fortbleiben. Zwar sahen sie sich auch sonst nicht regelmäßig, doch diese Woche schien wie eine trockene Sandwüste vor ihr zu liegen, die sie ohne Wasser durchqueren musste.

Plötzlich hörte sie Schritte hinter sich. Es war Duncan. Er trug ein Bild unter dem Arm.

»Duncan! Hast du mich erschreckt. Wie bist du hereingekommen?« Im Grunde eine überflüssige Frage. Duncan fand seinen Weg meist durch die Küche ins Haus, wo er zu jeder Stunde des Tages willkommen war und auf dem Weg nach oben stets irgendeine Leckerei zugesteckt bekam. So hielt er es auch nicht für nötig, auf ihre Frage zu antworten.

Er zog einen Stuhl heran und stellte das Bild darauf ab. Vanessa sah im ersten Augenblick nichts als wellenförmige Linien in unterschiedlichen Blau- und Grüntönen, die sich, zu drei gegeneinander versetzten Flächen gruppiert, ineinanderschoben. Darüber ein Himmel in intensivem Blau.

»Wellen?«, fragte Vanessa und Duncan nickte.

»Aber nicht nur«, sagte er, und Vanessa sah genauer hin. Links oben am Bildrand war ein Boot auszumachen und mit wenigen skizzenhaften Linien angedeutet nackte Männerkörper, die in das Boot kletterten. In den Wellen konnte sie weitere nackte Männer erkennen, deren muskulöse Körper mit dem Hintergrund zu verschmelzen schienen.

»Es ist ein Entwurf«, sagte Duncan. »Wie findest du ihn?«

»Sinnlich«, sagte Vanessa. »Sehr erotisch.«

Duncan kaute an einem Stück Braten vom gestrigen Abend. »Gut. Das ist gut.«

»Wer hat dir Modell gestanden?«

»Adrian war's jedenfalls nicht«, sagte Duncan mit diesem entwaffnenden Grinsen, für das Vanessa ihm jede Schandtat verzeihen würde. Heute ließ es auch ihre Knie weich werden.

Sie musste sich schnell setzen. »Und wofür ist der Entwurf?«

»Für den Speisesaal der polytechnischen Hochschule. Roger hat mir den Auftrag vermittelt.«

»Oh. Ich wusste nicht, dass Roger auch dorthin Beziehungen pflegt.«

»Er kennt jeden, wie es scheint. Und erreicht alles, was er will, ist es nicht so?« Duncan hatte sehr helle, graublaue Augen, die nun in großer Unschuld auf sie gerichtet waren. Sie kannte ihn jedoch gut genug, um zu wissen, dass sich hinter seiner scheinbaren Naivität eine scharfe Beobachtungsgabe und Weltklugheit verbargen. Sie ignorierte die Anspielung und zeigte stattdessen auf das Bild. »Glaubst du, du kommst damit durch? Sie werden um die Moral der jungen Männer fürchten.«

Duncan zog seine ewig rutschende Hose hoch und ließ sich aufs Sofa fallen. »Ich darf zwei Entwürfe abgeben. Dieser hier heißt *Bathing*, der andere *Football*. Harmlose Themen.«

Vanessa zeigte auf den muskulösen Hintern eines der Männer im Bild. »Die Umsetzung ist alles andere als harmlos.«

»Ein Schelm, wer Böses dabei denkt!«, sagte Duncan und zwinkerte ihr zu.

»Warten wir es ab«, sagte Vanessa. »Mir gefällt es sehr. Die Bildaufteilung, diese Körper. Es ist … eigenwillig. Vielleicht etwas zu pornographisch, als dass du damit durchkommen könntest. Ich bin gespannt, was Roger dazu sagt.«

»Er hat es schon gesehen.«

»Oh, wirklich?«

»Er war vor ein paar Tagen in meinem Atelier.« Duncan hatte

seine Räume am Fitzroy Square behalten, obwohl er inzwischen meistens bei Adrian war. Auch Vanessa hatte ihn dort öfter besucht, als sie sich noch nicht so entsetzlich kraftlos gefühlt hatte.

»Und? Was hat er gesagt?«, fragte sie ein wenig spitz. Warum hatte ihr Roger davon nichts erzählt?

»Ganz genau dasselbe wie du. Erstaunlich.«

Vanessa lächelte müde. »Ja. Wir denken oft dasselbe.«

»Liebst du ihn eigentlich?«, fragte Duncan wie nebenbei. Er ließ oftmals Bedeutsames einfach so in das Gespräch einfließen, wie etwas, das ihm zugeflogen war und für das er keine Verwendung hatte.

»Was ist Liebe, Duncan?«, fragte sie leise.

Er breitete die Arme auf der Sofalehne aus, ließ den Kopf nach hinten sinken und blieb eine Weile so. Sie beobachtete, wie sein Adamsapfel auf und ab wanderte, als er schluckte, und hatte das Bedürfnis, über seinen Hals zu streichen. Dann sah er sie an und sagte achselzuckend: »Ich glaube manchmal, es ist einfach nur Sex.«

29, Fitzroy Square, 1. Juli 1911

Es war einer der heißesten Tage bisher. Virginia war aus Firle zurückgekehrt, denn sie hatte einen wichtigen Einfall gehabt, den sie unbedingt mit Adrian besprechen musste. Der Mietvertrag am Fitzroy Square lief Ende des Jahres aus, und es wurde Zeit, dass sie sich nach einer neuen Bleibe umsahen. Der Gedanke aber, weiterhin mit Adrian zusammenzuleben, bereitete ihr Magenschmerzen. Durch Duncans Anwesenheit im Haus und ihre häufige Abwesenheit hatte sich die Situation zwar etwas gebessert, aber sie war längst nicht gut. Sie zankten oft, und Adrian gab ihr das Gefühl, eine Last zu sein, derer er sich liebend gerne entledigen würde. Wenn sie nun ein größeres Haus fänden, in dem Adrian und Duncan eine Wohnung teilen könnten und sie selbst genügend eigene Räume hätte, und dann vielleicht noch Platz für ein bis zwei weitere Mieter? Infrage kämen Maynard oder Lytton, vielleicht auch beide. Aber nein, beide zusammen *und* Duncan – das würde nicht gehen. Sie musste die Angelegenheit schnellstens klären, damit genug Zeit bis zum Herbst bliebe.

Vanessa hatte sich noch immer nicht vollständig von ihrem Zusammenbruch erholt, aber sie empfing bereits wieder Gäste. Am kommenden Samstag hatten sie und Clive Leonard Woolf zum Dinner eingeladen, der für einen längeren Urlaub aus Ceylon zurückgekehrt war. Virginia erinnerte sich nur noch schwach an ihre erste Begegnung mit diesem ehemaligen Cambridge-Apostel. Damals war sie kaum von ihrer eigenen Nervenkrise genesen. Das Einzige, was sie klar in Erinnerung behalten hatte, waren Mr Woolfs Tremor und die aufrüttelnd blauen Augen, die ihr wie die eines Raubtieres erschienen waren.

Sie hatte Vanessa versprochen, später am Abend dazuzustoßen. Vorher jedoch hatte sie ein Rendezvous. Diesmal war es ein richtiges Rendezvous, eine Bootsfahrt mit Walter Lamb im Richmond Park. Walter war Henry Lambs älterer Bruder und gehörte nicht zum engeren Bloomsbury-Kreis, aber sie schrieben einander seit einer Weile regelmäßig, waren zweimal zusammen in der Oper gewesen und hatten miteinander auf einer Party bei Ottoline getanzt. So machte Walter ihr schon seit einer geraumen Weile *den Hof*, wie sie es gerne nannte. Vanessa hätte sie für ihren altmodischen Gedanken ausgelacht, aber Vanessa war längst verheiratet und umschwärmt von gleich mehreren Männern. Sie musste keinen Ehemann mehr finden, sie war gerade dabei, den ihren wieder loszuwerden, so wie es aussah. Ob Walter Lamb ein passender Ehemann wäre, bezweifelte Virginia, aber es bereitete ihr Genugtuung, ihn zu ihren Verehrern zählen zu können. Er war recht gut aussehend, wenn auch nicht in der Weise wie Duncan oder Henry Lamb, dem Lytton inzwischen hoffnungslos verfallen war. Henry war ein echter Bohemien, während Walter eine sichere Anstellung am Clifton College als Professor für Altphilologie innehatte, er war ausreichend klug, wenn auch ein wenig langweilig, und alles in allem recht amüsant, wenn man keine allzu hohen Ansprüche stellte. Der Samstag versprach also, ein spannender Tag zu werden.

Sie trafen sich am Eingang des Parks. Walter schleppte einen albernen Picknickkorb mit sich, der ihn beim Einsteigen in das Boot beinahe aus dem Gleichgewicht brachte. Er ruderte schweigend, und als er endlich sein Jackett ablegte, hatten sich unter seinen Achseln große, kreisrunde Schweißflecken gebildet. In der Mitte des Sees ließ er die Ruder los, und sie trieben eine Weile dahin, während die Sonne auf sie niederbrannte. Sie redeten ein wenig ziellos über bukolische Literatur und die Romantik und schließlich über die Frage, wie die Liebeslyrik der Renaissance ausgesehen hätte, wäre sie ausschließlich von Frauen verfasst worden. Damit kamen sie recht schnell zu der Frage, ob Frauen die Liebe anders empfänden als Männer, und Walter machte einen Versuch, den Platz zu wechseln, um ihr näher zu sein. Das Boot jedoch schwankte so bedrohlich, dass er sich schnell wieder setzte.

»Es ist sehr heiß«, sagte er.

»Tatsächlich, ja«, sagte Virginia und ließ ihre Hand durchs Wasser gleiten.

»Wollen wir ein wenig in den Schatten rudern?«, fragte Walter vorsichtig, als wage er kaum, einen solch tollkühnen Vorschlag zu machen.

»Es könnte ein wenig Erleichterung bringen«, sagte Virginia sehr ernst. In Gedanken formulierte sie schon jetzt einen Brief an ihre Schwester, in dem sie ihr von diesem Treffen berichten wollte. Wahrscheinlich würde Walter darin nicht allzu gut wegkommen.

Schließlich lagen sie nebeneinander unter einer Weide, blickten in das zittrige Spiel aus Laub und Licht über ihnen, und Walter fragte: »Würdest du mir verraten, ob du schon einmal verliebt warst?«

Aha. Langsam schien Walter zu seinem eigentlichen Anliegen vorzustoßen. »Weißt du von der Geschichte mit Lytton?«, fragte Virginia und drehte sich auf die Seite, um Walter anzusehen.

»Ja«, sagte Walter. »Clive hat mir viel darüber erzählt.«

Empört richtete Virginia sich auf. »Er hat dir das erzählt?« Sie schimpfte eine Weile über ihren Schwager, der sich in Angelegenheiten mische, die ihn überhaupt nichts angingen. Dann aber sagte sie: »Wenn du wirklich daran interessiert bist, werde ich dir alles erzählen. Aber wenn du nur neugierig und klatschsüchtig bist …«

»O nein«, rief Walter. »Ich möchte wirklich wissen, was du denkst, über die Liebe und diese Dinge.«

Virginia setzte sich zurecht und erzählte ihm ausführlich, wie Lytton ihr seinen Antrag gemacht und ihn dann wieder zurückgezogen hatte, und dass sie darüber überhaupt nicht unglücklich gewesen sei, weil sie ihn nicht liebe.

»Also möchtest du Kinder haben und Liebe auf die normale Art?«

»Ja«, sagte Virginia, ohne nachzudenken. Was gäbe es darüber auch nachzudenken?

Nun setzte Walter sich auf und sagte: »Ich habe dich sehr gern.«

Virginia fragte sich, ob das nun einer Liebeserklärung gleichkäme. Vorsichtig sagte sie: »Aber du bist doch auch so ganz glücklich.«

Walter runzelte die Stirn, über die ein Schweißtropfen rann. »Die Ehe ist etwas sehr Schwieriges«, sagte er dann. Er sah sie erwartungsvoll an, und Virginia wusste nicht, was sie darauf erwidern sollte. Inzwischen war sie sogar ein wenig verärgert, dass er so gar nicht zur Sache kam, auch wenn sie einen Heiratsantrag natürlich abgelehnt hätte. Nur wenn er ihn gar nicht stellte, konnte sie ihn nicht ausschlagen, und das wäre ein sehr unbefriedigender Ausgang dieses Nachmittags.

Walter sagte: »Du bist die klügste Frau, die ich kenne. Es ist schön, dass wir über so viele Dinge reden können.«

Abwartend sah Virginia ihn an, aber es kam nichts weiter. Also sagte sie: »Ich finde es auch sehr schön, mit dir über so vieles reden zu können.«

Walter begann, sein mitgebrachtes Picknick vor ihr auf der Decke auszubreiten, reichte ihr einen Becher mit warmem Wein und ein paar Trauben und sagte: »Du bist allerdings auch sehr einschüchternd. Es ist sehr schwer, zu wissen, was du wirklich denkst, und man muss immer fürchten, etwas Falsches zu tun.«

Virginia entgegnete, sie sage eigentlich fast immer, was sie denke, und nur in ganz seltenen Fällen mal nicht. Walter kippte seinen Becher Wein herunter und blickte auf den See hinaus. Er schien vollkommen in seine Gedanken versunken, und Virginia nutzte den Moment, ihren Wein hinter seinem Rücken ins Gebüsch zu schütten. Und dann sagte er plötzlich: »Bitte lass mir etwas Zeit. Dränge mich nicht.«

Sprachlos starrte Virginia ihn an, dann ihren leeren Weinbecher, und sie fragte sich, welchen Teil des Gespräches sie verpasst hatte.

»Es gibt keinen Grund, warum wir nicht Freunde sein können oder etwas ändern müssten«, sagte sie, und Walter nickte erleichtert. Er schien sich einer schweren Bürde entledigt zu haben, denn er sprang mit einem Mal behände auf und sagte: »Komm, spazieren wir ein wenig.«

Und das taten sie dann, auch wenn Virginia seine leise, kultivierte Stimme inzwischen nahezu unerträglich fand und sich sehr zusammennehmen musste, nicht die Flucht zu ergreifen. Vielleicht wäre das aber doch besser gewesen, denn mit einem Male fing er an, über Vanessa zu sprechen. Wortreich erklärte er, wie schön und wie einschüchternd er sie fände, wie gern er sich einmal länger als nur für ein paar Worte mit ihr unterhalten würde und dass er – auf eine sehr ästhetische und zurückhaltende Weise – in sie verliebt sei.

»Vanessa hat viele Verehrer«, sagte Virginia schwach. Sie fühlte sich wie in der Endlosschleife eines erdrückenden Traumes. Vielleicht hatte sie auch einfach einen Sonnenstich.

»Natürlich«, sagte Walter.

Als er sich von ihr mit einem Handkuss verabschiedete, sagte er: »Es ist wirklich schön, dass wir Männer und Frauen heutzutage über all diese Dinge miteinander reden können, findest du nicht?«

»Ja«, sagte Virginia, und beinahe fehlte ihr sogar der Atem für die Worte. »Wirklich sehr schön.«

15. Kapitel

46, Gordon Square, 3. Juli 1911

»Und können Sie sich vorstellen, für immer dortzubleiben?«, fragte Vanessa, stützte das Kinn auf und sah Mr Woolf tief in die Augen. Sie fühlte sich heute so gut wie lange nicht. Gemeinsam mit Roger hatte sie entschieden, dass sie die Sommerwochen in seiner Nähe verbringen wollte, und ein kleines Cottage in Guildford gemietet. Clive erklärte sie, dass sie sich für eine Zeit fern der Familie und ohne gesellschaftliche Verpflichtungen erholen müsse. Sie wolle sich ganz auf die Malerei und ihre Gesundheit konzentrieren, um endlich wieder vollständig auf die Beine zu kommen. Genau dasselbe hatte sie auch Virginia erzählt, die Schwester jedoch war misstrauisch, wie immer. Es wurde wirklich Zeit, dass sie endlich einen Mann fand, auf den sie ihre Aufmerksamkeit richten konnte. Heute war sie mit Walter Lamb zu einer Exkursion aufgebrochen. Walter könnte ein Kandidat sein, auch wenn er Virginia vielleicht nicht gewachsen war. Aber wer wäre das schon. Leonard Woolf vielleicht?

»Ich habe aufgehört, weit in die Zukunft vorauszudenken«, sagte Mr Woolf. »Ich versuche, die Dinge, die getan werden müssen, abzuarbeiten. Würde ich mich allzu viel mit dem Übermorgen beschäftigen, könnte ich das Heute wahrscheinlich nicht bewältigen.«

Vanessa fiel auf, dass seine schlanken, aber kraftvollen Hände, die entspannt auf dem Tischtuch lagen, noch nicht einmal gezittert hatten. Überhaupt wirkte er vollkommen gelassen und in sich ruhend, so ganz anders, als sie ihn in Erinnerung hatte. Die Jahre in Ceylon hatten seinen Körper gestählt und einen wissenden und zugleich empathischen Zug um seinen Mund gezeichnet.

»Lytton hat erzählt, Sie hätten einen Tiger mit einem einzigen Schuss erlegt?«

»Was mir heute noch leidtut. Es war ein schönes Tier.«

»Aber auch gefährlich.«

»Es ist eine sehr englische Art, die Dinge, die wir nicht kennen, als gefährlich einzustufen.«

Vanessa lächelte anerkennend. »Da stimme ich Ihnen zu. Wir haben es gerade erlebt. Sicher haben Sie bereits von dem Skandal um die Ausstellung gehört, die Roger Fry organisiert hat?«

»In der Tat. Ich hatte ein aufschlussreiches Dinner mit Lytton und Henry Lamb. Es scheint einiges geschehen zu sein in meiner Abwesenheit.«

»Das kann man wohl sagen«, mischte sich nun Clive wieder in das Gespräch ein. »Ich glaube, ich übertreibe nicht, wenn ich behaupte, dass wir Zeugen einer Zeitenwende sind.« Er erzählte in aller Ausführlichkeit von den Ereignissen rund um die Post-Impressionisten-Ausstellung, die Mr Woolf sicher bekannt waren, dennoch hörte er sehr aufmerksam zu. Sie kamen von der Kunst über die Literatur zur Politik und wieder zurück zu den ausbeuterischen Folgen der Kolonialpolitik, die Woolf aufs Schärfste kritisierte, obwohl er selbst in hohem Maße von ihr profitierte. Er gab zu, sich dieses Widerspruchs bewusst zu sein, und als er sagte: »Ich scharre im Dreck, auf dem die Paläste der britischen Elite stehen«, zitterten seine Hände dann doch – so sehr, dass er sein Besteck beiseitelegen musste.

Vanessa hatte das Bedürfnis, das Zittern durch eine sanfte Berührung abzustellen, was natürlich nicht infrage kam, und sie fragte sich, ob es eine Frau in Leonard Woolfs Leben gab, die diese

Anspannung in ihm zu lösen vermochte. Aber auch das war natürlich eine Frage, die sich nicht einfach so stellen ließ.

Schließlich kam das Gespräch auf Thoby und Cambridge und die ersten Jahre dort, die aus so unterschiedlichen Männern wie Lytton und Saxon, Clive und Thoby echte Freunde hatten werden lassen.

»Es ist erstaunlich, was aus dieser Keimzelle in meiner Abwesenheit geworden ist«, sagte Leonard und ließ seine Hand durch die Luft schweifen, als stünde ringsum auf den Wänden des Esszimmers die Geschichte Bloomsburys geschrieben.

»Das verdanken wir Thoby«, sagte Vanessa. »Ohne ihn säßen wir jetzt nicht hier.«

»Mir scheint, Sie haben auch einiges dazu beigetragen«, sagte Mr Woolf.

»Entscheidendes«, sagte Clive. »Vanessa und natürlich auch Virginia. Wo bleibt sie überhaupt? Wollte sie nicht dazustoßen?«

Vanessa sah, wie Mr Woolfs Augen interessiert aufleuchteten.

»Vielleicht arbeitet sie wieder an ihrem Roman«, sagte sie und schob ein paar Teller zusammen. »Er ist längst fertig geschrieben, aber sie schreibt ihn immer wieder neu.« Sie lachte, obwohl daran nichts Erheiterndes war.

Mr Woolf blieb ernst. »Dann kann sie diese Geschichte aus irgendeinem Grunde nicht loslassen. Ich könnte mir vorstellen, dass das sehr belastend ist.«

Vanessa hielt überrascht inne. »Ohne Virginia zu kennen, haben Sie ihr Wesen gerade auf den Punkt gebracht«, sagte sie.

»Nun«, sagte Mr Woolf. »Dann bin ich noch gespannter, sie näher kennenzulernen.«

Virginia wurde Walter nicht los. Er tauchte am Fitzroy Square auf, als sie sich gerade zum Fortgehen ankleiden wollte. Das verschwitzte Kleid vom Nachmittag hatte sie zornig in eine Ecke geworfen.

»Wir sind auf dem Weg zu Vanessa«, erklärte sie ihm. »Leonard Woolf ist zu Besuch. Ein Freund von Lytton und Clive aus der Cambridge-Zeit.«

Walter hatten einen roten Kopf von der Sonne, vielleicht jedoch hatte er auch noch mehr warmen Wein getrunken. Er ließ sich nicht abwimmeln und heftete sich an ihre Fersen, als sie zusammen mit Duncan und Adrian zum Gordon Square aufbrach.

Vanessa freute sich, dass Duncan mitgekommen war. Walter reichte sie zur Begrüßung flüchtig die Hand, und Adrian hielt sie eine Flasche Whisky entgegen. »Bedient ihr euch selbst?«, fragte sie und ergriff Virginias Arm.

»Er ist pures Gold«, flüsterte sie und schob sie in Richtung Mr Woolf, der mit Clive am Kamin saß.

»Hast du getrunken?«, fragte Virginia. Lange hatte sie Vanessa nicht so aufgekratzt erlebt.

»Keinen Tropfen. Er trinkt übrigens auch nicht.« Sie zog bedeutungsvoll die Brauen hoch.

»Willst du dich schon wieder in einen neuen Mann verlieben?«, zischte Virginia hinter vorgehaltener Hand, aber Vanessa blieb die Antwort schuldig, denn Mr Woolf hatte sich erhoben und sah ihnen entgegen.

Was Virginia als Erstes auffiel, war der große Ernst in seinen Augen. Darin lag nichts von der spöttischen Herablassung Lyttons, nichts Verschlagenes wie bei Maynard Keynes manchmal und schon gar nichts von der furchtsamen Treuherzigkeit dieses schrecklichen Walter Lamb. Mr Woolfs Blick war noch genauso intensiv, wie sie ihn in Erinnerung hatte, aber er hatte nichts Furchteinflößendes mehr. Es war vielmehr etwas Fesselndes.

Sein sardonisch wirkendes Lächeln schien die Ernsthaftigkeit seines Blickes Lügen zu strafen, und vielleicht war es dieser Widerspruch, der sie so sehr aufrüttelte. Sie konnte nicht aufhören, ihn anzusehen, und als er jetzt auf sie zutrat, ihr die Hand reichte und sich seine Lippen bewegten, konzentrierte sich ihre ganze Aufmerksamkeit so sehr auf diesen Anblick, dass ihre Ohren den Dienst quittierten.

»Wie bitte?«, fragte sie, als ihr bewusst wurde, dass er mit ihr gesprochen hatte.

»Ich habe nur gesagt, dass ich mich freue, Sie wiederzusehen, Miss Stephen.«

»Oh. Ja, natürlich. Ich freue mich auch.«

Sie heftete ihren Blick auf den obersten Knopf seiner Weste, um ihre Gedanken zu sammeln, die in alle möglichen Richtungen davongestoben waren.

»Ich hoffe, Sie hatten eine gute Reise?«, fragte sie, weil es das Erstbeste war, das ihr in den Sinn kam. »Und frieren nicht allzu sehr? Unsere Sommer sind ja sicher nicht zu vergleichen mit … Aber nein, wie dumm von mir, es ist ja sehr heiß, also für uns hier ist es …«

Clive rettete sie. Er schob seinen Arm in den ihren, sagte: »Setzen wir uns doch«, und führte sie zum Sessel neben dem, in dem Leonard Woolf gesessen hatte.

»Hast du wieder viel gearbeitet? Geht es voran mit der Überarbeitung?«, fragte er mitfühlend. Immer noch behandelte er sie, als stünde sie am Rande des Nervenzusammenbruchs, dabei war sie längst wieder vollkommen gesund. Meistens zumindest.

Virginia beobachtete, wie Mr Woolf seinen schlanken Körper in den Sessel faltete, und musste unwillkürlich an einen Panther denken, der sich auf die Lauer legt.

»Nein, ganz und gar nicht. Wir haben einen Ausflug gemacht.« Sie zeigte auf Walter, und der Nachmittag, der ihr eben noch so jämmerlich erschienen war, bekam einen neuen Glanz. »Eine Bootsfahrt«, setzte sie hinzu, um jeden Zweifel am Charakter der gemeinsamen Unternehmung zu beseitigen.

Clive überging ihre Andeutung und sagte mit unverhohlenem Stolz zu Mr Woolf: »Du hast hier eine der vielversprechendsten Schriftstellerinnen Großbritanniens vor dir.«

»O Clive, du bringst mich in eine unmögliche Situation. Ich habe nichts vorzuweisen außer einem zerpflückten Manuskript und ein paar Rezensionen, von denen die meisten nicht einmal unter meinem Namen erscheinen durften.«

Vanessa hatte sich genähert und die letzten Worte gehört. »Bescheidenheit gehört sonst nicht zu ihren Tugenden.« Sie reichte Mr Woolf eine Tasse schwarzen Kaffee. »Nehmen Sie Zucker?«

»Nein, danke. Nach dem Essen nur schwarz.«

»Sie sollten hierbleiben, Mr Woolf. Wir trinken ihn hier in Bloomsbury alle schwarz.«

Sie gurrte schon wieder. Offenbar war sie von ihrer mysteriösen Krankheit geheilt. Virginia beobachtete, wie Vanessa mit wiegenden Hüften auf Duncan zuging, sich neben ihn setzte und ihm etwas zuflüsterte.

»Worum geht es in Ihrem Roman?«, fragte Mr Woolf und beugte sich zu ihr herüber.

Sie zögerte. Es wäre leicht gewesen, die äußere Handlung von *Melymbrosia* zu beschreiben, von einer Reise nach Südamerika zu erzählen, von einer Liebe, die erprobt wird, von einem Eheversprechen, das unerfüllt bleibt, weil die Ehe nicht der passende Rahmen für die Art von Gefühlen war, die ihre Heldin durch die Geschichte trieben. Von einem tragischen Tod. Aber all das sagte nichts über das, was *Melymbrosia* wirklich war. Oder was es werden sollte, wenn sie endlich diese verflixten Schichten weggekratzt hatte, die ihre Sätze beschwerten. Sie stotterte eine Weile herum und sagte dann: »Ach, Mr Woolf, es ist komplex.«

»Wenn Sie über die Liebe schreiben, ist es immer komplex.«

»Glauben Sie? Liegt es nicht vielleicht an mir, die die Dinge komplizierter macht, als sie sein müssten?«

»Wenn es einfach ist, dann ist es keine Liebe. Dann ist es nur …« Er brach ab und räusperte sich.

»Sex?«, fragte Virginia und sah ihn unschuldig an.

In seinem Blick flackerte etwas, Überraschung vielleicht, vielleicht aber auch dieses Raubtier, das in ihm lauerte, sosehr er sich auch bemühte, es unter Kontrolle zu halten.

Er schmunzelte. »Wie ich sehe«, sagte er, »hat sich hier in London deutlich mehr verändert, als ich für möglich gehalten hätte.«

Es war spät geworden. Viel später, als er beabsichtigt hatte. Aber er hatte sich nicht losreißen können von diesem beinahe überirdisch schönen Gesicht. Ein Gespräch mit Virginia war wie ein Flug über zerklüftetes Gelände, im Zickzackkurs von einem Thema zum nächsten, übermütig, abgründig und immer wieder von entwaffnender Offenheit. Lytton hatte in seinen Briefen ihre Intelligenz gepriesen, aber es war nicht das, was sie so besonders machte. Leonard kannte einige intelligente Frauen, in der Familie der Stracheys zum Beispiel, wo die Belesenheit und Klugheit der weiblichen Familienmitglieder die Atmosphäre mit einer Severität anfüllte, die erschöpfend war. Virginia dagegen war wie eine Quelle, aus der in einem fort scharfsichtige Gedanken und überraschende Ideen hervorsprudelten, formuliert in solch vollendeten Sätzen, dass es schien, als lese sie sie irgendwo ab. Ernst und zugleich so voller Witz und Charme, dass er nicht genug davon bekommen konnte.

Sie hatten ununterbrochen geredet, viel über Literatur, die griechische Tragödie, ein wenig über Kunst, aber auch über schlecht sitzende Haarnadeln und die Beschaffenheit des Windes, das Haftvermögen von Briefmarken auf Umschlägen und die Sinnhaftigkeit des Seins. Oder hatte sie es die »Seinshaftigkeit« genannt? Er wusste es nicht mehr genau, aber es hatte unerhört scharfsinnig geklungen.

Es war unhöflich gewesen, mit den anderen Gästen kaum ein Wort gewechselt und vor allem Clive nicht mehr in das Gespräch eingebunden zu haben. Er war so vollkommen in Virginias Bann gewesen, dass er nicht wahrgenommen hatte, wie Vanessa sich zur Nachtruhe zurückzog. Und als Adrian Virginia zum Gehen aufforderte, war es, als hätte man ihn jäh aus einem beseelenden Traum gerissen.

Nun lief er wie betäubt durch die dunklen, von der Hitze des Tages noch warmen Straßen, ihre Stimme im Ohr, ihr edel geschnittenes Gesicht vor den Augen, diese hohen Wangenknochen und die feinen Äderchen, die sich über ihre Schläfen zogen, die schmale, gerade Nase und der bläuliche Schatten zwischen Augen und Nasenwurzel, der eine fast schmerzvolle Sensibilität verriet. Alles an ihr war zart und zerbrechlich. Sie berühren zu wollen erschien ihm wie ein Frevel, sich in sie zu verlieben wie der Sprung von einer hohen Klippe in ein köstliches Gewässer, dessen Untiefen er nicht kannte. Es könnte höchstes Glück oder aber den Tod bringen. Wahnsinn also. Und doch war er im Begriff, genau das zu tun.

29, Fitzroy Square, 4. Juli 1911

»Was hältst du von ihm? Worüber habt ihr gesprochen?«

Vanessa lehnte an Virginias Schreibpult und nahm einen Briefbogen in die Hand. *Geliebte*, las sie, *ich möchte Dir von meiner Exkursion mit Walter erzählen, aber mein Gehirn kocht und ich …*

Virginia riss ihr das Blatt aus der Hand. »Du sollst nicht in meinen privaten Angelegenheiten herumschnüffeln«, schimpfte sie.

»Der ist doch für mich«, sagte Vanessa.

»Er ist aber noch nicht fertig.«

»Du kannst es mir ja auch einfach erzählen.«

»Nein«, sagte Virginia. »Ich möchte es aufschreiben.«

Vanessa rollte mit den Augen und legte das Blatt beiseite. »Also, wie findest du ihn?«

»Walter? Schrecklich anstrengend.«

Vanessa versetzte Virginia einen Stoß. Die Schwester wusste genau, von wem sie sprach. Sie hatte bis weit nach Mitternacht ausschließlich mit Mr Woolf gesprochen und dabei so glücklich und schön ausgesehen, dass Clive ganz unruhig geworden war. Vanessa hatte Virginia genau beobachtet und in ihrem Gesicht diese Konzentration und Bewunderung wahrgenommen, die darin sonst nur lag, wenn sie in einem Buch las, an dem sie nichts zu kritisieren fand. Heute war Vanessa seit langer Zeit wieder einmal zum Fitzroy Square gekommen, weil sie unbedingt erfahren wollte, wie Virginia über Mr Woolf dachte. Mit Duncan war sie bereits gestern Abend übereingekommen, dass Leonard Woolf ein ausnehmend gut aussehender Mann war und die beiden ein wundervolles Paar abgäben. Aber ganz entgegen Virginias sonstiger Art war die Schwester offenbar nicht gewillt, ihre Gefühle mit Vanessa zu teilen. Sie wirkte sogar gereizt.

»Ich finde ihn außerordentlich beeindruckend. Intelligent, lebensklug, kraftvoll – und gut aussehend obendrein«, sagte Vanessa. »Er hat uns allen so viel voraus. Hat er dir von Ceylon erzählt?«

»Nicht sehr viel«, sagte Virginia und strich ein paar Worte in einer Rezension durch, an der sie gerade arbeitete.

»Werdet ihr euch wiedersehen?«

Virginia runzelte die Stirn und schüttelte den Kopf, ohne aufzublicken. Dann strich sie eine ganze Passage durch.

»Willst du ihn nicht wiedersehen?«

Energisch klappte Virginia das Buch zu, über das sie gerade schrieb, stand ruckartig auf und ging unruhig im Zimmer hin und her.

»Macht es dich etwa nervös, über Mr Woolf zu sprechen?« Vanessa lachte leise. »Dann hat es dich wohl erwischt.«

Virginia fuhr herum. »Walter hat mir gesagt, dass er in dich verliebt ist. Und Roger ist es auch. Und Harry Norton. Und Mr Woolf wahrscheinlich ebenfalls. Sie sind alle in dich verliebt.«

Sprachlos starrte Vanessa ihre Schwester an. Sie hatte die Schultern hochgezogen und den Kopf so weit vorgeschoben, dass vor Anstrengung die Adern an ihren Schläfen hervorquollen.

»Und ich, ich bin 29, unverheiratet, eine Versagerin. Kinderlos, verrückt auch noch und … und …« Sie griff nach der Kladde, in der sie das Manuskript von *Melymbrosia* aufbewahrte. »Und keine Schriftstellerin!«, schrie sie und warf es mit lautem Knall zu Boden.

Vanessa streckte die Hand nach ihr aus, zog sie aber sofort wieder zurück.

»Was ist denn nur passiert?«, flüsterte sie.

»Nichts ist passiert. Gar nichts. Und es wird auch nichts passieren. Ich werde niemals heiraten und niemals Kinder haben. Und nun geh bitte. Ich muss arbeiten.«

Als Vanessa gerade leise die Tür hinter sich zugezogen hatte, flog etwas Hartes von innen dagegen, und sie hörte Virginia schreien: »Und schon gar nicht werde ich einen zitternden Juden heiraten!«

Wie sehr sie darauf lauerten, dass sie endlich einen passenden Mann fände. Wie genau sie jeden ihrer Schritte beobachteten, jedes Wort abwägten und kommentierten. Nicht nur Vanessa, auch Adrian. Als wäre sie eine Bürde, die sie endlich auf jemand anderen abwälzen wollten. Die geisteskranke Schwester, die man dem nächstbesten heiratsfähigen Kandidaten unterjubeln musste, bevor es zu spät war.

Nein, sie würde Vanessa nicht verraten, worüber sie und Mr Woolf gesprochen hatten. Und schon gar nicht würde sie ihr erzählen, wie sie ihn fand. Vanessa erzählte ja auch nicht die Wahrheit über Roger, dabei sah doch ein Blinder, dass sie ineinander verliebt waren.

Während Vanessa immer dickere Mauern um sich herum baute, sollte sie ihr den Zugang zu ihrem Inneren bereitwillig offen halten? Was dachte sie denn eigentlich?

O ja, sie war wütend, so wütend, dass dieses überraschende, unbekannte Gefühl von gestern Abend ganz klein und eingeschrumpelt war. Natürlich gefiel er ihr. Nicht, weil er gut aussah. Auch nicht, weil er klug war, so klug wie kein anderer Mann, außer Lytton vielleicht. Aber da war etwas, das sie noch nie bei einem Menschen wahrgenommen hatte. Es war auch gar nicht in Worte zu fassen, selbst wenn sie es gewollt hätte. Vielmehr war es ein Bild, eine Erinnerung, verbunden mit einem Gefühl. Und wenn sie jetzt die Wut beiseiteschob und an ihn dachte, wie er dagesessen hatte, mit ruhigen Gesten gesprochen und aufmerksam zugehört hatte, dann sah sie eine Stelle in St Ives, oben auf den Klippen, einen Felsen, von dem aus man aufs Meer blicken konnte, unverstellt und frei, ohne stacheliges Gestrüpp oder verwitterte Schilder, die vor dem Abgrund warnten. Einfach nur der pure Fels, der verlässlich und unverrückbar *da* war. Ein Fels, auf dem sie stehen und dem Rauschen tief unter ihr hatte lauschen können, mit Blick auf die ferne Krümmung des Horizonts und dem schwindelerregenden Gedanken, dass jenseits dieses Felsens, wenige Zentimeter vor ihren Füßen, nichts mehr war außer dem klaffenden Abgrund. Aber auch mit der Gewissheit, dass dieser Fels sie tragen konnte, egal wie schwer ihre Gedanken auch werden mochten.

Natürlich wollte sie ihn wiedersehen. Was sie aber nicht wollte, waren die neugierigen Blicke und Fragen der anderen, die so begierig darauf zu warten schienen, dass Virginia Stephen sich endlich für einen Mann entschied. Das Schubsen und Drängeln, das Kichern und Flüstern in diesem Hornissennest, zu dem Bloomsbury geworden war.

Wenn Mr Woolf wirklich der Richtige war, dann sollte es niemand erfahren, bevor sie sich einander versprochen hatten. Sie würde sich Zeit nehmen und genau überlegen, bevor sie ihren nächsten Schritt unternahm. Und sie hatte auch schon eine Idee, wie der aussehen könnte.

16. Kapitel

An Leonard Woolf
9, Colinette Road,
Putney, London

Fitzroy Square, Bloomsbury, 8. Juli 1911

Lieber Mr Woolf,
würden Sie mich für ein Wochenende in Firle besuchen kommen? Ich habe dort ein Cottage in den Downs von Sussex. Der 22. oder der 29. würden sehr gut passen.

Ich hoffe sehr, dass Sie kommen werden.

Hochachtungsvoll
Virginia Stephen

An Virginia Stephen
29, Fitzroy Square,
London, Bloomsbury

Colinette Road, Putney, 10. Juli 1911

Liebe Miss Stephen,
Ich danke Ihnen sehr herzlich für Ihre Einladung, doch leider werde ich in den kommenden Wochen zu lange geplanten Reisen aufbrechen und erst am Ende des Sommers zurückkehren. Ich hoffe, wir werden uns dann wiedersehen?

Ich habe unser …

Da hatte sie es nun. Er war nicht an ihr interessiert! Sie hätte es sich ja denken können. Virginia zerknüllte den Brief und warf ihn ins Feuer. Dann sprang sie auf und versuchte, ihn wieder herauszufischen, um auch den Rest noch zu lesen, aber die Flammen hatten sich bereits in das Papier gefressen. Sie verbrannte sich die Finger. Fluchend trat sie gegen die Kaminschaufel, die vor ihren Füßen lag, was die Sache nicht besser machte. Der Brief war deutlich länger gewesen als ihr eigener. Eine ganze Seite! Hätte er eine ganze Seite geschrieben, wenn er sie nur hätte abwimmeln wollen? Er hoffe, dass sie sich am Ende des Sommers wiedersähen. Das würde er doch nicht schreiben, wenn es nicht so wäre. Oder doch? Warum nur hatte sie sich nicht besser im Griff? Nun würde sie nie erfahren, was in diesem Brief gestanden hatte. Was, wenn er eine Antwort erwartete? Was könnte sie ihm jetzt erwidern, ohne den Inhalt seines Briefes zu kennen? Nichts. Sie konnte gar nichts tun. Sie würde allein in London oder auch in Firle sitzen und darauf hoffen, dass am Ende des Sommers endlich etwas Entscheidendes in ihrem Leben geschähe. Und währenddessen lebte Vanessa ihre neue Liebe zu Roger Fry, und wenn sie es wollte, würden noch weitere Männer dazukommen.

Um die Männer beneidete Virginia sie nicht. Aber um die Fülle, die Farbigkeit und die Mühelosigkeit in ihrem Leben, während das ihre fade und kräftezehrend war. Wie wunderbar wäre es, wenn sie wie Vanessa all das, was in ihr tobte, auf Leinwände bringen könnte. Es wäre eine Explosion an Farben. Aber Tinte war schwarz, und sie blieb schwarz, sosehr sie auch dagegen anschrieb.

46, Gordon Square 12. Juli 1911

Lytton hatte sich einen buschigen, rostroten Vollbart wachsen lassen. Vanessa erkannte ihn kaum wieder, als er sie nach langer Zeit wieder einmal am Gordon Square besuchte. Clive war mit den Kindern auf dem Weg nach Seend, wo er die nächsten Wochen verbringen würde, und sie selbst stand kurz vor ihrer Abreise nach Guildford, wo Roger bereits ungeduldig auf sie wartete.

»Du siehst formidabel aus«, sagte Vanessa. »Er gibt dir etwas Eminentes.« Sie zeigte auf den Bart.

»Woolf findet ihn viktorianisch.«

»Eine viktorianische Eminenz«, sagte sie und lachte. »Das ist die perfekte Tarnung für einen Vollblut-Sodomiten, wie du es bist.« Es tat gut, endlich wieder herzlich zu lachen.

»Denkst du, der Bart könnte mein Ansehen auch bei Clive wieder steigern?«, fragte Lytton mit seiner Fistelstimme, und es klang nicht, als würde er tatsächlich großen Wert auf Clives Urteil legen.

»Ich fürchte nein. Er ist furchtbar nachtragend, zumindest, wenn es um Virginia geht.«

»*Mon Dieu!* Er liebt sie doch nicht immer noch?«

»Zumindest hat es ihn sehr in Unruhe versetzt, dass dein Freund Woolf sich so intensiv mit ihr unterhalten hat, als er letzte Woche bei uns zu Gast war.«

In Lyttons Augen blitzte es. »Die Dinge nehmen also ihren Lauf«, sagte er mit zufriedenem Lächeln.

Vanessa sah ihn argwöhnisch an. »Das klingt, als hättest du deine Finger im Spiel.«

»Ich habe Leonard nach Ceylon geschrieben, er soll Virginia heiraten. Deswegen ist er jetzt hier, auch wenn er behauptet, dass es damit gar nichts zu tun habe.«

»Das darfst du niemandem erzählen«, sagte Vanessa ernst. »Niemandem, hörst du?« Sie zeigte auf ihn, wie um das Wort in seinen Leib hineinzubohren. Dann griff sie nach ihren Zigaretten und zündete sich eine an.

»Hältst du es für eine schlechte Idee?« Lytton sah ehrlich erschrocken aus.

»Ich halte es für eine ausgezeichnete Idee. Aber Virginia darf niemals erfahren, dass *du* Mr Woolf auf diesen Gedanken gebracht hast.«

»Für wie dumm hältst du mich?«

»Nicht für dumm. Nur für sehr, sehr geschwätzig.«

Lytton sah beinahe beleidigt aus. »Ich bin die Diskretion in Person.«

»Aber natürlich«, sagte Vanessa trocken.

Sie plauderten eine Weile über die Feierlichkeiten zur Krönung Georges des Fünften und Lyttons akute Vernarrtheit in Henry Lamb, der wiederum mit dem Maler Augustus John im Wettstreit um Lady Ottolines Gunst lag. Lytton erklärte, sich in seine Rolle als selbstloser und platonischer Liebhaber ganz gut eingefunden zu haben, was Vanessa ihm nicht abnehmen konnte. Noch weniger konnte sie seine Bewunderung für Lady Ottoline nachvollziehen.

»Findest du sie nicht ein wenig … trivial?«

»Sie hat ein Herz aus Gold«, sagte Lytton. »Wenn man es sehr stark erhitzt, wird es sogar weich.« Er kicherte.

»Du siehst also zu, wie Henry ihr Herz erhitzt, und erfreust dich dann an dieser Wärme?«

»Ungefähr so könnte man es ausdrücken.« Lyttons Stimme klang noch nasaler als sonst.

»Heiliger … Ich hoffe, dein eigenes zerbricht nicht irgendwann daran.«

»Ich bin geübt in diesen Konstellationen, wie du ja weißt.« Er lächelte bitter. »Lady Ottoline wechselt relativ schnell ihre Günstlinge. Da stehen die Chancen gut, dass sie mir von Henry noch etwas übrig lässt.«

»Zumindest scheint es ihr zu gelingen, all ihre Bälle im Spiel zu halten, ohne dass es zu ernsthaften Kollisionen kommt.« Vanessa konnte eine gewisse Bewunderung für dieses Talent der Lady nicht abstreiten.

»Sie ist so herrlich promisk, ganz ohne ordinär zu sein.« Lytton klang beinahe ehrfurchtsvoll.

»Schläfst du etwa auch mit ihr?«

»Ich hatte es tatsächlich in Erwägung gezogen.« Er kicherte erneut. »Dann aber hat sie Roger Fry den Vorzug gegeben, und das hat mich etwas beleidigt. Ich hatte sie für wählerischer gehalten.«

Es war ein Hieb in die Magengrube, doch Vanessa hielt ihm stand. Ihre Hand zitterte auch nur leicht, als sie jetzt die Asche ihrer Zigarette abstrich.

»Woher weißt du das?« Sie konnte nicht verhindern, dass ihre Stimme dünn klang.

Lytton legte den Kopf schief und sah sie eine Weile an. Dann weiteten sich seine Augen, und er sagte nur: »Oh!«

Vanessa schüttelte unwillig den Kopf. Sie atmete schnell, als könne sie so vor dem Moment flüchten. Aber vor ihrem inneren Auge erschien ein Bild, Roger mit Lady Ottoline auf der Tanzfläche, Ottoline, die sich an ihn drückte. Sie hatte das Bild aus ihrem Kopf verdrängt, aber nun war es da, mit einer Intensität, die in den Augen brannte.

»Oho«, sagte Lytton, nahm seine Brille ab, hauchte die Gläser an und tastete in seiner Brusttasche nach einem Taschentuch. Als er keines fand, setzte er die Brille wieder auf und blinzelte durch die beschlagenen Gläser. »Mir war nicht bewusst …«

»Nein«, sagte Vanessa. Sie drückte ihre Zigarette aus und stand auf. »Und du behältst es für dich!«

»Ich bin leider nicht die Verschwiegenheit in Person, wie du ja weißt.« Lytton zuckte entschuldigend die Achseln und stand ebenfalls auf. »Aber in dieser Angelegenheit werde ich es sein. Ich verspreche es dir.«

Vanessa lächelte schwach. »Ich bitte dich darum.«

Guildford, Surrey, 18. Juli 1911

Roger stand am Bahnhof, aufrecht und erwartungsvoll. Vanessa trug nur einen kleinen Koffer mit sich, wenige Kleidungsstücke, leichte Kleider und ein paar Sommerschuhe. Keine Hüte, keine Korsagen, keine Unterröcke. Sie hatte alles zurückgelassen, was beschwerte – die Gedanken an Clive, an die Kinder und an Virginia. Sogar das Bild von Lady Ottoline und Roger. Es war ein hartes Stück Arbeit gewesen, die Eifersucht aus ihrem Inneren zu vertreiben, auch wenn sie geübt darin war. Sie wollte sich ihre Pläne nicht von Gefühlen zunichtemachen lassen, auf die sie kein Anrecht hatte. Wenn Roger das Bedürfnis hatte, mit anderen Frauen zu schlafen, dann musste sie das akzeptieren.

Als er sie in den Arm nahm, ihr über die Braue strich und sagte: »Ich bin so glücklich, dich zu sehen«, war da aber doch der Zweifel, wie ein kleines Hindernis, über das sie erst hinwegsteigen musste, um seinen Kuss zu erwidern. Das kurze Zögern jedoch entging ihm nicht.

»Stimmt etwas nicht?«

Sie wich aus. »Ich bin recht erschöpft. Es war heiß im Abteil. Gehen wir.«

Millmead Cottage lag abgelegen an einem kleinen See, in den der River Wey mündete. Es war ein einfaches rotes Ziegelsteinhaus ohne Strom und fließendes Wasser. Im Haus gab es zwei Schlafräume, einen Salon, in den nur wenig Licht durch die kleinen Fenster drang, dafür aber einen hübschen Garten mit direktem Zugang zum Wasser. Auf dem Rasenstück vor dem Haus standen zwei wackelige Sonnenliegen, und am Seeufer ankerte ein verwittertes Holzboot.

»Ich hoffe, es ist nicht zu einfach für dich«, sagte Roger mit kritischem Blick auf den alten Ofen, der in der winzigen Küche stand.

Vanessa trat durch die Hintertür hinaus in den Garten und sog die Luft ein. Es roch nach wildem Jasmin und feuchter Wiese. Ein wenig auch nach Holz, das in der Sonne trocknet. »Ich brauche nicht mehr. Nur Ruhe, Zeit zum Malen und …«

Dich, hatte sie sagen wollen, aber da war er wieder, dieser leise nagende Zweifel.

»Und?«, fragte Roger und trat hinter sie.

Sie drehte sich um und sah ihn an. »Sonst nichts«, sagte sie.

»Sicher?«

Er war ihr so nah.

»Nein«, hauchte sie.

»Was fehlt?« Seine Lippen auf ihren.

»Vertrauen?«

Er zuckte zurück. Runzelte die Stirn. »Du vertraust mir nicht?«

»Du bist ein verheirateter Mann, ich eine verheiratete Frau. Wenn ich dir meine unkeuschen Gedanken anvertraue oder ihnen sogar nachgebe, möchte ich sicher sein, dass du sie nicht mit anderen teilst.«

Seine Überraschung war nicht gespielt. »Warum sollte ich so etwas tun?«

»Aus männlicher Eitelkeit?«

»Hältst du mich für eitel?«

»Wenn du mehrere Affären gleichzeitig unterhältst …« Sie spielte mit seinen Hemdknöpfen.

Er hielt ihre Hand fest. »Wie kommst du darauf? Wieso sollte ich …?«

»Ottoline?«

Er hielt kurz die Luft an und ließ sie dann langsam entweichen, wie um einen Puffer zwischen sich und Vanessas Worte zu bringen. »O Gott, Vanessa. Das war …« Er fuhr sich mit beiden Händen durchs Haar. »Nichts. Es war nur Sex. Mehr nicht. Sie hat mich verführt.«

»Nur Sex also.«

»Ohne Gefühle. Ich war nicht einmal richtig bei Sinnen. Ich war betrunken.« Er war zurückgewichen, stand jetzt im Halbdunkel der winzigen Küche und tastete nach Halt. »Woher weißt du das überhaupt?«, fragte er.

»Das spielt keine Rolle.« Sie machte einen Schritt auf ihn zu. »Wenn ich dich jetzt verführe, wäre es dann auch nur Sex?«

»Nein«, sagte er. »Und das weißt du.«

»Nein, das weiß ich nicht. Zeig es mir«, flüsterte sie.

Er streckte die Hand aus, blieb aber stehen, wo er war, an den Ofen gelehnt, als fürchte er, die Stabilität zu verlieren, wenn er sich ihr näherte. »Ich träume davon, dich zu lieben. Mittlerweile fast jede Nacht.«

»Erzähl mir von deinen Träumen.« Vanessa tat noch einen kleinen Schritt, nahm seine Hand und legte sie auf ihre Brust.

»Wir malen zusammen. Nackt. Dann wird aus meiner Leinwand dein Körper, auf dem ich male.«

Sie knöpfte ihre Bluse auf, das leichte Mieder darunter, und löste die Schließe ihres Sommerrocks. »Dann male auf mir«, sagte sie.

Und das tat er. Nicht mit Pinsel und Farben, aber mit seinen Händen, seinen Lippen, jeder Faser seines Körpers, der nicht glatt war und weich, wie Clives, sondern sehnig kraftvoll und fordernd. Seine Hände packten fest zu, er vergrub die Zähne in ihrem Hals, ohne ihr Schmerz zuzufügen, aber mit einer Begierde, die wie ein Stromschlag durch ihren Körper fuhr. Sie spürte seine Zunge, Lippen, Zähne und Hände auf ihren Brüsten, ihrem Bauch, an den Schenkeln, zwischen den Beinen, scheinbar überall gleichzeitig. Er griff ihre Schenkel und schob sie auf den alten Ofen hinauf, der sich kalt und hart in ihre Muskeln drückte. Es blieb keine Zeit, ins Obergeschoss zu gehen, in das weiche Bett, vor dem sie ihren Koffer abgestellt hatte, es blieb keine Zeit für sanftes Küssen und zärtliches Entdecken. Das Sonnenlicht, das schräg durch die Tür hereinfiel, brach sich in seinen Augen, als er in sie eindrang, und sie umklammerte ihn, presste ihm ihr Becken entgegen, um ihn tiefer zu spüren, noch tiefer.

Sie hielt nichts zurück. Es spielte keine Rolle, dass die Tür offen stand und der Wind ihr Stöhnen sicher bis weit auf den See hinaustrug. Es war egal, dass der harte Eisenrost des Ofens schmerzvoll in ihr Gesäß drückte und dass Rogers Samen möglicherweise eine Frucht in ihren Leib pflanzte, die weder Moral noch Gesetz dort erlaubten – es zählte nur der Augenblick, dieser eine Moment, in dem sie alles von sich warf, was ihrem Leben bisher seine Form gegeben hatte. Sie wollte sie nicht mehr, diese Form. Sie wollte nur noch Farbe.

Roger kam jeden Tag. Meist schon am Vormittag, wenn das Licht am günstigsten war und die Sonne bereits hoch genug stand, um sie zu wärmen, wenn sie nur in ein dünnes Tuch gehüllt im Liegestuhl auf der kleinen Terrasse vor dem Haus saß und er sie malte.

Er malte sie auch nackt. Dafür gingen sie hinauf in das größere der beiden Schlafzimmer, dessen Fenster nach Norden wies und wo genug Raum war für die Staffelei, das Bett und die Liebe, der sie sich hingaben, beinahe jeden Tag.

Die Erschöpfung und die Düsternis, die sie in den letzten Monaten seit ihrem Zusammenbruch in der Türkei begleitet hatten, waren verschwunden. Endlich hatte sie auch wieder Freude am Malen. Beide füllten sie ihre Skizzenblöcke mit Entwürfen und Leinwände mit Farben. Sie probierten Neues aus, Vanessa zum ersten Mal, Roger nach vielen Monaten stümperhaften Experimentierens mit Farben und Formen, die das, was er sah, kondensieren sollten, reduzieren auf das Wesentliche, wie er ihr erklärte.

Roger war kein guter Maler, fand Vanessa. Sie sagte es ihm auch ohne Umschweife. »Du willst zu viel«, erklärte sie. »Du nimmst den ganzen Ballast hinein in dein Bild. Schalte den Kopf ab.«

»Wie soll das gehen?«, fragte er. »Den Kopf abschalten? Ich muss mir doch Gedanken machen, wie ich den Effekt erziele, den ich haben will.«

»Wenn du liebst, denkst du auch nicht nach. Und es gelingt trotzdem.«

»Malen ist kein Liebesakt.«

»Doch«, sagte Vanessa. »Im besten Falle ist es das.«

Auch sie versuchte, ihre Bilder auf das Wesentliche zu reduzieren, gab den Farben mehr Bedeutung als der Form. Aber noch war sie nicht zufrieden mit den Ergebnissen. Sie war am Anfang, spürte sie. Ganz am Anfang eines langen Wegs.

Nach zwei Wochen kam zum ersten Mal Duncan. Sie hatte ihm geschrieben, wie befruchtend es war, zusammen mit Roger zu malen, und ihn eingeladen, ein Wochenende mit ihnen zu verbringen. Es störte sie nicht, dass Duncan die Natur ihres Verhältnisses zu Roger zweifellos bemerken würde. Und auch Roger störte es nicht. Er mochte Duncan, hielt ihn, ebenso wie Vanessa, für höchst talentiert und erfreute sich an seiner unerschöpflichen Kreativität.

Vanessa quartierte ihn in dem kleineren Schlafzimmer direkt neben dem ihren ein. »Du brauchst dir keine Sorgen zu machen«, neckte sie Roger, als er abends nach Durbins House zurückkehrte, wo seine Tochter und seine Schwester auf ihn warteten. »Mit Duncan im Haus ist jede Frau sicher.«

»Ich mache mir keine Sorgen«, sagte er. »Ich bin froh, dich so glücklich zu sehen.«

Und das war sie. Als spätabends über dem See die Mücken zu tanzen begannen, die untergehende Sonne die Baumwipfel rot färbte und die Hitze des Tages aus ihrem Körper wich, tanzte sie über den Rasen, die Füße nackt und das Herz leicht wie nie zuvor im Leben. Duncan sah ihr lachend zu und verglich sie mit einer Wassernixe. Sie schlug ihm vor, auf den See hinauszurudern und die letzten Lichtstrahlen einzufangen, aber er war zu müde, gab ihr einen Kuss auf die Wange und ging ins Bett. Sie tat es auch, lag jedoch noch lange wach und lauschte auf Geräusche aus seinem Zimmer, doch es blieb alles ruhig. Trotzdem verlieh seine Gegenwart der Nacht eine andere Qualität.

Den Sonntag verbrachten sie zu dritt, malten, diskutierten, und als die Hitze ihren Höhepunkt erreichte, badeten sie. Am Abend schlug Duncan vor, gemeinsam auf der Terrasse zu übernachten.

Sie holten Matratzen, Kissen und Decken herunter und lagen nebeneinander, tranken Wein und blickten in den Himmel, aus dem die Sterne auf sie niederzufallen schienen, so klar war er.

»Lasst uns noch einmal baden«, sagte Vanessa, als sie merkte, dass sie müde wurde. Sie wollte die Schönheit dieses Moments nicht an den Schlaf verlieren.

»Du bist verrückt«, murmelte Duncan.

Sie rüttelte an ihm. »Bleib wach«, sagte sie. Dann stand sie auf, lief zum Wasser und legte ihre Kleider ab. Der See war wärmer als die Luft. »Kommt!«, rief sie, »es ist göttlich!«

Sie ließ sich auf dem Rücken treiben, die Spitzen ihrer Brüste leuchteten weiß im Mondlicht. Roger und Duncan erschienen am Ufer, Duncan zögerte, aber Roger zog sich nackt aus und watete ins Wasser. Sie sah seine Erektion im Dunkel des Wassers verschwinden.

»Komm schon«, rief sie Duncan zu. »Es ist dunkel, wir sehen dich nicht.«

Aber natürlich stimmte das nicht. Sie sah ihn ganz genau, seine muskulösen Schultern, die langen Gliedmaßen und schmalen Hüften – ein perfekter Körper, wie von Künstlerhand aus Marmor gemeißelt.

Irgendwann würde sie ihn bitten, ihn nackt malen zu dürfen. Aber nicht heute Nacht. Heute blieb alles Spiel, sinnlich und unkompliziert, ohne den Willen, zu lenken und zu formen. Und vielleicht gelang es ja, etwas davon in den Morgen zu tragen. Und weit darüber hinaus.

17. Kapitel

29, Fitzroy Square, 4. September 1911

Es war noch immer viel zu heiß für London. Virginia war aus Firle zurückgekehrt, um mit Adrian ein paar Häuser zu besichtigen. Es wurde nun Zeit, dass sie bald einen Mietvertrag unterzeichneten. Adrian war von ihrer Idee sehr angetan, ein großes Haus mit viel Platz für weitere Freunde zu mieten. Duncan und Maynard Keynes hatten bereits fest zugesagt, Teil der Wohngemeinschaft werden zu wollen, und nun musste nur noch das passende Objekt gefunden werden. Die Suche jedoch gestaltete sich schwierig, denn die meisten Häuser in der passenden Größe waren unerschwinglich. Heute Morgen nun hatten sie ein Haus am Brunswick Square entdeckt, das geeignet erschien. Allerdings lag hinter dem Gebäude direkt ein kleiner Friedhof und daneben das Findelheim – keine sehr ansprechende Gegend also. Sie hatten ein mildes Interesse bekundet, doch Virginia war geneigt, dem Vermieter abzusagen.

Sie hätte die Sache mit Vanessa besprechen wollen, die jedoch nun, nach den Wochen in verräterischer Nähe zu Rogers Haus in Guildford, bei Clive und den Kindern in Seend weilte. Virginia hatte ihr Anfang August im Millmead Cottage einen Besuch abgestattet. Roger war am Nachmittag zum Tee erschienen, sehr respektabel und freundschaftlich, wie er sich Vanessa gegenüber stets zeigte, wenn sie in Gesellschaft waren. Aber den leidenschaftlichen Kuss – den hatte Virginia gesehen, auch wenn die beiden sich unbeobachtet geglaubt hatten.

Ehrlicherweise passte Roger sehr viel besser zu Vanessa als Clive. Sie teilten die gleiche Leidenschaft für die Malerei und befruchteten einander mit ihren Ideen. Virginia war von Anfang an der Meinung gewesen, dass Clive nicht der richtige Ehemann für ihre Schwester war. Nun taten die beiden so, als sei alles in bester Ordnung und spielten Clives Familie in Seend geordnete Verhältnisse vor. Wenn es nicht so ärgerlich wäre, dass Vanessa glaubte, sie könne etwas so Tiefgreifendes vor ihrer eigenen Schwester verheimlichen, würde Virginia sich darüber amüsieren. So aber war es einfach nur zutiefst verletzend.

Heute Abend hatte sie ihre beiden alten Freundinnen Violet Dickinson und Janet Case zum Dinner eingeladen. Das war gut so, denn um diese Jahreszeit war Bloomsbury meist ein trostloser Ort, weil die meisten Freunde verreist waren. Während es ihr in Firle nichts ausgemacht hatte, die Abende nur mit ihren Büchern zu verbringen, drückte ihr die Einsamkeit in London schwer aufs Gemüt, mehr noch, wenn sie darüber nachdachte, wie sehr sie und Vanessa sich voneinander entfernt hatten.

Violet Dickinson hatte sie lange nicht gesehen, auch wenn sie in regem Briefwechsel standen. Virginia verdankte der Freundin sehr viel, denn sie hatte sich ihrer ohne zu zögern angenommen, als sie nach dem Tod ihres Vaters in den Wahnsinn abzugleiten drohte. Virginia hatte immer noch größtes Vertrauen zu Violet, auch wenn ihre einstmals innige Beziehung merklich abgekühlt war, nachdem Virginia an den Fitzroy Square gezogen war und einen für Violets Dafürhalten zweifelhaften Umgang pflegte. Ihre Freundschaft hingegen mit Janet Case, ihrer ehemaligen Griechischlehrerin, war im Laufe der vergangenen beiden Jahre zunehmend enger geworden. Sie hatten im Büro der *NUWSS* gemeinsam an den Briefkampagnen für das Frauenwahlrecht gearbeitet und sich häufig gegenseitig besucht. Janet Case gehörte zu den fortschrittlichen Frauen, die es vorzogen, ihre Klugheit in den Dienst der Bildung junger Frauen zu stellen und nicht in den eines Ehemannes. Sie hatte am Girton College studiert und engagierte sich sehr in der Frauenrechtsbewegung. Violet lebte mit ihrem Bruder Ozzie zusammen und war die großmütigste und mildtätigste Person, die Virginia kannte, war allerdings auch schrecklich standesbewusst und gottesfürchtig.

Sie hatten Wein getrunken, und in Virginia brodelte nach der ernüchternden Hausbesichtigung vom Vormittag und den einsamen Wochen in Firle ein gefährlicher Cocktail aus Frust und Übermut. Das war es wohl, was sie dazu trieb, vor allem Violet zu provozieren. Sie beschrieb den Freundinnen das Haus am Brunswick Square in allen Einzelheiten und tat, als hätte sie bereits entschieden, es zu mieten.

»Es hat drei Stockwerke. Ich denke, ich werde die Räume im zweiten Stock beziehen. Das Erdgeschoss teilen sich Duncan und Adrian. Maynard Keynes kann im ersten Geschoss wohnen. Im Dachgeschoss ist noch Platz für einen weiteren Mieter.«

»Das sollte dann aber eine Frau sein!«, sagte Violet streng.

»Eine Frau? Warum?«, fragte Virginia.

»Du kannst nicht ernsthaft erwägen, als einzige Frau in einem Haus voller Männer zu wohnen!« Violet reagierte genau so, wie Virginia es erwartet hatte.

Janet wiegte den Kopf skeptisch hin und her. »Ich halte das auch nicht für einen guten Plan.«

»Ihr müsst euch keine Sorgen machen. Weder Duncan noch Maynard stellen eine ernste Gefahr dar. Und für den Fall der Fälle ist ja das Findelheim gleich nebenan.«

Janet Case griff nach ihrer Serviette und verbarg ihr Gesicht dahinter, aber Virginia sah, dass sie ein Lachen unterdrückte.

Violet legte ihr Besteck betont akkurat beiseite und sagte schmallippig: »Ich habe inzwischen natürlich verstanden, dass du keinen Wert mehr auf Respektabilität legst. Allerdings würde ich es an deiner Stelle nicht zu weit treiben.«

»Wie weit ist zu weit?«, fragte Virginia.

Violet tat, als hätte sie die Frage nicht gehört.

Virginia setzte nach. »Was würdest du wohl sagen, wenn ich dir erzählte, dass Vanessa Clive und die Kinder fortgeschickt hat, damit sie Zeit mit Roger Fry verbringen konnte? Ich denke, er ist ihr Liebhaber. Vielleicht ist es ja das, was du mit zu weit meinst?«

Janet sog Luft zwischen den Zähnen ein, und ihre Augen wurden groß und rund. Violet, die den Rücken immer ein wenig krümmte, als fürchte sie, mit ihren ein Meter neunzig die Decke zu durchstoßen, richtete sich nun zu ihrer vollen Körpergröße auf. »Ich weiß um deine Eifersucht, was Vanessa betrifft, aber solltest du nicht diese … diese delikate Angelegenheit mit mehr Diskretion behandeln?«, fragte sie und blickte über ihre Habichtnase von oben auf Virginia herunter.

»Aber Violet, ich kenne kaum diskretere Personen als dich und Janet. Euch kann ich es doch erzählen.«

Janet nickte so heftig mit dem Kopf, dass ihre Brille ein Stück tiefer rutschte und beinahe die große Warze berührte, die sehr prominent auf ihrem Nasenhöcker saß.

Violets Miene blieb streng. »Du darfst dir sicher sein, dass ich so etwas niemals weitertragen würde. Schon allein, um Vanessa nicht zu schaden. Aber es gehört sich einfach nicht.«

»Was gehört sich nicht? Neben der Ehe mit einem anderen Mann zu kopulieren, oder darüber zu sprechen?«, fragte Virginia und sah Violet mit unschuldigen Augen an. Sie machte sich oft einen Spaß daraus, Violet mit skandalösen Berichten über Ausschweifungen im Kreise ihrer Bloomsbury-Freunde zu schockieren, aber Vanessas Geheimnis auszuplaudern, war riskant. Und trotzdem musste sie es einfach loswerden. Es wog zu schwer.

»Pfui, Virginia«, sagte Janet. »Schon allein deine Sprache ist haarsträubend.«

»Du hast leider recht. Sosehr ich daran herumkratze und poliere, sie will einfach nicht sauber werden.«

»Das darf dich nicht verwundern, wenn du dich mit Personen abgibst, die …« Violet kniff die Lippen zusammen und zuckte dann die Achseln. »Nun, du kennst meine Meinung.«

Von Virginias Freunden war vor allem Lytton Violet ein Dorn im Auge. Dabei verurteilte sie weniger seine Homosexualität als vielmehr seinen scharfzüngigen Zynismus, mit dem er alles infrage stellte, was ihr wichtig und teuer war: ihren Glauben, ihren Stand und ihr aufopferungsvolles Wirken zum Wohle bedürftiger Menschen.

»Was tätest du wohl, wenn ich am Ende doch noch Lytton heiraten würde?«, fragte Virginia mit aufrichtiger Neugierde.

»Ich würde dir natürlich meinen Segen geben, wenn es das wäre, was du dir wünschtest.«

»Ich wusste, dass du der edelmütigste Mensch bist, den ich kenne«, sagte Virginia mit Spott.

»Gott gibt niemals eine Seele verloren, also tue auch ich es nicht.«

»Und wenn ich einen Juden heiratete?«

Violet runzelte die hohe Stirn. »Ich weiß nicht, was dich dazu treibt, mich ständig provozieren zu wollen. Ich hoffte, wir könnten ein angenehmes Gespräch miteinander haben.«

Sie schien tatsächlich verärgert, und Virginia lenkte schnell ein. »Bitte verzeih mir. Ich wollte dich wirklich nicht ärgern.« Sie langte über den Tisch, um Violets Hand zu berühren. »Mit dieser Frage zumindest nicht«, setzte sie mit einem Zwinkern hinzu.

»Hast du etwa einen Antrag erhalten?«, fragte nun Janet, die mit weit aufgerissenen Augen dem Gespräch gelauscht hatte.

»Mehrere.«

»Von einem Juden?«

»Nein.«

»Siehst du. Also wolltest du mich doch provozieren«, schimpfte Violet.

»Vielleicht«, sagte Virginia. »Aber was würdest du schlimmer finden: wenn ich mich verhalte, wie Vanessa es tut, oder wenn ich einen Juden heirate?«

Violet seufzte. »Zunächst finde ich schlimm, dass du etwas preisgibst, was Vanessa selbst dringend geheim halten sollte. Und dann würde ich dir empfehlen, etwas weniger zu trinken. Es bekommt dir nicht.« Sie tupfte ihren Mund mit der Serviette ab und rückte ein wenig vom Tisch ab, als erwäge sie, aufzubrechen.

»Ach bitte, Violet. Sei nicht verärgert. Du kennst mich, ich kann mich manchmal nicht zügeln.« Sie streichelte Violets Arm. »Aber sieh, es geschehen so viele verrückte Dinge, da kann man selbst ein wenig verrückt bei werden.«

»Man kann ihr einfach nicht böse sein, nicht wahr?«, sagte Janet und betrachtete Virginia mit verzückter Miene.

»So ist es«, sagte Violet. »Und das weiß sie.« Sie lächelte schon wieder. »Mich interessiert ja auch viel mehr, was dein Schreiben macht. Wann darf ich endlich deinen Roman lesen?« Sie rückte wieder an den Tisch heran.

»Niemals, fürchte ich. Es ist ein großes Durcheinander.« Virginia blickte auf das Stück Nierenpastete auf ihrem Teller. Sie hatte mit einem Mal keinen Appetit mehr.

»Ich bin sicher, dass es das gar nicht ist«, sagte Janet. »Du bist zu streng mit dir.«

»O doch, das ist es. Es klingt nicht richtig, es fühlt sich alles nicht richtig an. Und ich weiß nicht, woran es liegt.«

»Könnte es nicht einfach daran liegen, dass du in ungeordneten Verhältnissen lebst?«, fragte Violet. »Dieses ganze Durcheinander bei euch hier in Bloomsbury – wie sollst du da Ruhe in deine Gedanken bekommen?«

»Aber sie hat doch ihr Haus in Sussex«, wandte Janet ein. »Dort hast du die nötige Ruhe, um zu arbeiten, nicht wahr, Virginia?«

»Ich meinte das Durcheinander der Beziehungen«, sagte Violet kühl. »Und dieser Brunswick-Square-Plan macht es womöglich noch schlimmer.«

»Meinst du, wenn ich heirate, kommen meine Gedanken in Ordnung, und ich werde besser schreiben?«, fragte Virginia.

»Aber das ist doch Unsinn«, rief Janet empört. »Als brauche sie einen Mann, um klar denken zu können. Das Gegenteil ist der Fall. Ich könnte euch von so vielen Frauen berichten, die ihr Talent der Ehe opfern und irgendwann vor lauter Unglück krank werden.«

»Natürlich müsste sie einen Mann wählen, der sie unterstützt.« Violet wedelte mit der Serviette, wie um Janets Argument beiseitezuwischen. »Virginia braucht einen Mann, dem ihr Wohlergehen wichtiger ist als das seine.«

»So etwas gibt es nicht«, sagte Janet.

Virginia hatte das Kinn in die Hand gestützt und der Diskussion der Freundinnen gelauscht. »Ihr habt beide nie geheiratet. Und seid deswegen nicht unglücklich, nicht wahr?« Sie wartete, bis beide ihr in überzeugender Weise zugestimmt hatten.

»Warum also muss ich dann unbedingt heiraten?«

»Das ist ganz einfach«, sagte Violet. »Weil du dringend jemanden brauchst, der dich liebt.«

»Du liebst mich. Und Janet liebt mich auch.«

»Nein. Nicht so. Es muss jemand sein, der dir sein Leben zu Füßen legt und dem es nichts ausmacht, dass du den letzten Tropfen Energie aus ihm heraussaugst, denn das wirst du.«

»Was für ein schreckliches Bild du von mir zeichnest.« Virginia schob ein paar Krümel zusammen und wischte sie dann ungeduldig vom Tisch.

»O ja. Du bist eitel, egoistisch und zanksüchtig«, sagte Violet. »Aber du verzauberst Menschen auch. Und deswegen wirst du einen solchen Mann finden. Und ihn glücklich machen. Daran glaube ich fest.«

Violet brach bereits früh nach dem Dinner auf, doch Janet blieb über Nacht, weil sie eine zu weite Anreise hatte. Als Virginia später am Abend mit ihr vor dem Kamin saß und den Rest des Weines trank, der vom Abendessen übrig geblieben war, nahm Janet das Gespräch wieder auf. »Ich finde übrigens nicht, dass du dringend heiraten musst. Eine Frau kann durchaus auch ohne Mann glücklich werden.«

»Aber sie kann dann keine Kinder haben.«

»Wünschst du dir Kinder?«

»Vielleicht würde mich das glücklich machen«, sagte Virginia nachdenklich.

»Zu bedauerlich, dass wir einen Mann brauchen, um ein Kind gebären zu können. Ich hätte sonst gewiss auch welche. Aber diese Sache mit den Männern …« Janet lachte selten, meistens blickte sie streng oder voller Staunen. Wenn sie aber lachte, schüttelte sich ihr ganzer Körper, ohne dass sie einen einzigen Ton dabei von sich gab. Virginia beobachtete sie fasziniert.

»Ich wollte keinen, aber natürlich hätte ich einen haben können.« Janet nippte an ihrem Glas, das schon seit geraumer Weile leer war.

»Hast du viele Anträge bekommen?«, fragte Virginia. Sie streifte die Schuhe ab und zog die Beine hoch. So vertraulich war Janet noch nie geworden.

»Einige. Aber mein Vater war immer mein großes Vorbild. Er leitete eine Schule, wie du weißt. Das wollte ich auch. Mit einem Mann wäre das nicht möglich gewesen. Und dann … Einmal wurde ich geküsst. Scheußlich!« Sie schüttelte sich.

Virginia nickte. »Der physische Teil des Ganzen ist grässlich.«

»Wenn du aber Kinder willst …«

»Ich weiß«, sagte Virginia schnell. Nicht dass Janet glaubte, sie wüsste nicht, wie Kinder entstehen. »Erinnerst du dich noch an George?«

»Aber Virginia! Wie sollte ich mich nicht an George erinnern? Ich musste ihn immer fortschicken, weil er die Finger nicht von dir lassen konnte, während ich dir Griechisch-Unterricht gab.«

»Das war harmlos«, sagte Virginia.

»Für einen Bruder völlig unschicklich.«

»Halbbruder.«

»Es gehörte sich trotzdem nicht. Weißt du noch, wie ich immer *Pfui George, schäm dich* sagte?« Janet verzog angewidert das Gesicht, obwohl es schon so viele Jahre her war.

»Soll ich dir ein Geheimnis verraten?« Virginia sprach langsam, ohne zu denken. Die Worte schienen auf ihrer Zunge gelegen zu haben und jetzt, ohne ihr Zutun, einfach herausgefallen zu sein.

»Geht es wieder um Vanessa?«

»Nein«, sagte Virginia. »Um George.«

»Oh«, machte Janet. Sie klang erschrocken.

Und ohne Atem zu holen, erzählte Virginia ihr, wie George oft nach dem Tod ihrer Mutter spät am Abend zu ihr ins Bett gekommen war und sie »getröstet« hatte.

»Und wenn er da so lag, mit geöffneter Hose und schwitzenden Händen, wurde mir immer sehr kalt. Und dieses Kalte …« Sie zeigte auf ihre Brust, da, wo ihr Herz jetzt langsam und müde pochte, so als wollte es lieber gleich ganz damit aufhören. »Ich weiß nicht, ob das jemals wieder verschwindet.«

Janet hatte die Hand vor den Mund geschlagen und machte einen erstickten Laut. In ihren Brillengläsern spiegelte sich das Kaminfeuer.

»Aber vielleicht finde ich einen Mann, der ähnlich fühlt wie ich«, sagte Virginia. »Es genügt ja, wenn wir ein Kind zeugen und dann … Denkst du, es kann eine Liebe zwischen Mann und Frau geben, die ohne diesen physischen Teil auskommt? Eine Liebe im Geiste?«

Janet nickte und schüttelte dann den Kopf, immer noch mit der Hand vor dem Mund. Dann sprang sie plötzlich auf.

»Entschuldige mich bitte«, presste sie zwischen den Fingern hervor und rannte aus dem Raum.

Virginia hörte sie im WC und dachte, wie gut es war, dass sie nicht in Firle waren, denn dort hätte es im Haus kein WC gegeben, um das fortzuspülen, was sich soeben aus ihrem Inneren gelöst und im Zusammenspiel mit Rotwein und Nierenpastete in Janets Bauch einen solch unverdaulichen Klumpen Ekel erzeugt hatte.

Colinette Road, Putney, 10. September 1911

Sie war ihm nicht aus dem Kopf gegangen. Nicht in den Tagen mit Lytton und George Moore im Dartmoor, wo sie stundenlang über die Verwerflichkeit der Liebe zu den Frauen und die höhere

Sodomie diskutiert hatten wie in alten Zeiten. Auch nicht in der Kühle Skandinaviens, wo Leonard Verwandte besucht hatte, und schon gar nicht während des Familienurlaubs mit seiner Mutter und den Schwestern in Boscombe. Dort am allerwenigsten, denn Sylvia Ross war ebenfalls vor Ort gewesen, die hübsche, kuhäugige Tochter einer befreundeten Familie aus Putney. Sie war ganz unübersehbar in ihn verliebt, und ganz unübersehbar war auch Leonards Mutter entzückt von dem Gedanken, er könne das bezaubernde, leider jedoch vollkommen einfältige Wesen heiraten. Es wäre vermutlich die einfachste Lösung. Er konnte nicht leugnen, dass die prallen Brüste Sylvias und ihre schweren, wiegenden Hüften dieses niedere Verlangen in ihm wachriefen, das ihn oft schon in die Arme einer Hure getrieben hatte. Sylvia war weich und anschmiegsam wie ein junges Kätzchen. Ohne zu zögern würde sie ihn nach Ceylon begleiten, er würde befördert, und sein Leben könnte in geregelte und achtbare Bahnen einmünden. Er hatte Sylvia einige Male geküsst, sogar leidenschaftlich, und ganz gewiss erwartete sie, dass er um ihre Hand anhielte. Dieser Gedanke jedoch hatte ihn mit einer tiefen Schwermut erfüllt.

Erst als er, unmittelbar nach seiner Ankunft in London, die wenigen Worte geschrieben hatte, die er schon seit Wochen im Kopf trug, war diese Schwermut von ihm gewichen:

Verehrte Miss Stephen,
ist es sehr vermessen, Sie darum zu bitten, Ihre Einladung vom Beginn des Sommers zu wiederholen? Ich würde mich sehr freuen,

Ihr ergebener
Leonard Woolf

Ihre Antwort lag nun auf dem Tisch in seinem Zimmer. Er hatte sie bestimmt schon zehnmal gelesen, und jedes Mal erfüllte sie ihn neu mit beseelender Vorfreude:

Liebster Leonard,
würdest Du es nicht auch begrüßen, wenn wir einander beim Vornamen nennen? Es macht die Dinge so viel einfacher.

Bitte komm, sobald es Dir möglich ist. Was hältst Du vom 16. September?

Virginia

18. Kapitel

An Roger Fry
Durbins House
Guildford, Surrey

Gordon Square, 15. November 1911

Roger, Darling,
es ist qualvoll, Deine Stimme am Telefon zu hören, ohne Dich sehen zu können. Die Art, wie Du die Oberlippe zurückziehst, wenn ich Dinge sage, die sich nicht gehören für eine Dame. Bin ich eine Dame? Wohl kaum. Das Haus ist voll, Virginia und Adrian und Duncan werden oft hier sein, bis Brunswick Square so weit ist. Ich schätze vier oder fünf Tage. So lange werden wir uns nicht sehen können. Ich kann es kaum aushalten, denn Du hast etwas wachgerufen, was ich nicht mehr zur Ruhe bringen kann.

Du darfst meine Briefe nicht herumliegen lassen, wir müssen weiter vorsichtig sein.

Bald aber wird alles einfacher werden. Ich kann es kaum erwarten. Geht es dir genauso?

Vanessa

Hastig klebte Vanessa den Brief zu und schob ihn unter ein paar Bücher. Sie würde ihn später selbst fortbringen, nun aber wurde es Zeit, dass sie der Köchin Anweisungen für das Dinner gab. Sie waren zahlreich – Virginia, Adrian und Duncan blieben über Nacht, Maynard und Leonard kamen, und Saxon hatte sich ebenfalls angekündigt.

Alles war im Fluss. Noch im September hatte Virginia entschieden, ein großes Haus am Brunswick Square zu mieten. Beinahe zeitgleich hatte sie während einer Wanderung in den Downs zwischen Firle und Newhaven ein Anwesen entdeckt, in das sie sich sofort verliebt hatte: Asheham House. Es war zu groß, als dass sie es allein hätte mieten können, und da Vanessa ohnehin mit dem Gedanken spielte, fern von London oder Guildford einen Rückzugsort für sich und Roger zu finden, waren sie im Oktober gemeinsam hingefahren und hatten es angesehen. Es lag einsam in den Hügeln, versteckt hinter Bäumen, und war so groß, dass sie bequem viele Freunde dorthin würden einladen können.

Gestern erst war sie mit Virginia und Adrian dort gewesen, um die Räume auszumessen. Das Haus war lange unbewohnt gewesen, und es standen noch sehr viele Renovierungsarbeiten an, bis sie es würden nutzen können. Clive gefiel der Plan ganz und gar nicht. »Es ist viel zu abgelegen«, fand er. »Es hat kein fließendes Wasser und keinen Strom.« Das Schlimmste für ihn war, dass er in die Entscheidung, es zu mieten, nicht einbezogen worden war – weder von ihr noch von Virginia.

»Wie es scheint, bin ich in deinem Leben nur noch ein gelegentlicher Gast«, hatte er gesagt, als sie ihm die Pläne vorlegte.

»Das Haus ist groß genug, dass wir alle Platz dort finden werden.«

»Und soll ich mich dann mit Roger einigen, wer von uns die Nächte an deiner Seite verbringen darf?«

»Ziehst du es nicht ohnehin vor, deine Nächte an der Seite von Annie Raven-Hill zu verbringen? Oder ist es mittlerweile eine andere?«

Sie fragte es wie nebenbei, den Blick auf die Pläne gerichtet, als wäre es vollkommen bedeutungslos, wem Clives Liebe gerade gehörte.

»Du bist immer noch meine Frau, Vanessa«, sagte er leise. »Und ich liebe dich.«

Sie blickte überrascht auf. Von Liebe hatte er seit Jahren nicht mehr gesprochen. Rogers Liebe zu ihr erinnerte ihn offenbar daran, wie sehr auch er sie einst begehrt hatte. Alles an ihm schien dem Boden entgegenzustreben: die Schultern, die Lider, die Mundwinkel. Melancholie strömte aus jeder seiner Poren. Er tat ihr leid, auch wenn er ihr Mitleid vermutlich nicht verdient hatte.

»Wir sind eine Familie: du, ich, die Kinder«, sagte sie. »Und ich möchte, dass das so bleibt, ohne dass wir Menschen ausschließen müssen, die uns glücklich machen.« Sie zeigte auf den Plan. »Asheham House könnte ein Ort sein, wo das für uns alle möglich ist.«

»Ich werde deinem Glück nicht im Weg stehen«, hatte er gesagt, »aber erwarte bitte nicht von mir, dass ich es teile.«

Während die Arbeiten in Asheham House noch eine Weile andauern würden, hatte für Virginia, Adrian und Duncan der Umzug vom Fitzroy Square zum Brunswick Square begonnen. Alle drei saßen im Salon über die Pläne des Hauses gebeugt, und als Vanessa den Kopf durch die Tür steckte, winkte Virginia sie herbei.

»Denkst du, das Sofa aus unserem Salon würde in den kleinen Raum rechts neben dem Eingang in Asheham House passen? Adrian und Duncan wollen es nicht, und für mich ist es zu groß.«

Virginia hatte mit großer Entschlossenheit die Mietverhandlungen für das Haus am Brunswick Square geführt, die Renovierungen überwacht, das Personal engagiert und strenge Hausregeln für die Bewohner aufgestellt. Vanessa war erstaunt, mit welcher Effizienz die Schwester ihre Ideen in die Tat umsetzte. Sie strahlte unerschöpfliche Energie aus. Normalerweise waren Anfälle von rastloser Aktivität bei Virginia immer von Nervosität begleitet und ein Warnzeichen für einen drohenden Zusammenbruch. Diesmal aber wirkte sie zufrieden und in sich ruhend. Sie hatte auch aufgehört, ständig nach Roger zu fragen und Vanessa misstrauisch zu beobachten, wenn sie zusammen waren. Vanessa ahnte, wem sie das zu verdanken hatte. Es war offensichtlich, dass Leonard Woolf und Virginia Gefallen aneinander fanden. Auch das trug zu Clives deprimierter Gemütsverfassung bei. Wenn es nicht sogar der eigentliche Grund war.

»Ich hatte überlegt, diesen Raum Clive zu geben, wenn er da ist«, sagte Vanessa. »Wenn du damit einverstanden bist.«

»Aber ja. Es ist ein schönes Sofa für ein Arbeitszimmer.« Virginia nickte und strich etwas auf einer Liste durch, die sie vor sich liegen hatte.

Vanessa zögerte, dann sagte sie: »Nicht als Arbeitszimmer. Als Schlafzimmer. Es wird nicht genug Platz für ein Bett *und* das Sofa sein.«

Virginia verharrte in der Bewegung. »Du quartierst ihn also offiziell aus dem ehelichen Schlafzimmer aus?«, fragte sie.

»Wenn du es so nennen möchtest.«

Einen Moment sagte keiner etwas, dann pfiff Adrian durch die Zähne, und Duncan hob die Brauen. Er lehnte sich zurück, als müsse er die Information erst einmal auf sich wirken lassen und sagte dann: »Alle Achtung.«

Der Nachmittag war hektisch. Virginia hatte Vanessa gebeten, einen ihrer alten Schränke zu bemalen, bevor er in ihre neue Wohnung gebracht würde. Vanessa überredete Duncan, ihr behilflich zu sein, und so verbrachten sie zwei Stunden am Fitzroy Square damit, bunte Muster auf die Schranktür zu zeichnen, während Virginia die letzten Kisten packte. Plötzlich war es so spät geworden, dass sie zum Gordon Square zurücklaufen mussten.

Clive war verärgert. »Leonard und Maynard sind schon da. Die Köchin wird langsam nervös. Sie sagt, das Soufflé fällt zusammen, wenn es nicht …«

»Wir kommen. Ich werde nur schnell noch ein Bad nehmen«, sagte Vanessa. »Es bleibt noch genug Zeit.«

»Kann ich mich rasieren?«, fragte Duncan. »Ich möchte ungern so am Tisch erscheinen.« Er grinste schief und wies auf seinen Stoppelbart.

Vanessa strich ihm über das Gesicht. »O ja«, sagte sie. »Du musst. Sieh nur, Clive, wie furchterregend er aussieht.«

Virginia war hinter ihnen ins Haus getreten und hatte ihren Mantel abgelegt. Jetzt sagte sie: »Dann werden wir wohl heute Abend ohne das Soufflé auskommen müssen. Schließlich habt ihr nur ein Bad.«

»Ein Bad genügt uns, nicht wahr Duncan? Oder stört es dich, wenn ich bade, während du dich rasierst?«

»Ähm …« Er sah zu Clive.

Clive blinzelte ein paarmal, schüttelte dann kurz und irritiert den Kopf und sagte schließlich: »Nur zu. Wir wollen die Köchin nicht verärgern.«

Dann stürmte er die Treppe hinauf, den Kopf tief zwischen die Schultern gezogen, als hätte ihn gerade ein sehr harter und schmerzhafter Schlag getroffen.

Virginia tänzelte hinter ihm her, drehte sich auf halbem Weg noch einmal um und sagte mit Schalk in den Augen: »Dann viel Vergnügen, euch beiden.«

Vanessa gab sich keine Mühe, ihre Blöße vor Duncan zu verbergen. Sie hatte es auch nicht besonders eilig. Während Duncan mit nacktem Oberkörper vor dem Spiegel stand und sich rasierte, legte sie ihre Kleider ab und ließ sich mit einem wohligen Seufzer in die Wanne gleiten. Sie beobachtete seine Bewegungen im Spiegel und fragte sich, ob er sich zu ihr umdrehen würde, wenn sie ihn darum bäte. Sie tat es aber nicht.

»Ist es dir unangenehm, dass alle wissen, was wir tun?«, fragte sie nach einer Weile.

»Was tun wir denn?«

»Ich bade, und du rasierst dich.«

»Eben. Nichts dabei.«

Vanessa lachte leise. »Nichts dabei. Du sagst es.«

Duncan blickte kurz über die Schulter. »Es tut mir nur leid für Clive. Er war nicht glücklich darüber.«

»Er hat nichts eingewendet.«

»Es wäre nicht seine Art. Aber du verletzt ihn. Und ich möchte nicht deine Waffe sein.«

Vanessa richtete sich in der Wanne auf.

»Du glaubst, ich benutze dich als Waffe gegen Clive?«

Duncan legte seine Rasierklinge beiseite und wusch sich das Gesicht. Dann drehte er sich zu ihr um und betrachtete sie. In seinen nassen Haaren glänzte das Licht, und von seinem Kinn tropfte Wasser. Schnell rutschte Vanessa wieder tiefer in die Wanne.

»Du überforderst ihn.« Er sagte es ernst, vollkommen untypisch für ihn. Meistens hatte er ein Lächeln auf den Lippen, wenn er sprach.

»Dich auch?«

Duncan kniff die Augen leicht zusammen, wie um eine schwer lesbare Schrift an der Wand hinter ihr zu entziffern. »Vielleicht«, sagte er dann und trocknete sich ab.

Er ging hinaus, ohne sie noch einmal anzusehen.

Das Soufflé war köstlich, auch wenn es zusammengefallen war. Virginia saß beim Dinner neben Leonard, obwohl Clive ihm den Platz neben Vanessa hatte zuweisen wollen. Vanessa jedoch hatte Clive an ihre Seite gezogen, wie um zu demonstrieren, dass es zwischen ihnen keine Missstimmung gab, ganz gleich, mit wem sie auch das Bad teilen mochte. Clives mürrischer Gesichtsausdruck konnte jedoch nicht darüber hinwegtäuschen, dass er Vanessa ihr Verhalten übelnahm.

Leonard hatte Virginia ein paar Seiten des Manuskriptes mitgebracht, an dem er arbeitete, nachdem auch sie ihm im September bei seinem Besuch in Firle *Melymbrosia* zu lesen gegeben hatte. Leonard war ein sehr kritischer Leser, und er hatte genau die Punkte genannt, mit denen sie selbst so lange schon haderte. Er hatte ihr aber auch gesagt, dass die Klarheit und Schönheit ihrer Sprache jede eventuelle Schwäche mehr als wettmachen würde und sie sich nicht davor scheuen musste, den Roman zu veröffentlichen.

»Du hast vermutlich zu viele Entwicklungsschritte während der langen Zeit vollzogen, in der du an diesem Roman arbeitest«, hatte er gesagt. »An manchen Stellen sieht man den Schmetterling, an anderen noch die Raupe.«

»Siehst du! Und diese Stellen muss ich ausmerzen. Wer will eine hässliche Raupe präsentiert bekommen, wenn er ein Buch liest.«

»Es ist eine Reise. Deine genauso wie die deiner Heldin. Willst du nicht endlich ankommen, um eine neue zu beginnen?«

»Erst werde ich noch eine Weile über den Boden kriechen«, hatte sie mit einem Augenzwinkern geantwortet. »Aber ich bin dir sehr dankbar. Ich sehe jetzt klarer, aus welchen Schichten ich mich noch herauswinden muss.«

Der Vorschlag, dem Roman einen neuen Titel zu geben, kam von Leonard. *Die Fahrt hinaus.* »Das hat etwas Waghalsiges, Entschlossenes«, fand er. »Vielleicht ist es das, was noch fehlt, damit du mit dieser Reise abschließen kannst.«

Gespräche mit Leonard waren ebenfalls wie eine Reise. Sie nahm oft an einem Punkt nah am Boden ihren Ausgang, einer Trivialität wie das Klümpchen Zucker im Tee oder die Feuchtigkeit, die am frühen Morgen durch Türritzen kroch, schwang sich auf zu Gedanken über Bücher, Musik, Kunst oder Philosophie, kreiste über ernsten politischen Fragen und vollführte Salti, wenn es um delikate Themen ging, wie zum Beispiel die Liebe. Ja, sie sprachen auch über die Liebe. Die Liebe zu Gott, die sie beide für eine Verwirrung des menschlichen Geistes hielten, die Liebe zur Natur und die Mutterliebe. Auf eine sehr theoretische Weise hatten sie während eines langen Spaziergangs in den Downs auch über die wahre, echte Liebe zwischen Mann und Frau gesprochen, von der Leonard behauptete, dass sie ihm noch nicht begegnet sei.

»Wie ist es mit der Liebe zwischen Männern?«, hatte Virginia gefragt. »Ist die dir schon einmal begegnet?«

»Du möchtest wissen, ob ich homosexuell bin, wie Lytton und Duncan? Nein, das bin ich nicht. Ich liebe Lytton sehr, aber körperlich zieht er mich nicht an.«

»Gibt es Frauen, die dich körperlich angezogen haben?«

»Viele«, hatte er gesagt, und seine pantherblauen Augen waren kurz an ihr hängen geblieben, bevor er wieder in die Ferne geblickt hatte. »Es blieb jedoch meist ein Geschmack von Bitterkeit zurück.«

Es gab kaum einen Bereich, in dem Leonard nicht belesen war oder selbst Erfahrungen gesammelt hatte. Neben Lytton war Leonard wahrscheinlich der klügste Mensch, den Virginia kannte. Sie nahm aber auch etwas Unerbittliches an ihm wahr, das immer dann besonders hervortrat, wenn er über seine Arbeit in Ceylon sprach. Dann schien es ihr, als streife er den feinsinnigen Apostel ab wie einen vornehmen Mantel, den er nur zu besonderen Anlässen trug, und zum Vorschein kam der eigentliche Leonard: ein mittelloser Junge aus Putney. So ging es ihr auch heute, als Leonard nach dem Dinner von der ersten Hinrichtung erzählte, die er in Ceylon hatte durchführen müssen.

»Es waren vier. Bei zweien von ihnen ging es problemlos. Genickbruch, das beschleunigt die Sache. Die anderen beiden hatten Pech. Der Strick war zu kurz, und sie waren auch nicht sehr schwer. Aber das sind die wenigsten Singhalesen. Wenn es ganz schlecht läuft, wird es auch schnell blutig. Oder dauert sehr, sehr lange.«

»Schauderhaft!«, stöhnte Saxon. Er hatte sich gerade eine Pfeife gestopft, legte sie aber nun beiseite, noch blasser um die Nase, als er ohnehin war.

Adrian hatte Leonard sehr aufmerksam zugehört. Er mochte ihn sehr, wie er Virginia vor ein paar Tagen erst anvertraut hatte. »Ist es wahr, dass manche zusätzlich erschossen werden müssen, weil sie einfach nicht sterben wollen?«

»Adrian!«, rief Vanessa erschrocken aus.

Leonard aber sprach ungerührt weiter. »Der Tod durch Erhängung hat abschreckende Wirkung. Es ist meist ein öffentliches Schauspiel. In diesem Falle waren nur ich und die Gefängnisinsassen Zeugen. Und nein, niemand hat sie erlöst.«

»Barbarische Sitten«, murmelte Maynard.

»Unsere britische Rechtsprechung«, sagte Leonard. »Solange ich nicht die Macht habe, sie zu verändern, muss ich als ihr ausführendes Organ auf korrekte Durchführung achten.«

»Korrekte Durchführung …« Virginia fühlte Kälte im Nacken, obwohl sie nah am Feuer saß. »Was habe ich mir darunter vorzustellen?«

Leonards Hand zitterte, als er sein Glas abstellte, aber seine Miene blieb unbewegt und seine Stimme fest. »Zum Beispiel bei allen nachfolgenden Hinrichtungen dafür zu sorgen, dass das Verhältnis zwischen Stricklänge, Körpergröße und Gewicht stimmt.«

Eine Weile herrschte eine unangenehme Stille, nur unterbrochen vom Knistern des Kaminfeuers. Dann fragte Saxon plötzlich: »Und an diesen Ort willst du wirklich zurückkehren?«

Leonards Blick flackerte kurz zu Virginia hinüber, bevor er antwortete. »Welche Alternative hätte ich?«

»Es gibt immer eine«, sagte Vanessa.

Leonard schüttelte den Kopf. »Für euch, ja. Aber ich finde ja noch nicht einmal eine bezahlbare Bleibe für die nächsten Monate.«

»Wir wussten gar nicht, dass du eine suchst«, sagte Vanessa.

Nach einigem Herumdrucksen berichtete er, dass er nach einer Unterkunft Ausschau hielt, in der er die Monate bis zu seiner Rückkehr nach Ceylon würde wohnen können. »Das Zusammenleben mit meiner Mutter wird unerträglich. Heute hat sie mich stundenlang durch Harrods geschleppt. Harrods! Es gibt kaum einen Ort, an dem ich mich unwohler fühle.«

»Du könntest bei Saxon unterkommen«, mischte sich Clive ein. »Nicht wahr, Saxon? Du hast doch noch ein freies Zimmer.«

Saxon paffte an seiner Pfeife, die er nun doch endlich angezündet hatte. »Wenn er nichts gegen ein fensterloses Zimmer hat?«

Vanessa stupste Virginia an. »Euer Dachgeschoss«, raunte sie. Clive, der direkt neben ihr saß, runzelte die Stirn.

Virginia verschränkte die Arme vor der Brust und begann, nervös vor und zurück zu wippen. Sie konnte doch Leonard Woolf nicht anbieten, mit ihr zusammen in einem Haus zu wohnen? Oder konnte sie doch? Musste sie nicht vielleicht sogar? Sie schielte zu ihm hinüber, aber er schien nichts von dem stummen Gespräch zwischen ihr, Vanessa und Clive mitbekommen zu haben. Sie heftete den Blick auf den Boden, hörte, wie Saxon

Leonard den Vorteil eines Zimmers erklärte, in das kein Tageslicht drang, und wünschte sich, das Gespräch möge eine neue Wendung nehmen. Sie musste darüber gründlich nachdenken, sie konnte das nicht einfach so entscheiden.

Als sie den Blick hob, sahen Maynard, Duncan und Adrian sie erwartungsvoll an.

Virginia schüttelte den Kopf. Duncan nickte. Adrian faltete die Hände sogar zu einer bittenden Geste zusammen.

Sie stand auf. Sie musste rechnen, und das konnte sie nur, wenn sie sich dabei bewegte.

»Gut«, sagte sie, nachdem sie zweimal um das Sofa herumgegangen war, auf dem ihre drei künftigen Mitbewohner saßen. Sie zeigte auf Leonard. »Fünfunddreißig Shilling pro Woche. Für Miete, Beleuchtung, Kohlen, warmes Bad und Service. Kannst du das bezahlen?«

Erst sah er sie ungläubig an, dann verzogen sich seine Lippen zu einem Lächeln, das im Halbdunkel beinahe teuflisch wirkte. »Alles, was du verlangst«, sagte er.

»Ich verlange vor allem, dass du die Hausregeln respektierst. Und wenn ich schreibe, musst du sehr still sein, denn du wirst direkt über meinem Kopf wohnen.«

Leonard nickte ernst. »Ich werde über den Boden schweben.«

»Ich bitte darum.« Virginia setzte sich wieder.

Nach einer Weile beugte sich Leonard noch einmal zu ihr herüber und flüsterte ihr ins Ohr: »Ich kann mir übrigens keinen beflügelnderen Ort zum Wohnen vorstellen, als direkt über Ihrem Kopf, meine liebe Miss Stephen.«

Virginia lächelte fein. »Sie wissen ja gar nicht, was Ihnen blüht, lieber Mr Woolf.«

19. Kapitel

Brunswick Square, 5. Januar 1912

Mit Virginia unter einem Dach zu leben war wie das Eintauchen in einen erfrischenden, sprudelnden Brunnen nach einer langen Wanderung durch die Wüste. Und es war eine Qual. Je öfter er sie sah, je tiefer er Einblick fand in die Schönheit und Originalität ihres Geistes, desto schwärzer erschien ihm seine Zukunft. Er war nicht mehr nur auf dem besten Wege, sich in Virginia Stephen zu verlieben – er war ihr verfallen. Die bevorstehende Rückkehr nach Ceylon wurde zu einer Guillotine, die in seinen Nacken drückte und sich mit jedem Tag, der verging, tiefer in sein Fleisch schnitt. Zugleich quälten ihn zersetzende Zweifel, welche Art von Gefühlen Virginia für ihn hegte, ja, er fragte sich sogar, ob sie zu zärtlichen Gefühlen überhaupt in der Lage war. Ihr messerscharfer Verstand war fähig, jedes Theorem zu analysieren, sie war humorvoll und voller Phantasie, konnte herzlich lachen und ehrlich staunen, aber wenn sie über die Liebe sprachen, blieb sie kühl und distanziert, mit einem beinahe wissenschaftlichen Interesse an seinen Gedanken zu diesem Phänomen.

Sie sahen einander täglich, unternahmen gemeinsame Spaziergänge, gingen in die Oper oder ins Theater und redeten oft nächtelang, doch nie gab sie durch irgendeine Geste, einen Blick oder auch nur durch ein beiläufiges Wort zu erkennen, ob sie mehr in ihm sah als nur einen ihr intellektuell ebenbürtigen Gesprächspartner.

Wie also sollte er es wagen, ihr seine Liebe zu gestehen? Die

Vorstellung jedoch, im April nach Ceylon zurückzukehren und sie womöglich viele Jahre nicht wiederzusehen, war unerträglich. Lytton hatte behauptet, sie würde ihn heiraten, wenn er um ihre Hand anhielte. War es möglich? Könnte es sein, dass sie vielleicht doch – so wenig sie es zu erkennen geben mochte – darauf wartete, dass er sich erklärte?

Seine Nächte waren schlaflos, und während des Tages fieberte er den Momenten entgegen, die er mit ihr verbringen durfte. Und wenn er im Stockwerk unter seiner Dachkammer die Tür gehen hörte, ihre Schritte und manchmal ihre Stimme, wenn sie sich einen Satz laut vorsprach, wurde er schier wahnsinnig vor Verlangen und Unentschlossenheit.

Wenn sie jedoch beieinandersaßen und so ganz mühelos und unverkrampft über alles sprachen, was ihnen in den Sinn kam, er ihren Worten lauschen und den fahrigen Bewegungen ihrer schönen Hände zusehen konnte, dann vergaß er all seine quälenden Gedanken und ließ sich vom Fluss ihres unermüdlichen Geistes davontragen.

»Erinnerst du dich, wie ich dich damals fragte, was für dich ein ehrbares Leben wäre?«, wollte sie eines Tages während eines Spaziergangs durch den kleinen Park auf dem Square wissen. Sie hatten beide an ihren Manuskripten gearbeitet und festgestellt, dass sie ein wenig frische Luft brauchten, um wieder Klarheit in die Gedanken zu bringen. Es war sehr kalt, und ihre Nasenspitze war beinahe so rot wie ihr Schal. Er sah auf sie hinab und hätte jubeln mögen, so hinreißend fand er sie in diesem Augenblick.

»Ich erinnere mich an deine Frage, aber was habe ich geantwortet?«

»Du sagtest, du würdest es mir sagen, wenn du es herausgefunden hättest. Hast du es herausgefunden?«

»Ich fürchte nicht.«

Sie schien genau diese Antwort erwartet zu haben. »Also ist dein Leben in Ceylon nicht das, was du dir unter ehrbar vorstellst?«

Er trat gegen einen Stein, der auf den kleinen Teich in der Mitte des Parks zuhüpfte und dort mit einem klirrenden Geräusch auf die Eisfläche prallte. »Es könnte sogar das Gegenteil davon sein.«

Virginia blieb stehen. »Und warum willst du dann dorthin zurückkehren?« Sie sah ehrlich verwirrt aus.

War dies der Moment? Könnte er ihr sagen, wie sehr er sie liebte und wie sehnlichst er sich wünschte, in London bleiben zu können? Er tat einen Schritt auf sie zu, sein Herz klopfte hart gegen die Brust, und ihr Gesicht war nur eine Armeslänge entfernt. Wie leicht wäre es, sie zu berühren. Doch er sah in ihren Augen nichts als ein waches Interesse an seiner Antwort.

Er schob seine Hände zurück in die Manteltaschen. »Wovon soll ich leben, wenn ich meine Position dort aufgebe?«

»Du möchtest also weiterhin Menschen hängen, damit du ein sicheres Auskommen hast.« Sie hatte plötzlich Eis in der Stimme und im Blick.

»Denkst du etwa …« Entsetzt sah er sie an. Welches Bild von sich hatte er ihr vermittelt? »Ich war damals nicht in der Position, diesen Akt der Barbarei zu verhindern. Aber du darfst mir glauben: Ich setze alles daran, das Leben für die Menschen dort besser zu machen und für eine humane Rechtsprechung zu kämpfen.« Er konnte sein Zittern nicht vor ihr verbergen, und es ärgerte ihn, dass sie ihn so aus der Fassung gebracht hatte. Mit Nachdruck setzte er hinzu: »Und das würde ich an jedem Ort, in jeder Lebenslage tun!«

Das Eis in ihren Augen brach, und sie lachte voller Freude. »Dann wissen wir doch jetzt, nach welcher Art der Ehrbarkeit du strebst«, rief sie triumphierend aus, als hätte sie die Lösung für ein komplexes Problem gefunden. Sie hakte sich bei ihm ein, etwas, das sie nie zuvor getan hatte. »Ich würde es sehr begrüßen, wenn du in England bliebest. Aber natürlich musst du zurückkehren, denn, wie du schon sagtest, wovon solltest du leben?«

Er suchte in ihrem Blick nach einem stummen Flehen, das es ihm in diesem Moment ermöglicht hätte, ihr seine Liebe zu gestehen. Doch er fand nichts dergleichen. Und so verstrich auch diese Gelegenheit, seinem Leben eine neue Richtung zu geben – oder zumindest den Versuch zu wagen.

Virginia saß am Schreibtisch und arbeitete letzte Korrekturen in ihren Essay über George Gissing ein, der in den nächsten Tagen erscheinen sollte. Sie war zufrieden damit, ebenso wie mit allem anderen, was sie in den letzten Monaten erreicht hatte.

Sie verfügte nun über einen Salon, ein separates Speisezimmer und ein kleines Bad auf ihrer Etage. Ihre neuen Räume hatte sie mit viel Grün und Rot ausgestattet, einige Bilder von Vanessa aufgehängt und ihr altes Sofa aufpolstern und mit einem farbenfrohen Stoff beziehen lassen. Nachmittags schien die Sonne in den Salon, ließ den frisch gebohnerten Holzboden glänzen und das bunte Muster leuchten, das Vanessa und Duncan auf ihren alten Schrank gezeichnet hatten. Die Hausregeln, die sie aufgestellt hatte, wurden eingehalten, die Dienstboten, Sophie und Maud, waren zuverlässig, und die Mahlzeiten standen pünktlich auf Tabletts in der Halle bereit. Sie war stolz auf das, was ihr gelungen war: eine lockere Wohngemeinschaft, in der sie als einzige Frau wertgeschätzt und ihren männlichen Mitbewohnern ebenbürtig wahrgenommen wurde. Sie konnte alles tun, wonach ihr der Sinn stand, und stets war jemand für ein anregendes Gespräch zugegen.

Bald würden auch die Renovierungsarbeiten in Asheham House abgeschlossen sein. Ihr Little Talland House in Firle hatte sie ohne Wehmut aufgegeben und konnte es kaum erwarten, Asheham House im Februar zusammen mit Vanessa in Besitz zu nehmen. Die Einladungen zu der kleinen Einweihungsparty waren bereits ausgesprochen worden. Neben Adrian, Clive, Duncan, Roger, Margery Strachey und Snow würde natürlich auch Leonard nach Asheham kommen.

Der Freund war zu einem festen Bestandteil ihres Lebens geworden. Der Gedanke, dass er im Mai wieder nach Ceylon entschwinden würde, schmerzte bereits jetzt, sie verstand jedoch, dass es für ihn kaum eine Alternative gab. Vor wenigen Tagen noch hatte er ihr vorgerechnet, wie wenig Geld ihm zur Verfügung stünde, sollte er sich je entscheiden, seine Position in Ceylon zu kündigen. Er hatte so gut wie kein Vermögen, und sie bezweifelte, dass er sich mit Rezensionen und Kritiken, wie sie selbst sie schrieb, über Wasser halten könnte, zumal ihm ohnehin die Verbindungen fehlten, die es ihr selbst erlaubt hatten, auf diesem Gebiet tätig zu werden.

Vielleicht war die Ausweglosigkeit seiner Situation der Grund, warum er in den vergangenen Tagen so gedrückter Stimmung gewesen war. Gestern war er zu einem alten Freund nach Frome in Somerset gefahren, um *auf andere Gedanken zu kommen*, wie er gesagt hatte. Beim Abschied hatten seine Hände gezittert, und er hatte sie angesehen, als wäre es ein Abschied für immer. Bisweilen verhielt er sich wirklich sehr merkwürdig.

Sie hörte die Türglocke läuten. Am Brunswick Square herrschte ein ständiges Kommen und Gehen, insbesondere zum Abend hin füllte sich das Haus mit Besuchern, deren Stimmen und Gelächter oft bis tief in die Nacht zu hören waren. In der Regel versammelten sie sich in Maynards Wohnung, die den meisten Platz bot, aber auch Virginia empfing häufig Gäste. An diesem Wochenende jedoch wollte sie es etwas ruhiger angehen lassen. Ihr war nur allzu bewusst, dass reges gesellschaftliches Leben sie schnell überforderte, wenngleich sie es liebte.

Sie hörte eilige Schritte auf der Treppe, dann klopfte es. Wer mochte das sein? Stirnrunzelnd legte sie ihre Feder beiseite. Sie hatte Maud gebeten, Besucher für heute abzuweisen, um konzentriert arbeiten zu können.

Es war Maud selbst. »Für Sie, Miss Stephen«, sagte sie und reichte ihr ein Telegramm.

Verdutzt nahm Virginia das Schreiben entgegen. Es kam aus Frome.

Ich muss dich sehen. Morgen, Donnerstag, für eine Stunde. Komme 12:50 an, bin gegen 1:15 bei dir. Abfahrt 5 Uhr. Bitte empfange mich. Leonard.

Sie sank in ihren Sessel und starrte ins prasselnde Feuer. Leonard würde kaum für wenige Stunden nach London zurückkehren, um mit ihr über das Wetter zu plaudern. Sein plötzlicher Besuch konnte nur eines bedeuten. Sie suchte in ihrem Inneren nach Aufregung oder gar Freude, doch sie fühlte sich stumpf und leer. Würde sie Ja sagen, wenn er um ihre Hand anhielte? Ausgerechnet jetzt, wo sich ihre Lebensumstände endlich zum Besseren verändert hatten und sie wenig Lust verspürte, das Erreichte schon wieder aufzugeben?

Wenn er sie tatsächlich liebte, auf diese drängende, physische Weise, wie Menschen einander wohl lieben mussten, um sich nah zu sein, dann würde sie diese Liebe nicht erwidern können. Sosehr sie seine Klugheit schätzte, der Austausch mit ihm sie beflügelte, so wenig fühlte sie sich von ihm körperlich angezogen. Seine raubkatzengleichen Bewegungen, diese pantherblauen Augen und ja, auch seine unverkennbar jüdische Herkunft bereiteten ihr immer noch Unbehagen. Während seine Schritte über ihrem Kopf sie glücklich machten, erweckte die Vorstellung, mit ihm als Ehemann zusammenzuleben, Panik. Wie wunderbar wäre es, wenn alles bliebe, wie es war. Sie seufzte. Warum bloß mussten diese Dinge so furchtbar kompliziert sein?

Sie las das Telegramm erneut. Wie drängend allein diese wenigen Worte waren. Zu allem Überfluss hatte er einen bezahlten Rückantwortschein beigelegt.

Der Panther hatte sein Versteck verlassen und sie in die Enge getrieben. Was sollte sie jetzt tun?

Leonard war viel zu früh am Bahnhof. Nachdem er das Telegramm aufgegeben hatte, war die Last des Zweifels von ihm abgefallen, und er hatte endlich wieder einmal gut geschlafen. Nun konnte er es kaum erwarten, Virginia zu sehen.

Leopold, sein guter alter Freund aus Cambridge-Tagen, hatte natürlich wahrgenommen, wie schlecht es um ihn stand, und ihn zu einem Geständnis genötigt. Als Pfarrer war er sehr geübt darin, geheime Nöte aufzudecken und verzweifelten Seelen aus ihren düsteren Gedanken herauszuhelfen.

»Was hast du zu verlieren?«, hatte er gefragt.

»Wenn sie mich nicht liebt, werde ich in einen Abgrund stürzen. Wenn sie mich aber liebt, stehe ich mit nichts in den Händen vor ihr. Und auch das wird mich in den Abgrund stürzen.«

»Ich sehe es anders. Wenn sie dich liebt, werdet ihr einen Weg finden. Wenn sie dich nicht liebt, kehrst du nach Ceylon zurück und wirst sie vergessen.«

»Niemals!«

Leopold hatte nachsichtig gelächelt, wie einer, der die dornigen Wege der Liebe bereits erkundet hatte. »Wenn du dich ihr gegenüber nicht erklärst, wirst du ewig damit hadern. Lass diese Chance nicht verstreichen.«

Mit diesen Worten im Sinn stieg Leonard in London aus dem Zug und marschierte entschlossenen Schrittes zum Brunswick Square. Als er die Haustür aufschloss, kam ihm Adrian entgegen.

»Nanu«, sagte er. »Schon wieder zurück?«

»Nur kurz. Ich habe etwas zu erledigen.«

»Es muss etwas sehr Wichtiges sein, wenn du dafür extra zurückkommst.«

»Das Wichtigste überhaupt«, sagte Leonard.

Adrian stutzte, dann zeigte er nach oben.

»Hat es etwas mit …«

»Pst«, machte Leonard und legte einen Finger auf die Lippen.

Adrian klopfte ihm beinahe mitfühlend auf die Schulter. »Na, dann viel Glück.«

Leonard ging gar nicht erst in seine Dachkammer hinauf, sondern klopfte direkt bei Virginia an. Sie schien neben der Tür gestanden und auf ihn gewartet zu haben, denn sie öffnete sofort. Sie war blass, und in ihren Augen lag Misstrauen. Oder war es Furcht? Etwas ganz anderes?

»Leonard«, sagte sie. Mehr nicht. Sie trat auch nicht zur Seite, um ihn einzulassen, sondern stand mit hochgezogenen Schultern vor ihm und schien so angespannt, dass sie sich nicht bewegen konnte.

»Danke, dass du mich empfängst«, sagte er.

Als sie sich noch immer nicht rührte, schob er sie sanft beiseite und schloss die Tür hinter sich.

Seine Berührung löste sie aus ihrer Starre.

»Möchtest du etwas essen? Sicher bist du hungrig. Ich habe Sophie gebeten, dir ein Mittagessen warmzustellen, ich werde es holen, warte einen Augenblick. Du kannst schon einmal Platz nehmen, ich …«

Sie wollte davonstürzen, aber er hielt sie fest. »Bleib!«, sagte er. »Ich hole es mir später selbst. Erst möchte ich mit dir reden.«

»Reden«, wiederholte sie und ließ sich widerstandslos zum Esstisch in ihrem kleinen Speisezimmer führen, wo Gläser und eine Karaffe mit Wasser bereitstanden.

Leonard verspürte Durst, vermied es jedoch, selbst einzuschenken. Bestimmt würde er so sehr zittern, dass alles danebenging.

Er setzte sich Virginia gegenüber. Ihr Blick huschte durchs Zimmer, wie auf der Suche nach einem harmlosen Gegenstand, über den sie sprechen könnten.

»Virginia«, setzte er an. Er verbarg seine Hände unter dem Tisch, damit sie seinen Tremor nicht sah. Oh, wie er es hasste, dass man ihm seine Erregung immer so deutlich anmerkte!

Sie senkte den Blick. »Ja?«

»Würdest du mich ansehen?«

Sie nickte, tat es aber nicht.

»Bitte!«

Langsam hob sie den Kopf. Die Anspannung verzerrte ihre feinen Gesichtszüge und ließ sie verhärmt und krank aussehen. Er hatte das bereits einige Male an ihr beobachtet, und es schmerzte ihn, ihr Unwohlsein zu verursachen.

»Ich habe die schlimmsten Tage meines Lebens hinter mir«, begann er.

»Oh, aber warum denn?« Sie riss erschrocken die Augen auf.

»Wir sprachen vor einiger Zeit über die Liebe, weißt du noch?«

»Wir haben des Öfteren über Liebe gesprochen.«

»Ich meine, als wir über die *wahre* Liebe sprachen. Als ich dir sagte, dass sie mir noch nie begegnet sei.«

Endlich sah sie ihn direkt an. Ihre Schultern hatten sich gelockert, und sie schien einen inneren Widerstand überwunden zu haben. Sie lächelte sogar.

Er fasste Mut. »Inzwischen ist sie mir begegnet«, sagte er.

»Ist das so?« Sie flüsterte.

»Ich liebe dich, Virginia.« Wie leicht die Worte ihm über die Lippen gekommen waren. Warum nur hatte er so lange gezögert? Er stand auf, kniete sich neben sie und umschloss ihre Hände mit den seinen. Wie durch ein Wunder hatten sie aufgehört zu zittern. »Ich liebe deinen Geist, dein Wesen, natürlich auch deine Schönheit, wenngleich das nicht das Wichtigste ist. Ich bin nie jemandem begegnet, der sich mit dir vergleichen könnte. Ich wollte es dir nicht sagen, weil ich mir unsicher war, was du für mich empfindest. Aber nun weißt du es, und vielleicht liebst du mich nicht und schickst mich fort und ich …«

Er redete, ohne zu stocken oder seine Worte sorgfältig abzuwägen. Sie perlten aus ihm heraus wie aus einem übervollen Gefäß, und Virginia hörte still und aufmerksam zu, als lausche sie einem erkenntnisreichen Vortrag. Er erzählte von seinen schlaflosen Nächten, seiner Verzweiflung, wenn er an Ceylon dachte, seiner Bewunderung für das, was sie schrieb, und die Art, wie sie es tat. »Glaube mir, Virginia«, schloss er schließlich. »Es kann keinen Menschen geben, der dich mehr liebt, als ich es tue.«

Sie entzog ihm ihre Hände und strich über den Tisch.

»Ich verstehe«, sagte sie.

Er sah sie erwartungsvoll an, doch es kam nicht mehr.

»Und?«

Sie setzte sich aufrechter hin und schien sich einen innerlichen Ruck zu geben. »Du musst Folgendes wissen«, sagte sie. »Ich bin egoistisch, eitel und unaufrichtig, und ich sauge die Energie aus den Menschen, die mit mir zusammenleben. Frag Adrian, er wird es dir bestätigen. Ich bin klatschsüchtig und intrigant. Frag Clive. Und obendrein …« Sie streckte den Zeigefinger in die Höhe, »verliere ich manchmal den Verstand.«

Ihre Wangen hatten Farbe angenommen, und aus ihrer Miene war der Eindruck des Verhärmten verschwunden. Nachdem sie die Auflistung ihrer Untugenden beendet hatte, nickte sie ein paarmal mit Nachdruck und faltete die Hände im Schoß.

Er hatte das schier unwiderstehliche Bedürfnis, sie zu küssen oder ihr zumindest über die Lippen zu streichen, doch er verbot sich jede Berührung. Nicht Romantik war in diesem Moment gefragt, sondern Überzeugungskraft.

»Das mag alles sein, aber es ist nichts im Vergleich mit deinen übrigen Eigenschaften.« Er nahm seinen Platz ihr gegenüber wieder ein und begann, diese Eigenschaften an den Fingern aufzuzählen wie ein Makler, der die Vorzüge einer Wohnung preist. »Intelligenz, Schönheit, Witz, Spontanität, Großartigkeit, Originalität …«

»Aber meine Stimmung wechselt von einem Moment zum nächsten, und wenn ich meine Launen habe, bin ich unerträglich«, wandte sie ein.

»Dafür bist du voll überraschender Ideen und liebst dieselben Dinge wie ich.«

»Ich bin geizig.«

»Das macht nichts. Ich kann sehr großzügig sein.«

Ein Seufzer drang aus ihrem Inneren. Sie sah ihn beinahe flehend an.

»Wir mögen uns. Oder etwa nicht?«, flüsterte er, nun etwas verunsichert.

»Sehr«, sagte sie.

»Willst du also meine Frau werden?« Nun war es heraus. Sein Antrag lag wie ein Vertragsangebot zwischen ihnen auf dem Tisch, und seine Existenz schien allein davon abzuhängen, wie sie sich entscheiden würde. Nur etwas Wichtiges fehlte noch. Schnell setzte er hinzu: »Ich würde meine Stellung in Ceylon kündigen und sehr hart arbeiten, damit wir ein angenehmes Leben haben.«

Virginia blickte auf eine Stelle, nah bei seinen Händen, die er vor sich auf dem Tisch gefaltet hatte und die nun doch wieder zu zittern begonnen hatten.

Sie kniff die Augen zusammen und hielt kurz die Luft an. Dann blickte sie ihn an. »Ich will ganz ehrlich zu dir sein.«

»Ich bitte dich darum.«

»Ich weiß nicht, ob ich dich heiraten kann«, sagte sie. »Es ist wunderbar, wenn wir zusammen sind, du bist klug und großzügig, und ich bewundere dich. Dass du arm bist, stört mich nicht allzu sehr, aber meine Gefühle sind …« Sie brach ab und schüttelte den Kopf.

»Was ist mit deinen Gefühlen, Virginia?«, fragte er und stählte sich innerlich gegen den Schlag, der kommen musste.

»Du sprichst von Liebe, der wahren Liebe sogar, und ich …« Sie ächzte. Wie unter Schmerzen presste sie die Worte heraus. »Ich fühle einfach nichts.« Sie zeigte auf ihr Herz.

»Gar nichts?«, fragte Leonard.

Sie sah ihn verzweifelt an, hob die Achseln und schüttelte langsam den Kopf. »Gar nichts«, sagte sie.

20. Kapitel

Niton, Isle of Wight, 15. Januar 1911

Vanessa stöhnte leise, als Rogers Hände ihre Schenkel hinauffuhren und er mit kalten Fingern ihre Schamlippen berührte. Sie zog ihn zu sich hinunter und küsste ihn voller Gier. Eben erst waren sie von einem langen Klippenspaziergang zurückgekehrt, und nun lagen sie nackt auf dem großen Teppich vor dem Kamin, übermannt von diesem Verlangen, das noch immer genauso brannte wie im Sommer, als sie einander zum ersten Mal geliebt hatten. Selten genug hatten sie die Gelegenheit, ihrem Verlangen nachzugeben. In London war es so gut wie unmöglich. Manchmal überlegte Vanessa, ob sie Virginia die Wahrheit über ihr Verhältnis zu Roger sagen sollte, um sich mit ihm am Brunswick Square treffen zu können, doch davor schreckte sie noch immer zurück, auch wenn Virginia vermutlich längst ahnte, was zwischen ihnen geschah.

Die Weihnachtstage bei Clives Familie in Seend waren kräftezehrend gewesen, wie im Grunde jedes Jahr, doch dieses Mal hatte die biedere Enge in Cleeve House die Energie so vollständig aus ihr herausgesaugt, dass sie glaubte, wieder einem Zusammenbruch nahe zu sein. Und so hatte Clive sie in ihrem spontanen Entschluss bestärkt, eine Woche ohne Kinder am Meer zu verbringen, und die Tatsache, dass Roger bei ihr weilen würde, als Teil des Genesungsplanes akzeptiert.

In den Tagen, die sie mit Roger verbracht hatte, war die Lebensfreude zurückgekehrt, wenngleich sein ständiger Tatendrang und seine Entdeckerlust sie bisweilen anstrengten. Jeder Pfad, jede versteckte Bucht musste erkundet werden, und so liefen sie oft stundenlang durch Wind und Kälte – wie auch heute. Morgens war er immer lange vor ihr auf den Beinen, und nachts, wenn sie schlief, arbeitete er an einem Aufsatz über Byzanz und den Post-Impressionismus. Für Muße schien Roger die Zeit zu fehlen. Als sie ihn fragte, woher er seine unerschöpfliche Energie nahm, antwortete er: »Aus meiner Liebe zu dir.« Sie fragte sich, woran es liegen mochte, dass sie selbst allzu oft den Schlaf allem anderen vorzog, sogar dem Liebesspiel. Ob ihre Liebe zu ihm nicht tief genug war, um ebensolche Kraft daraus schöpfen zu können?

Morgen früh würde Roger abreisen, dafür kam Virginia. Vanessa freute sich darauf, nicht zuletzt, weil sie ein paar ruhige Tage nötig hatte und sich im Beisein ihrer Schwester nicht scheute, bis zum Mittag im Bett zu bleiben und rein gar nichts zu tun.

Virginia war nach dem Umzug ins Haus am Brunswick Square in einem Maße aufgeblüht, wie Vanessa es nicht für möglich gehalten hätte. Sie vermutete, dass Leonard Woolf daran einen großen Anteil hatte, und war gespannt, ob sich die Dinge zwischen den beiden während ihrer Abwesenheit weiterentwickelt hatten.

Schnee fiel in dicken, nassen Flocken, als Virginia am frühen Nachmittag in der Pension eintraf, in der Vanessa sich eingemietet hatte. Die Schwester stand in einen großen Schal gehüllt am Fenster im ersten Stock und winkte ihr zu. Ein Gefühl der Erleichterung überkam Virginia. Sie war in Firle gewesen, um die Übergabe von Little Talland House abzuwickeln und in Asheham nach dem Rechten zu sehen, hatte jedoch kaum einen klaren Gedanken fassen können, weil sie seit der Nacht nach Leonards Antrag heftige Kopfschmerzen quälten, die ihr sogar den Schlaf raubten. Sie fror erbärmlich und wünschte nichts mehr, als ihre Füße dem warmen Kaminfeuer entgegenzustrecken und sich in die schwesterliche Zweisamkeit hineinfallen zu lassen.

»Du siehst krank aus«, sagte Vanessa stirnrunzelnd, als sie ihr den nassen Mantel abnahm. »Fehlt dir etwas?«

»Du fehlst mir.«

»Ach, Zicklein, komm her. Ich bin so froh, dass du da bist.«

Vanessa presste Virginia an sich, eine Umarmung, so eng wie seit vielen Jahren nicht. Virginia atmete den vertrauten Geruch der Schwester ein, und etwas von der Last, die sie seit Tagen mit sich trug, fiel von ihr ab.

»Er hat um meine Hand angehalten«, murmelte sie in Vanessas Schal. Dann, noch einmal lauter: »Leonard Woolf will mich heiraten.« Die Worte schienen der Tatsache erst jetzt Gültigkeit zu verleihen und wieder Schärfe in ihre Gedanken zu bringen.

Sie spürte, wie Vanessa kurz den Atem anhielt. Dann schob sie sie von sich weg. Ihre Augen strahlten.

»Und?«, fragte sie, voller Erwartung.

Virginia schüttelte den Kopf.

»Aber … wieso? Ich dachte, du schätzt ihn?«

»Das tue ich. Sehr sogar.«

»Dann verstehe ich nicht …«

»Ich liebe ihn nicht, Vanessa. Ich empfinde nichts, wenn er mir nah ist.«

»Ah«, machte Vanessa und nickte. Sie sah nicht überrascht aus.

»Ich weiß natürlich nicht, wie es sich anfühlen sollte, wenn man einen Mann liebt, aber ich denke, es ist mit dem Wunsch verbunden, einander umarmen und liebkosen und küssen zu wollen. Oder nicht?«

Vanessa wiegte den Kopf hin und her. »Es hilft, wenn man es möchte«, sagte sie und lächelte wissend. »Komm, trinken wir erst einmal einen Tee. Du bist ja völlig durchgefroren.«

Vanessa führte sie in einen kleinen, aber gemütlichen Salon, wo auf einem Tablett Tee und Scones bereitstanden, und rückte zwei Sessel an den Kamin. Virginia ließ sich von ihr in eine warme Decke wickeln und nahm dankbar den heißen Tee entgegen, den die Schwester ihr reichte. Allmählich tauten ihre Gliedmaßen wieder auf, und auch die Kopf- und Nackenschmerzen, die sie heute besonders plagten, ließen etwas nach. Eine Weile plauderten sie über Unverfängliches, wie das Wetter und die fast abgeschlossenen Renovierungsarbeiten in Asheham House, dann sagte Virginia unvermittelt: »Er würde seine Stellung in Ceylon für mich aufgeben.«

»Natürlich«, sagte Vanessa. »Schon allein deshalb solltest du ihn heiraten. Es wäre eine Schande, ihn zu verlieren. Er ist eine solche Bereicherung für Bloomsbury.«

»Aber ich kann doch nicht zulassen, dass er seinen sicheren Posten kündigt, um mich zu heiraten, wenn ich …« Virginia verzog beinahe angewidert die Miene.

»Du ekelst dich doch nicht etwa vor ihm?«

»Ekel ist ein scheußliches Wort. Aber wenn ich mich so gar nicht zu ihm hingezogen fühle? Ich meine, körperlich?«

»Verstehe.« Vanessa stellte ihre Teetasse ab und legte ein Holzscheit ins Feuer. Sie stocherte mit dem Schürhaken darin herum und bald loderte es kraftvoll auf. Virginia lockerte die Decke etwas.

»Und was hast du ihm gesagt?«, fragte Vanessa schließlich.

»Genau das. Mit etwas anderen Worten.«

Vanessa machte ein Gesicht, als hätte sie Zahnschmerzen. »Der Arme.«

Virginia schrumpelte innerlich zusammen. Jetzt tat es ihr leid, Leonard auf den Kopf zugesagt zu haben, dass sie keine Gefühle für ihn hegte, denn so ganz stimmte es ja nicht. Sie hatte ihn gebeten, ihr etwas Zeit zu geben, und den Wunsch geäußert, vorerst weiterzumachen wie bisher. Am nächsten Tag war ein Brief von ihm gekommen, in dem er ihr nochmals erklärt hatte, was er für sie empfand, dass er aber ihren Wunsch respektiere. Sie fragte sich, ob das überhaupt möglich war. Konnte sie von ihm verlangen, sie wie eine Freundin zu behandeln, wenn er sie doch liebte?

»Und wenn ich ihn heirate, ohne ihn zu lieben?«, fragte sie.

Vanessa dachte eine Weile nach, dann sagte sie: »Wenn du ihn gern hast, solltest du es in Betracht ziehen. Es ist gut möglich, dass sich die Liebe erst später einstellt.«

»Obwohl er Jude ist und keinen Penny besitzt?«

Vanessas Augen rundeten sich. »Virginia! Das kannst du nicht wirklich ernst meinen.«

»Er ist mir in vielen Dingen so fremd«, verteidigte Virginia sich.

»Das liegt daran, dass er so viele Jahre in einem fremden Land gelebt hat. Ich finde, gerade das macht ihn interessant.«

»Du kannst leicht so reden. Clive hatte Geld, und er war kein Jude.« In Vanessas Gegenwart klangen die Worte falsch, ja, fast ungeheuerlich. Woran mochte es liegen, dass derselbe Gedanke so unterschiedliche Qualitäten besaß, je nachdem, wem gegenüber man ihn äußerte?

»Wenn du einen Mann liebst, spielen weder Geld noch Glauben eine Rolle«, sagte Vanessa streng.

»Ja.« Virginia seufzte. »Damit sind wir wieder bei dem Problem, dass ich Leonard wohl nicht liebe.«

Vanessa lächelte nachsichtig wie eine Mutter, die ihrem Kind eine Dummheit verzeiht. »Ich wusste damals auch nicht, ob ich Clive liebe. Als ich mich aber einmal für ihn entschieden hatte …«

»… hat es nicht lange gedauert, bis du dich in einen anderen Mann verliebt hast«, fiel Virginia ihr ins Wort.

In Vanessas sonst so gleichmütiger Miene schien etwas bröckeln zu wollen, dann wurde ihr Blick wieder fest. »Wir wissen beide, dass der Weg dahin lang und schmerzhaft für mich war«, sagte sie. Virginia wartete darauf, dass sie ihren stummen Vorwurf aussprach und sie endlich das längst überfällige Gespräch über ihre eigene Tändelei mit Clive führen würden, doch die Worte blieben ungesagt. Und sie selbst wagte nicht, den Finger in diese Wunde zu legen, die in ihrer beider Seelen schwelte.

Sie sahen einander eine Weile wortlos an, dann sagte Vanessa: »Du weißt also über Roger Bescheid.«

»Wundert dich das?«

»Wir waren sehr vorsichtig.«

Virginia sah ihre Schwester mitleidig an. »Jeder, der Roger und dich zusammen sieht, muss es sehen. Mich erstaunt, dass du glaubtest, mich täuschen zu können.«

»Ich wollte dich nicht täuschen«, protestierte Vanessa.

»Warum dann das lange Schweigen? Hattest du Angst, ich würde Clive dein Geheimnis verraten?«

»Ach Clive.« Vanessa machte eine wegwerfende Handbewegung. »Er weiß es längst.«

»Selbstverständlich. Und es scheint ihn nicht zu stören, sonst ließe er wohl kaum zu, dass du mit Roger kopu…« Sie räusperte sich betont laut: »… so viel Zeit verbringst.«

»Wir malen zusammen und reden viel über Kunst.«

Virginia lachte laut. Es hatte etwas Befreiendes. Sie stand auf und kuschelte sich neben Vanessa in den Sessel. »Mein dummer Delfin. Glaubst du wirklich, ich nehme dir das ab?«

Vanessa spielte mit den Fransen ihres Schals. »Nein«, sagte sie schließlich.

»Und wie sehr liebst du Roger? Würdest du ihn heiraten, wenn Clive nicht wäre?«

»Die Frage stellt sich nicht.«

»Warum nicht?«

»Clive und ich führen eine gute Ehe, auch wenn jeder von uns noch andere Menschen liebt. Auf eine gewisse Weise lieben wir uns sogar, warum also sollten wir etwas zerstören, was gut funktioniert?«

»Auf eine gewisse Weise.« Virginia spürte den Worten nach. Würde sie Leonard auch auf *eine gewisse Weise* lieben können, wenn sie nur oft genug neben ihm eingeschlafen und mit ihm zusammen wach geworden war? War sie es ihm vielleicht sogar schuldig, diesen Versuch zu wagen? Sie lehnte ihren Kopf an Vanessas Schulter und schloss die Augen. Sie war zu müde, um weiter nachzudenken, und mit einem Male schien es auch gar nicht mehr wichtig. Roger, Leonard, Clive – wie einfach wäre es, wenn es keinen von ihnen gäbe, nur Vanessa und sie und das Kaminfeuer, das leise knisterte.

An Leonard Woolf
Brunswick Square
London

Niton, Isle of Wight, 15. Jan 1912

Lieber Leonard,

Virginia hat mir von Eurem Gespräch erzählt. Ich verspreche, niemandem davon etwas zu sagen, aber ich möchte, dass Du weißt, wie sehr ich mir für Dich wünschen würde, dass sie Dein Werben annimmt. Ich bin überzeugt, dass Du der perfekte Ehemann für sie wärest, und ich hoffe sehr, dass Du nicht nach Ceylon zurückkehrst – egal, wie sie sich entscheiden mag. Wenn Du fortgingst, wäre es ein herber Verlust für uns alle.

Gib nicht zu schnell auf. Virginia ist es wert, für sie zu kämpfen.

Du brauchst nicht zu antworten.

In Freundschaft

Vanessa

Vanessas Brief machte es nicht besser. Im Gegenteil. Leonard hatte das Gefühl, die Sache falsch angepackt zu haben. Er hatte Virginia die Pistole auf die Brust gesetzt. Es war falsch, es von ihrer Entscheidung abhängig zu machen, ob er nach Ceylon zurückkehrte oder nicht. Sie war zu sensibel, um sie einem solchen Entscheidungsdruck auszusetzen. Er hatte versucht, ihr das zu schreiben, aber die Tatsachen lagen auf dem Tisch.

Vielleicht hatte Vanessa recht, und Virginia könnte lernen, ihn zu lieben, wenn sie ihn erst besser kennenlernte. Er war ja erst wenige Monate in England. Wie hatte er glauben können, dass sie nach so kurzer Zeit schon bereit war, sich zu einem Eheversprechen hinreißen zu lassen?

Ende Mai endete sein Urlaub, und er würde die Rückreise antreten müssen. Wenn er überhaupt noch eine Chance haben wollte, Virginia für sich zu gewinnen, musste er Zeit gewinnen. Ein Ruck ging durch seinen Körper, und dann setzte er sich an den Schreibtisch, zückte seine Feder und schrieb ein Bittgesuch an den Staatssekretär des Kolonialministeriums, um ihn um eine Verlängerung seines Urlaubs zu ersuchen.

Brunswick Square, 15. Februar 1912

»Habt ihr Fieber gemessen?« Vanessa schälte sich aus ihrem Mantel und drückte ihn Adrian in den Arm, um schnell die Treppe hinaufzulaufen. Adrian hatte nach ihr geschickt, weil Virginia krank war, zum zweiten Mal schon in diesem Monat. Die beiden Einweihungsfeiern in Asheham House waren zu viel für sie gewesen. Vermutlich hatte auch das Winterwetter dazu beigetragen, dass es ihr nun so schlecht ging, zumal es in Asheham so kalt gewesen war, dass die Wasserleitungen eingefroren waren.

»Virginia behauptet, sie hätte kein Fieber. Aber es sind wieder die Kopfschmerzen. Und sie schläft nicht.«

Die alten Symptome also. Schon im Januar, kurz nach Leonards Antrag, hatte Vanessa eine Veränderung an der Schwester bemerkt. Die Lebensfreude und Energie, die sie in den Monaten zuvor versprüht hatte, waren einer großen Müdigkeit gewichen. Während alle anderen ausgelassen feierten, hatte Virginia still und bleich dabeigesessen, und nun lag sie seit zwei Tagen im Bett.

Im Zimmer war es dunkel, obwohl draußen die Februarsonne schien. Vanessa schob die Vorhänge ein Stück auf und trat leise an ihre Schwester heran. Sie hatte die Augen geschlossen und rührte sich nicht. Auf dem Nachttisch stand ein Tablett mit Orangensaft, Toast und Tee. Sie hatte nichts angerührt. Behutsam legte Vanessa eine Hand auf Virginias Stirn.

»Kein Fieber«, sagte Virginia. Ihre Stimme klang blechern wie die einer alten Frau.

»Adrian sagt, du schläfst nicht.«

»Ich werde von einer Nacht zur nächsten durchgereicht, aber keine will mich aufnehmen.« Virginia sprach mit geschlossenen Augen.

»Soll ich etwas mehr Licht hereinlassen? Vielleicht verschwindet dieser Eindruck dann.«

»Kein Licht!« Virginia hob die Hände, als müsse sie das Licht von sich schieben. Dann presste sie die Finger auf die Augen.

»Ach Zicklein«, flüsterte Vanessa. »So schlecht geht es dir wieder.« Sie strich Virginia übers Haar. Im Dachgeschoss wurde ein Stuhl verrückt, und sie hörte Schritte.

»Er gibt keine Ruhe«, ächzte Virginia.

»Wer? Leonard?«

»Jeder Schritt spaltet mir das Hirn.«

Das war es also. »Stört es dich, dass er dort oben wohnt?«, fragte Vanessa.

»Nein. Ja! Ich weiß es nicht.« Sie heulte auf, und ihre Miene verzerrte sich wie von einer akuten Schmerzattacke. Wieder presste sie die Finger auf ihre Augen.

Es zerriss Vanessa das Herz, ihre Schwester so leiden zu sehen wegen etwas, das sie hätte glücklich machen sollen. Musste sie Leonard am Ende fortschicken? Sie legte Virginia ihre kühle Hand auf die Stirn und wartete, bis die Schwester wieder ruhig atmete. Dann fragte sie: »Bist du einverstanden, wenn ich Dr. Savage rufen lasse?«

Virginia nickte, ohne die Finger von den Augen zu nehmen.

»Keinerlei Aufregung«, warnte Dr. Savage und entschied, dass wieder einmal eine Ruhekur angezeigt war. Vanessa schrieb Miss Thomas, und noch in derselben Woche begleitete sie Virginia ins Heim nach Twickenham. Virginia wehrte sich nicht. Im Gegenteil. Sie schien fast froh, in die Abgeschiedenheit des Heimes flüchten zu können.

Als Vanessa von Twickenham zurückkehrte, schrieb sie Leonard einen Brief:

Lieber Leonard,
wie Du weißt, geht es Virginia nicht sehr gut. Der Arzt sagt, sie habe sich in den letzten Monaten überanstrengt, und hat sie in Kur geschickt. Sie darf vorerst keine Besuche und auch keine Briefe empfangen. Ich bin sicher, dass sie sich rasch erholen wird.

Vanessa

21. Kapitel

Asheham House, Rodmell, Sussex im April 1912

Die vergangenen beiden Monate empfand Leonard als die schlimmsten seines bisherigen Lebens. Einen großen Teil der Zeit hatte er bei seinem Freund in Somerset verbracht, dem einzigen Menschen, dem gegenüber er seine inneren Qualen zu zeigen in der Lage war. Vom Kolonialministerium war ein Schreiben gekommen, in dem er gebeten wurde, den Grund für seine Urlaubsverlängerung zu benennen. Er hatte geantwortet, dass er das nicht könne, woraufhin sein Gesuch abgelehnt worden war. Und so waren die Wochen zerronnen, und der Tag, an dem jede Hoffnung auf ein Leben an der Seite Virginias durch seine Rückkehr nach Ceylon zerstört werden würde, rückte immer näher.

Niemand hatte ihm sagen wollen, wie es wirklich um Virginia stand. Aus der Tatsache jedoch, dass alle ihm dringlichst davon abgeraten hatten, Kontakt zu ihr aufzunehmen, schloss er, dass sie sehr ernsthaft erkrankt sein musste. Sie sei manchmal etwas hysterisch und brauche dann absolute Ruhe, hatte Adrian behauptet. Vanessa hatte versucht, ihn zu beruhigen, und gesagt, schuld sei eine Kombination aus Überarbeitung, zu vielen gesellschaftlichen Aktivitäten und Überforderung durch die Renovierungsarbeiten und den Umzug. »Sie neigt in solchen Situationen dazu, ein bisschen den Verstand zu verlieren«, hatte Vanessa mit einem Augenzwinkern erklärt, als sei dies eine belustigende Marotte ihrer Schwester. Ein Brief von Virginia, der Anfang März endlich eingetroffen war, hatte nicht zu seiner Beruhigung beigetragen, im Gegenteil. *Lass mich dir wunderbare Geschichten von den Verrückten hier erzählen. Übrigens haben sie mich zu ihrer unangefochtenen Königin erkoren. Ich habe eine Konklave einberufen und eine Proklamation über die Christenheit verlesen*, hatte sie geschrieben, neben einigen anderen unverständlichen Sätzen über Schlafmittel und Schokolade.

Nun war sie endlich aus Twickenham entlassen worden, und er durfte sie in Asheham wiedersehen, wo sie mit Vanessa, Roger und einer gewissen Ka Cox langsam wieder ins normale Leben zurückzukehren versuchte. Ka Cox gehörte zum weiteren Bloomsbury-Freundeskreis der Schwestern und besaß *einen zähmenden Einfluss* auf Virginia, wie Vanessa es formuliert hatte. Auch diese Worte klangen nicht eben beruhigend für Leonards Ohren.

Zur Erleichterung Leonards war es nicht Virginia, sondern Roger, der ihn an dem winzigen Bahnhof in Glynde mit einem Handkarren für sein Gepäck abholte. So konnte er vorfühlen, wie es um Virginia stand. Leonard schätzte Roger sehr. Dessen stille Empathie und zurückhaltende Diskretion im Hinblick auf die Gefühle seiner Mitmenschen, die ihn so wohltuend von seinen übrigen klatschsüchtigen Bloomsbury-Freunden unterschied, kamen Leonard sehr entgegen. Leonard hasste es, dass in Bloomsbury jede sich anbahnende Liebe oder Affäre, jedes persönliche Geheimnis ans Licht gezerrt und mit schamlosem Genuss ausdiskutiert wurde.

Sie begrüßten einander mit einer warmen Umarmung, und Leonard erkundigte sich nach Rogers Befinden.

»Mir ging es niemals besser.« Das Leuchten in Rogers Augen sprach für sich.

»Und alle anderen sind auch wohlauf?«, fragte Leonard und vermied es, den Freund dabei anzusehen. Das Gewicht der Frage verlangte nach der Schwerelosigkeit des Beiläufigen.

»Das sind sie«, antwortete Roger. »Alle«, setzte er mit Nachdruck hinzu und nickte Leonard beruhigend zu.

Mit der Abendsonne im Rücken wanderten sie über die einsamen Feldwege entlang der Ouse, die sich durch das weite Tal in den Ausläufern der South Downs schlängelte. Es war ein beträchtlicher Marsch nach Asheham, was jedoch keinen der Freunde je davon abhielt, die Strecke vom Bahnhof in Glynde zu Fuß zurückzulegen. Roger erzählte von seiner Idee, eine weitere postimpressionistische Ausstellung in Angriff zu nehmen – diesmal mit Werken von Künstlern wie Matisse, Picasso oder Georges Braque, neben denen der britischen Avantgarde, zu der er vor allem Duncan und Vanessa zählte.

»Und«, fragte Leonard. »Wollen die beiden dabei sein?«

»Duncan unbedingt. Vanessa traut es sich noch nicht zu, aber ich versuche ihr klarzumachen, dass sie eine der besten Malerinnen Englands ist.«

»Wenn sie ebenso an ihrem Talent zweifelt wie Virginia, hast du einiges an Überzeugungsarbeit zu leisten.«

Roger schmunzelte. »Ich gebe mir alle Mühe.« Dann wurde seine Miene ernst, und er fügte hinzu: »Es schmerzt zu sehen, in welch zerstörerischer Weise sich diese beiden begnadeten Wesen selbst infrage stellen.« Er ließ den Blick in die Ferne schweifen, wo der Abenddunst das Tal rötlich einfärbte.

Leonard blieb abrupt stehen. »Wie geht es Virginia wirklich?«, fragte er. Plötzlich fehlte ihm der Atem, um in diesem strammen Tempo weiterzugehen.

Roger wandte sich ihm zu und legte ihm eine Hand auf die Schulter wie ein Vater, der einen Sohn aufmuntert. »Es geht ihr jetzt wieder gut«, sagte er. »Ich denke, die Krise ist überstanden.«

»Was fehlte ihr?«

»Nervliche Überforderung«, sagte Roger. »Ich kenne das von Vanessa auch. Bei Virginia ist es wohl noch stärker ausgeprägt.«

»Daran bin ich schuld.«

»Was sagst du da?« Roger war ehrlich erstaunt.

Leonard erzählte ihm in aller Offenheit von seinen Gefühlen für Virginia und seinem Heiratsantrag und stellte zu seiner Erleichterung fest, dass der Freund davon nichts gewusst hatte. So hatten Virginia und wohl auch Vanessa das Schweigen darüber bewahrt.

Roger hörte wortlos zu und sagte dann: »Ich denke, du solltest dich nicht schuldig fühlen. Beide Schwestern haben offenbar eine Disposition zu solchen Nervenkrisen. Wir können es nicht verhindern. Aber ich bin überzeugt, dass wir ihnen dennoch beistehen sollten, wenn es passiert.«

»Auch wenn wir der Auslöser sind?«

Roger sah ihn nachdenklich an. »Wenn Virginia nichts für dich empfände, hätte dein Antrag sie niemals so zerrütten können. Von Vanessa weiß ich, dass sie bereits mehrere Heiratsanträge erhalten hat, und keiner davon hat auch nur die Spur eines Kratzers an ihr hinterlassen.«

»*Zerrütten*, sagst du.« Leonard ächzte leise. »So schlimm?«

»Nun«, Roger hob eine Schulter. »*Schlimm* ist ein sehr dehnbares Wort. Ich kenne sie ja noch nicht sehr lange, Vanessa jedenfalls war sehr besorgt. Wenn ich Virginia aber nun so sehe, dann kann ich keine Veränderung an ihr feststellen. Sie ist vielleicht ein wenig in sich gekehrt, aber doch unverändert geistsprühend und humorvoll.«

»Es erleichtert mich sehr, das zu hören. Ich fürchtete schon, sie könnte … Nun, du kennst diese Art von Sorge besser noch als ich.«

»Du spielst auf meine Frau an?« Roger sagte es ohne Argwohn, vielmehr mit wachem Interesse und mitfühlender Besorgnis.

Leonard öffnete ein Gatter und ließ Roger den Vortritt. Sie waren fast da. »Ich möchte dir nicht zu nahe treten«, sagte er mit entschuldigendem Lächeln.

»Das tust du nicht. Es ist gut und wichtig, dass wir darüber reden.« Roger blieb stehen und rang nach Luft, obwohl er bislang mühelos voranmarschiert war.

Leonard wollte ihm den Handkarren abnehmen, doch Roger schüttelte den Kopf.

Sie gingen eine Weile schweigend nebeneinanderher, dann sprach Roger leise weiter. »Als es bei Helen losging, waren die Symptome zunächst ähnlich. Kopfschmerzen, Schlaflosigkeit, zeitweilige Verwirrung. Wir haben unzählige Ärzte konsultiert, Ruhekuren durchgeführt, nichts half. Sie entfernte sich immer mehr, und egal, was ich tat, es wurde kontinuierlich schlimmer. Ich habe bis zum Schluss darum gekämpft, sie bei mir zu halten, aber ich hatte nicht die Macht, es …« Seine Stimme brach, und Leonard fühlte sich hilflos und ungeschickt.

»Ich bin sicher, dass du ihr der beste Ehemann warst, den sie sich hätte wünschen können«, sagte er und verbesserte sich schnell. »Und noch immer bist.«

Roger presste Daumen und Zeigefinger gegen seine Nasenwurzel und nickte stumm. Dann sah er Leonard an. »Ich weiß nicht warum«, sagte er, »aber mein Gefühl sagt mir, dass du an deinem Wunsch festhalten solltest, Virginia zu heiraten. Du kannst ihr das geben, was ihr fehlt: Kraft und Sicherheit. Ihre Liebe wird daran wachsen.«

»Mir bleibt keine Zeit mehr«, sagte Leonard. »Nächsten Monat muss ich nach Ceylon zurückkehren oder …« Er konnte nicht weitersprechen.

»Oder?«

»Meinen Rücktritt einreichen.«

»Verstehe«, sagte Roger. »Eine hohe Klippe, von der du da springen musst. Ich wünsche dir den Mut, das Richtige zu tun.«

Leonard seufzte tief. Er hatte sich einen eindeutigeren Rat von dem älteren Mann erhofft.

Roger schien es zu spüren. Er legte ihm erneut die Hand auf die Schulter und sagte: »Die Angst, dass Virginia krank werden könnte, kann ich dir nicht nehmen. Wenn es je dazu kommen sollte, empfehle ich euch Helens Psychiater. Er hat sie zwar nicht retten können, aber mir hat er das Vertrauen gegeben, das Richtige zu tun. Und das ist wahrscheinlich das Wertvollste, was ein Arzt in einer solchen Situation tun kann.«

Asheham House hatte etwas von einem verwunschenen Schloss. Es lag vollkommen einsam am Ende eines von Ulmen gesäumten Feldweges, das Hauptgebäude wirkte trotz seiner beachtlichen Größe durch die hohen, schmalen Bogenfenster zierlich und elegant. Die beiden Nebengebäude rechts und links davon boten nicht nur viel Platz für Gäste, sondern verliehen dem ehemaligen Bauernhaus auch etwas Altehrwürdiges und Erhabenes, und als Leonard mit Roger nun darauf zuging, war er fast ein wenig stolz, hier zu Gast sein zu dürfen. In diesem Augenblick flog die Tür zum Haupthaus auf, und herausgerannt kam ein laut jubelnder Julian mit Virginias Spaniel Hans, direkt gefolgt von Vanessa mit dem kleinen Gratian auf dem Arm, den inzwischen alle nur noch Quentin nannten, weil Julian das Wort »Gratian« nicht richtig aussprechen konnte. Hans bellte und sprang an Leonard hoch, Julian hängte sich an Rogers Hosenbein, Quentin plärrte laut, und Vanessa strahlte mit ihrem lockeren Kleid und dem um den Kopf gewundenen, farbigen Tuch eine solch warmherzige Zwanglosigkeit aus, dass an die Stelle des Stolzes das wohlige Gefühl trat, endlich zuhause angekommen zu sein. Leonard umarmte Vanessa, wuschelte Julian durchs Haar und strich dem kleinen Quentin über den Kopf. Dann nahm er Virginias Spaniel hoch, der keine Ruhe gab, und vergrub die Nase in seinem Fell.

»Willkommen, Leonard«, hörte er plötzlich Virginias Stimme. Er fuhr herum. Sie war unbemerkt aus dem Haus getreten und stand direkt hinter ihm. Zart, blass und schön wie eh und je stand sie vor ihm und sah ihn mit einem fast schüchternen Lächeln an.

»Virginia«, sagte er nur, und sie nickte, als wäre mit diesem einen Wort alles gesagt. Er nahm ihre Hand, und sie gingen zusammen ins Haus.

Vanessa bewohnte in Asheham House die beiden großen Westzimmer im oberen Stock, deren hohe Doppelfenster den Blick freigaben auf die sanfte Hügellandschaft der South Downs, die sich bis zur Küste erstreckte. In dem kleineren der beiden Räume hatte sie ihr Atelier eingerichtet, und die Vormittage, wenn es hell im Zimmer war, ohne die Schärfe des direkten Sonnenlichtes, verbrachte sie meist mit Malen – manchmal mit Roger, oft aber auch allein. Sie hatte begonnen, die Konturen ihrer Motive in Gauguin-Manier schwarz zu umreißen und kraftvolle Farben zu verwenden, was ihren Bildern mehr Frische und Ausdruckskraft verlieh, wie Roger sagte.

Noch war im Haus längst nicht alles perfekt. Die Latrinen mussten jeden Tag geleert werden, und die alten Wasserrohre waren an vielen Stellen leck, so dass es beständig irgendwo tropfte. Dennoch erfüllten sie die Ruhe des Ortes und der weite Blick über die Felder mit dem Gefühl von Ungezwungenheit und Entgrenzung, wie sie es seit den zauberhaften Wochen in Guildford im vergangenen Sommer nicht mehr verspürt hatte. Sie war froh um die Anwesenheit von Ka Cox, die sich hingebungsvoll um Virginia kümmerte. Die Schwester schien ihren inneren Frieden wiedergefunden zu haben, aber Vanessa hatte gelernt, dem Anschein von Stabilität bei Virginia zu misstrauen. Sie war immer nur einen winzigen Schritt vom Absturz ins seelische Chaos entfernt.

Ka Cox war selbst von einer unglücklichen Liebe zu dem hochsensiblen Dichter Rupert Brooke gebeutelt, aber sie war eine ruhige und zuverlässige junge Frau. Virginia nannte sie »Braunbär«, weil sie sowohl im Geist als auch in ihren Bewegungen etwas schwerfällig wirkte, dabei jedoch liebevoll, stets freundlich und hilfsbereit war. Virginia und Ka würden den ganzen April in Asheham verbringen, damit Virginia sich vor ihrer Rückkehr in das turbulente Londoner Leben vollständig erholen konnte.

Von ihrem Platz am Fenster konnte sie Leonard und Virginia in der Ferne sehen, die über den Feldweg auf den Fluss zu wanderten. Leonard hatte nach dem Frühstück vorgeschlagen, einen gemeinsamen Spaziergang zu unternehmen. Es war nur ein kurzer Blickwechsel zwischen ihr und Roger vonnöten, um sich darauf zu verständigen, dass sie nicht mitgehen sollten. Die beiden sollten die Möglichkeit zu einem Gespräch erhalten. Ka hatte sie durch einen Stoß unter dem Tisch zu verstehen gegeben, dass sie ebenfalls zurückbleiben sollte. Sie hatte es sofort begriffen und erklärt, sie würde lieber daheim bleiben und im Garten ein paar Blumen pflanzen.

Vanessa konnte sich nicht erinnern, je etwas mehr erhofft zu haben, als dass Virginia Leonard trotz all ihrer Ängste und Vorbehalte heiraten würde. So vieles könnte dadurch leichter werden. Die Verantwortung für die jüngere Schwester lastete immer noch schwer auf ihr, obschon sie längst nicht mehr zusammenlebten. Virginias psychische Labilität war die letzte Fessel, die sie noch an die gemeinsame Vergangenheit kettete. Wenn die Schwester endlich den ruhigen Hafen fände, in dem sie ohne Qualen leben und schreiben konnte, wie sie es wollte, dann, so glaubte Vanessa, könnte auch ihre eigene Seele die Flügel ausbreiten und sich zu der Frau und Künstlerin aufschwingen, die sie sein wollte.

Sie hörte ein Geräusch hinter sich. Roger war ins Zimmer getreten und hatte sich auf den Hocker vor ihrer Staffelei gesetzt. Er betrachtete das Bild, an dem sie gerade arbeitete – eine Rückansicht von Asheham House mit einem großen Heuballen im Vordergrund. Sie hatte sich von Monets Heubildern inspirieren lassen und sie mit kräftigen Farben und klaren Formen post-impressionistisch weiterentwickelt.

»Es ist großartig«, sagte er.

»Noch ist es nicht fertig.« Sie stellte sich hinter ihn und legte ihre Arme um ihn. »Du lobst zu früh.«

»Ich kann dich gar nicht zu früh loben. Alles, was du tust, ist gut und richtig.«

Sie lachte leise. »Was meinst du nur damit?«, fragte sie neckisch und schlang ein Bein um das seine. Sie ließ ihre Hände tiefer gleiten und küsste seinen Nacken.

Er ließ ein leises Brummen hören, halb zufrieden, halb lustvoll. »Du solltest vorsichtig sein, ich bin in gieriger Verfassung.«

»Niemand ist im Haus, und Clive ist weit, weit fort«, sagte sie und biss in sein Ohrläppchen. Sie wusste, dass ihn das jedes Mal verrückt machte.

»Das hast du geschickt eingefädelt.« Er packte ihre Hand und zog sie zu sich herum.

»Nicht wahr?«, gurrte sie und öffnete die Knöpfe ihrer Bluse. Er griff ihre Schenkel und hob sie auf den Tisch neben der Staffelei, der vollständig mit Pinseln und Farbtöpfen bedeckt war. Ein Gefäß mit Pinseln fiel zu Boden, doch es störte sie nicht. Sie überließ sich dem Augenblick, ohne Gedanken an Virginia, Leonard oder Ka, an Clive oder an irgendjemanden sonst. Was zählte, war nur die reine Empfindung, der süße Schmerz der Lust, die gestillt werden wollte, jetzt und hier, zwischen all diesen Farben, die ihr Leben leuchten ließen.

»Ich habe einen Antrag auf Urlaubsverlängerung gestellt.«

»Oh«, sagte Virginia, und ihr Herz machte einen kleinen Satz vor Freude. »Es wäre wundervoll, wenn du noch bleiben könntest.«

Sie standen auf der kleinen Brücke, die über die Ouse nach Rodmell führte. Virginia hatte Leonards Besuch mit einiger Nervosität entgegengesehen, und obwohl sie in Twickenham weder Briefe noch Besuche von ihm hatte empfangen dürfen, so war er ihr doch die ganze Zeit nah gewesen. In den ersten Tagen im Heim hatte sie mit ihren Gefühlen gerungen wie mit einem hungrigen Raubtier, doch nach und nach hatte sich ihr innerer Aufruhr gelegt. Sie hatte begonnen, ihn zu vermissen, die Gespräche mit ihm, seine Bewunderung und Zugewandtheit, und ja, auch das sehnsüchtige Begehren in seinem Blick. Inzwischen erschienen ihr die seelischen Qualen der vergangenen Monate wie ein längst verblasster Alptraum. Daher ärgerte sie sich nur ein wenig darüber, wie geschickt Vanessa dafür gesorgt hatte, dass sie nun mit Leonard allein unterwegs war – natürlich nicht, ohne Leonard mehrfach daran zu erinnern, dass Virginia sich nicht überanstrengen dürfe. Diese Mischung aus Kupplerin und fürsorglicher Schwester ging Virginia ordentlich gegen den Strich.

»Meine Bitte ist abgelehnt worden«, sagte Leonard, ohne Virginia anzusehen.

Virginia klammerte sich am Brückengeländer fest und blickte in das trübe Wasser des Flusses, der bei Ebbe – wie jetzt gerade – träge dahindümpelte, bei Flut jedoch zu einem reißenden Strom werden konnte.

»Also wirst du zurückkehren«, sagte sie tonlos und versuchte, ruhig und gleichmäßig weiterzuatmen, während sie auf seine Antwort wartete.

Als er bei seiner Ankunft ihre Hand ergriffen und mit ihr ins Haus gegangen war, hatte sie sich geborgen gefühlt wie nie zuvor im Leben. Inzwischen ahnte sie, dass sie kaum je in leidenschaftsvoller Liebe zu ihm würde entflammen können. Es lag wohl offenbar nicht in ihrer Natur. Seinen Geist jedoch, seine Geradlinigkeit und moralische Stärke liebte sie mit aller Inbrunst. Sie wusste nicht, wie sie es ertragen sollte, wenn er nun aus ihrem Leben verschwände.

Sie riss den Blick vom Wasser los und wandte sich ihm zu. Er stand aufrecht und mit hinter dem Rücken verschränkten Händen neben ihr und blickte in eine unbestimmte Ferne. Seine Kiefermuskeln mahlten, und sie konnte sehen, dass er mit seiner Antwort rang.

»Irgendwann wirst du wiederkommen, nicht wahr«, fragte sie leise.

Ein Ruck schien durch seinen Körper zu gehen, etwas in seinem Blick löste sich, und er stöhnte beinah unhörbar. Unwillkürlich streckte sie die Hand aus und berührte seine Lippen, die sich wie in akutem Schmerz verzerrten.

»Mein Gott, Virginia«, flüsterte er. Und dann plötzlich fand sie sich in seinen Armen wieder, und seine Lippen suchten die ihren. Sein Kuss war sanft und schmeckte leicht nach dem Kaffee, den er zum Frühstück getrunken hatte. Sie registrierte, dass sie den Duft seines Rasierwassers mochte, der Kuss selbst jedoch keinerlei Empfindung in ihr auslöste.

Leonard schien es zu spüren. Er schloss die Augen, nickte wie ergeben in ein unvermeidliches Schicksal, entließ sie jedoch nicht aus seiner Umarmung. »Sag mir, was ich tun soll«, bat er.

»Glaub mir, ich würde dich von ganzem Herzen bitten wollen, hierzubleiben, an meiner Seite. Aber noch weiß ich nicht, ob ich dich je so werde lieben können, wie du es dir vielleicht wünschst.«

»Meine Liebe kann für uns beide reichen, wenn du sie nur annehmen wolltest. Meine große Angst aber ist, dass sie dich unglücklich machen wird.«

»Wissen wir das je?«, fragte sie. »Ist nicht das ganze Leben eine einzige emotionale Unwägbarkeit?«

Er lächelte und strich mit dem Zeigefinger zärtlich über ihre Wange.

»Ich weiß nicht, was geschehen wird«, fuhr sie fort. »Aber jetzt wünsche ich mir …« Sie holte tief Luft. »Jetzt wünsche ich mir, dass du bliebest.«

»Dann sollte ich also mein Rücktrittsgesuch einreichen?«

Virginia zog die Schultern hoch, wie um sich schon jetzt vor den Folgen dieser Entscheidung zu schützen. »Du würdest dir eine große Karriere verderben.«

»Für eine Frau, die nicht weiß, ob sie mich je lieben kann.«

»Für eine Frau, deren Angst, dich unglücklich zu machen, ebenso groß ist wie deine.«

»Ist das nicht der beste Beweis dafür, dass du mich lieben musst?«

»Ich glaube eher, es beweist, dass wir zwei fürchterlich unentschlossene Menschen sind. Wie sollen wir es zusammen je zu etwas bringen?«

Leonard schürzte die Lippen, und sein Blick schweifte über ihren Kopf hinweg hin zu den Hügeln im Westen, aus deren Dunstfeldern die Kirchturmspitze von Rodmell hervorragte. Hans hatte auf dem Feld jenseits der Brücke offenbar ein Mauseloch entdeckt und grub sich wie wild in die Erde. Leonard pfiff ihn zurück, und er gehorchte sofort. »Ich würde dir gerne zeigen, dass es möglich ist«, sagte er schließlich.

Virginia betrachtete sein Gesicht, die blauen Augen, in denen so viel Entschlossenheit lag, und die hohe Stirn, die ihm etwas Stolzes, Erhabenes verlieh. Mit leiser, aber fester Stimme sagte sie: »Dann zeig es mir.«

22. Kapitel

St Pancras, London, 10. August 1912

»Ja, ich will«, hörte Vanessa die leise Stimme ihrer Schwester und gleich darauf einen krachenden Donner, der Vanessa aus ihren Gedanken hochschrecken ließ. Sie hatte darüber nachgedacht, ob sie den Namen des kleinen Quentin auch urkundlich ändern sollte, da ihn ohnehin niemand mehr bei seinem Taufnamen rief.

In die kleine Pause, die entstand, nachdem der Standesbeamte Leonard Sidney Woolf und Virginia Adeline Stephen zu Mann und Frau erklärte und um die Ringe bat, hob Vanessa die Hand und sagte: »Entschuldigen Sie bitte, verehrter Mr Stevens« – so hieß der kleine bucklige Standesbeamte, der kaum die Hand vor Augen sehen konnte – »ich hätte eine Frage.«

Mr Stevens blinzelte irritiert, George Duckworth neben ihr runzelte die Stirn, und Virginia und Leonard drehten sich mit verwunderten Blicken zu ihr um.

Es war ein schwülheißer Tag, Blitze zuckten über den Himmel, und Vanessa lief der Schweiß über den Rücken. In dem stickigen Raum hatte sich eine kleine, bunt zusammengewürfelte Hochzeitsgesellschaft versammelt. Außer ihren Halbbrüdern George und Gerald Duckworth war von den Familienangehörigen nur noch die schwerhörige und langsam dahinsiechende Tante Mary Fisher eingeladen worden, die sich zwischen Roger und Saxon auf ihren Krückstock stützte und Unverständliches vor sich hin murmelte. Neben Gerald, der wie George mit Gehrock, Hut und

Handschuhen aussah wie einem alten Familienfoto entsprungen, stand Duncan, die Hände in den Taschen seiner viel zu großen Hose vergraben. Da er selbst keine dem Anlass angemessene Kleidung besaß, hatte er sich Anzug, Schuhe und Fliege von verschiedenen Freunden zusammengeliehen. Der Beinlänge nach zu urteilen, musste die Hose von Lytton sein, und auch Desmonds feine Lederschuhe waren ihm gewiss zwei Nummern zu groß. Aber Duncan lächelte mit der ihm eigenen Nonchalance über seine alberne Aufmachung hinweg und trug dazu bei, dass dem denkwürdigen Ereignis ein Hauch von Absurdität anhaftete.

Vanessa war Trauzeugin, zusammen mit George, dem die Ehre des Trauzeugen als ältestem Bruder von Virginia selbstverständlich zustand. Clive war nicht anwesend. Er hatte vorgegeben, sich um die Vorbereitungen für das gemeinsame Mittagessen kümmern zu wollen, das anschließend am Gordon Square stattfinden sollte. Auch Leonards Mutter war zu Vanessas Erstaunen nicht zugegen. Virginia behauptete, Mrs Woolf sei mit Leonards Wahl nicht zufrieden und bleibe deshalb der Trauung fern, was Leonard jedoch vehement abstritt.

»So stellen Sie Ihre Frage bitte«, sagte nun der Standesbeamte und wedelte ungeduldig mit der Hand.

»Wie muss ich verfahren, wenn ich den Taufnamen meines Sohnes ändern möchte?«, fragte Vanessa.

»Das hätte ja auch noch einen Moment Zeit gehabt«, zischte George hinter vorgehaltener Hand.

Virginia kicherte und zuckte gleich darauf zusammen, als direkt über ihnen erneut ein Donner krachte.

Der Standesbeamte machte ein missbilligendes Gesicht, erklärte ihr dann aber doch ausführlich das Prozedere, bevor er sich wieder den Trauringen zuwandte, die Leonard ihm direkt unter die Nase hielt, damit er sie sähe.

Vanessa betrachtete den zarten Nacken ihrer Schwester und ihre eckigen Schultern. Sie war hektisch und nervös gewesen in den letzten Tagen, und Vanessa hatte bereits eine neuerliche Nervenkrise befürchtet. Die Schwester hatte immer wieder beteuert, sehr glücklich zu sein, dabei jedoch so wenig glücklich dreingeblickt, dass Vanessa bis zum Schluss nicht an eine Heirat glauben konnte. Auf dem Weg hierher hatte sie sich an Leonards Arm geklammert, wie um sich selbst davor zu bewahren, im letzten Augenblick doch noch ihre Meinung zu ändern und davonzulaufen. Nun war es also tatsächlich geschehen, und eigentlich könnte Vanessa nun entspannt in die Zukunft blicken, stattdessen sorgte sie sich um alles Mögliche – wie um Quentins Namensänderung. Vielleicht hatte sie einfach verlernt, entspannt zu sein.

Leonard hingegen war die Ruhe selbst. Er steckte Virginia den Ring an den Finger und küsste sie sanft auf ihre gespitzten Lippen, eine Zärtlichkeit im Blick, die seine sonst so harten Züge weich und fast jungenhaft wirken ließen. Vanessa wünschte ihm aus tiefstem Herzen, dass er seinen Entschluss, die sichere Stellung in Ceylon gekündigt zu haben und Virginia zu heiraten, niemals bereuen würde. Als sie und George vortraten, um ihre Unterschrift auf der Heiratsurkunde zu leisten, brach draußen der Himmel auf und ließ zugleich Blitz, Donner und sintflutartigen Regen über St Pancras niedergehen.

Clive saß in seinem Arbeitszimmer und wartete auf die Rückkehr der Hochzeitsgesellschaft. Er hatte es nicht übers Herz gebracht, der Zeremonie beizuwohnen, obwohl ihn Virginia sogar noch zu überreden versucht hatte.

»Du bist mein Schwager, du musst mitkommen.«

»Ich bin nur noch halb dein Schwager, wie du ja weißt«, hatte er gesagt. »Roger ist an meine Stelle getreten. Vanessa wünscht es so, und ich lebe damit.«

Er hatte ihr nicht sagen können, dass er sich noch immer in Liebe zu ihr verzehrte und es nicht mitansehen konnte, wie er sie endgültig an Leonard verlor. Er nahm für sich in Anspruch, ihr Talent entdeckt und ihre ersten Schritte auf dem Weg zur Schriftstellerin begleitet zu haben. Seit Leonard in Virginias Leben getreten war, hatte sie ihn nicht mehr um seine Meinung zu ihren Texten gebeten. Diese Aufgabe erfüllte nun Leonard, und wie es schien, konnte dieser es besser als er.

Clive flüchtete sich in die Arbeit an dem eigenen Werk, das er zu schreiben gedachte: einen langen Essay über das Wesen der modernen Kunst, eine Ästhetik des Post-Impressionismus. Er würde es schlicht *Kunst* nennen und darin all die Erkenntnisse zusammenfassen, zu denen er gemeinsam mit Roger im Hinblick auf die neue Art zu malen gelangt war.

Wenngleich Roger ihm seine Frau abwendig gemacht hatte, schätzte er ihn noch genauso wie zu Beginn ihrer Bekanntschaft. Vanessa war neben Virginia eine der begehrenswertesten Frauen in ganz England, wie sollte er es dem Freund verübeln, dass er ihr verfallen war? Niemand trug Schuld, allein das Schicksal, das sie die dornigen, verschlungenen Pfade der Liebe entlangtrieb. Vanessa und er hatten sich darauf verständigt, gemeinsam für das Wohl ihrer Kinder zu sorgen und in Fragen der Liebe einander nicht im Wege zu stehen. Im Moment allerdings schien es, als sei das Opfer, das er darbringen musste, ungleich größer als das ihre. Seine Geliebte, Annie Raven-Hill, war mit ihrem Mann nach Südfrankreich entschwunden, und er hatte sie viele Monate nicht mehr gesehen. Vanessa schlief getrennt von ihm in einem eigenen Zimmer, wenn sie nicht mit Roger schlief, und Virginia würde ihm vermutlich fortan nicht einmal mehr ihre entzückenden Briefe schreiben. Er war von allen verlassen worden.

Er sah auf die Uhr. Die Trauung war für Viertel nach zwölf angesetzt, nun waren es wenige Minuten vor halb eins. Wenn nicht der Blitz im Standesamt von St Pancras eingeschlagen war, dürfte inzwischen aus Miss Virginia Stephen Mrs Woolf geworden sein. Mit einem tiefen Seufzer griff er nach einem Bogen Papier und seiner Feder. Ein paar wenige Worte wollte er der großen, heimlichen und so schmerzlich unerwiderten Liebe seines Lebens noch schreiben. Dann würde er sich leise und rücksichtsvoll aus ihrem Leben zurückziehen und in den schottischen Bergen der einzigen Leidenschaft nachgehen, die ihm geblieben war – der Jagd.

Asheham House am selben Tag

Es war noch hell, als Virginia und Leonard am Abend nach ihrer Trauung und einem ausgedehnten Lunch am Gordon Square in Begleitung der Köchin und Hans, dem Spaniel, in Asheham House eintrafen. Sie würden die erste Nacht ihres Ehelebens hier verbringen und anschließend ihre Hochzeitsreise antreten.

Im Sommer war Asheham ein Paradies. Während draußen die Hitze über den Feldern flirrte, war es im Haus stets angenehm kühl. Die heftigen Unwetter, die am Vormittag über London niedergegangen waren, hatten Sussex offenbar verschont. Mrs Funnell, die Frau des Schäfers, die sich um die Reinigung und Befüllung der Latrinen kümmerte und während ihrer Abwesenheit die Räume staubfrei und gut durchlüftet hielt, hatte frische Sommerblumen auf den Tisch im Salon gestellt und überall Fenster und Türen geöffnet. Das Zirpen der Grillen erfüllte das Haus, und fast glaubte Virginia, bereits in Südfrankreich zu sein, wohin sie nach einem kurzen Aufenthalt in Somerset reisen würden. Das innerliche Zittern, das es ihr am Morgen beinah unmöglich gemacht hatte, einen Schritt vor den anderen zu setzen, war einer fast verwegenen Hochstimmung gewichen. Sie hatte geheiratet! Von nun an würde man sie mit Mrs Woolf ansprechen, sie und Leonard würden schreiben und endlos über Bücher reden, Kinder haben und viele Reisen unternehmen. Die Zukunft schien rosig und wunderbar, auch wenn sie sich natürlich ein wenig einschränken mussten, um mit ihrem Geld auszukommen. Sie hatten alles genau durchgesprochen; Leonard wollte schreiben, aber auch praktisch arbeiten. Er interessierte sich dafür, wie in Fabriken gearbeitet wurde und was gegen die Armut der Arbeiter getan werden konnte. Er wollte unabhängig sein und nicht, wie in Ceylon, das Werkzeug einer Regierung, »die Menschen ihrer Würde und Selbstständigkeit beraubte«, wie er gesagt hatte. Im Juni hatte sie ihn mit Janet Case und Margaret Llewelyn Davis, einer weiteren Aktivistin für die Sache der Frau, bekannt gemacht, woraufhin er sich der Frauenwahlrechtsbewegung angeschlossen hatte und fest entschlossen war, das Los arbeitender Frauen zu verbessern.

Sie selbst würde *Melymbrosia* abschließen und einen neuen Roman beginnen. Sie hatte bereits eine Idee dazu, aber zuvor musste sie das zerpflückte und vielfach umgeschriebene Manuskript in eine Form bringen, die einer Begutachtung durch einen Verlag standhalten konnte. Noch heute Mittag hatte Leonard mit ihrem Halbbruder Gerald gesprochen, der inzwischen einen eigenen Verlag besaß. Gerald war bereit, sich ihr Manuskript anzusehen, was ihr einen unangenehmen Druck in der Magengegend verursachte, wenngleich es sie mit der Hoffnung erfüllte, ihren ersten eigenen Roman bald gedruckt zu sehen. Doch all diese Pläne und

Ideen lagen in einer ferneren Zukunft. Heute lag eine heiße Augustnacht mit zirpenden Grillen vor ihnen, mit dem Duft von Lavendel, der durch die Fenster hereinzog, und einem großen Bett im Obergeschoss, das sie zum ersten Mal teilen würden.

In den vergangenen Monaten hatten sie beinahe jeden Abend zusammen verbracht, manchmal waren sie ins Theater oder in die Oper gegangen, meist jedoch zuhause geblieben und hatten bis spät in die Nacht geredet. Inzwischen glaubte Virginia, Leonard so gut zu kennen wie keinen anderen Menschen auf der Welt, außer vielleicht Vanessa. Wenn sie jedoch versucht hatte sich vorzustellen, wie sie sich auskleiden und nebeneinander ins Bett legen würden, war in ihrem Kopf eine Art Nebel entstanden, der ihre Gedanken ins Leere laufen ließ. In diesem seltsamen Zustand des Nicht-mehr-denken-Könnens hatte ein beängstigendes Gefühl der Substanzlosigkeit sie erfasst, welches sie aus ihren schlimmsten Momenten der Krankheit kannte. Dann half es, Gegenstände zu berühren, die Festigkeit der Dinge zu spüren, wie beispielsweise die eines Buches, einer Schreibfeder oder auch der hölzernen Lehne eines Gartenstuhls, wie dem, den sie in diesem Moment umklammerte.

Leonard sprach, aber sie hatte nicht zugehört, zu sehr konzentrierte sie sich auf die Struktur des verwitterten Holzes, das noch warm war vom Tag. Sie saßen auf der Terrasse, auf dem Tisch zwischen ihnen eine Kerze, zwei halb geleerte Weingläser und ihre eigene Angst vor dem, was kam.

»Wie bitte?«, fragte sie.

»Es ist spät, wir sollten vielleicht ins Bett gehen?«

Oft hatte er diese Worte in den letzten Monaten gesprochen, allerdings nie in fragendem Tonfall.

»Du hast recht, es ist spät«, sagte sie, rührte sich jedoch nicht.

»Möchtest du vorgehen?«, fragte er.

Sie brauchte eine Sekunde, um zu begreifen, dass er ihr damit die Möglichkeit geben wollte, sich ohne sein Beisein auf die Nacht vorzubereiten.

Dankbar legte sie ihre Hand auf die seine: »Das werde ich tun. Schließt du alles gut zu, damit keine wilden Tiere ins Haus kommen?«

Im Schein der Kerze wurde sein Lächeln zu einer bedrohlichen Fratze.

In ihrem Zimmer war ihr eigenes schmales Bett gegen das größere aus einem der Gästezimmer ausgetauscht worden. Es roch fremd, aber vielleicht bildete sie sich das auch nur ein. So rasch sie konnte, entkleidete und wusch sie sich und schlüpfte in das sündhaft teure Seidennachthemd, das sie vor zwei Tagen in einem verzweifelten Akt der Selbstüberzeugung bei Selfridges gekauft hatte.

Dann wartete sie. Leonard ließ sich Zeit. Sie hörte seine Schritte, Türen, die verriegelt, und Fensterläden, die geschlossen wurden. Er hatte seinen Koffer im Nebenzimmer abgestellt, und dort hinein ging er nun. Würde er gar nicht zu ihr kommen? Mit klopfendem Herzen lauschte sie auf die knarzenden Dielen nebenan, hin- und hergerissen zwischen dem Wunsch, er möge dortbleiben, und der Sorge, er könne still für sich beschlossen haben, niemals den Akt mit ihr vollziehen zu wollen. Verdenken könnte sie es ihm nicht, nach allem, was sie ihm mit ihrer Offenheit in Bezug auf ihre eigenen Gefühle zugemutet hatte.

Eine Weile blieb es still, dann hörte sie wieder Schritte, und die Tür zu ihrem Zimmer öffnete sich. Sie hatte das kleine Nachtlicht neben ihrem Bett gelöscht, die Fensterläden jedoch einen Spalt offen gelassen, gerade genug, um die Umrisse seiner schmalen, hohen Gestalt noch erkennen zu können. Sie stellte erleichtert fest, dass er nicht nackt war.

Er legte sich neben sie. Schwieg. Atmete.

Sie sollte etwas tun, vielleicht auch etwas sagen, ihm zu verstehen geben, dass er sie berühren durfte, doch sie war vollkommen starr. Selbst ihr Brustkorb schien erstarrt, und das Atmen fiel schwer.

»Schläfst du?«, flüsterte er nach einer Weile.

»Nein«, presste sie hervor.

»Du hast mich heute sehr glücklich gemacht, Virginia.« Er richtete sich auf, sein Gesicht ein schwarzer Schatten in der Dunkelheit.

»Du mich auch.« Drei Wörter nur und doch so schwer, gegen diesen Druck auf der Brust auszusprechen.

Er küsste ihre Stirn, den Mund und ihre Halsgrube, dann schob er die Decke ein Stück beiseite und küsste ihre Schlüsselbeine.

»Ich weiß nicht, was ich tun muss. Muss ich etwas tun? Willst du, dass ich mich entkleide?« Sie sprach schnell und stimmlos, das ging, auch ohne zu atmen.

»Sch…«, machte er nur, und seine Hand glitt unter die Decke. Sie hörte, wie sein Atem sich beschleunigte, spürte die Wärme seines Körpers, seine Hand auf ihrem Bauch. Sie starrte an die Decke, unfähig, sich zu bewegen, nur ihre Lippen bewegten sich wie von selbst.

»Vielleicht möchtest du mehr Licht, braucht es Licht? Ich will dir eine gute Frau sein, bestimmt mache ich nicht alles richtig, ich werde mir Mühe geben, es … die Grillen sind laut heute, in Griechenland waren sie es auch, weißt du, wie man sie auf Griechisch nennt? Wenn dort die Hitze …« Sie redete, ohne nachzudenken, über Griechenland, über Thoby und den Typhus, das Wetter und Versformen im antiken Drama. Sie merkte, dass ihre Worte nach einer Weile keinen Sinn mehr ergaben, konnte jedoch nicht aufhören zu sprechen. Erst als Leonard ihre Hände festhielt und laut

»Virginia, beruhige dich!« rief, wurde ihr bewusst, dass ihre Starre sich gelöst und sie um sich geschlagen hatte.

»Ich bin still, ich bin still, ich werde ganz still sein. Aber bitte lass mich los!«, wimmerte sie. »Nicht festhalten, bitte nicht festhalten!«

Sofort ließ Leonard sie los. »Bleib ganz ruhig«, keuchte er. »Ich werde dich nicht berühren. Bleib ruhig.«

Er setzte sich auf, mit dem Rücken zu ihr, und eine Weile war nichts als das Zirpen der Grillen und ihr eigener Atem zu hören.

»Ich will dir nichts tun, Virginia. Es ist nichts Gefährliches dabei«, sagte er schließlich.

Sie nickte nur. Auf einmal fühlte sie sich unendlich erschöpft.

»Möchtest du, dass ich nebenan schlafe?«

»Nein«, flüsterte sie. »Bleib da. Bitte.«

Er stand auf, ging ans Fenster und schob die Läden weit auf. Die Nachtluft war mild und besänftigend.

»Stört es dich, bei offenem Fenster zu schlafen?«, fragte er.

»Nicht, wenn du neben mir liegst.« Zumindest das konnte sie aus tiefer Überzeugung sagen.

Er kehrte zurück ins Bett, und als er eine Weile reglos neben ihr gelegen hatte, legte sie ihren Kopf auf seine Schulter und spürte dem Gefühl des Friedens nach, den ihr diese stille Nähe zu ihm brachte.

23. Kapitel

An Vanessa Bell
Asheham House
Rodmell, Sussex

Valencia, September 1912

Geliebte Schwester,
Leonard schimpft mit mir, weil ich Deine Briefe nicht beantworte, die Du uns so treu in unser spanisches Exil geschickt hast. Sei gewiss, mein Schweigen liegt allein an der Hitze, die es mir nahezu unmöglich gemacht hat, die Feder zu führen, aber Leonard hat Dir ja bereits ausführlich von unseren täglichen Abenteuern und nächtlichen Kollisionen berichtet. Wenn er Dir schreibt, dass ich Schwierigkeiten mit dem Schlafen und dem Essen habe, vergisst er, dass das Malariafieber ihn selbst eine ganze Woche dahingestreckt hat. Nun ist er aber wieder wohlauf, und ich versuche, so gut es geht, die letzten Tage unserer Reise zu genießen, inklusive meiner ehelichen Pflichten (was, wie Du Dir denken kannst, weniger gut geht). Ich habe den Verdacht, dass das Gewese um den Beischlaf reichlich übertrieben wird, ist es nicht so? Ehe und Kopulation sind in meinen Augen vollkommen überschätzte Angelegenheiten. Abgesehen von meiner anhaltenden Freude darüber, Mrs Woolf geworden zu sein und von nun an jeden Ärger sofort an meinem Ehemann auslassen zu können (er wird diesen Brief nicht zu lesen bekommen, keine Angst), könnte ich noch immer Miss Stephen sein. Wir lesen uns gefräßig durch die vielen mitgebrachten Bücher und sind fest entschlossen, ein Leben in Literatur zu führen. Welch ein Segen wäre es, mich nur noch von Buchstaben ernähren zu können!

Mein lieber Delfin, ganz gleich, was Leonard Dir über meinen Zustand schreibt, glaube ihm nicht, ich bin wohlauf und immer noch die glücklichste Frau auf Erden. Ich kann mir keinen besseren Menschen an meiner Seite wünschen als Leonard.

Küss mir den Mann, der gerade an Deiner *Seite weilen darf, vor allem aber Julian und Quentin, ich hoffe, beide sind wohlauf,*

Deine Ziege

Stirnrunzelnd ließ Vanessa den Brief sinken. Schon Leonards letzter Brief aus Valencia hatte sie beunruhigt, weil er darin angedeutet hatte, dass Virginia unter häufigen Kopfschmerzen und Schlaflosigkeit litt und seine Nächte mit ihr einem *Ritt auf dem Rücken einer verletzten Hirschkuh* glichen. Wenn Vanessa Virginias Worte richtig deutete, waren Leonards Versuche, mit ihr zu schlafen, bislang nicht von Erfolg gekrönt. Das allein vermochte Vanessa nicht weiter zu beunruhigen – fast war es zu erwarten gewesen. Mehr besorgte sie die Vorstellung, dass Virginia sich in ihre Abneigung gegen Leonards körperliches Verlangen hineinsteigern könnte. Vanessa wusste nur zu gut, wie gefährlich das für sie werden könnte.

Sie seufzte und legte den Bogen zur Seite, um in den Garten zurückzukehren, wo Duncan mit Julian und Quentin auf dem Rasen saß und etwas in seinen Skizzenblock zeichnete, was Julian zu wilden Lachanfällen reizte.

Vanessa war am Tag nach Virginias Hochzeitsnacht mit Julian, Quentin und der Köchin in Asheham eingezogen, um den Rest des Sommers hier zu verbringen. Sie hatte ununterbrochen Besucher empfangen; Roger natürlich, ebenso Clive, aber auch Maynard, Lytton, Saxon, und Snow, die jeweils nur ein oder zwei Tage geblieben waren. Duncan, der Ende August mit Adrian gekommen war, hatte ebenfalls nur wenige Tage bleiben wollen – daraus waren nun beinah vier Wochen geworden. Und es sah nicht aus, als plane er seine baldige Abreise. Pläne zu schmieden war ohnehin nicht Duncans Stärke, vielmehr war er gut darin, seine selten formulierten Ziele und Absichten unbekümmert über den Haufen zu werfen. Er lebte sorglos von einem Tag zum nächsten, ohne Erwartungen oder Ansprüche, dafür jedoch mit einer naiven Neugier auf das, was kommen mochte, und so gab es auch kaum etwas, das seine Laune je trüben konnte. Darin unterschied er sich von all ihren Freunden, insbesondere von Roger, der nicht selten verärgert war, wenn seine Vorhaben sich nicht exakt so umsetzen ließen, wie er sie geplant hatte.

Seit einer Woche nun war sie allein mit Duncan und den Kindern. Die Hitze und Trockenheit des Sommers steckte noch in den Feldern und Wiesen und sorgte für eine angenehm milde Spätsommerluft. Die Sonne wärmte ihr den Rücken, als sie sich wieder auf dem Hocker vor ihrer Staffelei niederließ, die sie am Nachmittag meist in den Garten trug. Sie hatte an dem Stillleben gearbeitet, welches sie für die Post-Impressionisten-Ausstellung vorsah – eine Blumenvase mit Herbstblumen, die sie ausschließlich in geometrischen Formen und kräftigen Farben gezeichnet hatte. Sie war nicht glücklich damit, aber Roger und Clive waren begeistert und wollten es unbedingt ausstellen.

Sie beobachtete Duncan, der jetzt auf allen vieren mit Quentin auf dem Rücken über die Wiese krabbelte, während Julian wie ein Kameltreiber hinter ihm herstolzierte und eine imaginäre Peitsche schwang. Duncan konnte genau dieselbe Begeisterung für ungestümes Spielen entwickeln wie ihre Söhne, und manchmal glaubte sie, mit ihm ein drittes, nur halb erwachsenes Kind vor sich zu haben. Duncans Anwesenheit verlieh den Tagen eine Leichtfüßigkeit, die jedes Zeitgefühl außer Kraft setzte.

Sie hatten wie besessen gemalt, oft mit demselben Motiv vor Augen, manchmal gemeinsam mit Roger, zumeist aber nur sie beide, selbstvergessen und mit einer kindlichen Freude am Tun, wie Vanessa sie seit sehr langer Zeit nicht mehr empfunden hatte. Duncan war eine unerschöpfliche Quelle an verrückten Ideen, seine Bilder waren immer überraschend und eigenwillig, keines glich dem anderen, und im Gegensatz zu ihr hatte er keine Angst davor, ins Klischeehafte oder Narrative abzugleiten. Ihm verdankte sie den Verkauf ihres ersten Bildes an die *Contemporary Art Society*, die Werke von vielversprechenden Künstlern kaufte, um sie in Museen auszustellen. In London hatte er auf der Straße eine junge, schwarzhaarige Frau angesprochen und sie gebeten, ihm und Vanessa für wenige Shilling Modell zu stehen. Vanessas Bild *The Spanish Lady*, das während der beflügelnden Stunden in seinem Atelier am Fitzroy Square entstanden war, zählte zu den besten, die sie je gemalt hatte. Der Verkauf hatte ihr das Selbstvertrauen gegeben, sich mit eigenen Werken an der zweiten Post-Impressionisten-Ausstellung zu beteiligen.

Roger steckte in den Vorbereitungen zu der Ausstellung und pendelte zwischen London, Paris und Asheham, ebenso wie Clive, der die Auswahl der Gemälde zeitgenössischer britischer Künstler treffen sollte. Seine Freundschaft zu Roger war ungebrochen. Sie hatten eine gemeinsame Mission, in der niedere menschliche Gefühle wie Eifersucht oder Argwohn keinen Platz fanden. So wäre es auch keinem von beiden in den Sinn gekommen, etwas Verwerfliches darin zu sehen, dass Vanessa und Duncan allein in Asheham zurückblieben. Es war für alle selbstverständlich, dass die beiden Künstler die letzten Ausläufer des Sommers für ihr Schaffen in der Ruhe und Abgeschiedenheit Ashehams nutzen wollten. Und so hatte Roger auch nur gelacht, als sie bei seiner Abreise scherzhaft gesagt hatte: »Du musst dir keine Sorgen machen, dass ich Duncan verführen könnte. Du weißt ja, wie unempfänglich er für meine Reize ist.« Sie ertappte sich jedoch immer öfter dabei, wie ihre Gedanken um die Frage kreisten, ob Duncan tatsächlich so vollkommen unempfänglich für weibliche Erotik war.

Inzwischen rollten der Kameltreiber, das Kamel und sein Reiter in einem johlenden, glucksenden Knäuel aus Armen und Beinen auf das Rosenbeet zu, das Leonard und Ka im Frühjahr gepflanzt hatten. Gerade wollte Vanessa einen Warnruf ausstoßen, da entwirrte sich das Knäuel, und mit der ihm eigenen Geschmeidigkeit richtete sich Duncan blitzschnell auf, Quentin unter dem einen und Julian unter dem anderen Arm, und grinste sie an. »Ich soll hier zwei Pakete abliefern. Wo darf ich sie abstellen?«

In diesem Moment geschah etwas in ihrer Brust. Sie schien aufbrechen, das Herz hinausdrängen zu wollen, ihm entgegen, diesem so viel jüngeren Mann, der, soweit sie es wusste, immer nur mit Männern geschlafen hatte und keine Verwendung finden würde für dieses dumme Herz, das so voll, so übervoll mit Liebe war.

Am Abend, als die Kinder im Bett waren, saßen sie zusammen vor dem Kamin, Duncan mit einem Buch und sie mit einer Näharbeit. Duncan hatte nach dem ausgelassenen Spiel ein Bild von ihr gezeichnet, als sie mit Quentin und Julian auf dem Schoß im Sessel gesessen und ihnen eine Gutenachtgeschichte erzählt hatte. Sie war nicht gut darin, meist vergaß sie wichtige Figuren und verlor den roten Faden, aber die beiden schien es nicht zu stören. Heute war es ihr besonders schwergefallen, ein schlüssiges Ende zu finden, denn ihr Blick war immer wieder zu Duncan hinübergewandert, der sie konzentriert angesehen hatte, als suche er das Rätsel ihrer Weiblichkeit zu entschlüsseln und auf seinen Skizzenblock zu bannen.

Die Zeichnung lehnte nun auf dem Kaminsims. Ihr fragender Blick war über den Kopf des Kindes hinweg auf den Betrachter gerichtet. Duncans Fähigkeit, Stimmungen einzufangen und mit wenigen Strichen im Bild zu spiegeln, verblüffte sie immer wieder, und manchmal frustrierte sein Talent sie sogar. Er malte mit derselben Leichtigkeit, mit der er durchs Leben zu tänzeln schien, während sie oft viele Anläufe brauchte, um zu einem befriedigenden Ergebnis zu kommen. Roger hatte ihr geraten, ihren eigenen Weg zu finden und nicht zu versuchen, ihm nachzueifern, aber wenn sie gemeinsam am selben Motiv arbeiteten, passierte es eben doch immer wieder.

»Du hast Post von Virginia bekommen. Wie geht es ihr?«, fragte er plötzlich und sah von seinem Buch auf.

Überrascht sah sie ihn an. »Woher weißt du, dass sie geschrieben hat?«

»Der Brief lag in der Küche auf dem Tisch.«

»Dann weißt du ja, was sie geschrieben hat.«

»Ich lese keine Briefe, die nicht für mich bestimmt sind.«

Das glaubte sie ihm sogar. Während es für Clive, Adrian, Virginia, Lytton und auch sie selbst beinahe selbstverständlich war, Briefe von anderen herumzuzeigen und deren Geheimnisse auszuplaudern, war Duncan sehr verschwiegen – sowohl hinsichtlich seiner persönlichen Affären als auch der seiner Freunde. So wusste Vanessa als seine enge Vertraute nicht, ob er neben Adrian noch weitere Beziehungen pflegte, nicht einmal, ob er Adrian überhaupt liebte oder ob es nur eine Zweckgemeinschaft war, um seinem Loch am Fitzroy Square zu entkommen.

»Wenn du fragst, wie es ihr geht, vermutest du, dass es ihr schlecht gehen könnte?«

Auch diese Frage war im Grunde unsinnig. Doppelbödigkeit war Duncans Natur vollkommen fremd, und wenn er etwas wissen wollte, fragte er geradeheraus, ohne seine eigentliche Intention verschleiern zu wollen. Er sah erschrocken aus. »Geht es ihr etwa schlecht?«

»Sie scheint Schwierigkeit zu haben, sich ins Eheleben einzufinden. Um es mit Lyttons Worten zu sagen: Sie kopuliert nicht gern.«

Seine Brauen wanderten hoch.

Vanessa legte ihre Näharbeit beiseite, zog ihre Beine hoch und umschlang sie mit den Armen. Der Rock rutschte über die Knie. Das Kinn auf die entblößten Knie gestützt sah sie Duncan herausfordernd an. Er zuckte nicht einmal mit der Wimper.

»Beide drücken sich in ihren Briefen etwas verblümt aus, aber ich glaube, Virginia ist noch immer Jungfrau«, sagte sie.

»Armer Leonard. Kein glücklicher Start in die Ehe«, entgegnete er mit ehrlichem Mitgefühl.

»Es war zu befürchten, dass es so sein würde.«

»Warum hat sie ihn dann geheiratet?«

»Weil sie ihn liebt?«

Duncan blinzelte ehrlich verwirrt. Auch er hatte sein Buch beiseitegelegt und die Beine hochgezogen, wie um ihr zu signalisieren, dass er zu einem Gespräch über Intimes bereit war.

»Sie liebt ihn, aber sie will keinen Sex mit ihm?«

»Ist das so unvorstellbar?«

»Eine platonische Beziehung?« Er schürzte skeptisch die Lippen. »Nicht unvorstellbar, aber Leonard scheint mir kein Mann für eine platonische Beziehung zu einer Frau. Dieses Zittern – es spricht für extreme Emotionalität, die er unter Kontrolle zu halten versucht.«

»Sind das deine Beobachtungen oder die Lyttons?«

»Traust du mir nicht zu, Leonard selbst genau beobachtet zu haben?« Wenn er sie so ansah, den Kopf geneigt, die Brauen hochgezogen und im Blick ein fast spöttisches Bedauern, fühlte sie sich wie ein unerfahrenes Mädchen, das von den Schlafzimmergeheimnissen älterer Freundinnen ausgeschlossen wurde.

»Ist er dein Typ?«, fragte sie geradeheraus.

Er schürzte die Lippen, als überlege er, ob es eine Antwort überhaupt lohnte.

Vanessa setzte nach. »Ich finde es schwierig, zu sagen, auf welche Art Mann du stehst. Maynard, Lytton, Adrian – sie sind alle so unterschiedlich. Wer ist da noch?«

Er schüttelte kaum merklich den Kopf.

»Du willst es nicht verraten, nicht wahr?« Sie seufzte.

»Hm«, machte er und blickte zur Decke, als denke er angestrengt nach, dann sagte er mit Nachdruck: »Nein.«

»Du bist ein schrecklich verschwiegener Mensch.«

»Das ist alles gar nicht so interessant, wie du vielleicht glaubst.«

Sie beugte sich vor, um nach ihrem Zigarettenetui zu greifen, das zwischen ihnen auf dem Tisch lag. Dabei war sie sich wohl bewusst, dass er ihr direkt in den Ausschnitt ihrer lockeren Bluse blicken konnte. Sie bot ihm eine Zigarette an, doch er lehnte ab.

Eine Weile sahen sie einander nur wortlos an. Er saß vollkommen entspannt da, mit diesem leicht amüsierten Lächeln, das seine Lippen kaum je verließ.

»Hast du je eine Frau geliebt?«, fragte sie plötzlich.

Ihre Frage schien ihn nicht zu überraschen. Er antwortete ohne Zögern. »Viele«, sagte er. »Meine Mutter, die ich leider viel zu selten sehe. Meine Nanny Alice, die mir in Indien sogar näher war als meine Mutter. Meine Tante, Lady Strachey, was ein Kunststück ist, denn sie ist ein ziemlicher Drache. Molly, Snow …«

»Ich meine *lieben*. Nicht wertschätzen. So wie du Maynard geliebt hast, und Lytton und Adrian und was weiß ich, wen sonst noch.«

Er legte den Zeigefinger auf die Lippen und wies dann auf sie, wie zu einer plötzlichen Erkenntnis gelangt. »Du willst wissen, ob ich je Sex mit einer Frau hatte.«

»Hast du?«

Wieder bewegte sich sein Kopf langsam hin und her, und sie wusste nicht, ob er die Frage verneinte oder die Aussage verweigerte.

Sie lachte kurz und trocken auf. »Weißt du, woran du mich erinnerst?«

»Sag's mir.«

»An die Nebelschwaden über den Downs, wenn die Sonne aufgeht. Genauso schwer greifbar und doch …« Sie brach ab und drückte hastig ihre Zigarette aus. *Verheißungsvoll und schön*, hatte sie sagen wollen, aber das käme in dieser Situation einer Liebeserklärung gleich, und zu der war sie nicht bereit.

»Wie erstaunlich«, sagte er und sah sie mit erwachtem Interesse an. »Für mich bist du wie …« Nun zögerte auch er, dann aber sagte er leise und sehr bestimmt: »Wie diese Hügel im Westen.« Er malte einen weichen Bogen in die Luft. »Sie sind sanft und schillern in allen Grüntönen, je nachdem, wie das Licht darauffällt. Trotzdem haben sie eine zuverlässige Festigkeit.«

»Ihr Stein ist brüchig«, sagte Vanessa, und ihre Stimme wackelte etwas.

»Es werden Häuser daraus gebaut.«

»Und Nebelschwaden liegen in ihren Tälern.«

»Manchmal«, sagte Duncan. »Aber das ist nicht sicher.« Er sah sie fast ein bisschen wehmütig an, nahm dann sein Buch und wünschte ihr eine gute Nacht. Sie blickte ihm nach, und als er die Tür hinter sich schloss, flüsterte sie: »Vielleicht erscheinen sie uns gerade deshalb so schön.«

24. Kapitel

Brunswick Square, 3. Oktober 2012

Endlich waren sie zurück. Virginia sank in ihr Jungfrauenbett daheim am Brunswick Square und nahm die vertrauten Geräusche des Hauses in sich auf. Für heute hatten sie und Leonard beschlossen, getrennt in ihren eigenen Zimmern zu schlafen. So war alles einfacher. Natürlich würde es so nicht bleiben können, doch zuerst mussten sie geeignete und bezahlbare Räume finden, wo sie ganz für sich sein könnten, ohne die neugierigen Freunde, die jeden ihrer Schritte und Laute kommentieren und die Sache noch schwerer machen würden, als sie ohnehin schon war. Es war etwas vollkommen anderes, über die Frage zu diskutieren, mit wem Lytton, Maynard oder Duncan kopulieren sollten und mit wem nicht, als selbst das Objekt derartiger Spekulationen zu sein. Kaum war sie verheiratet und der Gefahr entronnen, das einsame Dasein einer vielleicht gebildeten, aber ungewollten Jungfer zu führen, schon wurde der nächste Beweis für ihre Weiblichkeit eingefordert: ein Kind. Nur ein Kind konnte zweifelsfrei bezeugen, dass die Ehe glücklich vollzogen wurde. Das war die Frage, die in den Gesichtern ihrer Freunde zu lesen gewesen war, als Leonard und sie heute Nachmittag erschöpft von der Reise am Brunswick Square eingetroffen waren. Um jeden Zweifel auszuräumen, was nun ihre nächste und dringlichste Aufgabe war, stand in ihrem Salon bereits die Wiege für das unverzüglich zu zeugende Kind bereit. Sie war wunderhübsch, gewiss, ein antikes Möbelstück mit feinen Intarsien an den Seiten und einem strahlend weißen Himmel aus aufwendig besticktem Baumwollstoff. Adrian, Duncan und Maynard gaben vor, nicht zu wissen, von wem sie stammte. Sie sei eines Morgens angeliefert worden, zusammen mit einem Esstisch, der ihren geliebten alten Tisch wohl ersetzen sollte.

»Sie könnte von George kommen«, war Leonards Vermutung, doch Virginia hatte einen anderen Verdacht. Niemand außer Violet würde ein solch kostbares und seltenes Möbelstück auftreiben und ihr damit zu verstehen geben, was sie sich von ihr wünschte. Natürlich wollte Virginia Kinder haben, aber wenn es mit dem Beischlaf so weiterging wie bisher, standen die Chancen nicht gut. Inzwischen gelang es ihr, still zu halten und Leonard gewähren zu lassen, wenn er in der Stimmung war. Doch wie es schien, war auch das nicht das Richtige für ihn. Er wollte, dass sie Freude dabei empfand, wenn er sie an ihren intimsten Stellen berührte, dabei erfüllte es sie mit entsetzlicher Abscheu, manchmal sogar mit Wut. Am liebsten hätte sie ihn dann von sich gestoßen, aber das konnte sie natürlich nicht tun. Sie liebte ihn doch!

Einmal war er sogar in sie eingedrungen. Der Schmerz hatte sie beinah zerrissen. Schlimmer aber als der Schmerz war ein Erinnerungsfetzen gewesen, der ihren Geist durchzuckt hatte. Ein Bild im Spiegel. Das Gesicht ihres jüngeren Stiefbruders Gerald neben dem ihren. Sie war damals höchstens sechs Jahre alt gewesen. Gerald hatte sie auf das Sideboard gehoben, das in St Ives neben der Tür zum Speisezimmer stand.

Das Bild war schnell wieder verschwunden, und zum Glück hatte auch Leonard schnell aufgehört, frustriert, verzweifelt. Sie war nicht einmal in der Lage gewesen, ihn zu trösten, weil ihr Kopf plötzlich ganz wirr geworden war und sie sich vor lauter Scham zusammengekrümmt und geweint hatte.

Und so war es nun gut, dass sie einige Tage allein in ihrem Zimmer liegen konnte, das vertraute Knarzen der Dielen hörte, wenn Leonard oben ins Bett ging, und nur die Nacht mit ihrer stillen Anspruchslosigkeit sie in die Arme nahm.

Asheham House, 10. Oktober 2012

Der Bummelzug aus Lewes fuhr träge und schwerfällig in den menschenleeren Bahnhof von Glynde ein, wo Vanessa seit geraumer Weile auf Rogers Eintreffen wartete. Er war auf dem Weg nach Eastbourne, wo er übermorgen die Fähre nach Frankreich nehmen wollte, um sich mit einigen Galeristen in Paris zu treffen und Geschäftliches zu besprechen. Was genau das war, hatte Vanessa nicht verstanden, aber offenbar hatte Roger in seinem Elan nicht daran gedacht, die Höhe von Kommissionen schriftlich zu fixieren, was ihm nun einige Probleme bereitete.

Ende September, als tief hängende Wolken die Hügel der Downs hinter Regenschleiern verschwinden ließen und die Kälte ins Haus gekrochen kam, war Vanessa mit Duncan, den Kindern und einer Auswahl ihrer Bilder nach London zurückgekehrt, um Roger bei den Vorbereitungen auf die zweite Post-Impressionisten-Ausstellung in den Grafton Galleries zu helfen. Wenige Tage nach der Ausstellungseröffnung jedoch war sie – angeekelt von den wütenden Tiraden, die sich erneut über die Organisatoren ergossen – zurück nach Asheham geflüchtet. Man stieß sich vor allem an den Bildern von Matisse, deren *verzerrte menschliche Fratzen* ebenso empörten wie seine *Verleugnung jedweder technischen Raffinesse.* Sein Bild *Der Tanz*, dem Roger eine eigene Wand am Ende der Long Gallery gewidmet hatte, wurde als einfältig, primitiv und langweilig abgestempelt, während es in Vanessas Augen das beste der ganzen Sammlung war. Von Picassos kubistischen Bildern hieß es, sie bestünden aus nichts als *wirren, geometrischen Linien und Winkeln in schmutzigen Grün- und Brauntönen* und könnten nur für den verwirrten Geist ihres Schöpfers sprechen. Spott und Verachtung ergoss sich auch über die beiden Bilder, die sie selbst beigesteuert hatte. Ihr *Blumenstrauß* sähe aus wie ungeschickt aus Papier zurechtgeschnitten. Auch wenn sie um die Meinung dieser verknöcherten Herren nichts geben sollte, traf sie diese Kritik an einem wunden Punkt, war sie doch selbst nicht vollkommen von dem Bild überzeugt.

Als Roger nun mit einem leichten Koffer aus dem Zug stieg, erschrak sie, so müde und abgekämpft sah er aus. Sie schloss ihn in die Arme, und sie blieben eine Weile so stehen, sein Kopf schwer auf ihrer Schulter.

»Haben sie dir sehr zugesetzt?«, fragte sie.

»Bei so viel Unverstand und Starrsinn geht selbst mir bisweilen die Geduld verloren. Ich bin froh, dass Leonard mir die gröbsten Beschimpfungen vom Leib hält.«

Leonard hatte die Aufgabe des Ausstellungssekretärs übernommen, was ihm zumindest für die nächsten beiden Monate zu einem Einkommen verhalf und Virginia beruhigte, deren nervlicher Zustand tatsächlich bedenklich war. Vanessa hatte sie seit ihrer Rückkehr von der Hochzeitsreise nur einmal gesehen, weil Leonard darauf bestand, dass sie sich aus allem Trubel um die Ausstellung heraushielt und nach den Anstrengungen der Reise zur Ruhe kam. Wie es schien, hörte sie auf ihn mehr als je auf einen Menschen zuvor. Er hatte das Büro in den Grafton Galleries bezogen und stemmte sich mit stoischer Ruhe der wütenden Meute entgegen. Diese empörte sich lautstark darüber, dass man mit dieser entarteten Sammlung ihren Kunstverstand beleidige. Vanessa konnte sich gut vorstellen, dass Leonard auch Virginia würde zähmen können, wenn der Irrsinn sie packte, wovon sie jedoch, so hoffte Vanessa, weit entfernt war.

»Also macht Leonard seine Sache gut?«, fragte Vanessa.

»Er macht es großartig. Und zittert nicht einmal dabei.«

Vanessa lachte und streichelte Roger über das Gesicht, das grau und ausgezehrt wirkte. »Und dennoch bist du erschöpft.«

»Sehr. Ich werde dir ein schlechter Liebhaber sein.«

»Das kannst du gar nicht«, sagte sie und biss ihm zärtlich ins Ohr.

Sie hatten einander lange nicht geliebt, und die Sehnsucht nach seiner Nähe war über die Wochen zu einem schmerzvollen, fast verzweifelten Verlangen angewachsen, das sie manchmal dazu getrieben hatte, sich selbst zu berühren – auch in der Zeit, als sie mit Duncan in Asheham gewesen war. Besonders dann.

In London war es unmöglich, sinnliche Stunden mit Roger zu verbringen, allein aus Rücksicht auf Clive. Der Trubel um die Ausstellung hatte Roger zudem vollständig in Anspruch genommen, und so war seine Reise nach Frankreich eine glückliche Gelegenheit, um endlich wieder einmal Ruhe und Zeit füreinander zu haben.

Es fiel ihr nicht schwer, Roger zu verführen. Seine Erschöpfung schien wie weggeblasen, sobald er seinen Mantel abgelegt und die staubigen Schuhe ausgezogen hatte.

Sie liebten sich wie zwei Ausgehungerte, die nach Monaten des Darbens einen Tisch voll mit Speisen vor sich sahen und nicht wussten, wovon sie zuerst kosten sollten. Dabei war nicht wichtig, wo sie sich liebten; ob der Untergrund hart oder weich, das Licht angenehm oder zu grell, ob es Tag oder mitten in der Nacht war. Vanessa hatte das Gefühl, ihr Körper löse sich von ihrem Bewusstsein und treibe dahin in einem nicht enden wollenden Orgasmus.

»Wie sehr habe ich dich vermisst«, sagte er am Morgen nach einer langen Nacht voller Liebe.

»Du hattest viel zu wenig Zeit, um mich zu vermissen. So wie ich es sehe, bist du gerade der gefragteste Mann in London.«

Roger zog eine Grimasse. »Eher der verlachteste.«

»Ich denke nicht. Von allen, die wirklich etwas von ihrer Sache verstehen, wirst du bewundert.« Sie richtete sich auf und sah ihn liebevoll an. »Zum Beispiel von mir.«

Entzückt betrachtete sie das Grübchen, das sein schiefes Lächeln erzeugte. »Ich fürchte, mein einziges Talent liegt darin, den Schöpfungen talentierter Menschen einen Rahmen zu bieten.«

»Das stimmt nicht. Du hast der Kunst eine neue Richtung gegeben. Sieh nur, wie sich zum Beispiel Duncans Bilder verändert haben in letzter Zeit. Wie produktiv er geworden ist.«

»Und du?«

»Ach«, sagte Vanessa. »Ich probiere herum, aber im Vergleich zu Duncan komme ich mir vor wie eine Stümperin.«

»Warum vergleichst du dich mit ihm?«

»Tun wir das nicht immer? Nehmen wir uns nicht immer diejenigen zum Vorbild, deren Kunst wir bewundern und denen wir es gleichzutun versuchen?«

Rogers Blick wurde streng, wie immer, wenn er mit etwas nicht zufrieden war. »Nicht gleichzutun. Weiterzuentwickeln. Löse dich von ihm, finde deinen eigenen Weg, ich habe es dir schon einmal gesagt.«

»Es ist schwer.«

»Vielleicht bist du ihm zu nah.« Er setzte sich auf und griff nach seinem Morgenmantel. Ohne sich umzudrehen, fragte er: »Wie nah bist du ihm, Vanessa?«

Seine Stimme hatte sich kaum verändert, und doch drängte sich mit seinen Worten etwas zwischen sie, das sie plötzlich frösteln ließ. Sie zog die Decke über ihre Schultern.

»Er inspiriert mich«, sagte sie. »Seine leichte und spielerische Art – ich wünschte, ich könnte auch so sein.«

»Ja«, sagte Roger. »Es zeigt sich in seiner Malerei. Das Spielerische.«

»Siehst du«, sagte Vanessa, »genau das meine ich.«

Roger sah sie mit erhobenen Brauen an, stand dann auf und ging zum Waschtisch. Das Wasser im Becken war kalt, aber es schien ihm nichts auszumachen. Er übergoss seinen Kopf mehrfach mit einem Kübel davon und hielt plötzlich inne. Neben dem Waschtisch stand eine ihrer alten Schuhboxen, in denen sie die Handtücher bewahrte. Duncan hatte sie eines Morgens entdeckt und aus einer Laune heraus bunt angemalt. Die Muster erinnerten ein wenig an die Bilder von Picasso, die in der Long Gallery ausgestellt waren.

»Hast du sie so angemalt?«, fragte er. »Das ist wundervoll.«

»Nein. Das war Duncan.«

Er drehte sich zu ihr um, und zum ersten Mal nahm sie in seinem Blick etwas wie Misstrauen wahr.

»Ich hatte ihn gebeten, mir ein Handtuch zu holen, deswegen war er in meinem Zimmer«, sagte sie schnell und ärgerte sich sofort, dass sie das Bedürfnis hatte, sich zu rechtfertigen.

»Verstehe«, sagte Roger nur.

Er nahm ein Handtuch, trocknete sich ab und hielt erneut inne. Sie konnte sein Gesicht im Spiegel sehen, eine plötzliche Intensität war darin, als spüre er einer Empfindung nach, vielleicht einem unklaren Schmerz oder auch einem altbekannten Leiden.

»Was ist?«, fragte sie. »Was hast du?«

»Nichts.« Er lächelte sie durch den Spiegel an.

Später saßen sie in der Küche und frühstückten gebutterten

Toast und Tee. Sophie war in London bei Clive und den Kindern geblieben und Vanessa genoss es, ohne Personal und damit vollkommen unbeobachtet zu sein, auch wenn sie so alles selbst tun musste.

»Wir sollten viel mehr von all diesen tristen Dingen bunt anmalen«, sagte sie und wies auf ein Tongefäß, in dem die Kochlöffel steckten. »Wenn man es genau nimmt, eignet sich doch jedes Objekt dazu, Kunst zu werden. Nicht nur Leinwände.«

»Du meinst, so wie die Schuhbox.« Sein Blick ging an ihr vorbei.

»Schuhboxen, Hutboxen, Tische, die Rahmen von Spiegeln, Stühle, alles. Stell dir vor, wie viel Leben einen Raum erfüllen könnte, wenn nicht alles nur langweilig beige, grau und braun wäre.«

»Das ist ein sehr interessanter Gedanke.« Nun sah Roger sie doch an. Er nahm das Gefäß in die Hand und betrachtete es von allen Seiten.

»Wir könnten Stoffe mit bunten Mustern bedrucken, Stühle damit beziehen, Sofas und Sessel.« Vanessa war aufgestanden und wanderte durch die Küche. Sie berührte jedes Möbelstück, wie um es mit einem unsichtbaren Zauberstab in Farbe zu verwandeln. »Mosaiken in Tische einarbeiten, Schränke bemalen, Muster auf Bilderrahmen zeichnen. Ich denke an meinen missratenen Blumenstrauß, der in der Ausstellung hängt. Dort wirkt er … nun ja …« Sie fuhr mit der Hand durch die Luft, wie um den Gedanken beiseitezuschieben. »Aber dieselben Farben und Muster, die ich für die Blüten verwendet habe, könnten auf einem … sagen wir, einer Schranktür, phantastisch aussehen!« Ihr war warm geworden und sie hatte unbändige Lust, sofort mit der Umsetzung zu beginnen.

»Die Kunst aus dem Museum in den Alltag holen«, sagte Roger langsam und nickte. Er saß da, das Kinn auf Daumen und Zeigefinger gestützt, und blickte in die Ferne. In seinem Kopf schien er bereits eine Theorie für diese neue Art der Alltagskunst zu formulieren. »Die post-impressionistische Revolution auf unser Leben ausdehnen. Ja. Das könnte … Ja! Das ist es!« Nun sprang er auf und kam mit ausgestreckten Armen auf sie zu. »Das könnte die Lösung sein«, rief er und küsste sie enthusiastisch auf die Stirn. »Dieser Gedanke könnte unsere britische Kunst ein für alle Mal aus den Klauen des Establishments befreien.«

»Was meinst du?«, fragte Vanessa. »Ich verstehe dich nicht.«

»Das macht nichts«, sagte er. »Warte nur ab. Wenn es so weit ist, wirst du es verstehen.«

25. Kapitel

46, Gordon Square, Januar 1913

Nachdem sich in den Grafton Galleries die Tore zur zweiten Post-Impressionisten-Ausstellung zum letzten Male geschlossen hatten, versammelten sich Roger und Leonard, Duncan, Adrian, Desmond und Molly, Saxon und einige junge Künstler zu einem abschließenden Umtrunk im Salon am Gordon Square. Wie müde Soldaten nach der Schlacht ließen sie sich auf Sofas und Sesseln nieder, streckten die Glieder von sich und ließen die Ereignisse der letzten Monate Revue passieren. Virginia war nicht dabei. Vanessa hatte sie im Dezember das letzte Mal gesehen, bevor Virginia mit Leonard nach Asheham gefahren war. Die beiden hatten Räume im Clifford's Inn, einem etwas heruntergekommenen Gasthaus nahe der Fleet Street, gemietet, um sich so den Gerüchten und Indiskretionen Bloomsburys zu entziehen.

Sie waren zum Tee gekommen, Virginia merkwürdig geistesabwesend und Leonard erschöpft und sorgenvoll. Vanessa wusste nicht mehr genau, wer von beiden das Thema zuerst angesprochen hatte, aber nach wenigen Minuten des Beisammenseins hatte sie mit Leonard nur noch über die Frage diskutiert, ob Virginia im Angesicht ihrer fortgesetzten Abneigung gegenüber dem Beischlaf Kinder bekommen könne und solle.

»Ich möchte nicht, dass sie sich unter Druck gesetzt fühlt«, hatte Leonard gesagt. »Ich fürchte, das ist ihrer Gesundheit abträglich.«

»Sie sieht wirklich sehr blass aus.« Vanessa sah ihre Schwester besorgt an. Sie war nicht nur blass, sondern auch deutlich abgemagert seit dem Sommer.

»Wir haben nun beschlossen, in getrennten Betten zu schlafen, damit sie zur Ruhe kommen kann«, sagte Leonard.

»Würdet ihr bitte nicht über mich reden, als wäre ich nicht dabei?« Virginias Stimme klang schleppend. Sie saß mit verschränkten Armen im Sessel zurückgelehnt, den Blick starr geradeaus.

»Vielleicht arbeitest du wieder zu viel? Das war ja oft der Grund, wenn es dir schlecht ging.« Vanessa setzte sich neben die Schwester auf die Sessellehne und legte den Arm um sie.

»Sie arbeitet nur«, sagte Leonard. »Sie hat in den letzten Wochen ihr Manuskript noch einmal ganz neu geschrieben.«

»Ich überarbeite es«, protestierte Virginia. »Du musstest es ja Gerald anbieten. Nun muss ich aus dem Durcheinander einen lesbaren Roman erstellen.«

»Es war längst ein lesbarer Roman.« Leonard unterdrückte ein verzweifeltes Stöhnen.

»Es ist *mein* Roman, und *mich* werden sie verlachen, wenn er mit all diesen dummen, platten Sätzen erscheint, die darin noch stecken.«

Vanessa spürte Virginias Körper beben, obwohl man es ihr äußerlich nicht ansah.

»Du kannst gar keine dummen, platten Sätze schreiben, Herrgott!« Leonard sprach unverändert leise, aber seine Hände hatten zu zittern begonnen.

Wie es schien, war zwischen den beiden noch einiges mehr im Argen als nur das Sexualleben. Vanessa streichelte Virginia beruhigend über den Arm und sagte vorsichtig: »Vielleicht könnt ihr euch darauf verständigen, nur wenige Stunden am Tag zu arbeiten? Und viel spazieren zu gehen und gemeinsam Ruhe zu finden?«

»Ich *muss* arbeiten. Es hält mich zusammen!«, zischte Virginia und wand sich aus Vanessas Umarmung. Sie sah Leonard wütend an. »Du darfst es mir nicht wegnehmen. Das lasse ich nicht zu!«

»Bitte, Virginia!« Leonard streckte beschwörend die Hand aus. »Sei nicht ungerecht. Ich wünsche mir mehr als alles andere, dass du schreiben kannst und Erfolg damit hast. Und das weißt du.«

Die beiden starrten einander an und schienen sich mit Blicken gegenseitig niederringen zu wollen. Dann plötzlich sackte Virginia in sich zusammen, wie überwältigt von Leonards Willensstärke.

»Ja«, sagte sie leise. »Natürlich weiß ich das.« Sie führte ihre Teetasse zum Mund, setzte sie jedoch mit lautem Klirren wieder ab und sah Vanessa mit einem getriebenen, angstvollen Blick an. »Warum wollen sie nur immer, dass wir Freude bei der Sache empfinden?« Sie spuckte das Wort *Sache* förmlich aus und zeigte dabei auf Leonard.

Vanessa brauchte einen Moment, um zu begreifen, was sie meinte. »Nun«, sagte sie dann und musste lächeln. »Weil es dann für beide viel schöner ist.«

»War es für dich immer schön? Von Anfang an?«

Vanessa sah kurz zu Leonard hinüber. »Das war es«, sagte sie leise, aus Furcht, in ihm ein Gefühl der Unzulänglichkeit hervorzurufen.

Er hatte genickt, Virginia jedoch war aufgestanden, wortlos aus dem Raum gegangen und mit rot geränderten Augen zurückgekehrt.

»Wie geht es Virginia? Warum ist sie nicht mitgekommen?«, fragte sie nun Leonard, der neben ihr auf dem Sofa Platz genommen hatte. Die Aufgabe als Sekretär der Ausstellung hatte ihm trotz der vielen Anfeindungen Freude bereitet, und er wirkte gelöst, auch wenn er hagerer aussah als sonst.

»Es geht ihr recht gut. Wenn ich wüsste, wie ich sie davon abhalten kann, zehn Stunden am Tag zu arbeiten, ginge es ihr sicher noch besser.«

»Ist sie noch immer nicht mit der Überarbeitung fertig?«

»Sie wird es nie sein. Ich werde ihr in einem unbeobachteten Moment das Manuskript stehlen müssen, um es Gerald vorzulegen.«

»Dann solltest du das bald tun, bevor sie zusammenbricht.«

Leonard verzog schmerzvoll das Gesicht. »Sie wird mich dafür hassen.«

Adrian hatte das Gespräch offenbar verfolgt, denn er beugte sich zu ihnen herüber und sagte: »Von ihr gehasst zu werden ist tausendmal besser, als wenn sie wieder wahnsinnig wird.«

Vanessa warf ihm einen wütenden Blick zu. Ihr Bruder hatte ein großes Talent, in unpassenden Momenten das Falsche zu sagen. Niemand hatte Leonard über das wahre Ausmaß von Virginias früheren Zusammenbrüchen aufgeklärt, und manchmal fragte Vanessa sich, ob es nicht ihre Pflicht gewesen wäre, das zu tun. Adrian zog den Kopf ein und wandte sich wieder Saxon zu, der ihm von seinem letzten Besuch in Deutschland vorschwärmte, wo er die beste Wagner-Aufführung seines Lebens gesehen hatte.

»Wir schlafen in getrennten Betten, so wird sie mich also wenigstens nicht im Schlaf umbringen können«, sagte Leonard leichthin, aber dennoch schienen Adrians Worte ihn verstört zu haben.

»Du darfst dir keine Vorwürfe machen. Es ist nicht deine Schuld.«

»Was, meinst du, ist nicht meine Schuld?«

Vanessa suchte nach Worten, die zugleich beruhigen und erklären könnten, fand sie aber nicht.

»Dass es ihr schlecht geht«, sagte sie schließlich lahm, konnte jedoch in Leonards Augen lesen, dass ihn die Antwort nicht zufriedenstellte.

In diesem Moment hörte Vanessa Rogers Stimme, die sich über das allgemeine Gemurmel erhoben hatte: »Ich bin dahintergekommen, warum wir so angefeindet werden. Es ist im Grunde ganz einfach.«

»Willst du es uns erklären?«, fragte Desmond. »Ich suche schon seit zwei Jahren nach dem Grund.«

Schnell sagte Vanessa zu Leonard: »Lass uns ein anderes Mal über Virginia sprechen, ja?«, und stand auf, um sich zu Duncan und Snow zu gesellen, die Roger gegenüber am Kamin saßen. Aus einem Auge beobachtete sie, wie Leonard zum Sideboard ging, um sich einen Drink einzuschenken. Er trank selten Alkohol, und es beunruhigte sie, dass er es jetzt tat. Doch sie schüttelte die Schwere ab, die sich mit diesem Gedanken auf ihre Schultern legte.

»Es hat damit zu tun, dass die Kunst für die herrschenden Klassen ein Statussymbol darstellt«, erklärte Roger. »Kunst zu verstehen ist seit Jahrhunderten ein Privileg des Adels und der oberen Mittelschicht. Von jeher zahlen sie dafür, dass Künstler ihre Porträts malen oder ihre Salons mit Motiven zieren, die ihnen gefallen.«

»Viele von uns leben davon«, sagte Frederick Etchells, einer der jüngeren Künstler, dessen Bilder in der Ausstellung zu sehen gewesen waren. »Anders könnten wir uns nicht einmal eine warme Mahlzeit leisten.«

»Richtig«, sagte Roger. »Das ist der Auftrag unserer Akademien: Künstler heranzuzüchten, die zu ebendieser Aufgabe in der Lage sind. Dabei geht es nicht darum, ihren kreativen Geist zu fördern, sondern …«

»Ihn zu brechen«, warf Vanessa verächtlich ein.

»Siehe Professor Tonks«, pflichtete Snow ihr bei.

»Nun«, wiegelte Roger ab. »Sagen wir, ihn in ihrem Sinne zu formen.«

Vanessa sah ihn fragend an. Nichts von dem, was er ihnen erzählte, war neu für sie oder für irgendjemanden sonst in diesem Raum. Oft hatten sie darüber diskutiert, wie sehr die an der Akademie gelehrten Regeln eine Erneuerung in der Kunst hemmten.

»Worauf willst du hinaus?«, fragte Duncan, der offenbar dasselbe dachte.

»In den Salons unserer Oberschicht besteht keinerlei Interesse daran, diese alte Ordnung zu stören. Wenn ich ihnen aber nun sage, ein Künstler ist nicht jemand, der die an den Akademien gelehrten Regeln achtet, sondern derjenige, dem es gelingt, uns mit der Kraft seines persönlichen Ausdrucks aufzurütteln, in uns eine Emotion allein durch die ästhetische Anordnung von Form und Farbe hervorzurufen, dann greife ich alles an, woran sie glauben und festhalten wollen.«

»Und obendrein behauptest du, dass es keinen über Generationen geschulten Sachverstand braucht, um ein Bild wertschätzen zu können«, sagte nun Clive, der bislang still am Kamin gestanden und Roger zugehört hatte.

»Richtig«, sagte Roger. »Ich behaupte, selbst die Köchin ist in der Lage zu sagen, ob ihr ein Matisse gefällt oder nicht. Sie muss dafür nicht Kunst studieren. Damit aber enthebe ich sie ihrer Klasse, erkläre sie als der Lady ebenbürtig, in deren Salon teuer erkaufte Gemälde hängen.«

Leonard hatte inzwischen sein Glas abgestellt und sich wieder zu ihnen gesellt. Das Sorgenvolle in seinem Blick war einem wachen Interesse gewichen. »Damit wird aus der Frage des Kunstgeschmacks eine soziale Frage«, sagte er.

»So ist es.« Roger begann mit hinter dem Rücken verschränkten Händen und vorgeneigtem Oberkörper im Raum umherzuwandern, dabei nickte er immer wieder, wie um sich selbst zu bestätigen. »Ich habe geredet und geredet, mit aller Kraft versucht zu überzeugen und lange nicht verstanden, dass sie gar keinen Sinn für die Schönheit und Einzigartigkeit dieser Bilder entwickeln können. Weil sie von Kunst in erster Linie erwarten, dass sie sie in ihrem gesellschaftlichen Status bestätigt. Eine Abweichung von dem, was sie kennen und schätzen, bedeutet Gefahr, die es zu bekämpfen gilt.« Er blieb stehen, blickte Vanessa an und sagte: »Aber ich weiß jetzt, wie wir das ändern können. Ich habe den Schlüssel gefunden, wie wir den Lords und Ladys des Landes den Post-Impressionismus sozusagen durch die Hintertür ins Haus bringen können.«

»Willst du das Personal bestechen?«, fragte Duncan und erntete lautes Gelächter.

»Kein Brite kauft etwas, das er nicht will«, sagte Clive. Vanessa beobachtete erstaunt, wie er sich eine Pfeife anzündete und im Raum umherging. Offenbar war er zu sehr im Bann der Diskussion, um an das Rauchverbot zu denken, das er allen auferlegt hatte, damit die teuren Möbel und Gemälde keinen Schaden nähmen. Inzwischen hing sogar ein kleiner Picasso bei ihnen an der Wand. Clive hatte ihn im vergangenen Sommer bei einem Besuch im Atelier des Meisters erstanden und war sehr stolz, der erste Besitzer eines Picassos in Großbritannien zu sein.

»Sie werden es wollen.« Rogers Augen blitzten.

Vanessa musste lächeln. Sie bewunderte die Hartnäckigkeit, mit der Roger für seine Ideen und Ziele kämpfte, so aussichtslos sie auch sein mochten.

Roger wartete, bis alle im Raum schwiegen und ihn erwartungsvoll ansahen. »Ich werde eine Unternehmung gründen«, sagte er dann, Triumph in der Stimme. »Eine Werkstatt, in der junge Künstler, die sich den Regeln der Akademie nicht beugen wollen, ihre Ideen umsetzen können und trotzdem ein Auskommen haben werden.«

Duncan kratzte sich am Kopf. »Eine Werkstatt? Und was genau soll dort hergestellt werden?«

»Alltagskunst«, sagte Roger zufrieden.

Alle sahen ihn verständnislos an, nur Vanessa ging ein Licht auf. »Die Schuhbox!«, rief sie. »Duncan, er meint die Schuhbox, die du angemalt hast.«

Rogers linke Augenbraue hob sich wie in einem Anflug von Ärger, dann aber nickte er. »Genau, die Schuhbox.« Er nahm eine von Clives farblich auf die Vorhänge abgestimmten Streichholzschachteln in die Hand, die auf einem Tisch neben dem Fenster bereitlagen. »Wir veredeln Möbelstücke, stellen Gegenstände des täglichen Gebrauchs her und versehen sie mit Kunst. Eurer Kunst. Ihr dürft sie nach euren Ideen gestalten. Einzig euer schöpferischer Geist bestimmt darüber, wie das Endprodukt aussehen soll. In euren Händen werden einzigartige Dinge entstehen, die die Salons wohlsituierter Herrschaften zieren werden; sie werden sich daran erfreuen, und ihr werdet sowohl Freude an der Erstellung haben als auch ein gesichertes Einkommen.«

»Aber warum sollten sie unsere post-impressionistischen Gegenstände kaufen, wenn ihnen die post-impressionistischen Bilder nicht gefallen?«, fragte Snow.

»Weil ein kunstvoll gestalteter Gegenstand keine Kunst im eigentlichen Sinne ist – und damit kein Statussymbol. Ein buntes Gemälde bedeutet Gefahr, ein bunter Dessertteller nicht.« Roger grinste wie ein Schuljunge, der sich einen besonders verwegenen Streich ausgedacht hat.

Vanessa wechselte einen Blick mit Duncan. Seit geraumer Weile hing eine Zigarette in seinem Mundwinkel, die er offensichtlich vergessen hatte. Nun zwinkerte er ihr zu, ein spöttisches Grinsen auf den Lippen, das zu sagen schien: Er ist ein verrückter alter Kerl, aber sei's drum. Den Spaß machen wir mit. Vanessa lächelte ihm verschwörerisch zu.

Roger mochte mit seiner Tatkraft und Expertise an der Spitze ihrer Bewegung voranschreiten und sie alle mitreißen – die schöpferische Quelle jedoch war Duncan, und je näher sie ihm kam, desto kraftvoller pulsierte diese kreative Energie auch in ihr selbst. Die Frage war längst nicht mehr, wohin es sie mehr zog – zum Ursprung der Quelle oder zur Mündung des Stroms, an dem sich durch Roger die mannigfaltigen Formen künstlerischen Schaffens in ihrer aller Leben ergossen –, die Frage war nur noch, ob sie der Gleichgültigkeit der Quelle gegenüber ihrem Wunsch nach Liebe gewachsen war.

26. Kapitel

Duckworth & Co, Henrietta Street, 12. April 1913

»Wir werden es veröffentlichen.«

Virginia starrte Gerald verständnislos an. Ihr Stiefbruder saß ihr gegenüber, hinter einem riesigen Mahagonischreibtisch voller Manuskriptstapel, die seine verlegerische Allmacht eindrücklich illustrierten. Ein gönnerhaftes Lächeln umspielte seine Lippen, und er zwinkerte ihr aus seinen wasserblauen Schweinsaugen zu.

Bereits am 9. März hatte Leonard ihr Manuskript persönlich bei ihm abgeliefert. In der großen Schublade ihres Wäscheschrankes lagen zwei vollständige weitere Versionen, die sie in den vorausgegangenen Monaten verfasst hatte. Sie war nicht mehr in der Lage gewesen, zu entscheiden, welche der Tausenden Möglichkeiten, Sätze zu wenden oder gar Handlungsfäden zu weben, die geeigneteren waren, und hätte Leonard ihr kein Ultimatum gestellt, schriebe sie vermutlich heute an einer vierten oder fünften Version.

Gerald hatte erklärt, es könne eine Zeit dauern, er werde den Text genau prüfen lassen, und selbstverständlich könne er ihn nur veröffentlichen, wenn er voll und ganz überzeuge, es dürfe schließlich nicht der Eindruck entstehen, ihr Werk sei dank einer familiären Gefälligkeit in seinem Verlag angenommen worden.

»Oh«, sagte sie nun. »Ich hatte erwartet, dass du es ablehnen würdest.«

»Ich habe meinen Lektor, Edward Garnett, mit der Prüfung beauftragt, und er hat ein außergewöhnlich lobendes Gutachten geschrieben.«

Gerald wedelte mit einem mehrseitigen Schriftstück, unterließ es jedoch, näher auf den Wortlaut dieses Gutachtens einzugehen. Dann schob er ihr ein weiteres Schriftstück über den Tisch zu. »Hier ist der Vertrag. Leonard soll ihn bitte genau prüfen und ihn mir baldigst zurückschicken. Wir planen die Veröffentlichung noch für diesen Herbst.«

Leonard sollte ihn prüfen. Nicht sie, die Verfasserin. Vermutlich war es besser so, sie war kaum noch in der Lage zu lesen, ohne nach wenigen Minuten eine heftige Kopfschmerzattacke zu erleiden. Schlafen konnte sie ohnehin schon lange nicht mehr richtig. Das aber konnte Gerald nicht wissen, und so war die Art und Weise, wie er sie als nebensächliche Akteurin in diesen Vertragsangelegenheiten behandelte, mehr, als sie ertragen konnte. Virginia hatte Gerald nie gemocht, beinah weniger noch als George. Seine stille, verschlagene Art hatte etwas Unheimliches.

»Ich werde ihn sehr aufmerksam lesen. Vielen Dank«, sagte sie und nahm das Schriftstück entgegen. Sie faltete es und ließ es in ihrer Handtasche verschwinden, ohne einen Blick darauf zu werfen. »Verstehe ich es richtig, dass du das Manuskript selbst gar nicht gelesen hast?«, fragte sie.

»Ich bin befangen«, sagte Gerald und hob entschuldigend die Achseln. Sein Bauch hatte sich seit ihrer letzten Begegnung im Standesamt von St Pancras beträchtlich gerundet und seine Wangen ebenfalls. Ein heftiger Widerwille erfasste sie, als er nun aufstand, um den Schreibtisch herumtrat und ihr einen feuchten Kuss auf die Wange drückte.

»Herzlichen Glückwunsch«, sagte er. »Nun bist du eine Schriftstellerin.«

»Ich bin es schon lange. Wusstest du das nicht?«, fragte sie hochmütig. Sie musste schnell an die frische Luft, in ihr hatte es zu brodeln begonnen, und wenn sie sich nicht vorsah, würde sie ihm womöglich noch etwas Beleidigendes an den Kopf werfen.

»Ich freue mich auf die Zusammenarbeit«, sagte er zum Abschied und reichte ihr seine Hand. Sie war ebenfalls feucht, und plötzlich sah sie wieder dieses Bild, Geralds Gesicht neben dem ihren im Spiegel, damals in St Ives. Hinter diesem Erinnerungsfetzen verbarg sich noch mehr, doch sie kam nicht dahinter, was es war. Ekel schnürte ihr die Kehle ab.

Leonard war zu irgendeiner Versammlung gefahren, die Margaret Llewelyn Davies regelmäßig in den Außenbezirken Londons organisierte. Sein Engagement für die *Women's Cooperative Guild*, eine Kooperative, die arbeitenden Frauen zu besseren Lebens- und Arbeitsumständen verhelfen sollte, wurde Virginia langsam zu viel. Sie hatten im Verlauf des vergangenen Monats den Norden bereist und jede Menge Fabriken besichtigt, in denen Menschen unter den furchtbarsten Bedingungen arbeiten mussten. Es war erbarmungswürdig, aber sie konnte all die Hässlichkeit und das Leid nicht mehr ertragen. Sie bat Leonard immer öfter, alleine zu den Versammlungen der Kooperative zu gehen, während sie in den einfachen Räumen im Clifford's Inn, in denen sie nun bereits seit Anfang des Jahres lebten, auf ihn wartete. Früher hätte sie die ruhigen Stunden genutzt, um zu schreiben oder zu lesen, mittlerweile aber konnte sie nur noch dasitzen und auf die wohlvertrauten Schritte auf der Treppe lauschen, die Leonards Kommen ankündigten. Wenn er kam, fiel etwas von der Anspannung von ihr ab, unter der sie beinahe konstant litt. Mit Leonard zusammen am Feuer zu sitzen, seiner Stimme zu lauschen, wenn er von seinen Erlebnissen erzählte, lenkte sie meist von ihren eigenen zermürbenden Gedanken ab.

In den Monaten der finalen Überarbeitung von *Die Fahrt hinaus* war es ihr zunehmend schlechter gegangen, und während der langen Wartezeit auf Geralds Entscheidung hatte sie nicht einen Satz schreiben können. Dafür waren ganze Passagen aus ihrem Manuskript in einer Endlosschleife vor ihrem geistigen Auge dahingezogen, Sätze, die sie erneut hätte ändern oder besser noch ganz tilgen wollen. Fast hatte sie sich gewünscht, dass Gerald eine Veröffentlichung ablehnen würde. Nun war es nicht mehr rückgängig zu machen, und die Welt würde sehen, was für eine schlechte Schriftstellerin sie war.

Sie dachte an Geralds selbstzufriedenes Gesicht, an die feuchte Hand, die er ihr zum Abschied gereicht hatte. An ihren Ekel.

Als Leonard endlich die Tür aufschloss, fühlte sie sich so elend, dass sie sich kaum aus ihrem Sessel erheben konnte.

»Ist etwas passiert?«, fragte Leonard erschrocken, als er sie im Dunkeln sitzen sah. Er hob ihre Handtasche auf, die sie beim Betreten des Zimmers einfach hatte fallen lassen, und hängte sie ordentlich an die Garderobe.

»Er hat es angenommen.«

»Wer? Was?« Leonard sah erschöpft aus. Die vielen Versammlungen taten auch ihm nicht gut. Oder tat *sie* ihm nicht gut?

»Das Manuskript. Gerald will es veröffentlichen.« Sie sprach leise. Zu anstrengend selbst das Reden.

Leonard ließ sich vor ihr auf die Knie fallen und küsste sie. »Das ist wunderbar!«, rief er aus. »Ich wusste es. Es ist ein großartiger Roman.«

»Aber Gerald hat ihn gar nicht gelesen.«

»Sein Lektor hat ihn gelesen und für gut befunden, sonst hätte Gerald ihn nicht annehmen können«, erklärte Leonard geduldig und drückte sie an sich. »Freust du dich denn gar nicht?«

Virginia sagte nichts und starrte nur auf ihre Hände.

»Es ist schlecht, Leonard. Dieser Lektor – er ist wahrscheinlich jung und unerfahren und wagt nicht, Gerald …«

»Stopp!« Leonard legte ihr die Hand auf den Mund. »Ich befehle dir, mit diesem Unsinn aufzuhören!«

Sie nickte, und sobald er seine Hand löste, sagte sie schnell: »Ich hasse Gerald.«

Leonard stand auf und ließ sich mit einem Seufzer in seinen Sessel fallen. Er sah sie lange an und sagte dann: »Er ist dein Bruder, und du solltest …«

»Stiefbruder«, fuhr Virginia dazwischen.

»Gut. Er ist dein Stiefbruder und bald dein Verleger. Du solltest also irgendwelche kindlichen Animositäten …«

»Kindliche Animositäten?« Ihre Stimme kippte. »Du weißt überhaupt gar nichts!« Sie fuhr aus ihrem Sessel hoch, rannte zu ihrer Handtasche und zerrte den Vertrag heraus.

»Da!«, schrie sie und warf ihn in Leonards Richtung. »*Du* sollst ihn prüfen, hat er gesagt. Wahrscheinlich sollst auch du ihn unterschreiben. Das macht ihr zwischen euch Männern aus. Ich bin bloß die kleine Schwester mit dem Knacks, die eine nette Geschichte geschrieben hat und der man jetzt eine Gefälligkeit erweist. Schriftstellerin von Stiefbruders Gnaden.«

Der Vertrag war auf dem Boden gelandet, und sie trat mit dem Fuß danach, während sie auf Leonard einschrie. Er blieb vollkommen ruhig, stand auf und hob ihn mit aufreizender Langsamkeit auf. Er schien etwas sagen zu wollen, doch dann setzte er sich wortlos an den Tisch und wies auf den Stuhl neben sich.

»Was?« Die Energie, die ihr die Wut soeben noch verliehen hatte, war auf einen Schlag verschwunden.

»Wir lesen ihn zusammen. Und dann wirst du entscheiden, ob du ihn unterschreiben möchtest oder nicht.«

Er streckte die Hand nach ihr aus. Sie zögerte, ergriff sie dann aber doch und ließ sich an seine Seite ziehen. Seine Hand war warm und trocken, ganz anders, als es die Hände von Gerald gewesen waren. Oder auch die von George. Und als er ihr jetzt mit seiner tiefen, ruhigen Stimme ihren ersten Buchvertrag vorlas, spürte sie fast etwas wie Stolz in sich aufkeimen.

»Danke«, flüsterte sie, als sie ihre Unterschrift unter das Dokument gesetzt hatte, und lächelte ihn an.

»Du musst mir nicht danken. Das hast du ganz allein geschafft.«

»Ohne dich wäre es niemals dazu gekommen.«

»Ich habe dich lediglich vor dir selbst beschützt«, sagte er. »Und das«, er zeigte auf den Vertrag, »das ist erst der Anfang.«

Irgendwann weit nach Mitternacht erwachte Leonard von einem splitternden Geräusch. Er blickte verwirrt um sich und sah, dass Virginia nicht in ihrem Bett lag. Hier im Clifford's Inn teilten sie einen großen Schlafraum, hatten aber die Betten auseinandergeschoben, damit sie sich nicht gegenseitig im Schlaf stören konnten.

»Virginia, wo bist du?«, rief er und sprang aus dem Bett.

Er fand sie im kleinen Vestibül. Sie stand mit einem Schuh in der Hand da und starrte auf den Boden vor ihren Füßen. Im Dämmerlicht sah Leonard dort etwas glitzern, und er brauchte einen Moment, um zu begreifen, dass es Glassplitter waren. Der Spiegel an der Wand war zerstört.

»Was zum Teufel …«

Virginia ließ den Schuh fallen und drehte sich zu ihm um. »Es tut mir leid, es tut mir so leid«, stammelte sie.

»Hast du den Spiegel zerschlagen?«

»Nein, ich … ich weiß nicht.« Ihr Gesicht schimmerte weiß in der Dunkelheit.

»Schsch«, machte Leonard und führte sie zurück zu ihrem Bett. Sie war am Abend erstaunlich rasch eingeschlafen, und er hatte gehofft, dass sie eine ruhige Nacht haben würden, nachdem nun endlich eine Entscheidung zu ihrem Roman getroffen worden war. Und so war auch er selbst früh zu Bett gegangen und hatte so tief geschlafen wie seit langer Zeit nicht mehr.

»Hast du geträumt? Kannst du dich an etwas erinnern?«, fragte er.

Sie schüttelte den Kopf und sah ihn nur angstvoll an.

»Es ist nichts Schlimmes passiert. Um die Scherben kümmere ich mich. Wir kaufen einen neuen Spiegel, mach dir keine Gedanken.«

»Doch«, flüsterte Virginia. »Es ist etwas Schlimmes passiert. Aber es ist sehr lange her.«

»Was ist lange her?«

»Ich erinnere mich nicht.«

Was redete sie da nur? Er wartete, ob sie noch mehr sagen würde, aber sie schloss die Augen und atmete ruhig. »Es ist nur ein Spiegel«, sagte er leise. »Hauptsache, du hast dich nicht verletzt.« Er drückte ihr einen Kuss auf die Stirn und stand auf, um die Scherben zusammenzukehren.

27. Kapitel

An Vanessa Bell
Hotel de Milan
Monte Citorio, Rom
Italien

Asheham House, 12. Mai 1913

Liebe Vanessa,

Virginia hat mir gesagt, dass Dich mein Brief unter dieser Adresse erreichen würde. Ich hoffe, so ist es.

Vielen Dank für Deine lieben Zeilen, aber bitte, mach Dir keine Sorgen um mich und genieße Deine Zeit in Italien. Ich kümmere mich um Virginia, so gut es geht.

Wir sind seit Mitte April fast nur in Asheham, wo es ihr meist besser geht als in London. Leider hat sie dennoch ständig Kopfschmerzen und isst kaum. In manchen Nächten schläft sie gar nicht und macht sich ständig Sorgen über irgendetwas. Mal ist es das Geld, mal ihr Roman, den Gerald zur Veröffentlichung angenommen hat. Dann wieder ist sie aufgekratzt und will nach London, weil sie die Einsamkeit hier nicht mehr erträgt, wie sie sagt.

Wir haben ein paar Hühner gekauft und arbeiten viel im Garten. Ich denke, das tut ihr wohl.

Ja, ich habe Roger tatsächlich um Rat gebeten, und er hat mir Dr. Head als Arzt für Virginia empfohlen. Er ist Neuropsychologe und hat seinerzeit seine Frau behandelt. Dr. Head hält es bei Virginias derzeitigem Zustand nicht für ratsam, dass sie Kinder bekommt. Auch Jean Thomas aus Twickenham, die im April ein paar Tage mit uns in Asheham verbracht hat, ist dieser Meinung. Denkst Du, ich sollte es Virginia zum jetzigen Zeitpunkt sagen? Vielleicht könnte das etwas Druck von ihr nehmen? Ich bin sehr unsicher und möchte nichts Falsches tun.

Ansonsten befolgen wir weitgehend Dr. Savages Rat, regelmäßig an die frische Luft und früh zu Bett zu gehen. Mehr kann man wohl derzeit nicht tun.

Grüße mir Roger, Clive und Duncan. Gewiss habt ihr eine wundervolle Zeit miteinander.

Dein Leonard

»Und? Was schreibt er? Wie geht es ihr?« Clive stand vor dem Spiegel und rasierte sich. Er war den ganzen Tag mit Roger in Rom unterwegs gewesen, während Vanessa und Duncan ihre Staffeleien im Hotelgarten aufgestellt und die Mittagszeit im Schatten von Zitronenbäumen verdöst hatten. Roger hatte ein strammes Besichtigungsprogramm ausgearbeitet, doch Vanessa sträubte sich immer öfter, daran teilzunehmen, und auch Duncan zog es häufig vor, ohne ein festes Ziel in den Tag hinein zu bummeln – ganz anders als Clive, der tapfer mit Roger die Programmpunkte abarbeitete.

Es war ihre zweite Woche in Italien, wohin sie zu viert aufgebrochen waren, um die Kunstschätze des Landes zu bewundern, und zum ersten Mal seit langer Zeit teilten Vanessa und Clive wieder ein Zimmer. In den kleinen Pensionen, in denen sie bisher untergekommen waren, hatten Mr und Mrs Bell ganz selbstverständlich die großen Doppelzimmer zugewiesen bekommen, und auch wenn eine getrennte Unterbringung in dem Hotel hier in Rom gewiss möglich gewesen wäre, zog Vanessa es vor, weiterhin mit Clive ein Zimmer zu teilen. Es sorgte für eine Klarheit, die ihr selbst längst abhandengekommen war.

»Nicht gut«, sagte Vanessa und faltete nachdenklich den Brief zusammen. Meist gelang es ihr, die Gedanken an ihre Schwester zu verdrängen. Immerhin war jetzt Leonard an Virginias Seite, um sich um sie zu kümmern. Die Tatsache aber, dass er den Nervenarzt Dr. Head eingeschaltet hatte, gab Vanessa nun doch sehr zu denken. »Sie sind in Asheham, und Leonard hat entschieden, dass sie keine Kinder bekommen werden.«

Clive hielt inne und sah sie durch den Spiegel an. »Und was sagt Virginia dazu?«

»Er hat es ihr noch nicht gesagt.«

»Ist das nicht etwas, was sie zusammen entscheiden sollten?«

»Ich habe den Eindruck, dass Virginia nicht in der Verfassung ist, irgendetwas zu entscheiden.«

»So schlimm?« Nun wandte sich Clive zu ihr um. Die bereits rasierte Hälfte seines Gesichtes schien zu erblassen.

»Ich fürchte ja.«

Clives Schultern sackten nach vorne. »Sie hätte ihn nicht heiraten dürfen«, sagte er kopfschüttelnd. »Seit der Hochzeit geht es ihr kontinuierlich schlechter. Er ist nicht gut für sie.«

»Wenn überhaupt ein Mann richtig für sie ist, dann Leonard«, widersprach Vanessa. »Ich möchte mir nicht ausmalen, was ohne ihn aus ihr werden würde.« *Oder aus mir*, fügte sie in Gedanken hinzu.

»Du fandest ja selbst Lytton geeignet …«

»Kannst du bitte aufhören, diese alten Geschichten aufzuwärmen?«

Clive wandte sich ruckartig wieder seinem Spiegelbild zu. Er mochte Leonard nicht, was vermutlich weniger an einer grundsätzlichen Abneigung ihm gegenüber lag als an seinem fortgesetzten Kummer, Virginia an ihn verloren zu haben. Er behauptete, Leonard sperre Virginia ein und nehme ihr die Freude an geselligen Zusammenkünften. Auch äußerlich, fand er, habe sie sich zu ihrem Nachteil verändert. Sie achte nicht mehr auf ihre Kleidung und trüge unmögliche Schuhe, ihre Frisur sei unvorteilhaft, und ein wenig Wangenrouge und Lippenstift könnten ihrer Blässe Abhilfe schaffen. Dabei übersah er großzügig, dass Virginia unter altbekannten Symptomen litt, die Leonard im Schach zu halten bemüht war – leider aber, so fürchtete Vanessa, mit immer weniger Erfolg.

»Willst du dich nicht langsam zurechtmachen?«, fragte Clive und zeigte auf das Kleid, das sie sich für den Abend zurechtgelegt hatte. »Roger hat einen Tisch reserviert, wir sollten nicht zu spät kommen.« Er hatte sich fertig rasiert, eines seiner besten Hemden angezogen und band seine Krawatte.

»Roger, Roger, Roger«, sagte Vanessa. »Er muss nur mit den Fingern schnippen, und du springst.«

Clives linke Augenbraue wanderte hoch. »Interessant«, sagte er und rückte seinen Krawattenknoten gerade.

»Was ist interessant?«

»Dein Kommentar. Es gab Zeiten, da hätte ein Fingerschnippen von Roger dich aus dem Häuschen gebracht.«

»Ich habe noch nie auf Fingerschnippen reagiert und gedenke es auch künftig nicht zu tun.«

»Ich werde es ihm sagen«, sagte Clive mit breitem Grinsen. »Oder willst du es selbst tun?«

»Untersteh dich!« Vanessa warf mit einem Kissen nach ihm.

Er duckte sich und drückte ihr einen Kuss auf die Wange. »Ach, Vanessa«, sagte er. »Wenn ich es nicht schon getan hätte, würde ich dich bitten, mich zu heiraten. Egal wie viele andere Männer du liebst.« Damit vollführte er eine schwungvolle Drehung auf dem Absatz und marschierte zufrieden lächelnd zur Tür hinaus.

Es war einer der letzten Abende in Rom. Sie saßen in einer kleinen Taverne, die Roger während einer seiner Streifzüge mit Clive entdeckt hatte.

»Willst du den Wein auswählen, Roger?«, fragte Clive und schob dem Freund die Weinkarte zu.

»Zum Fisch sollten wir am besten einen Weißwein nehmen, nicht wahr?« Roger blickte fragend in die Runde.

»Duncan hat Fleisch bestellt«, sagte Vanessa.

»Ich trinke auch Weißwein zum Fleisch«, winkte Duncan ab. »Oder Rum, oder Whisky. Was immer ihr wollt.« Er lehnte sich im Stuhl zurück und betrachtete interessiert ein verblasstes Fresko, das die Decke der Taverne zierte. Es war ein sehr altes Gebäude und von außen sah es beinahe abbruchreif aus, der Gastraum aber war mit seiner schlichten Möblierung und der kunstvoll bemalten Decke von raffinierter Originalität. Über allem hing der Duft von in Olivenöl gebratenen Speisen.

»Unsinn. Zum Fleisch passt am besten Rotwein.« Vanessa ignorierte Clives amüsierten Blick und rückte näher an Roger heran, um in die Karte zu schauen. »Wie wäre es mit dem Hauswein?« Sie senkte die Stimme. »Die Einheimischen trinken ihn alle, seht nur, er scheint gut zu sein.«

Überall auf den benachbarten Tischen standen die tönernen Karaffen, in denen der günstige Hauswein serviert wurde. Sie schienen die einzigen Touristen zu sein, was kaum verwunderlich war, denn die Taverne lag abseits von allen wichtigen Sehenswürdigkeiten Roms, am Ende einer winzigen Gasse. Niemand außer Roger würde auf die Idee kommen, an diesem Ort nach verborgenen Kunstschätzen zu suchen. Angelockt hatte ihn die benachbarte Töpferwerkstatt, wo er ein gutes Dutzend einfacher Tonschalen erstanden hatte, die er in seiner Werkstatt zu Kunstwerken gestalten lassen wollte. Die Planungen für Rogers neuestes Projekt waren bereits weit vorangeschritten. Vanessa und Duncan waren Co-Direktoren, und alle Künstler, die für die Werkstatt arbeiteten, würden einen festen Lohn ausgezahlt bekommen. Auch ein Name für das Projekt war bereits gefunden worden: Omega-Workshop. Der griechische Buchstabe Ω stand, so Roger, für »einen Kreis, der sich schließt und doch Raum für Weiterentwicklung lässt«.

»Zum Fisch passt kein Rotwein«, sagte Clive und sah Vanessa herausfordernd an.

»Ich trinke dennoch lieber Rotwein«, gab sie zurück.

Roger hatte die Weinkarte zugeklappt und die Hände darüber gefaltet wie ein Priester nach der Predigt. »Wir bestellen beides«, beschied er, und ohne eventuelle Einwände abzuwarten, winkte er den Kellner heran. Zwischen den beiden entspann sich ein längeres Gespräch auf Italienisch, dem weder Vanessa noch Clive oder Duncan folgen konnten, weil keiner von ihnen Italienisch sprach. Vanessa ertappte sich dabei, wie sie ungeduldig mit dem Fuß wippte. Früher hatte sie es bewundert, wie zwanglos Roger auch in fremden Sprachen mit den Menschen zu reden verstand, doch inzwischen fand sie es nur noch anstrengend.

»Worüber habt ihr gesprochen?«, fragte sie, als Roger sich ihnen wieder zuwandte.

»Ich habe ihn gefragt, woher die hübschen Weinkaraffen stammen. Und, siehe da, sie kommen aus der Töpferwerkstatt nebenan.«

»Das finde ich wenig überraschend«, sagte sie.

»Nun. Überraschend vielleicht nicht, aber ein trefflicher Zufall, schließlich habe ich noch heute Morgen den Töpfer gebeten, uns eine kleine Einführung in sein Handwerk zu geben, und eben dachte ich, dass ich diese Karaffen sehr gerne für unseren Workshop haben würde.«

»Uns?« Vanessa wechselte einen Blick mit Duncan, der ihrem Gespräch mit seinem gewohnt freundlich-offenen Lächeln lauschte und sich nicht daran zu stören schien, dass Roger wieder einmal eine Aktivität über ihre Köpfe hinweg in die Wege geleitet hatte.

»Spricht etwas dagegen?«, fragte Roger ehrlich erstaunt.

»Du hättest uns fragen können.«

»Aber Vanessa«, mischte sich nun Clive ein. »Wie hätte Roger euch fragen sollen, schließlich wart ihr nicht anwesend.«

»Wir waren den ganzen Tag im Hotel. Also durchaus anwesend«, konterte Vanessa.

»Ich wollte schon immer das Töpfern lernen«, sagte Duncan.

»Na bitte«, sagte Clive.

Roger sagte nichts und lehnte sich nur weit in seinem Stuhl zurück, wie um sich aus einer Gefahrenzone zu bringen.

Etwas hatte sich verschoben zwischen ihnen. Roger konnte nicht sagen, wann genau es angefangen hatte, vielleicht lag der Moment bereits lange zurück, und er hatte ihn nicht wahrgenommen. Dass Vanessa lieber an einem ruhigen Schattenplätzchen verweilte und malte, anstatt durch staubige Straßen zu laufen, war nicht unbedingt etwas Neues für ihn. Sie besaß diesen Drang nicht, jeden Winkel einer fremden Stadt erkunden zu wollen, der ihn schon im Morgengrauen aus dem Bett trieb. Sie kannte diese Entdeckerlust nicht, die ihm keine Ruhe ließ und ihn in jede noch so schäbige Gasse trieb. Es war ihr gleichgültig, wie bedeutsam ein Gebäude, wie wertvoll ein Kunstwerk war, sie musste es nicht gesehen haben, um am Abend zufrieden zu sein. Manchmal beneidete er sie darum.

Was ihn jedoch zunehmend verstörte, war ihr beständiger Widerspruchsgeist. Ganz gleich, was er zu tun vorschlug – sie wollte das Gegenteil davon. Noch nicht ein einziges Mal während dieser Reise hatte er Gelegenheit gehabt, mit ihr ein paar ruhige Worte zu wechseln oder auch nur still neben ihr zu sitzen und die Verbundenheit zu spüren, die sie zwei Jahre lang geteilt hatten. Natürlich schlief sie mit Clive in einem Zimmer. Er war ihr Mann. Eifersucht war völlig fehl am Platze, auch wenn sie trotzdem an ihm nagte. Sie ging ihm jedoch auch tagsüber aus dem Weg. Immer war sie an Duncans Seite, fragte Duncan um seine Meinung, scherzte mit ihm und sah zuerst immer ihn an, wenn es eine Entscheidung zu treffen gab.

Er war der festen Überzeugung gewesen, Vanessa würde ebenso begeistert von seiner Idee sein, das Töpfern zu lernen, wie er selbst. Er hatte dem Töpfer einen ordentlichen Batzen Geld gezahlt, damit er ihnen einen ganzen Vormittag widmete und seine Werkstatt für die Einführung zur Verfügung stellte. Nun hatte er Vanessa gegen sich aufgebracht und musste zudem mit ansehen, wie Vanessa und Duncan den ihnen zur Verfügung gestellten Ton missbrauchten, indem sie kleine Tonfiguren mit überdimensionierten Penissen formten.

»Der hier könnte Lytton sein«, sagte Vanessa gerade lachend und zeigte auf eine besonders dünn geratene Figur.

»Nein, so groß ist er nicht«, gab Duncan grinsend zurück.

»Auch in erigiertem Zustand nicht? Herrje!« Sie zog eine Grimasse. »War das der Grund, warum du Maynard vorgezogen hast?«

Der Töpfer beobachtete die beiden mit finsterem Blick, und Roger beeilte sich, dessen Aufmerksamkeit zurück auf das missratene Objekt auf der Tonscheibe zu lenken, an dem er selbst gerade arbeitete.

Als sie später wieder Richtung Hotel zurückwanderten, wo Clive auf sie wartete, sagte Roger: »Ich denke, ich werde eine Töpferscheibe für den Omega-Workshop kaufen. Mit ein wenig Übung können wir unsere eigenen Schalen und Schüsseln herstellen.«

»Ich halte das für keine gute Idee«, sagte Vanessa.

»Es hätte mich gewundert, wenn du eine Idee von mir für gut befunden hättest.« Er versuchte, heiter zu klingen, was ihm jedoch gründlich misslang.

»Ich halte viele deiner Ideen für gut.«

»Mir scheint, das ist lange vorbei.«

Vanessa machte eine unwillige Handbewegung. »Unsinn. Aber wer von uns soll denn töpfern? Wir sind Maler, Roger.«

»Du hast dich sehr geschickt angestellt. Zumindest in den zehn Minuten, die du dich der Sache gewidmet hast.«

»Fragst du mich auch, ob ich Lust dazu habe?«, fragte sie.

»Also ich hätte Lust«, mischte sich Duncan ein. Er war einen halben Schritt hinter ihnen hergegangen, die Hände in den Hosentaschen vergraben.

»Du willst nur Männer mit großen Penissen herstellen, gib es zu«, sagte Vanessa lachend und zog Duncan an ihre Seite. »Was meinst du, Roger, könnten wir dafür Abnehmer finden?«

Sie machte sich lustig über ihn. Schwerer jedoch als das wog der Gedanke, dass sie ganz offensichtlich auf dem besten Wege war, sich in einer hoffnungslosen Liebe zu diesem sieben Jahre jüngeren Homosexuellen zu verlieren, und er nichts tun konnte, um sie vor ihrem eigenen Unglück zu bewahren.

33, Fitzroy Square, Juli 1913

Am 8. Juli öffneten sich die Tore der Omega-Workshops Ltd. zum ersten Mal. Roger hatte ein ehemaliges Wohnhaus am Fitzroy Square angemietet, dessen große Salons im Erdgeschoss als Ausstellungs- und Verkaufsräume dienten, während die oberen Räume genug Platz für mehrere Studios boten, in denen ein gutes Dutzend junger Künstler nach Belieben an drei halben Tagen in der Woche an ihren Werken arbeiten konnten. Ihre Werke wurden allesamt mit einem Ω versehen und anonym verkauft, um Konkurrenzdruck untereinander zu vermeiden und den Schöpfungen einen Eigenwert zu verleihen, der nicht vom Bekanntheitsgrad des jeweiligen Künstlers oder der jeweiligen Künstlerin abhing.

In den vorausgegangenen Monaten waren unzählige Tonschalen und -krüge bemalt, Stoffe bedruckt, Teppiche geknüpft sowie Stühle und Tische mit kunstvollen Mustern verziert worden. Vanessa hatte einen großen Paravent gestaltet, der nun als Blickfang im Eingang stand, und Roger hatte seine weit verstreuten Beziehungen spielen lassen, um Aufträge für Innenraumgestaltungen an Land zu ziehen.

Die Vorbereitungen hatten Vanessa so sehr in Anspruch genommen, dass sie kaum Zeit für ihre eigene Malerei gefunden hatte – geschweige denn für Stunden der Zweisamkeit mit Roger. Sie vermisste die Nähe zu ihm nicht und war froh, dass Omega eine natürliche Erklärung für ihre schwindende Verfügbarkeit bot. In ihren Briefen an ihn hatte sie sich auf Geschäftliches beschränkt, und in den flüchtigen Momenten, in denen sie am Fitzroy Square zusammentrafen, waren sie nie unbeobachtet. Gewiss – seine sehnsüchtigen Blicke waren ihr nicht verborgen geblieben, aber ihr eigener Drang, ihm nahe zu sein, der Wunsch nach Berührung, war verschwunden, auch wenn sie nicht genau sagen konnte, seit wann das nun schon so war. Dafür jedoch nahm sie jede Gelegenheit wahr, um mit Duncan zusammen zu sein. Das war nicht schwer zu bewerkstelligen, denn er arbeitete beinahe täglich im Omega-Studio und kam häufig zum Essen an den Gordon Square. Er sprudelte förmlich über vor Ideen und inspirierte die jungen Künstler zu verwegenen Designs, die selbst Vanessa zuweilen den Atem stocken ließen. »Den kauft uns nie einer ab«, sagte sie, als der junge Frederick Etchells ihr einen Gardinenstoff präsentierte, den er und Duncan mit einem grafischen Muster aus schrillen Orange- und Lilatönen bedruckt hatten. Aber sie irrte sich. Wenige Minuten nach der offiziellen Eröffnung rauschte Lady Ottoline mit Roger im Schlepptau durch die Ausstellungsräume und steuerte sofort auf den Stoff zu. »O Roger, wie entzückend! Diese frischen Farben! Genau das richtige für mein Frühstückszimmer«, rief sie und kaufte sowohl den Stoff als auch ein handgemachtes Teeservice mit Blumenmuster, einen von Duncan gestalteten hölzernen Paravent mit grotesk verzerrten Frauenkörpern und zwei bunt bemalte Stühle. Nichts davon passte zueinander, und Vanessa hegte den Verdacht, dass Ottolines leidenschaftliche Begeisterung mehr Roger galt als den Omega-Schöpfungen und sie durch ihr spendables Auftreten ihre alte Affäre wiederzubeleben versuchte. Vanessa forschte in ihrem Inneren nach den eifersüchtigen Gefühlen, die ihr das vor Monaten noch bereitet hätte, aber da war nichts außer dem Wunsch, Roger möge jemanden finden, der die Lücke füllen könnte, die sie in seinem Herzen hinterließ.

Wenige Wochen nach der Eröffnung ging sie am Abend noch einmal zum Fitzroy Square, um eine Holzschnittarbeit zu holen, der sie sich am nächsten Morgen in aller Ruhe widmen wollte. Die Kinder waren bereits im Bett und Clive zu einem Stelldichein mit seiner jüngsten Liebschaft Mary Hutchinson, einer Cousine Lyttons, die von Zeit zu Zeit mit ihrem Mann St John Hutchinson auf Bloomsbury-Partys auftauchte und Clive durch ihre elegante Erscheinung in den Bann gezogen hatte.

Es war ein warmer Sommerabend, und Vanessa rechnete nicht damit, dass sie in der Werkstatt um diese Zeit noch jemanden antreffen würde. Doch das Tor war nicht abgeschlossen, und in den oberen Räumen hörte sie Stimmen und Schritte. Es waren Männerstimmen. Als sie die Treppe hinaufging, vernahm sie Duncans Lachen. Sie hatten am Vormittag noch zusammen in der Werkstatt gearbeitet, und Duncan hatte eine Einladung zum Abendessen mit ihr am Gordon Square mit der Begründung ausgeschlagen, dass er bereits anderweitig verpflichtet war. Was also tat er nun hier?

Die Tür zu dem kleineren der beiden Studios war nur angelehnt, und gerade als sie anklopfen wollte, um sich bemerkbar zu machen, sagte Duncan: »Nicht hier. Gehen wir zu mir rüber.« Er klang atemlos, beinahe gehetzt.

»Und Adrian?« Die Stimme kannte sie nicht.

»Nicht zum Brunswick Square. In mein Atelier.«

»Oh«, sagte der andere, und es hörte sich an wie das Gurren einer Taube.

»Jetzt stell dich wieder da hin«, befahl Duncan, »ich will das noch fertig zeichnen.«

Sie widerstand dem Impuls, sofort die Flucht zu ergreifen, und ging leise in den anderen Raum, wo sie ihre Holzschnitte aufbewahrte. Auf keinen Fall würde sie sich wegen einer von Duncans Affären von ihrem eigenen Vorhaben abbringen lassen! Eine Diele knarrte, und sie hielt inne, doch die beiden Männer schienen nichts gehört zu haben. Schnell stopfte sie den Holzschnitt und das Werkzeug in ihre Tasche und wollte sich auf Zehenspitzen davonschleichen, doch da wurde die Tür aufgerissen, und Duncan stand vor ihr.

»Vanessa?«

Sie blieb wie angewurzelt stehen und konnte nicht anders, als an ihm vorbei in das Studio zu blicken. Dort stand, nackt, breitbeinig und vollkommen ohne Scham ein dunkelhaariger Adonis, perfekt gebaut und mit erigiertem Penis.

Duncans Hemd war aufgeknöpft, seine Haare zerzaust, und in seinem Blick lag ein seltsamer Glanz, so als hätte er Alkohol getrunken, doch er schien nüchtern zu sein. »Wusste ich doch, dass ich etwas gehört hatte«, murmelte er und fuhr sich durchs Haar. Er wies mit einer halben Verbeugung, die nur schlecht die Peinlichkeit der Situation überspielen konnte, auf den jungen Mann hinter sich. »Darf ich dir George Mallory vorstellen?«

Der Adonis hob eine Hand und winkte ihr zu.

»Lasst euch nicht stören, ich wollte nur rasch … es war nur wegen … ich bin … es tut mir so leid«, stammelte Vanessa, stürmte an Duncan vorbei die Treppe hinunter hinaus auf die Straße. Sie rannte, so schnell sie konnte, zurück zum Gordon Square und presste dabei ihre Tasche mit dem Holzschnitt wie einen Panzer an ihre Brust. Doch nichts konnte den rasenden, vernichtenden Schmerz aufhalten, der sich dort hineinbohrte und in ihrem ganzen Körper ausbreitete.

28. Kapitel

Clifford's Inn, London, 25. Juli 1913

»Schick mich nicht fort, bitte schick mich nicht fort«, wimmerte Virginia und klammerte sich an Leonard, der ihr beruhigend über den Rücken strich.

Sie waren bei Dr. Savage gewesen. Oh, wie sie ihn hasste, diesen schrecklichen Arzt, der sie immer und immer wieder einsperren ließ. Die Druckfahnen waren schuld. Sie hatte versucht, Dr. Savage begreiflich zu machen, wie qualvoll es war, ihr eigenes grauenvolles Machwerk erneut lesen zu müssen, ohne die Möglichkeit für Änderungen zu haben.

»Du darfst nur noch kleinere Korrekturen vornehmen, einzelne Wörter, Satzzeichen, nicht mehr, hast du verstanden?«, hatte Gerald sie ermahnt. Aber sie wollte es zerreißen, ins Feuer werfen, endgültig vernichten – niemand sollte es je lesen dürfen.

Wie sehr hatte sie Leonard angefleht, ihren Bruder davon abzuhalten, den Roman zu veröffentlichen, aber niemand hörte mehr auf sie, am allerwenigsten Leonard.

Es ging ihr schlecht, ja. Sie wusste nicht, wann sie das letzte Mal richtig geschlafen hatte. Sie fand kaum noch die Kraft aufzustehen. Leonard behauptete, es läge daran, dass sie nicht aß, und stellte sie jeden Tag auf die neu angeschaffte Waage, damit sie sähe, wie wenig sie noch wog. Doch sie brachte einfach nichts hinunter, auch nicht die süßen Pralinen, die Leonard ihr kaufte. Es war eine List von ihm, doch sie ließ sich nicht zum Essen verführen!

Sie wünschte sich Ruhe. Endlich Ruhe vor den ewig kreisenden Gedanken und vor diesem stechenden, erschöpfenden Kopfschmerz, der sich bis in die letzte Hirnwindung zu bohren schien.

Leonards Hände auf ihrem Rücken taten wohl. Leonards Nähe tat wohl, wenn er nicht gerade von ihr verlangte, dass sie aß. Und nun schickte Savage sie wieder in dieses Heim nach Twickenham und trennte sie von ihm, von ihrem geliebten Mongoose, dem einzigen Menschen auf der Welt, der sie wirklich liebte. Sie hatte ihn liebevoll Mongoose getauft, weil er ein braunes Fell hatte und am liebsten Fleisch aß, wie diese Mangustenäffchen, die sie im Zoo gesehen hatten. »Ich will nicht in dieses Heim, bitte, lass mich bei dir bleiben,« flüsterte sie erneut.

»Ich werde dich sehr oft besuchen, und wenn die Kur vorbei ist, fahren wir nach Cornwall«, versprach Leonard. So hatte Savage ihr die Ruhekur schmackhaft machen wollen. »Sobald es Ihrer Frau besser geht, dürfen Sie mit ihr verreisen«, hatte der Arzt zu Leonard gesagt. Nach ihrer Meinung war sie nicht gefragt worden, sie zählte nichts, wenn es wichtig wurde, entschieden immer andere über sie. Wie sehr sie es hasste!

»Vielleicht können wir gleich nach Cornwall fahren. Ich möchte das Meer sehen.«

»Du weißt, dass du das nicht kannst. Bitte Virginia, sei ein braver Mandrill und höre auf deinen Arzt. Er weiß, was gut für dich ist.« Wenn er sie Mandrill nannte, waren die Dinge in Ordnung. Es war sein Kosename für sie, doch jetzt waren die Dinge nicht in Ordnung.

Sie löste sich von ihm und sank auf einen Stuhl. »Gut«, sagte sie. »Schick mich fort. Ich werde alles tun, was du sagst. Aber dafür musst du etwas für mich tun.« Selbst das Sprechen bedeutete eine fast übermenschliche Anstrengung.

Leonard kniete vor ihr nieder. Wie blass und hager er aussah. Sie war eine zu große Belastung für ihn. Es durfte so nicht weitergehen, sie würde auch ihn zugrunde richten. Besser wäre es für ihn, wenn es sie nicht mehr gäbe. Wenn sie nur den Mut aufbrächte … Nein. Sie durfte das nicht denken. Leonard hatte es ihr verboten. Und doch …

»Ich tue alles, wenn es dir nur hilft«, sagte er.

»Du musst Gerald davon abhalten, es zu veröffentlichen. Niemand darf es lesen. Er wird nicht auf mich hören, aber du …«

»Virginia, bitte. Wir haben das schon so oft durchgesprochen. Deine Zweifel und Ängste sind vollkommen normal. Aber du darfst dich von ihnen nicht überwältigen lassen.«

Sie wollte schreien, aber nicht einmal ihre Stimme gehorchte ihr mehr. Sie konnte nur noch flüstern. »Das sagst du nur, um mich zu trösten. Du weißt nicht, wie es ist, ich zu sein.«

Leonard schloss die Augen und atmete tief ein und aus. Dann sagte er: »Ich werde mich um alles kümmern. Versprochen.«

Sie glaubte ihm nicht. Es gab niemanden, dem sie noch glauben konnte. Alle hatten sich gegen sie gewandt, nun auch Leonard. Willenlos ließ sie sich ins Bett bringen, vorbei an dem zerbrochenen Spiegel, aus dem ihr zersplittertes Ich nach ihr zu greifen schien.

An
Vanessa Bell
46, Gordon Square
London

Holford, Cornwall, 25. August 1913

Liebe Vanessa,
wir sind gut in Holford angekommen, wenngleich »gut« eine den Umständen kaum angemessene Bezeichnung ist. Virginias Kur scheint nicht

die gewünschte Wirkung erzielt zu haben, ich habe den Eindruck, dass sie noch mehr abgemagert ist, und oft ist sie in einem verwirrten Zustand.

Ich halte Dr. Savage für keinen guten Arzt, seine Empfehlungen führen zu einer Verschlechterung ihres Zustands, und wir hätten niemals herfahren dürfen. Aber hätte ich mein Versprechen brechen können, sie ans Meer zu bringen? Ich glaube fast, die Aussicht auf diese Reise ist das Einzige, was sie in Twickenham davon abgehalten hat, sich umzubringen.

Sei unbesorgt, ich lasse sie keine Sekunde aus den Augen, erwäge nun aber doch, Ka Cox um Hilfe zu bitten. Würdest Du sie vielleicht fragen, ob sie uns hier in Holford Gesellschaft leisten kann? Sie hat immer einen sehr beruhigenden Einfluss auf Virginia und der tägliche Kampf mit dem Essen zermürbt mich doch sehr. Ich werde ihr ebenfalls schreiben, doch könnte es die Dinge beschleunigen, wenn Du mit ihr sprichst.

Dein Leonard

An
Virginia Woolf
Plough Inn
Holford, Somerset

46, Gordon Square, 28. August 1913

Meine liebe Ziege,
ich fürchte, dies wird ein strenger Brief, denn Leonard schreibt, dass Du Dich immer noch zu essen weigerst. Schon als Du nach Deiner Kur in London warst, habe ich mir wegen Deines Zustandes große Sorgen gemacht. Dein Aussehen hat mich sehr an damals erinnert, als es Dir nach Vaters Tod so schlecht ging. Ich weiß sehr genau, dass Du in diesem Zustand nicht mehr in der Lage bist, klar zu denken. Leonard aber ist es sehr wohl, und Du musst tun, was er Dir sagt. Mein Zicklein, ich flehe Dich

an, sei vernünftig, denn wir lieben Dich alle sehr, und nur, wenn Du isst, wirst Du auch wieder gesund werden. Es braucht eine lange Zeit, und ich weiß inzwischen, wie schwer es ist, aus diesem dunklen Tunnel herauszukommen, denn ich habe selbst lange darin gesteckt. Man denkt so vieles, aber alles ist verzerrt, und nichts scheint noch Freude zu bereiten. Du darfst Leonard nicht im Stich lassen, seine Fürsorge ist so viel wert. Du kannst Dich glücklich schätzen, dass Du ihn an deiner Seite hast, also iss, wenn er Dich darum bittet, und wenn Du es nur ihm zuliebe tust.

Mein Zicklein, wir wollen Dein Bestes, und solange Du in diesem Zustand bist, musst Du …

Vanessa hielt inne und las, was sie geschrieben hatte. Im Grunde war es ein sinnloser Brief. Es war kaum zu erwarten, dass Virginia sich durch ein paar geschriebene Worte zur Besinnung bringen ließe.

Eine plötzliche Enge in der Brust ließ sie aufstehen und zum Fenster gehen, um ein paar tiefe Atemzüge zu tun. Der Sommer neigte sich dem Ende zu, und es hatte sich merklich abgekühlt. Der Lärm der Automobile am einst ruhigen Gordon Square war zu dieser Stunde beträchtlich, und aus den Untergeschossen der umliegenden Häuser drangen die Gerüche frisch zubereiteter Speisen. Vanessa sehnte sich nach der Ruhe Ashehams und dem Duft von Heu und Sommerblumen.

Die Arbeit für den Omega-Workshop, unzählige Partys und gesellschaftliche Aktivitäten hatten sie während der letzten Monate so sehr in Anspruch genommen, dass sie sich erschöpft und ausgelaugt fühlte. Hinzu kam die zunehmende Sorge um Virginia und das schlechte Gewissen Leonard gegenüber, der die Last ihrer Pflege nun allein zu tragen hatte. Zum Glück hatte Ka versprochen, zu den beiden nach Cornwall zu fahren, so musste sie es nicht selbst tun. Sie wusste nicht, ob sie die Kraft dazu aufgebracht hätte.

An jenem Abend im Juli, als sie im Omega-Studio über die peinliche Situation mit Duncan und seinem Liebhaber so aus der Fassung geraten war, war ihr klar geworden, wie sehr sie Duncan liebte – und wie hoffnungslos diese Liebe war. Die Verzweiflung, in die sie im Angesicht seiner amourösen Aktivitäten gestürzt war, hatte sie selbst überrascht. Der junge Mann, mit dem Duncan so ganz offensichtlich Adrian hinterging, war George Mallory, ein Ex-Liebhaber von Lytton und vergötterter Beau dessen Apostel-Zirkels. Duncan war mit ihm zusammen zu einer Party bei Ottoline aufgetaucht und hatte damit sowohl Adrians als auch Lyttons Eifersucht angefacht, der ihr anschließend sein Leid geklagt hatte.

»Er verdreht uns allen den Kopf«, hatte er mit einer Mischung aus Tristesse und Anerkennung gesagt, als er am nächsten Tag zum Tee bei ihr aufgekreuzt war.

»Ist das etwas Neues für dich?« Es kostete sie unendliche Mühe, sich ihren eigenen Schmerz nicht anmerken zu lassen.

»Überhaupt nicht. Es ist nur überraschend, dass er mein armes Herz damit immer wieder neu brechen kann.«

»Du hast genügend andere Liebhaber, die dein Herz zusammenhalten können«, sagte Vanessa ungerührt. »Wie ich höre, hast du ja sogar diesen russischen Tänzer verführt. Wie heißt er noch gleich? Nihilinski?«

»Nijinsky«, stöhnte Lytton. »Er heißt Nijinsky. Und ich habe ihn nicht verführt. Ich habe ihm Blumen geschenkt.«

»Und zum Essen eingeladen.«

»Es war eine größere Runde. Aber ich war der Einzige, der ihm Blumen geschenkt hat.«

Die Aufführungen der *Ballets Russes* sorgten in London jedes Mal für eine kleine Sensation. Halb Bloomsbury strömte ins Theater, wenn die russische Compagnie mit ihrem exotisch-erotischen Phantasiespiel in der Stadt zu Gast war und ihr Startänzer Vaslav Nijinsky die Bühne verzauberte.

»Ich hätte ihn selbstredend gerne verführt«, setzte Lytton mit klagender Stimme fort. »Aber rate, wer mir wieder einmal die Show gestohlen hat.«

»Duncan vermutlich.«

»So ist es.«

»Du wirst darüber hinwegkommen«, sagte Vanessa trocken.

»Du könntest mich wenigstens ein bisschen bedauern.« Lytton hatte einen Schnupfen, und er klang noch wehleidiger als sonst.

Vanessa stieß ein Lachen aus, das in ihren eigenen Ohren schrill, beinahe hysterisch klang. »Ich hatte dich für intelligenter gehalten, als dass du Duncan immer noch eine Nische in deinem Herzen freihältst«, spottete sie.

Lytton neigte den Kopf und sah sie über den Rand seiner Brille an. »Liebe und Intelligenz sind zwei entgegengesetzte Pole«, sagte er mit seiner nasalen Stimme.

»Dann empfehle ich dir, es mit der Intelligenz zu halten.«

»Davon verstehst du nichts.« Lytton stellte seine Teetasse ab und wischte einen Krümel von seiner Hose. »Ihr Frauen könnt euer Herz problemlos zwischen vielen Menschen aufteilen, das hat die Natur für euch so eingerichtet.« Und dann erging er sich in einem Monolog über die natürliche Liebesfähigkeit von Frauen, deren Herz ein offenes Gefäß für die unterschiedlichsten Arten der Liebe sei, ohne jemals die tiefe, echte Liebe erfahren zu können, die einen Mann himmlische Freuden und höllische Qualen zugleich durchleben ließen. »Da ihr einfältige, weniger komplexe Wesen seid, habt ihr es mit der Liebe auch leichter«, schloss er.

Vanessa hatte Lyttons Ausführungen mit wachsendem Unmut zugehört, aber wie so oft fehlte ihr die Schlagfertigkeit, um seinen

Anmaßungen zu begegnen. So hob sie nur mit betonter Gleichgültigkeit eine Schulter und sagte: »Einfalt vereinfacht vieles. Besser noch ist Stumpfsinn. Dann spürt man den Schmerz der Liebe nicht.«

»Aber auch nicht ihre Süße.«

»An der Liebe ist nichts Süßes. Sie schmeckt am Ende immer bitter«, war ihr Fazit, und dem hatte Lytton mit einem herzerweichenden Seufzer zugestimmt.

Heute hatte sie endlich wieder einmal an einem ihrer eigenen Bilder arbeiten wollen – einem Gruppenbild dreier Frauen, die in ein Gespräch vertieft am Fenster saßen. Die Gesichtszüge der Frauen waren auf das Notwendigste reduziert – ein interessanter Effekt, mit dem sie seit einer geraumen Weile experimentierte. Sie wollte versuchen, ganz ohne Gesichter auszukommen, Ausdruck zu erzielen allein durch die Neigung des Kopfes, einer Klarheit von Form und Farbe. Die extreme Reduktion auf das Wesentliche schien ihr das geeignete Gegenprogramm zu dem Chaos in ihrem Inneren zu sein. Doch die Ruhe, die ihr das Malen für gewöhnlich brachte, wollte sich nicht einstellen. Mittlerweile fühlte es sich auch kaum mehr richtig an, hier allein in ihrem Atelier zu malen, so sehr hatte sie sich daran gewöhnt, mit Duncan zusammenzuarbeiten. Der Impuls, ihn um seine Meinung zu bitten, ihm zu zeigen, was sie tat, oder auch um Rat zu fragen, wenn ihr etwas nicht gelingen wollte, war übermächtig geworden.

Sie hatte versucht, sich Roger wieder anzunähern, in dessen verlässlicher Liebe zu ihr das eigene Gleichgewicht wiederzufinden, aber ein paar gemeinsam verbrachte Tage in Guildford hatten den gegenteiligen Effekt erzielt. Sie waren sogar in einen Streit darüber entbrannt, wie mit der Tatsache umzugehen sei, dass einige der jungen Künstler ihr Engagement für den Omega-Workshop schon wieder beenden wollten. Roger konnte in seinem Enthusiasmus für Omega nicht verstehen, dass Künstler oft ein ausgeprägtes Geltungsbedürfnis besaßen und weniger am gemeinschaftlichen als vielmehr an ihrem persönlichen Erfolg interessiert waren.

»Du bist zu autoritär«, hatte sie ihm vorgeworfen. »Es ist nicht immer richtig, den eigenen Willen gegen den anderer durchsetzen zu wollen.«

»Omega kann nur Erfolg haben, wenn wir alle dasselbe Ziel verfolgen.«

»Wenn du diesen jungen Menschen ihre Freiheiten nicht lässt, werden sie sich abwenden.«

»Und du?«, hatte er gefragt. »Wirst auch du dich abwenden, wenn dein Interesse erlahmt?«

»Gebe ich dir Grund dazu, das zu glauben?«

»Ich habe nicht den Eindruck, dass du sehr beständig in deinen Gefühlen bist. Mir gegenüber bist du es jedenfalls nicht.«

Seine Worte hatten sie tief getroffen. Zum einen, weil er ihr unermüdliches Engagement für Omega nicht anzuerkennen schien, vor allem aber, weil sie selbst an ihrer Fähigkeit zu beständigen Gefühlen zweifelte. War sie vielleicht gar nicht in der Lage, Menschen – ihre Kinder ausgenommen – so zu lieben, wie sie es ihnen schuldig war? Sie verdankte Roger unendlich viel, im Grunde alles, was ihr Leben seit ihrer Begegnung damals auf dem Bahnhof in Cambridge bunt und zauberhaft gemacht hatte, und doch empfand sie für ihn mittlerweile nicht viel mehr als dankbare Zuneigung. Wenn er sich damit begnügen könnte wie Clive damals, wäre alles einfacher. Doch so tolerant Roger sich in vielerlei Hinsicht geben mochte, in Bezug auf ihre Liebe war er es nicht.

Und dann Duncan. Wenn sie ihn nicht sah, fraß die Sehnsucht nach ihm sie förmlich auf; wenn sie ihn sah, neben ihm arbeitete, mit ihm alberte, zersetzte sie das unerfüllte Verlangen nach seiner Berührung, nach einer Liebe, die er ihr nie würde geben können. Er hatte sich wegen George Mallory mit Adrian überworfen und war wieder zurück an den Fitzroy Square gezogen. Anders als früher jedoch wagte sie nicht, ihn dort zu besuchen, aus Furcht, über einen seiner Liebhaber zu stolpern.

Sie fühlte Schwäche in den Beinen. Das ständige Grübeln war zermürbend – wie gut konnte sie Virginia nachfühlen. Sie nahm ihren Stift wieder auf und beendete den Brief an die Schwester mit ein paar liebevollen Worten und steckte ihn in einen Umschlag, um ihn sofort auf den Weg zu bringen.

Clive saß in seinem Arbeitszimmer, und die Tür stand weit offen. Als er sie vorbeigehen hörte, blickte er auf.

»Würdest du mein letztes Kapitel lesen wollen?«, fragte er. »Ich bin etwas unsicher.« Er arbeitete immer noch an seinem Aufsatz, von dem er sich nichts weniger als eine Revolution in der Kunsttheorie versprach.

»Jetzt gleich?«

»Wenn es deine Zeit erlaubt?«

»Ich wollte diesen Brief zur Post bringen.« Nach kurzem Zögern setzte sie hinzu: »Er ist für Virginia.«

»Gibt es etwas Neues? Geht es ihr besser?« Sein hoffnungsvoller Gesichtsausdruck schmerzte sie.

»Ich fürchte nein.«

Clive stand auf, kam auf sie zu und schloss sie in die Arme. Wie lange hatte er das nicht getan?

»Du bist sehr blass«, sagte er. »Machst du dir große Sorgen?«

Ihre Kehle war wie zugeschnürt, und sie konnte nur nicken. Vielleicht war es sein vertrauter Geruch, der die Anspannung in ihrem Körper löste und die viel zu lange zurückgehaltenen Tränen zum Fließen brachte.

»Mein armer Delfin«, flüsterte er und streichelte ihr über den Rücken. »Sie wird gesund werden. Sie hat es schon einmal geschafft, und es wird ihr auch diesmal gelingen.«

Vanessa schämte sich fast, Clive in dem Glauben zu lassen, ihre Verzweiflung rühre allein von der Sorge um Virginia her. »Wenn es nur so einfach wäre«, murmelte sie.

»Ich weiß, dass es so einfach nicht ist«, sagte er und küsste sie zärtlich auf die Stirn.

»Gar nichts weißt du.« Sie sah zu ihm auf, und in einem plötzlichen Impuls zog sie ihn zu sich heran und küsste ihn leidenschaftlich.

Er zuckte erstaunt zurück, dann lächelte er entschuldigend. »Bitte nicht, Vanessa. Das ist lange vorbei.«

»Wir können es wiederbeleben.«

Er wich ihrem Blick aus. »Ich muss weiterarbeiten, es muss fertig …«

»Du weist mich zurück?«

Er schüttelte den Kopf. »Verzeih mir, aber du überforderst mich.«

»Wer hätte gedacht, dass mir das je gelingen könnte.« Sie lachte bitter.

»Ich verstehe deine Verzweiflung, aber jetzt ist nicht der Moment, um …«

»Gar nichts verstehst du«, sagte sie. »Du hast nie etwas verstanden.« Ruckartig wandte sie sich ab.

29. Kapitel

46, Gordon Square, 8. September 1913

Es war kurz nach Mittag, als die Türglocke ging. Vanessa hatte sich zusammen mit dem kleinen Quentin auf dem Sofa ausgestreckt, um ihm etwas vorzulesen, und sie waren beide darüber eingeschlafen. Sie schreckte hoch. Um diese Zeit kamen in der Regel keine Besucher, und die süße Ruhe, die sich von dem warmen kleinen Kinderkörper auf ihr angespanntes Inneres übertragen hatte, schlug schlagartig in Nervosität um.

Behutsam schob sie den schlafenden Jungen auf die Seite und ging, um nachzusehen, wer gekommen war.

Es war Adrian. »Leonard und Virginia sind zurück«, rief er ihr entgegen, als sie die Treppe hinunterging.

»Zurück aus Holford? Und wo sind sie jetzt?«

»In meiner Wohnung. Virginia geht es sehr schlecht. Leonard will mit ihr zum Arzt.«

Vanessa musste sich am Treppengeländer festhalten. *Bitte nicht,* flehte sie innerlich. *Bitte nicht auch noch das!* Was sie aber sagte, war: »Ich hole meinen Mantel.«

Sie verständigte das Kindermädchen, hinterließ Clive eine Nachricht und eilte mit Adrian zum Brunswick Square. »Leonard hat mich gebeten, für ein paar Tage bei mir wohnen zu dürfen. Er sagt, er braucht Ka und vertraute Menschen im Haus. Er wagt nicht, mit Virginia allein ins Clifford's Inn zurückzukehren. Außerdem ist mit Geoffrey ein Arzt im Haus, er sagt, das beruhigt ihn.«

Geoffrey war Maynards Bruder, der nach Leonards und Virginias Auszug das Dachgeschoss bezogen hatte. Er arbeitete als Chirurg am St Bartholomew's Hospital.

»Selbstverständlich darf sie nicht allein bleiben. Du kannst solange unser Gästezimmer nutzen.«

Leonard kam ihnen im Treppenhaus entgegen. »Vanessa. Gott sei Dank bist du da.«

Er sah furchterregend aus. Unrasiert, hohlwangig und eine Verzweiflung im Blick, die Vanessa das Schlimmste befürchten ließ.

»Ich weiß nicht mehr, was ich tun soll«, sagte er. »Sie wird an Unterernährung sterben, wenn es so weitergeht.«

»Isst sie gar nichts?«

»Seit zwei Tagen nichts. Ein wenig Milch konnte Ka ihr einflößen. Sie kann sich kaum noch auf den Beinen halten.«

»Wo ist sie?«

»Sie liegt auf dem Sofa«, sagte Adrian und wies auf die geöffnete Salontür.

Vanessa hielt unwillkürlich die Luft an, um langsam wieder auszuatmen und so eine gewisse Stabilität in ihre Schritte zu bringen. Als sie aber den Raum betrat und das bleiche, abgemagerte Wesen sah, das einmal ihre wunderschöne, geistsprühende Schwester gewesen war, sackten ihr dennoch beinahe die Knie weg. Sie sah aus wie der sterbenskranke Thoby.

»Nessa. Meine Nessa«, flüsterte Virginia.

Vanessa brachte kein Wort heraus. Sie griff Virginias Hände und sah sie nur an.

»Wir gehen zu dem Arzt, den Roger empfohlen hat. Nicht mehr zu Savage. Leonard sagt, er ist kein guter Arzt. Aber das wissen wir schon lange, nicht wahr?«

Sie klang vollkommen normal, wenn auch schwach. So war sie also zumindest nicht geisteskrank, wie Vanessa befürchtet hatte.

»Ich bin froh, dass du jetzt wieder in meiner Nähe bist«, sagte sie. »So kannst du keine Dummheiten anstellen.«

Virginia verzog die Lippen zu etwas, das wohl ein Lächeln sein sollte. »Dann darfst du keine Sekunde von meiner Seite weichen.«

»Das könnte dir so passen, du alter Ziegenbock.«

Virginia zog sie zu sich herunter, und Vanessa lehnte ihre Stirn an die der Schwester. Eine Weile verharrten sie so, und die langen Jahre der Entfremdung verloren sich in der Intimität der Berührung.

Fast glaubte Vanessa, Virginia wäre eingeschlafen, da flüsterte sie: »Leonard ist … Es ist so schrecklich für ihn. Er hätte mich niemals heiraten dürfen. Ich habe sein Leben zerstört.«

Vanessa hob den Kopf und sah die Schwester streng an. »Sag das nicht. Du wirst gesund werden und ihn glücklich machen. Du musst jetzt nur vernünftig sein und das tun, was die Ärzte dir sagen.«

»Und essen, ja, ich weiß«, stöhnte Virginia.

»Siehst du. Ich wusste doch, dass du eine kluge Ziege bist«, sagte Vanessa und küsste die Schwester auf die Stirn.

Leonard erinnerte sich nicht, wann er das letzte Mal eine ruhige Nacht verbracht hatte. Es war gut möglich, dass das weit vor der Zeit seiner Ehe mit Virginia gewesen war. Auch in der vergangenen Nacht hatte er ihr das übliche Schlafmittel und um drei Uhr zusätzlich eine geringe Dosis Brom zur Beruhigung verabreicht, weil sie zum wiederholten Male unter der panischen Vorstellung litt, in den dunklen Nischen des Zimmers lauerten wilde Bestien darauf, sie im Schlaf anzufallen. Er hatte sämtliche Spiegel in Adrians Wohnung umdrehen müssen, bevor Virginia sich bereit erklärt hatte, ins Bett zu gehen. Meist erinnerte sie sich am nächsten Tag nicht an ihre Wahnzustände, nur die Angst, an Spiegeln vorbeizugehen, blieb auch tagsüber bestehen. In Holford hatte sie sich mehrfach geweigert, über Pfützen hinwegzusteigen, in denen sich das Tageslicht spiegelte. Etwas musste vorgefallen sein, was diese plötzliche Spiegelangst ausgelöst hatte, aber es gab so vieles im zerrütteten Geist seiner Frau, für das er keine Erklärung fand.

Virginia wirkte wie benommen, als er mit ihr vor der Praxis von Dr. Head stand, dem Neuropsychologen, den Roger ihm seinerzeit empfohlen hatte. Er war erleichtert, dass sie sich nicht weigerte, einen weiteren Arzt zu konsultieren, denn auch ihre Abneigung gegenüber Savage und dessen Therapievorschlägen hatte sich zu einer grotesken Angst vor seiner Zunft ausgewachsen.

Dr. Heads Stirn legte sich sofort in sorgenvolle Falten, als er Virginia sah. Er ließ sich von Leonard ihre Symptome schildern und horchte sie ab. Er notierte ihr Gewicht und fragte sie, ob sie Stimmen höre. Als sie darauf nicht reagierte, fragte er: »Was sagen die Stimmen?«

»Sie ziehen falsche Schlüsse«, sagte sie mit überraschend klarer Stimme. »Es ist richtig, dass ich wenig Appetit habe und nicht gut schlafen kann. Aber ich höre keine Stimmen.« Sie streckte den Rücken gerade, wie um dem Doktor zu beweisen, dass sie gesund und kräftig genug war, um mit ein paar wohlwollenden Ratschlägen entlassen zu werden.

Doch Dr. Head ließ sich von ihr nicht hinters Licht führen. »Ihr körperlicher Zustand ist sehr schlecht«, sagte er zu Leonard, als hielte er Virginia nicht für ausreichend gedankenklar, um seinen Ausführungen zu folgen. »Ich sehe kaum eine andere Möglichkeit, als dass Ihre Frau sich umgehend in eine Klinik begibt. Sie braucht absolute Ruhe und einen streng geregelten Tagesablauf unter ärztlicher Obhut. Alles andere wäre unverantwortlich.«

»Das habe ich alles schon hinter mir. Es ist dadurch nur schlimmer geworden«, sagte Virginia.

Dr. Head ließ sich von Leonard die Behandlungsmethoden im Heim von Miss Thomas in Twickenham schildern und sagte dann: »Diese Art von Klinik meine ich nicht.« Dabei sah er ihn bedeutungsvoll an. Den Zettel mit der Adresse, den er ihm zuschob, ließ Leonard ungesehen in der Tasche verschwinden. Er ahnte, um was für eine Art Klinik es sich handelte und was das für Virginia bedeuten würde.

Bevor sie sich verabschiedeten, bat Leonard ihn um ein starkes Beruhigungsmittel, das es Virginia erlauben würde, eine Nacht durchzuschlafen. Er gab ihm Veronal, ein zuverlässiges Mittel, wie er sagte, aber mit großer Vorsicht zu behandeln. »Es wirkt gut, aber sie darf die Dosis von zwei Gramm pro Nacht nicht überschreiten.«

—•⊱⊰•—

»Wenn du willst, dass ich in diese Anstalt gehe, werde ich es tun«, sagte Virginia mit schleppender Stimme, als sie im Taxi zum Brunswick Square zurückfuhren.

»Es ist eine Klinik.«

»Dann eben in diese Klinik. Ich bin bereit dazu.«

Leonard erwiderte nichts.

Virginia blickte aus dem Fenster, ein sonderbares Lächeln auf den Lippen. Dann fragte sie plötzlich: »Wirst du mich für geisteskrank erklären?«

Entsetzt sah er sie an. »Niemals«, sagte er. »Weil du es nicht bist.«

»Vielleicht doch«, sagte Virginia. »Vielleicht bin ich es doch.«

—•⊱⊰•—

Am Nachmittag kam Vanessa, und Virginia lebte ein wenig auf. Sie nahm sogar Tee und eines der französischen Cremetörtchen zu sich, die Vanessa mitgebracht hatte. Leonard ließ sie allein, um am Clifford's Inn ein paar ihrer Sachen zu holen. Virginia erzählte von dem Gespräch mit Dr. Head.

»Er empfiehlt eine Anstalt«, sagte Virginia.

»Aber das stimmt doch gar nicht! Leonard sprach von einer Klinik.«

»Sie nennen es Klinik, aber wir wissen beide, was sich dahinter verbirgt.«

»Das wird Leonard niemals zulassen. Und ich auch nicht.«

»Bestimmt hat er recht. Ich weiß tatsächlich oft nicht, was ich tue.«

»Gar nichts tust du. Deine Nerven sind überreizt. Vielleicht sollten wir doch lieber wieder mit Savage …«

»Ich habe Angst vor allem. Am meisten vor den Spiegeln.« Virginia zeigte auf den umgedrehten Spiegel neben der Salontür. Ihre Hand zitterte. »Den am Clifford's Inn habe ich zerstört, hat Leonard dir das erzählt?«

Das hatte er nicht. Vanessa fragte sich, was Leonard ihr noch alles nicht berichtete. »Warum hast du Angst vor Spiegeln?«

»Erinnerst du dich an den großen Spiegel über dem Sideboard in St Ives? Direkt neben der Esszimmertür?« Virginias Augen schienen noch ein Stück tiefer in die Höhlen zurückzutreten. Kurz sah es aus, als wollte sie mehr sagen, dann aber glitt ihr Blick zur Seite, und sie starrte ins Leere.

Vanessa wartete eine Weile, aber Virginia blieb stumm. »Hing da ein Spiegel?« Vanessa dachte nach, doch sie erinnerte sich nicht. Es war alles so lange her.

»Wie kann es sein, dass du das vergessen hast?«, zischte Virginia, plötzlich erregt.

»Ich erinnere mich an den schönen, großen Holztisch im Esszimmer«, sagte Vanessa sanft. Sie musste aufpassen, dass die Situation nicht außer Kontrolle geriet, jetzt, wo weder Leonard noch Ka in der Nähe waren. »Und an die gestreiften Gardinen. Von meinem Platz konnte ich das Meer sehen, weißt du noch?«

Virginia blickte zum Fenster, als könne sie auch von dort auf das Meer sehen, aber dort draußen lag nur der Friedhof des Findelheims.

»Wir sollten doch noch einmal zu Savage gehen«, sagte Vanessa, als Leonard zurückkehrte. »Es fühlt sich nicht richtig an, ihn in dieser schwierigen Situation zu übergehen.«

»Savage ist kein guter Arzt.« Leonard konnte sehr hart klingen, wenn er nicht gewillt war, von einer Position abzurücken, die er einmal eingenommen hatte.

»Willst du sie also von diesem Head in eine Anstalt stecken lassen?«

»Es ist eine Klinik.«

»Wir wissen beide …« Vanessa brach ab. Sie hörte sich an wie Virginia. Es stand ihr nicht zu, Leonards Entscheidungen anzuzweifeln.

»Glaub mir, Vanessa, wir werden uns diese Einrichtung sehr genau ansehen. Aber es kann einfach nicht so weitergehen. Da bist du doch mit mir einer Meinung?«

»Das bin ich.«

»Geht zu Savage«, meldete sich Virginia vom Sofa. Sie lag mit geschlossenen Augen da, und Vanessa hatte gedacht, sie wäre in ihre eigene Welt abgedriftet. »Ich werde geduldig hier liegen und warten, welche Entscheidung die Herren für mich treffen.«

Leonards Kiefermuskeln mahlten. Er starrte finster vor sich hin, die Schultern hochgezogen, wie im stillen Ringkampf mit sich selbst.

»Er hat ihr bisher immer geholfen«, beharrte Vanessa. »Sinnvoll wäre es doch, wenn beide zusammen überlegen könnten, was für Virginia das Beste ist.«

»Gut«, sagte Leonard. »Morgen. Wir gehen morgen.«

»Geht jetzt gleich«, meldete sich Virginia erneut. »Es wäre mir lieber, wenn ihr jetzt gleich geht. Ka kommt sicher jeden Moment zurück, dann könnt ihr gehen.«

Die brave Ka hatte ihr einen Strauß Sommerblumen mitgebracht. Sie rochen gut. Merkwürdig – sie hatte lange nichts mehr riechen können. Warum heute?

Virginia zog eine malvenfarbene Prachtnelke aus dem Strauß und atmete ihr Vanille-Aroma ein. Leonard hatte Nelken in Asheham im Garten gepflanzt. Sie würden jetzt blühen.

Der arme Leonard. Er liebte den Garten in Asheham sehr. Ob er auch ohne sie dorthin fahren würde?

Adrians Wanduhr schlug fünfmal. Leonard und Vanessa saßen nun gewiss bei Dr. Savage.

»Ich werde mich ein wenig hinlegen«, sagte sie zu Ka, die mit einer Handarbeit am Fenster saß. Ihre sanften braunen Augen blickten besorgt. »Du darfst mich zum Dinner wecken, wenn ich einschlafe.«

Ka nickte. Ihr dichtes braunes Haar glänzte in der Sonne. Auch Ka liebte den Garten in Asheham. Sie war fürsorglich und ungebunden. Vielleicht würde sie Leonard begleiten, wenn er hinführe. Dann wäre er nicht allein dort.

Virginia ging ins Schlafzimmer. Sie hatte gesehen, wie Leonard seine Tasche auf einem Stuhl abgestellt hatte, und dann war Vanessa mit den Törtchen gekommen. Leonard hatte es eilig gehabt, er war immer sehr hektisch in letzter Zeit.

Die Tasche war aus braunem Leder mit einer Messingschnalle. Das Leder knirschte, und die Schnalle klingelte zart wie ein Glöckchen, als Virginia sie öffnete. In einem Seitenfach fand sie, wonach sie suchte. Sie nahm heraus, was sie brauchte, und stellte die Tasche wieder genauso auf den Stuhl zurück, wie Leonard sie dort hinterlassen hatte.

Dr. Savage war entsetzt zu erfahren, wie schlimm es um Virginia stand. Leonard berichtete, dass er mit ihr einen Neurologen konsultiert hatte, der einen Aufenthalt in einer Klinik empfahl. Er zeigte ihm den Zettel mit dem Namen der Klinik.

»Ich kenne Dr. Head«, sagte Savage und betrachtete den Zettel mit einem Anflug von Abscheu.

»Sie halten nichts von ihm?«, fragte Vanessa.

»O doch, er ist ein ausgezeichneter Kenner seines Fachs.« Savage schob Leonard den Zettel mit spitzem Finger wieder zu.

»Sie kennen Virginia seit ihrer Jugend«, sagte Leonard. »Wir möchten nichts tun, wovon Sie uns abraten würden.«

»Als ich sie das letzte Mal sah, war sie nicht in einem Zustand, der eine Einweisung in eine solche Einrichtung rechtfertigen würde. Warum ist sie nicht mitgekommen?« Er musterte Leonard über seine Brille hinweg.

Leonard schien unter dem Blick des Arztes zusammenzuschrumpfen. Vanessa kam ihm zu Hilfe. »Sie ist sehr schwach. Wir wollten ihr heute nicht noch einen Arztbesuch zumuten.«

»Verstehe«, sagte Savage, aber er schien gar nicht zu verstehen.

»Nun, in dem Falle schlage ich vor, dass Sie morgen oder in den nächsten Tagen mit ihr zusammen wiederkommen.«

»Es ging uns darum, Sie in Kenntnis zu setzen«, sagte nun Leonard mit etwas mehr Selbstbewusstsein. »Und ich würde es sehr begrüßen, wenn Sie sich mit Dr. Head verständigen könnten. Seine Expertise und Ihre langjährige Erfahrung mit Virginia könnte die …«

»Verstehe«, sagte Savage erneut, diesmal jedoch erschien eine steile Falte zwischen seinen Augenbrauen. »Sie vertrauen Heads Diagnose nicht. Sie dürfen aber nicht von mir erwarten, dass ich einem Kollegen ins Handwerk pfusche.«

»Darum geht es keineswegs«, unterbrach Leonard ihn. »Virginia steckt in einer akuten Krise, und wir brauchen alle Hilfe, die möglich ist.«

Der Arzt sah abwechselnd Leonard und dann Vanessa an und nickte schließlich. »Gut. Sobald ich mit ihm gesprochen habe, melde ich mich bei Ihnen.«

»Es ist sehr dringend«, beharrte Leonard. »Können Sie nicht gleich …«

»Jetzt sofort?«

»Bitte«, flehte Vanessa.

Dr. Savage trommelte mit den Fingern auf die Tischplatte und seufzte schließlich. Dann sagte er: »Kommen Sie in einer halben Stunde wieder. Ich versuche, ihn anzurufen.«

Ka legte ihre Handarbeit beiseite und blickte auf die Uhr. Es war bereits halb sieben, und noch immer war Leonard nicht zurück. Virginia schien tatsächlich eingeschlafen zu sein, es wurde Zeit, sie zu wecken, sonst schlief sie heute Nacht wieder nicht. Außerdem bestand Leonard immer darauf, dass Virginia pünktlich um sieben zu Abend aß, auch wenn er selbst nicht anwesend war.

Leise öffnete sie die Schlafzimmertür. Virginia lag auf der Seite. Sie hatte sich nicht zugedeckt. Nicht einmal die Schuhe hatte sie ausgezogen. Ka trat an sie heran und stupste sie vorsichtig an die Schulter. Sie rührte sich nicht.

»Virginia«, sagte Ka, erst leise, dann noch einmal, etwas lauter. Sie schien sehr tief zu schlafen. Auch ihr Atem ging merkwürdig flach. Atmete sie überhaupt?

Ka schüttelte sie fester, rief lauter, aber Virginia reagierte nicht. Sie wurde nicht einmal wach, als Ka sie aus dem Bett hochzuziehen versuchte und laut ihren Namen schrie. Nur Virginias Kopf fiel nach hinten, als gehöre er nicht mehr zu ihr.

30. Kapitel

Nach einem halbstündigen Spaziergang durch den Regent's Park kehrten Leonard und Vanessa zu Dr. Savage zurück. Sie waren übereingekommen, dass sie Doktor Head vertrauen sollten und Leonard sich die Klinik, die er vorschlug, zumindest ansehen sollte – ganz gleich, was Dr. Savage sagte.

Leonard wurde langsam unruhig, denn es war schon fast sieben, und Virginia würde nicht essen, wenn er nicht zur üblichen Dinnerzeit zurückkehrte und ihr von der Unterredung mit Savage berichtete.

Der Doktor kam ihnen entgegengeeilt, als sie die Treppe zu seiner Praxis hinaufstiegen.

»Miss Cox hat angerufen«, rief er. »Virginia ist nicht wach zu kriegen. Nehmen Sie schnell ein Taxi, und fahren Sie zu ihr!«

»Nicht wach zu kriegen?« Leonard brauchte einen Moment, um die Tragweite dieser Worte zu begreifen.

Savage wedelte mit den Händen, als müsse er eine Schar Hühner ins Freie scheuchen. »Ich habe Head verständigt. Er ist auf dem Weg zu ihr. Ich vermute, das ist in Ihrem Sinne. Nun beeilen Sie sich in Gottes Namen!«

Die Haustür stand offen, ebenso die Tür zu Adrians Wohnung. Ka saß auf dem Bett, Virginias Kopf im Schoß, und starrte ihnen mit weit aufgerissenen Augen entgegen.

»Geh, sieh nach, ob Geoffrey da ist«, kommandierte Leonard und schob Vanessa aus dem Raum. Er nahm Virginias Hand, tastete nach einem Puls, lauschte, ob sie atmete.

»Nein, nein, nein«, murmelte er, küsste sie, »ich werde dich nicht gehen lassen. Ich lasse es nicht zu!«

Eilige Schritte im Flur. Hände, die ihn beiseiteschoben. Dr. Head.

»Was hat sie genommen?«

»Ich weiß es nicht«, jammerte Ka. »Ich war nebenan. Sie war ganz ruhig. Ich wusste doch nicht …«

»Wo bewahren Sie die Medikamente auf?« Dr. Heads Blick bohrte sich in Leonards.

Die Medikamente. Sie waren immer in seiner Tasche, und die … Eine eiskalte Faust griff in seinen Nacken. Er hatte die Tasche vergessen! Sie stand da, wo er sie abgestellt hatte, auf dem Stuhl neben der Tür. Scheinbar unangetastet. Leonard öffnete sie mit zitternden Händen und kippte den Inhalt auf dem Bett aus, direkt neben Virginias leblosen Beinen. Das Fläschchen Veronal war leer.

Um halb zwei in der Nacht trennte nur noch der eiserne Wille Dr. Heads und vielleicht Vanessas Liebe Virginia von ihrem selbst erwählten Tod.

Leonard war mit Geoffrey in dessen Automobil quer durch die Stadt gerast, um im St Bartholomew's Hospital eine Magenpumpe zu holen. Beide Ärzte kämpften über Stunden um Virginias Leben, aber ihr Herz schlug noch immer schwach, als Leonard um Mitternacht erschöpft zusammenbrach. Vanessa befahl ihm, sich sofort ins Bett zu legen, und wich nicht für eine Sekunde von Virginias Seite. Als Dr. Head die Patientin endlich für außer Gefahr erklärte, legte sie sich neben die Schwester und wachte über ihren Schlaf, bis zum Morgen. Immer wieder flüsterte sie: »Du dumme, kleine Ziege. Wie kannst du aus dem Leben gehen wollen, wo wir dich alle so sehr lieben.«

Um sechs Uhr in der Frühe weckte sie Leonard und sagte ihm, dass Virginia am Leben war.

—•⊱⊰•—

»Aber wie konnte sie nur an diese Menge Veronal gelangen?«

George Duckworth hatte sich halb aus seinem Stuhl erhoben, und über seinem gestärkten weißen Kragen zeigten sich rote Flecken der Erregung. Leonard war froh um die Größe des Schreibtisches, der die Empörung seines Schwagers auf ausreichend Abstand hielt und es ihm zudem erlaubte, seine zitternden Hände darunter zu verbergen.

Er hatte George in seiner Eigenschaft als ältester Bruder Virginias aufgesucht, um mit ihm zu beraten, wie angesichts der heiklen rechtlichen Situation zu verfahren sei, die sich aus Virginias Selbstmordversuch ergab. Gesetzlich war die Lage eindeutig: Selbstmord wurde als Verbrechen angesehen, und es genügte ein Attest von einem Arzt, um den Delinquenten, der es sich erlaubt hatte, nach seinem eigenen Leben zu trachten, in eine Irrenanstalt einliefern zu lassen. Dr. Head hatte bereits angedeutet, er wolle den Vorfall nicht anzeigen, wenn Leonard dafür Sorge tragen könne, dass es nicht noch einmal geschähe. Vanessa war überzeugt, dass Dr. Savage in der Sache ähnlich dachte, und sie hatte Leonard nahegelegt, den Stiefbruder in die Pflicht zu nehmen. »Er hat eine Verantwortung ihr gegenüber. Du musst keinerlei Skrupel haben, ihn um Hilfe zu bitten«, hatte sie gesagt und wie beiläufig Georges großzügigen Landsitz in Sussex erwähnt, den er nur selten selbst nutzte.

»Du kannst mir glauben, dass ich mir schwere Vorwürfe deswegen mache«, sagte Leonard nun. »Ich habe bisher immer peinlich darauf geachtet, dass sie keinen Zugriff auf die Medikamente hat. Aber die letzten beiden Wochen … es ist … Es war alles zu viel.« Er schob seine Hände ein Stück tiefer unter den Tisch, denn selbst seine Unterarme zitterten. »Ich kontrolliere jedes Zimmer, bevor wir es betreten, habe alle Scheren und Messer fortgeräumt, selbst die kleinen Nagelscheren. Ich lasse sie nie allein, und auf der Fahrt zurück von Holford hat Ka sie sogar bis in die Toilette begleitet, damit sie sich nicht unterwegs aus dem Zug stürzt.«

George ließ sich schwer in seinen Stuhl zurückfallen. »Gewiss, gewiss. Das ist alles nicht einfach. Wäre eine … ist es dann nicht doch …« George kratzte sich am Kinn, während er nach den passenden Worten suchte.

»Das Beste wäre ein Ort mit ausreichend Personal, an dem sie rund um die Uhr überwacht werden kann«, sagte Leonard.

»Also doch eine Anstalt.«

»Nach diesem Vorfall? Unmöglich. Sie würde nie wieder dort rauskommen.«

»Aber was dann?«

»Dr. Head empfiehlt, mehrere Krankenschwestern zu engagieren und sie im häuslichen Umfeld zu pflegen, bis es ihr wieder besser geht. Irgendwann muss es ihr ja wieder besser gehen.«

»So Gott will«, sagte George.

Nicht Gott, hätte Leonard fast gesagt, aber er unterdrückte den Kommentar. »Ich möchte dich um Hilfe bitten.«

»Mich?« Georges Augen rundeten sich. »Wie kann ich helfen? Ich habe meine Arbeit, die Familie …«

»Wir brauchen mindestens vier Krankenschwestern«, unterbrach Leonard ihn. »Zwei für den Tag, zwei für die Nacht. Und es ist nicht abzusehen, für wie lange.«

George griff nach einem Bleistift und begann Zahlen auf einen

Bogen Papier zu kritzeln, während Leonard aufzählte, was er für die Pflege Virginias benötigen würde.

»Außerdem brauchen wir eine Köchin, eine Magd und möglichst einen Wagen, um von Zeit zu Zeit den Arzt aufsuchen zu können, ohne dass es zu belastend für Virginia ist.«

»Dafür wirst du viel Geld benötigen«, stellte George fest und kringelte eine Zahl ein, die er dick unterstrichen hatte.

Leonard blickte zur Seite. Vermutlich wusste George nicht, wie schlecht es um die Finanzen der Woolfs stand. Und nun würde auch noch Virginias Verdienst aus den Rezensionen und Essays für sehr lange Zeit wegfallen – wenn sie überhaupt jemals wieder würde schreiben können. Er schämte sich abgrundtief, aber ihm blieb keine Wahl.

»Es wird Geld kosten, ja«, sagte er. »Aber wichtiger noch …« Er räusperte sich.

»Was kann wichtiger sein, als in einer solchen Situation Geld zur Verfügung zu haben?«, fragte George.

»Unsere Räume im Clifford's Inn sind zu klein«, sagte Leonard.

»Natürlich. Völlig unangemessener Ort.«

»Wir brauchen viel Platz und möglichst einen Blick ins Grüne.«

»Selbstverständlich. Platz ist wichtig.« George nickte bedächtig, schien aber nicht auf den Gedanken zu kommen, dass ein mit allen Annehmlichkeiten ausgestattetes Anwesen im Grünen ein Privileg sehr weniger Menschen war und sein Schwager nicht zu diesen gehörte.

Es widerstrebte Leonard, noch deutlicher werden zu müssen, aber George war nun einmal nicht mit allzu großer geistiger Beweglichkeit ausgestattet.

»Ich dachte an einen Ort in Sussex.«

»Sussex ist sehr schön, ja. Was ist mit Asheham? Virginia schrieb mir noch vor wenigen Monaten, wie glücklich sie dort ist.«

»Asheham ist ungeeignet. Es ist im Winter zu kalt, hat keine richtigen Toiletten und ist zu abgelegen.«

»Aha.« George trommelte mit den Fingern auf der Tischplatte und legte die Stirn in nachdenkliche Falten. Plötzlich hellte sich sein Gesicht auf, und er rief: »Ich habe eine Idee!«

»Tatsächlich?« Leonard unterdrückte einen Seufzer der Erleichterung.

George stand auf, reckte die Brust vor und sagte: »Ich stelle euch Dalingridge Place zur Verfügung.« Dazu vollführte er eine pompöse Geste, wie um Leonard zum Betreten seines Anwesens aufzufordern. »Du wirst sehen, dort wird Virginia im Handumdrehen wieder gesund.«

An Vanessa Bell
46, Gordon Square
London

Dalingridge Place, East Grindstead, Sussex,
5. Oktober 1913

Liebe Vanessa,
danke für den Schal, den Du Virginia geschickt hast. Ich werde ihn ihr zu einem späteren Zeitpunkt geben, denn leider ist sie im Moment sehr gegen mich aufgebracht, und ich darf mich ihr nicht nähern. Ich habe zwei der Krankenschwestern entlassen müssen, weil Virginia sie immer wieder tätlich angegriffen hat. Das neue Personal kommt besser mit ihr zurecht, so dass sie nun langsam wieder anfängt, etwas mehr zu essen. Ich hoffe, dass damit ihre Kräfte zurückkehren und auch ihre Wahnvorstellungen nachlassen.

Ich habe Gerald gebeten, den Veröffentlichungstermin für Die Fahrt hinaus *auf unbestimmte Zeit zu verschieben, und er ist zum Glück be-*

reit dazu. Jede Aufregung muss unbedingt vermieden werden, und so bin ich auch der Meinung, dass Besuche noch immer nicht angebracht sind. Ich verspreche Dir, Dich sofort zu informieren, wenn Du sie besuchen darfst.

Ich fürchte, noch ist es ein langer Weg, bis sie wieder zu ihrem alten Selbst zurückkehrt, doch ich gebe die Hoffnung nicht auf, dass es irgendwann so sein wird.

Leonard

Bedford Square, London, 19. Oktober 1913

Eine Party bei Ottoline. Vanessa war nicht in der Stimmung für eine Party, doch Duncan hatte sie zum Mitkommen überredet. Nie konnte sie ihm eine Bitte abschlagen, sosehr sie es auch manchmal gewollt hätte. Die zahllosen wilden Partys der letzten Zeit standen in einem oft verstörenden Widerspruch zu dem, was in ihrem Leben passierte. Ihre Schwester taumelte am Rand des Wahnsinns, Roger ließ sie bei jeder Gelegenheit spüren, wie verletzt er war, und Clive blühte in seiner neuen Liebe zu Mary Hutchinson auf. Wo war ihr Platz in all dem?

Es war ein Kostümball, angeregt durch eine der revolutionären Darbietungen der Ballets Russes: *Der Nachmittag eines Fauns.* Das Stück, in dem Nijinsky einen in sinnlichem Begehren nach einer Nymphe entbrannten Faun darstellte, hatte bei seiner Uraufführung in Paris wegen seiner explizit erotischen Szenen für einen Skandal gesorgt. Es war ein kurzes Stück, kaum mehr als eine Viertelstunde. Die abschließende Szene, in welcher der Faun sich seiner Lust hingab und mit einem Schal der Nymphe masturbierte, war für eine Zeit lang zu einem der wichtigsten Gesprächsthemen in Bloomsbury avanciert. Offenbar wollte Ottoline das Thema zum Auftakt der neuen Partysaison wieder neu befeuern.

Duncan war als Faun verkleidet – wobei von einer »Verkleidung« kaum zu sprechen war, denn im Grunde trug er nichts außer einer eng anliegenden Hose, die ihm Ottoline aus ihrem umfangreichen Kostümfundus zur Verfügung gestellt hatte. Ottoline selbst präsentierte sich als Nymphe in beinahe durchsichtigen Tüchern, zartrosa natürlich, mit aufgenähten Federn, die sich zu fortgeschrittener Stunde von dem Stoff lösten und durch die aufgeheizte Luft tanzten.

Vanessa hatte einen der bunt bedruckten Stoffe aus dem Omega-Workshop zu einer Tunika geknotet. Das Material jedoch war so steif, dass der Knoten sich beim Tanzen immer wieder löste und sie mehrfach barbusig dastand, bis Ottoline sich schließlich erbarmte und ihr ein paar Sicherheitsnadeln zur Verfügung stellte.

Roger weilte nicht in London, und Clive war nicht mitgekommen, weil auch Mary Hutchinson nicht zu den Gästen gehörte. Alle anderen aber waren da: Lytton und Henry Lamb, Desmond und Molly, Saxon und Maynard in Begleitung zweier junger Männer, die sich offenbar nicht entschieden hatten, welcher von ihnen Maynards Liebhaber war. Vanessas ehemalige Freitagsclub-Freunde, die Omega-Künstler, Harry Norton, den sie schon lange nicht mehr gesehen hatte, sogar der Dichter Rupert Brooke mit ein paar jungen Männern, die sie nicht kannte. Duncan aber schien einige von ihnen sehr wohl zu kennen. Bald tanzte er in ihrer Mitte und imitierte unter Johlen und Lachen der von Alkohol und zu viel nackter Haut entfesselten Horde Nijinskys finale Orgie mit einem Schal von Ottoline.

»Ich finde, er übertreibt«, sagte Lytton, der in seinem üblichen zerknitterten Anzug neben Vanessa stand und die Szene mit zerfurchter Stirn beobachtete. Er verkleidete sich nie, denn er war der Meinung, in seiner üblichen Aufmachung kostümiert genug zu sein.

»Du bist eifersüchtig.« Ihr war schwindelig vom Tanzen und vom Champagner, den Ottoline nicht müde wurde, ihr nachzufüllen. Sie lehnte sich an den Freund und überlegte, ob sie ihn bitten sollte, sie nach Hause zu bringen. Aber Duncan hatte sie überredet herzukommen, also musste er sie auch nach Hause begleiten.

»In dieser Hose ist sein Hintern geradezu …«

»Sag es nicht.« Sie legte ihm einen Finger auf die Lippen. »Kümmere dich lieber um deinen aktuellen Liebhaber.« Sie zeigte auf Henry Lamb, der mit einer der jungen Omega-Künstlerinnen in einem Nebenraum verschwand.

»Das ist er nicht mehr«, seufzte Lytton. »Noch so eine untreue Seele.«

»Du scheinst eine Schwäche für untreue Seelen zu haben.«

»Da haben wir wohl etwas gemein.« Er sah mit einem gequälten Lächeln auf sie hinab.

»Worauf spielst du an?«

»Na, auf deinen Ehemann natürlich! Oder gibt es weitere abtrünnige Liebhaber, außer jenen, denen *du* die kalte Schulter zeigst?«

Erleichtert, dass die wahre Natur ihrer Gefühle für Duncan dem Scharfblick des Freundes bislang offenbar entgangen war, sagte sie: »Roger und ich verstehen uns glänzend.«

»Er würde das sicher anders sehen.« Er zwinkerte ihr zu und mischte sich wieder unter die Menge.

Immer mehr Menschen in phantastischen Kostümierungen strömten in Ottolines Salon, und bald war es so voll, dass die Enge bedrückend wurde. Vanessa stemmte sich gegen die ausgelassenen, wogenden Leiber und versuchte, sich zu Duncan durchzutanzen. Doch immer, wenn sie in seiner Nähe war, schien er abzutauchen, um an einer anderen Stelle des Raumes wieder an die Oberfläche gespült zu werden. Als sie ihn endlich zu fassen bekam, grinste er sie mit glasigen Augen an, hüpfte mit absurden Bewegungen um sie herum und rief: »Tanz mit mir, du wundervolle Nymphe!«

Sie versuchte, ihn festzuhalten, doch sein Körper war glitschig von Schweiß und Champagner, der immer wieder aus den Gläsern der tanzenden Menge schwappte. »Ich möchte nach Hause«, rief sie über den Lärm hinweg.

»Schon?«

»Ich bin müde.«

Er reckte die Arme in die Höhe und drehte sich um seine eigene Achse: »Tanz, meine Nymphe, tanz! Das vertreibt die Müdigkeit.«

»Bitte, Duncan!«, flehte sie, und er blieb abrupt stehen. In seinem Gesicht malte sich eine beinah kindliche Enttäuschung ab. Dann nickte er.

»Ich kann dich nach Hause bringen«, sagte plötzlich eine Stimme direkt neben Vanessas Ohr. Es war Harry Norton, der in einem Kleid von Molly aussah wie eine Wurst, die aus der Pelle zu platzen drohte.

»Oh, danke, Harry, aber Duncan macht das schon«, sagte Vanessa und zwang sich zu einem Lächeln. Lieber würde sie alleine gehen, als mit Harry in dieser Aufmachung durch die Nacht zu laufen. Auch Harry hatte nicht wenig getrunken, und wer wusste schon, wozu sein Zustand ihn verleiten würde. Noch einen enttäuschten Liebhaber konnte sie nicht verkraften. Als sie sich jedoch wieder zu Duncan umdrehte, war er erneut verschwunden.

Manchmal verstand Duncan Vanessa nicht. Er hatte sich selten so amüsiert, und nun wollte sie schon gehen. Aber er könnte wiederkommen, zum Gordon Square war es nicht sehr weit. In wenigen Minuten wäre er wieder hier. Er reckte den Hals, um über die Köpfe der Menge hinwegzusehen. Wo war nur dieser Blonde mit den sehnsuchtsvollen grauen Augen hin? Eben noch hatte er mit ihm getanzt. Ein Freund von Rupert, den Namen hatte er vergessen. Aber welche Rolle spielten Namen schon.

Dort hinten stand er mit Lytton. Natürlich hatte Lytton seine langen Finger auch schon wieder ausgestreckt. Duncan fädelte sich durch die tanzende Menge und berührte den Blonden an der Schulter. Mehr war nicht nötig, er ließ sofort von Lytton ab und folgte ihm. Zuweilen war es erschreckend, wie leicht es war.

Da stand Vanessa, sie sprach mit Ottoline. Vielleicht vergaß sie ihre Müdigkeit, und er könnte … Nein, sie hatte ihn entdeckt und wies mit dem Kinn in Richtung Ausgang. Ihm blieb also keine Zeit mehr. Er blickte über die Schulter, und der Blonde war direkt hinter ihm. Er sollte das nicht tun, es war nie gut, Vanessa zu verärgern, aber für die Dauer eines Kusses würde sie sich gedulden können.

Ein rascher Griff, und er zog den Blonden mit sich in eine dunkle Nische, direkt neben der Garderobe.

»Warte hier auf mich«, flüsterte er. »Ich bin gleich wieder da.« Der Blonde schmolz regelrecht in ihn hinein, ein kräftiger, durchtrainierter Körper, aber biegsam, weich, unwiderstehlich.

Der Kuss dauerte länger als gedacht. Plötzlich stand da Vanessa. Sie hielt seinen Mantel im Arm und starrte ihn an. Nicht wütend. Ein Blick wie der eines verletzten Tieres. Sie ließ seinen Mantel fallen und rannte durch die geöffnete Tür, die Treppe hinunter.

»Ist das deine Frau?«, fragte der Blonde. »Scheint eifersüchtig zu sein.«

Eifersüchtig? Seine Vanessa? Das konnte doch nicht … Oder etwa doch? »Verdammt«, sagte er. Er schob den Blonden beiseite und hob seinen Mantel auf, um hinter ihr herzulaufen.

»Vanessa«, rief er, als er sie um die Ecke biegen sah, doch sie blieb nicht stehen. Sie lief vornübergebeugt, als hätte sie Magenschmerzen, die Kapuze ihres Mantels tief ins Gesicht gezogen. Mit wenigen Schritten war er neben ihr.

»Es tut mir leid«, sagte er.

Sie blieb stehen. »Nein«, sagte sie. »Ich möchte das nicht hören.«

Die dunkle Schminke um ihre Augen hatte sich aufgelöst und über ihre Wangen verteilt. Er wischte mit dem Daumen darüber, machte es aber nur noch schlimmer.

»Ich wusste nicht …« Wie sollte er es ausdrücken?

Vanessa schüttelte unwillig den Kopf. »Es war albern dich zu bitten, mich nach Hause zu begleiten. Es sind ja nur wenige Meter.«

»Was soll ich tun? Ich kann nicht dagegen an, es ist …«

Sie hob die Hand. »Du musst mir etwas versprechen«, sagte sie.

Er wich unwillkürlich einen Schritt zurück.

»Hör nie auf, du selbst zu sein. Es ist nur mein dummes Herz, das …« Sie ächzte und holte dann tief Luft. »Niemand ist verantwortlich für das, was ein anderer fühlt. Du bist mir nichts schuldig. Und nun geh zurück und amüsiere dich.«

31. Kapitel

Asheham House, Ende Juli 1914

Viele Monate lang hatte Leonard mit aufopferungsvoller Disziplin und eisernem Willen darum gekämpft, Virginia vor einem neuerlichen Selbstmordversuch oder einer Zwangseinweisung in eine Anstalt zu bewahren. Nun war er unter dem Druck selbst zusammengebrochen. Von peinigenden Kopfschmerzen geplagt, hatte er einen Arzt aufsuchen müssen, der ihm dringend riet, eine Auszeit zu nehmen. Er war zu Lytton nach Wiltshire gefahren, wo dieser an einem langen Aufsatz über Queen Victoria arbeitete und den Freund mit geistvollen Gesprächen und stiller Empathie wieder aufrichtete.

Virginia ging es inzwischen so gut, dass auch die letzte Krankenschwester entlassen worden war und sie wieder Briefe schrieb. Sie bat Vanessa, für die Zeit von Leonards Abwesenheit zu ihr nach Asheham zu kommen, und Vanessa zögerte keine Sekunde, obgleich sie die Kinder in London in der Obhut des Kindermädchens zurücklassen musste. Sie war unendlich erleichtert, dass die Schwester ihre furchtbare Krise endlich überstanden zu haben schien, aber auch froh, Bloomsbury für ein paar Tage den Rücken kehren zu können. Der Omega-Workshop war mit viel Arbeit verbunden. Sie hatte eine komplette Inneneinrichtung für Lady Ottolines Speisezimmer entworfen, meterweise Stoffe bedruckt und unzählige selbst getöpferte Tonschalen bemalt. Nicht selten musste sie Streitereien zwischen Roger und den Künstlern schlichten, die seine bestimmende Art nicht tolerieren wollten. Ihr gegenüber war Roger oft bissig und ablehnend. Duncan war kurz nach dem Vorfall bei Ottoline nach Paris entschwunden, wo er am Théâtre du Vieux-Colombier Kostüme und Bühnenbild für eine Ballettinszenierung von Jacques Copeau entwarf, und Clive ging ganz in seiner Affäre mit Mary Hutchinson auf. Vanessa hatte sich lange nicht so einsam gefühlt.

Die Krankheit hatte Virginia verändert. Zwar war sie nicht mehr ganz so mager wie im Dezember, als Vanessa sie zuletzt gesehen hatte, doch sie wirkte unbeholfen in ihren Bewegungen, und ihre Stimme klang oft schleppend, als habe sich ihre Zunge noch nicht wieder an das Sprechen gewöhnt. Vanessa vermutete, es lag an den Schlaf- und Beruhigungsmitteln, die sie über so einen langen Zeitraum hatte einnehmen müssen. Ihr Geist jedoch war vollkommen klar, und auch wenn sie rasch ermüdete, schien sie ihren Lebenswillen und ihre Wissbegierde wiedererlangt zu haben. Während eines langen Spaziergangs entlang der Ouse musste Vanessa ihr bis ins Detail von ihrer Arbeit für den Omega-Workshop, den wilden Partys bei Ottoline und den neuesten Klatschgeschichten Bloomsburys erzählen. Dabei stellte sie fest, dass Virginia in einigen Dingen sogar informierter war als sie selbst. Sie wusste sogar, dass zwischen Serbien und Österreich-Ungarn Krieg ausgebrochen war, von dem erwartet wurde, dass er sich auf ganz Europa ausweiten würde, wenn Deutschland als Bündnispartner in den Krieg eintrat. Vanessa hatte davon gehört, doch das alles war viel zu weit weg, als dass es sie interessierte. Aber Virginia wusste noch mehr.

»Lytton hat mir geschrieben, dass Lady Ottoline neuerdings eine Affäre mit Bertrand Russell hat«, sagte sie. Russell war Mathematiker und ehemaliger Cambridge-Apostel. Er hatte einige Zeit am Trinity College unterrichtet und versucht, in der Politik als Labour-Abgeordneter Fuß zu fassen, was ihm jedoch nicht gelungen war. Maynard sprach oft von ihm, kennengelernt jedoch hatte Vanessa ihn noch nicht. Sie war erstaunt. »Ich weiß nur, dass Henry, Lytton und Ottoline nicht mehr so eng miteinander sind.«

»So wie du und Roger?«, fragte Virginia.

Vanessa blinzelte in die tief stehende Sonne. Es war später Nachmittag, und vom Meer zog Dunst in das Tal der Ouse, der die Sonne nun in einen rötlichen Schimmer tauchte. »Hast du das auch von Lytton?«

»Nein. Ich frage mich nur, was es zu bedeuten hat, dass du so wenig über Roger sprichst, dafür aber umso mehr von Duncan.«

Vanessa dachte an den angefangenen Brief an den Freund, den sie zerrissen hatte. Einen Brief, in dem sie versucht hatte, ihre Gefühle für ihn in Worte zu kleiden, und kläglich gescheitert war. Welchen Sinn sollte es auch machen, Duncan ihre Liebe zu erklären?

»Ich arbeite viel mit Duncan zusammen. Wir haben einige gemeinsame Projekte für Omega gemacht«, sagte sie und beschirmte die Augen, um ihr Gesicht vor Virginia zu verbergen. »Mehr ist da nicht.«

Virginia hielt sie am Arm fest. »Das glaube ich dir nicht. Schau mich an!«, kommandierte sie.

Vanessa ließ die Hand sinken. »Und wenn es mehr wäre, machte es keinen Unterschied.« Sie versuchte zu lächeln, doch die Haut um ihre Mundwinkel spannte, als wehrte sie sich gegen die Lüge.

Virginias Augen rundeten sich. »Oh«, sagte sie. Und dann: »O nein. Du Arme! Du bist verliebt in ihn!«

Vanessa presste die Lippen zusammen und schüttelte unwillig den Kopf. Sie konnte nicht verhindern, dass ihr die Tränen in die Augen schossen. Schnell ging sie weiter.

Virginia eilte ihr nach. »Hast du es ihm gesagt?«

Vanessa blieb stehen. »Er liebt Männer, Virginia!« Sie hatte geschrien, und ganz in der Nähe flatterte eine Krähe kreischend vom Feld auf. Virginia zog unwillkürlich den Kopf ein. »Entschuldige bitte«, murmelte Vanessa. »Lass uns über etwas anderes reden. Das hier führt zu nichts.«

Sie wanderten weiter, und nach einer Weile seufzte Virginia und sagte: »Ich habe so viel verpasst, wie es scheint.«

»Es wird immer wieder Partys geben, und Gerüchte und Affären, über die wir uns dann die Mäuler zerreißen können«, sagte Vanessa leichthin und hakte sich bei Virginia ein. »Nichts davon ist wichtig.« *Hauptsache, du bist noch am Leben*, wollte sie hinzufügen, doch auch dieses schreckliche Ereignis war zu roh und schmerzhaft, um es durch Worte wieder in die Gegenwart zu holen.

Sie aßen früh zu Abend. Leonard hatte für Virginia einen strengen Tagesablauf erstellt, von dem sie nicht abweichen durfte, wie sie sagte. Er sah vor, dass ihr nach dem Frühstück – welches im Bett einzunehmen war – zwei Stunden zum Lesen oder Briefeschreiben zur Verfügung standen, dass sie darüber hinaus ein Glas Milch trank, einen kleinen Spaziergang vor dem Mittagessen unternahm, nach dem Essen um ein Uhr zwei Stunden Ruhe hielt, auf dem Bett liegend, mit dem Gesicht zur Decke, ganz gleich, ob sie schliefe oder nicht. Nach dem Tee sollte sie wieder spazieren oder im Garten arbeiten, um sieben ein leichtes Dinner zu sich nehmen und um Punkt zehn Uhr ins Bett gehen. Zwischen Abendessen und Dinner durfte sie maximal eine halbe Stunde lesen oder aber mit Vanessa plaudern.

»Früher hättest du dich empört, wenn ich dir solche Regeln auferlegt hätte«, sagte Vanessa, als Virginia ihr das Schriftstück zeigte, welches sie und Leonard wie einen Vertrag unterschrieben hatten.

»Damals wusste ich es nicht besser.«

»Nun weiß Leonard es besser.«

»Ohne ihn wäre ich nicht mehr am Leben.«

»Oder für den Rest deines Lebens in einer Anstalt«, bestätigte Vanessa.

»Niemals«, sagte Virginia. »Ich hätte einen Weg gefunden, das zu verhindern.«

Vanessa runzelte die Stirn, sagte aber nichts.

In einer Nische im Salon in Asheham hing ein kleiner Spiegel, dessen Rahmen Vanessa im letzten Sommer bemalt hatte. Die Farbe war inzwischen etwas abgeblättert, und während sie noch davorstand und überlegte, ob sie ihn abschleifen und neu bemalen sollte, trat Virginia hinter sie und legte das Kinn auf ihre Schulter.

In diesem Moment fiel Vanessa wieder ein, welche Angst Virginia kurz vor ihrem Selbstmordversuch noch vor Spiegeln gehabt hatte.

»Soll ich ihn besser hier fortnehmen?«, fragte sie und machte Anstalten, den Spiegel abzuhängen.

»Es ist vorbei«, sagte Virginia. Sie klang triumphierend, doch ihr Gesicht wirkte im Abendlicht so bleich und spitz, dass Vanessa sich unwillkürlich zu ihr umdrehte, um sie zu stützen.

»Was ist vorbei?«

»Die Angst vor den Spiegeln.«

»Das freut mich zu hören.« Vanessa umarmte die Schwester. Wie zerbrechlich sie immer noch wirkte. Es war gut, dass Leonard so streng auf Einhaltung eines geregelten Tagesablaufs achtete. Sie zog Virginia mit sich zum Sofa, hüllte sie in eine Decke und schürte das Feuer. Virginia lächelte zufrieden und fragte: »Willst du den Grund hören?«

»Für deine Angst vor Spiegeln?«

»Warum sie jetzt weg ist.«

Vanessa legte den Schürhaken beiseite und setzte sich ihr gegenüber in einen Sessel. »Erzähl.«

»Komm neben mich. Ich kann dich dabei nicht ansehen.« Virginia rieb mit dem Zeigefinger über den Daumenknöchel. Kein gutes Zeichen.

»Möchtest du es doch lieber nicht erzählen? Oder ein anderes Mal?«

»Nein. Jetzt.« Sie klang hart und entschlossen.

Vanessa wurde unruhig. Die Schwester war längst nicht stabil genug, um über Dinge zu reden, die sie aufrieben, und es war, bis auf die Köchin, niemand in der Nähe.

Mit leiser Stimme begann Virginia, von St Ives zu erzählen. Von ihrem gemeinsamen Zimmer dort, dem Garten und dem Glück, dieses Paradies in ihrem Herzen tragen zu können. Vanessa entspannte sich wieder.

»Das alles aber war irgendwann vorbei«, sagte Virginia plötzlich laut, so dass Vanessa zusammenschrak.

»Wenn Mutter nicht gestorben wäre, gehörte Talland House vielleicht heute uns, und wir säßen dort«, sagte sie behutsam.

»Ich meine nicht Mutters Tod.« Virginia hatte aufgehört, über ihren Daumenknöchel zu reiben, dafür krallte sie jetzt ihre Finger zusammen, als könne sie nur unter größter Anstrengung weitersprechen.

Vanessa fragte sich, was das alles mit den Spiegeln zu tun hatte, wagte aber nicht, Virginia auf das eigentliche Thema zurückzubringen.

Als hätte Virginia ihre Gedanken erraten, sagte sie: »Sie war plötzlich da, diese Angst. Es war mehr ein Ekel, ich konnte es nicht mehr ertragen, mich selbst zu sehen. Als ich wach wurde, nach … nun, du weißt schon, da war es mir auf einmal klar. Eine Erinnerung war plötzlich wieder da. Der Ekel wurde danach erst schlimmer, aber jetzt geht es, und die Angst vor Spiegeln ist vorbei.«

»Was für eine Erinnerung?«, flüsterte Vanessa.

»Ich war fünf. Vielleicht auch sechs, genau weiß ich es nicht mehr. Es war an einem sonnigen Tag. Wir waren am Strand gewesen und ich ... es war kurz vor dem Bad. Ich trug nur mein Kleid, darunter nichts. Warum, weiß ich nicht, vielleicht hatte ich bereits angefangen, mich auszuziehen für das Bad. Gerald hob mich auf das Sideboard, neben der Esszimmertür. Darüber hing der Spiegel. Ich stand da oben drauf, mit dem Gesicht zum Spiegel und Gerald hinter mir.«

Vanessa schlang die Arme um sich selbst. Sie wollte nicht weiter zuhören, denn sie wusste, dass das, was kam, sie erschüttern würde. Sie hörte es an Virginias Stimme. Aber Virginia sprach weiter, leise und ohne zu stocken, ganz so, als habe sie die Geschichte schon Hunderte Male erzählt.

»Ich wand mich, doch er lachte nur. Er betastete mich, meine nackten Beine und ...« Sie pausierte, holte Luft und sprach dann weiter: »Und meinen intimen Bereich. Er tat mir weh dabei, und ich weinte, aber es war niemand in der Nähe, der ihn hätte aufhalten können.«

Danach schwiegen sie beide eine lange Zeit. Das Prasseln des Kaminfeuers hatte etwas Tröstliches, auch wenn die Wärme nicht ausreichte, um das eisige Gefühl zu beseitigen, das sich mit Virginias Worten in Vanessa ausgebreitet hatte.

»Hast du Leonard davon erzählt?«, fragte sie schließlich, um überhaupt irgendetwas zu sagen.

»Nein. Niemandem.«

»Gut.« Vanessa fragte sich, ob Leonard von dieser Sache wissen sollte, entschied aber, dass es zu lange zurücklag, um für ihn von Bedeutung zu sein.

»Vielleicht musste ich erst ein bisschen sterben, um wieder gesund zu werden«, sinnierte Virginia. »Ich hätte mich sonst womöglich nicht erinnert. Jetzt, wo ich es weiß, habe ich keine Angst mehr.«

»Danke, dass du es mir erzählt hast.« Vanessa kuschelte sich eng an die Schwester. »Jetzt weiß ich endlich, warum ich auch Gerald nie leiden mochte.«

»Er wird meinen Roman veröffentlichen.«

»Irgendwann, wenn du wieder ganz gesund bist. Und nur, wenn du es auch wirklich willst.«

»Ich lasse Leonard entscheiden.«

Vanessa sah Virginia von der Seite an. Sie war jetzt wieder vollkommen entspannt. Im Schein des Kaminfeuers wirkten die scharfe Linie ihres Profils und ihre Blässe wie feines Porzellan, auf ihren Lippen lag ein glückseliges Lächeln. »Liebst du ihn inzwischen?«, fragte sie. »Du hattest solche Zweifel, bevor du ihn geheiratet hast.«

»Sehr«, sagte Virginia. »Ich bin die glücklichste Frau, weil er an meiner Seite ist.« Sie neigte den Kopf, wie um ihren eigenen Worten nachzuspüren, nickte dann und drehte sich zu ihr. Sie griff nach Vanessas Hand und sagte ernst: »Du solltest Duncan gegenüber ehrlich sein. Es ist nichts Schlechtes daran, ihn zu lieben, er ist ein wundervoller Mensch. Nur weil er Männer liebt, heißt das doch nicht, dass er dich nicht auch ein bisschen lieben könnte.«

»*Ein bisschen lieben* ist mir nicht genug. Ich bin nicht wie du, Ginia. Ich kann nicht bloß im Geist lieben, ich will auch die körperliche Vereinigung.«

Virginia nickte und betrachtete nachdenklich Vanessas Ehering, der immer noch an ihrem Finger steckte.

»Ich habe darüber nachgedacht, wie das mit der Liebe ist. Ich glaube, sie ist wie das Licht. Sie lässt sich nicht in einen festen

Rahmen pressen, und wenn man es versucht«, sie zeigte auf den Ring, »verschwindet sie oft – zumindest dann, wenn sie bestimmten Regeln folgen soll. Leonard und ich werden wohl keine Kinder bekommen. Wir schlafen getrennt, und bestimmt hat Leonard sich das so nicht gewünscht.« Ein Seufzer arbeitete sich durch ihren Körper, und Vanessa hatte das Bedürfnis, einen Arm um sie zu legen.

»Ich weiß, dass er mich trotzdem über alles liebt«, fuhr Virginia fort, »und ich ihn, auf meine eigene Weise. Duncan liebt vielleicht Männer, aber er liebt ganz bestimmt auch dich, auf seine Weise.«

»Und wieder mal hast du es genau auf den Punkt formuliert«, sagte Vanessa, nachdem sie eine Weile über die Worte der Schwester nachgedacht hatte. »Duncan ist Licht für mich, aber einfangen lässt er sich wohl nicht.«

Virginia gähnte und blickte an ihr vorbei ins Leere, als hätte ihr Geist sich nach dem langen Gespräch zur Ruhe gesetzt. Dann zuckte sie zusammen, wie überrascht von einem plötzlichen Gedanken. »Lass den Rahmen weg«, sagte sie. »So wie du es in der Malerei machst. Du kannst auf jeder Fläche malen. Aber niemals ohne Licht.«

32. Kapitel

Cleeve House, Seend, 5. August 1914

»Die Katastrophe ist eingetreten.«

Clive stand bleich im Türrahmen, in seiner Hand den *Daily Mirror*, der im Hause Bell den weiblichen Mitgliedern der Familie vorbehalten war. Er drückte Vanessa das Blatt in die Hand und ließ sich auf das große Ehebett fallen, das sie zur Aufrechterhaltung der Illusion einer guten Ehe in Cleeve House noch immer teilten.

»Großbritannien erklärt Deutschland den Krieg«, las Vanessa. Unter der Schlagzeile prangte ein Bild mehrerer britischer Kriegsschiffe auf See, darunter die Admiräle und Feldmarschälle, die Großbritanniens Kriegsoperation anführen sollten.

»Das verstehe ich nicht«, murmelte sie.

»Was gibt es daran nicht zu verstehen? Wir befinden uns im Krieg. K – R – I – E – G!«, buchstabierte Clive.

»Ich will damit sagen, dass ich nicht verstehe, warum wir uns in diesen Krieg einmischen müssen.«

Vanessa las selten Zeitung, und wenn sie es tat, beschränkte sie sich auf Kritiken zu Ausstellungen oder manchmal auch Ballett- oder Theateraufführungen. Berichte über das politische Geschehen ermüdeten sie, und sie gelangte meist nicht über die Titelzeilen hinaus. Das Attentat auf den österreichisch-ungarischen Thronfolger Franz Ferdinand hatte sie als Randnotiz wahrgenommen. Die nachfolgenden kriegerischen Verwerfungen auf dem Kontinent erschienen ihr zu fern von England, als dass es für ihr Leben von Bedeutung hätte sein können. Darin unterschied sie sich kaum von den meisten ihrer Freunde in Bloomsbury. Sie alle waren der Überzeugung gewesen, dass ein Krieg auf dem Kontinent zwar bedauerlich sei, England sich aber nicht dort hineinziehen lassen dürfe. Im festen Glauben, dass der Kanal und die britische Seemachtstärke ein ausreichendes Bollwerk gegen die hegemonialen Ansprüche des deutsch-österreichischen Bündnisses bildeten, hatten sie sich alle in Sicherheit gewähnt und lieber Partys gefeiert, als sich um die Zukunft zu sorgen. Einzig Maynard Keynes, der inzwischen zum Berater des britischen Schatzamtes avanciert war, hatte mit seinen Warnungen, dass Großbritannien in den Krieg würde eingreifen müssen, wenn Deutschland die Neutralität Belgiens verletze und in Frankreich einmarschiere, die Stimmung etwas getrübt.

»Und was bedeutet das nun?«, fragte sie und setzte sich neben Clive, der, das Gesicht in den Händen verborgen, zusammengesunken dasaß.

»Es bedeutet, dass junge Männer über den Kanal geschickt werden, in einen Kampf, den keiner von uns will und der nur sinnlose Opfer fordern wird.«

»Junge Männer«, murmelte Vanessa. »Aber sicher nicht alle. Nur die, die es wollen.« Sie dachte an Duncan. Unmöglich, sich ihn in einer Uniform auf einem Schlachtfeld vorzustellen. Beinahe hätte sie gelacht, aber Clive wirkte so verzweifelt, dass sie sich für ihre Gedanken schämte.

»Es wird sich zeigen, wie viele das sind«, meinte Clive düster. »Und wie lange dieser Krieg dauert. Ich habe große Sorge, dass wir früher oder später alle eingezogen werden.«

»Das glaube ich nicht«, sagte Vanessa, und sie versuchte, ihrer Stimme einen aufmunternden Klang zu geben. »Du wirst sehen. Es wird schnell vorbei sein.«

Mr Bell nahm die Kriegserklärung mit den Worten auf: »Sehr gut. Exzellent. Zeigen wir es ihnen!« Er rieb sich zufrieden die Hände angesichts der zu erwartenden erhöhten Nachfrage nach Kohle, die er in seinen Minen abbaute, und der damit verbundenen Vermehrung seines Wohlstands. Es schien ihm nicht in den Sinn zu kommen, dass seine Söhne in das Zielfeuer deutscher Kanonen geraten könnten, und auch Mrs Bell klagte mehr über eine mögliche Verteuerung der Lebensmittel als über die Mobilmachung Tausender Männer, deren Zukunft im Ungewissen lag.

Wie sehr der Krieg ihr Leben auf den Kopf stellen würde, begriff Vanessa erst in London, wo die Menschen in Panik versuchten, sich mit Lebensmittelvorräten einzudecken. Die Köchin klagte, die Preise für Rindfleisch seien innerhalb eines Tages um ein Drittel gestiegen, und die Magd flehte sie an, die Kohlevorräte aufzustocken. »Aber es ist Anfang August, wir brauchen jetzt nicht zu heizen«, sagte Vanessa.

Die Magd ließ sich nicht beruhigen. »Die Leute kaufen wie verrückt Kohle, obwohl sie die Preise so angehoben haben. Es ist Krieg, und wer weiß, was der Winter …«

»Wir werden keinen Mangel an Kohle haben«, fiel Vanessa ihr ins Wort. »Alles geht weiter wie bisher. Wir müssen Ruhe bewahren.«

Im Omega-Workshop traf sie zwei der jüngeren Künstler an, die ihr Material zusammenpackten und erklärten, einen angefangenen Auftrag für ein Möbelstück nicht fertigstellen zu können, weil sie sich zum Kriegsdienst melden würden. Snow beschrieb aus Paris, wie ein wütender Mob in ein von deutschen Inhabern geführtes Geschäft eingedrungen sei und alle getötet hätte. »Ich versuche, nach London zurückzukehren, aber die Züge platzen aus allen Nähten mit Menschen, die die Stadt verlassen wollen. Hier herrscht absolutes Chaos. Ich habe Angst.«

Am Morgen des nachfolgenden Tages traf ein Brief von Roger ein, der sie darüber unterrichtete, dass die für Oktober geplante dritte post-impressionistische Ausstellung nicht stattfinden würde. »Der Krieg hat sein zerstörerisches Werk bereits begonnen«, schrieb er, »und sein erstes Opfer ist die Kunst.«

Asheham House, 20. August 1914

Für Julian und Quentin war der Krieg eine aufregende Sache. Mit Spielfiguren, Steinen, Eicheln aus dem Park und manchmal sogar harten Brotkrumen stellten sie eine britische Armee auf, die ein trauriges Häuflein deutscher Soldaten unter lautem Kanonendonner vernichtete.

Die echten Soldaten, denen sie während ihrer Zugfahrt nach Sussex an sämtlichen Bahnhöfen begegneten, erfüllten sie mit Begeisterung und kindlicher Ehrfurcht.

Clive hatte versucht, ihnen zu erklären, dass der Krieg eine schlimme Sache sei, doch sie hielten es lieber mit ihrem Großvater. Der erklärte jeden Mann, der sich freiwillig zum Kriegsdienst meldete, zum Helden.

Für Vanessa war es unerträglich mitanzusehen, wie ihre Kinder und sogar viele ihrer Freunde gewollt oder ungewollt in den Sog des Krieges gezogen wurden und alles, was ihr Leben mit Sinn und Schönheit angefüllt hatte, plötzlich bedeutungslos geworden war.

Virginia und Leonard hatten trotz der beunruhigenden Lage entschieden, nach Northumberland zu reisen – möglichst weit weg von Kriegsgetöse und patrouillierenden Soldaten, die in Sussex die Bahngleise kontrollierten, von Truppen, die Schützengräben aushoben für den Fall einer Invasion und Ställe beschlagnahmten, um darin Lazarette zu errichten.

Asheham war jedoch so abgelegen, dass Vanessa keine Befürchtungen hatte, ins Kriegsgeschehen hineinzugeraten. So hatte sie entschieden, die kommenden Wochen mit den Kindern hier zu verbringen – so lange, bis sich der Aufruhr gelegt hätte und mehr Klarheit darüber herrschte, in welche Richtung sich die Dinge entwickeln würden. Clive war in London geblieben. Es gab keine allgemeine Wehrpflicht, und er war ein vehementer Kriegsgegner, doch der Druck seiner Familie war groß. Er überlegte, ob er als Dolmetscher in den Dienst der Armee treten sollte, um sowohl seinem eigenen Pazifismus als auch den Ansprüchen seines Vaters gerecht werden zu können. Vanessa hatte Briefe an ihre engsten Freunde geschrieben und ihnen angeboten, sie in Asheham zu beherbergen und dem Krieg auf diese Weise den Rücken zu kehren.

Am Abend nach ihrer Ankunft saß sie noch lange bei geöffneten Fenstern im Salon und lauschte den friedlichen Geräuschen der Nacht. Nur die Grillen zirpten, von Zeit zu Zeit heulte ein Käuzchen, und von den Gefechten, die vermutlich bereits jetzt auf der anderen Seite des Kanals tobten, war nichts zu hören. Alles war wie immer, und doch schien die stille Stunde vor kaum mehr als einem Monat, als sie und Virginia an diesem Ort einander die verborgensten Geheimnisse ihrer beider Seelen anvertraut hatten, wie aus einer anderen Zeit. Im Rückblick nahm sich Virginias Versuch, aus dem Leben zu scheiden, fast wie eine Prophetie des Schreckens aus, der sie nun alle ereilt hatte – ihre eigene Verzweiflung über ihre Liebe zu Duncan hingegen wirkte im Licht dieses Schreckens töricht und belanglos.

Das Einzige, was sich dem Grauen des Krieges noch entgegensetzen ließ, so dachte sie, war die Liebe, und es machte im Angesicht der so radikal veränderten Lage weniger Sinn als je, sich gegen sie wehren zu wollen.

—•⟩⟩⟨⟨•—

Duncan wusste nicht, wann er das letzte Mal so deprimiert gewesen war. Das Hereinbrechen des Krieges über ihrer aller Leben schien ihm dabei nur wie das Nachbeben einer gewaltigen, andauernden Erschütterung, die seine Gefühlswelt in den vergangenen Monaten aus der Verankerung gerissen hatte.

Eine langjährige Liebe zu einem Balletttänzer in Paris, die er vor allen hatte geheim halten können, war im Frühjahr endgültig zerbrochen, weil der junge Mann noch während Duncans Engagement am Théâtre du Vieux-Colombier geheiratet hatte. Kurz nach seiner Rückkehr hatte ihn George Mallory an seinen neuen Wohnort in einem Dorf in Surrey eingeladen, wo er seit einiger Zeit als Lehrer arbeitete, nur um ihm wenige Stunden nach seiner Ankunft mitzuteilen, dass er sich verlobt habe und im Juli heiraten wolle.

Auch Duncans vorsichtige Versuche, sich Adrian wieder anzunähern, waren gescheitert, denn der Freund hatte inzwischen eine neue Liebe gefunden. Wäre es ein junger Mann gewesen, hätte Duncan damit noch leben können. Aber es war eine Frau.

Maynard, George, Adrian – einer nach dem anderen schien seinen gesellschaftlich akzeptierten Platz im Leben zu finden – nur er trudelte haltlos zwischen enttäuschter Liebe und fiebrigen, aber gefühllosen Kopulationen mit Gelegenheitsbekanntschaften in ein immer tieferes Loch aus Frustration und Desperation.

Nun der Krieg. Niemals würde er eine Waffe gegen einen anderen Mann richten. Das war und blieb ausgeschlossen, ganz gleich, was sein Vater davon halten mochte. Major Grant gehörte zu jenen, die es für die Pflicht eines jeden jungen Briten hielten, für die Verteidigung der europäischen Ordnung und des friedlichen Miteinanders zu kämpfen.

Vanessas Angebot, ihr nach Asheham zu folgen und dort einfach weiter Bilder zu malen, wie sie es immer getan hatten, war der einzig rettende Anker in all der Hoffnungslosigkeit. Allerdings wusste er nicht, wie er mit ihren Gefühlen umgehen sollte. Seit jener Nacht, als ihm zum ersten Mal bewusst geworden war, dass Vanessa weit mehr für ihn empfand als freundschaftliche Zuneigung, hatte er sich bemüht, die Zweisamkeit mit ihr zu meiden. Sie war ihm viel zu wichtig, als dass er sie hätte zurückweisen können, wenn sie sich ihm körperlich nähern sollte. Bestimmt würde sie das nicht tun, aber allein zu wissen, wie sehr sie sich danach sehnte, bereitete ihm Schuldgefühle.

Bei jeder anderen Frau wäre er entschieden auf Distanz gegangen. Vanessa aber war nicht wie andere Frauen. Sie war mehr, weit mehr als nur eine *Frau*. Das Wort für das, was sie für ihn war, müsste erfunden werden, dachte er oft. Dies waren vermutlich seine schwärzesten Momente überhaupt, denn die Tatsache, dass er sie nicht so lieben konnte, wie sie es verdiente, gab ihm das Gefühl, das nichtswürdigste Wesen des Planeten zu sein.

Als er nun den mit Ulmen gesäumten Pfad auf Asheham House zuging, wurden sein Herz schwerer und seine Schritte kleiner. Er hatte ihr kein konkretes Ankunftsdatum genannt, sogar die Möglichkeit in Betracht gezogen, gar nicht zu kommen oder erst, wenn auch die anderen Freunde eingetroffen wären. Sie würde ihn also nicht erwarten. Noch könnte er kehrtmachen und sich für einen nichtbewaffneten Dienst in der Armee zur Verfügung stellen. Sein Vater wäre stolz auf ihn.

»Waffen fallen lassen!«, schrie plötzlich jemand direkt hinter ihm. Ein Gewehrlauf drückte sich in seinen Rücken. Er ließ den

Koffer fallen und hob die Hände. Hinter einer Ulme neben ihm lugte ein blanker Kinderpopo hervor, und er hörte ein Kichern.

Blitzschnell drehte er sich um, griff nach dem Ast, den der schlammbespritzte Julian ihm entgegenstreckte, und schwang sich den Jungen wie einen Sack Kohlen über die Schulter. Quentin kam hinter der Ulme hervor und tanzte jubelnd und singend um ihn herum, die Hände ebenfalls voller Schlamm, das Gesicht beinahe schwarz vor Dreck.

»Wir haben dich gefangen«, rief Quentin und klammerte sich an sein Bein.

Duncan zog ein weißes Taschentuch hervor und wedelte es durch die Luft. »Der Krieg ist vorbei. Er war ein Irrtum. Es herrscht wieder Frieden.«

»Nein«, schrie Julian. »Das ist langweilig.«

»Hm«, machte Duncan, ließ den Jungen zu Boden und setzte sich auf seinen Koffer. »Und ich dachte, wir könnten jetzt zusammen einen Friedenskakao trinken.« Er tat zerknirscht. In diesem Moment hörte er Schritte. Vanessa hatte einen eigenwilligen Gang, eine unregelmäßige Abfolge von kurzen, beinahe zögerlichen und wenigen weit ausgreifenden Schritten, als ermahne sie sich beständig selbst, entschlossener voranzuschreiten.

»Ich sehe, ihr habt einen gefährlichen Soldaten gefangen genommen«, sagte sie. Im Gegensatz zu ihrem Gang war ihr Sprachrhythmus gleichmäßig und harmonisch, ihre Stimme klangvoll und melodisch, ohne jede Unsicherheit. Er musste sie nicht ansehen, um zu wissen, dass sie lächelte.

»Hallo, Vanessa«, sagte Duncan, ohne sich umzudrehen.

Sie legte ihm eine Hand auf die Schulter.

Julian schleuderte seinen Stock von sich. »Er will nicht kämpfen«, brummte er unzufrieden.

»Gut so«, sagte Vanessa.

»Ich habe ihnen Friedensverhandlungen angeboten, aber ich denke, wir brauchen eine neutrale Vermittlerin. Die Positionen sind verhärtet.« Duncan stand auf und tat, als klopfe er sich den Schmutz einer langen Reise von den Schultern.

»Ich gebe mein Bestes«, sagte sie und wies einladend in Richtung Haus.

Duncan nahm seinen Koffer und legte wie selbstverständlich einen Arm um sie. Sie sah ihn überrascht an. »Ich auch«, sagte er, so leise, dass die beiden Soldaten hinter ihnen es nicht hören konnten.

Die Sonne schien von früh bis spät, und nur hin und wieder waren am südlichen Horizont vereinzelte Wolken zu sehen. Duncan hatte in den ersten beiden Tagen nach seiner Ankunft kaum einen Pinsel angefasst. Er war in sich gekehrt und verbrachte viele Stunden damit, im Garten auf dem Rücken zu liegen und in den Himmel zu schauen oder zu lesen. Oft ließ er sich von Julian und Quentin in ihr Spiel hineinziehen, und dann wirkte er ausgelassen und selbst wie ein Kind. Über den Krieg sprachen sie nicht, die Frage, was Duncan zu tun gedachte, wenn der Sommer enden und der Krieg andauern würde, erschien Vanessa wie eine falsche Note in einem heiteren Musikstück.

Am Morgen des dritten Tages war er plötzlich für mehrere Stunden verschwunden und kehrte mit einer dicken Papierrolle zurück, die er in Lewes bei einem Papierhändler aufgetrieben hatte. Und dann begann er, die Rolle Stück für Stück mit rechteckigen Formen zu bemalen, mal liegend, mal stehend, mal seitlich geneigt. Er arbeitete den ganzen Rest des Tages daran, aß nicht zu Mittag und sprach kein einziges Wort. Vanessa schärfte den Kindern ein, ihn nicht zu stören, und ließ ihn ebenfalls in Ruhe. Sie arbeitete lustlos an ihrem eigenen Stillleben, das sie vor Duncans Ankunft begonnen hatte, aber es erschien ihr sinnlos, bunte Blumen vor einem Fenster zu malen, während die Welt ins Chaos stürzte.

Erst am Abend, als er sie bat, ihr behilflich zu sein, den langen Papierstreifen ins Haus zu holen und im Salon zum Trocknen auszubreiten, fragte sie: »Was ist das?« Er legte einen Finger an die Lippen und blickte auf das angefangene Werk zu seinen Füßen. Voll ausgerollt war der Streifen mehr als vier Meter lang; mit dem Bemalen war er etwa bis zur Hälfte gekommen.

»Eine Papierrolle. Man könnte sie durch eine Art Kamera betrachten, abspulen wie einen Film. Dazu Musik.«

Vanessa schritt den Streifen mehrere Male ab, suchte nach einer Systematik in der Farbe oder der Position der Rechtecke, doch es erschien ihr alles willkürlich und ohne jeden tieferen Zusammenhang.

Duncan beobachtete sie. »Es ist ohne Sinn und Bedeutung. Es ist einfach das, was es ist«, sagte er mit einem entschuldigenden Achselzucken.

»Ohne Sinn«, wiederholte sie nachdenklich. »Ich habe mich den ganzen Tag gefragt, ob es überhaupt noch einen Sinn macht zu malen. Vielleicht ist das die Antwort.« Sie zeigte auf die Rolle.

»Ich habe nicht darüber nachgedacht, ob es Sinn macht, etwas Sinn-loses zu malen. Ich hatte einfach Lust dazu.« Er zog seine Zigaretten aus der Hosentasche und bot ihr eine an. »Am Ende ist es das, was einen zusammenhält.«

»Es hält auch uns beide zusammen«, sagte Vanessa leise. Es war wie ein zartes Anklopfen an die Tür zu einem noch unberührten Raum. Sie standen einander gegenüber, Duncans abstrakte Spielerei zwischen sich, und die Rauchschwaden ihrer Zigaretten flossen ineinander.

»Auch das, ja«, sagte Duncan und sah sie frei und offen an. Aus seinem Blick war die Furcht vor der Intimität verschwunden, die lange darin gelegen hatte.

Die Tür hatte sich geöffnet, wenn auch nur einen winzigen Spalt, doch es genügte, um die harte Schicht der Selbstkontrolle aufzuweichen, unter der Vanessa ihre Liebe so lange schon versteckt hielt. Sie berührte sein Gesicht. »Du weißt, dass ich dich liebe, nicht wahr?«, flüsterte sie.

»Ich weiß es.«

»Macht es dir Angst?«

Statt einer Antwort nahm er ihre Hand und küsste sie an dem zarten empfindlichen Punkt oberhalb des Gelenks, an dem die Lebenslinie entspringt.

Hatte Vanessa in den ersten Tagen ihrer Ankunft in Asheham noch halbherzig versucht, Zeitungen aufzutreiben, um zu erfahren, was in London vor sich ging, so vertiefte Duncans Anwesenheit ihren Widerwillen, die harsche Realität in ihre friedvolle Welt einzulassen. Leonard und Virginia hatten vor einer geraumen Weile Fahrräder gekauft, die es Duncan und Vanessa jetzt erlaubten, die nötigsten Lebensmittel bei entfernt liegenden Bauernhöfen zu kaufen und nicht bis nach Lewes gehen zu müssen, wo die Mobilmachung in vollem Gange war. Ohne die vereinzelten Soldatengrüppchen, die sie von Zeit zu Zeit in der Ferne patrouillieren sahen, oder den melancholischen Brief von Roger, in dem er über seine zunichtegemachten Hoffnungen und ihre verblasste Liebe klagte, hätte Vanessa geglaubt, das perfekte Glück gefunden zu haben. Sie begann, angeregt durch Duncans Experiment mit der Papierrolle, ein abstraktes Ölbild aus rechtwinkligen Flächen und kraftvollen Farben zu malen, Duncan arbeitete parallel an einem zarten Pastell der South Downs, einem Stillleben, und an seiner Papierrolle. Die Kinder tobten währenddessen im Garten, begeistert von Duncans beinah unermüdlicher Bereitschaft, in seinen Malpausen Kavalleriepferd oder Seeungeheuer zu spielen.

Die allmählich kühler werdenden Abende verbrachten sie vor dem Kamin, mit Gesprächen über ihre Bilder und Ideen für Dekorationen. Häufig legte Duncan den Arm um sie, und sie kuschelte sich an ihn, oder er streckte sich lang auf dem Sofa aus und bettete den Kopf in ihren Schoß. Sie sprachen weder über den Krieg noch über diese neue Intimität zwischen ihnen, die sich wie etwas Selbstverständliches in ihren Umgang miteinander geschlichen hatte. Als sie ihn zum ersten Mal sanft auf die Lippen küsste, während sein Kopf entspannt in ihrem Schoß ruhte, zuckte er weder zurück noch stand er auf, wie er es vor wenigen Wochen vermutlich getan hätte. Er sah sie nur an und lächelte, so wie er immer lächelte, wenn er etwas Interessantes und Überraschendes entdeckt hatte.

Es schien Vanessa, als habe die Zeit für einen wichtigen Moment innegehalten, um ihr eine Kostprobe von dem puren Glück zu geben, das ein Zusammenleben mit Duncan bedeuten könnte.

Anfang September jedoch brach die Realität wieder über sie herein. Nach und nach trafen die Freunde aus Bloomsbury in Asheham ein, Zugvögeln gleich, die sich kurz vor ihrer langen Reise in ihr Winterquartier versammelten, um gemeinschaftlich den bevorstehenden Anstrengungen trotzen zu können. Clive und Maynard machten den Anfang, dann folgten Lytton mit seinem Bruder James, Desmond und Molly, Saxon, Harry Norton und schließlich Adrian mit seiner neuen Liebe Karin Costelloe, eine leicht verbissen wirkende junge Frau mit unsicher hochgezogenen Schultern, die so gar nicht zu ihrem Bruder passen wollte.

Maynard berichtete in knappen Worten von den anstrengenden Wochen in seiner neuen Rolle als Berater des Schatzkanzlers, mit der ihm eine große Verantwortung in dieser kritischen Situation übertragen worden war.

Clive erzählte, dass Philip Morrell, Lady Ottolines Ehemann, seinen Parlamentssitz nach einer hitzigen Debatte im Oberhaus niedergelegt hatte. Er habe sich für ein Nicht-Eintreten in den Krieg eingesetzt und ziehe sich nun mit Ottoline auf ihren Landsitz nach Garsington zurück, wo sie allen pazifistischen Freunden Unterschlupf zu gewähren bereit waren, sollte es zum Schlimmsten kommen. Clive legte ostentativ die *Daily News* aus London mitten auf den großen Tisch im Salon, wie um Duncan und Vanessa zu verdeutlichen, dass die Illusion des Friedvollen nun ein Ende hatte.

»Deutsche zwölf Meilen vor Paris«, las Duncan mit bleichem Gesicht.

»Sie sind bis Compiègne vorgerückt«, sagte Maynard. »Ein Überraschungscoup. Aber weiter südlich mussten sie Verluste hinnehmen. Ich bin sicher, dass sie gegen unsere vereinten Mächte keine Chance haben werden.« Er wirkte erschöpft von langen Nächten des Verhandelns und Argumentierens, zugleich aber überzeugt, dass das britische Eingreifen die einzig richtige Antwort auf die deutschen Aggressionen war.

Duncan tippte auf eine lange Liste mit Namen, die auf der Titelseite des Blattes abgedruckt waren. »Fünfunddreißig getötet, zweiundfünfzig verletzt und neunundsechzig vermisst, und das ist, wenn ich es richtig verstehe, nur eine vorsichtige Schätzung.« Er sah Maynard herausfordernd an. »Der Krieg hat gerade erst begonnen, wie viel Menschenleben wird er kosten? Oder rechnest du nur in britischen Pfund?«

Maynard ließ sich seufzend in einen Sessel fallen. »Ich finde es genauso furchtbar wie du. Glaube nicht, dass mich das kaltlässt.«

»Die Feldartillerie und den Sanitätscorps hat es am schwersten getroffen«, sagte Clive. In seinem letzten Brief hatte er Vanessa geschrieben, er erwäge, dem Sanitätsdienst beizutreten, um einerseits seinen Vater zufriedenzustellen und andererseits seinem pazifistischen Ehrenkodex treu bleiben zu können.

Maynard winkte ab. »Bei den Sanitätern ist davon auszugehen, dass sie wieder auftauchen werden. Sie sind hinter die Front geraten und kümmern sich vermutlich jetzt um die Verwundeten, ohne Möglichkeit, Kontakt zu ihrer Einheit aufzunehmen.«

»Willst du Clive etwa darin unterstützen, bei diesem Wahnsinn mitzumachen?«, fragte Vanessa.

»Nichts liegt mir ferner«, entgegnete Maynard. »Ich will Frieden und tue alles, was in meiner Macht steht, damit er schnell wiederhergestellt wird.«

Lytton kritisierte Maynard scharf, seinen klugen Verstand in den Dienst einer Regierung zu stellen, die junge Männer in ihr Verderben schickte. Er lehnte es nicht nur strikt ab, in den Dienst der Armee zu treten, sondern war fest entschlossen, gegen die Mobilmachung zu kämpfen. »Du wirst sehen«, sagte er und wies mit seinem langen Zeigefinger auf den Freund, »sobald sie keine Freiwilligen mehr finden, die sich auf die Schlachtbank führen lassen, werden sie die Wehrpflicht einführen und unschuldige Männer einsperren, die sich gegen diesen Wahnsinn stellen.«

Maynard wiegte den Kopf. »Der gesellschaftliche Druck ist groß. Noch gibt es genügend Freiwillige, und ich schätze, bis Jahresende ist die Sache vorbei.«

»Und wenn nicht?«, fragte Lytton.

»Wir setzen große finanzielle Mittel ein. Die Deutschen kämpfen im Osten und im Westen – ich kann mir nicht vorstellen, dass sie das lange durchhalten werden.«

Sie hatten sich um den Esstisch versammelt, Lytton und Maynard saßen einander genau gegenüber, Lytton steif auf seinem Stuhl, den Blick fast feindselig auf Maynard geheftet. »Du weichst aus. Sag mir: Wie wirst du entscheiden, wenn es zur Wehrpflicht kommt? Trittst du von deinem Amt zurück, ja oder nein?«

Die Stimmung, die eben noch fröhlich und ausgelassen gewesen war, drohte zu kippen. Alle blickten betreten auf ihre Teller, nur Desmond mahnte: »Er ist nicht der Feind, Lytton. Die Deutschen sind es.«

Duncan war aufgestanden, um sich dem Feuer zuzuwenden, das beinah erloschen war. Vanessa registrierte, dass er den Kopf zwischen die Schultern gezogen hatte wie ein Hund, der Prügel erwartet.

»Ich hätte dennoch gerne eine Antwort auf meine Frage«, beharrte Lytton. Vanessa hatte ihn noch nie so feindselig erlebt.

Maynard schob den Stuhl nach hinten und stand auf. »Wir kennen uns lange genug«, sagte er kühl. »Ich will diesen Krieg nicht, genauso wenig wie du. Frieden und Freundschaft sind mir das höchste Gut – genau wie dir. Wir verfolgen beide das gleiche Ziel, und jeder wählt seine eigenen Mittel, es zu erreichen. Und jetzt wünsche ich euch eine gute Nacht.«

Am nächsten Tag reisten Adrian und Karin vorzeitig ab. Karin fühlte sich offensichtlich nicht wohl in ihrer Mitte und überredete Adrian, früher als geplant nach London zurückzukehren. Kurz bevor sie aufbrachen, unternahmen Adrian und Duncan einen Spaziergang, von dem beide mit geröteten Augen zurückkehrten.

Vanessa zog Duncan beiseite und fragte, was vorgefallen war.

»Sie ist nicht gut für ihn«, sagte er mit düsterer Stimme.

Vanessa zuckte die Achseln. »Er wird es schon noch merken.«

»Aber er will sie heiraten«, rief Duncan mit Tränen in den Augen und verschwand für den Rest des Tages in seinem Zimmer.

Seine Reaktion verstörte Vanessa. »Mir war gar nicht klar, dass er Adrian tatsächlich liebt«, sagte sie zu Lytton, der mit einem Stapel Holzscheite aus dem Schuppen im Garten kam und die Szene beobachtet hatte.

»Es ist schwer für ihn«, sagte er. »Adrian war vielleicht nicht seine große Liebe, aber zumindest eine verlässliche Konstante. Mit Adrian zusammenzuleben bedeutet für ihn mehr Heimat, als er je hatte.«

»Das verstehe ich nicht. Was meinst du?«

Lytton sah sie mitleidig an. »Wusstest du nicht, dass er als sehr kleiner Junge von seinen Eltern nach Europa geschickt wurde, damit er hier zur Schule geht? Viele Menschen haben ihn wie einen Sohn behandelt – nur seine eigenen Eltern nicht.«

»Doch, natürlich«, murmelte Vanessa. Sie wusste, dass Duncan in Schottland geboren worden war, die frühe Kindheit in Indien verbracht hatte und dann von seinen Eltern zu den Stracheys nach London geschickt worden war, damit er eine britische Erziehung genießen konnte. Was das für ihn emotional bedeutet hatte, wusste sie jedoch nicht, er hatte mit ihr nie darüber gesprochen. Sie lächelte über den Schmerz hinweg, den ihr die Erkenntnis bereitete, dass sich Duncan ihr gegenüber nie wirklich geöffnet hatte.

Auch die Missstimmung zwischen Maynard und Lytton legte sich wie ein Schatten über den klaren frostigen Tag. Die Umarmung der beiden Freunde zum Abschied Maynards konnte nicht darüber hinwegtäuschen, dass sich etwas zwischen sie gedrängt hatte, dem nicht einmal die langen Jahre ihrer Freundschaft gewachsen waren.

An den nachfolgenden Abenden taten Vanessa und ihre verbliebenen Gäste, was sie auch in Bloomsbury immer getan hatten, wenn sie zusammen waren: Sie lasen Theaterstücke, Lytton ersann spontan unanständige Reime, und sie sangen frivole Lieder, die durch die geöffneten Fenster vermutlich bis weit über die Felder zu hören waren. Doch so eng sie in diesen Tagen auch zusammenrückten, so vertraut sie miteinander waren – es blieb der schale Nachgeschmack des Streits und die traurige Gewissheit, dass etwas Wertvolles unwiederbringlich verloren gegangen war.

33. Kapitel

Café Royal, London, 6. Januar 1915

»Die Bilder von Matisse … nun ja, ich muss gestehen, dass sie mich verwirrt haben. Vielleicht sogar ein wenig abgestoßen. Ich bin selten um Worte verlegen, aber dieses grüne Mädchen … ich fand es damals …«

Der blonde junge Mann errötete, was ihm ausgesprochen gut zu Gesicht stand, und ergriff die Serviette, wie um seine Verlegenheit dahinter zu verbergen.

Vanessa wechselte einen amüsierten Blick mit Duncan, der auf der linken Seite ihres Gesprächspartners saß und ihrem Wortwechsel schweigend gelauscht hatte. Sie hob ihr frisch gefülltes Champagnerglas und berührte leicht das ihres verunsicherten Tischnachbarn, um ihn zum Trinken aufzufordern. In seinem zarten Alter würde Alkohol rasch helfen, die Unsicherheit zu überwinden. »Monströs?«, schlug sie vor.

Sie saßen bei einem Dinner unter dem Kronleuchterglanz des prachtvollen Speisesaals im Café Royal, zu dem Maynard sie und Duncan zusammen mit einer großen Zahl anderer Gäste eingeladen hatte. Es war eine bunte Mischung aus Bloomsbury-Freunden und einflussreichen Politikern, die Maynards Spagat zwischen den so gegensätzlichen Welten, in denen er sich bewegte, eindrücklich vor Augen führte. Duncan saß neben der Gattin des Schatzkanzlers, mit der er sich zu Beginn des Abends angeregt unterhalten hatte. Nun jedoch antwortete er auf ihre Bemerkungen nur noch sehr einsilbig, weil seine Antennen unübersehbar in

Richtung des charmanten blonden Jünglings zu seiner Rechten ausgerichtet waren.

Der junge Mann hieß David Garnett. Er war ein Freund Adrians und nahm regelmäßig an dessen Pokerrunden teil, um die Duncan immer einen großen Bogen gemacht hatte. David – oder Bunny, wie er von allen genannt wurde – war blutjung, eloquent und dabei so ungemein gut aussehend und charmant, dass er Maynards Herz erobert hatte – auch wenn er als Liebhaber für ihn in seiner derzeitigen Stellung gewiss nicht infrage kam.

Vanessa kannte ihn nicht, sein formvollendetes Auftreten, das in eigentümlichem Widerspruch zu seinem Alter stand, machte sie jedoch neugierig, und so hatte sie ihn gleich zu Beginn ihres Kennenlernens in ein Gespräch verwickelt, aus dem Duncan sich bislang herausgehalten hatte. Er schaute jedoch immer wieder zu ihm rüber.

»Monströs ist ein hartes Wort«, sagte Bunny und blinzelte, wie von einer Nadelspitze an empfindsamer Stelle getroffen. »Meine Betrachtungsweise damals war meiner völligen Unkenntnis zuzuschreiben. Inzwischen weiß ich um die Bedeutung dieses Künstlers für …« Er drehte den Oberkörper in Duncans Richtung, toastete ihm zu, und Vanessa beobachtete, wie die Blicke der beiden sich für einen Moment ineinander verhakten. Dann jedoch wandte sich Bunny wieder ihr zu und beendete seinen Satz: »Für Sie und Duncan.« Obwohl der junge Mann Duncan nun beinahe den Rücken zukehrte und seine Körperhaltung den Eindruck erweckte, seine Aufmerksamkeit sei ganz auf sie gerichtet, lag in seinen Augen ein abwesender Glanz.

Vanessa beugte sich vor, sah an ihm vorbei und registrierte, dass Duncan versonnen lächelte. Plötzlich schmeckte der Champagner schal.

Sie ließ sich nichts anmerken. »Ihre Fehleinschätzung ist durchaus zu entschuldigen«, sagte sie. »Immerhin waren Sie 1910 erst – lassen Sie mich raten – fünfzehn Jahre alt?« Sie schätzte ihn auf fünfundzwanzig und wartete gespannt, wie er auf ihre Provokation reagieren würde.

Bunny schmunzelte und fragte: »Lesen Sie Tolstoi, Mrs Bell?«

»Nicht, wenn ich es verhindern kann.«

Bunny nickte zufrieden, als habe er genau diese Antwort erhofft. »Er starb im November 1910. Ich durfte ihn kurz vor seinem Tod noch kennenlernen. Ich besuchte ihn damals zusammen mit meiner Mutter, Constance Garnett. Sie hat all seine Werke übersetzt und kannte ihn gut.« Er machte eine kurze Pause. »Ich war damals achtzehn und außerordentlich beeindruckt, wie Sie sich denken können. Deutlich mehr als von Matisse.«

Zweiundzwanzig also. Sieben Jahre jünger als Duncan, dreizehn Jahre jünger als sie selbst. In dem Alter hatte sie bei Dinnergesellschaften kaum ein Wort über die Lippen gebracht, geschweige denn geistvolle Sätze zu formulieren gewusst. Auf geschickte, unaufdringliche Weise hatte er ihr zu verstehen gegeben, dass er, wie sie selbst, einer geistigen Elite angehörte und ihre Herablassung nicht verdiente. Dazu seine klassische Schönheit, die blauen Augen und der muskulöse Körper. Er war entschieden ein Kandidat, um Duncan den Kopf zu verdrehen, wenn er es darauf anlegte.

»Gehören Sie selbst auch der schreibenden Zunft an?«, fragte Vanessa.

»Wie man es nimmt. Von Zeit zu Zeit schreibe ich Liebesbriefe.« Seine Augenbrauen zuckten dezent frivol, und neben seinem Mundwinkel erschien ein Grübchen, das Vanessa als junge Frau vermutlich hinreißend gefunden hätte. Jetzt ärgerte es sie.

»Richten Sie diese vorzugsweise an Damen, oder ziehen Sie

Herren vor?«, fragte sie geradeheraus und sah, wie Duncan die Stirn runzelte. Seine Schweigsamkeit gegenüber seiner Tischpartnerin grenzte an Respektlosigkeit, doch Vanessa bezweifelte, dass er sich dessen überhaupt bewusst war.

Bunny stutzte und lachte dann schallend. »Sie gefallen mir«, sagte er. »Ich schätze Frauen, die die Dinge beim Namen nennen.«

»In meinem Alter kann man sich das erlauben.«

»Wahre Schönheit kennt kein Alter.«

»Ich nehme ihr Kompliment zur Kenntnis, konstatiere jedoch, dass es einen zweifelhaften Beigeschmack hat, das Alter einer Dame im Zusammenhang mit ihrer Schönheit zu thematisieren. Als Flirtversuch vollkommen ungeeignet«, sagte Vanessa.

»Zumindest beantwortet mein unbeholfener Versuch Ihre Frage, nicht wahr?«

Bunnys entwaffnendes Lächeln versetzte sie in Unruhe. Er wusste genau um die Wirkung seines Charmes, und ganz sicher war er sich bewusst, dass er mit diesen letzten Worten ihren Zweifel über seine sexuelle Orientierung noch weiter anfachte.

»Nein«, sagte sie. »Das tut er nicht. Immerhin könnte er so unbeholfen sein, weil Sie mehr Übung im Flirten mit Männern haben, aber …« Sie legte einen Finger auf die Lippen und warf einen schnellen Blick über die Schulter. »Solche Gespräche gehören sich in der Öffentlichkeit nicht«, raunte sie ihm zu.

»Wenn Sie eine Einladung zum Tee bei mir annehmen, können wir es in privaterem Rahmen fortsetzen«, sagte Bunny leise. In diesem Moment beugte sich Duncan zu ihnen herüber. »Wollt ihr gar nicht von diesem deliziösen Nachtisch kosten?« Er deutete auf die beiden unberührten Karamelltörtchen, die vor ihnen standen. Auch wenn er lächelte, hatte er einen angestrengten Zug um den Mund.

»Aber ja doch. Und dann muss ich mich auch bald verabschieden«, sagte Vanessa schnell. »Mein Mann und ich richten heute Abend eine Party aus, wollen Sie dazustoßen, lieber Mr Garnett?«

Zu der Party hatten sie alle in London verbliebenen Freunde eingeladen, einschließlich Maynard und den Teil seiner Dinnergäste, die sich nicht von wilden Kostümierungen und frivolen Tänzen schockieren ließen. Zum Auftakt gaben die beiden ungarischen Violinistinnen Adila und Jelly d'Aranyi, die Lady Ottoline in ihren Kreis eingeführt hatte, in Thobys ehemaliger Bibliothek ein paar temperamentvolle Stücke zum Besten und befeuerten die Feierlaune der ankommenden Gäste. Die Schwestern waren vor dem Krieg nach London geflüchtet und hatten in einer Reihe von Konzerten das Londoner Publikum mit ihrem temporeichen und waghalsigen Violinenspiel überrascht. Vanessa und Clive waren restlos begeistert vom Feuer dieser Musik, die mit ihrer Leichtigkeit jede Sorge um das Kriegsgeschehen vergessen lassen konnte. Nicht selten entfesselten die Schwestern mit ihrem Spiel bei Vanessa einen regelrechten Tanzrausch, der sich heute jedoch nicht einstellen wollte, obgleich sie während des Dinners bereits mehr getrunken hatte, als sie normalerweise vertragen konnte. Nervös schob sie sich durch die vollgepackten Räume, sprach hier und da ein paar halbherzige Worte mit einzelnen Gästen und blickte immer wieder aus dem Fenster, um nach Duncan und Bunny Ausschau zu halten.

Maynard war mit seinen übrigen Dinnergästen längst eingetroffen, und die Party war in vollem Gang, als sie die beiden schließlich im Lichtkegel der Laterne auf dem Square direkt gegenüber entdeckte. Bunny lehnte mit dem Rücken an der Laterne, die Hüften leicht vorgeschoben und die Hände in den Taschen vergraben, eine Pose, die zugleich abwartend und lockend wirkte.

Duncan stand vor ihm, sprach und gestikulierte und fuhr sich dabei einige Male durchs Haar, etwas, das bei ihm immer Unsicherheit verriet. Vanessa beobachtete sie eine Weile und war versucht, das Fenster zu öffnen und sie hereinzurufen, wie zwei säumige Kinder, die sich von ihrem Spiel nicht lösen konnten.

»Nicht gut«, sagte Adrian, der neben sie getreten war.

»Was meinst du?«

»Bunny ist nicht gut für ihn.«

»Sieh an«, sagte Vanessa. »Das Gleiche hat er von Karin und dir gesagt.«

»Aber Bunny ist nicht … Er ist ein Herzensbrecher, aber kein Sodomit. Er spielt mit Duncan, mehr nicht.«

»Ich bin nicht sicher. Er ist jung und sehr neugierig.«

»Was möglicherweise noch schlimmer ist.«

»Ja«, sagte Vanessa grimmig. »Das befürchte ich auch.«

Noch bevor der Abend endete, wusste Duncan, dass er sich unsterblich in Bunny verliebt hatte. Er kannte ihn schon eine Weile, war ihm ein paarmal am Brunswick Square über den Weg gelaufen, hatte jedoch nie das Wort an ihn gerichtet. Einmal war er spät in der Nacht von einer Party zurückgekehrt und beinahe mit ihm zusammengestoßen, als Bunny aus Adrians verrauchtem Salon trat. Das Bild dieses hochgewachsenen, muskulösen jungen Mannes, der so plötzlich wie aus einem Lichtnebel vor ihm aufwuchs, hatte ihn indes nicht losgelassen, und dass er sich heute Abend just neben ihm am Tisch im Café Royal wiedergefunden hatte, schien Duncan wie ein Fingerzeig des Schicksals.

Der junge Mann zog die Aufmerksamkeit vieler auf sich, was nicht nur an seinem exzeptionellen Äußeren lag. Er war amüsant und eloquent, ohne altklug zu wirken. Wenn er sprach, lehnte er sich immer ein Stückchen vor und hielt den Kopf leicht geneigt. So entstand der Eindruck, seine volle Aufmerksamkeit sei auf sein Gegenüber gerichtet, und nichts in der Welt könne ihn in diesem Augenblick mehr interessieren als die Person vor ihm.

Vanessas Stuhl war nach ihrem vorzeitigen Aufbruch im Café Royal nicht lange leer geblieben – einer von Maynards Höflingen, Noel Sheppard, hatte sich neben ihn gesetzt und mit Bunny zu flirten begonnen, und auch Maynard war ganz offensichtlich sehr angetan von ihm. Nach dem Dinner hatte Duncan den umschwärmten Adonis aus Sheppards klebrigen Fängen befreien können und ihm einen Spaziergang angeboten, »um den Kopf klar zu bekommen, bevor wir in das Tollhaus am Gordon Square ziehen«, wie er gesagt hatte.

Duncan hatte nicht gewagt, ihn zu küssen oder sich ihm auf andere Weise zu nähern. Es war schwer einzuschätzen, wie erfahren Bunny war – während er sowohl Vanessa als auch Sheppard gegenüber eine große Selbstsicherheit und Freude am Flirten an den Tag legte, wirkte er im Gespräch mit ihm scheu und fast ein wenig ehrfürchtig. Er bewundere ihn, hatte Bunny gesagt. Es müsse phantastisch sein, mit den eigenen Händen schöne Dinge erschaffen zu können, eine göttliche Gnade.

Ob er an Gott glaube, hatte Duncan ihn gefragt.

»Bewahre. Aber ich glaube an das Göttliche in der Natur. Schlauchpilze zum Beispiel sind ein wahres Wunder der Schöpfung.«

Fast glaubte Duncan, Bunny mache einen Scherz, aber er erzählte, dass er Botanik studiert hatte und am Imperial College zur Fortpflanzung und Sporenbildung bei Schlauchpilzen forschte. »Aber damit ist es nun wohl auch vorbei«, schloss er mit einem tiefen Seufzer.

»Wirst du als Soldat anheuern?«, fragte Duncan.

»Ich nehme keine Waffe in die Hand. Du?«

»Ich konnte noch nie mit etwas anderem umgehen als mit einem Pinsel.«

Sie waren übereingekommen, dass ihre Zukunft ein düsteres Rätsel sei, und in einer solchen Situation allein Alkohol und Sex helfen konnten. Welche Art von Sex das sein sollte, hatten sie nicht erörtert.

Vanessas Party jedenfalls konnte Bunny nicht im Zweifel darüber lassen, dass es in ihrem Kreis keinen Unterschied machte, welchem Geschlecht zwei Liebespartner angehörten. Nach frenetischen Tänzen und unzähligen gelehrten Whisky- und Champagnerflaschen stolperte man zu fortgeschrittener Stunde in beinahe jeder dunklen Ecke des Hauses über küssende Pärchen, von denen die meisten männlich waren. Duncan war selbst überrascht, welche Konstellationen sich da zusammengefunden hatten, und es gelang ihm nur gerade eben, einen mittlerweile sehr betrunkenen Bunny ein weiteres Mal aus Sheppards Armen zu befreien.

»Es wird Zeit zu gehen«, sagte Duncan.

»Dann geh ich mal nach Hause«, lallte Bunny und schwankte zur Treppe.

Duncan hielt ihn fest. »Wo wohnst du?«

Bunny murmelte etwas, das wie »Chelsea, Fulham Road« klang.

»Das ist zu weit. Du kannst bei mir übernachten.« Duncan fühlte sich plötzlich vollkommen nüchtern.

Bunny nickte, doch Duncan bezweifelte, dass der junge Mann verstanden hatte, was ihm da gerade vorgeschlagen worden war. Seine Manieren indes schien er, trotz seines alkoholisierten Zustands, nicht vergessen zu haben. Er sagte etwas von »verabschieden« und zeigte auf Vanessa und Maynard, die sich in diesem

Augenblick aus dem Halbdunkel des Raumes lösten und auf sie zusteuerten.

Duncan hatte im Lauf des Abends ein paarmal mit Vanessa getanzt. »Er gefällt dir, hm?«, hatte sie ihn nach einem dieser Tänze neckisch gefragt, doch ihm war bewusst, dass sich hinter ihrer scheinbaren Gelassenheit eine große Angst verbarg. Wie sehr wünschte er sich, sie vor diesem Schmerz bewahren zu können, den er ihr immer wieder zufügen musste, auch wenn sie das niemals von ihm verlangen würde. Doch außer größtmöglicher Diskretion hatte er noch keinen Weg gefunden.

»Es hat mich sehr gefreut, dass Sie gekommen sind«, sagte Vanessa und reichte Bunny die Hand. Er vollführte eine formvollendete Verbeugung und küsste ihren Handrücken.

Während Bunny sich bei Maynard für seine Einladung zum Dinner bedankte, umarmte Vanessa Duncan. »Denk dran, wie jung er noch ist«, flüsterte sie ihm ins Ohr. Duncan strich ihr über die Wange, als wolle er sie um Verzeihung bitten. Sie schüttelte kaum merklich den Kopf und verschwand wieder im Halbdunkel.

Maynard klopfte Bunny auf die Schulter und sagte leise, aber laut genug, dass Duncan es hören könnte: »Unter anderen Umständen würde ich dich jetzt küssen, mein Lieber, aber ich sehe, du bist bereits in den besten Händen.« Maynard gehörte zu den wenigen Menschen, die eine große Menge Alkohol trinken konnten, ohne dass es ihnen im Geringsten anzumerken war. Duncan kannte ihn jedoch gut genug, um zu wissen, dass er sich zu einem solchen Satz niemals hätte hinreißen lassen, wenn er nüchtern gewesen wäre.

Es geschah nichts zwischen ihnen in dieser ersten Nacht. Duncan half Bunny beim Auskleiden und überließ ihm sein Bett. Er selbst legte sich mit einer dünnen Decke auf den Fußboden davor, wie der Kammerdiener eines Prinzen, und wachte über Bunnys Schlaf. Gegen Morgen fiel Bunnys Hand über die Bettkante, und das Gefühl, das Duncans Brust erfüllte, als er sie ergriff und bis zum Erwachen des Freundes festhielt, glich der heiligen Ehrfurcht, die er immer dann empfand, wenn er den ersten Pinselstrich auf eine jungfräuliche Leinwand setzte.

34. Kapitel

19, Pond Place, Chelsea, 23. Januar 1915

Bunnys Elternhaus lag in einer ruhigen Seitenstraße der Fulham Road. Den gepflegten, aber bescheidenen Vorstadtvillen dort war das Bemühen ihrer Bewohner anzusehen, der vornehmen Nachbarschaft im angrenzenden South Kensington gesellschaftlich in nichts nachzustehen. Unweit dieses respektablen Teils von Chelsea jedoch waren auch die vielstöckigen Neubauten zu finden, die inzwischen überall am Rand von London in den Himmel schossen, um Raum zu schaffen für die zunehmende Masse an Büroangestellten, die sich mühsam und stetig die soziale Leiter emporkämpften.

Vanessa kämpfte gegen eine vollkommen absurde Nervosität an, als sie an diesem beinah frühlingshaften Nachmittag die verkehrsreiche Fulham Road querte, um ihrer Einladung zum Tee beim Sprössling des Hauses Garnett Folge zu leisten. Adrian hatte ihr erzählt, dass Bunnys Vater der Lektor war, der ihrem Bruder Gerald empfohlen hatte, Virginias Roman zu veröffentlichen. Seine Mutter war eine geschätzte Übersetzerin russischer Literatur. Damit gehörte er der hochgebildeten, wenngleich nicht wohlhabenden oberen Mittelschicht an, zu der auch ihre eigene Familie zählte. Weit mehr als Bunnys gesellschaftliche Stellung jedoch beschäftigte Vanessa die Frage, wie nah Bunny und Duncan einander inzwischen gekommen waren und – wichtiger noch – ob Bunny wirklich etwas für Duncan empfand.

Seit der reichlich aus dem Ruder gelaufenen Party am Gordon

Square hatte Vanessa Duncan nicht mehr gesehen. Er war dem Gordon Square ferngeblieben, und Vanessa hatte seinen offensichtlichen Wunsch nach Distanz zu ihr respektiert. Sie wiederum hatte den Omega-Workshop gemieden, wo sie Duncan zwangsläufig begegnet wäre. Stattdessen hatte sie Bunny geschrieben und ihn an seine Einladung erinnert, auf die er noch am selben Tag mit einem Terminvorschlag reagiert hatte.

Sie wurde von einer kleinen, rundlichen Magd eingelassen, die sichtlich überrascht war, als Vanessa sagte, der junge Mr Garnett erwarte sie. Sie blickte an ihr vorbei, als suche sie nach Vanessas Begleitung.

»Ich bin allein«, sagte Vanessa freundlich. Sie bewegte sich inzwischen schon so lange ausschließlich in Bloomsbury-Kreisen, dass sie beinahe vergessen hatte, wie unüblich es für eine Frau der höheren Gesellschaft war, einen Herren ohne Anstandsdame aufzusuchen.

Die Magd führte sie in den ersten Stock, wies auf eine Tür und sagte: »Bitte sehr, Ma'm.« Mit einem Knicks zog sie sich zurück, ohne Vanessa anzukündigen. Wahrscheinlich gehörte das zu ihrem Verständnis von Diskretion.

Vanessa klopfte leise an und betrat einen kleinen, gemütlich eingerichteten Salon mit einer gut bestückten Bücherwand. Bunny saß mit einem Buch am Fenster und tat, als sei er in seine Lektüre versunken.

»Oh, Mrs Bell, Sie sind schon da!«, rief er nun und sprang auf. Vanessa musste lächeln. Sowohl sein Platz am Fenster, das zur Straße hinauswies, als auch seine geröteten Wangen ließen keinen Zweifel daran, dass er über ihr Eintreffen längst informiert sein musste.

Sie ging mit ausgestreckten Händen auf ihn zu. »Ach David, lassen wir diese Förmlichkeit. Nenn mich doch bitte Vanessa.«

»Sehr gern. Nur … wenn jemand David zu mir sagt, glaube ich immer, ich hätte etwas Böses angestellt.« Er zog eine Grimasse.

»Wenn es dir lieber ist, nenne ich dich auch Bunny. Obwohl ich es einen reichlich albernen Spitznamen finde. Wer hat dich damit gestraft?«

»Meine Familie. Als Kind hatte ich eine Lieblingsmütze aus weißem Fell mit Hasenohren. Die Mütze gibt es nicht mehr, der Name aber ist an mir hängen geblieben.«

»Gütiger! Welch ein Fluch!«

Bunny drehte die Handflächen in einer hilflosen Geste zur Decke. »Ich werde versuchen, mich so erwachsen wie möglich zu benehmen.«

Vanessa lachte und betrachtete die wenigen Fotos, die auf dem Kaminsims standen. Auf einem war Bunny mit einer eleganten Frau zu sehen, die einen Arm um ihn gelegt hatte. Sie sah ihm sehr ähnlich, vermutlich seine Mutter. Wie beiläufig sagte sie: »Die Magd war etwas irritiert. Vermutlich denkt sie, du empfängst wenig ehrbaren Damenbesuch.«

»Aber doch nicht in meinem Elternhaus!«

»Wo dann?«, fragte sie mit unschuldigem Augenaufschlag.

Bunny schmunzelte. »Ich freue mich, dass wir so schnell zur Sache kommen.« Er bedeutete ihr, in einem der beiden Sessel vor dem Kamin Platz zu nehmen, doch Vanessa wandte sich seiner Bücherwand zu und zog einen Roman von D.H. Lawrence heraus.

»*Söhne und Liebhaber*«, las sie und zwinkerte Bunny zu. Sie schlug das Buch auf und las die Widmung, die der Autor dort hinterlassen hatte. *In aufrichtiger Dankbarkeit und Zuneigung. Dein David Herbert Lawrence.* »Du kennst D.H. Lawrence?«, fragte sie.

»Das Buch gehört meinem Vater. Er ist sein Lektor. Aber auch ich kenne ihn gut, ja. Hast du den Roman gelesen?«

»Nein, aber davon gehört.«

»Du solltest ihn lesen.«

»Ich weiß nicht, ob mich das verquere Liebesleben dieser Söhne interessiert. Ich finde die Vorstellung einer Mutter, die dem Liebesleben ihrer Söhne im Weg steht, eher abstoßend.« Sie schob den Roman wieder an seinen Platz zurück.

»Du hast recht. Eine Mutter sollte dringend ihr eigenes Liebesleben führen«, bestätigte Bunny und ließ sich entspannt in einem Sessel nieder. Er lehnte sich zurück, und während er mit der Hand beinahe liebevoll über die Lehne strich, sah er sie erwartungsvoll an.

Vanessa setzte sich nun doch und schlug die Beine übereinander. »Falls du dir in Bezug auf mich irgendwelche Hoffnungen machst, muss ich dich leider enttäuschen«, sagte sie.

Bunny starrte sie sprachlos an, dann lachte er laut, bis ihm die Tränen kamen. »Welche Hoffnungen sollte ich mir machen?«, fragte er, als er wieder zu Atem gekommen war.

»Ich glaube nicht, dass ich dich tatsächlich darüber aufklären muss.«

Er legte einen Zeigefinger auf die gespitzten Lippen, und in seinen Augen tanzte die Freude über das, was er wohl für das Vorspiel zu einem pikanten Abenteuer hielt.

Vanessa hob eine Augenbraue und lächelte spöttisch. »Abgesehen vom Altersunterschied dürfte dir wohl zu Ohren gekommen sein, dass ich eine verheiratete Frau bin«, sagte sie.

»Mit mindestens einem Liebhaber.«

»Richtig. Auch das ist kein Geheimnis. Daraus solltest du aber nicht schließen, dass ich wahllos weitere Liebschaften eingehen möchte.«

»Wahllos … Nein, keineswegs.«

»Auch nicht gezielt.« Es klang strenger, als sie beabsichtigt hatte.

Bunny legte den Kopf schief und sah sie an wie ein Hund, der ein unbekanntes Kommando seines Herrchens zu enträtseln versucht. Dann nickte er und stand auf. »Darf ich dir Tee anbieten?«

»Aber ja, dafür bin ich schließlich hier.«

Bunny verschwand und kam kurze Zeit später mit Tee und Gebäck wieder. Sie plauderten eine Weile über unverfängliche Themen wie Lieblingsbücher und bevorzugte Speisen, das Wetter und die Vorzüge des Lebens auf dem Land. Bunny erzählte, dass er als Kind eine Weile in Russland gelebt und dort Freude daran gefunden hatte, auch unter harschen Bedingungen im Freien zu schlafen.

»Im Grunde brauche ich das alles hier nicht«, sagte er und wies auf die Bücherwand und das knisternde Kaminfeuer. »Ich fühle mich überall wohl. Besonders in der Natur.«

»Ich empfinde London auch zunehmend als anstrengend«, pflichtete Vanessa ihm bei. »Die vielen Partys, das ständige Kommen und Gehen, das Gezeter der Kriegstreiber und jetzt noch die Angst vor Luftangriffen, die bald kommen werden.«

»Duncan sagt das Gleiche.«

Vanessa stellte behutsam ihre Teetasse ab und wartete einen Moment, bevor sie fragte: »Siehst du ihn oft?«

Bunny wich ihrem Blick aus.

»Du warst bei ihm in der Nacht nach der Party.« Sie sprach leise, wie um einen scheuen Vogel nicht zu verscheuchen, der sich unverhofft auf ihrer Schulter niedergelassen hatte.

»Ich war zu betrunken, um nach Hause zu gehen. Kann mich nicht einmal daran erinnern, wie wir dort hingekommen sind.« Er hatte die Arme vor der Brust verschränkt und wirkte plötzlich noch jünger, als er es ohnehin war.

Vanessa beugte sich vor und berührte sein Bein. »Du musst dich nicht verteidigen. Du hast ja gesehen, wie es bei uns in Bloomsbury zugeht. Keine Angst, niemand wird dich ächten, weil du einen Mann liebst. Im Gegenteil.«

»Wie kommst du darauf, dass ich Duncan liebe?«, fragte er. Seine Fußspitze wippte schneller, und in seinem Blick lag Misstrauen.

»Liebst du ihn etwa nicht?«

Er öffnete den Mund, holte aber nur tief Luft und stand auf, um zum Fenster zu gehen. »Warum fragst du mich das?«, fragte er, ohne sie anzusehen.

Vanessa strich ihren Rock glatt. Sie hatte sich ihre Worte nicht zurechtgelegt, obwohl sie mit der klaren Absicht hergekommen war, Bunny davor zu warnen, mit Duncans Gefühlen zu spielen. Aber der junge Mann schien tatsächlich hilflos – beinahe verängstigt. Sie entschied sich, ihm die ganze Wahrheit zu sagen.

»Ich liebe Duncan«, sagte sie mit sanfter Stimme. Sie beobachtete, wie Bunny den Kopf neigte und sich langsam zu ihr umdrehte. In seinem Blick lag eine Mischung aus Erstaunen und Mitleid.

»Aber er ist …«

»Mir ist gleich, was er ist. Ich will nur, dass er glücklich ist.«

Bunny steckte die Hände in die Hosentaschen und wanderte im Zimmer auf und ab. Schließlich blieb er vor ihr stehen. »Du willst, dass ich mich aus seinem Leben zurückziehe, ist es das?«, fragte er angriffslustig.

Langsam schüttelte Vanessa den Kopf.

Bunny runzelte die Stirn. »Was dann? Was willst du von mir?«

»Wissen, ob du ihn liebst.«

»Ich weiß es doch nicht!«, rief Bunny und ließ sich wieder in seinen Sessel fallen. »Ich war erschrocken, als er mir sagte, dass er mich liebt. Nie wäre ich auf einen solchen Gedanken gekommen. Ich wollte brutal zu ihm sein, damit er aufhört, mich … Ich konnte es nicht. Und dann …«

»Und dann?«, fragte Vanessa leise.

Bunny hob die linke Schulter und blickte an ihr vorbei auf sein Bücherregal. »Ich bin nicht homosexuell«, sagte er. »Es gibt mir nichts, mit einem Mann zu schlafen. Aber Duncan ist so … Man muss ihn einfach lieben.«

»Schau mich an«, sagte Vanessa. Widerstrebend löste Bunny den Blick vom Regal und begegnete ihrem offenen Blick. »Seit ich Duncan kenne, hatte er viele Affären, eine davon war mein Bruder. Vielleicht bist du nur eine davon, vielleicht aber bist du auch mehr. Wenn das so ist, bitte ich dich: Tu ihm nicht weh, und sei vor allem ehrlich mit ihm. Versprichst du mir das?«

»Bist du nicht eifersüchtig?«

»Nein.«

»Ich weiß nicht, ob ich das glauben kann.«

Vanessa erzählte ihm von Clive und seinen Affären. »Es war nicht immer einfach«, gab sie zu. »Inzwischen aber können wir offen über unsere Gefühle reden. Wir leben zusammen, lieben uns auf eine gewisse Weise, lieben aber auch andere Menschen. Und das ist gut so. Eifersucht ist Selbstsucht und zerstört das, was in der Liebe wertvoll ist.«

»Das klingt alles sehr vernünftig«, sagte Bunny. »Ich glaube aber, dass wir zu verletzbar sind, wenn wir lieben.«

»Das mag sein.« Vanessa wickelte sich in den Schal, den sie locker über die Schulter getragen hatte. Es wurde Zeit, nach Hause zurückzukehren. Sie war schon viel zu lange hier. »Man kann aber lernen, diese schlechten Gefühle zu kontrollieren«, sagte sie und stand auf.

»Kontrolle also, hm?«, sagte Bunny mit einem wissenden Lächeln. Er war wirklich ein hübscher Junge. Kein Wunder, dass Duncan sich in ihn verliebt hatte.

»Nicht nur das.« Vanessa beugte sich zu ihm hinunter, um

ihm einen Kuss auf die Wange zu drücken. »Aber sehr viel davon.«

Als sie sich aufrichten wollte, hielt Bunny sie fest. »Ich bin kein Sodomit. Ich liebe es, mit Frauen zu flirten, noch mehr, mit ihnen zu schlafen.« In seine Augen war dieses Funkeln zurückgekehrt, das ihr Eingangsgeplänkel begleitet hatte.

Vanessa spürte die Wärme des Kaminfeuers im Rücken und den harten Griff Bunnys an ihrem Arm. Lächelnd, aber bestimmt sagte sie: »Danke für deine Offenheit. Aber mit wem auch immer du schläfst – spiele niemals mit Duncans Gefühlen.«

»Und was ist mit deinen Gefühlen?«

»Die darfst du meine Sorge sein lassen.«

Ruckartig zog Bunny sie zu sich hinunter und küsste sie auf den Mund. Dann ließ er sie mit einem triumphierenden Lächeln los.

»Ich habe Bunny getroffen.«

Duncan nickte nur, ohne sie anzusehen, und fuhr fort, die Seitenwand einer Puppenbühne zu bemalen. Er hatte sich bereit erklärt, zusammen mit Vanessa die Puppen und die Bühne für ein Marionettenspiel zu gestalten, das im Omega-Workshop stattfinden sollte. Es gab nur noch wenige Aufträge für Möbelstücke, doch Roger wollte Omega unbedingt am Leben erhalten, und so fanden nun häufig auch kleinere Konzerte und heitere Theaterstücke in den Räumen am Fitzroy Square statt, mit denen Bloomsbury sich der zunehmenden Kriegshysterie entgegenstemmte. Es war früh am Morgen, und sie waren allein im oberen Atelier, an dessen Wänden die schon fertiggestellten Marionetten hingen und sie bei ihrem Tun zu beobachten schienen.

»Er hatte mich zum Tee eingeladen, du erinnerst dich?«, setzte Vanessa nach.

»Ja«, sagte Duncan und wandte sich ihr zu. »Er hat mir davon erzählt.«

»So?«

Duncan legte seinen Pinsel beiseite und setzte sich verkehrt herum auf einen Stuhl, direkt neben Vanessa. Sie malte ein paar dicke Tränen auf das Gesicht ihrer Puppe. Er beobachtete sie eine Weile, dann sagte er: »Er findet dich wunderschön und beeindruckend.«

Vanessa hob nur eine Braue und sagte nichts.

»Und es ist wahr: Das bist du. Habe ich dir das eigentlich schon mal gesagt?«

»Mit anderen Worten, ja.« Sie trat einen Schritt zurück und betrachtete die viel zu groß geratenen Tränen, die sie auf das Gesicht der fast einen Meter großen Puppe gemalt hatte. »Grotesk«, sagte sie. »Aber das passt zu diesem ganzen grotesken Theater, das wir hier veranstalten, findest du nicht?«

»Was sollen wir sonst tun?«

»Lass uns fortgehen. Raus aus London, irgendwo aufs Land, abwarten, bis der Krieg vorbei ist, und endlich wieder Bilder malen.«

Duncan legte seine Hände auf die Stuhllehne und stützte das Kinn darauf. »Es klingt so einfach«, murmelte er. »Aber das ist es nicht.«

»Wegen Bunny?«

Mit einem Ächzen fuhr Duncan sich durch die Haare und verbarg sein Gesicht in den Händen. Sein Körper schien sich wie im Schmerz zu winden.

Vanessa berührte ihn behutsam. »Sag mir einfach, was du fühlst. Ich möchte die Wahrheit kennen, auch wenn sie vielleicht wehtut.«

Er sah zu ihr auf. »Du bist sehr wichtig für mich, Vanessa. Ich bin so viel ausgeglichener, wenn wir zusammen sind. Deine Nähe bringt mir Frieden. Und doch … Wenn ich Bunny ein paar Tage nicht sehe, werde ich fast wahnsinnig vor Sehnsucht. Ich kann das nicht unterdrücken, ich …«

Vanessa hockte sich vor ihm nieder und nahm sein Gesicht in beide Hände. »Du musst das nicht erklären. Du liebst Bunny, und ich liebe dich, und ich will einfach nur, dass du glücklich bist. Ich will in deiner Nähe sein, du gibst mir so viel, allein dich anzusehen, dein Lachen zu hören, lässt mich innerlich jubeln. Ich liebe dich, und wenn ich weiß, dass du auch etwas für mich empfindest, ist es mir gleich, wen du sonst noch liebst.«

Duncan lehnte seine Stirn an ihre. »Du weißt nicht, wie sehr ich mir wünsche, dich so lieben zu können, wie du es verdienst«, flüsterte er.

Doch, wollte sie sagen, *ich weiß es*, aber die Worte klebten in ihrer Kehle, und sie konnte nur nicken und sein Gesicht streicheln. Plötzlich zog er sie zu sich auf den Schoß und presste sie an sich, so fest, dass ihr beinah die Luft wegblieb. Dankbar nahm sie die Wärme seines Körpers in sich auf und sog seinen herben Geruch ein. In diesem Moment kam er ihr vor wie ein verirrtes wildes Tier, das vorübergehend in ihren Armen zur Ruhe gekommen war. Unter dem starren, leblosen Blick der Marionetten blieben sie innig umschlungen sitzen, bis unten Schritte und Rogers Stimme zu hören waren. Er kam nur noch selten nach London, und Begegnungen mit ihm empfand Vanessa als zunehmend schwierig, weil sein stummer Vorwurf in jedem Wort, jeder Geste mitschwang.

Duncan löste sich widerstrebend von ihr, und seine Augen waren rot gerändert, doch er lächelte und sah beinah glücklich aus.

Sanft küsste Vanessa ihn auf beide Lider und wies auf ihre weinende Marionette. »Bringen wir das hier zu Ende«, sagte sie, stand auf, griff nach ihrer Farbpalette und einem sauberen Pinsel und zog die Lippen der Puppe mit einem grellen, fröhlichen Rot nach.

35. Kapitel

The Green 17, Richmond, 25. Januar 1915

Mein Geburtstag – und zuallererst sollte ich aufzählen, was ich alles bekommen habe. Leonard hat geschworen, er würde mir nichts schenken, und weil ich eine gute Ehefrau bin, habe ich ihm geglaubt. Es stimmte aber nicht. Morgens kam er mit einem Päckchen zu mir ins Bett gekrochen, in dem eine hübsche grüne Geldbörse steckte. Er brachte das Frühstück herauf, zusammen mit der Zeitung, in der von einer siegreichen Seeschlacht gegen die Deutschen die Rede war. Am Nachmittag lud mich Leonard ins Kino ein und danach zu Buszards, wo wir Tee tranken und ich ein Geburtstagstörtchen bekam. Ich kann mich nicht erinnern, an einem Geburtstag je so verwöhnt worden zu sein. Und auch wenn ich schon dreiunddreißig Jahre alt bin und keine Kinder habe und nicht mehr als zwei Stunden am Tag schreiben darf und wir in einer billigen Pension in Richmond leben müssen, bin ich doch die glücklichste Frau, die man sich denken kann. Wir sprachen darüber, Hogarth House hier in Richmond zu mieten und eine Druckerpresse zu kaufen und eine Bulldogge, die Sir John heißen soll, was ich alles ungemein aufregend und schön finde, ganz besonders die Druckerpresse.

Sorgfältig drückte Virginia ihr Fließblatt auf die dicht beschriebene Seite, um die überflüssige Tinte aufzusaugen, die ihre Feder hinterlassen hatte, las das Geschriebene noch einmal und legte die Seite in die Kladde, in der sie ihre täglichen Aufzeichnungen sammelte. Sie hatte am 1. Januar damit begonnen, Tagebuch zu führen, und notierte jeden Abend vor dem Schlafengehen all die vielen kleinen Dinge, die ihren Tag anfüllten. Es war das einzig Zusammenhängende, was zu schreiben sie in der Lage war, bis auf die Briefe, die sie jedoch unendliche Mühe kosteten, weil ihr sprunghafter Geist sich nicht lange auf einen einzelnen Gedanken richten wollte. Im Tagebuch konnte sie alles niederschreiben, was ihr in den Sinn kam, und musste nicht fürchten, jemand könne an ihrem Verstand zweifeln, wenn es nicht klug genug durchdacht, nicht elegant genug formuliert oder einfach nur belanglos war. Sie hatte gelernt, die Belanglosigkeit der unzähligen Daseinsmomente, aus denen ein Leben sich zusammensetzt, wertzuschätzen wie kleine Perlen, die aufgereiht eine Kostbarkeit bildeten, schillerndes Beweisstück ihrer geistigen Gesundheit.

Gerne wäre sie nach ihrer Gesundung im vergangenen Sommer mit Leonard wieder zurück nach London gezogen, doch er war unerbittlich in seinem Bemühen, sie von jeder Aufregung fernzuhalten. Vermutlich hatte er damit recht, aber es empörte sie dennoch, wenn er Gäste wieder auslud, die sie zum Dinner gebeten hatte, mit der Begründung, den Besuch von mehr als zwei Personen am Tag verkrafte sie nicht. Partys bei Ottoline, zu denen die umtriebige Lady mittlerweile jeden Donnerstag halb Bloomsbury einlud, waren ihr streng verboten, und Theaterbesuche durften nur einmal pro Woche stattfinden. Gewiss – Bloomsbury, wie sie es einmal gekannt hatte, gab es nicht mehr. Der Krieg hatte es zerstört. Vanessa verbrachte die meiste Zeit in Asheham, Roger vergrub sich in Guildford, in tiefer Trauer über die verblasste Liebe zu Vanessa und das Ende der Zivilisation durch den Krieg. Lytton lebte in einem einfachen Landhaus in Marlborough, wo er mit großer Ernsthaftigkeit an seinem epochalen biographischen Meisterwerk über Queen Victoria und andere bedeutende Viktorianer arbeitete. Er hatte ihr bei seinem letzten Besuch einige Passagen daraus vorgelesen, und sie war sicher, dass ihm am Ende doch noch der Ruhm zuteilwerden würde, von dem er immer geträumt hatte.

An ihre eigene bevorstehende Veröffentlichung mochte sie nicht denken. Die Angst vor dem Erscheinungstag von *Die Fahrt hinaus* schwebte über ihrer ansonsten friedlichen Existenz wie eine unausgesprochene, aber unabwendbare Kriegserklärung. Mit einem Kochkurs und einer leidlich erfolgreichen Betätigung ihrer Hände durch typisch weibliche Verrichtungen wie Nähen oder Sticken gelang es ihr recht gut, diese Angst auszutricksen, befriedigen konnten sie all diese Tätigkeiten jedoch nicht. Vielleicht könnte die Druckerpresse Abhilfe schaffen. Die Presse müsste leicht zu bedienen sein, eine kleine Handpresse, mit der sie kurze Texte setzen konnte. Zum Beispiel ein paar ihrer Geschichten, die zwar keine große Kunst, zumindest aber doch erfreulich lesbar waren, wie sie zu ihrer Erleichterung hatte feststellen können, als sie sie vor einiger Zeit wieder einmal gelesen hatte.

Sie durfte nur nicht zu viel darüber nachdenken, wie abgeschnitten sie sich von allem fühlte, was ihr früher einmal lieb und teuer gewesen war. Geblieben war ihr nur Leonard, der in seiner selbstgewissen, zuweilen sturen Art dafür sorgte, dass sie gesund blieb. Sie hatte ihr Leben vollständig in seine Hände gelegt und konnte nur darauf vertrauen, dass er wusste, was gut für sie war.

Richmond war gut für sie, so behauptete er jedenfalls. Es war von allen Vororten Londons noch der erträglichste, und sie wollte alles versuchen, um sich mit der kleinstädtischen Enge und Abgeschiedenheit anzufreunden. Vielleicht war dieses Hogarth House ja tatsächlich der Ort, an dem sie ihre Zukunft gestalten konnten. Es war eigentlich nur ein halbes Haus, aber entschieden das hübscheste in ganz England. Es stammte aus dem Jahr 1748, hatte ein Ziegeldach und schöne Fensterreihen, einen Garten mit Apfelbäumen und eine lange Backsteinmauer, die sich ein gutes Stück die

Paradise Road entlangzog. Direkt gegenüber lag eine Wäscherei und etwas weiter die Straße hoch – welch Ironie – die Leichenhalle. Sie hielt nicht viel von der Idee des Paradieses, aber das sollte kein Kriterium sein, das Haus nicht zu mieten, fand Leonard.

Das Zittern seiner Hände war deutlich schlimmer geworden. Vielleicht vermochte die Druckerpresse nicht nur Ruhe in ihren Geist zu bringen, sondern auch in seine Hände. Zumindest in einem Punkt war dieses Zittern jedoch außerordentlich hilfreich: Der Frage, in welcher Weise er für den Sieg über Deutschland zu kämpfen gedachte, musste er sich nicht stellen. Der verstörende Kriegsenthusiasmus, der überall in den Straßen zu spüren war und dem viele junge Männer in ihren Elternhäusern ausgesetzt waren, berührte ihr persönliches Leben nicht. Sie konnten dem niederen Patriotismus vieler Zeitgenossen mit Herablassung begegnen, ohne den Anfeindungen ausgesetzt zu sein, die etwa Duncan oder Clive ertragen mussten, weil sie sich aus ehrlicher Überzeugung gegen das Ergreifen der Waffen stellten.

Die täglichen Kriegsnachrichten las sie mit dem gleichen distanzierten Schaudern, wie sie als junges Mädchen eine elisabethanische Rachetragödie gelesen hatte. Der Krieg, den sie tagtäglich gegen sich selbst führte, tobte viel zu laut, als dass sie den Erzählungen von den schauerlichen Gefechten in den fernen Schützengräben auf dem Kontinent hätte Gehör schenken können.

46, Gordon Square, Ende März 1915

Das Jahr war zu Ende gegangen, und ein neues hatte begonnen, ohne dass der rasche Sieg, den Maynard ihnen versprochen hatte, errungen worden war. Im Gegenteil. Immer mehr junge Männer schlossen sich den Streitkräften an, und die Liste der Gefallenen, Verletzten und Vermissten wurde länger. Vanessa hatte trotz der harschen Verhältnisse einen Großteil des Winters mit den Kindern in Asheham verbracht, wo man an klaren Tagen die Kanonen jenseits des Kanals donnern hören konnte.

Inzwischen hatte der Frühling Einzug gehalten, doch sosehr sich die Narzissen, Krokusse und Buschwindröschen auf dem Square vor dem Haus den trostlosen Umständen mit besonderer Farbintensität entgegenzustemmen schienen – Vanessa konnte sich kaum daran erfreuen.

Am 26. März war *Die Fahrt hinaus* erschienen, doch niemand in Bloomsbury hatte dieses denkwürdige Ereignis gefeiert – am allerwenigsten Virginia selbst. Sie hatte dem Druck nicht standgehalten und war kurz vor dem Erscheinungstermin in einen Wahnzustand abgeglitten, in dem sie oft bis zur Ohnmacht zusammenhangloses Zeug redete. Leonard hatte sie für eine Woche in einer Klinik untergebracht, um den Umzug nach Hogarth House durchführen zu können. Jetzt war sie, unter der Obhut von vier erfahrenen Schwestern, in ihrem neuen Heim, und niemand durfte zu ihr. Es sehe nicht gut aus, hatte Leonard gestern noch geschrieben, er wisse nicht, ob sie je wieder normal werden würde.

Vanessa versuchte, Gedanken an Virginia, so gut es ging, zu vermeiden. Trübseligkeit und Sorgen kosteten sie nur Kraft – eine Kraft, die sie dringend für anderes brauchte. Zum Beispiel für die Frage, wie sie künftig ihr Leben gestalten wollte.

»Wir sollten dieses Haus aufgeben«, sagte sie eines Abends zu Clive, als die Sirenen der Krankentransporte wieder einmal nicht schwiegen. Die brachten Verletzte aus den Lazaretten nahe der Schützengräben in Frankreich für eine bessere Versorgung nach London.

Sie kamen nur noch selten zu gemeinsamen Abenden am Gordon Square zusammen, weil Clive seine Zeit, wann immer es möglich war, mit Mary Hutchinson verbrachte und Vanessa jede Gelegenheit nutzte, nach Asheham zu fahren. Heute jedoch wollte der Zufall, dass sie sich im kleineren Salon vor dem Kamin in ungewohnter Zweisamkeit wiedergefunden hatten. Vanessa nähte an einem schrillen Kleid für Omega, das eine der wenigen verbliebenen Kundinnen bei ihr in Auftrag gegeben hatte.

Clive fiel beinahe die Pfeife aus dem Mund. »Und wo wollen wir wohnen?«

»Ich würde gerne aufs Land ziehen.«

»Aufs … Aber ich will ganz und gar nicht aufs Land ziehen!«

»Das musst du auch nicht. Du bleibst in Marys Nähe. Bestimmt findet ihr eine Möglichkeit.«

Clive legte seine Pfeife beiseite und sah sie lange an, ohne etwas zu sagen. »Was ist mit den Kindern?«, fragte er dann.

»London ist gefährlich. Maynard sagt, es könnte Luftangriffe geben. Auf dem Land wären sie in Sicherheit. Und glücklich«, setzte sie nach einer kurzen Pause hinzu.

»Sie müssen zur Schule gehen.«

»Haben wir nicht immer gesagt, dass wir sie möglichst frei erziehen wollen?«

Clive faltete die Hände vor der Brust zusammen und lachte leise vor sich hin. »Du hast alles schon entschieden, habe ich recht? Was genau ist dein Plan, Vanessa?«

»Ich habe keinen Plan. Wie sollte ich ohne dein Einverständnis etwas planen?«

»Du willst mit Duncan zusammenleben, nicht wahr?« Er sah sie ohne jeden Argwohn an. In seinem Blick lag das sorgenvolle Verständnis eines Vaters, der seine Tochter in ein Abenteuer ziehen lässt, von dessen Gefährlichkeit er überzeugt ist, ohne jedoch Einfluss darauf nehmen zu können.

»Zumindest will ich uns die Möglichkeit geben, es zu tun, wenn Duncan bereit dazu ist«, sagte Vanessa.

Duncan war endgültig bei Adrian ausgezogen, wohnte in seinem Studio am Fitzroy Square und schreckte Vanessa beinahe wöchentlich mit einem anderen grässlichen Zukunftsplan auf. Mal wollte er bei der Royal Navy anheuern, obwohl ihm auf See immer übel wurde, mal als Zugschaffner für Truppentransporte zwischen Le Havre und der Front arbeiten. Er bewarb sich für den Dienst als Kriegsübersetzer, wurde jedoch aufgrund seiner fehlenden Deutschkenntnisse abgelehnt. Er schien den Boden unter den Füßen verloren zu haben, und Vanessa versuchte, ihm so oft wie möglich nahe zu sein, um zu verhindern, dass er aus purer Verzweiflung den nächstbesten Zug in Richtung Front bestieg.

»Du bist Maler«, sagte sie ihm immer wieder. »Du kannst ohne die Malerei nicht leben. Komm mit mir nach Asheham. Es ist deine Aufgabe, die Zivilisation hochzuhalten mit dem, was du tust.« Aber Asheham gehörte auch Virginia, und obgleich niemand wusste, ob sie überhaupt je wieder zu klarem Verstand zurückgelangen würde, konnte Vanessa das Haus nicht als ständigen Wohnsitz für sich und Duncan nutzen. Es musste also eine andere Lösung gefunden werden. Und natürlich musste auch Clive einverstanden sein, immerhin war er ihr Ehemann.

»Bist du sicher, dass es der richtige Weg ist?«, fragte er nun leise.

Vanessa ließ ihre Näharbeit sinken. Gerne hätte sie aus voller Überzeugung laut *Ja* gerufen, aber zu unsicher war sie, ob Duncan sich in dem Nest, das sie für ihn zu bauen bereit war, je niederlassen konnte. »Für mich ist er das«, sagte sie schließlich.

Clive schürzte die Lippen und nickte ein paarmal bedächtig. Dann zündete er sich seine Pfeife wieder an und paffte einige runde Kringel in die Luft. »Gut«, sagte er. »Ich denke, wir werden eine Lösung finden, die uns alle zufriedenstellen kann.«

An Roger Fry
Durbins House
Guildford

Eleanor House, West Wittering,
10. Mai 1915

Mein lieber Roger,
ich muss mit Bleistift schreiben, weil die Tinte ausgegangen ist. Verrückt, selbst die gewöhnlichsten Dinge werden immer schwieriger zu besorgen. Ich war sehr froh über Deinen Brief, ich fürchtete schon, Du wolltest mir gar nicht mehr schreiben. Roger, Liebster, ich weiß, dass Du verletzt bist, aber wie jeder Schmerz wird auch dieser nachlassen. Ich wünsche mir nichts mehr, als dass wir wieder so miteinander umgehen können wie früher, auch wenn meine Liebe zu Dir sich verändert hat.

So vieles ist geschehen, seit wir uns das letzte Mal gesehen haben. Virginia geht es schlecht wie nie zuvor, sagt Leonard. Er glaubt, das Erscheinen ihres Romans hat sie endgültig über den Rand gestoßen. Sie wird von vier Krankenschwestern gepflegt, und Leonard schreibt, dass er sich ihr nicht nähern darf. Sie ist aggressiv und hat Wahnvorstellungen. Wir hoffen alle, dass sie sich auch von diesem Rückfall erholen wird, aber das ist alles andere als sicher. Hast Du ihren Roman gelesen? Ich bin sehr gespannt, was Du dazu sagst. Ich finde, er ist brillant geschrieben, manchmal fast ein wenig zu brillant, so dass mir das Lesen anstrengend wurde. Lytton findet ihn großartig, und es gibt schon einige sehr gute Kritiken. Vielleicht helfen sie, Virginia wieder gesund werden zu lassen.

Die Bedingungen, unter denen wir hier in Eleanor House wohnen, sind recht einfach. Das Haupthaus ist einigermaßen komfortabel, im Bootshaus aber, wo Duncan wohnt und wir tagsüber zusammen malen, ist es oft zu kalt. Heute aber ist es sonnig, und das gibt einen Vorgeschmack darauf, wie paradiesisch es hier im Sommer sein wird.

Es gäbe noch vieles mehr, das ich Dir gerne sagen würde, aber welchen Sinn sollte das machen? Ich hasse es, der Grund für Dein Unglück zu sein. Du bedeutest mir so viel, aber so, wie die Dinge liegen, kann ich nur abwarten und hoffen, dass unsere Freundschaft trotz allem bestehen bleibt,

Deine Vanessa

Vanessa blickte durch die weit geöffneten Türen des Bootshauses hinaus auf die breite Mündung des Chichester-Kanals, dessen seichte Bucht zu ihren Füßen in der Sonne glitzerte und bei schönem Wetter beinah einer venezianischen Lagune glich. Sie tat einen tiefen Atemzug und füllte ihre Lungen mit der salzigen, leicht brackigen Luft, die vom Ufer herüberwehte. Der Brief, den sie soeben geschrieben hatte, lag gefaltet vor ihr, und sie überlegte, doch noch ein Postskriptum hinzuzusetzen und Roger nach Eleanor House einzuladen. In seinem letzten Brief hatte er davon gesprochen, nach Südfrankreich zu gehen, wo Lyttons Schwester Dorothy mit dem Maler Simon Bussy in Roquebrune-sur-Mer lebte. Davon sprach er nun schon eine ganze Weile, und Vanessa hatte den Eindruck, er verberge hinter dieser Absichtserklärung nur seine Orientierungslosigkeit und Verzweiflung. Doch Rogers Anwesenheit in Eleanor House würde die Umstände noch komplizierter machen, als sie ohnehin schon waren, also unterließ sie es.

Clive hatte sein Versprechen gehalten und eine Möglichkeit gefunden, Vanessas Wunsch nach einem Leben außerhalb Londons zu erfüllen – zumindest für einen Sommer lang. Eleanor House war die Sommerresidenz von St John und Mary Hutchinson. Es verfügte über zwei getrennte Salons und zahlreiche Schlafzimmer, genügend Platz also für zwei Familien, die einander nicht um jeden Preis aus dem Weg gehen wollten. Mary hatte Clive eingeladen, zusammen mit Vanessa und den Kindern hier zu wohnen und Gäste zu empfangen, wann immer sie dies wünschten.

St Johns Tätigkeit als Anwalt erforderte seine häufige Anwesenheit in London, so dass Clive und Mary in aller Diskretion Zeit miteinander verbringen konnten; Zeit, die es Vanessa wiederum erlaubte, mit Duncan zusammen zu sein. Duncan wohnte im Bootshaus, das mit seinen großen, zur Bucht hin zu öffnenden Türen ein ideales Atelier darstellte. Im hinteren Teil des einfachen Gebäudes befanden sich eine kleine Küche und ein Schlafraum, der zwar dunkel, aber gut beheizbar und trocken war. Die ersten beiden Wochen ihres Aufenthaltes hatte Vanessa mit Clive und den Hutchinsons im Haupthaus verbracht. Inzwischen waren die Kinder mit dem Kindermädchen nach London zurückgekehrt, um dort zur Schule zu gehen, und sie war frei, ihre Tage überwiegend mit Duncan zu verbringen. Sie malten zusammen, unternahmen Spaziergänge und ruderten bei sonnigem Wetter mit dem Boot in die Bucht hinaus. Die Stunden mit Duncan erfüllten Vanessa mit einer tiefen Zufriedenheit, wenn sie jedoch abends zum Schlafen ins Haupthaus zurückkehrte, lag sie oft lange wach, aufgerieben von einer Sehnsucht, die sich allein durch die Nähe zu Duncan längst nicht mehr stillen ließ.

Oft kam Bunny zu Besuch, und dann überließ sie den beiden Männern das kleine, romantische Nest am Ufer der Bucht, das vom Haupthaus her nicht einsehbar war. Wenn Bunny bei Duncan im Bootshaus wohnte, mied sie ihren Lieblingsplatz am Wasser, an dem sie an warmen, trockenen Tagen malte, und zog sich zum Arbeiten ins Esszimmer von Eleanor House zurück. Von hier konnte sie beobachten, wie Duncan und Bunny manchmal morgens bei Flut splitternackt ins eiskalte Wasser sprangen und miteinander rangen wie zwei junge Wölfe, die den Kampf ums Überleben übten. Wenn sich die beiden zum Dinner zu ihnen gesellten, lag in ihren Augen der Glanz der frisch Verliebten, und ihnen war eine beinah fiebrige Getriebenheit anzumerken, über die weder Duncans makellose Manieren noch Bunnys gepflegter Konversationsstil hinwegtäuschen konnten.

Heute jedoch war Bunny nicht da, und Duncan war ausgeglichen und zahm. Er arbeitete auf der Terrasse des Bootshauses an einem Porträt von Mary Hutchinson und war vollkommen in sein Tun versunken.

Duncan malte mit einer Geschwindigkeit und Mühelosigkeit, die etwas Traumwandlerisches hatte. Während Vanessa immer wieder vom Bild zurücktreten und sich korrigieren musste, setzte Duncan kaum je einen falschen Pinselstrich. Meist dachte er lange nach, bevor er ein neues Bild begann, war dann kaum ansprechbar, und sobald er sein Vorhaben grob skizziert hatte, schien sich alles Weitere ganz von alleine zu fügen. Wenn er malte, sah es aus, als tanze er. Der Pinsel in seiner Hand bewegte sich wie von einer magischen Macht gesteuert und zauberte, scheinbar ohne sein Zutun, ein vollendetes Werk auf die Leinwand. Stundenlang konnte Vanessa ihm dabei zusehen und alles um sich herum vergessen – den Krieg, der immer mehr Opfer forderte und seine Klauen nach kampffähigen jungen Männern wie Duncan ausstreckte, Virginias beängstigenden Zustand, der wenig Hoffnung ließ, dass sie sich wieder erholen würde, und Bunny, ohne dessen Nähe Duncan meist nach wenigen Tagen rastlos wurde.

»Das ist eine sehr schmeichelhafte Version von Mary«, sagte sie, als Duncan schließlich von der Leinwand zurücktrat und sich eine Zigarette anzündete. Er sah sie an und schien Mühe zu haben, seinen Blick auf das Hier und Jetzt zu fokussieren.

Vanessa hatte ebenfalls ein Porträt von Mary zu malen begonnen, das sie jedoch sehr viel mehr Mühe kostete als Duncan. Sicher auch deshalb, weil der Umgang mit Mary ihm keinerlei Mühe bereitete, im Gegensatz zu ihr. In Vanessas Bild sorgten die strengen, klaren Linien und kräftigen Farben im Hintergrund für einen scharfen Kontrast zu Marys stark geschminktem Gesicht und betonten ihre steife Sitzhaltung, die sie immer ein wenig hochmütig erscheinen ließ. Mary war sehr um einen freundschaftlichen, ungezwungenen Umgang mit Vanessa bemüht, doch das konnte nicht darüber hinwegtäuschen, dass sie der Gattin ihres Geliebten immer noch misstraute. In Duncans Bild hingegen waren weder Hochmut noch Misstrauen erkennbar.

»Clive würde behaupten, dass sie schöner ist als dargestellt«, sagte er nun.

»Ganz sicher. Verliebtheit macht blind. Ich sehe ja auch deine Makel nicht.«

Duncan grinste und legte einen Arm um sie. »Das muss daran liegen, dass ich keine habe.«

»Das stimmt. Du bist perfekt.« Sie küsste seine Nasenspitze. »Bis auf …« Unschlüssig ließ sie einen Finger vor seinem Gesicht kreisen und tippte dann auf seine Brust. »Bis auf dein verkommenes Herz.«

Er zog eine Grimasse. »Und ich dachte, das könnte niemand sehen.«

»Für mich bist du aus Glas«, sagte sie. »Ich kann durch dich hindurchsehen.«

Sein Blick wurde weich, und er küsste sie sanft auf die Lippen. »Und obwohl du weißt, was für ein schlechter Mensch ich bin, liebst du mich.«

»Ich muss verrückt sein.«

»Das, oder einfach die Retterin meiner verdorbenen Seele.«

»Mir ist es gleich. Ich weiß nur, dass ich glücklich bin. Jetzt. In diesem Moment. Einfach nur glücklich«, murmelte sie.

In dieser Nacht blieb sie zum ersten Mal bei ihm. Clive und die Hutchinsons waren in London, und Eleanor House lag dunkel und verlassen da, als sie von einem abendlichen Spaziergang entlang der Bucht zurückkehrten. Als Vanessa Duncan einen Kuss auf die Wange drückte und ihm eine gute Nacht wünschte, hielt er sie fest. Seine Augen schimmerten wie der Widerschein des Mondes auf dem Wasser.

»Bleib«, sagte er nur.

Vanessa folgte ihm in den kleinen Schlafraum hinter der Küche, in dem noch die Wärme des Tages hing. Es gab kein Fenster hier hinten, nur ein schwaches Gaslicht spendete etwas Helligkeit.

»Es ist nicht sehr komfortabel.« Er zeigte auf das schmale Bett.

»Ich brauche nicht viel Platz.« Sie drängte den Gedanken beiseite, dass Duncan noch wenige Tage zuvor mit Bunny hier gelegen hatte. Es spielte keine Rolle. Durfte keine Rolle spielen.

Er stand abwartend vor ihr, die Schultern hochgezogen, als fürchte er, etwas Falsches zu tun oder zu sagen.

Sie trat näher an ihn heran, verschränkte ihre Hände mit seinen. »Bist du sicher, dass du das willst?«

»Ich will dir nah sein. Ganz nah.«

Langsam zog sie sich aus. Er hatte sie oft nackt gesehen, sogar gemalt, aber niemals berührt. Auch jetzt berührte er sie nicht, wartete nur, bis sie vollständig entkleidet war. »Darf ich dich eine Weile einfach nur ansehen?«, bat er.

Sie nickte. Er setzte sich auf den Rand des Bettes und tastete sie mit den Augen ab. Zentimeter für Zentimeter, als müsse er sich die Linien und Kurven ihres Körpers genau einprägen, um eines Tages das wichtigste Bild seines Lebens malen zu können. Als er damit fertig war, zog er sie neben sich und streichelte sie mit beiden Händen, die Augen geschlossen, wie um das Bild in seinem Kopf durch die Berührung zu vervollständigen. Als er ihre Scham berührte, öffnete er die Augen und beobachtete mit verzücktem Lächeln, wie sie sich unter seinen forschenden Fingern in Erregung aufbäumte. Dann zog er sich selbst aus.

Im Traum war ihr Körper oft schon mit Duncans verschmolzen, nie jedoch hatte sie zu hoffen gewagt, dass es tatsächlich geschehen könnte. Die Wärme seiner Haut zu spüren, das Staunen in seinen Augen zu lesen, als sie ihn in sich aufnahm, und zu beobachten, wie er nach dem Liebesakt mit beseeltem Lächeln in ihren Armen einschlief, war wundersamer, als ein Traum je hätte sein können.

»Ich wünsche mir ein Kind von dir«, flüsterte sie in die Stille, im Glauben, dass er längst fest schlief.

»Ein Kind wäre wundervoll«, murmelte er mit geschlossenen Augen.

»Du bist wach?«

»Wie könnte ich diesen Moment im Schlaf vergeuden.«

Sie stemmte sich hoch und sah ihn an. »Willst du das wirklich?«

Es dauerte eine Weile, bis er antwortete. »Ich liebe Quentin und Julian. Aber ich kann mir nichts Schöneres vorstellen, als ein eigenes Kind mit dir zu haben.«

Langsam ließ Vanessa sich wieder zurücksinken. Nach ein paar Minuten richtete sich wieder auf. »Und ich kann mir keinen besseren Vater vorstellen als dich«, sagte sie, doch das hörte Duncan nicht mehr.

36. Kapitel

Als die Tage länger wurden und die Hitze sich in der Bucht zu einer drückenden Schwüle verdichtete, fuhr Clive mit den Kindern nach Seend, während die Hutchinsons an die Küste nach Cornwall reisten. Vanessa blieb allein mit Duncan im Bootshaus zurück, wo sie fern aller Verpflichtungen das tun konnten, was sie beide am meisten liebten: malen. Die Nächte waren oft zu warm, um in der kleinen Schlafkammer Ruhe zu finden, und so schlugen sie ihr Lager inmitten ihrer Bilder im vorderen Raum des Bootshauses auf und ließen die beiden Tore während der Nacht weit geöffnet. Manchmal schliefen sie miteinander, doch Vanessa spürte, dass es Duncan mehr nach Zärtlichkeit und liebevollen Berührungen verlangte als nach Leidenschaftlichkeit. Dieser Teil von ihm blieb ihr verschlossen, und sie akzeptierte es. In seinen Armen zu liegen, seinen Duft einatmen zu können, der sich mit dem Geruch der Ölfarbe und der salzigen Brise vermischte, die zu ihnen hereinstrich, bedeutete mehr Erfüllung, als sie jemals bei einem Geschlechtsakt empfunden hatte.

Vollkommen abgeschieden von allem, ohne jede Verpflichtung oder Kriegsnachricht, wurden diese Tage und Nächte für Vanessa zu kostbaren Perlen, die sie dankbar und behutsam in ihren Erinnerungsschatz aufnahm – im steten Bewusstsein, dass sie zerbrechlich waren und die Quelle ihres Glücks jeden Moment versiegen konnte.

Mitte Juni kam ein Brief von Bunny. Als Duncan ihn las, wurde er bleich.

»Was ist los?«, fragte Vanessa. »Ist ihm etwas passiert?«

Duncan hatte an einem Aktbild von Bunny gearbeitet, das er bei seinem letzten Besuch begonnen, aber dann zur Seite gestellt hatte. Die Tatsache, dass er seine Arbeit daran wieder aufnahm, zeigte Vanessa, wie sehr er Bunny vermisste. Duncan ließ sich auf einen Stuhl fallen und streckte ihr den Brief entgegen.

»Mein lieber Duncan«, schrieb Bunny, *»es wird immer schwieriger, sich dem Krieg zu entziehen. Hier in London herrscht eine Hysterie, die ein normales Leben beinahe unmöglich macht. Vor wenigen Tagen habe ich meine Forschungsarbeit am Imperial College beendet, und da es im Augenblick sehr schwierig ist, eine Arbeitsstelle zu finden, habe ich mich, zusammen mit meinem Freund Francis Birrell, zum Freiwilligendienst bei der Mission Anglaise in Frankreich gemeldet. Wir gehen nach Sommeilles, dort werden wir in Spitälern bei der Versorgung ziviler Kriegsopfer helfen.*

Werde ich Dich sehen, bevor ich abreise? Ich vermisse Dich furchtbar und werde wahrscheinlich in Frankreich vor Sehnsucht krank werden. Aber es ist das Beste, was ein Mann im Moment tun kann, findest Du nicht?«

Vanessa faltete den Brief und nahm Duncan in den Arm, der auf seinem Stuhl vor und zurück schaukelte, die Lippen aufeinandergepresst und die Finger in die Oberschenkel gekrallt, wie um sich gegen eine heftige Schmerzattacke zu stemmen.

»Warum tut er das? Er hat gesagt, er würde in meiner Nähe bleiben. Er hat gesagt, er liebt mich.«

»Er liebt dich, er vermisst dich. Das hat er geschrieben.«

»Er geht mit Francis Birrell fort. Warum mit ihm? Warum nicht mit mir?«

Vanessa blickte über seinen Kopf hinweg auf die Bucht hinaus. Es war vollkommen windstill, und über dem Wasser hing Dunst, der die Szenerie in eine melancholische Unwirklichkeit tauchte. Das perfekte Motiv für ein romantisches Landschaftsbild. Doch so etwas malte sie nicht.

»Weil du nicht fortgehen darfst«, sagte sie leise. Und dann lauter: »Weil du eine Aufgabe hast. Du bist Maler und kein Kriegsheld. Bunny weiß das.«

»Hör auf!«, stieß er zwischen zusammengepressten Zähnen hervor. »Hör. Auf. Damit!« Ruckartig richtete er sich auf, brüllte wie ein wild gewordenes Tier und warf die Staffelei mit Bunnys Bild um. Dann stürmte er in Richtung Ufer davon.

Er kam erst spät am Nachmittag wieder. Vanessa saß auf einem Liegestuhl auf der großen Wiese vor Eleanor House und blickte ihm entgegen. Er lief im Zickzackkurs auf sie zu, die Hose bis zu den Knien aufgerollt, die Hände in den Hosentaschen vergraben und die Schuhe zusammengebunden über der Schulter. Unmittelbar vor ihr ließ er sich ins Gras fallen und rupfte ein Büschel Grashalme aus, die er auf ihre Füße rieseln ließ. Dann küsste er ihren großen Zeh, ohne sie jedoch anzusehen.

»Ich habe Bunny geschrieben«, sagte sie.

Überrascht sah er auf.

»Er soll wissen, wie sehr du ihn brauchst. Die nächsten Tage werden sicher sehr warm und sonnig sein. Ihr könnt noch eine schöne Zeit miteinander haben, bevor er fortgeht. Solange er da ist, werde ich im Haus schlafen.«

»Es tut mir so leid, Vanessa.«

Sie stand auf und schüttelte das Gras von ihren Füßen. »Ich will nicht, dass dir etwas leidtut. Nur um das Aktbild ist es schade. Du wirst es neu malen müssen.« Sie wandte sich zum Haus. Sie musste ihr Schlafzimmer herrichten, bevor Bunny eintraf.

»Warum tust du das?«, fragte Duncan. »Es verletzt dich doch.«

Sie blieb stehen und drehte sich langsam zu ihm um. »Ja, das stimmt«, sagte sie. »Es verletzt mich. Aber das bist du mir wert.«

An Clive Bell
46, Gordon Square
Bloomsbury, London

Eleanor House, West Wittering, 2. Juli 1915

Liebster,
ich kann es kaum erwarten, Dich und die Kinder bald wiederzusehen. In der vergangenen Woche waren wir zu dritt hier, Duncan, Bunny und ich, und wir hatten eine gute Zeit miteinander – auch wenn Du sicher findest, drei sind einer zu viel. Natürlich ist es manchmal nicht einfach, und es gibt Dinge, die mir nicht gleichgültig sind, aber Bunny ist ein so reizender Mensch und Duncan glücklich, wenn er da ist – also bin ich es auch. Wie schön wäre es, wenn wir mit all denen zusammenleben könnten, die unser Leben bereichern, ganz ohne Eifersucht und missgünstige Gefühle, die uns so oft das Leben schwer machen. Am Ende ist es ohnehin die Arbeit, die uns am meisten erfüllen kann, und darauf sollten wir uns konzentrieren. Findest Du nicht auch?

Vermisst Du Mary sehr? Wenn ja, dann kannst Du sicher nachfühlen, wie es mir gehen würde, wenn ich Duncan hier zurückließe und nach London käme. Außerdem scheint London ein solch ungastlicher Ort mit all den Musterungsaufrufen und den vielen Verletzten, die aus Europa herübergebracht werden.

Denk Dir nur: Letzte Woche wurden Bunny und Duncan festgenommen, weil man glaubte, sie seien deutsche Spione! Wie absurd das alles ist!

Gute Nachrichten gibt es von den Woolfs, wahrscheinlich hast Du sie auch erhalten. Virginia geht es deutlich besser, und Leonard glaubt, dass er es wagen kann, mit ihr im September nach Asheham zu gehen. Der Aufenthalt dort wird ihr guttun, und ich hoffe, sie bald wiedersehen zu können.

Denkst Du daran, mir den grünen Stoff mitzubringen, der in meinem Schrank im Schlafzimmer liegt? Ich möchte mir ein Kleid daraus nähen und habe hier mehr Zeit, als mir manchmal lieb ist.

Küss die Kinder, und sei vorsichtig,

Deine Vanessa

Eleanor House, August 1915

Mit Bunnys Abreise nach Frankreich schien für Vanessa der Traum von einem friedvollen Zusammenleben mit den Menschen, die ihr wichtig waren, in Erfüllung zu gehen, ohne emotionale Misstöne, Eifersucht und unerfüllte Sehnsüchte. Der Himmel über der Bucht war makellos, und stets ging ein leichter Wind. Er machte die Hitze erträglich und trug das glückliche Lachen der Kinder, die von früh bis spät am Wasser spielten, auf die Felder rund um Eleanor House hinaus. Vanessa verbrachte die Nächte mit Duncan, Clive die seinen, wann immer es die Umstände erlaubten, mit Mary, und die Kinder waren in der Obhut des Kindermädchens. Sie unternahmen gemeinsame Exkursionen, Duncan und Vanessa malten, und abends saßen sie alle bis spät beisammen, redeten, sangen und lasen gemeinsam Theaterstücke, wie sie es auch in Bloomsbury immer getan hatten.

Die Tage mit Bunny schienen in Duncan eine innere Spannung gelöst zu haben, und jetzt, wo er fort war, hatte er zu der entspannten Leichtigkeit und Unternehmungsfreude zurückgefunden, die seinem früheren Selbst entsprachen. Er konnte stundenlang mit

Julian und Quentin auf dem Rasen oder im Wasser herumtollen, überraschte Vanessa aus heiterem Himmel mit einer Flut an Zärtlichkeiten und entdeckte auf ihren Ausflügen tausend Kleinigkeiten, die er ins Bootshaus schleppte, um daraus Spielfiguren für Quentin, verrückte Kunstobjekte oder Kerzenhalter für Omega herzustellen. Er hatte herausgefunden, wie empfindlich Vanessas Fußsohlen waren, und kitzelte sie manchmal bis zur Erschöpfung, nur um ihr Lachen zu hören. An heißen Tagen erschien er mit einem Turban zum Frühstück, um sich vor der Sonne zu schützen, an anderen trug er nichts außer eines von Vanessas Tüchern, das er sich wie ein römischer Sklave um den Leib gewickelt hatte. Er war eine unerschöpfliche Quelle an verrückten Ideen, die aus den alltäglichsten Dingen etwas Besonderes machten und aus der banalsten Tätigkeit ein Ereignis werden ließen. Wenn er entspannt und zufrieden war, konnte er Vanessa vergessen lassen, dass auf der anderen Seite des Kanals Menschen starben, die noch vor nicht allzu langer Zeit in ihrem Salon am Gordon Square zu Gast gewesen waren, Rupert Brooke zum Beispiel oder der junge Omega-Künstler Henri Doucet. Sogar Bunnys Schicksal war ihr in diesen verzauberten Tagen mit Duncan gleichgültig, obwohl ihr bewusst war, wie sehr ihr eigenes Wohlbefinden von den Launen und Entscheidungen dieses jungen Mannes abhing.

Manchmal kamen Maynard, Saxon oder Lytton zu Besuch aus London und zerstörten mit Berichten von den verstärkten Bemühungen der Regierung, junge Männer zum Kriegsdienst anzuwerben, vorübergehend die Illusion des vollkommenen Glücks. Clive hatte mit *Peace at Once* eine Streitschrift verfasst, in der er dazu aufrief, den Krieg sofort zu beenden und die diplomatischen Gespräche mit der deutschen Regierung wieder aufzunehmen. Das Pamphlet war bei Erscheinen von der Polizei konfisziert und vernichtet worden, und Clives Vater hatte ihm aus lauter Empörung über solch quertreiberische Aktivitäten sogar vorübergehend den Geldhahn zugedreht. Lyttons Bruder James hatte seine An stellung beim *Spectator* verloren, weil er für sofortigen Frieden eintrat und diese Einstellung von seinem Onkel St Loe Strachey, dem Herausgeber des Blattes, nicht toleriert wurde.

»Ganz Bloomsbury ist gegen den Krieg«, konstatierte Clive, »aber die Schlinge, die sie uns um den Hals ziehen, drückt uns langsam, aber sicher die Luft ab.«

Sie saßen in Liegestühlen auf dem Rasen vor Eleanor House und sahen zu, wie über der Bucht der Tag in den Abend überging. Es war ein schwülheißer Sonntag Ende August, und Lytton hatte das Wochenende mit ihnen verbracht.

»Zum Glück gibt es Ottoline«, sagte er.

»Was ändert Ottoline an unserer Situation?«, fragte Duncan.

»Sie sorgt für Zerstreuung. Und im Übrigen lebt es sich in Garsington Manor ausgesprochen komfortabel.«

Vanessa rollte mit den Augen. »Du willst also den Krieg auf ihrem Schoß aussitzen?«

»Ich sitze ihn nicht aus«, entgegnete Lytton würdevoll. »Ich arbeite für die Nachwelt. Und von Zeit zu Zeit amüsiere ich mich.«

»Das ist es, was ein Künstler in Zeiten des Krieges tun muss«, pflichtete Clive ihm bei. »Wenn die Zivilisation vor die Hunde geht, müssen sie den Grundstein für nachkommende Generationen legen.«

»Durch wilde Partys«, sagte Vanessa trocken.

Lytton streifte sie mit einem missbilligenden Blick. »Durch unsere Arbeit natürlich.«

»Nun, dann tun wir hier genau das Richtige«, sagte Vanessa und zeigte auf die beiden Staffeleien, die auf der Terrasse des Bootshauses standen. Sie und Duncan beschäftigten sich im Moment vor allem mit den Ausdrucksmöglichkeiten der Abstraktion. Duncan hatte die Sache auf die Spitze getrieben und den Salon am Gordon Square allein durch rechtwinklige Formen in kontrastierenden Farben dargestellt. Vanessa fand, die Kunst verliere ihre Seele, wenn der Maler lediglich auf die Wirkung von Form und Farbe setze. Sie versuchte einen Mittelweg – nutzte die Kraft der Farben, um ihrer Vision des Gegenständlichen frischen Ausdruck zu verleihen. Mit ihrem Bild, das den Innenhof von Eleanor House durch ein Fenster betrachtet zeigte, war sie sehr zufrieden.

Lytton fächelte sich mit einem Buch Luft zu. »Ich finde, wir sollten alle unter Ottolines Fittiche nach Garsington flüchten und nackt auf dem Dach ihres Gutshauses tanzen.« Er kicherte.

»Eher setzte ich mich nackt auf eine Kanonenkugel und lasse mich ins Jenseits befördern«, entgegnete Vanessa grimmig. Lady Ottolines allzu offensichtliche Bemühungen, das Vakuum zu füllen, das Vanessa und Clive durch ihre Abwesenheit in Bloomsbury hinterlassen hatten, waren ihr ein Dorn im Auge. Die Lady schickte sich an, all die jungen Künstler und Literaten in ihren Dunstkreis zu ziehen, die früher ihren Freitagsclub oder Clives Donnerstagsrunden frequentiert hatten. Zwar fehlte Vanessa dieses rege gesellschaftliche Treiben nicht sonderlich, aber sie war der Meinung, Lady Ottoline fehle es sowohl an geistigem wie auch an künstlerischem Niveau, um ihr Erbe als Mittelpunkt der Londoner Boheme anzutreten. Lady Ottoline hatte Vanessa und Duncan schon ein paarmal nach Garsington eingeladen, Vanessa liebte die Ruhe und Zweisamkeit mit Duncan jedoch viel zu sehr, um sich in das grellbunte Treiben rund um die exaltierte Aristokratin zu begeben.

»Nicht doch, nicht doch«, sagte Lytton. »Du solltest ihre Einladungen nach Garsington nicht immer ausschlagen und dich stattdessen selbst davon überzeugen, welch wertvollen Beitrag sie für die Aufrechterhaltung unserer Zivilisation leistet.«

»Sie ist weder kreativ noch besonders originell. Ihr einziges Qualitätsmerkmal ist ihr schrilles Äußeres«, befand Vanessa.

Lytton räkelte sich in seinem Liegestuhl und blinzelte in die Sonne. »Sie muss keine Kunstwerke schaffen, sie ist selbst eines. Es ist ungemein inspirierend, sie dabei zu beobachten, wie sie nur mit einem Camisol, einer Federboa und Tonnen von Perlenketten bekleidet in ihrem Gartenteich badet.«

Vanessa wechselte einen Blick mit Duncan, der ihr amüsiert zuzwinkerte, als wolle er sagen: »Ich tanze lieber nackt mit dir im Regen.«

»Bei so einem Schauspiel würde ich vor Scham erblinden«, seufzte Vanessa.

»Du und Scham?« Lyttons Augenbrauen wanderten bis zu seinem Haaransatz. »Bei eurem Treiben hier dürfte dir der blanke Hintern von Lady Ottoline nur ein müdes Lächeln entlocken.«

»Deine schmutzige Phantasie übertrifft die Realität bei Weitem«, winkte Vanessa ab.

»Von Bunny höre ich anderes.«

Vanessa registrierte, wie Duncan sich versteifte. Er sagte jedoch nichts und hörte nur mit unbewegter Miene zu, wie Lytton weitersprach. »In seinem letzten Brief, sehr amüsant geschrieben übrigens, berichtete er, wie verzweifelt das Hauspersonal bemüht sei, die Vorgänge im Bootshaus zu übersehen. Was nicht ganz einfach sei, wenn die Dame des Hauses am Morgen wie von der Natur geschaffen …«

»Auch Bunny hat eine blühende Phantasie«, fuhr Vanessa ihm ins Wort. Seit Bunnys Abreise war in Eleanor House kein einziger Brief von ihm eingetroffen, und Vanessa konnte den Schmerz, den Lyttons Worte Duncan bereiten mussten, beinahe selbst spüren. »Richtig ist allenfalls, dass wir die Nähe zum Wasser lieben«, sagte sie.

»Und außerordentlich diskretes Hauspersonal haben«, pflichtete Clive ihr bei. »Mir ist allerdings nicht bekannt, dass Bunny sehr enge Beziehungen zu ihnen unterhält.«

»Ich würde mir da nicht allzu sicher sein«, redete Lytton unbekümmert weiter. »Solange eine Magd nur jung und hübsch genug ist …« Seine Augen blitzten, und er lächelte Duncan entschuldigend zu. »So experimentierfreudig dein junger Freund sein mag, einem weiblichen Schoß zu widerstehen, fällt ihm schwer, fürchte ich. So leid es mir für dich tut, aber du solltest …«

»Lytton!« Vanessa versetzte dem Freund einen Tritt. »Kannst du dein Schandmaul nicht halten?«

»Gebt euch keine Mühe«, sagte Duncan und stand auf. »Wo er recht hat, hat er recht.« Vanessa wollte ihn festhalten, doch er wünschte nur mit rauer Stimme gute Nacht und verschwand in Richtung Bootshaus.

»*Oh, là, là*«, sagte Lytton. »Und ich war der Meinung, ihr hättet die perfekte Rezeptur für die freie Liebe gefunden.« Er blickte zum östlichen Himmel auf, wo sich nach Tagen des wolkenlosen Blaus dicke Quellwolken zusammenbrauten.

»Es ist eine delikate Rezeptur«, sagte Vanessa und seufzte. »Ein winziges Körnchen zu viel von einer Zutat, und alles ist verdorben.«

Die erste Septemberwoche brachte Regen. Zunächst waren es nur ein paar Gewitter, dann jedoch stürzten die Temperaturen, und es regnete von früh bis spät so ausgiebig, dass die Wassermassen das Bootshaus fluteten und Duncan mit den Bildern ins Haupthaus flüchten musste. Seit Lyttons unbedachten Äußerungen war er wie verwandelt, sprach kaum, aß wenig und saß oft stundenlang auf einem Stuhl und starrte ins Leere. Vanessa musste sich mit ihm für zwei Nächte die kleine Kammer teilen, in der sie die Wochen verbracht hatte, in denen Bunny da gewesen war. Das Bett war kaum schmaler als das im Bootshaus, aber Duncan hatte sich eine Matte auf den Fußboden gelegt, um jede Berührung zu vermeiden. Als sie in der Nacht wach wurde, hockte er zusammengekauert im Sessel und wippte vor und zurück.

»Kannst du nicht schlafen?«, fragte sie.

Er schüttelte den Kopf.

»Was kann ich tun?«

»Du kannst nichts tun. Ich werde nach London zurückkehren und …« Er ächzte.

»Und …«

»Nichts. Warten, bis er zurückkehrt.«

»Und wenn er nicht zurückkehrt?«

»Dann will ich nur noch sterben«, flüsterte er.

46, Gordon Square, Ende Oktober 1915

Im Oktober kehrte Bunny für zwei Wochen Urlaub zurück nach London. Das Geld für die Heimreise hatte Vanessa ihm geschickt, zusammen mit einem langen Brief, in dem sie ihm anbot, eine Anstellung für ihn in London zu finden. *»Duncan hat gestern den ganzen Tag (!!!) an dich gedacht und wird es auch heute wieder tun. Wie er in diesem Zustand nur halbwegs vernünftige Kunst zustande bringen soll, ist mir ein Rätsel. Wenn du also etwas wirklich Sinnvolles tun möchtest, dann komm nach Hause und hilf mir, dieses unglückliche Wesen aufzurichten.«*

Bunnys Antwort war nur wenige Tage später eingetroffen und hatte Vanessa mit Zärtlichkeit für diesen jungen Mann erfüllt, der offenbar ernstlich bemüht war, das Richtige zu tun.

»Wir schuften hier von früh bis spät und werden wirklich gebraucht. Die Zustände in den Spitälern sind so grauenvoll, dass ich sie nicht in Worte zu fassen vermag, und die Arbeit ist erschöpfend. Ich sehne mich nach nichts mehr als nach einer ruhigen Nacht in einem richtigen Bett, weiß aber nicht, wovon ich in London leben soll. Ich danke Dir aufrichtig für das Geld, aber es widerstrebt mir, von wohlhabenden Freunden abhängig zu sein. Wenn sich in London eine geeignete Position finden ließe, würde ich diese Chance sofort ergreifen.«

Vanessa fragte Gerald, ob er Verwendung für einen talentierten jungen Lektor habe, und bat Maynard, seine Kontakte im Ministerium spielen zu lassen. Maynard jedoch warnte sie: »Es wird früher oder später zu einer allgemeinen Wehrpflicht kommen. Als unverheirateter Mann wird Bunny einer der Ersten sein, der eingezogen wird, wenn er sich bis dahin nicht freiwillig gemeldet hat.«

Tatsächlich hatte sich der Druck auf Männer zwischen achtzehn und vierzig Jahren mit dem Derby-Programm noch einmal beträchtlich erhöht. Am 11. Oktober war der Earl of Derby zum Generaldirektor für Rekrutierung ernannt worden und hatte nur wenige Tage später ein Programm vorgelegt, das alle kriegsfähigen Männer dazu aufrief, sich entweder sofort freiwillig zum Kriegsdienst zu melden oder eine schriftliche Erklärung abzugeben, dass sie für den Dienst an der Waffe bereitstanden. Mit erfolgter Erklärung erhielten die Männer eine Armbinde, die sie als kriegswillig auszeichnete – all jenen, die sich nach wie vor weigerten, schlug gesellschaftliche Ächtung entgegen. Der Kriegsdienst wurde zur moralischen Verpflichtung – nach Maynards Auffassung die letzte Vorstufe zur gesetzlichen Wehrpflicht, gegen die er sich jedoch genauso zu stemmen behauptete wie seine Freunde.

Für Duncan, Clive und Lytton stand fest, dass sie lieber nackt durch die Straßen laufen würden, als eine Derby-Armbinde zu tragen. Wie Bunny dem gesellschaftlichen Druck standhalten würde, wenn er für Duncan das aufgab, was er ganz offensichtlich für eine ehrenvolle Aufgabe hielt, wusste Vanessa nicht. Wichtig war nur, dass er in Duncans Nähe bliebe, für alles andere war Vanessa fest entschlossen, eine Lösung zu finden.

37. Kapitel

Asheham House, 6. Januar 1916

»Es wird Zeit für unseren Spaziergang.«

»O bitte, Leonard, es sind nur noch wenige Zeilen, lass mich den Brief noch fertig schreiben.«

»Du hast bereits zwei ganze Bögen gefüllt. Und horch …« Leonard legte einen Finger ans Ohr und lauschte dem entfernten Glockengeläut, das der Wind aus Rodmell herübertrug. »Es ist zwölf Uhr.«

Seufzend legte Virginia ihre Schreibfeder beiseite. »Du bist ein schrecklicher Pedant, und eines Tages werde ich mich gegen deine Tyrannenherrschaft auflehnen.« Sie erhob sich, drückte eine Hand ins Kreuz und stöhnte. »Dazu muss ich allerdings erst diese überflüssigen Pfunde loswerden. So bin ich kaum in der Lage, eine Hand zu heben, ohne dass es irgendwo schmerzt.«

Leonard schmunzelte. »Siehst du, wie recht ich habe. Körperliche Ertüchtigung tut dringend not.«

Virginia hob warnend ihren Zeigefinger. »Du schaufelst dir dein eigenes Grab. Der Tag des Aufstandes wird nur umso schneller kommen, und ich warne dich – meine Rache wird fürchterlich sein.« Sie streckte sich und küsste Leonard auf die Nasenspitze. Dann wandte sie sich Vanessa zu, die mit Quentin am Tisch über ein Buch gebeugt saß und ihn Wörter buchstabieren ließ. »Erst hat er mich gemästet, und jetzt scheucht er mich jeden Tag die Downs hinauf, damit ich die mühsam angefutterten Pfunde wieder verliere. Was ist davon zu halten?«

Vanessa klappte das Buch zu und entließ Quentin mit den Worten: »Das kann Tante Ginny morgen nochmal mit dir üben. Jetzt geh spielen.« Zu Virginia sagte sie: »Wenn ich dich so ansehe, kann ich nur sagen: Der Mann verfügt über magische Kräfte. Solltest du je einen Aufstand gegen ihn planen, würde ich in seiner Verteidigungsarmee anheuern.«

»Grundgütiger«, rief Virginia und warf die Arme hoch. »Und ich dachte, wir seien alle Pazifisten!«

»Entspricht leider nicht dem Zeitgeist«, sagte Leonard und setzte seinen Hut auf. Über dem Arm trug er Virginias Mantel, in den er ihr jetzt hineinhalf.

»Ich komme mit«, sagte Vanessa. »Vorausgesetzt, euer Zeitplan erlaubt es mir, rasch meinen Mantel zu holen.«

Vanessa war am Neujahrstag mit den Kindern nach Asheham gekommen und konnte über den disziplinierten und gleichförmigen Tagesablauf der Woolfs nur staunen. Bereits im August hatte sich Virginias Gesundheitszustand so weit gebessert, dass Leonard sie im Rollstuhl spazieren führen konnte und Vanessa ihr schreiben durfte. Bei einem Besuch in Asheham im September hatte Vanessa die Schwester jedoch kaum wiedererkannt, so sehr war sie zu dem Zeitpunkt noch von der Krankheit gezeichnet. Sie hatte beinahe zwanzig Kilogramm zugenommen, und die Medikamente schienen ihren Verstand ermüdet zu haben. Nun aber sah es ganz danach aus, als sei der brillante Geist Virginias zu neuem Leben erwacht, und es gab gute Gründe zu hoffen, dass er auch in Zukunft wach und rege bliebe. Die Zeiten indes, in denen Virginia lesen oder schreiben durfte, waren knapp bemessen, und sowohl am Vor- als auch am Nachmittag standen Spaziergänge auf dem Plan, von denen weder Schnee noch Sturm noch Eiseskälte die beiden abhalten konnte. Nach dem Mittagessen musste Virginia mindestens eine Stunde ruhen und durfte während dieser Zeit kein Buch in die Hand nehmen. Am Abend ging sie um halb elf zu Bett, ganz gleich, ob sie müde war oder nicht.

Vanessa erinnerte sich nur allzu gut, wie mühevoll es in Zeiten ihres Zusammenlebens mit Virginia gewesen war, die Schwester in den Phasen ihrer Rekonvaleszenz vor Aufregung und Ermüdung zu bewahren. Leonard erfüllte diese Aufgabe mit einer unerbittlichen Strenge, die Vanessa manchmal absurd, bisweilen sogar grausam erschien, aber – und das war das Entscheidende – die ihr auferlegte Ruhe und Regelmäßigkeit taten Virginia wohl. »Ich trage wieder ein Korsett«, hatte sie am ersten Abend scherzhaft gesagt, als Vanessa sich wunderte, dass sie mitten in einem lebhaften Gespräch aufstand, um zu Bett zu gehen. »Es macht mich nicht sonderlich attraktiv, aber es hält mich zusammen.«

»Einen nochmaligen Zusammenbruch würde sie nicht überleben«, sagte Leonard, nachdem Virginia gegangen war.

»Ich hoffe, dass deine Strenge sie nicht irgendwann gegen dich aufbringt.«

»Gut möglich, dass das passiert. Aber das Risiko gehe ich gerne ein, solange sie nur gesund bleibt.«

»Du hast sehr viel auf dich genommen. Sie schuldet dir ewige Treue und Dankbarkeit.«

»Sie schuldet mir gar nichts. Ich liebe sie.« Leonard beugte sich vor, um Grizzle, dem Nachfolger von Hans, dem Spaniel, den Nacken zu kraulen. Der hatte beinahe zeitgleich mit Virginias Absturz in die Krankheit das Zeitliche gesegnet.

Nach einer Weile blickte Leonard auf und sagte leise: »Virginia ist jedes Opfer wert.«

»Ich weiß genau, was du meinst«, hatte Vanessa gesagt und mit der Hand über eine Kommode gestrichen, die Duncan vor langer Zeit bunt angemalt hatte.

Es war ein klarer, sonniger Tag, und durch das Tal der Ouse pfiff ein eisiger Ostwind. Sie marschierten strammen Schrittes in Richtung des kleinen Bahnhofs von Glynde, wo Leonard eine Zeitung zu erstehen hoffte. Zeitungen waren in Asheham ein seltener Luxus, besonders im Winter. Vanessa vermisste sie nicht, Leonard jedoch wurde nervös, wenn er zwei Tage nicht wusste, was in der Welt geschah.

Der Bahnwärter winkte ihnen bereits mit dem *Daily Mirror* zu, als sie sich seinem kleinen Häuschen an den Gleisen näherten. Er war eine verlässliche Quelle, wenn es darum ging, eines der wenigen Exemplare zu sichern, das den Weg in diese abgeschiedene Ecke von Sussex schaffte.

»Nur der *Mirror*?«, fragte Leonard, als er das Blatt entgegennahm und dem buckligen Mann eine Münze in die Hand drückte.

»Nichts anderes gekommen. Steht alles drin. Die Wehrpflicht wird Gesetz. Jetzt müssen auch die Drückeberger ran.« Der Bucklige kicherte und ließ die Münze in der Tasche verschwinden.

»Einen schönen Tag noch«, sagte Leonard höflich wie immer, die Miene jedoch versteinert.

Als sie außer Sichtweite des Mannes waren, schlug Leonard das Blatt auf.

»Es stimmt, hier steht es.« Er tippte auf eine große Schlagzeile auf Seite drei des Blattes. »Asquith nennt es ›eingeschränkte Wehrpflicht‹.«

»Und wer ist ausgenommen?«, fragte Vanessa.

Leonard überflog den Artikel. »Eingezogen werden alle ledigen Männer zwischen achtzehn und vierzig Jahren. Ihnen wird eine Frist gewährt, sich dem Freiwilligenprogramm noch anzuschließen – zur Gesichtswahrung wohl.« Mit grimmiger Miene faltete er die Zeitung zusammen und steckte sie in die Manteltasche.

Virginia schob ihren Arm in Vanessas Armbeuge, und Vanessa blinzelte in die Sonne. »Was sollte das für einen Unterschied machen?«, fragte sie tonlos. »Ob du nun freiwillig den Kopf in die Schlinge steckst oder gezwungen wirst – das Ergebnis bleibt dasselbe.«

Gordon Square, 10. Januar 1916

»Sie sagen, sie wollen Deutschland vernichten, aber sie wollen die Arbeiterklasse vernichten! Sie behaupten, sie wollen Europa befreien, aber sie wollen England versklaven!«

Vanessa hatte Lytton selten so aufgebracht erlebt. Mit energischen Schritten durchmaß er den Salon, wo sich die Freunde um das lodernde Kaminfeuer versammelt hatten, und las ihnen eines seiner Flugblätter vor, die er für eine Anti-Wehrpflicht-Kampagne verfasst hatte. Lytton hatte sich dem *No Conscription Fellowship* angeschlossen und bis zur Verkündung des Gesetzes mit flammenden Reden und pointiert formulierten Flugblättern für das Recht auf Kriegsdienstverweigerung gestritten. Nun, da die allgemeine Wehrpflicht beschlossen war, erfüllte ihn nur noch Wut.

Sie waren alle da: Clive, Duncan, Saxon, Lytton, Maynard und sogar Bunny, der seine Arbeit bei der *Mission Anglaise* aufgegeben hatte. Die sehnsüchtigen Briefe Duncans, Vanessas Bitten, er möge nach London zurückkehren, und vor allem das grauenvolle Leiden der Kriegsversehrten, dem er tagtäglich ausgesetzt gewesen war, hatten seine Heldenhaftigkeit zermürbt und seinen Entschluss gefestigt, wie Duncan und Lytton den Dienst an der Waffe aus Gewissensgründen zu verweigern. Nun wohnte er zusammen mit Duncan in dessen Studio am Fitzroy Square und hoffte auf eine Anstellung am Institut Pasteur in Paris, um die er sich beworben hatte. Diese Hoffnung wurde nun durch das neue Gesetz zunichtegemacht, ebenso wie Duncans Pläne, an einer weiteren Inszenierung von Jacques Copeau am Théâtre du Vieux-Colombier in Paris mitzuwirken. Und wie immer, wenn Krisen ihr Leben erschütterten, rückten die Freunde enger zusammen und besprachen, was zu tun war.

»Das Gesetz ist beschlossen, Lytton«, sagte Maynard mit müder Stimme. »Du kannst noch so viele Flugblätter verfassen, sie werden nichts bewirken.«

Lytton vollführte eine Drehung auf dem Absatz und zeigte anklagend auf Maynard. »Und was hast du getan, um es zu verhindern?«

»Sei nicht ungerecht«, sagte Duncan. »Maynard hat doch keinen Einfluss auf Entscheidungen des Parlaments.«

»Natürlich hat er! Er berechnet für die Regierung den billigsten Weg, möglichst viele Deutsche zu töten. Genauso kann er ihr vorrechnen, was es unser Land kosten wird, wenn es seine Zukunft als Kanonenfutter verpulvert!«

»Er könnte zurücktreten«, pflichtete Clive bei und sah Maynard herausfordernd an. »Hattest du das nicht sogar vor, wenn es zur Wehrpflicht kommt?«

»Nein«, sagte Maynard. »Weil es niemandem hilft.«

»Du hilfst dir nur selbst«, knurrte Lytton und ließ sich in einen Sessel fallen.

»Du bist nicht fair«, sagte Vanessa. »Maynard unterstützt, wo er kann.« Von Duncan wusste sie, dass Maynard ihm immer unter die Arme griff, wenn in seinem Geldbeutel Ebbe herrschte, was häufig der Fall war. Sogar in ihren eigenen Geldangelegenheiten hatte sie sich schon an den Freund gewandt. Auch wenn sie wie Lytton der

Meinung war, dass Maynards Aufgabe im Finanzministerium sich nicht mit ihren persönlichen Werten deckte, so wusste sie doch, dass im Falle der Not auf ihn immer Verlass war.

Maynard zündete sich eine Zigarre an und paffte zierliche Rauchkringel in die Luft. Es war bewundernswert, wie er dem Druck standhielt, dem er von allen Seiten ausgesetzt war. »Anstatt mich anzugreifen, solltet ihr lieber überlegen, wie ihr einer Gefängnisstrafe entgehen könnt.«

»*Ich* gehe für meine Überzeugung auch ins Gefängnis«, behauptete Lytton und wedelte mit seinem Flugblatt.

Maynard lachte. »Dich möchte ich sehen, wenn du anstatt in Ottolines Seidenkissen auf einer schmalen Pritsche schlafen musst.«

»Neben stinkenden, furzenden Serienmördern«, ergänzte Clive.

Saxon rührte sich zum ersten Mal an diesem Abend aus seiner bleichen Starre. Er war nur noch ein seltener Gast am Gordon Square, aus seinen Briefen jedoch sprach seit geraumer Weile eine düstere Melancholie, die sich nach einer unglücklichen Liebesbeziehung im vergangenen Jahr nur noch vertieft hatte. »Vergiss nicht, einen Strick mit ins Gefängnis zu schmuggeln. Dann kannst du dich wenigstens noch aufhängen.«

Lytton zog den Kopf zwischen die Schultern, als spüre er schon jetzt die Schlinge um seinen Hals. »Nur mit dir zusammen«, knurrte er.

»Hört auf damit!«, ließ sich nun Bunny vernehmen. Er saß neben Duncan, der einen Arm um ihn gelegt hatte und mit glasigem Blick auf seine Fußspitzen starrte. Die Pläne, gemeinsam mit Bunny nach Paris zu gehen, hatten ihn mit großer Euphorie erfüllt. Er hatte Vanessa sogar gebeten, ihn und Bunny zu begleiten und dort mit ihnen zusammenzuleben. »Du bist genauso wichtig für mich wie Bunny«, hatte er gesagt. »Ich hätte nie geglaubt, dass es möglich ist, zwei Menschen zu lieben. Ich kann auf keinen von euch beiden verzichten.« Jetzt hob er den Blick und blinzelte, als habe er für einen Moment die Orientierung verloren. »Welche Optionen haben wir?«, fragte er.

»Du kennst doch wohl die Gesetzeslage«, schimpfte Lytton. »Oder hat dir Bunny so sehr die Sinne vernebelt, dass das nicht zu dir durchgedrungen ist?«

Maynard stand auf. »Wenn du mit deinen Sticheleien und Bösartigkeiten fertig bist, sagst du bitte Bescheid. Dann komme ich wieder.« Er machte Anstalten, den Raum zu verlassen.

»Maynard, bitte bleib!«, rief Vanessa, und Duncan hielt ihn fest.

»Was sollen wir tun?«, fragte Duncan und sah den Freund mit flehendem Blick an.

Maynard sah von Duncan zu Lytton und schließlich zu Vanessa. »Ihr könnt auf Befreiung vom Kriegsdienst aus Gewissensgründen plädieren. Die Chancen stehen allerdings schlecht, es sei denn, ihr seid Quäker.«

Lytton schnaubte durch die Nase. »Davon haben wir nur einen, und der ist ohnehin zu alt.« Vanessa runzelte die Stirn, und Lytton tat, als tippe er sich entschuldigend an die Hutkrempe.

»Müsst ihr vielleicht eine pflegebedürftige Person versorgen? Eine Tochter, einen Sohn, eine Ehefrau? Für Leonard kommt das in Frage, wenn die Wehrpflicht auf verheiratete Männer ausgedehnt werden sollte.«

»Steht das zu befürchten?«, fragte Clive erschrocken.

»Das kommt darauf an, wie lange der Krieg noch dauert.« Maynard baute sich vor Lytton auf. »Für dich ist die Sache einfach: Du bist zu kränklich für den Schützengraben. Du solltest auf Befreiung wegen körperlicher Untauglichkeit plädieren.«

»Ich und kränklich?« Lytton fuhr aus seinem Sessel hoch. »Ich werde vor dieses Tribunal treten und eine leidenschaftliche Rede für den Frieden halten. Von wegen untauglich! Ich verweigere mich dem Militarismus und werde für meine Überzeugungen kämpfen!«

»Nun …« Maynards Mundwinkel zuckten. »Halte es, wie du willst. Ich denke jedoch, du eignest dich nicht zum Märtyrer.«

Lytton zog eine Grimasse und ließ sich wieder in seinen Sessel fallen. »Nein«, sagte er. »Das Wort allein ist schon entsetzlich.«

Maynard wandte sich Duncan und Bunny zu. »Für euch kommt nichts von alldem infrage.«

»Natürlich nicht«, sagte Duncan trübselig.

Bunny verschränkte die Arme. »Ich gehe nicht ins Gefängnis.«

»Es gibt noch eine weitere Option.« Maynard ließ sich neben den beiden auf dem Sofa nieder. »Die Beschäftigung in Berufen, die von unverzichtbarer, nationaler Bedeutung sind.«

»O ja«, brummte Duncan. »Wie unverzichtbar meine Bilder sind, sehe ich an meinem Geldbeutel.«

»In diese Kategorie fällt Maynard«, merkte Lytton an. »Er ist die unverzichtbare Rechenmaschine des Krieges. Vielleicht möchte er dir eine Position als persönlicher Handlanger im Kriegsministerium anbieten?«

Maynard tat, als hätte er die Bemerkung nicht gehört. »Feldarbeit«, sagte er. »Land bewirtschaften. Ernte einfahren, die Lebensmittelversorgung der Bevölkerung sicherstellen. Das ist von höchster nationaler Bedeutung.«

Bunny stieß Duncan in die Seite, um ihn aus seiner Lethargie zu reißen. »Das gefällt mir. Den ganzen Tag draußen sein. Körperliche Arbeit, die Sinn macht. Das machen wir!«

Duncan nickte nur müde. »Und? Hast du einen Hof? Ländereien?«

»Nein«, sagte Bunny und seufzte.

Vanessa hatte dem Gespräch gebannt gelauscht. Jetzt stand sie auf und ging zu den dreien hinüber. Sie hockte sich vor Duncan und Bunny hin und legte jedem von ihnen eine Hand aufs Bein. »Den Hof finden wir. Und die passende Arbeit dazu auch. Träumen wir nicht schon lange von einem Leben auf dem Land?«

Duncan sah Bunny an und Bunny Vanessa. Schließlich drehte Vanessa sich zu Clive um, der abwehrend die Hände hob. »Da mache ich nicht mit«, sagte er. »Aber ich wünsche euch viel Spaß dabei.«

»Da sieh einer an.« Lytton lachte leise glucksend vor sich hin. »Eine Ménage-à-trois – welch herrlicher Skandal. Diese entzückende Entwicklung könnte mich doch glatt noch mit der Wehrpflicht versöhnen.«

An
Vanessa Bell
46, Gordon Square
Bloomsbury, London

Asheham House, Rodmell,
15. Mai 1916

Mein geliebter Delfin,
ich muss Dir schnell schreiben, bevor Leonard mit meinem Glas Milch kommt und mich zu Bett schickt. Heute auf unserem Spaziergang haben wir ein kleines Paradies entdeckt. Es liegt versteckt hinter Bäumen, besteht aus Stein, Ziegeln und einem verwunschenen Garten mit einem Teich voller Seerosen. Es nennt sich Charleston House, gehört einem gewissen Mr Stacey und ist unbewohnt. Dafür aber scheint es in einem ausgezeichneten Zustand zu sein. Hätten wir nicht Asheham House, würde ich es sofort mieten. Was muss ich tun, um Dich herzulocken und es anzusehen? Es ist nur ein einfaches Haus mit Garten ohne Land, aber ich hätte Dich so

gern in meiner Nähe, auch wenn Dein schlechter Einfluss wahrscheinlich Leonards Pflegeprogramm untergraben würde. Ich verrate ihm vorsorglich nicht, dass ich dieses Juwel bei Dir anpreise, aber bitte, bitte komm und miete es! Hier kommt er schon mit meiner Milch, ich muss mich sputen, das Bett wartet, küss mich,

Deine Ziege

West Firle, Sussex, August 1916

Das Farmhaus lag am Ende eines langen Feldweges, direkt am Fuß des Firle Beacon, einem der letzten Hügel in den Ausläufern der South Downs. Vanessa lehnte das Fahrrad an eine der Ulmen, die das Grundstück gegen den Westwind abschirmten. Von Asheham waren es nur vier Meilen bis hierher. Sie hatte sich Virginias Fahrrad ausgeliehen, um das Haus und das Grundstück, von dem die Schwester schon so lange schwärmte, in Augenschein zu nehmen, bevor sie nach Firle zu dem wichtigen Gespräch weiterfuhr, welches der eigentliche Grund ihres Hierseins war.

Der Krieg auf dem Kontinent tobte mit unverminderter Brutalität weiter, und es gab keinerlei Anzeichen, dass er bald enden würde. Das Heer der freiwilligen und zwangsverpflichteten jungen Männer schmolz dahin, Tausende starben oder kamen verstört und verstümmelt aus den Kampfgebieten zurück. Inzwischen wurden nicht mehr nur ledige Männer zum Dienst an der Waffe eingezogen, die Wehrpflicht war auf alle Männer zwischen achtzehn und vierzig Jahren ausgeweitet worden, und sogar Leonard hatte sich einer Musterung unterziehen müssen. Im Angesicht seines ausgeprägten Tremors und Virginias nach wie vor fragilen Zustands hatte das zur Beurteilung seines Falles eingesetzte Tribunal ein Einsehen. Auch Lytton war nach einem gerichtlichen Prozess aufgrund einer diagnostizierten Herzschwäche freigestellt worden und lebte nun, zusammen mit zahllosen Künstlern, Literaten und Clive, in Garsington Manor. Dort beschäftigte Ottolines Ehemann, Philip Morrell, sie als Arbeitskräfte für die Bewirtschaftung seiner Ländereien. Die Anzahl der Partys in Garsington übertraf die landwirtschaftlichen Erträge des Gutes bei Weitem, was jedoch niemanden sonderlich zu stören schien. Philips politischer Einfluss war ein nützliches Schutzschild, hinter dem sich Bloomsburys Pazifisten bequem verstecken konnten.

Anders erging es Duncan und Bunny, auch wenn sich wie durch ein Wunder für die beiden zunächst eine Lösung gefunden hatte. Im März war eine Großtante Duncans verstorben, die Duncans Vater Wisset Lodge, einen kleinen Gutshof in Suffolk, vererbt hatte, welcher schon seit vielen Jahren nicht mehr bewirtschaftet wurde. Nach einer eingehenden Besichtigung waren Bunny und Duncan übereingekommen, dass die Obstbäume eine reichhaltige Ernte versprachen, sofern sie umgehend getrimmt würden, und dass mit ein paar frei laufenden Hühnern und zügig in die Erde zu bringenden Setzlingen ein ordentlicher Beitrag zur Ernährung der britischen Bevölkerung zu leisten wäre. Duncan war es mit Unterstützung seiner Mutter gelungen, Major Grant von diesem Plan zu überzeugen, auch wenn der dem Pazifismus seines Sohnes wenig abgewinnen konnte. So hatten die beiden im April begonnen, das überwucherte Grundstück von Unkraut zu befreien und den verdreckten Hühnerstall zu säubern. Duncan schwatzte einem benachbarten Bauern ein paar Hühner ab, und Bunny las unzählige Bücher über den Beschnitt von Obstbäumen. Das Wohnhaus war in einem beinah ebenso desolaten Zustand wie das Grundstück, das jedoch hielt Vanessa nicht davon ab, den beiden Männern nach Suffolk zu folgen und mit viel Stoff und Farbe die kalten, heruntergekommenen Räume in ein gemütliches Nest zu verwandeln. Leider begegneten die umgebenden Bauern dem Neuzugang aus der Stadt mit erheblichem Misstrauen, wozu vermutlich auch die Tatsache beitrug, dass Duncan das Gefieder der Hühner in den Farben der britischen Nationalflagge angestrichen hatte, um sie von denen des Nachbarn unterscheiden zu können.

Im Mai fand das gefürchtete Tribunal statt, das die pazifistische Gesinnung der beiden jungen Männer ebenso unter die Lupe nahm wie ihre Bemühungen, einen wichtigen Beitrag zur Lebensmittelversorgung der Nation zu leisten. Adrian trat als ihr Anwalt auf und verteidigte sie mit Verve, doch das Tribunal, das sich aus einem Vertreter der Armee und sturköpfigen Suffolk-Bauern zusammensetzte, witterte hinter ihren Versuchen, mit ein paar misshandelten Hühnern und falsch beschnittenen Obstbäumen Lebensmittel zu erzeugen, ein verachtenswertes Drückebergertum. Adrian erstritt jedoch eine erneute Anhörung, bei der Maynard seinen beträchtlichen Einfluss spielen ließ. Es war allein ihm zu verdanken, dass Duncan und Bunny noch nicht, wie so viele andere Wehrdienstverweigerer, von der Polizei abgeholt und ins Gefängnis gesteckt worden waren. Man gewährte ihnen eine Frist bis Ende August, innerhalb derer sie eine Anstellung bei einem Bauern finden mussten, der sie mindestens acht Stunden täglich beschäftigen konnte.

Diesen Bauern zu finden, hatte sich Vanessa zum Ziel gesetzt. Die Monate des Zusammenlebens mit Duncan und Bunny in den spartanischen Verhältnissen von Wisset Lodge waren nicht einfach gewesen, aber sie konnte sich mittlerweile kaum noch vorstellen, zu ihrem alten Leben nach London zurückzukehren. Sie vermisste weder Teegesellschaften noch Theateraufführungen, weder Omega noch das lebhafte Treiben in den Straßen der Stadt. Was sie liebte, war die Ruhe am Morgen nach dem Aufwachen, das Zwitschern der Vögel, das aufgeregte Gackern der Hühner, wenn sie ein

Ei gelegt hatten – und Duncan. Auch wenn er in den vergangenen Monaten nicht ein einziges Mal ihr Bett geteilt hatte, so war sie doch beständig in seiner Nähe, konnte ihn ansehen, ihn berühren und seine Freude darüber teilen, dass die Hühner schöne, große Eier legten, aus den Setzlingen saftige Salatköpfe wurden und die Blüten an den Obstbäumen zu prallen Früchten heranwuchsen. Allein die Angst, dass eines Tages die Polizei vor der Tür stehen und dieses Glück zerstören könnte, bereitete ihr schlaflose Nächte.

Als Maynard sie davon unterrichtet hatte, dass eine Anstellung in einem Farmbetrieb die drohende Gefängnisstrafe endgültig abwenden könnte, war sie sofort nach Lewes aufgebrochen und hatte auf dem Markt von einem Bauern gehört, der eventuell Verwendung für zwei kräftige, junge Männer finden könnte. Bevor sie diesen Mr Hecks jedoch aufsuchte, wollte sie sehen, ob das Farmhaus, das Virginia im Mai entdeckt hatte, tatsächlich so paradiesisch war, wie die Schwester behauptete.

Vanessa wanderte an der niedrigen Gartenmauer entlang, an einem kleinen Gartentor vorbei zur Nordseite des Hauses. Es war ein einfaches, zweistöckiges Gebäude mit kleinen Fenstern und einem angrenzenden Hühnerstall. Der Putz bröckelte an einigen Stellen, und Efeu wucherte an der Hauswand bis zum Dach hinauf. Eine schmale Seitentür war vor nicht allzu langer Zeit in hellem Blau gestrichen worden, ansonsten fügte das Gebäude sich grau und unscheinbar in die stille, unaufgeregte Umgebung ein und schien sich vollkommen selbst zu genügen.

Vanessa drückte probehalber die Türklinke nieder, aber sie war fest verschlossen. Das kleine Gartentor hingegen ließ sich öffnen, und Vanessa tat ein paar Schritte auf das Grundstück. Von hier aus konnte sie hinter ein paar Weiden und Sträuchern den Gartenteich sehen, von dem Virginia berichtet hatte. Er war groß, fast ein kleiner See, und an seinem Ufer lag ein verwittertes Ruderboot. Sie wanderte bis ans Ende des verwilderten Gartens, der am hinteren Ende von einer hohen Mauer begrenzt wurde. Durch einen Torbogen gelangte sie auf eine Obstwiese, von der aus sie auf ein großes, von Ulmen umstandenes Feld gelangte. Zwei eisernen Pfosten nach zu urteilen, musste dies einmal ein Tennisplatz gewesen sein, jetzt stand hier das Gras kniehoch, und in den unzähligen Blumen summten die Insekten. Der leichte Westwind raschelte in den Wipfeln der Ulmen, Vögel zwitscherten, und in der Ferne war das Meckern von Schafen zu hören. Sonst nichts.

Vanessa kehrte zum Haus zurück. Aus dieser Perspektive wirkte es deutlich einladender, als es sich von außen erahnen ließ. Sie warf einen Blick durch eines der großen Fenster ins Innere. Ein großzügiger Raum lag dahinter, groß genug für ein gemeinsames Atelier für sie und Duncan. Der Raum darüber war vermutlich ähnlich geschnitten. Sie trat ein paar Schritte zurück und schätzte die Breite des Hauses ab. Es böte mehr als ausreichend Platz für sie, die Kinder, Duncan, Bunny und ein paar Gäste. Auf den ersten Blick machte dieses alte Bauernhaus nicht viel her, im Vergleich zu Asheham wirkte es sogar fast ein wenig schäbig, aber es strahlte Verlässlichkeit aus, eine ruhevolle Gastlichkeit, die, so dachte Vanessa, perfekt zu dem unkonventionellen Leben passte, das zu führen sie sich anschickte.

Mr Hecks spannte gerade mithilfe eines jungen Burschen einen Ochsen vor den Pflug, als Vanessa auf seinem Hof eintraf. Der Junge, der nicht viel älter als Julian sein konnte, versuchte, einen Riemen an dem Gespann zu befestigen, was ihm nicht gelingen wollte. Vermutlich fehlte ihm einfach die Körperkraft. »Du bist dümmer als der Ochs«, schimpfte Mr Hecks und stieß ihn beiseite.

»Guten Tag, Mr Hecks«, sagte Vanessa und trat näher. »Ich sollte heute bei Ihnen wegen zwei junger Männer vorsprechen, die eine Anstellung als Landarbeiter suchen.«

Mr Hecks richtete sich auf, und aus seinem wettergegerbten Gesicht blitzten zwei helle, blaue Augen. »Sie schickt der Himmel«, sagte er.

»Nein, es war der Gemüsehändler auf dem Markt.«

»Und wo sind sie, die beiden?«, fragte er und blickte an ihr vorbei zu ihrem Fahrrad.

»Noch arbeiten sie auf einem Hof in Suffolk, aber wenn Sie sie brauchen können …«

»Einen kann ich gebrauchen. Einen, der anpacken kann.«

»Es sind zwei.«

»Ich brauche nur einen.«

»Dann tut es mir leid. Beide oder gar keiner.« Vanessa lächelte bedauernd und wollte sich abwenden.

»Warten Sie!«, rief Mr Hecks. »Wie alt sind die beiden?«

»Dreiundzwanzig und neunundzwanzig.« Vanessa blickte zu dem Jungen hinüber, der sie misstrauisch beobachtete. Sie zögerte. Dann sah sie Mr Hecks direkt in die Augen und sagte: »Sie sind Pazifisten. Wenn sie keine Anstellung finden, müssen sie ins Gefängnis.«

Mr Hecks verengte die Augen, und Vanessa fürchtete schon, er würde sie davonjagen, aber er nickte. »Eine Schande, wie die jungen Leute da drüben niedergemetzelt werden.« Er schwieg kurz, kratzte sich am Kopf und sagte dann: »Ich zahle jedem von ihnen zwölf Shilling pro Woche. Samstags arbeiten sie nur einen halben Tag. Den einen brauche ich sofort, der andere kann im Oktober zur Ernte anfangen.«

Vanessa wäre dem Bauern am liebsten um den Hals gefallen, aber sie dankte nur höflich und versprach, Bunny baldmöglichst zu schicken.

Auf dem Weg zurück nach Asheham sang sie mit den Vögeln um die Wette. Manche Tage standen einfach unter einem guten Stern.

An
Roger Fry
Durbins House
Guildford

Charleston Farmhouse, West Firle,
16. Dezember 1916

Mein lieber Roger,
es ist neun Uhr. Wir haben um sieben gefrühstückt, und Bunny und Duncan sind wie jeden Tag um halb acht zur Arbeit aufgebrochen. Sie arbeiten bis fünf, und mittags kommen sie zum Essen für eine halbe Stunde nach Hause.

Ich verbringe die meiste Zeit allein hier im Haus, zusammen mit den Kindern und einem Mädchen, das mir bei der Hausarbeit zur Hand geht. Sie ist vierzehn Jahre alt, also kaum älter als Julian und einfältig wie ein Pinsel. Die meisten würden dieses Leben als schrecklich einsam und hart empfinden – für mich ist es genau richtig so. Es ist ein gutes Leben für die Malerei.

Du musst mich unbedingt besuchen kommen. Ich hoffe, Du kommst, auch wenn Duncan hier ist. Du könntest ganze acht Stunden allein mit mir verbringen, wir könnten zusammen malen und stundenlang reden, was meinst Du? Es ist so wundervoll hier, ich möchte es Dir so gerne zeigen.

Bitte schreib,
Deine V.

Vermutlich würde Roger nicht kommen, aber ganz gleich, wie deutlich er ihr zeigen mochte, dass er, anders als Clive, ihre Liebe zu Duncan nicht akzeptierte – sie wollte ihm das Gefühl geben, dass er in ihrem Leben immer noch eine wichtige Rolle spielte.

Ihr Leben – das war nun ein täglicher, mühsamer Kampf um ausreichend Lebensmittel, um Holz für die Kamine, um Wasser für Küche oder Bad, das aus einem Brunnen eine Viertelmeile vom Haus entfernt geschöpft werden musste, und um ein friedliches Miteinander, was oft die größte Herausforderung darstellte.

Nachdem Vanessa beschlossen hatte, Charleston Farmhouse zu mieten, hatten sie und Clive das Haus am Gordon Square an Maynard abgetreten, der dort nun zusammen mit Harry Norton und Noël Sheppard lebte. Clive war mit diesem Arrangement nur unter der Bedingung einverstanden, dass er dort ebenfalls noch willkommen wäre, wenn er in London weilte. Im Gegenzug hatte Vanessa für Maynard und Clive eigene Zimmer im Obergeschoss von Charleston eingerichtet. Während der Zeit des Umzugs waren die Kinder in London geblieben und hatten dort ihr Schuljahr beendet. Jetzt lebten sie mit ihr, Duncan und Bunny in Charleston und tobten den ganzen Tag durch Haus und Garten, ohne festen Tagesablauf, dafür mit einer unerschöpflichen Energie, die Vanessa manchmal zur Verzweiflung trieb. Sie hatte begonnen, sie selbst zu unterrichten, aber dazu fehlte ihr oft die Zeit, und ihr Wissen war zu begrenzt, um den beiden Jungen wirklich etwas beibringen zu können. Eine Schule gab es weit und breit nicht, also würde sie versuchen müssen, eine Gouvernante zu finden oder sogar eine eigene kleine Schule zu gründen. Doch das waren Pläne für das kommende Jahr; vorerst galt es, den harten Winter zu überstehen und die vielen Räume in dem alten Bauernhaus bewohnbar zu machen.

Bei ihrem Einzug im Oktober war das Haus leer und kalt gewesen. Es gab weder fließendes Wasser noch Strom. Duncan und

Bunny hatten die ersten Nächte auf dem Fußboden schlafen müssen, und erst nach und nach waren Möbel aus London eingetroffen. Mit Duncans Hilfe hatte sie inzwischen die Räume im Erdgeschoss und die beiden großen Ostzimmer im Obergeschoss hellgrau gestrichen, hatte Bilder und Vorhänge aufgehängt, Betten und Teppiche gekauft und ihre alten Möbel, die noch aus ihrem Elternhaus stammten, aus London schicken lassen. Noch immer wirkte das Haus leer, aber zumindest die Zimmer der Kinder und der große Salon im Erdgeschoss waren behaglich und warm.

Einen Großteil des Tages brachte sie damit zu, Wasser aus dem Brunnen zu holen, Kaminholz zu hacken, die Kamine zu reinigen, die blakenden Petroleumlampen zu putzen und nachzufüllen und in Lewes auf dem Markt oder bei umliegenden Bauern Lebensmittel zu organisieren. Die waren inzwischen rationiert worden, und an manchen Tagen gab es außer Haferflocken, etwas Milch und Honig nichts zu essen. Zum Glück hatten sie ein paar Hühner, die fleißig Eier legten, und sowohl Maynard als auch Virginia schickten zuweilen große Pakete mit Butter, Schokolade und Schinken. Bunny sprach davon, im Sommer auf dem Feld hinter der Obstwiese Bienen zu züchten, und Vanessa plante, neben den Hühnern Kaninchen zu halten. Wenn der Krieg nicht endlich zu Ende ginge, könnte es überlebenswichtig werden, nicht allein auf Lebensmittelmarken angewiesen zu sein. Und der Krieg, so vermutete Vanessa, würde noch eine Weile andauern. Nun aber, da die Gefahr gebannt war, dass Duncan doch noch ins Gefängnis gesteckt würde, war ihr der Krieg gleichgültig geworden.

So hart und entbehrungsreich das Leben in Charleston auch war – es war ein gutes Leben, weil sie es mit dem Menschen teilen durfte, den sie, neben ihren Kindern, am meisten liebte, und sie würde alles dafür tun, dass das auch noch lange so bliebe.

38. Kapitel

Hogarth House, Richmond,
am Ende des Winters 1918

Heute war Vollmond. In Vollmondnächten konnte es Luftangriffe geben, und so schliefen Leonard und Virginia im Kellergeschoss. Sie trugen Matratzen und Bettzeug in den Keller, und Leonard richtete sein Lager auf dem Küchentisch ein, Virginia darunter. Nelly und Lottie, die beiden Hausangestellten, mit denen Virginia sich nun seit zwei Jahren herumschlagen musste, schliefen seit Monaten in unbequemen Kojen neben dem Herd, weil ihre Angst vor Luftangriffen weitaus größer war als das Bedürfnis nach einem weichen Bett. Dabei müsste selbst ihnen inzwischen klar geworden sein, dass die Angriffe nur in hellen Mondnächten kamen.

In diesen Nächten fand Virginia meist keinen Schlaf. Wenn alle anderen schliefen, zündete sie eine Kerze an und las in ihrem Manuskript, das sie stets in ihrer Nähe aufbewahrte. Im wenig wahrscheinlichen Falle eines Bombenangriffs auf Hogarth House würde es nur dann vernichtet werden, wenn auch sie selbst den Trümmern und Flammen zum Opfer fiele, und das konnte sie akzeptieren. Die Geschichte war auf einhunderttausend Wörter angewachsen und war mit Abstand das Wertvollste, was sie besaß, denn es legte Zeugnis ab über ihre vollständige geistige Genesung. Die Geschichte der Katherine Hilbery war ihr mit erstaunlicher Leichtigkeit aus der Feder geflossen, und nur selten hatte sie mit den selbstzerstörerischen Zweifeln kämpfen müssen, die ihren ersten Roman begleitet hatten. Es mochte daran liegen, dass Leonard ihr nie gestattet hatte, mehr als zwei Stunden am Tag daran zu arbeiten, und sie so nie mit diesem Gedankennebel kämpfen musste, der sich nach vielen Stunden Arbeit einstellte. Von Anfang an hatte er den Prozess der Entstehung mit Begeisterung und Zuspruch genährt, hatte jede geschriebene Seite gelesen, noch bevor sie ihrem eigenen Perfektionsanspruch hätte zum Opfer fallen können. So war Stück für Stück, beinahe geräuschlos, aus einem überraschenden Moment der Inspiration im Sommer vor zwei Jahren ein Roman geworden. Sogar einen Titel hatte sie bereits gefunden: *Nacht und Tag*.

Die Idee zu der Geschichte hatte sie während eines Besuchs bei Vanessa überfallen. Zu sehen, wie die älteste Tochter von Leslie Stephen inmitten qualmender Petroleumlampen, gackernder Hühner und Entendreck ihren beiden Söhnen die Tonleiter beibrachte, einen frisch geernteten Salatkopf aus dem verwilderten Garten von unzähligen Läusen befreite und nebenbei mit Duncan über den Wert abstrakter Kunst debattierte, hatte in Virginia das Bedürfnis geweckt, ihre Schwester zur Heldin eines Romans werden zu lassen. Natürlich hatte Katherine Hilbery äußerlich wenig mit Vanessa gemein, schließlich durfte die Kunst – ganz gleich, ob sie sich zwischen Buchdeckeln entfaltete oder auf einer Leinwand – kein bloßes Abbild der realen Welt sein. Über diesen Punkt war sie sich dank Roger inzwischen sehr klar geworden. Anders als *Die Fahrt hinaus* hatte Virginia diese Geschichte sorgfältig geplant und erzählte sie so, wie auch eine Jane Austen diese Geschichte vielleicht erzählt hätte: mit viel Ironie und wenig Introspektion. Die hatte sie zu fürchten gelernt. Dieses Hinabsteigen in die Tiefen ihres Bewusstseins, um die ihr innewohnenden Teufel ans Licht zu zerren, barg den Schrecken des Wahnsinns. Und dem war sie gerade erst entkommen. Die Geschichte der Katherine Hilbery war das, was Vanessa »malen nach der alten Art« nennen würde – nicht abstrakt, nicht verwegen, ganz und gar nicht experimentell. Sie war wie ein Mauerwerk, Stein auf Stein gesetzt, ohne jedes Risiko. Die Sätze, die Virginia jetzt beim Schein einer Kerze unter dem Küchentisch mit dem schnarchenden Leonard obenauf las, waren solide und hielten ihrer kritischen Prüfung stand. Und das machte sie glücklich.

Die Heldin, Katherine, entstammte, wie Vanessa, einer angesehenen viktorianischen Familie der oberen Mittelschicht und brach mit allen Konventionen, um mit dem Mann zu leben, den sie liebte. Vanessas schwierige emotionale Situation mit Bunny und Duncan spielte ebenso in die Geschichte hinein wie ihre rückhaltlose Bereitschaft, für das, was ihr wichtig war, jedes Opfer zu bringen – außer das ihrer persönlichen Freiheit. Das Leben, das Vanessa für sich entdeckt hatte, war so vollkommen unschicklich und außergewöhnlich, dass Virginia sie beinahe darum beneidete. Aber nur beinahe, denn auf den Luxus von fließendem Wasser und beheizbaren Räumen wollte sie nicht verzichten.

Leonard hatte wenig Verständnis für die chaotischen Lebensverhältnisse in Charleston und fand es höchst befremdlich, dass Vanessa jeglicher Zivilisation abgeschworen zu haben schien. Clive war sogar der Ansicht, Vanessa habe aufgehört, eine »anständige« Lady zu sein. Erstaunlich, dass er das jetzt erst feststellte. Immerhin – wenn Duncan und Vanessa nach Asheham zu Besuch kamen, trugen die beiden zumindest saubere Kleidung und waren gewaschen. In Charleston war das keine Selbstverständlichkeit mehr, denn für ein Bad mussten viele Kübel Wasser aus dem Brunnen herbeigeschleppt werden, und im Winter gefror das Wasser in den Waschbecken. Gegenseitige Besuche zwischen den Bewohnern Ashehams und Charlestons waren allerdings selten und fanden auch nur an Sonntagen statt, wenn Bunny nicht da war. Bunny verbrachte die Sonntage meist in London, was Duncan stets in tiefe Melancholie stürzte. Manchmal hatte Virginia den Verdacht, die sonntäglichen Besuche von Vanessa und Duncan in Asheham House dienten vorwiegend dem Zweck, Duncan von seinem Kummer abzulenken.

Lytton hatte seine eigene Theorie in dieser Frage. »Wochentags schläft Bunny mit Duncan, am Sonntag mit Alix, die ihrerseits wochentags mit meinem Bruder schläft.« Die Newnham-Studentin Alix Sargent-Florence war die große Liebe von James Strachey. Die junge Frau gehörte zu der neuen Generation von Frauen, die die Haare kurz trugen, sich nicht an einen Mann binden wollten und keinen Hehl aus ihrem freizügigen Sexleben machten.

»Vielleicht gelingt es dir, das ausnahmsweise für dich zu behalten?«, hatte Leonard Lytton gebeten, als er dieses pikante Detail bei einem Dinner in ein Gespräch über die Bedeutung des Wahlrechts für die Befreiung der Frau einfließen ließ. Lytton war der Meinung, dass die Aussicht auf die bevorstehende Einführung des Frauenwahlrechts die Töchter aus den Familien der oberen Mittelschicht zu der Fehlannahme verleite, dass damit das Recht auf Missachtung der männlichen Gefühlswelt verbunden sei. Virginia fragte ihn daraufhin, ob die jahrhundertelange Missachtung der weiblichen Gefühlswelt durch Männer auf einer ähnlichen Fehlannahme beruhen könne. Darauf hatte er nur vage geantwortet und sich der naheliegenderen Sorge um Duncans Gefühlswelt zugewandt.

»Ich schätze, Duncan weiß es längst. Aber der arme Trottel ist zu verzückt von Bunnys A…, nun, von seinem muskulösen Hinterteil, um ihm den Laufpass zu geben.«

»Ich entsinne mich an Zeiten, da warst du ähnlich verzückt von Duncan und hättest alles getan, um ihn an dich zu binden«, sagte Leonard.

»Duncan ist es wert. Dieser … dieser … Jüngling nicht.« Bei dem Wort »Jüngling« verzerrte Lytton angewidert das Gesicht.

»Der Jüngling lebt im Haushalt meiner Schwester und macht sich dort sehr nützlich. Er züchtet Bienen«, gab Virginia zu bedenken.

»Und schmiert ihr den Honig um den Mund, nehme ich an. Galant reden kann er ja.«

»Muss ein Mann mehr können?«, hatte Virginia gefragt, um das Gespräch wieder auf das ursprüngliche Thema zurückzulenken. Aber da war es schon wieder Zeit für sie gewesen, ins Bett zu gehen, und sie hatten die so interessante Fragestellung um die Missachtung der weiblichen Gefühlswelt nicht erschöpfend erörtern können.

Es war eine Frage, die sie zunehmend beschäftigte – auch im Hinblick auf Vanessa. Die Schwester redete niemals schlecht über Bunny. Seit einiger Zeit jedoch hatte Virginia den Eindruck, dass sie unter der andauernden Liebe Duncans zu Bunny sehr litt. Vanessa hatte es allerdings von jeher verstanden, ihre wahren Gefühle tief in ihrem Inneren zu verschließen. Möglich, dass *Nacht und Tag* auch ein Versuch war, in diese Innenwelt der Schwester vorzudringen.

Virginia blätterte in ihrem Manuskript, strich hier und dort ein Wort durch oder setzte ein neues hinzu. Obwohl sie bereits so viel geschrieben hatte, lag noch ein ganzes Stück Arbeit vor ihr. Wenn Leonard nur nicht so pedantisch auf die Einhaltung ihrer knapp bemessenen Schreibzeit achten würde, könnte sie den Roman vielleicht im Sommer abschließen. So aber würde sich die Sache sicher noch bis Ende des Jahres hinziehen. Sie seufzte. In ihrem Hinterkopf begannen bereits die Keimlinge einer neuen Geschichte zu sprießen, doch sie musste sie am Wachsen hindern – die Zeit war noch nicht reif dafür.

Ein Windzug ließ ihre Kerze flackern. Fast schien es, als habe der Gedanke an diese neue Idee die Luftbewegung erzeugt. Aber Unsinn, der Luftzug kam durch die nur angelehnte Tür, die sich nun ein Stückchen weiter geöffnet hatte. Virginia krabbelte unter dem Tisch hervor und schlich leise an den schlafenden Dienstboten vorbei zur Tür und lauschte. Ein heulendes Geräusch. Es ähnelte dem Heulen und Sausen, das die Luftschiffe erzeugten, wenn sie sich mit ihrer tödlichen Ladung der Stadt näherten. O bitte, nicht heute, nicht hier! Bei dem letzten Angriff waren nur wenige Häuserzeilen entfernt sieben Menschen getötet worden. Schon wollte Virginia Leonard wecken, aber dann wurde ihr klar, dass es nur der Wind war, der ums Haus pfiff. Daher der Luftzug. Irgendwo musste ein Fenster offen stehen.

Mit schlotternden Knien, aber tapfer entschlossen tapste Virginia durch den dunklen Gang, hin zu dem Raum, in dem sich der zweitwertvollste Gegenstand befand, den es in ihrem Leben gab: die Druckerpresse.

Seit einem Jahr stand sie hier unten und wirkte ihren Zauber. Für den Preis von 41 Pfund, 15 Shilling und 3 Pence hatten sie und Leonard sich die Freiheit erkauft, ihre eigenen Geschichten zu drucken und zu vervielfältigen, ohne auf die Gnade eines Gerald Duckworth und seinesgleichen angewiesen zu sein. Vor allem hatte Virginia im Setzen einzelner Buchstaben zu Wörtern, zu Sätzen, zu ganzen Textseiten eine zutiefst befriedigende, manchmal beinah lustvolle Beschäftigung für sich entdeckt. Sie bewahrte sie vor der Überanstrengung ihres Geistes und gab ihr die Möglichkeit, sich mit Leonards Segen stundenlang dem widmen zu dürfen, was sie am meisten liebte: der Literatur.

Als die Presse geliefert wurde, hatten weder sie noch Leonard eine Ahnung, wie sie zu bedienen wäre. Mithilfe einer sechzehnseitigen Bedienungsanleitung, viel Geduld und der fiebrigen Aufregung, die eine Schriftstellerin stets am Beginn eines neuen Romans erfasst, hatten sie dem Ungetüm aus Holz und Eisen seine Geheimnisse entlockt.

Ein erstes Werk war bereits erschienen. Einige von den hundertfünfzig Exemplaren der ersten Auflage lagen im Regal in diesem Raum. Es waren zwei Kurzgeschichten: Leonards *Drei Juden* und ihr eigenes *Mal an der Wand*, eine Geschichte, die sie in einem regelrechten Rausch niedergeschrieben hatte. Man sah dem schmalen Bändchen die ungeübten Hände ihrer Setzerin an. Viele Buchstaben klebten aneinander wie verzweifelte Liebende, die auseinandergerissen zu werden drohten, zwischen anderen wiederum waren die Abstände so groß, dass nicht auszumachen war, welchem Wort sie angehörten. Leonards Hände zitterten zu sehr, als dass er selbst hätte setzen können, er war aber im Akzeptieren einer fertig gesetzten Seite beinahe ebenso penibel wie in der Überwachung ihres regelmäßigen Tagesablaufs.

Virginias Geschicklichkeit in Verbindung mit Leonards Fleiß und seiner Strenge führte inzwischen zu einigermaßen passablen Ergebnissen, so dass sie sich nun sogar zutrauten, Texte von anderen Schriftstellern zu drucken. Über Lytton hatte Virginia eine gewisse Katherine Mansfield kennengelernt, deren Kurzgeschichten der Freund ihr sehr ans Herz gelegt hatte. Tatsächlich schrieb diese ernsthafte, junge Frau gut – fast ein wenig zu gut für Virginias Geschmack. Dem Neid auf ihr Talent stemmte Virginia sich jedoch entschieden entgegen und hatte bereits begonnen, die ersten Seiten des Kurzgeschichtenbandes zu setzen. Viel Arbeit stand ihr bevor. Es war höchst spannend, zu beobachten, wie die Sätze einer anderen Autorin unter ihren Händen zu leben begannen; es erzählte ihr mehr über das Handwerk des Schreibens, als das bloße Lesen es je vermocht hätte.

Sie berührte den kleinen Kasten, in dem sie eine Seite bis zur

Hälfte gesetzt hatte. Da lag schon wieder ein h anstelle eines n. Immer wieder passierte ihr das. Sie musste besser aufpassen. Sie zündete eine weitere Kerze an und setzte ein paar Buchstaben zu einem Wort zusammen. Es fehlten nur noch wenige Sätze bis zum Ende dieser Geschichte. Sie könnte die Stille nutzen und …

»Was tust du da?«

Virginia zuckte zusammen. Leonard. Wieder einmal hatte er sie bei einer Disziplinlosigkeit ertappt.

»Es war der Wind. Ich wollte nur das Fenster schließen, du hast es offen stehen lassen.«

Leonard trat neben sie. »Das Fenster also«, sagte er und nahm ihr behutsam den Buchstaben aus der Hand, den sie gerade aufgenommen hatte. Anstatt ihn jedoch zur Seite zu legen, versuchte er, ihn selbst einzusetzen. Nachts zitterte er weitaus weniger als am Tag. Er sah sie an, und sie lächelte. »Wir sollten nachts arbeiten. Dann kämen wir schneller voran.«

»Ja, das würde dir so passen.« Er küsste sie auf die Stirn. »Ich vermute, du hast noch keine Minute geschlafen.«

»Du schnarchst zu laut.«

»Und du siehst zwar unschuldig aus in deinem weißen Nachthemd, aber du lügst.«

»Nicht einmal das ist mir mehr gestattet.« Sie schmiegte sich an ihn, und eine Weile standen sie da und betrachteten verzückt ihre Druckerpresse, wie ein junges Elternpaar ihr schlafendes Baby. Erst als ein Windzug in das Manuskript Katherine Mansfields fuhr und einige Blätter zu Boden segeln ließ, lösten sie sich voneinander, und Leonard schloss das Fenster.

Hand in Hand kehrten sie zu ihrem Nachtlager zurück, und Leonard legte sich neben Virginia unter den Küchentisch.

»Du willst nur, dass ich nicht mehr heimlich weiterlesen kann«, flüsterte Virginia.

»Ganz genau«, murmelte Leonard, schob die Kladde mit *Nacht und Tag* außer Reichweite und zog Virginia an sich. Den Kopf an seiner Schulter, schlief sie nach wenigen Minuten ein.

Zur selben Zeit, Charleston Farmhouse

Die Kanonen schwiegen nicht mehr, nicht einmal nachts. Würde dieser Krieg niemals enden? Sogar das entmenschlichte Geschrei getroffener Soldaten konnte sie bis hier hören. War das möglich? Da, schon wieder dieses dumpfe Grollen, oder eher ein Poltern, und Schreie. Maynard hatte gesagt, der Krieg könne nicht mehr lange dauern, die Deutschen wären so gut wie besiegt, aber vielleicht täuschte er sich, und sie hatten die Küste erreicht, fraßen sich in diesem Moment mit ihren Kanonen ins Land vor und töteten alle, die sich ihnen in den Weg stellten. Wieder Schreie, lauter jetzt. Träumte sie? Mühsam versuchte Vanessa, sich aus den klebrigen Fäden des Halbschlafs zu befreien. Sie wollte schlafen, nur schlafen, die Glieder waren schwer, die Arme schmerzten, der Rücken auch. Und der Hunger nagte.

»Ich hasse dich!«

Mit einem Ruck setzte Vanessa sich auf. Duncan! Es waren nicht die Deutschen, keine Kanonen. Duncan und Bunny stritten. Wieder einmal.

Immer häufiger fuhr Bunny am Wochenende zu Alix nach London, nicht zuletzt, um Duncan aus dem Weg zu gehen, der zwischen rasenden Eifersuchtsanfällen und tiefster Depression hin und her pendelte. Geschwächt von der schweren Feldarbeit und der kargen Nahrung hatte Duncan eine Grippe zu Beginn des Jahres so sehr zugesetzt, dass er wochenlang das Bett hatte hüten müssen und noch längst nicht wieder zu Kräften gekommen war. Wie auch? Es fehlte an allem. Fleisch gab es schon seit Monaten nicht mehr, Butter nur in so geringen Mengen, dass sie auch ganz darauf hätten verzichten können. Ohne die Lebensmittel, die Clive und Maynard regelmäßig aus London mitbrachten, wären sie längst verhungert. Schlimmer aber als der Hunger waren die ständigen Streitereien zwischen Duncan und Bunny. Sie sollte hinuntergehen und versuchen zu vermitteln, wie sie es schon so oft getan hatte.

Vanessa hörte, wie unten ein Stuhl umgeworfen wurde, Schritte auf der Treppe, eine Tür, die knallte. Normalerweise wäre sie jetzt aufgestanden, um nach Duncan zu sehen. Nicht heute. Sie war zu erschöpft.

Das Einzige, was ihr in dieser entbehrungsreichen Zeit noch Kraft gab, war die Malerei. Mehr als je half es, sie mit einer stillen Zufriedenheit anzufüllen, die auch in die schwärzesten Momente noch ein Licht brachte. Beim Malen schöpfte sie die Energie, um die auseinanderstrebenden Pole ihrer Lebensgemeinschaft zusammenzuhalten. Und das war es, was sie jetzt tun musste.

»Bitte geh morgen nicht nach London.«

»Warum?«

»Nimm Rücksicht auf Duncan.«

Es war später Samstagabend, und Duncan war bereits im Bett. Er hatte wieder Fieber bekommen, nachdem er stundenlang im Regen auf dem Feld gearbeitet hatte. Zum Glück war es Vanessa heute Morgen gelungen, Mr Hecks davon zu überzeugen, Duncan künftig nur noch vormittags zu beschäftigen, ohne dies an die große Glocke zu hängen.

»Duncan liegt krank im Bett«, sagte Bunny.

»Eben.«

»Soll ich mich vielleicht den ganzen Tag zu ihm legen und seine Hand halten?« Bunny warf seinen Stift beiseite und stand auf.

Er hatte angefangen, an einem Roman zu arbeiten, und saß oft bis spät in die Nacht daran, wenn er nicht Liebesbriefe an Alix schrieb. Die Aussicht auf baldigen Frieden brachte immer wieder die Frage auf, was er danach tun wollte. Duncan fand, er könne Kunsthändler werden, was Bunny mit den Worten ablehnte: »Ich will nicht *dein* Leben leben.« Nun schickte er sich an, Schriftsteller zu werden.

»Warum behandelst du ihn so? Was hat er dir getan?«, fragte Vanessa. Sie saß auf einem Hocker und malte ein Blumenmuster auf die Wand unterhalb des großen Ostfensters. In fast allen Räumen fanden sich inzwischen solche Wandverzierungen oder bemalte Türen und Fensterrahmen. Das alte Bauernhaus hatte unter ihren Händen zu leben begonnen.

Bunny atmete hörbar ein und dann langsam wieder aus. »Nichts. Ich ertrage es nur einfach nicht mehr.«

»Seine Eifersucht?«

»Die auch. Aber vor allem seine … diese Bedürftigkeit. Dieses: Bleib bei mir! Neulich hat er gedroht, sich umzubringen, wenn ich mit Alix …«

»Du hättest ihm von Anfang an sagen müssen, dass du mit ihr schläfst. Du hast versucht, es zu verheimlichen, und das hat alles nur schlimmer gemacht.«

»Ich wollte ihn nicht verletzen.«

»Nur wenn wir offen miteinander sind, kann es funktionieren.«

»Es? Was meinst du?«

Vanessa sah aus dem Fenster. Es war noch hell, und Mrs Brereton, die Gouvernante, hatte Julian und Quentin ins Freie geschickt, nachdem sie sie den ganzen Nachmittag mit Rechenaufgaben gequält hatte. Den Versuch, eine kleine Dorfschule zu gründen, hatte Vanessa schnell aufgegeben, weil Julian die beiden Mädchen, die am Unterricht teilnahmen, ununterbrochen gequält hatte. Dafür hatte sie die Gouvernante eingestellt, deren Strenge selbst Julian Respekt einflößen konnte – und das sollte etwas heißen.

Die beiden Jungen hackten mit Stöcken Löcher in die dünne Eisschicht des Gartenteichs. In den Wintermonaten war sie so dick gewesen, dass sie darauf eislaufen konnten. An guten Tagen hatten Duncan und Bunny sich dazugesellt, aber gute Tage gab es kaum noch.

»Das hier«, sagte sie und wies hinaus. »Das alles hier, mit uns.« Sie drehte sich zu ihm um und breitete die Arme aus, wie um das ganze Haus in ihre Worte mit einzuschließen.

»Ich habe mir das hier nicht ausgesucht, Vanessa. Ich wollte als Biologe arbeiten, nicht als billige Hilfskraft Kartoffeln aus der Erde graben. Ich wollte … Ich brauche …« Er ächzte. »Ich kann es nicht mehr.«

»Was brauchst du?«

Er tat einen Schritt auf sie zu. »Ich will *dich*, Vanessa. Von Anfang an wollte ich dich. Schlaf mit mir. Bitte.« Seine Brust hob und senkte sich, und seine Augen glänzten, als hätte auch ihn plötzlich das Fieber erfasst.

Beinah hätte sie laut gelacht. Aber sie zwang sich, nachsichtig zu lächeln. Er war so jung. Sie erinnerte sich an ihre erste Begegnung im Café Royal und an ihr erstes Gespräch in seinem Elternhaus. Nie wieder seit diesem Tag hatte er versucht, sich ihr anzunähern, und das rechnete sie ihm hoch an. Ohne dass sie es je hätte aussprechen müssen, galt zwischen ihnen ein stilles Gesetz der Unberührbarkeit, festgeschrieben durch Duncans Liebe zu ihnen beiden.

Sie legte den Pinsel beiseite, ging zu ihm und nahm seine Hände in die ihren. »Das geht nicht, und das weißt du.«

»Es würde alles so viel leichter machen. Ich wäre zufriedener, und dann wäre es auch Duncan. Du weißt nicht, wie furchtbar es ist …«

»Schsch«, machte sie und legte ihm einen Finger auf die Lippen. Er kam ihr vor wie Julian, wenn er mit seinen Schulaufgaben nicht zurechtkam und darum bettelte, endlich zum Spielen ins Freie zu dürfen. »Es würde alles schlimmer machen.«

»Du bekommst doch von ihm nur Brosamen. Er lädt bei dir seine Frustrationen ab, und du nimmst es hin.«

Vanessa ließ ihn los. Sie musste sich abwenden, damit er nicht sah, wie sehr sie seine Worte trafen.

»Ich bitte dich nur, morgen nicht nach London zu fahren.«

»Ich schufte die ganze Woche da draußen auf diesem elenden Feld«, zischte er. »Und nicht einmal ein bisschen Freude gönnst du mir.«

»Es geht hier nicht um mich.« Ihre Stimme blieb fest, obwohl sie innerlich zitterte. Sie wagte es nicht, den Pinsel wieder aufzunehmen, und wartete, dass er das Zimmer verließe, aber das tat er nicht. Sie starrte auf ihr unfertiges Blumenmuster, während er rastlos im Raum hin- und herwanderte.

»Was gibt er dir, Vanessa?«, fragte er nach einer Weile. Er stand direkt hinter ihr. Sie konnte ihn atmen hören und ärgerte sich, dass sie nicht in der Lage war, ihn anzusehen.

»Alles«, sagte sie. »Er gibt mir alles, was mir wichtig ist.«

Es blieb still, dann seine Schritte, die sich entfernten.

39. Kapitel

Charleston Farmhouse, Anfang März 1918

Schritte auf dem Kies, draußen vor dem Haus. Das musste Bunny sein, der aufs Feld zurückkehrte. Duncan war im Sessel eingenickt und hatte nicht gehört, wie Bunny aus dem Zimmer gegangen war. Heute Morgen hatten sie es geschafft, drei Stunden lang nebeneinander Schwarzwurzeln aus der Erde zu ziehen, ohne ein Wort zu wechseln, waren schweigend heimgegangen und hatten schweigend gegessen. Ohne das Geplapper der Kinder am Tisch wäre die Stille unerträglich gewesen. Seit seinem letzten Krankheitsschub durfte sich Duncan nach dem Essen ausruhen und hatte den Nachmittag zur freien Verfügung. Mit der gewonnenen Zeit war die Kraft und die Freude am Malen zurückgekehrt. Ohne Vanessas geschickte Verhandlungen mit Mr Hecks wäre er wahrscheinlich jetzt tot. Nie zuvor im Leben war er so krank und schwach gewesen, die Wintermonate erschienen ihm wie ein pechschwarzes Labyrinth, aus dem er sich ohne einen einzigen leitenden Lichtstrahl hatte herauskämpfen müssen.

Es war der erste warme Tag. Vanessa hatte die beiden Gartenfenster im Salon weit geöffnet und ihre Staffelei davorgerückt. Duncan räkelte sich und beobachtete sie eine Weile in ihrem Tun. Nebenan in der Küche klapperte die Köchin mit den Töpfen, draußen zwitscherten die Vögel, und irgendwo hinten im Garten erklang Quentins Lachen. Wenn er das Wort »Glück« hätte beschreiben sollen, dann wäre es ihm vermutlich in diesem Augenblick gelungen.

Vanessa arbeitete an ihrem »Problemkind«, wie sie es nannte. Es hieß *The Tub*, die Wanne. Rechts im Vordergrund eines kahlen Raumes stand eine nackte Frau, die sich einen Zopf flocht. Daneben eine leere Wanne. Im Hintergrund eine rote Vase mit genau drei roten Tulpen, von denen zwei sich nach rechts neigten und eine nach links. Das Bild beschäftigte Vanessa bereits seit Monaten, und sie hatte verschiedene Versionen begonnen und wieder vernichtet. Mit jedem neuen Entwurf war die Aufteilung großflächiger und das Arrangement schlichter geworden. Die Frau trug zunächst noch ein Nachthemd, nun war sie nackt. Der Raum, in dem sie stand, besaß keine Tiefe. Als perspektivischer Fluchtpunkt diente die Vase mit den Blumen. Es war, so dachte Duncan, vermutlich das ausdrucksstärkste Bild, das Vanessa je gemalt hatte. Und es war das schmerzlichste für ihn.

Jetzt runzelte sie die Stirn und kniff die Lippen zusammen.

»Gefällt es dir nicht?«, fragte er.

»Du bist wach?« Sie lächelte ihm kurz zu, doch sofort wurde ihr Blick wieder ernst. Er hatte sie lange nicht mehr lachen sehen.

»Doch, ich denke, es ist recht gut geworden. Sie gefällt mir nackt besser, findest du nicht?«

»Hm«, machte Duncan.

»Fandest du es mit Nachthemd etwa besser?«

Duncan ging zu ihr hin und küsste sie auf Stirn. Sie schloss die Augen, und er strich ihr über die Lider, die ihrem Blick schon immer etwas Melancholisches verliehen hatten. War es ihre Blässe, die diesen Effekt verstärkte?

»Besser nicht, nein. Aber es tut weh, sie so nackt da stehen zu sehen, neben einer leeren Wanne. Man möchte ihr einen warmen Mantel umlegen.«

»Ich schätze, das ist ein Kompliment.«

»Es ist vor allem zutiefst beschämend für mich.«

Sie sah aus, als wolle sie widersprechen, wie sie es immer tat, wenn er sie um Verzeihung bat – und das tat er oft. Es war wie ein Reflex. Bunny verletzte ihn, er verletzte Vanessa, und sie schloss ihren Schmerz in sich ein. Wie sehr schämte er sich, dass er sie nicht vor seinen Gefühlen für Bunny zu schützen vermochte.

»Es ist noch nicht fertig«, sagte sie und wandte sich wieder ihrem Bild zu.

»Was fehlt? Es ist perfekt, so wie es jetzt ist.«

Sie schüttelte kurz und heftig den Kopf. Ihre Körperhaltung strahlte Ablehnung aus, oder vielleicht war es Konzentration, was bei ihr manchmal nicht zu unterscheiden war.

Er ließ sie allein und ging in sein Zimmer, um dort an seinem eigenen Bild weiterzuarbeiten – eine friedliche Wohnzimmerszene. Vanessa im Vordergrund, die an einem Stillleben malte, daneben Bunny, der am Tisch saß und schrieb, das Ganze in einen warmen, sonnigen Glanz getaucht, dazu viele liebgewonnene Details seines Lebens in Charleston: der Kamin, die Möbel, Bilder an den Wänden, bunte Vasen und der Blick aus dem Südfenster des Salons hin zu den Downs. Das Fenster bildete den Fluchtpunkt des Bildes und verlieh dem Raum die Tiefe, die in Vanessas Bild fehlte. In ihren gemeinsamen Jahren hatten er und Vanessa sehr häufig zeitgleich an denselben Motiven gearbeitet. *The Tub* und sein eigenes Wohnzimmerbild jedoch hätten unterschiedlicher nicht sein können.

Es dämmerte bereits, als er in den Salon zurückkehrte. Vanessa war verschwunden. Ihre Staffelei mit *The Tub* stand jetzt am Südfenster, durch das ein letzter Abendsonnenstrahl schräg hereinfiel und die Vase mit den drei Blumen leuchten ließ. Etwas hatte sich verändert, doch was? Er zündete sich eine Zigarette an und trat näher an das Bild heran. Und da sah er es. Eine der drei Blumen war jetzt gelb. Es war die, die als Einzige nach links geneigt war.

Es wurde wärmer, und im Garten begannen die Blumen zu blühen, die Vanessa dort im Herbst gepflanzt hatte. Mit der Wärme kamen auch wieder mehr Besucher nach Charleston und halfen, Duncans beinahe krankhafte Fixierung auf Bunnys Affären aufzulösen und die Anspannung zu mildern, die der Teufelskreis aus Eifersucht, Streit und Versöhnung der vergangenen Monate in Vanessas Gliedern hinterlassen hatte.

An einem sonnigen Wochenende im April kamen Roger, Clive und Maynard und brachten gutes Essen, Neuigkeiten aus London und Zuversicht mit. Maynard befreite die Terrassen und Wege im Garten vom dichten Unkraut und sprach über Frieden. In Paris sollte Degas' Studio aufgelöst und sämtliche darin befindliche Bilder versteigert werden. Roger zeigte ihnen den Katalog, und Duncan drängte Maynard, beim Schatzkanzler Geld lockerzumachen, um einige der Bilder für die National Gallery zu erwerben. Clive berichtete, dass Virginia und Leonard ein sehr umfangreiches Manuskript von einem gewissen James Joyce angeboten bekommen hatten. »Es heißt *Ulysses,* und Virginia findet es exzellent geschrieben, allerdings zu obszön für ihren Geschmack. Sie haben es abgelehnt.«

»Gut so«, fand Vanessa. »Sie kommen sonst gar nicht mehr aus ihrem Keller heraus.«

»So wie sie sich kleidet, ist es vielleicht besser so«, brummte Clive. »Aber auf Äußerlichkeiten legt ihr ja beide ganz offensichtlich keinen Wert mehr.« Er musterte Vanessas selbstgenähtes Kleid. Sie hatte den Stoff mit großen Blumen bedruckt und sehr weit und bequem zugeschnitten, ein Alltagskleid, das nichts mehr gemein hatte mit den taillierten Kleidern und Korsagen, in denen er sie noch kennengelernt hatte.

»Nimm's ihm nicht übel«, sagte Maynard mit einem Augenzwinkern. »In Sachen Mode ist Clive sehr verwöhnt.«

Und damit waren sie wieder bei dem Thema, das Clive am meisten beschäftigte, wenn er ohne Mary Hutchinson nach Charleston kam: Mary Hutchinson.

Es gelang ihm, ausgehend von beinahe jedem Gesprächsthema einen Bogen zu Mary und ihren besonderen Vorzügen zu schlagen, und unter dem Einfluss französischen Rotweins erging er sich am Abend in einer tiefgründigen und ausschweifenden Betrachtung dessen, was er dank Mary alles über die Liebe herausgefunden hatte.

»Ich bin der Sache auf den Grund gekommen«, behauptete er. »Die Liebe entsteht aus der Attraktion des grundsätzlich Anderen. Wir alle empfinden uns als unvollständig und suchen nach dem Part, der uns das Gefühl von Vollständigkeit gibt.«

»Liebe ist also eigentlich Ausdruck eines Mangelzustands?«, fragte Duncan. Er wirkte entspannt wie lange nicht, obwohl Bunny am Vortag nach London gefahren war und eigentlich längst hätte zurück sein müssen.

»Ja, ich denke, so könnte es sein.« Clive betrachtete Duncan eine Weile nachdenklich und fügte dann hinzu: »Was dafür sprechen würde, dass die Liebe zu einer Frau uns Männer mehr erfüllen kann als die Liebe zu einem Mann.«

Sie hatten sich zum Dinner um den großen Esstisch versammelt, und Vanessa stellte die reichhaltige Suppe in die Mitte, die die Köchin aus mitgebrachtem Rindfleisch und Wurzelgemüse aus Charlestons Garten gezaubert hatte. »Meinst du das physisch oder emotional?«, fragte sie.

»Beides.«

»Wie kannst du das behaupten?«, fragte Vanessa scharf zurück. »Du hast nie einen Mann geliebt, nie mit einem geschlafen.«

»Ich denke auch nicht, dass Clives Theorie stimmt«, meldete sich nun Roger zu Wort. »Emotionale Erfüllung lässt sich in jeder Form der Liebe finden. Der wichtige Aspekt scheint mir zu sein, dass die beiden Liebenden einander ergänzen und ein harmonisches Ganzes bilden, körperlich und im Geiste.« Er sah Vanessa an, während er das sagte. In seinem Blick lag Zärtlichkeit, wenn auch immer noch verbunden mit einer gewissen Wehmut, die er hegte wie ein liebgewonnenes Wehwehchen. »Dabei scheint mir das Geschlecht keine Rolle zu spielen.«

»Das sehe ich genauso«, pflichtete Maynard bei.

»Manchmal täuschen wir uns in dem, was wir zu brauchen glauben. Oder es verändert sich«, sagte Vanessa. Die Worte passten nicht recht an diese Stelle, aber sie waren ihr wichtig.

Roger runzelte die Stirn, während er das Brot aufschnitt und jedem ein Stück davon vor den Teller legte. Dann sagte er: »Clives Gedanken, dass wir jemanden lieben, weil er das ist, was wir selbst nicht sind, stimme ich zu. Hinzu kommt aber eine Art Illusion, vielleicht auch Verblendung. Wir schaffen uns ein Bild von dem geliebten Menschen, das vielleicht gar nicht der Realität entspricht.« Er streckte Vanessa seinen Teller entgegen und sah sie herausfordernd an.

»Die alten Griechen nannten es den Pfeil des Amor«, ließ sich nun Maynard vernehmen. Er hatte einen Arm über die Rücklehne von Duncans Stuhls gelegt und schien dankbar, ausnahmsweise nicht über Zahlen grübeln zu müssen.

»Ein Pfeil verletzt«, sagte Duncan. Er schob die Gemüsestückchen in seiner Suppe hin und her, als suche er nach einem Arrangement, das sie alle gleich gut zur Geltung brächte.

»Tja.« Clive rückte etwas vom Tisch ab und schlug die Beine übereinander. »Das ist eine unangenehme Nebenwirkung der Liebe.«

»Und die Eifersucht«, sagte Roger mit einem zerknirschten Lächeln.

»Eifersucht ist wie Zahnschmerz.« Vanessa befüllte nun ihren eigenen Teller und setzte sich. Sie sah jeden der Männer kurz an und nickte ihnen aufmunternd zu. »Wir müssen sie einfach aushalten und können niemanden dafür verantwortlich machen.«

Duncan hob den Blick und verzog das Gesicht, als hätte er tatsächlich Zahnschmerzen. Er öffnete den Mund, um etwas zu entgegnen, doch da sagte Clive plötzlich unnötig laut:

»Ebenso dürfen wir nicht erwarten, dass jemand, den wir lieben, mit uns schläft, wenn er es nicht selbst mit jeder Faser seines Körpers will.«

»Ach, Clive«, seufzte Maynard. »Spielst du jetzt den Lytton?«

»Warum? Das ist doch nur eine ganz allgemeine philosophische Betrachtung.«

Roger schlug in dieselbe Kerbe. »Ich stimme Clive zu«, sagte er. »Darin unterscheidet sich die körperliche Liebe vom gefühllosen Akt der Kopulation.«

Vanessa sah von Clive zu Roger und dann zu Duncan. Er war bei Rogers Worten in sich zusammengesunken und hatte die Hände unter dem Tisch verborgen, als könne er so auch seine Gefühle vor den anderen verbergen. Es kostete sie unendliche Mühe, jetzt überhaupt noch etwas zu sagen, aber sie tat es und ergriff dabei Duncans linke Hand, die eiskalt war, obwohl er direkt mit dem Rücken zum Feuer saß.

»Man darf Liebe nicht vortäuschen, es demütigt denjenigen, der Liebe erwartet. Aber ich finde auch, Liebe muss nicht körperlich sein – und wenn sie es ist, dann ist sie ein Geschenk, ganz gleich, was vorher war oder danach kommt. Es zählt nur der Moment.«

Sie sprach nicht mehr viel an diesem Abend und ging früh zu Bett unter dem Vorwand, der Rotwein verursache ihr Kopfschmerzen. Kurz nachdem sie sich ausgekleidet und hingelegt hatte, klopfte es leise, und Duncan schob sich ins Zimmer. Wie lange war er nicht bei ihr gewesen? Er setzte sich zu ihr ans Bett, und sie sahen einander lange wortlos an. Dann sagte er: »Ich täusche meine Liebe zu dir nicht vor.«

»Das weiß ich doch.«

»Und wenn wir miteinander schlafen, genieße ich es. Es ist für mich kein ›gefühlloser Akt der Kopulation‹.«

Vanessa sah beiseite. Sie könnte ihn darauf aufmerksam machen, dass er die falsche Zeitform gewählt hatte. Seit sie in Charleston lebten, hatte Duncan immer nur mit Bunny geschlafen. Aber sie wollte ihm das nicht vorhalten.

»Es war lange Zeit schwierig für mich, überhaupt etwas zu fühlen außer Wut und Eifersucht. Aber ich bin dir unendlich dankbar, dass du mich immer wieder aufgefangen hast, wenn es mir schlecht ging«, flüsterte Duncan.

»Ich bin eine Schwester für dich«, sagte Vanessa, und sie konnte nicht verhindern, dass Bitterkeit in ihrer Stimme mitschwang. »Und das ist eine Rolle, die ich gut spielen kann.«

»Ich will nicht, dass du eine Rolle spielst.«

»Und ich möchte nicht, dass *du* eine spielst.«

»Ich spiele keine. Ich bin das, was ich bin. Und weil das so ist, mache ich dich unglücklich.«

»Nein!« Vanessa setzte sich auf. »Du machst mich nicht unglücklich. Glaubst du, wenn es so wäre, würde ich hierbleiben? Ich könnte mit den Kindern zurück nach London ziehen. Ich könnte zu Roger ziehen, er wäre überglücklich. Aber ich will das alles nicht. Ich will mit dir leben.«

»Und die gelbe Blume?«

»Welche gelbe Blume?«

»Die in deinem Bild. Sie war rot, wie die anderen, dann hast du sie gelb übermalt.«

»Ah!« Vanessa lachte leise. »Du hast es bemerkt.«

»Natürlich.«

»Siehst du? Auch das ist ein Grund, warum ich dich liebe. Aber du interpretierst zu viel«, sagte sie. »Sie ist nichts weiter als eine gelbe Blume.«

Duncans Blick wurde weich. Er fuhr mit der Fingerspitze über ihre Lippen und küsste sie. »Und die leere Wanne nichts weiter als eine leere Wanne?«

»Genauso ist es.«

»Dann macht es auch keinen Unterschied, ob ich mich jetzt zu dir lege oder nicht? Für das Bild, meine ich?« Er begann, sein Hemd aufzuknöpfen.

»Nein, für das Bild macht es keinen Unterschied«, sagte sie und beobachtete, wie er sich auszog.

»Und für dich? Macht es für dich einen Unterschied?« Er hob ihre Decke mit fragendem Blick an.

»Wenn du es wirklich willst, dann macht es einen sehr großen Unterschied.«

»Ich will, Vanessa. Ich brauche deine Nähe. Heute Nacht mehr denn je.«

Sie rückte beiseite und nahm dankbar die Wärme seines Körpers wahr, die sie insbesondere in den Wintermonaten schmerzlich vermisst hatte. Wie sehr, das wurde ihr erst jetzt bewusst, wo er neben ihr lag.

»Wir müssen nicht …«, flüsterte sie. »Ich möchte nicht, dass du dich verpflichtet fühlst …«

Er hielt ihr den Mund zu. »Und ich möchte, dass du nicht immer deine eigenen Bedürfnisse unterdrückst. Sag mir, was du dir wünschst. Sag es mir ehrlich.«

»Das weißt du doch.«

»Natürlich weiß ich es. Ich will aber, dass du es aussprichst.«

»Wie gemein du bist.«

Er nickte.

Und dann sagte sie es leise in sein Ohr und stellte fest, dass es so schwer gar nicht war.

Charleston Farmhouse, Mai 1918

»Ich bin schwanger.«

Clive ließ seine Scheibe Brot fallen und lehnte sich im Stuhl zurück. Noch immer hatte er diese merkwürdige Angewohnheit, zum Frühstück sein ungeröstetes Brot in den Tee zu tunken, und noch immer fand Vanessa es schauderhaft.

Es war Samstagmorgen, und er war mit Mary zu Besuch in Charleston. Duncan und Bunny waren bereits zur Feldarbeit aufgebrochen, und Mary pflegte ihren Schönheitsschlaf. Auch Julian und Quentin schliefen noch. Das Fenster stand auf, die Vögel zwitscherten, und die Sonne schien herein und wärmte Vanessas Rücken. Es war einer der seltenen Momente, in denen sie mit Clive allein war. Die Gelegenheit war gekommen, Clive in ihr bisher sorgfältig gehütetes Geheimnis einzuweihen.

Er kreuzte die Arme vor der Brust und öffnete ein paarmal den Mund, brachte aber kein Wort heraus.

»Es ist von Duncan, falls du das fragen willst.«

»Ah. Ja, natürlich.« Seiner Miene nach zu urteilen, schien er das ganz und gar nicht für selbstverständlich zu halten. »Und wie lange weißt du es schon?«

»Ich wusste oder ahnte es im Moment der Zeugung. Sicher bin ich mir aber erst seit etwa zwei Wochen.«

»Und was sagt Duncan dazu?«

»Er weiß es noch nicht.«

»Er … aber … wieso …?« Clive rieb sich mit der Hand über die Stirn, als könne er so seine Gedanken beschleunigen. »Du musst es ihm doch sagen!«

»Das werde ich. Ich wollte nur vorher mit dir darüber sprechen.«

»Aber ich habe doch damit gar nichts …« Er brach ab, legte den Kopf schief und sah sie misstrauisch an.

Sie lächelte, sagte jedoch nichts.

Er holte tief Luft, und seine Augen rundeten sich. Ihm schien zu dämmern, worum es ihr ging. Nach einer Weile stand er auf und wanderte ein paarmal mit düsterer Miene um den Küchentisch. Vanessa wartete und trank in aller Ruhe ihren Tee.

Schließlich blieb er vor ihr stehen. »Es wäre besser, Duncan wäre hier. Immerhin ist es sein Kind.«

»Aber du bist mein Ehemann. Du kannst mich zur Ehebrecherin und das Kind zum Bastard machen, wenn du es wolltest. Du entscheidest über mein Schicksal. Du allein. Wie könnte ich da nicht als Erstes dich ins Vertrauen ziehen?«

»Du bist frei, Vanessa. Ich habe mich niemals gegen dich gestellt.«

»Ich weiß«, sagte sie und nahm seine Hand. Die Berührung half, dieses Band zu spüren, das sie durch ihr Eheversprechen eingegangen waren und das immer noch da war, obwohl sie schon so lange nicht mehr zusammenlebten. »Aber die Welt da draußen sieht das anders. Deine Familie, meine, die Gesellschaft.«

»Seit wann scherst du dich um das, was deine Familie denkt. Oder die Gesellschaft?«

»Es geht hier nicht um mich, Clive. Es geht um das Kind.«

Clive lachte kurz und trocken auf. »Hättest du dir das nicht früher überlegen sollen?«

»Ich wollte dieses Kind«, sagte Vanessa leise, aber bestimmt. »Es war kein Unfall. Ich habe es mir gewünscht.«

Wieder atmete Clive tief ein und aus. Er nahm seine Wanderung um den Tisch wieder auf, schweigend und mit hochgezogenen Schultern.

Über ihnen war ein Poltern und Kinderlachen zu hören. Bald war es vorbei mit der Ruhe, und Vanessa wollte Clives Entscheidung. Sie wollte sie jetzt.

»Bitte«, sagte sie.

Er blieb stehen. »Du willst, dass ich es als meines anerkenne, ohne Duncans Meinung dazu zu kennen?«

Vanessa nickte langsam. »Es wäre für uns alle das Beste. Und ich bin sicher, dass Duncan es genauso sieht.«

Seufzend ließ Clive sich auf seinen Stuhl zurückfallen. »Und das alles, noch bevor ich einen einzigen Bissen gegessen habe.« Damit nahm er seine Brotscheibe und tunkte sie in den inzwischen sicher erkalteten Tee.

»Du bist also einverstanden?«

Clive kaute, nahm einen weiteren Bissen und kaute wieder, ohne sie dabei anzusehen. Erst als er die Scheibe verspeist hatte, hob er den Blick. »Wie könnte ich es nicht sein? Irgendwie bleibt es ja alles in der Familie, nicht wahr?« Dann stand er auf, drückte ihr einen Kuss auf die Stirn und sagte: »Sei unbesorgt. Ich werde für dieses Kind genauso sorgen wie für unsere Söhne.«

Als er die Treppe zu seinem Zimmer hinaufstieg, meinte Vanessa zum ersten Mal, ein Ruckeln in ihrem Leib zu spüren. Sie legte die Hand auf ihren Bauch und flüsterte: »Was du für ein Glück hast. Du wirst gleich zwei wundervolle Väter haben.«

40. Kapitel

Charleston Farmhouse, 11. November 1918

»Julian hat gesagt, wenn es ein Mädchen wird, zieht er zu Tante Ginny.«

»So? Dann wird er sich aber gehörig benehmen müssen, denn sonst steckt Onkel Leonard ihn jeden Abend um sieben Uhr ins Bett.«

Quentin saß auf Vanessas Schoß, die kleine Hand auf ihrem erheblich gerundeten Bauch. Es war kurz vor Mittag, und die Köchin werkelte am Herd. In wenigen Minuten würden Duncan und Bunny vom Feld kommen. Es wurde Zeit, ihr Werkzeug beiseitezuräumen. Seit ein paar Tagen arbeitete sie an einem Holzschnitt, der zusammen mit weiteren Holzschnitten von verschiedenen Omega-Künstlern in einem Buch erscheinen sollte, das Virginia und Leonard in ihrer *Hogarth Press* veröffentlichen würden.

Sie saß in der Küche, weil in den anderen Räumen nur noch eine schwache Glut im Kamin glomm und erst wieder neues Holz gehackt werden musste. Das konnte sie jedoch nicht selbst tun, da sie im Oktober eine Blutung gehabt hatte und keine schwere körperliche Arbeit verrichten durfte, wenn sie ihr Kind nicht verlieren wollte.

»Nun geh und hole Julian, wir werden gleich essen.«

»Jetzt hat es sich bewegt!«, rief Quentin und presste sein Ohr auf ihren Bauch. »Tut dir das nicht weh, wenn es dich von innen tritt?«, fragte er besorgt.

Vanessa lachte. »Nein, es tut nicht weh. Es rumpelt ein wenig, aber eigentlich ist es ein schönes Gefühl.«

Quentin runzelte die Stirn. »Wenn es ein Junge wäre, würde es wehtun. Ein Junge hat Kraft. Ein Mädchen nicht. Also ist es wohl ein Mädchen.« Er seufzte.

»Bestimmt ist es ein Mädchen«, sagte Vanessa. »Ein kluges, starkes Mädchen, denn auch Mädchen können sehr stark sein.«

»Julian sagt, sie flennen ständig und man kann mit ihnen nichts anfangen.«

»Nichts anfangen?« Die Köchin baute sich vor ihm auf und stemmte die Hände in die Hüften. »Wo steckt der Kerl? Ich werde ihm die Ohren langziehen. Dann wollen wir mal sehen, wer hier flennt!«

»Julian hat das gesagt. Nicht ich.« Quentin rutschte von Vanessas Schoß und flüchtete vor der erhobenen Hand. Gerade, als er in den Garten hinausrennen wollte, flog die Tür auf, und Bunny polterte herein. Er war vollkommen außer Atem.

»Was ist passiert?« Vanessa sprang auf. »Wo ist Duncan?«

»Der Krieg!«, rief Bunny. »Es ist vorbei! Der Krieg ist vorbei!« Er warf seine Mütze in eine Ecke, rannte die Treppe hinauf und hinterließ dicke Matschklumpen auf dem Fußboden.

Vanessa starrte die Köchin an, und die Köchin starrte auf die dreckigen Fußabdrücke. »Dem werd ich auch die Ohren langziehen«, schimpfte sie.

»Der Krieg ist vorbei«, wiederholte Vanessa ungläubig und ließ sich zurück auf ihren Stuhl fallen. Ihr war plötzlich schwindelig.

Quentin hatte das Geschehen von der Tür aus stumm und staunend beobachtet, jetzt kam er zu ihr zurück. »Was bedeutet das, Mama?«, fragte er.

Sie strich ihm über den Kopf. »Es wird nicht mehr gekämpft. Niemand muss mehr sterben. Und …« Sie wusste nicht weiter.

Obwohl das Ende dieses Grauens in Sichtweite gewesen war, hatte sie sich doch nicht mehr vorstellen können, wie das Leben ohne Krieg aussehen würde.

In diesem Augenblick öffnete sich die Tür erneut, und Duncan kam herein, als wäre es ein Tag wie jeder andere. Er zog Mütze und Schuhe aus, stellte sie ordentlich nebeneinander und hängte seine Jacke an den Haken. Dann setzte er sich zu ihr an den Tisch und betrachtete ihren Holzschnitt. Es war eine kleine Version von *The Tub*. Sie war fast fertig. Vanessa hatte die Wanne und die nackte Frau näher zusammengerückt und aus der Vase im Hintergrund ragten nun zwei Blumen hervor, nicht drei. Duncan zeigte auf die Blumen. »So ist es deutlich besser.«

»Findest du?«, fragte sie.

»Viel harmonischer.« Dann beugte er sich vor, küsste sie auf den Mund und sagte: »Der Krieg ist vorbei. Wir fangen jetzt ein neues Leben an.«

An
Vanessa Bell
Charleston Farmhouse
West Firle, Sussex

Hogarth House, Richmond, 13. November 1918

Liebste,
das Spektakel draußen auf den Straßen nimmt kein Ende. Der Frieden scheint einen weitaus größeren Unterschied zu machen, als man es für möglich gehalten hätte, auch wenn ich den ganzen Jubel und die Menge an halb betrunkenen Menschen äußerst unerquicklich finde. Ich kann Dir gar nicht sagen, wie sehr ich mich darüber freue, dass Dein kleiner Kobold

in eine einigermaßen zivile Welt hineingeboren wird, wenn man einmal von diesen fahnenschwenkenden, soldatenküssenden, taumelnden und johlenden Massen absieht.

Ich war bei Fortnum & Mason und habe Euch ein großes Paket mit pâté de foie gras, *Mürbegebäck, Kaffee und gesalzener Butter senden lassen, ich hoffe, es kommt wohlbehalten an. Die beiden Holzschnitte, die Du uns geschickt hast, haben wir bereits gedruckt, und ich sende sie Dir gleich heute zurück. Beeile Dich mit den übrigen, damit wir gut vorankommen – aber nein, es gibt keine Eile, Du musst auf Dich achten und diesem entzückenden Bastard in Deinem Bauch die Ruhe gönnen, die er braucht. Natürlich habe ich niemandem verraten, von wem er tatsächlich ist, und schon gar nicht Violet.*

Am Wochenende hat mich unser Vetter zu einer Gesellschaft geladen, in der ich unsere ganze Vergangenheit lebendig gesehen habe, mit Leuten so untadelig gekleidet, so höflich und ehrbar – so unerträglich hölzern, dass mir ganz übel davon wurde. Du erinnerst Dich bestimmt an diese ganz bestimmte Art von Höflichkeit und kleinen Scherze, dieses Die-Tür-Aufhalten und Ein-Gesicht-Machen, als sei ein WC etwas, womit man nicht das Geringste anzufangen weiß. Wie gern hätte ich ihnen von Dir und Charleston erzählt, dem Hühnerdreck und den bunt bemalten Türen, den nackt herumlaufenden Kindern und dem kleinen Bastard, der in Deinem Bauch heranwächst. Ich habe es nicht getan, Du kannst also unbesorgt sein, Dein guter Ruf wird gewahrt bleiben (zumindest das, was davon noch übrig ist).

Du musst mir versprechen, Dich sehr zu schonen und jedes Stückchen Butter, das Euren Haushalt erreicht, selbst zu essen.

Wann wirst Du Dich endlich wieder um meine Damenmeile kümmern? Sie hat ein wenig Zuwendung nötig, aber ich fürchte, damit ist es nun endgültig vorbei.

Ich küsse Dich,
Deine Ziege

Vanessa reichte Duncan den Brief mit den Worten: »›Bastard‹ nennt sie dein Kind. Wirst du weiterhin mit ihr reden?«

Es war später Abend, und Vanessa lag auf dem Sofa, den Kopf auf Duncans Schoß gebettet. Duncan las Virginias Zeilen und grinste. »Das Paket von Fortnum's entschuldigt alles. Aber – was ist eine Damenmeile?«

»Der Unterarm einer Frau«, meldete sich Bunny zu Wort. Er saß am Tisch und schrieb an seinem Roman, mit dem er es tatsächlich ernst zu meinen schien. Er hatte nach Verkündung des Waffenstillstands zwei Tage in London verbracht und war mit neuen Zukunftsplänen zurückgekehrt. Er wollte wieder in sein Elternhaus ziehen und als Buchhändler arbeiten, versprach aber, in Charleston zu bleiben, bis das Kind zur Welt gekommen war. Dafür war Vanessa sehr dankbar, denn sie wusste, die nächsten Wochen würden beschwerlich werden, und jede helfende Hand im Haus war willkommen. Sie hatte zunächst befürchtet, Bunnys Entscheidung könnte Duncan erneut in eine Krise stürzen, aber er schien sich endlich emotional von ihm gelöst zu haben und unterstützte ihn mit Ideen und Ratschlägen.

»Woher weißt du, was Virginia mit Damenmeile meint?«, fragte sie erstaunt. »Das ist ein Begriff, den ich nur von ihr kenne.«

»Er liest ja auch Bücher über das Kinderkriegen.« Duncan zeigte auf einen Ratgeber, den Vanessa sich von Clive aus London hatte mitbringen lassen. Sie wollte das Kind in Charleston zur Welt bringen, und Bunny war fest entschlossen, jeder möglichen Komplikation mit dem allerbesten Wissen entgegentreten zu können.

»Es gibt auch andere Frauen, die ihn verwenden«, sagte Bunny.

Vanessa richtete sich mühsam auf und nahm Duncan den Brief wieder ab. »Bei Virginia bedeutet es, dass ich ihren Unterarm streicheln soll. Sie liebt das.«

»Frauen lieben so was.« Bunny sah Duncan bedeutungsvoll an.

»Nicht alle«, widersprach Vanessa. »Ich kann es überhaupt nicht leiden.«

»Du bist auch … nun ja, anders als alle Frauen, die ich kenne«, sagte Bunny.

»Vanessa ist nicht bloß eine Frau.« Duncan legte den Kopf schief und sah sie konzentriert an, als sehe er sie zum ersten Mal. Dann umfasste er ihren Bauch mit beiden Händen und tat, als spreche er zu dem Kind darin. »Unsere Vanessa ist ein Wunder.«

Charleston Farmhouse, 24. Dezember 1918

Die Wehen setzten am späten Nachmittag des Heiligen Abends ein. Es war zu früh, der Arzt hatte einen Termin Mitte Januar ausgerechnet.

»Bist du sicher, dass es Wehen sind?«, fragte Bunny. Er hielt den Ratgeber in der Hand und sah angstvoll auf sie nieder. »Hier steht …«

»Ich. Bin. Sicher.« Vanessa legte den Unterarm über die Augen und versuchte, ruhig und gleichmäßig zu atmen, Kraft zu schöpfen für die nächste Welle Schmerz. Schon die erste Wehe war überraschend heftig ausgefallen. Das waren keine Vorwehen. Es wurde ernst.

Am Morgen hatte sie die Weihnachtsstrümpfe für die Kinder mit Süßigkeiten und Äpfeln befüllt und sich dann auf dem Sofa im Salon für einen Mittagsschlaf ausgestreckt. Julian und Quentin spielten in ihrem Zimmer, voller Vorfreude auf den nächsten Morgen. Maynard hatte sich angekündigt, und wenn Maynard kam, würde es auf jeden Fall Geschenke geben.

»Wo ist Duncan?«, fragte Vanessa.

»Er malt.«

»Sag ihm, er soll den Arzt holen.«

»Jetzt?« Bunny sah sie an, als habe sie verlangt, er solle den Weihnachtsmann persönlich zur Entbindung einladen.

Eine erneute Wehe rollte über sie hinweg. Sie blickte auf die Uhr. Vier Minuten. Regelmäßig.

»Jetzt! Sofort!«, keuchte sie.

Bunny ließ das Buch fallen und rannte aus dem Zimmer.

»Duncan!«, hörte sie ihn schreien. »Es geht los!«

Dann knallte die Tür, und sie sah, wie er mit offenem Mantel am Fenster vorbeirannte.

Duncan, Julian und Quentin kamen gleichzeitig herbeigestürzt. Die beiden Jungen stritten sich, wer zu ihr auf das Sofa durfte. Duncan war bleich. »Aber es ist zu früh«, sagte er.

»Ja«, sagte sie nur.

»Was kann ich tun?«

»Bring die Kinder nach Asheham. Oder nein, bleib! Es ist zu spät, ich …« Erneut schnürte der Schmerz ihren Leib zusammen. *Atmen*, ermahnte sie sich, erinnere dich, *du weißt, wie es geht!*

Sie hatte alles sorgfältig geplant – aber für Januar. Nun war Weihnachten, und nichts war vorbereitet. Virginia und Leonard waren zwar nur vier Meilen entfernt, aber sie konnte ihnen doch jetzt die Kinder nicht schicken!

Die beiden Jungen starrten sie angstvoll an, Duncan lief rastlos auf und ab. Der Arzt wohnte in Lewes, es würde dauern, bis Bunny mit ihm zurückkehrte.

»Geht in euer Zimmer«, befahl sie den Kindern, als die Wehe vorüber war. »Um sieben trinkt ihr euren Kakao und um neun legt ihr euch schlafen. Verstanden?«

Julian nickte und zog Quentin mit sich.

Zu Duncan sagte sie: »Hol Holz rein und Wasser. Ich will ein

Bad nehmen. Heiß muss es sein, aber nicht zu heiß. Bring Laken in mein Zimmer. Sie sind in dem großen Schrank in der Küche. Und mach ein ordentliches Feuer in meinem Kamin, es muss warm sein, wenn das Kind kommt.«

Um zwei Uhr in der Nacht des 25. Dezember war es endlich soweit: Unter den staunenden Blicken von Bunny und Duncan, die während der vielen Stunden nicht von Vanessas Seite gewichen waren, rutschte das kleine Wesen in die Hände des erfahrenen Arztes, der erst kurz vor Mitternacht gekommen war, weil er bei einer weiteren Geburt assistieren musste. In der Zwischenzeit hatte Bunny einen prächtigen Geburtshelfer abgegeben.

Es war ein Mädchen und so vollkommen, wie nur ein Mädchen sein konnte. Julian und Quentin, die natürlich nicht um neun Uhr zu Bett gegangen waren, steckten beim ersten Schrei ihrer kleinen Schwester den Kopf durch die Tür und durften zusehen, wie Duncan sie wusch und in eine Schuhbox bettete, um sie auf der Küchenwaage zu wiegen.

»Siebeneinhalb Pfund«, stellte Julian fest. »Das ist wenig.«

»Ein Junge würde mehr wiegen«, sagte Quentin und verschränkte die Arme vor der Brust.

»Du hast sogar weniger gewogen«, meldete sich Vanessa vom Bett her. Sie hielt die Augen geschlossen und lächelte.

»Das ist schon ein recht ordentliches Geburtsgewicht«, erklärte der Arzt, und Duncan fand, seine kleine Tochter sehe ihm schon jetzt sehr ähnlich. Er hob sie aus der Box, wickelte sie in ein sauberes, warmes Tuch und reichte sie an Bunny weiter, der sie lange und ehrfürchtig betrachtete.

»Seht nur, diese Fingerchen! Und die winzige Nase, die Öhrchen. Wie wunderschön sie ist. Ich bin jetzt schon verliebt.« Er dachte eine Weile nach, dann sagte er: »Wenn sie zwanzig ist, werde ich sechsundvierzig sein.« Er sah Duncan an. »Was meinst du, wäre es sehr skandalös, wenn ich sie dann heirate?«

»Untersteh dich«, murmelte Vanessa. Duncan legte ihr das Kind in den Arm und scheuchte alle anderen aus dem Raum.

Als endlich Ruhe eingekehrt war, öffnete Vanessa die Augen und sah Duncan an. Er hatte sich neben sie gelegt.

»Wie willst du sie nennen?«, fragte er.

»Angelica«, sagte Vanessa. »Sie hat den Frieden gebracht. Sie ist unser Friedensengel. Sie kann nur Angelica heißen.«

Die Sonne schien durch das Fenster, und irgendwo im Haus trällerte Quentin ein Weihnachtslied. Vanessa hatte die kleine Angelica gestillt und legte sie nun in die Wiege zurück, in der schon ihre Söhne geschlafen hatten. Eine Weile betrachtete sie ihr Baby und stand dann auf, um aus dem Fenster zu sehen. In der Nacht hatte es geschneit. In Ästen und Zweigen hingen dicke Wattebäusche aus Schnee, und die weißen Felder reflektierten das Sonnenlicht, als wären anstatt Schneeflocken Millionen winziger Diamanten darauf niedergerieselt. Vanessa öffnete das Fenster und atmete die klare kalte Luft ein. Sie roch anders als noch in den Wochen und Monaten zuvor. Oft hatte sie geglaubt, den beißenden Geruch des Kanonenfeuers jenseits des Kanals riechen zu können, was natürlich unsinnig war, aber sie hatten es alle so empfunden. Heute war die Luft sauber. Sie roch nach Frieden.

Ein Geräusch in ihrem Rücken. Duncan steckte den Kopf durch die Tür. In seinen Augen meinte Vanessa, das Blau des Himmels und das Glitzern der Schneekristalle sehen zu können.

»Du bist wach«, sagte er.

»Schon eine Weile.«

»Möchtest du, dass ich dir den Tee heraufbringe.«

»Das wäre wunderbar.«

Er verschwand und kam kurze Zeit später mit einem Teetablett wieder.

Durch die geöffnete Tür hörte Vanessa Stimmen und Gelächter im Untergeschoss.

»Virginia und Leonard sind gekommen«, erklärte Duncan. »Maynard ist auch schon da. Wir waren leise, um dich nicht zu wecken.«

»Sag ihnen, sie sollen heraufkommen«, bat Vanessa.

»Alle?«

»Ja, alle.«

Virginia kam als Erstes herein. Sie warf sich förmlich in ihre Arme und betrachtete verzückt das schlafende Baby. »Duncan hat behauptet, sie sähe ihm ähnlich. Welch ein Unsinn. Sie ist viel, viel schöner. Seht euch diese Nase an! Das ist eine Stephens-Nase, eindeutig.«

Leonard umarmte Vanessa lang und fest. »Virginia war unruhig gestern und wollte herkommen. Sie hat es gespürt, dass es schon soweit war. Ich habe unterschätzt, wie eng verbunden ihr seid.«

»Er weiß immer alles besser«, sagte Virginia. »Da seht ihr, unter welchem Joch ich stehe.«

»Wir bedauern dich sehr.« Maynard zwinkerte Leonard zu, beugte sich über die Wiege und sagte: »Sie hat tatsächlich etwas Stephens-Typisches. Ist es die Nase? Irgendwie erinnert sie mich an Thoby.«

»Du könntest recht haben«, pflichtete Leonard ihm bei.

Einen Moment lang schwiegen sie alle und sahen das Kind an, das unbeeindruckt von dem Aufruhr um es herum friedlich schlummerte.

Duncan legte den Arm um Vanessa, und Julian und Quentin drängten sich zwischen die Erwachsenen. Bunny stand ein wenig abseits, wie unschlüssig, welche Rolle er künftig in diesem Stück spielen sollte.

Vanessa lehnte den Kopf an Duncans Schulter. »Wer hätte gedacht, dass wir so etwas Zauberhaftes zustande bringen würden«, sagte sie.

»Das hast *du* möglich gemacht«, sagte Duncan.

Vanessa sah ihr Kind an und dachte an Clive und sein Versprechen, auch für dieses Kind zu sorgen. Er feierte jetzt vermutlich auf Lady Ottolines Landsitz zusammen mit Lytton und den übrigen Kriegsdienstverweigerern den Beginn einer neuen, friedlichen Zeit. Gleich würde sie ihm schreiben. Sie lächelte Maynard dankbar an, denn ihm verdankte sie es, dass Duncan die Jahre des Krieges nicht im Gefängnis, sondern an ihrer Seite hatte verbringen dürfen. Sie dachte auch an Roger, durch dessen Liebe sie erst in der Lage gewesen war, ihr Leben in den Farben zu gestalten, die ihr gefielen. Und dann sah sie ihre Schwester an, die auf der anderen Seite der Wiege neben Leonard stand, aufrecht und mit klarem Blick, so, als hätte es all die Erschütterungen in ihrem Leben nie gegeben. Ihre Blicke trafen sich, und sie lächelten einander zu. Vor wenigen Tagen noch hatte Virginia ihr geschrieben, dass sie begonnen habe, einen Roman über Thoby zu schreiben. Thoby, der seine Freunde in ihr Leben gebracht und Virginia und ihr eine Tür in eine völlig neue Welt geöffnet hatte, auch wenn er vermutlich sehr staunen würde, wie diese Welt inzwischen aussah.

»Nein«, sagte sie dann mit leiser, aber fester Stimme. »Wir alle. Wir alle zusammen haben das möglich gemacht.«

Nachwort

Der Name Vanessa Bell ist heute nur noch Virginia-Woolf-Kennern, eingefleischten Bloomsbury-Fans und wenigen kunstinteressierten Menschen ein Begriff. Während Virginia Woolf als radikale Erneuerin der Literatur und Ikone des Feminismus Weltruhm erlangte, ist ihre Schwester weitgehend in Vergessenheit geraten. Dabei war sie die treibende Kraft, die zunächst die Voraussetzungen dafür schaffte, dass die Bloomsbury Group sich überhaupt im Haus am Londoner Gordon Square formieren konnte. Vanessa Bell war der Dreh- und Angelpunkt, um den sich Bloomsbury in den Anfangsjahren drehte und von dem ausgehend sich um 1910 die britische Kunst revolutionierte.

Umso erstaunlicher ist es, dass es beinah ein halbes Jahrhundert gedauert hat, bis Vanessa Bells umfangreiches Gesamtwerk zum ersten Mal in London im Rahmen einer großen Retrospektive gewürdigt wurde. Warum wurde (und wird) sie als Künstlerin so wenig wahrgenommen, nicht einmal in Großbritannien? Lag es am übergroßen Schatten, den der Ruhm ihrer Schwester auf sie warf? Oder hatte es mit ihrem freizügigen Liebesleben zu tun? Ich kann nur Vermutungen anstellen, aber es ist eine Tatsache, dass männliche Künstler, wie zum Beispiel Picasso, für die Öffentlichkeit interessanter wurden, wenn sie ein skandalöses Privatleben führten. Für Künstlerinnen hingegen war es eine Bürde. Vanessa Bells Gemälde wurden nur vereinzelt ausgestellt, im Gegensatz zu ihren Weggefährten Duncan Grant und Roger Fry wurde Vanessa Bell nie mit einer Einzelausstellung geehrt. Als dies 2017 in London endlich geschah, brachte es eine Journalistin folgendermaßen auf den Punkt: »Ihr unorthodoxer Lebensstil geriet zu einer Art Wasserzeichen, das unübersehbar auf jeder einzelnen ihrer Arbeiten prangte.« Ein Wasserzeichen vielleicht, das die Bedeutung und Einzigartigkeit ihrer Kunst überdeckte.

Vanessa hat mich in der Anfangszeit meiner Recherche vor eine große Herausforderung gestellt. In der spärlichen Literatur, die ich über sie fand, wurde sie immer als eine Kunst, Liebe und Mutterschaft glücklich vereinende Halbgöttin dargestellt. Hervorgehoben wird gerne, dass sie eine liebende, zugewandte Mutter war, und natürlich wird das enge Verhältnis zu ihrer Schwester unter die Lupe genommen. Ihr beeindruckendes künstlerisches Schaffen tritt dabei in den Hintergrund. Die einzige Biographie (von Frances Spalding), die ausschließlich ihr gewidmet ist, berichtet sehr detailliert über die Ereignisse in Vanessas Leben, auch über ihre Liebesbeziehungen, und doch blieb für mich der Charakter hinter all diesen Daten und Fakten eigentümlich verschwommen. Es schien, als habe Vanessa die ideale Formel weiblicher Selbstverwirklichung gefunden, ein starker, in sich ruhender Pol in der krisendurchschüttelten Welt ihrer Schwester. Bewundernswert – aber auch glaubwürdig? Das Bild, das in den wenigen Quellen von ihr gezeichnet wurde, schien mir zu glatt. Meine Imagination rutschte förmlich daran ab.

Dann stieß ich auf die autobiographischen Erinnerungen ihrer Tochter Angelica, die mit kaum zwanzig Jahren den Ex-Lover ihres leiblichen Vaters, David Garnett, geheiratet hat. Ich erfuhr, dass Angelica erst als erwachsene Frau darüber aufgeklärt wurde, wer sie gezeugt hatte. Sie wuchs in dem Glauben auf, dass Clive Bell ihr Vater war, und heiratete Garnett, ohne zu wissen, dass er eine sexuelle Beziehung zu ihrem leiblichen Vater hatte. Man mag es Lüge nennen, ich denke aber, dass Vanessa der festen Überzeugung war, ihre Tochter so schützen zu können. Da begriff ich plötzlich, welche Dimension am öffentlichen Bild von Vanessa fehlte: Es war die Fähigkeit, ihr Innerstes vor der Welt zu verschließen. Auch das Thema Missbrauch gehört dazu. Vanessa hat nie, wie Virginia, offen über die Beziehung zu ihrem Stiefbruder George gesprochen. Aus Andeutungen in Virginia Woolfs Briefen und autobiographischen Texten lässt sich jedoch entnehmen, dass auch Vanessa Opfer der Übergriffigkeit Georges war. Wie weit diese ging, gehört zu den Geheimnissen, die sie mit ins Grab genommen hat. Fest steht aber, dass Vanessa ebenfalls mit Depressionen zu kämpfen hatte.

In diese Bruchstellen konnte sich meine Vorstellungskraft einhaken, plötzlich konnte ich Vanessa *fühlen*, die zentrale Voraussetzung, um sie als Figur lebendig werden zu lassen. Und Vorstellungskraft war nötig, denn sie hat keine Tagebücher hinterlassen und verhältnismäßig wenig Briefe geschrieben. Nur ganz selten gab sie in Briefen Einblick in ihr Gefühlsleben. Während Virginia Woolf die Erschütterungen ihrer Psyche mit seismographischer Akribie aufgezeichnet hat, hielt Vanessa ihre seelischen Narben vor der Welt verborgen. Sie müssen tief gewesen sein, denn sie hat nicht nur ihre Mutter, ihre Stiefschwester und ihren Lieblingsbruder Thoby verloren, sondern – wie wir wissen – auch ihre Schwester Virginia. Und sogar ihren ältesten Sohn Julian, der im Spanischen Bürgerkrieg einem Bombenangriff zum Opfer fiel. Nein, es war kein einfaches Leben.

Ich möchte nicht unerwähnt lassen, dass ich mich auch in diesem zweiten Band der Saga sehr eng an die historisch belegten Tatsachen gehalten habe, keine Figuren hinzuerfunden und nur wenige zeitliche Abläufe aus erzählökonomischen Gründen minimal verändert habe. So wurde Vanessas zweiter Sohn, Quentin Bell, tatsächlich zunächst anders getauft, allerdings nicht auf den

Namen Gratian. (In Wahrheit hieß er Claudian). Die Episode auf der *Dreadnought*, dem Flaggschiff der britischen Marine, hat genau so stattgefunden, wie im Roman geschildert – so unglaublich uns das erscheinen mag. Adrian Stephen verfasste einen detaillierten Bericht zu diesem Abenteuer, auf dem das im Roman geschilderte Geschehen beruht, bis hin zu Virginias pseudo-abessinischen Zustimmungslauten »chuck-a-choi« (siehe Literaturliste).

Die eingestreuten Briefe sind eng an überlieferte Briefe angelehnt, es sind jedoch *nicht* die Originalbriefe in Übersetzung.

Den Tatsachen entspricht leider auch, dass Virginia in den Jahren von 1910 bis zum Ende des Ersten Weltkriegs immer wieder von schwersten psychischen Krisen heimgesucht wurde, die sie 1913 in ihren ersten Selbstmordversuch trieben. Zu der erfolgreichen Schriftstellerin, die wir heute verehren, wurde sie erst in den 1920er Jahren, nachdem sie wieder genesen war und an der Seite Leonard Woolfs zu einem arbeitsamen, disziplinierten und ausgefüllten Leben gefunden hatte. Leonard Woolf hatte großen Anteil daran, dass sie einen Weg fand, mit ihrer psychischen Erkrankung (die im Nachhinein als bipolare Störung diagnostiziert wurde) zu leben, und aus den immer wiederkehrenden Krankheitsphasen die Kraft schöpfen konnte, wahrhaft große Literatur zu schreiben. Dass die Zeit ihrer schriftstellerischen Blüte mit den Jahren ihrer Liebe zu Vita Sackville-West zusammenfiel, war gewiss kein Zufall. Aber ich möchte nicht vorgreifen. Auf diese Geschichte dürfen Sie sich im nächsten Band der *Liebenden von Bloomsbury* freuen! Bis bald also,

Ihre Stefanie H. Martin

Literaturliste

AUSGEWÄHLTE WERKE:

The Diary of Virginia Woolf, Volume 1, 1912–1919, London, 1979

Selected Letters of Vanessa Bell, London, 1993

Virginia Woolf, *Briefe 1: 1888–1927*, hrsg. von Klaus Reichert, Frankfurt/Main, 2006

Virginia Woolf, *Nacht und Tag: Roman*, Frankfurt/Main, 2009

Virginia Woolf, *Augenblicke des Daseins: Autobiographische Skizzen*, Frankfurt/Main, 2012

Zur weiterführenden Lektüre empfehle ich:

1. BIOGRAPHIEN

Bell, Quentin, *Virginia Woolf: Eine Biographie*, Frankfurt/Main, 1982

Dunn, Jane, *Virginia Woolf and Vanessa Bell: A Very Close Conspiracy*, London, 2001

Garnett, Angelica, *Freundliche Täuschungen, Eine Kindheit in Bloomsbury*, Frankfurt am Main, 1993

Glendenning, Victoria, *Leonard Woolf: A Life*, London 2006

Holroyd, Michael, *Lytton Strachey: The New Biography*, London, 2015

Lee, Hermione, *Virginia Woolf: Ein Leben*, Frankfurt/Main, 2006

de Salvo, Louise, *Virginia Woolf: Die Auswirkungen sexuellen Missbrauchs auf ihr Leben und Werk*, Frankfurt/Main, 1994

Seibold, Dr. Birgit Susanne, *Virginia Woolf – Schreiben gegen die eigene Krankheit*, Stuttgart, 2017

Spalding, Frances, *Duncan Grant, A Biography*, London, 1998

Spalding, Frances, *Vanessa Bell: Portrait of the Bloomsbury Artist*, London, 2018

Woolf, Virginia, *Roger Fry*, New York, 1940

2. AUSGEWÄHLTE LITERATUR ÜBER BLOOMSBURY:

Bell, Quentin, *Erinnerungen an Bloomsbury*, Frankfurt/Main, 2018

Licence, Amy, *Living in Squares, Loving in Triangles: The Lives and Loves of Virginia Woolf and the Bloomsbury Group*, Gloucestershire, 2016

Rosenbaum, S.P., *The Bloomsbury Group, A Collection of Memories and Commentary*, University of Toronto Press, 1995

Spalding, Frances, *The Bloomsbury Group*, National Portrait Gallery Publications, 2021

Watney, Simon, *Bloomsbury in Sussex*, Alfriston, 2007

Inspiration Bloomsbury: Der Kreis um Virginia Woolf, Christine Frick-Gehrke (Hrsg.), Frankfurt/Main, 2003

The Art of Bloomsbury, Roger Fry, Vanessa Bell and Duncan Grant, R. Shone et al. (Hrsg.), London, 2000 (Ausstellungskatalog, Tate Gallery, London)

3. ZEITGESCHICHTLICHES:

Bell, Clive, *Art*, London, 2013

Hynes, Samuel, *Edwardian Turn of Mind*, London, 1992

Simms, Brendan, *Die Briten und Europa: Tausend Jahre Konflikt und Kooperation*, München, 2016

White, Jerry, *London in the 20th Century, A City and It's People*, London, 2016

Zitatquelle Vincent van Gogh: https://beruhmte-zitate.de/zitate/1982456-vincent-van-gogh-ich-traume-von-meinem-bild-und-dann-male-ich-meine/

Leseprobe

STEFANIE H. MARTIN
Die Liebenden von Bloomsbury
VIRGINIA
UND DIE NEUE ZEIT
Roman
atb

1. Kapitel

London, 31. Dezember 1903

Es war seit Tagen nicht richtig hell geworden. Die Wolken hingen so tief über den Häusern, dass Virginia manchmal dachte, sie müsse sie greifen können, wenn sie sich aus dem Fenster in ihrem Zimmer lehnte. Die kleine Lampe auf ihrem Schreibpult brannte unablässig. Sie war seit fast einer Woche nicht mehr draußen gewesen, hatte sich mit einer abgegriffenen Aischylos-Ausgabe ihres Bruders in ihr Zimmer verkrochen und übersetzte die leuchtenden, bilderreichen Verse des griechischen Dichters, um der Düsternis, die sich wieder einmal über das Haus der Familie Stephen gesenkt hatte, zu entgehen. Es gelang ihr jedoch nur halb, denn immer wieder störten Besucher, die ihren Vater ein letztes Mal sehen wollten, ihre konzentrierte Einsamkeit und erinnerten sie daran, was ihre eigentliche Aufgabe als Tochter des sterbenden Leslie Stephen wäre: ihm in seinen letzten Stunden so gut wie möglich beizustehen. Aber dem Tod schon wieder so nahe zu sein, ertrug sie nicht.

So war der Ausflug, den Vanessa für heute Nachmittag vorgeschlagen hatte, eine willkommene Abwechslung. Ihre Schwester hatte nicht einmal gesagt, wo sie hinwolle, aber es war Virginia gleich. Allein die Tatsache, ein paar Stunden ganz allein mit ihr verbringen zu können, ließ den Tag ein wenig heller erscheinen.

Vanessa hatte eine Droschke rufen lassen. »Bringen Sie uns nach Bloomsbury, bitte!«, rief sie zu dem Droschkenfahrer hinauf, der sie mürrisch anstarrte. Zum Glück war es eine geschlossene Kabine, so dass sie gegen den einsetzenden eisigen Regen geschützt waren.

»Bloomsbury?«, fragte Virginia und bestieg die Kutsche hinter Vanessa. »Warum Bloomsbury?«

»Ich möchte mir die Gegend genauer ansehen. Die Häuser dort sollen sehr günstig sein.«

Darum ging es also. Seit die Ärzte festgestellt hatten, dass im Bauch des Vaters ein Geschwür wuchs und der Tod unausweichlich war, sprach Vanessa davon, das große Elternhaus am Hyde Park Gate verkaufen zu wollen. Virginia indes verbat sich, ihre Gedanken in die Zukunft zu richten, als hieße das, dem Tod die Tür zu öffnen und dazu einzuladen, den letzten Rest vertrauten Lebens zu stehlen.

Die Droschke hielt unmittelbar vor dem Gebäude der Slade School of Fine Art, der Fakultät der Künste des University College London. Inzwischen hatte der Regen nachgelassen, hier und da schien sogar ein Sonnenstrahl die Wolkendecke durchdringen zu wollen.

Einige junge Frauen in ihrem Alter gingen gerade unter lautem Gelächter auf das Gebäude der Slade zu, unter dem Arm großformatige Mappen und tragbare Staffeleien. Kurz darauf gesellten sich zwei Männer zu dem Grüppchen, leger gekleidet und mit ähnlichen Mappen. Sie begrüßten einander zwanglos und verschwanden gemeinsam durch das Haupttor im Inneren der Kunstschule. Von Vanessa wusste Virginia, dass an der Slade Frauen und Männer gemeinsam studieren durften, die einzige Einrichtung in ganz England, wo dies möglich war.

»Wenn es an der Slade geht, warum dann nicht auch anderswo? Vielleicht nicht unbedingt in Cambridge, aber wenigstens hier in London!«, sagte Virginia, während sie zu den trotz der frühen Nachmittagsstunde hell erleuchteten Fenstern des Gebäudes hinaufsah.

»Warum eigentlich nicht auch in Cambridge?«, fragte Vanessa.

Virginia schürzte die Lippen. »Es gibt dort bereits Girton und Newnham«, sagte sie. Das waren beides reine Frauen-Colleges, an denen Frauen zwar studieren konnten, jedoch noch keine akademischen Titel verliehen bekamen. »Aber dennoch, ich finde, es sollte kein Unterschied gemacht werden zwischen Frauen und Männern, sofern sie die Eignung zu einem Studium besitzen.«

Vanessa lachte freudlos. »Sag das nicht zu laut, sonst erklärt man dich noch für verrückt.«

»Verrückt kann man werden, wenn man lernen will und es nicht darf. Und immer allein im Zimmer sitzt mit den Büchern«, sagte Virginia. »Bei euch Künstlern ist es besser. Du darfst immerhin an der Royal Academy lernen.« Vanessa hatte ein Stipendium für ein Kunststudium erhalten, was bei Virginia Bewunderung, aber auch Neid hervorrief.

»Ich weiß schon gar nicht mehr, wann ich das letzte Mal dort war«, sagte Vanessa. »Unentwegt muss ich mich mit den Haushaltsbüchern herumschlagen, während du Zeit für deine Bücher hast.«

Gern hätte Virginia widersprochen und ihr vorgehalten, dass Vanessa ihre Ausbildung bald würde fortsetzen können, während sie selbst niemals die Chance auf ein Studium bekäme, so wie sie auch nie eine Schule besucht hatte. Dieses Privileg war immer nur den Brüdern vorbehalten gewesen. Aber die Schwester sah erschöpft aus, und Virginia wollte nicht mit ihr darüber streiten, wer von ihnen das härtere Los zu tragen hatte.

Vanessa hatte nach dem Tod ihrer Halbschwester Stella mit nur achtzehn Jahren – trotz einer ausgeprägten Zahlenschwäche – die Führung der Haushaltsbücher übernehmen müssen, wie auch alle anderen häuslichen Pflichten, deren Stella sich nach dem Tod der Mutter angenommen hatte – und das waren zahlreiche. Der Haushalt der Stephens war groß, und das vielköpfige Personal musste angeleitet, die Gäste bewirtet und natürlich die aufwendige Pflege des Vaters organisiert werden. Dazu kamen die verhassten Bälle, zu denen der älteste Stiefbruder George sie und auch Virginia immer wieder ausführte, um sie den Gepflogenheiten entsprechend in die Gesellschaft einzuführen. Immerhin diese Termine waren seit der schweren Erkrankung des Vaters seltener geworden.

Sie machten kehrt und wanderten Richtung Tottenham Court Road. Zu dieser Stunde herrschte in diesem Teil Bloomsburys eine hektische Betriebsamkeit. Droschken und Pferdekarren rumpelten über das Pflaster, Dienstboten drängelten sich durch die Menge der zahlreichen Passanten, als hinge ihr Leben von der Erledigung ihrer Aufträge ab, und ab und zu knatterte ein Automobil mitten durch eine der unzähligen Pfützen.

Virginia betrachtete die mehrstöckigen Gebäude des Viertels, die so viel einfacher und ärmlicher aussahen als die

Stadtvillen in Kensington. »Und warum muss es ausgerechnet Bloomsbury sein? Ich finde, das wirkt hier alles entsetzlich schäbig!«

»Mir gefällt es«, entgegnete Vanessa und ließ den Blick über einen schmalen zweistöckigen Ziegelsteinbau gleiten, der sich zwischen den beiden Nachbarhäusern zusammenzukauern schien. Im untersten Fenster hing ein Schild: *Zu vermieten.*

»Das hier wäre vermutlich zu klein«, sagte sie, zückte aber dennoch ihr Notizbuch, um sich die Adresse zu notieren.

»Wir könnten doch auch in Kensington bleiben«, fand Virginia. »Es hat viel mehr Charme. Außerdem kennen wir hier *niemanden.*«

»Eben«, sagte Vanessa nur.

Sie wandten sich Richtung Süden und kamen zum Bedford Square. »Ich glaube …«, Virginia wies unauffällig in Richtung einer Gruppe junger Männer, die rauchend an einer Straßenecke standen und sie verstohlen musterten, »… mir gefallen die Leute hier nicht.«

»Du bist so ein Snob.« Vanessa bedachte sie mit einem Kopfschütteln. »Hier leben viele Künstler. Es ist vielleicht nicht so *à la mode* wie Kensington, dafür aber ist es …« Sie ließ den Rest des Satzes bedeutungsschwanger in der feuchtkalten Luft hängen.

»Dafür ist es – was?«

Vanessa sog die kalte Luft ein. »Man kann hier freier atmen, findest du nicht?«

Virginia tat probehalber ebenfalls einen tiefen Atemzug. »Nein.« Sie zeigte auf ein offen stehendes Fenster direkt über sich. »Es riecht nach ranzigem Öl.«

Zum ersten Mal seit langer Zeit lachte Vanessa. »Du bist bockig.«

»Ziegenböcke sind so.«

Die Schwestern nannten einander oft bei ihren Spitznamen aus der Kindheit. Virginia war die Ziege oder der Ziegenbock und Vanessa der Delfin.

Sie versetzte Virginia einen Stoß in die Seite und hakte sich bei ihr ein.

»Komm, Böcklein, sei nicht so mürrisch!«

Sie wies auf ein dreistöckiges Haus mit hohen Fenstern und weißen Verzierungen unter dem Dachfirst.

»Sieh mal, das ist doch hübsch. Steht ebenfalls zur Vermietung.« Sie kritzelte schon wieder in ihrem Notizbuch herum und zog dann Virginia mit sich, ohne deren Antwort abzuwarten.

»George wird niemals nach Bloomsbury ziehen«, sagte Virginia und entzog Vanessa ihren Arm. »Du kannst dir die Mühe sparen, diese Leute zu kontaktieren.« Sie wies auf Vanessas Notizbuch.

»Nein. Natürlich wird er das nicht«, entgegnete Vanessa und lächelte.

Virginia blieb abrupt stehen. »Soll das etwa heißen …?«

Vanessa warf einen raschen Blick über die Schulter, als fürchtete sie, der älteste Stiefbruder könnte plötzlich aus dem Nichts auftauchen und ihr Gespräch belauschen. »Ich will nicht mehr mit George unter einem Dach leben. Auch mit Gerald nicht, aber vor allem nicht mit George.« Sie sah Virginia vielsagend an.

Die wich ihrem Blick aus. »Mir ist kalt«, sagte sie. »Gehen wir weiter.«

Sie kamen zum Gordon Square, der ganz in der Nähe der Slade lag, wo sie ihren Ausflug begonnen hatten. Ein großzügiger Platz mit dreistöckigen Wohnhäusern, die rings um einen kleinen Park angeordnet waren. Hier ging es etwas beschaulicher zu als in den überfüllten Straßen. Auch die Häuser wirkten freundlicher als die, die sie bisher gesehen hatten. Sie umrundeten den Platz, fanden jedoch nirgends einen Hinweis, dass eines der Häuser zur Vermietung oder zum Verkauf stünde.

»Hier könnte ich es mir vorstellen zu leben«, gab Virginia widerstrebend zu. »Ein Haus nur für dich, mich, Adrian und Thoby. Ohne Duckworth-Brüder.« Sie lächelte. »Das klingt … überlegenswert.«

»Das klingt paradiesisch.« Der Widerschein des aufklarenden Himmels ließ Vanessas Augen für einen Moment aufleuchten.

Kurz glaubte Virginia, eine unsichtbare Tür habe sich geöffnet und ein warmer Wind, wie eine Meeresbrise, wehe durch die Straße. Eine Sinnestäuschung gewiss, aber sie war plötzlich voller Eifer. »Und du bekommst ein Atelier und ich eine eigene Schreibstube«, sagte sie. »Ich werde Romane schreiben, und du malst Bilder, die in Ausstellungen gezeigt werden, und wir müssen niemandem den Tee servieren und keine geistlosen Gespräche mehr führen.«

»Siehst du!«, sagte Vanessa. »Genau das meine ich. In Kensington wäre all das nicht möglich.«

»Nein. Wahrscheinlich nicht.« Virginia sog ein weiteres Mal die Luft ein, aber diesmal mischte sich eine Spur von Urin in den Geruch von feuchtem Stein und Regen. Sie rümpfte die Nase.

Gerade wollte sie hinzufügen, dass es vielleicht doch nicht *unbedingt* Bloomsbury sein müsse, da sagte Vanessa: »Wir behalten die Lage im Blick«, notierte sich *Gordon Square* mit einem dicken Ausrufezeichen versehen in ihrem Notizbuch und ließ es in ihre Manteltasche gleiten. »Aber noch ist Vater nicht tot«, setzte sie hinzu und hob den Arm, um eine nahende Droschke heranzuwinken.

»Das klingt, als könntest du es kaum erwarten, dass er endlich stirbt.«

Nur Vanessas leicht hochgezogene linke Braue verriet Virginia, dass ihre Schwester den Kommentar überhaupt gehört hatte.